READER'S DIGEST AUSWAHLBÜCHER

Die Kurzfassungen in diesem Buch erscheinen
mit Genehmigung der Autoren und Verleger

– Deutschland, Schweiz, Österreich –
Verlag Das Beste GmbH,
Stuttgart, Zürich, Wien

404 (255)
Printed in Germany
ISBN 3 89915 184 4

READER'S DIGEST AUSWAHLBÜCHER

Reader's Digest

DEUTSCHLAND · SCHWEIZ · ÖSTERREICH

INHALT

Seite 7

Petra Durst-Benning

Antonias Wille

Eine entfernte Verwandte bietet der jungen Julie eine großzügige Erbschaft an: einen wunderschönen alten Berghof im Schwarzwald, der einst das erste Hotel der Gegend gewesen war. Mit dem Geschenk ist jedoch eine Bedingung verknüpft: Anhand von Tagebüchern soll Julie herausfinden, warum der Hof einst verlassen wurde. Bei ihren Nachforschungen taucht Julie ein in das dramatische Schicksal zweier höchst unterschiedlicher Frauen.

Seite 169

John Rickards

Die Tote im Regen

Der Mord an der Krankenschwester Angela Lamond scheint in dem Moment aufgeklärt, als er entdeckt wird. Denn neben ihrer Leiche auf der nächtlichen Landstraße steht ein Mann, der in jeder Hand ein Messer hält. Doch der Verdächtige schweigt hartnäckig, und der strömende Regen hat alle Spuren beseitigt. So kommt es zwischen dem Ermittler Alex Rourke und dem Verdächtigen zu einem nervenaufreibenden Kräftemessen.

Torey Hayden

Hörst du mich, Venus?

Warum spricht die siebenjährige Venus kein Wort und hat sich ganz und gar von ihrer Umwelt abgekapselt? Mit den bewährten Mitteln Geduld und Liebe versucht die Kindertherapeutin Torey Hayden zu ergründen, weshalb Venus am liebsten allein auf der Schulhofmauer sitzt. Schritt für Schritt bringt sie das traumatisierte Mädchen dazu, Vertrauen zu fassen und wieder Kontakt mit anderen Menschen aufzunehmen.

Werner Kopacka

Die Wüste

Max verkauft Reisen in die Wüste Sinai für gestresste Manager. Acht völlig unterschiedliche Menschen erleben dabei eine faszinierende Mischung aus Abenteuer und spirituellem Erlebnis. In der letzten Nacht wartet eine Visionssuche in einer gewaltigen Sand- und Felsarena auf die Teilnehmer. Am darauf folgenden Morgen kommt einer nicht zurück: Er wurde ermordet. Jeder aus der Gruppe hat ein Motiv – doch wer ist der Täter?

Petra
Durst-Benning
Antonias
Wille

Auf fast allen Foto-
grafien war dasselbe
Motiv zu sehen:
zwei junge Frauen –
die schöne Frau, strah-
lend mit einem Tennis-
schläger, die hässliche
abseits mit Bällen
in den Händen und
einem Blick voller Liebe.

Freiburg, im Herbst 2000

„Und Sie sind sicher, dass Ihnen unsere Verabredung wirklich gelegen kommt?“ Yvonne Herrenberg, die Redakteurin der Frauenzeitschrift *Unsere Welt,* machte keine Anstalten mehr, ihre Verärgerung zu verbergen.

Julie lachte verkrampft. „Aber natürlich! Es ist nur … Ausgerechnet heute scheint hier alles drunter und drüber zu gehen …“ Hilflos zuckte sie mit den Schultern. Hätte sie der Frau sagen sollen, dass dies das alltägliche Chaos bei „Soul Fantasies“ war?

Yvonne Herrenberg verzog ungnädig den Mund. „Vielleicht sollten wir trotzdem mit unserem Rundgang beginnen.“

Julie nickte heftig. „Kein Problem. Geben Sie mir noch einen Moment, dann bin ich bei Ihnen.“ Ein Lächeln – und sie verschwand durch die Bürotür.

Konsterniert schaute die Redakteurin ihr nach. Zweimal hatte sie nun schon ihren Stift gezückt, um Julie Rilling, die Leiterin der progressivsten Kunstschule Süddeutschlands, zu interviewen. Beide Male war sie mitten in ihrer ersten Frage unterbrochen worden: Zuerst war eine glatzköpfige junge Frau in den Raum gestürmt, und dann polterte ein Jugendlicher mit grotesken Tätowierungen herein.

Sie seufzte. Was man nicht alles für seine Leser auf sich nahm!

„Verflixt noch mal, Theo, kannst du bitte dafür sorgen, dass ich in der nächsten Stunde meine Ruhe habe? Was soll denn die Zeitungstante für einen Eindruck von unserem Laden bekommen?“, zischte Julie ihrer Geschäftspartnerin zu, die mit dem Telefonhörer in der Hand am Schreibtisch saß.

„Da ist ein Privatdetektiv in der Leitung“, wisperte Theodora Herbst. Die Telefonschnur hatte sich in ihren langen roten Haaren verheddert. „Ein Herr Bogner. Er sagt, er hätte Anfang der Woche schon einmal angerufen.“

„Ein Detektiv?“ Julie stutzte. „Ich habe jetzt keine Zeit. Er soll dir sagen, was er will." Bevor Theo etwas erwidern konnte, war sie auch schon wieder draußen und lächelte die Redakteurin von *Unsere Welt* an. Mit einer Handbewegung wies sie den Gang hinunter. „Los geht's!"

„Sind das alles Kunstwerke Ihrer Schüler?" Yvonne Herrenberg zeigte auf die lange Reihe von Bildern links und rechts von ihnen.

„Ja, wir nennen das hier unsere Galerie", erwiderte Julie.

„Sehr gelungen!" Yvonne Herrenberg war vor einem Aquarell stehen geblieben, das einen Seerosenteich zeigte. „So etwas hätte ich hier gar nicht vermutet. Ich dachte, bei Ihnen gehen vor allem die Jungen Wilden in die Schule", sagte sie mit einem leicht ironischen Unterton.

„Nein, hier arbeiten ganz verschiedene Künstler, sowohl was das Alter und das Geschlecht als auch das Kunstverständnis angeht", versetzte Julie lachend. „Und genau das haben wir uns von Anfang an vorgenommen: jeder Art von Kunst einen Raum zu geben, wo sie blühen und sich entfalten kann."

Seltsam, wie sich die Medien plötzlich um sie rissen.

Angefangen hatte es vor zwei Monaten mit einem kleinen Bericht in der Kreiszeitung. Inzwischen hatten fünf verschiedene Zeitschriften Reportagen über sie gebracht, woraufhin sie von Interessenten fast überrannt worden waren.

Natürlich freuten sie sich über das Medieninteresse, wo doch bisher kaum ein Hahn nach ihnen gekräht hatte. Solange sie die Publicity bekamen, sollten sie das Beste daraus machen. Julie setzte ihr gewinnendstes Lächeln auf.

„Darf ich Sie zu einer Tasse Cappuccino in unsere Bar ‚Fresco' einladen? Dort kann ich Ihnen in aller Ruhe weitere Fragen beantworten."

DER NACHMITTAG verlief genauso chaotisch, wie der Tag begonnen hatte: Der Kurs Aktzeichnen drohte auszufallen, weil das Modell nicht erschien, und Julie telefonierte eine halbe Stunde herum, um Ersatz aufzutreiben. Dazu Anfragen aller Art, An- und Ummeldungen, Mütter, die wissen wollten, wann sie mit der Rückkehr ihrer Kids rechnen konnten – gegen Abend war Julies Mund vor lauter Reden dermaßen ausgetrocknet, dass ihre Zunge fast am Gaumen kleben blieb. Sie wollte gerade in die Cafeteria gehen, um sich eine Diät-Cola zu holen, als sie im Türrahmen mit einem Mann zusammenprallte.

„Entschuldigen Sie", sagten beide gleichzeitig und mussten lachen.

Was für ein gut aussehender Mann!, schoss es ihr durch den Kopf, während sie einen Schritt zurücktrat.

„Kann ich Ihnen weiterhelfen? In welchem Kurs sind Sie denn angemeldet?"

„In gar keinem. Ich möchte zu Ihnen. Mein Name ist Jan Bogner. Ich bin Privatdetektiv. Ich versuche schon seit letzter Woche, Sie telefonisch zu erreichen, was mir leider nicht gelungen ist. Wenn Sie vielleicht ein paar Minuten Zeit für mich hätten …"

Während Julie an ihrer Cola nippte, klärte der Mann sie über den Grund seines Besuches auf: Er war von einer Anwaltskanzlei in Rombach, einem kleinen Ort im Schwarzwald, ungefähr fünfzig Kilometer südöstlich von Freiburg, engagiert worden, um Julie ausfindig zu machen. Dies geschah auf Wunsch einer achtzigjährigen Dame namens Antonia Fahrner, die in einem Zeitungsbericht über Julie Rilling gelesen und in ihr eine Verwandte erkannt hatte.

„Frau Fahrner ist eine Kusine Ihres Vaters – ihr Vater war Helmut Fahrner, der 19 Jahre ältere Bruder Ihres Großvaters Gustav."

Julie runzelte die Stirn. „Kann sein, dass mein Vater mal etwas von einem Onkel namens Helmut erzählt hat, aber ehrlich gesagt habe ich mich nie für die alten Geschichten interessiert."

Bogner nickte. „Ihr Großvater hatte übrigens noch zwei weitere Geschwister: Martin und Roswitha. Beide wurden bald nach Helmut geboren, nur Gustav, Ihr Großvater, scheint ein Nachkömmling gewesen zu sein. Als er zur Welt kam, waren seine Geschwister schon aus dem Haus. Und als sein eigener Sohn – also Ihr Vater – geboren wurde, waren Helmut und die beiden anderen schon alte Leute. Von daher ist es nicht weiter verwunderlich, dass Sie noch nie etwas von Antonia Fahrner gehört haben. Sie lebte zudem viele Jahrzehnte in Japan, wo sie als Lehrerin tätig war. Nach Auskunft des Anwalts, der mich beauftragt hat, ist sie erst vor zwei Jahren wieder nach Deutschland zurückgekommen. Wie dem auch sei: Es ist Antonia Fahrners größter Wunsch, Sie kennen zu lernen", schloss der Detektiv seinen Bericht. Er nestelte einen Zettel aus seiner Hemdtasche. „Antonia Fahrner lädt Sie herzlich nach Rombach ein. Hier ist ihre Adresse und Telefonnummer. Sie würde sich sehr freuen, wenn Sie sich so bald wie möglich melden würden, damit …"

„Mich kennen lernen? Aber warum?", unterbrach Julie ihn. „Wenn diese Antonia die Kusine meines Vaters ist, warum will sie dann nicht *ihn* kennen lernen?" Sie spürte, wie sich in ihrem Kopf ein aufdringliches Summen bemerkbar machte. „Und noch etwas: Woher kennt sie eigentlich meinen Mädchennamen?"

Julie hatte nach ihrer Scheidung vor einem Jahr zwar kurz mit dem

Gedanken gespielt, ihren alten Namen Fahrner wieder anzunehmen, war dann aber doch bei Rilling geblieben. Plötzlich fiel es ihr wieder ein: Der Reporter der *Schwarzwälder Rundschau* hatte sie gefragt, ob es in ihrer Familie noch weitere kreative Menschen gebe, woraufhin sie ihm erzählt hatte, dass sie aus einer alten Furtwangener Uhrmacherfamilie stamme.

Tatsächlich war es dieser Zeitungsbericht gewesen, der Antonia Fahrners Interesse geweckt hatte, bestätigte Jan Bogner. Er musterte Julie interessiert. „Ehrlich gesagt wundert mich Ihr Mangel an Neugier. Reizt es Sie denn gar nicht, mehr über Frau Fahrner und ihr Anliegen zu erfahren? Mögen Sie denn gar keine Überraschungen?"

„Mein Bedarf an Überraschungen wird täglich aufs Neue gedeckt, glauben Sie mir! Ich bin froh, wenn ich mich mal am Wochenende ausruhen kann." Um zu signalisieren, dass sie das Gespräch beenden wollte, schob sie ihr leeres Glas von sich. „Sie sehen also, selbst wenn Frau Fahrner der Liebreiz in Person ist, habe ich einfach keine Zeit für einen solchen Höflichkeitsbesuch …"

Es war ein sonniger Spätsommernachmittag. Die Nacht zuvor war ziemlich kühl gewesen. An vereinzelten Spinnweben hingen noch Tautropfen. „Feen-Häkelei", so hatte Antonia die glitzernden Gebilde in ihrer Kindheit genannt.

Zum wiederholten Male rückte sie die zwei Kaffeetassen und Teller zurecht. Es war halb zwei. Julie Rilling hatte sich für zwei Uhr angemeldet. Und um drei würde das Taxi kommen, das Antonia bestellt hatte. Alles war bestens vorbereitet.

Zwölf Monate, hatte der Arzt im Kreiskrankenhaus gesagt. Wenn sie sich nicht doch noch für eine Operation entschied. Und selbst in diesem Fall stünden die Chancen nicht zum Besten …

Brustkrebs. Wie bei ihrer Mutter. Ein Jahr also, in dem sie ihre Angelegenheiten regeln konnte. Vielleicht auch nur ein halbes Jahr, in dem sie dafür sorgen konnte, dass die Verwandten im Dorf nach ihrem Tod das kleine Häuschen bekamen, das sie nach ihrer Rückkehr aus Japan gekauft hatte. Und dann war da noch ein anderes, ein viel größeres Anliegen …

Die Fahrt ging stockend voran, sonntäglicher Verkehr füllte die steilen, in Serpentinen gewundenen Straßen des südlichen Schwarzwaldes. Überall an den Straßenrändern lockten handgeschriebene Schilder die vorbeifahrenden Gäste mit Wildgerichten und frischen Pfifferlingen und natürlich mit Schwarzwälder Kirschtorte und Kaffee.

Plötzlich war Julie richtig in Urlaubsstimmung! Sosehr sie ihre Arbeit auch liebte, es tat gut, einmal für einen Tag rauszukommen. Sie war schon lange nicht mehr hier oben im Schwarzwald gewesen. Obwohl sie sich auf die enge Straße konzentrieren musste, nahm sie aus den Augenwinkeln heraus immer wieder faszinierende Anblicke wahr: einen Wasserfall, der steil an schiefergrauen Felswänden hinabstürzte, Fichtenwälder, in denen sich der Nebel trotz Sonne nicht gelichtet hatte.

Julie hatte zuerst nicht zu Antonia Fahrner fahren wollen. Doch nun war sie froh, dass sie sich von Theo und ihren Eltern dazu hatte überreden lassen. Eigentlich hatte Theo ja Recht: Es kostete Julie nur einen Sonntagnachmittag. Sie würde sich von der Kusine ihres Vaters ein paar Geschichten über Japan erzählen lassen, dann ein bisschen über die Kunstschule reden und Antonia schließlich die Telefonnummer ihrer Eltern in die Hand drücken.

Das Kennenlernen lief unverkrampfter ab, als Julie angenommen hatte. Antonia war um einiges kleiner als Julie und mochte wohl kaum mehr als fünfzig Kilo wiegen, doch ihr Händedruck war erstaunlich fest. Ihre Augen sahen ein bisschen müde aus, blickten aber freundlich und interessiert drein. Souverän, als hätte sie täglich Gäste, hängte Antonia Julies Blazer an die Garderobe, erkundigte sich nach ihrer Fahrt und geleitete ihren Besuch dann ins Wohnzimmer, wo der Kaffeetisch gedeckt war.

Während sich Julie auf einen der Korbstühle setzte, registrierte sie mehrere Dinge gleichzeitig: Es duftete nach frisch gewaschenem Leinenzeug. Außerdem war die Einrichtung völlig anders, als sie es bei einer alten Dame erwartet hätte: keine Blümchentapeten und Häkeldeckchen. In der Mitte des Raumes stand ein schlichtes hellbeigefarbenes Sofa, gesäumt von zwei Stehlampen mit Schirmen aus Reispapier. In einer Ecke plätscherte ein Zimmerspringbrunnen.

Noch während Antonia Kaffee einschenkte, erwähnte sie den Zeitungsartikel, durch den sie auf Julie aufmerksam geworden war. „Ich hatte bis zu diesem Zeitpunkt nicht einmal gewusst, dass ich überhaupt noch Verwandte väterlicherseits habe! Und dann sogar eine erfolgreiche, schöne junge Frau wie Sie! Mein Vater … hat meine Mutter und mich verlassen, als ich noch ein kleines Kind war. Seitdem haben wir von den Fahrners nichts mehr gehört. Und auch davor gab es, glaube ich, keinen Kontakt zu Vaters Familie, obwohl ich das nicht beschwören möchte.“

„Aber mit Ihren Verwandten hier in Rombach sind Sie in Kontakt geblieben, oder?" Julie nahm einen Schluck Kaffee.

Antonia zögerte kurz. „Wenn ich ehrlich bin – nein. Als ich damals mit fünfundzwanzig Jahren nach Japan ging, prasselte so viel Neues auf mich ein, dass ich für Briefe in die Heimat kaum Zeit fand. Und nachdem meine Mutter gestorben war – wem hätte ich da noch schreiben sollen? Meine Mutter hatte keinen besonders guten Kontakt zu ihren Geschwistern, und das hat sich auf mich übertragen." Antonia betrachtete eingehend ihre Kaffeetasse.

Um die alte Dame aus ihren Gedanken zu reißen, richtete Julie die Grüße ihrer Eltern aus.

Statt zu antworten, schaute Antonia wie schon einige Male zuvor auf ihre Armbanduhr. Julie warf einen Blick auf ihre eigene Uhr. Es war kurz vor drei. Erwartete Antonia noch jemanden?

Die alte Dame räusperte sich. „Wenn Sie Lust haben, würde ich jetzt gern einen kleinen Ausflug mit Ihnen machen. Ich möchte Ihnen den Ort zeigen, wo ich geboren wurde." Ihre Hände machten eine nervöse Bewegung.

„Warum nicht?" Julie zuckte mit den Schultern. „Gehen wir zu Fuß, oder sollen wir meinen Wagen nehmen?"

„Weder noch. Ich habe für drei Uhr ein Taxi bestellt", erklärte Antonia. Im selben Moment läutete die Türglocke.

DER KIES knirschte unter den Reifen des alten Daimler. Hinter fast unsichtbaren Elektrodrähten sprangen braune Kühe – je nach Gemüt – erschrocken zur Seite oder glotzten nur gelangweilt, als sie das Auto erspähten. Antonia hielt sich mit einer Hand am Haltegriff fest und schaute angestrengt aus dem Fenster. Wenige Minuten später stupste sie Julie leicht an.

„Gleich können Sie auf der linken Seite für einen kurzen Moment die Alpen sehen. Zumindest an einem so klaren Tag wie dem heutigen. Schauen Sie, da!"

Tatsächlich war im nächsten Augenblick in der Ferne die massive Felskette zu sehen. Julie stieß einen leisen Begeisterungsschrei aus.

Die Kurven wurden immer steiler. Antonia fuhr sich mit der Zunge über die Lippen, die plötzlich trocken geworden waren.

Wenn sie sich recht erinnerte, musste nun gleich das Plateau mit den ehemaligen Tennisplätzen in Sicht kommen. Da! Da war es. Oder doch nicht? Zweifelnd schaute Antonia auf das mit Disteln überwucherte

Feld, das sich zu ihrer Rechten erstreckte. Nein, das war der Übungsplatz für die Bogenschützen gewesen. Die Tennisplätze hatten hinter dem Haus gelegen, erinnerte sie sich. Ihre Brust wurde auf einmal eng. Nur noch ein paar Kurven trennten sie von dem hoch gelegenen Plateau, wo keine Berge, keine Felsvorsprünge mehr das Auge ablenkten. Gleich würde es so weit sein. So viele Jahre war es her … Fast schüchtern schaute sie zu Julie hinüber. Die beiden Frauen lächelten sich an.

Dann fuhr der Daimler plötzlich wieder waagerecht. Die Steigung war bewältigt. Der Taxifahrer stieß einen Pfiff aus. Er hielt an und schaute sich ungläubig um. „Wer hätte das gedacht! Das ist ja wie … eine Welt für sich!“

„Ich glaub es nicht!“ Wie in Trance stieg Julie aus.

Vor ihnen breitete sich eine riesige Hochebene aus, samtig überzogen von dicken Teppichen aus Heidekraut. Doch nicht deren mattes Lila fing das Auge des Betrachters ein und auch nicht die plustrigen Wolken, die scheinbar zum Greifen nahe über ihre Köpfe hinweghuschten. Es war ein riesiges Haus, genauer gesagt ein Berghof, der die Blicke auf sich zog. Majestätisch erhob sich der Hof wie aus dem Nichts und reckte sich dem Himmel entgegen. Die Symmetrie des Fachwerks – dunkles Holz und gekalkte Wände – war eindrucksvoll, obwohl die Wände vom Alter grau und fleckig waren. Die Sonne spiegelte sich gleißend in den Dutzenden von Fenstern, von denen ein Großteil noch intakt war.

Weder der Taxifahrer noch Julie dachten daran, Antonia aus dem Wagen zu helfen. Beide schienen sie vergessen zu haben.

Antonia, die sie vom Auto aus beobachtete, lächelte. Von jeher hatte dieser Flecken Erde, auf dem das „Kuckucksnest“ stand, auf jeden, der zum ersten Mal hierher kam, eine solche Wirkung gehabt. Manche Dinge änderten sich zum Glück nie.

Der alte Hof strahlte noch immer so viel Wärme, Charme und majestätische Zeitlosigkeit aus, dass die grandiose Landschaft daneben Gefahr lief, zur Kulisse zu werden. Die Häuser von Rombach, tief unten im Tal gelegen, wirkten wie Modelle auf einer Modelleisenbahnanlage.

Als Antonia endlich ausstieg, zitterten ihre Knie ein wenig. Sie bat den Taxifahrer, am Auto auf sie zu warten, dann atmete sie tief durch. Es war an der Zeit, Julie das „Kuckucksnest“ zu zeigen.

„HIER oben sind Sie geboren? In diesem riesigen Haus?“, fragte Julie, während sie langsam auf den Berghof zugingen. Dankbar stützte sich Antonia auf Julies Arm. Ihr war auf einmal ein wenig schwindlig.

„Ja, hier bin ich geboren, aber … Haus würde ich das ‚Kuckucksnest' eigentlich nicht nennen. Hier oben wurde nämlich im Jahr 1903 das erste Hotel der ganzen Gegend eröffnet. Und zwar von der besten Freundin meiner Mutter, von Rosanna Moritz! Für die Gäste war es wie der Himmel auf Erden. Hier konnten sie sich nicht nur von der schlechten Stadtluft erholen, sondern Tennis spielen, ein Sonnenbad nehmen, mit dem Förster auf die Jagd gehen, im Winter Ski fahren …"

„Ski fahren – vor hundert Jahren?" Julie lachte ungläubig.

„Ja, stellen Sie sich vor, der erste Skilift der Welt wurde im Schwarzwald eröffnet!" Antonia lächelte. „Und kurze Zeit später wurde hier auch solch ein Ding aufgebaut." Ihr war nicht entgangen, dass Julie den Blick während ihrer Ausführungen keinen Moment vom „Kuckucksnest" abgewandt hatte.

„Rosanna Moritz wusste, wie man den Menschen eine schöne Zeit bereitet. Meine Mutter war übrigens von Anfang an Teilhaberin. Die ersten Jahre haben die beiden Frauen das Hotel gemeinsam geführt. Nachdem Rosanna dann … nachdem sie gestorben war, ging es ganz in den Besitz meiner Mutter über."

Inzwischen waren sie am Eingang des Hofes angelangt. Antonia holte einen Schlüssel aus ihrer Tasche. Leise quietschend bewegte er sich im Schloss der massiven Holztür.

Antonia zögerte einen Moment lang, dann drehte sie sich zu Julie um. „Ich habe Rosanna allerdings nie kennen lernen dürfen. Sie ist früh gestorben, schon vor meiner Geburt. Und nachdem meine Eltern das Hotel übernommen hatten, war alles … nicht mehr so wie früher. Zumindest haben das die Leute erzählt." Mit einer einladenden Handbewegung bat sie Julie ins Haus.

„Das hier war die Eingangshalle." Antonia zeigte auf einen großen, reich mit Schnitzereien verzierten Tresen. „Hier wurde jeder Gast persönlich begrüßt."

Mit leisen Schritten, fast ehrfürchtig, betrat Julie den sonnendurchfluteten Raum. „Das glaub ich sofort – dass sich die Gäste hier willkommen fühlten!" Sie wies mit dem Kopf auf eine Gruppe von Polstersesseln. Sie waren mit weißen Tüchern abgedeckt, auf denen das hereinfallende Sonnenlicht gelbe Streifen hinterließ. An der Wand hinter der Sitzgruppe hing – aufgereiht wie auf einer Perlenschnur – eine ganze Sammlung Schwarzwalduhren.

„Was möchten Sie zuerst sehen? Die Gästezimmer oder die anderen Räume? Also den Speisesaal, die Bibliothek, den …"

Antonia war schon halb die Treppe hinaufgestiegen, als sie merkte, dass Julie noch immer wie angewurzelt in der Eingangshalle stand.

„Julie? Ist Ihnen nicht gut?“

Julie schüttelte fast unmerklich den Kopf. Als sie zu Antonia aufblickte, kniff sie die Augen zusammen. „Es heißt doch, dass Häuser, in denen kein Mensch mehr wohnt, sterben. Dass sie zerfallen, innerlich und äußerlich. Hier jedoch ist alles noch so ... intakt!“ Sie nickte nach oben in Richtung der Fachwerkbalken. „Kein Holzwurm, keine Fäulnis. Nicht einmal Mäusekötel liegen hier herum.“ Ihr Lachen klang verwundert. „Man hat das Gefühl, als seien die Gäste nur für einen kurzen Ausflug in den herbstlichen Wald verschwunden. Wie lange, sagten Sie, liegt das Haus schon im Dornröschenschlaf?“

„Zu lange“, antwortete Antonia – und kam sich dabei vor wie eine böse Hexe, die es verwunschen hatte.

NACHDEM sie wieder in Antonias Haus zurückgekehrt waren, bestand jene darauf, dass Julie es sich im Wohnzimmer bequem machte, während sie selbst in der Küche Teewasser aufsetzte.

Julie wählte einen Sessel am Fenster und schloss die Augen. Sie fühlte sich wie betrunken. Es war, als hätte sie von allem zu viel genossen: von der guten Luft, von den kräftigen Farben, von der Noblesse des alten, riesigen Fachwerkbaus ...

Als sie Schritte hörte, öffnete sie die Augen. Sie lächelte Antonia an, die mit einem Tablett hereinkam, auf dem eine Kanne Tee und zwei zarte Tassen standen.

„Wenn ich eine künstlerische Ader hätte, würde ich jetzt eine Skizze für ein Bild vom ‚Kuckucksnest‘ entwerfen“, sagte Julie, während sie Antonia das Tablett abnahm und die Sachen auf dem kleinen Tisch vor dem Fenster abstellte. „Aber ich verwalte ja nur die Kreativität anderer!“

„Auf Ihre Art sind Sie doch auch eine Künstlerin“, entgegnete Antonia und ließ sich im Sessel gegenüber nieder. „Wer die Gabe hat, so viele Menschen kreativ arbeiten zu lassen, wie Sie es in Ihrer Kunstschule tun, ist für mich ein wahrer Künstler!“

„Na ja, ich würde sagen, das hat eher etwas mit Organisationstalent zu tun“, wehrte Julie ab. „Aber ich kann mir gut vorstellen, dass es in früheren Zeiten viele Künstler ins ‚Kuckucksnest‘ gezogen hat. Dieses Licht! Und dann die Ruhe ...“

„Maler, Dichter, sogar Bildhauer sind als Gäste auf den Berg gekommen. Und Schauspieler von allen großen Häusern! Aber vor allem die

Maler wurden tatsächlich fast magisch angezogen. Wegen des Lichts, wie Sie richtig erkannt haben.“ Antonia lächelte. „So haben sich meine Eltern ja damals auch kennen gelernt. Mein Vater kam als Gast ins Hotel …“

Julie nippte an ihrem Tee. „Ich dachte, Ihr Vater sei Uhrmacher gewesen wie seine Brüder.“

„Nein, er war Schildermaler! Es musste doch schließlich auch jemand die Schilder und Zifferblätter der Uhren bemalen, nicht wahr? Vater hat dafür nicht nur die klassische Apfelrose gewählt, sondern alle möglichen Motive. Einige der Uhren an der Wand in der Eingangshalle hat er bemalt.“ Auf einmal schien Antonia weit weg zu sein.

Unter niedergeschlagenen Lidern beobachtete Julie die alte Dame. Gerade noch forsch und fröhlich, wirkte Antonia nun, als sei sie von einer tiefen Traurigkeit befallen. Eine seltsame Frau!

„Das ‚Kuckucksnest‘ …“ Julie ließ das Wort auf ihrer Zunge zergehen. „Heißt es nicht, der Kuckuck lege seine Eier in fremde Nester? Ich meine, das ist doch ein sehr … ungewöhnlicher Name für ein Hotel, oder? Wie kam es dazu?“

„Ursprünglich wurde das Anwesen ‚Moritzhof‘ genannt. Wie es später zu seinem anderen Namen kam, weiß ich eigentlich auch nicht so genau.“ Geistesabwesend zupfte Antonia an den Fransen der Tischdecke.

Julie winkte ab. „Ist ja auch egal. Jedenfalls müssen Sie da oben eine wunderbare Kindheit verbracht haben.“

Antonia schaute auf. „Wie man’s nimmt … Nun, schlecht ging es mir nicht. Es war ja immer jemand da. Sieglinde, die Hauswirtschafterin, die Zimmermädchen und der Kellner haben mir öfter mal eine Karamelle zugesteckt. Manchmal, wenn wenige Gäste da waren, hat sich Luis, der Page, sogar dazu erweichen lassen, mit mir Verstecken zu spielen! Ja, es gab wirklich schöne Momente …“

Einen Augenblick lang schwiegen beide. Dann räusperte sich Antonia. „Wissen Sie, was ich nie verstanden habe? Zu Rosannas Zeiten war das ‚Kuckucksnest‘ ein Ort, an dem sich Menschen besonders wohl fühlten und wohin sie immer wieder zurückkehren wollten. Und nur ein paar Jahre später war es damit aus und vorbei! Die Gäste wurden immer weniger, und irgendwann blieben sie dann ganz weg. Es war, als ob nach Rosannas Tod auch das Glück und die Fröhlichkeit abgereist wären … Und keiner hat sie zurückholen können. Dabei hat sich meine Mutter bemüht, davon bin ich überzeugt! Nun ja, viel Hilfe hatte sie in Vater wohl nicht – er war ein Künstler, und ein Hotelwirt war er gewiss nicht … Ich glaube, er hat dieses Leben gehasst." Antonia starrte vor sich hin. „Vielleicht hat er auch uns gehasst. Er ist gegangen, als ich gerade einmal fünf Jahre alt war. Einfach so! Ich habe meinen Vater nie wiedergesehen."

„Das tut mir Leid", sagte Julie leise. „Das muss für Ihre Mutter sehr schwer gewesen sein – ihre beste Freundin zu verlieren."

Antonia nickte vage. „Ich glaube, sie ist nie darüber hinweggekommen. Sie war … sehr unnahbar, hat keinen an sich herangelassen. Vielleicht vor lauter Angst, noch einmal solches Leid ertragen zu müssen. Wissen Sie, es ist eigentlich seltsam, aber meine Mutter tat so, als hätte es Rosanna nie gegeben. Jedenfalls hat sie nie über sie gesprochen. Nun, mit dem lieben Gott vielleicht. Mit dem hat sie ja dauernd geredet." Antonia blinzelte, als wolle sie damit den harten Ton mildern, der plötzlich in ihrer Stimme aufgetaucht war. „Was ich über meine Mutter und Rosanna weiß, das haben mir die Leute im Dorf erzählt. Gemeinsam durch dick und dünn, als seien sie Schwestern gewesen, so hieß es immer." Sie lächelte versonnen.

„Diese Rosanna muss eine außergewöhnliche Frau gewesen sein", sagte Julie. „Zu jener Zeit ein Hotel zu eröffnen!"

Antonia nickte. „Das war sie bestimmt. Und einfach haben es ihr die Leute im Dorf nicht gemacht, so viel ist gewiss! Nichts gegen die Rombacher, aber Sie wissen ja, wie das in kleinen Dörfern ist: Da wird alles Neue erst einmal argwöhnisch betrachtet. Und wenn es dann noch von einer Frau kommt …" Antonia seufzte laut auf. „Du meine Güte, Sie müssen mich für ein altes Waschweib halten! Kaum fange ich an zu erzählen, finde ich kein Ende mehr."

Sie drehte wieder ihr Handgelenk hin und her, um die Zeit auf dem winzigen Zifferblatt ihrer Uhr ablesen zu können. „Schon sechs Uhr, oje!" Antonia räusperte sich und strich sich fahrig durchs Haar. „Julie, ich glaube, es ist Zeit, dass wir jetzt das Wesentliche besprechen …"

Julie runzelte die Stirn. Das Wesentliche?

„WAHRSCHEINLICH wird das, was ich Ihnen jetzt sage, ein bisschen plötzlich für Sie kommen, aber ich bin eine alte Frau und krank obendrein. Ich habe also nicht mehr viel Zeit. Kurz gesagt: Ich möchte Ihnen das ‚Kuckucksnest' überschreiben. Mein Leben lang habe ich mich nicht um den Hof gekümmert! Mir war es egal, was dort oben auf dem Berg passierte. Fragen Sie mich nicht, warum … Doch das Gebäude hat sich dafür erstaunlich gut gehalten. Ich habe letzte Woche einen Gutachter hingeschickt. Gestern ist sein Bericht gekommen. Die Bausubstanz sei absolut in Ordnung, schreibt er. Und er …“

„Entschuldigen Sie, aber … *was* haben Sie am Anfang gesagt?“, unterbrach Julie Antonias Redefluss. Erlaubte sich die alte Dame einen Scherz mit ihr?

„Ich möchte, dass Sie das ‚Kuckucksnest‘ bekommen“, antwortete Antonia schlicht.

„Aber Sie kennen mich doch gar nicht! Und die Tatsache, dass wir über ein paar Ecken miteinander verwandt sind … Was heißt das schon?“ Julie machte eine hilflose Handbewegung. Ich träume!, schoss es ihr durch den Kopf. „Warum verkaufen Sie den Hof nicht einfach? Solch eine Immobilie mit so viel Land ringsum … das muss doch ein Vermögen wert sein!“

„Ich will aber nicht einfach verkaufen! Das hätte ich schon vor Jahren tun können.“ Eine kleine, steile Falte hatte sich zwischen Antonias Augen gebildet.

„Aber warum wollen Sie das ‚Kuckucksnest‘ gerade *mir* vererben?“ Julie spürte ein nervöses Zucken im Mundwinkel. Dieser Berghof ihr Eigentum? Wie oft hatten Theo und sie schon nächtens zusammengesessen und darüber fantasiert, wie es wohl wäre, die Kunstschule in größeren Räumen unterzubringen. Raus aus der Hektik der Innenstadt, an einen Ort, der den Menschen Ruhe und Kraft gibt. An ein Objekt wie das „Kuckucksnest“ hatten sie jedoch in ihren kühnsten Träumen nicht gedacht.

Auf Antonias Gesicht machte sich ein Lächeln breit. „Sie haben nicht richtig zugehört, meine Liebe. Sie sollen den Hof nicht erst nach meinem Tod bekommen, sondern schon bald. Aber um ein Geschenk im üblichen Sinne handelt es sich auch nicht. Ich möchte, dass Sie etwas für mich tun. Und was ich von Ihnen verlange, ist nicht wenig …“

Antonia erklärte Julie ihre Idee. Als sie schließlich fertig war, beugte sich Julie nach vorn. „Habe ich das richtig verstanden? Sie wollen mir den Hof überschreiben, wenn es mir gelingt, anhand von Rosannas Tagebüchern, die sie anscheinend lange Zeit geführt hat, herauszufinden, was den einstigen Zauber des ‚Kuckucksnests‘ ausgemacht hat?“ Julie schaute Antonia herausfordernd an. „Entschuldigen Sie, wenn ich so direkt frage: Warum haben Sie in diese Tagebücher nicht längst schon selbst einmal einen Blick geworfen? Dazu brauchen Sie mich doch gar nicht!“ Sie wies auf einen Stapel ledergebundener Bücher, die Antonia aus einer Schublade unter dem Tisch hervorgekramt hatte. In einer separaten Kiste lagen außerdem noch Haufen uralter Zeitungen, dicke Mappen, die wie Fotoalben aussahen, und allerlei anderer Kram.

Antonia strich eine unsichtbare Falte aus dem Tischtuch. „Wahrscheinlich halten Sie mich für ein verrücktes altes Huhn", sagte sie ausweichend.

Julie winkte ab. „Darum geht es doch gar nicht. Ich will einfach nur verstehen, was das alles zu bedeuten hat."

„Wollen Sie es nicht wenigstens versuchen?", fragte Antonia leise.

Julie lachte auf. Erwartete Antonia allen Ernstes, dass sie einfach Ja sagte?

„Woher wollen Sie wissen, dass ich das überhaupt kann? Entschuldigen Sie, Frau Fahrner, aber was Sie da vorhaben … ist das nicht eine sehr seltsame Art von Vergangenheitsbewältigung?"

Sie unterhielten sich noch eine Weile. Antonia beantwortete Julies Fragen sehr ausweichend oder gar nicht. Gegen acht Uhr verabschiedete Julie sich schließlich. Sie müsse über Antonias Vorschlag nachdenken und bitte sich dafür eine Woche Bedenkzeit aus, sagte sie an der Tür. Antonia stimmte dem zu. So wurde verabredet, dass Julie am nächsten Sonntag um dieselbe Zeit abermals nach Rombach kommen sollte.

STATT das Teegeschirr in die Küche zu tragen, setzte sich Antonia wieder an den Tisch. Der Verlauf des Gesprächs hatte einen faden Nachgeschmack in ihrem Mund hinterlassen. Gab sie sich womöglich einer Illusion hin, wenn sie sich einbildete, die schöne junge Frau könnte für sie das erledigen, was sie ein Leben lang nicht zu tun gewagt hatte?

Einmal, da war sie nahe daran gewesen, Rosannas Aufzeichnungen zu lesen. Sie konnte sich noch gut erinnern, es war kurz nach dem Tod ihrer Mutter gewesen. Nachdem der Krebs sie zerfressen hatte.

Ihre Tante Katharina, die sich um die Beerdigung und die Haushaltsauflösung gekümmert hatte, packte damals auch eine Kiste mit Simones persönlichen Unterlagen und schickte sie an deren Tochter nach Kyoto. Wahrscheinlich hatte Tante Katharina geglaubt, es handle sich dabei um *Simones* persönliche Aufzeichnungen. Ihr, Antonia, war es anfangs ja nicht anders ergangen.

Zuvor war sie tagelang um die Kiste, randvoll mit der Vergangenheit, herumgeschlichen. Allein bei dem Gedanken an ihre Mutter in den schwarzen Gewändern und mit der stets düsteren Duldermiene sträubte sich alles in ihr. *Mutter hat mich nicht lieb, sie mag mich nicht einmal* – dieses Wissen hatte Antonia ein Kinderleben lang wie einen zu schweren

Mantel mit sich herumgeschleppt. Und dennoch: Eines Tages hatte sich Antonia dem Unvermeidlichen gestellt.

Zuerst betrachtete sie die Fotografien. Auf fast allen war dasselbe Motiv zu sehen: zwei junge Frauen, eine schöne und eine hässliche, lachend, Arm in Arm vor dem „Kuckucksnest“, in einer Gruppe anderer Menschen, die als Gäste im Hotel abgestiegen waren. Bei der Einweihung des Tennisplatzes – die schöne Frau, strahlend mit einem Tennisschläger, die hässliche abseits mit Bällen in den Händen und einem Blick voller Liebe. So fremd.

Rosanna und Simone. Durch dick und dünn. Wie Schwestern.

Dann hatte Antonia eins der Tagebücher in die Hand genommen. Hatte angefangen zu lesen und schon nach wenigen Minuten erkannt, dass es sich nicht um die Lebensaufzeichnungen ihrer Mutter handelte, sondern um Rosannas. Sie hatte nicht gewusst, ob sie erleichtert oder enttäuscht sein sollte.

Es war nicht der Nachlass ihrer Mutter, also weg mit dem alten Zeug! Der schwere Mantel der Vergangenheit verschwand in der Mottenkiste. Und mit ihm die Tagebücher und alles andere.

Antonias Blick hatte sich in die Rückenlehne des Sofas gebohrt. Die Augen schmerzten vor Trockenheit. Es waren nicht Skrupel gewesen, die sie davon abhielten, fremde Tagebücher zu lesen. Es hätte einfach zu wehgetan, sich mit der Frau auseinander zu setzen, die der Liebe ihrer Mutter würdig gewesen war. Die von Simone geliebt wurde. Im Gegensatz zu ihr.

Antonia lachte bitter auf. Und nun sollte Julie, eine Fremde, ihr helfen, den Schmerz der frühen Jahre, der noch immer an ihr nagte, zu besiegen? Sie wandte den Blick durch das Fenster nach draußen.

Julie würde das Richtige tun – daran musste sie einfach glauben!

GLEICHGÜLTIG, mit wem Julie in den nächsten Tagen über Antonias Willen sprach – überall stieß sie auf Begeisterung.

Ihr sonst so wortkarger Vater kramte das alte Familienbuch hervor und hielt Julie einen ausführlichen Vortrag über die früheren Familienverhältnisse. „Wenn du je daran interessiert gewesen wärst, hätte ich dir schon viel früher davon erzählen können“, sagte er mehrmals und hatte dann undeutlich gebrummt, dass er kein Verständnis für Leute wie seine Kusine Antonia habe, die er übrigens nur vom Hörensagen kannte.

„Sie hätte sich ja mal bei uns melden können, als sie aus Japan zurückkehrte, oder? Und außerdem hätte sie sich schon viel früher um den Hof kümmern sollen. Schließlich ist es doch ihr Erbe!“

„Der Berghof ist nicht verkommen!“, hatte Julie ihm entgegnet, und das Bild vom „Kuckucksnest“ hatte sie dabei verfolgt wie ihr eigener Schatten: das Haus, eingehüllt in goldenes Sonnenlicht, dahinter der dunkle, fast schwarze Wald. Die Gästezimmer mit ihren für heutige Zeiten winzig wirkenden Holzbetten, ein Herrgottswinkel in jedem Raum. All das könnte ihr gehören …

Auch für Theo war die Sache längst klar: Sie sah sich im Geiste schon mit den Zeichenschülern über das weitläufige Gelände streifen, Naturbeobachtungen machen und dann alles in Pastellkreide festhalten. Wäre es nach ihr gegangen, hätten sie eher heute als morgen in Freiburg die Zelte abgebrochen. Sie hatte Julie angeboten, sich während ihrer Abwesenheit alleine um „Soul Fantasies“ zu kümmern.

Je mehr die anderen auf Julie einredeten, desto unschlüssiger wurde sie.

Am Mittwoch rief sie schließlich Jan Bogner an. Als sie ihn um seine Einschätzung bat, sagte er, er habe schon wesentlich verrücktere Dinge gehört. Und dass er in nächster Zeit öfter einmal im Südschwarzwald zu tun hätte – vielleicht könnten sie bei solch einer Gelegenheit bei einer Tasse Kaffee über Julies Vorankommen sprechen?

Als Julie ihm antwortete, dass sie sich noch nicht endgültig entschieden habe, lachte er nur und erwiderte: „Was bleibt Ihnen denn anderes übrig? Jetzt, wo Sie von Antonia und ihrem ‚Kuckucksnest‘ wissen, können Sie doch nicht so tun, als ginge Sie dies alles nichts an!“

ES WAR später Nachmittag, als sich Julie von Antonia Fahrner vor deren kleinem Häuschen verabschiedete.

Mit einer Bananenkiste unter dem rechten Arm und ihrem Koffer in der linken Hand betrat sie nur wenig später an diesem Freitag den „Fuchsen“ in Rombach.

Antonia war natürlich überglücklich gewesen, dass Julie zugesagt hatte. Ihre Augen hatten gestrahlt wie die eines jungen Mädchens. Bei ihrem Anblick war es Julie schwer gefallen zu glauben, dass die alte Dame wirklich todkrank war.

Bei ihrem zweiten Gespräch – am Sonntag zuvor – hatte Antonia ihre Krebserkrankung erwähnt. Beiläufig, in einem Nebensatz, als würde sie über Kopfschmerzen klagen. In ihrer Betroffenheit hatte Julie nicht gewusst, was sie sagen sollte. Und Antonia war das nur recht gewesen.

Ohne Formalitäten händigte Martina Breuer, die Wirtin des „Fuchsen“, Julie den Schlüssel zu Zimmer Nummer drei aus.

Antonia war natürlich enttäuscht gewesen, dass Julie ihr Angebot, bei ihr zu wohnen, ausgeschlagen hatte. Doch Julie hatte ganz bewusst auf diese Art von Nähe verzichtet – sie wollte den Kopf für die bevorstehende Aufgabe völlig frei haben.

Doch nachdem sie nun ihr Gepäck auf dem Bett abgelegt hatte, fragte sie sich, ob sie nicht besser auf das Angebot der alten Dame eingegangen wäre. Das Zimmer war weder sonderlich groß noch gemütlich.

Probehalber setzte sich Julie aufs Bett. Wenigstens war die Matratze schön hart.

Und nun? Ruckartig stand Julie wieder auf und hievte die Bananenkiste auf den Tisch vor dem Fenster. Resolut begann sie, den Inhalt der Kiste auf der Tischplatte zu verteilen: Rosannas Tagebücher, alle in braunes Leder gebunden, auf einen Stapel. Auf einen anderen Fotoalben, deren Einbände in kunstvoller Jugendstil-Manier gestaltet waren. Auf einen dritten Stapel legte sie den Rest: zerfledderte Aktenmappen aus brauner Pappe, aus denen die Ränder von Zeitungsartikeln hervorlugten. Ein Gästebuch des Hotels Kuckucksnest aus dem Jahr 1904. Einige Baedeker-Reiseführer, ebenfalls aus diesen Jahren.

In welchem verwandtschaftlichen Verhältnis stehen der Wirt Ewald Breuer, seine Frau und Antonia eigentlich?, fragte Julie sich plötzlich. Sie versuchte sich an Antonias knappe Erklärungen zu erinnern: Ewald war der Enkel von Zacharias, der ein Bruder von Antonias Mutter Simone gewesen war. Julie schwirrte der Kopf vor lauter Namen.

Irgendwann war die Kiste leer. Julie setzte sich aufs Bett, zog das Kopfkissen unter der Tagesdecke hervor und schob es sich in den Rücken. Dann nahm sie das zuoberst liegende Fotoalbum in die Hand und schlug es auf …

Statt eines Fotos erblickte sie eine aufrechte Handschrift: *Hotel Kuckucksnest, im Jahre 1905*. Die Buchstaben waren kraftvoll und rund. War das etwa … Rosannas Handschrift? Hastig angelte Julie auf der anderen Bettseite nach den Tagebüchern und schlug eins davon auf. Treffer!

Julie schlug die nächste Seite des Fotoalbums auf. Das Hotel! Sie lächelte. Wie der alte Hof sie anschaute! Ja, *so* war es und nicht umgekehrt! Wie stolz er dastand, die Fenster fahlweiß im Sonnenglanz, das tief gezogene Dach im Kontrast dazu tiefschwarz. Dazu die Tür, die so viel breiter war als bei jenen Höfen, an denen sie auf ihrer Fahrt durch den Schwarzwald vorübergefahren war. Ein Haus, das einen willkommen hieß. Hatte Rosanna die Tür extra für die Hotelgäste erweitern lassen? Julie blätterte eine Seite weiter.

Wieder das „Kuckucksnest“. Diesmal eine Nahaufnahme. Nur die

Eingangstür, davor eine Hand voll Leute, zu deren Füßen sich Koffer stapelten: an- oder abreisende Gäste, die von einer Frau mit blondem Zopf begrüßt oder verabschiedet wurden. War das etwa Rosanna? Ein leichter Schauer durchfuhr Julie. Wenn ja, dann war sie eine ungewöhnlich schöne Frau gewesen … Mit weit auseinander stehenden, strahlend blauen Augen, hohen Wangenknochen und einer schmalen Nase. Ihre Lippen waren voll, aber nicht so voll, dass man sie als besonders sinnlich bezeichnet hätte. Sie reckte ihr Kinn nach oben, ihr Lachen war frei und natürlich – sehr ungewöhnlich für Fotografien aus dieser Zeit, schoss es Julie durch den Kopf.

Julie schlug die Seite um. Noch mehr Fotografien. Auf einigen davon Rosanna mit einer zweiten Frau. Keine Schönheit, weiß Gott nicht! Schmal, mit hängenden Schultern und krausem Haar, das wie das Nest eines Vogels aufgetürmt war. Ein paar Strähnen, die über eine hohe Stirn fielen. Der Mund nur ein dünner Strich, der sich auf der linken Seite leicht nach unten neigte. Antonias Mutter Simone? Bestimmt.

Wie sie Rosanna anstarrte! Voller Ehrfurcht. Nein, nicht auf dem nächsten Bild. Eher voller … tiefer Zuneigung? Im Hintergrund ein Speisesaal mit weiß gedeckten Tischen und Kerzenlicht, und war das nicht ein Geiger, der ganz hinten in der Ecke den Gästen aufspielte?

Rosanna und Simone neben einem Mann in Kniebundhosen und mit einem Hut mit Gamsbart, eine Flinte unterm Arm. Simone hatte den Arm besitzergreifend um Rosannas Schultern gelegt, als wolle sie die Freundin vor dem Mann mit der Waffe schützen. Wer war der Mann?

Draußen war es schon dunkel, als Julie endlich das letzte Album sinken ließ. Ihre Arme schmerzten von der schweren Last, und ihre Augen taten weh. Sie legte beide Handballen auf die geschlossenen Lider. Ihre Hände hatten den Geruch des alten Papiers angenommen. Ein seltsames Gefühl machte sich in Julies Bauchgegend breit. Die Tür zur Vergangenheit hatte sich einen Spaltbreit geöffnet.

ALS IHR Magen zu knurren begann, riss sich Julie endlich von den Fotoalben los und ging hinunter ins Lokal. Obwohl das Essen vorzüglich war, ging ihr bald nicht nur der allzu beflissene Wirt auf die Nerven, sondern auch die lauten Männer am Stammtisch. Der Geräuschpegel, der aufdringliche Geruch nach Sauerkraut – Julie wollte schließlich nur noch weg.

Am nächsten Morgen saß Julie schon um acht Uhr im Frühstückszimmer des „Fuchsen“.

Ihre Sachen lagen fertig gepackt auf ihrem Bett, die Bananenkiste war schon im Auto verstaut.

Julie atmete noch einmal tief durch, dann ging sie zu der kleinen Rezeption des Gasthofs, wo Martina Breuer an einer Rechenmaschine saß, einen Stapel Belege vor sich.

„Entschuldigen Sie, Frau Breuer, dass ich Sie störe …"

Die Wirtin runzelte die Stirn. Julie holte Luft.

„Um es kurz zu machen: Aus meinem Aufenthalt hier wird leider nichts. Die Recherchen verlangen eine Änderung meiner ursprünglichen Pläne. Darf ich Sie deshalb bitten, mir meine Rechnung fertig zu machen? Und … ach ja, wenn Sie mir noch sagen könnten, wo es hier in der Gegend einen Campingausstatter gibt?"

Kurze Zeit später stand Julie vor Antonia Fahrners Haus. Bei ihrem Anblick wurde die alte Dame vor Schreck ganz blass. Ein Rückzieher? Warum? Doch als Julie ihre Bitte vortrug, bekam Antonias Gesicht sofort wieder eine rosige Farbe. Natürlich konnte Julie den Schlüssel zum „Kuckucksnest" haben! Was für eine weise Entscheidung, dort oben, unmittelbar am Ort des Geschehens, in die Vergangenheit eintauchen zu wollen!

ES WAR ein schöner Tag, wie ihn nur der Oktober schenken konnte: Die Sonnenstrahlen wärmten, ohne erdrückend heiß zu sein, die Bienen und Hummeln tranken sich an tief lilafarbenen Asternblüten satt, zwischen denen fein gesponnene Spinnennetze glitzerten. Die Luft verströmte einen würzigen Duft nach reifem Obst, herabfallendem Laub und umgepflügter Scholle.

Auf der Holzbank vor dem Moritzhof, den Rücken an die warme Hauswand gelehnt, ließ Julie ihren Blick zufrieden über die weiten Teppiche aus Heidekraut schweifen. Eine tiefe Ruhe, wie sie sie lange nicht mehr verspürt hatte, ergriff von ihr Besitz. Es war gut, hier oben zu sein. Unten im „Fuchsen" mit seinem neugierigen Wirt und den lauten Stammtischgästen hätte sie den Wald vor lauter Bäumen nicht entdeckt.

Sie lachte angesichts des passenden Bildes. Wenn überhaupt, dann würde sie Rosanna hier finden. Und Simone natürlich auch.

KAUM war die Sonne hinter den Bergen verschwunden, wurde es rasch kühler, und Julie ging ins Haus. Sie hatte beschlossen, nur den ehemaligen Rezeptionsbereich zu bewohnen. Ihre Essensvorräte hatte sie gleich nach ihrer Ankunft in die Küche getragen und in einem Holzschrank verstaut. Da es keinen Kühlschrank gab, hatte sie auf frische Produkte verzichtet und sich stattdessen mit geräucherter Wurst, sauren Gurken, Brot, Nugatcreme fürs Frühstück und reichlich Teebeuteln eingedeckt. Ein Korb gelbroter Äpfel, ein halbes Dutzend Tafeln Nussschokolade und einige Flaschen Rotwein machten die Vorräte komplett.

Nachdem Julie die schweren Polstermöbel von den weißen Stoffhüllen befreit hatte, stellte sie zwei Sofas nebeneinander. Ein wunderbar breites und sicher auch bequemes Bett! Vor sich hin summend verteilte sie anschließend die vier Petroleumlampen, die sie in einem Baumarkt zwei Ortschaften weiter erstanden hatte: eine direkt neben ihrem Bett, sodass sie abends genügend Licht zum Lesen hatte, zwei auf dem Tresen, damit gespenstische Schatten im Dunkeln erst gar keine Chance bekamen, Julie zu erschrecken. Die vierte Lampe trug sie zu dem Kirschbaumsekretär am Fenster, auf dem sie ihren Laptop abstellen wollte. Zum Glück hatte sie zwei Akkus für das Gerät!

Zufrieden betrachtete Julie ihr Lager im „Kuckucksnest". Es fühlte sich so … richtig an, hier oben zu sein!

Nach dem Abendessen entzündete sie alle vier Petroleumlampen und setzte sich mit dem Wein und einer Tafel Schokolade an den Schreibtisch, vor sich Rosannas Tagebücher. Sie konnte es inzwischen kaum noch erwarten, endlich mehr über die Frau zu erfahren, die sie schon auf den Fotografien so fasziniert hatte.

Gut eine Stunde später war ihr erstes Glücksgefühl jedoch tiefer Verunsicherung gewichen. Was sie da vor sich hatte, machte einfach keinen Sinn! Bei einem Teil der Bücher handelte es sich in der Tat um Rosannas Tagebücher: Jeder Eintrag war mit einem Datum versehen. An manchen Tagen waren es mehrere Seiten, an anderen nur eine. So weit, so gut. Doch in anderen Büchern gab es ellenlange Passagen ohne Punkt und Komma, die von früheren Zeiten in Rosannas Leben zu handeln schienen und in der Vergangenheitsform geschrieben waren. Aber was hatte das mit einem Tagebuch zu tun?

Manchmal waren die Worte voller Poesie, doch dann herrschte wieder ein nüchterner Erzählton vor, ohne jegliche Emotion. Es fiel Julie schwer zu glauben, dass alle Texte aus derselben Feder geflossen waren.

Ratlos schaute sie auf den Stapel Bücher. Das Ganze kam ihr mittlerweile vor wie ein Lied, das man bei den ersten Tönen zu erkennen glaubt, bei dem man aber durch einen unerwarteten Rhythmus eines Besseren belehrt wird.

ALS AM nächsten Morgen das Handy klingelte, schreckte Julie hoch, ohne zunächst zu wissen, wo sie eigentlich war. Verwirrt kramte sie in ihrer Tasche.

„Und – wie wohnt es sich in deiner schnuckeligen Pension?“, erklang Theos rauchige Stimme.

„Einen schönen guten Morgen wünsche ich dir auch“, erwiderte Julie müde, rappelte sich auf und ging mit bloßen Füßen vors Haus. Nach ein paar tiefen Zügen der klaren Morgenluft war sie wach genug, um Theo von ihrem Umzug auf den Moritzhof zu erzählen.

Julie tappte in die Küche, und während sie mit einer Hand die Verpackung des Vollkornbrots aufriss, schilderte sie ihre erste Begegnung mit Rosannas Tagebüchern.

Die halbe Nacht hatte sie damit zugebracht, sich in die Tagebücher einzulesen und das übrige Material zu sichten. Es war drei Uhr nachts gewesen, als sie zum ersten Mal ihren Laptop angestellt und mehrere Dateien angelegt hatte: Daten über Rosannas Lebenslauf, Informationen über den „Fuchsen“, in dem Rosanna ihre erste Zeit in Rombach verbracht hatte, Daten zum Hotel Kuckucksnest und so weiter. Hie und da blieben Lücken, die sich jedoch bestimmt schließen ließen, sobald sie mit der intensiven Lektüre begann.

„Eigentlich könnte ich mich jetzt hinsetzen und eingehend zu lesen beginnen“, schloss Julie ihren Bericht. Als Theo nicht gleich antwortete, fuhr sie fort: „Die Eine-Million-Euro-Frage lautet allerdings: Wie soll ich alles, was ich lese, jemals so in Worte verpacken, dass Antonia etwas davon hat? Soll ich eine Art Bericht schreiben? Das ist es ja eigentlich, was sie von mir will … Andererseits: Wie trocken sich das anhört!“ Missmutig schüttelte Julie den Kopf. Es widerstrebte ihr, Rosannas und Simones Leben in dieser Art abzuhandeln.

Und da war noch etwas: Rosannas Tod. Irgendwie war es dabei nicht mit rechten Dingen zugegangen. Da Julie in sämtlichen Zeitungsausschnitten nichts Aufschlussreiches gefunden hatte, konnte sie nicht mit Bestimmtheit sagen, was sie auf diesen Gedanken gebracht hatte. Aber er war da und kreiste wie eine lästige Fliege in ihrem Bewusstsein. Vielleicht würden die übrigen Tagebücher, die sie noch nicht gelesen hatte, Licht in das Dunkel bringen.

Theo stieß laut den Zigarettenrauch aus. „Hey, dich wird doch nicht der Mut verlassen, oder? Denk daran, was wir unseren Leuten immer sagen: Glaubt an eure ‚Soul fantasies‘! Lebt sie! Lasst sie Wirklichkeit werden!“ Theos rauchige Stimme wurde weich.

„Lasst sie Wirklichkeit werden …“, wiederholte Julie nachdenklich. Sie verstummte einen Moment. „Ja, das könnte es sein. Ich könnte die Tagebuchausschnitte mit meinen eigenen Interpretationen und Rückschlüssen mischen. Dadurch hätte mein Text zum einen etwas Authentisches, und zum anderen würde Antonia erkennen, dass ich mich wirklich mit der Materie auseinander gesetzt habe. Ich glaube, daran könnte ich Gefallen finden!“ Ein wohliger Schauer durchlief Julie. Kurze Zeit später beendete sie das Telefonat. Sie hatte keine Zeit mehr zu verlieren. Die Tür hatte sich vollends geöffnet.

Tagebuch von Rosanna Moritz

13. November, im Jahre 1900

Karl ist tot. Er war mein Ehemann und mehr als fünfzig Jahre älter als ich. Ich habe ihn geliebt. Auf meine Art. Nicht von Anfang an und nicht jeden Tag. Aber jetzt, da er nicht mehr hier ist, ist alles kalt und leer in mir, und rings um mich ist alles dunkel.

Simone ist seit dem Tod ihres Großvaters auch völlig verstockt. Ich sage ihr immer wieder, dass sie keine Schuld trägt. Woher hätte sie die Kraft nehmen sollen, ihn zu halten? Aber ich glaube, tief in ihrem Innern gibt sie sich trotzdem die Schuld an seinem Tod. Jedenfalls hat sie noch kein einziges Wort darüber verloren, wie es eigentlich zu diesem verhängnisvollen Unfall am Felsen gekommen ist.

„Immerhin war er schon vierundsiebzig Jahre alt“, hat sie bei ihrem letzten Besuch gesagt – als ob das ein Trost sein könnte …

Karl wollte nichts wissen vom Tod oder von Krankheiten. Ich habe mir darüber stets mehr Gedanken gemacht, vor allem wegen des Hustens, den er gar nicht mehr loswurde. Wenn der ihn dahingerafft hätte – dann hätten wir mehr Zeit gehabt, uns mit dem Unvermeidlichen abzufinden. Wie ich Karl kenne, hätte er sein letztes bisschen Kraft noch darauf verwendet, mir tausend Verhaltensregeln für die Zukunft an die Hand zu geben: Mach das mit den Bienen so, und wenn die Turbine stottert, dann tu dieses, und wenn wieder einmal ein paar Forellen im Teich bäuchlings im Wasser treiben, dann tu jenes. Herrgott! Warum musste er sich bei einem Sturz vom Felsen das Genick brechen wie ein unvorsichtiger Gaul? Dass er auf diese Art sein Leben lassen musste, will einfach nicht in meinen Kopf.

Die Leute unten im Dorf glauben es auch nicht. Simone sagt, es würde gemunkelt, ich hätte ihn in den Tod getrieben. Wie die sich das wohl vorstellen? Soll ich mit der Peitsche hinter ihm hergerannt sein?

Von mir aus können sie sich ihre Mäuler zerreißen. Karl hat sich nicht um die Rombacher geschert, und ich werde es auch nicht tun.

Nur ein paar Leute aus dem Dorf sind zur Beerdigung auf den Moritzhof gekommen. Gottlieb König und natürlich auch die Breuers. Noch bevor er in die Erde kam, ist Franziska Breuer durch die Räume gerannt und hat alle möglichen Sachen an sich genommen. Als Tochter sei das ihr gutes Recht, behauptete sie. Wahrscheinlich kann Franziska Breuer es nicht erwarten, mich aus ihrem Elternhaus hinauszuwerfen. Wenn sie sich da mal nicht verrechnet … Karl hat mir immer versprochen, dass nach seinem Tod für mich gesorgt sein wird. Doch was, wenn er noch nichts in die Wege geleitet hatte? Der Gedanke lässt mich nachts nicht mehr schlafen. Was soll dann aus Bubi und mir werden? Ein paar Wochen Gnadenfrist …

Als die Beerdigung vorüber war, marschierten die Breuers sofort wieder nach Hause. Nicht einmal zur Totensuppe sind sie geblieben. Simone wäre gern geblieben, das hab ich ihr angesehen. Aber ihre Mutter hat sie hinter sich hergeschleift wie eine störrische Ziege. Wie die Breuers Claudine, Alexandre und die anderen, die Karl die letzte Ehre erwiesen haben, beglotzten! Ja, die Rombacher mögen keine Leute, die anders sind als sie selbst.

Vielleicht werde ich Simone sagen, dass ich nie wieder was von den Leuten aus dem engen Tal mit den engen Köpfen hören will.

Während ich hier sitze und schreibe, fällt mein Blick immer wieder auf Bubi, der ohne Freude die hölzernen Bausteine, die Karl ihm zurechtgesägt hat, aufeinander türmt. Manchmal legt er sein Köpflein schräg, als lausche er auf Karls schweren Schritt. Wie soll ich ihm beibringen, dass dieser für immer verklungen ist?

Ich bin zwanzig Jahre alt und schon Witwe. Aber ich bin auch Mutter. Mein Sohn braucht mich. Für ihn muss ich mich zusammenreißen.

Karl hat mir immer wieder geraten, ein Tagebuch zu führen – seit dem Tag, als er anfing, mir das Lesen und Schreiben beizubringen. Ich solle meine Gedanken niederschreiben, das wäre nicht nur eine gute Schreibübung, sondern würde mir auch helfen, das Durcheinander im Kopf aufzuräumen. Aber ich wollte nicht. Auch jetzt bin ich mir noch nicht sicher, ob ich das Durcheinander in meinem Kopf aufräumen will.

Aber vielleicht hatte der alte Sturkopf ja Recht. Wie er so oft Recht hatte in seinem eigentümlichen Leben.

Ja, Karl, der Anfang ist gemacht! Und jetzt scheinen die hellgrauen

Blätter geradezu zu fordern: Los, Rosanna, mehr Tinte, mehr Worte, mehr Gefühle! Aber wie soll das gehen, wenn in mir alles so grau ist wie der traurige Winterhimmel? Wie soll ich neue Pläne schmieden, wenn ich nicht einmal weiß, ob ich nächsten Monat noch ein Dach über dem Kopf habe?

Wenn ich so darüber nachdenke, bleibt mir nichts anderes übrig, als ganz vorn zu beginnen. Bei den Schattenjahren …

Das erste Mal bin ich Franziska Breuer an einem warmen Tag im Mai des Jahres 1897 über den Weg gelaufen, und zwar in der Rombacher Mühle, wo sie bei Käthe, der Müllerin, einkaufte.

Ich war zu diesem Zeitpunkt schon seit vier Tagen unterwegs. Nachts habe ich im Wald geschlafen, und tagsüber bin ich auf der großen Straße Richtung Süden gelaufen. Ich habe immer wieder Reisende – Uhrenhändler und Hausierer – gefragt, ob dies auch der richtige Weg in die Schweiz sei. Der Schwarzwald ist schließlich riesengroß, und die Vorstellung, im Kreis herumzuirren, machte mir Angst. Ja, hieß es immer nur, aber ich hätte noch ein gutes Stück vor mir.

Die tagelangen Märsche bergauf und bergab hatten mich ziemlich erschöpft. Das Brot und die Scheibe Speck, die ich mir zu Hause eingepackt hatte, waren längst verspeist, aber ich hatte noch etwas Geld in der Tasche. Damit wollte ich zwar recht sparsam sein, trotzdem beschloss ich, mir im nächsten Ort einen Laib Brot zu kaufen, und das war zufällig Rombach.

Ein hübsches Dorf, mit einem Marktplatz, in dessen Mitte ein wunderschöner Maibaum prangte. Einen Krämerladen entdeckte ich allerdings nirgendwo, und so ging ich wieder zum Ortsanfang zurück, wo ich linker Hand eine Mühle gesehen hatte. Ich hoffte, dort etwas zu essen kaufen zu können.

Und da …

Käthe nahm einen neuen Sack zur Hand, befestigte ihn an der Mahlgangsöffnung, legte einen Riegel um und ließ im nächsten Moment einen Schwall Mehl in den Sack rauschen. Bevor sie ihn zuband, langte sie, einer Eingebung folgend, hinein und ließ eine Hand voll Mehl durch ihre Finger rieseln. Wie sie es sich gedacht hatte: viel zu grob! Dabei hatte die Wirtin des „Fuchsen“ diese Woche ausdrücklich feines Mehl bestellt. „Gerhard!“, kreischte Käthe.

Im nächsten Moment wurde das Tor aufgerissen.

„Verflixt noch mal, der Mühlstein gehört geschliffen, merkst du das denn nicht?“ Sie drehte sich um und schrak zusammen, als sie Franziska Breuer sah.

„Grüß Gott, Käthe!“ Mit einem letzten Schwung bugsierte die Fuchsenwirtin ihren Leiterwagen durch das Tor, bevor es hinter ihr zuschlug.

Die Müllerin grüßte brummend zurück. Hätte die Frau nicht ein paar Minuten später kommen können! Jetzt wusste sie gleich, dass das Mehl nicht so fein war, wie es sein sollte. Und überhaupt: Was tat sie hier, wo sie doch sonst immer ihre Tochter schickte? Wahrscheinlich ließ sich Gerhard deshalb nicht blicken! Hätte sich Kathi Breuer angesagt, würde er sich schon seit Ewigkeiten im Mahlstüble herumdrücken.

Käthe wies auf den Sack Mehl zwischen ihren Beinen. „Das ist der letzte, die drei anderen hab ich schon abgefüllt.“ Ein Ächzen unterdrückend, hievte sie einen Sack nach dem anderen auf den Leiterwagen. „Brauchst du sonst noch etwas?“, fragte sie Franziska Breuer, als der letzte Sack verstaut war.

„Ja, pack mir Salz ein. Und Zucker. Und wenn du noch ein, zwei Töpfe saure Gurken hättest?“

Die Müllerin runzelte die Stirn. „Seit wann kaufst du Gurken zu?“ Normalerweise stellten die Breuers alles selbst her, was sie ihren Gästen im Wirtshaus anboten. Ja niemanden einen Pfennig verdienen lassen!

„Seit ich feststellen musste, dass unsere Fässer schon im Dezember zur Hälfte leer gefressen waren. Und wir wissen auch, wem wir das zu verdanken haben!“ Über Franziskas Gesicht huschte eine dunkle Wolke. „Dieses g’schlamperte Luder hätte ich schon im letzten Herbst rausschmeißen und nicht noch bis Lichtmess warten sollen!“

Was folgte, war eine Schimpftirade auf Luise, die Magd, die von Franziska beim Klauen erwischt worden war und die daraufhin am zweiten Februar ihr Bündel hatte nehmen müssen.

Käthe stieß die Tür zu der kleinen Kammer auf, die sie nach dem Tod ihres Mannes eingerichtet hatte. Hier bot sie Salz, Zucker und ein paar Gewürze an, außerdem Marmelade, eingelegte Gurken und Dörrobst. Auf dem untersten Regalboden standen die Gurken- und Krautfässer.

Käthe rollte ein Gurkenfass neben die Mehlsäcke auf den Leiterwagen und wartete darauf, dass Franziska mit dem Schimpfen aufhörte.

„Keiner will mehr richtig schaffen! Aber jetzt werden andere Saiten aufgezogen, das sag ich dir. Und die Kathi seht ihr auch nicht mehr so schnell. Wenn ich die zum Einkaufen schicke, ist immer der halbe Tag vorbei, und das Tagwerk bleibt liegen!“

„Du weißt, deine Katharina ist bei uns immer gern gesehen!“, erwiderte die Müllerin. Dann nannte sie ihren Preis für die Lebensmittel. Das älteste Breuer-Mädchen wäre ihr als Schwiegertochter mehr als willkommen. Kathi konnte zupacken, nett anzusehen war sie auch, und dass der Gerhard ganz vernarrt in sie war, ließ sich nicht übersehen.

Franziska legte Käthe ein paar abgezählte Geldscheine hin.

„Übrigens: Könntest du mir morgen noch einmal den Gerhard schicken? Du weißt doch, außer dem Brot müssen diese Woche auch die Pfingstküchle für Samstag gebacken werden. Und jetzt, wo die Luise weg ist …"

Resolut schüttelte Käthe den Kopf. „Tut mir Leid. Der Gerhard hat in den nächsten Wochen alle Hände voll zu tun. Eins der Wasserräder muss ausgebessert werden, und ein paar Zapfen sind auch schadhaft."

Sie weidete sich noch an der Enttäuschung, die der Wirtin ins Gesicht geschrieben stand, als das Tor erneut aufging. Die beiden Frauen drehten sich um.

„Grüß Gott!" Misstrauisch beäugte Käthe das junge Mädchen, das im Torrahmen stand. Sie hatte es hier im Dorf noch nie gesehen. „Wie kann man helfen?"

Die junge Frau blinzelte, als ob sie sich nach der grellen Maisonne erst an die Dunkelheit im Inneren der Mühle gewöhnen musste. „Ich wollte fragen, ob … ob ich ein Brot haben kann", stotterte sie.

Käthe runzelte die Stirn. „Brot?", wiederholte sie. Dann zeigte sie auf das Schild an der Wand, wo sie alle Waren, die sie zum Verkauf anbot, aufgeführt hatte. „Kannst du nicht lesen? Bei uns gibt's Mehl. Brot müssen die Leute schon selbst backen."

„Ich tät auch dafür bezahlen. Oder dafür arbeiten!", fügte die Fremde an, als ob Käthe nichts gesagt hätte. „Fleißig bin ich. Und schnell." Ihre lebhaften Augen flackerten ängstlich, als befürchtete sie, hinausgeworfen zu werden.

Käthe musterte ihr Gegenüber. Blutjung, höchstens 16 Lenze, schätzte sie. Ein hübsches Ding, mit einem Gesicht wie ein Porzellanpüppchen. Aber so blass, als ob sie in einem Keller eingesperrt gewesen wäre. Drahtig zwar, aber so mager! Käthe griff in einen der Körbe hinter sich.

„Ein bisschen Trockenobst könnt' ich dir geben. Da, nimm!"

Zögerlich griff das Mädchen nach den Apfel- und Birnenschnitzen, steckte sich jedoch schon im nächsten Moment einen davon in den Mund. Erst dann murmelte es: „Danke."

Käthe winkte ab. Plötzlich kam ihr eine Idee. „Du sagst, du bist auf der Suche nach Arbeit?"

Das Mädchen mit den blauen Augen nickte, während es hingebungsvoll auf einem Stück Trockenobst kaute.

Käthe schaute von der jungen Frau zu Franziska, die mit ihrem Leiterwagen ein aufwändiges Wendemanöver begonnen hatte. Das war wieder mal typisch für die Breuer! Die sah ihr Glück nicht, selbst wenn es vor ihren Füßen lag.

„Da wüsste ich, an wen du dich wenden kannst!“

Brot sollte ich backen und dafür eine warme Mahlzeit, eine Unterkunft für die Nacht und ein Morgenmahl bekommen – so hatte Franziska Breuer es mir vorgeschlagen. Und ich habe Ja gesagt. Was hätte ich auch sonst tun sollen? Ich konnte eine Rast gut gebrauchen. Und etwas essen musste ich auch. Und bevor ich mein bisschen Geld ausgab, wollte ich lieber für meine Kost arbeiten.

In jedem Dorf, durch das ich auf meinem Weg nach Süden kam, hatte ich gehofft: Das ist jetzt endlich die Schweiz! Das ist das Land, von dem Mutter so viel erzählt hat. Wo Frauen als Stickerinnen und Näherinnen Arbeit finden können. Dass die Schweizer vermutlich nicht gerade auf eine Köhlerstochter warteten, die nur leidlich mit einer Stopfnadel umgehen konnte, kam mir nicht in den Sinn. „Stur wie eine Ziege!“, hat Vater mich immer geschimpft. „Sie hat ihren eigenen Willen und einen Dickkopf wie du“, antwortete Mutter ihm darauf stets. Oh, wie oft hat sie mich in Schutz genommen!

Auf meinem Weg nach Süden hatte ich oft das Gefühl, Mutter würde neben mir herlaufen. Dabei wusste ich, dass ich sie nie mehr wiedersehen würde.

Deshalb musste ich unbedingt in die Schweiz gelangen. Dann würde mein Leben neu beginnen!

Doch am Ende bin ich nicht weiter als bis Rombach gekommen …

„Ist es für heute nicht schon zu spät, um mit dem Backen anzufangen?“ Obwohl Gustav Breuer draußen bemüht leise sprach, war seine Stimme im Backhaus nicht zu überhören. Und die seiner Frau auch nicht.

„Und was ist, wenn sich herausstellt, dass sie’s doch nicht kann? Ich füttere doch eine Fremde nicht umsonst durch! Nein, sie soll gleich zeigen, was in ihr steckt“, zischte Franziska zurück.

Rosanna hatte unwillkürlich die Luft angehalten. Im nächsten Moment wurde die Tür zum Backhaus aufgerissen. Franziska stellte eine Schüssel auf den Rand des Troges und einen Becher mit Milch daneben.

„Hier ist was zu trinken. Und der Sauerteig. Vergiss bloß nicht, vom neuen Teig etwas für die nächste Woche zurückzubehalten!" Mit verschränkten Armen schaute Franziska Breuer zu, wie Rosanna nach einem Teigbatzen langte und ihn mit einem schmatzenden Geräusch gegen die hölzerne Wand des Troges schlug.

Franziska schnaubte zufrieden. „Na also, das wird doch was!" Gleich darauf war sie verschwunden.

Mit klebrigen Fingern griff Rosanna nach dem Becher Milch und trank ihn in einem Zug aus. Von dem Teig stieg eine Woge Kümmelduft empor und ließ ihren Magen knurren. Rosanna versuchte, das flaue Gefühl in ihrem Magen zu ignorieren, und arbeitete weiter.

Allmählich wurde der Teig immer luftiger, und bald würde sie ihn abgedeckt ruhen lassen können. Dann konnte auch sie sich ein wenig erholen. Das Feuer im Ofen hatte sie schon angezündet, bevor sie mit dem Teig begonnen hatte. Mit dem alten Steinofen im Wald, in dem sie immer für sich und die anderen Köhler Brot gebacken hatte, kannte sie sich gut aus. Bei diesem hier konnte sie nur schätzen, wann er die richtige Temperatur haben würde.

Wie jedes Mal, wenn Rosanna an zu Hause dachte, verspürte sie eine tiefe Traurigkeit. Seit letzter Woche besaß sie die Gewissheit, dass ihre Mutter damals *nicht* auf und davon gelaufen war, wie Vater immer behauptet hatte. Sich davonzuschleichen wäre auch gar nicht ihre Art gewesen! Und schon gar nicht ohne Rosanna. Und als Vater ihr letzte Woche im Rausch drohte, es werde ihr „ergehen wie der Mutter, wenn sie nicht spurte", und dabei auf den Meiler deutete, da war es ihr auf einmal wie Schuppen von den Augen gefallen.

„Du … du hast sie umgebracht! Und dann verbrannt, nicht wahr? Sie *kann* gar nicht mehr zurückkommen!", hatte sie den Vater angeschrien. Doch er hatte nur abgewinkt und etwas gelallt, was sie nicht verstand. Kurz darauf war er eingeschlafen, als ob nichts gewesen wäre.

Nicht nur ein Säufer, sondern ein Mörder!

Doch hätte Rosanna das je beweisen können? Nein. Sie wusste ja noch nicht einmal, wem sie ihre Anschuldigung hätte vortragen sollen. Sie hatten ihre Kohlenmeiler stets tief im Wald aufgebaut, weit weg von den nächstgelegenen Dörfern. Hätte sie in der Glashütte zu einem der Aufseher gehen sollen? Die wollten doch mit den schmutzigen Köhlern nichts zu tun haben.

Noch in derselben Nacht hatte sie ihr Bündel gepackt. Nur der Gedanke, dass ihre Mutter vielleicht doch noch eines Tages zurückkommen würde, hatte sie die letzten zwei Jahre erdulden lassen. Aber Vaters Worte hatten nicht nur ihre Hoffnung, sondern auch ihre Duldsamkeit zerrieben.

Rosanna hielt mit dem Kneten inne. Für eines waren Vaters Schläge gut gewesen: Sie hatten sie hart gemacht. Hart und furchtlos. Wovor um alles in der Welt hätte sie noch Angst haben sollen?

Der Teig war nun weich und luftig, seine Oberfläche glänzte. Wenn die Brote so gut gerieten, wie es der Teig versprach, würde die Fuchsenwirtin keinen Grund zur Klage haben! Rosanna begann die Teigreste von ihren Fingern abzustreifen.

„Mai ohne Regen – fehlt's allerwegen, heißt's bei uns!“

Sie zuckte zusammen. Als sie sich umdrehte, sah sie einen jungen Burschen im Türrahmen stehen. Er grinste. „Ganz schön warm heute, nicht wahr? Tut mir Leid, wenn ich dich erschreckt habe.“

Rosanna nickte. „Mairegen bringt Segen, da wächst jedes Kind, da wachsen die Blätter und Bäume geschwind – so heißt es bei uns“, erwiderte sie. Dann erst fragte sie sich, wer der junge Mann eigentlich war, der so selbstbewusst mit verschränkten Armen im Türrahmen lehnte. Er war nicht sonderlich groß, wirkte aber kräftig.

Als hätte der junge Mann Rosannas Gedanken verfolgt, fragte er nun: „Und wo ist ‚bei uns‘?“

„In der Gegend um Freudenstadt“, erwiderte Rosanna.

„Ach so! Übrigens, ich heiße Zacharias Breuer, und wer bist du?“ Er stieß sich vom Türrahmen ab und kam um den Holztrog herum.

„Rosanna Schwarz.“

„Mutter sagt, du wärst auf dem Weg in die Schweiz.“

Rosanna nickte und wusch sich in dem restlichen Wasser im Eimer die Hände. Dann trocknete sie sie mit einem Lappen ab, der an einem Haken an der Wand hing. Seit der junge Mann das Backhaus betreten hatte, kam es Rosanna auf einmal viel kleiner vor.

Als hätte er alle Zeit der Welt, begann Zacharias mit einem kleinen Holzsplitter, den er vom Türrahmen abgerissen hatte, den Schmutz unter seinen Fingernägeln zu entfernen. „Und was willst du ausgerechnet in der Schweiz?“

„‚Ausgerechnet in der Schweiz‘ – wie du das sagst! Als ob ich ins Türkenland auswandern wollte. Aber ich sag's dir gern: Ich will wegen der Arbeit in die Schweiz.“ Sie sah ihn herausfordernd an.

„Dafür braucht man doch nicht so weit zu reisen!“, erwiderte er prompt und lachte. „Die Arbeit rennt einem auch hier den ganzen Tag hinterher. Gerade sind mein Bruder und ich beim Schlachten und Wursten, dann muss die Wirtsstube für den Abend hergerichtet werden und so weiter …"

Die beiden schwiegen. Rosanna war es nicht gewohnt, mit Fremden zu sprechen, auch wenn dieser hier einen netten Eindruck machte.

„Eine Köhlerin bist du, sagt meine Mutter, und dass deine Eltern beide tot sind", hob Zacharias schließlich erneut an.

Rosanna nickte. Genau das hatte sie Frau Breuer erzählt; alles andere wäre zu kompliziert gewesen.

Noch immer musterte der Breuer-Sohn sie mit unverhohlenem Interesse. Um nicht länger tatenlos herumzustehen, schaute sich Rosanna nach etwas um, womit sie den Teigtrog abdecken konnte, und entdeckte ein Brett in der passenden Größe. Nachdem sie es über den Trog gelegt hatte, sagte sie: „Wenn's so viel Arbeit gibt … Solange der Teig geht, hätte ich Zeit zu helfen …"

ANTON war ganz anders als sein Bruder, das habe ich gleich gesehen. Er sah schon damals viel älter aus, obwohl er nur drei Jahre früher geboren war als Zacharias. Ansonsten sahen sich die beiden Brüder ähnlich, zumindest auf den ersten Blick. Aber bei Zacharias wirkte die Leibesfülle kraftvoll, während Anton eher Behäbigkeit ausstrahlte. Ich muss zugeben, dass mir Zacharias schon am ersten Tag gefiel. Sein Bruder hingegen war mir ziemlich gleichgültig. Er starrte zwar hin und wieder von seinem Kessel Blutwurst zu mir herüber, aber mehr als ein paar Worte brachte er nicht heraus. Im Gegensatz zu Zacharias! Dessen Mund hat eigentlich fast nie stillgestanden. Kaum hatte ich das erste Huhn zum Rupfen zwischen den Beinen, begann er zu erzählen: Dass es den „Fuchsen" schon seit achtzig Jahren gebe und dass sein Vater nun vorhabe, Reisenden auch Fremdenzimmer anzubieten. Dass die Großeltern väterlicherseits mit im Haus lebten, der Vater seiner Mutter aber allein auf einem großen Berghof ganz in der Nähe wohne.

Eins muss ich sagen: So unterhaltsam war es noch nie, ein Hühnchen zu rupfen!

Beim Abendessen lernte ich dann auch den Rest der Familie kennen: Gustav Breuers Eltern, Katharina, die älteste Tochter, und natürlich Simone …

NACHDEM Rosanna Zacharias und Anton in der Wurstküche geholfen hatte, schob sie die erste Ladung Brote in den Ofen. Danach bestand Zacharias darauf, ihr das Anwesen zu zeigen: das Wirtshaus, daneben die

Küche, hinter dieser die gute Stube, wo Gustav Breuers Eltern auf der Kunst saßen, dem Nebenofen, dessen Steinbank durch den Kachelofen erwärmt wurde. Ganz rechts lag schließlich der Stall, in dem vier gesunde Hinterwälderkühe, ein paar Ziegen und eine ordentliche Menge Schweine untergebracht waren. Im oberen Stockwerk befanden sich die Schlafkammern und auch der Heuschober, den Gustav Breuer zu Fremdenzimmern ausbauen wollte. Rosanna wurde es ganz schwindlig vor lauter Zimmern und Kammern und Räumen! Sie war gerade noch rechtzeitig ins Backhaus zurückgekommen, um die erste Ladung aus dem Ofen zu nehmen.

Es war kurz vor sechs Uhr, als Rosanna das letzte Brot herausholte. Um sechs sollte es Nachtessen geben, hatte Franziska ihr gesagt.

Zufrieden schaute Rosanna auf das Regal, in dem das Backwerk des Tages lag – genau dreißig Laibe hatte der Teig ergeben. Ihre Arme zitterten vor Erschöpfung. Eine warme Mahlzeit und ein Lager für die Nacht hatte sie sich redlich verdient! Obwohl sie es vor Hunger kaum noch aushielt, löste sie ihre Haare und begann sie notdürftig mit den Fingern zu kämmen. In der Spiegelscherbe, die über dem Waschtrog an der Hauswand hing, glänzte ihr Haar in einem honigfarbenen Goldton. Hastig flocht sie einen ordentlichen Zopf.

Bei dem Gedanken, mit völlig fremden Menschen an einem Tisch sitzen zu müssen, wurde Rosanna nervös. Was, wenn die Wirtsleute etwas an den Broten auszusetzen hatten? Zacharias und Anton waren ja recht freundlich, aber was, wenn deren Schwestern sie nicht leiden konnten? Und die alten Breuers hatten auch nicht gerade sehr freundlich dreingeschaut, als Zacharias Rosanna durch die gute Stube führte.

Sie zog in der Spiegelscherbe eine Grimasse. In der Schweiz würde es vor Menschen sicher nur so wimmeln. Je früher sie sich also daran gewöhnte, unter Leuten zu sein, desto besser!

„WENN ihr den Knall gehört hättet, den diese, diese … Turbine von sich gab, als sie zum Laufen kam! Eine Höllenmaschine ist das!“ Theatralisch warf Katharina beide Arme in die Höhe. „Diesmal ist mir vor Schreck nur der Wassereimer aus der Hand gefallen, aber das nächste Mal bleibt mir womöglich das Herz stehen!“ Sie schüttelte heftig den Kopf. „Nein, ich will da nicht mehr hin!“

„So schnell geht das nicht, Schwesterherz“, sagte Zacharias spöttisch und nahm sich noch ein Stück Brot aus der hölzernen Schale, die in der Tischmitte stand.

„Du hast gut reden, du warst ja nicht dabei!“ Katharina funkelte ihren Bruder wütend an. Dass die anderen nicht ernst nahmen, was sie erlebt hatte, passte ihr ganz und gar nicht.

„Überhaupt, warum kann denn nicht einmal jemand anders auf den Moritzhof gehen? Ich bin’s leid, mich beschimpfen zu lassen!“ Vorwurfsvoll schaute sie in die Runde.

„So spricht man aber nicht von seinem Großvater!“ Die alte Frau Breuer warf ihrer Schwiegertochter einen vorwurfsvollen Blick zu. „Das hätte es zu unserer Zeit nicht gegeben.“

Franziska ignorierte ihre Schwiegermutter. „Ach Kathi, du kennst doch den Großvater“, sagte sie beschwörend. „Du weißt, dass man sich nicht alles zu Herzen nehmen muss, was er von sich gibt.“ Sie drückte Katharinas Arm. „Nächste Woche machst du einfach deine Arbeit und kümmerst dich nicht um den alten Bären.“

„Und wenn er mich wieder eine dumme Gans nennt?“, fragte Katharina mit einem Schniefen.

Rosanna hatte das Gefühl, dass sich Kathi eigentlich schon längst beruhigt hatte, es aber genoss, dass so viel Theater um sie gemacht wurde. Die Breuer-Tochter kam ihr ziemlich verwöhnt vor.

„Dann machst du einfach die Ohren zu!“, erwiderte Franziska. Nach den Pellkartoffeln mit der Blutwurst und dem Butterbrot fühlte Rosanna sich so satt wie schon lange nicht mehr. Dazu die Wärme von dem großen Kachelofen im Rücken … Rosanne wollte am liebsten nie mehr aufstehen.

„Eine Turbine … So was kostet doch sicher ein Vermögen. Ich möchte wissen, woher er das Geld dafür hat! Wo er doch letzte Woche schon wieder ein Stück Land gekauft hat.“ Kopfschüttelnd nahm Gustav Breuer einen tiefen Schluck Bier. „Und jetzt noch elektrisches Licht im Haus – so eine Spinnerei!“

An Franziskas zusammengekniffenen Lippen las Rosanna ab, dass solche Gespräche über ihren Vater offenbar öfter stattfanden, als es der Wirtin lieb war. Als sie ihrem Mann antwortete, war ihr Ton bemüht leicht. „Die Turbine ist wahrscheinlich ein uraltes Teil Schrott, das er bei einem seiner Kumpane gegen Honig eingetauscht hat. Und was das Land angeht – es ist doch bekannt, dass er es für ein geringes Entgelt bekommt.“ Franziska zuckte mit den Schultern. „Jeder so, wie er will.“ Sie begann die Teller zusammenzustellen. „Andere geben ihr Geld für Pfeifen aus“, sagte sie mit einem Seitenblick auf ihren Schwiegervater, der sich gerade eine Meerschaumpfeife ansteckte.

„Also, ich fände es prima, wenn wir auch Strom hätten!“, rief Zacharias. „Aber woher nehmen? Da braucht man doch mindestens einen so mächtigen Wasserfall, wie ihn der Großvater oben in der Nähe hat, oder?“

Anton wischte mit einem letzten Stück Brot seinen Teller aus, bevor Franziska ihn fortnahm. „Ich weiß nicht, wofür ich diesen Strom bräuchte. Bisher haben wir auch ohne Strom noch jedes Schwein geschlachtet!“, sagte er kauend.

Rosanna stimmte in das Lachen der anderen mit ein. Als sie aufschaute, kreuzte sich ihr Blick zufällig mit dem von Simone, die angestrengt am Nagel ihres Zeigefingers kaute. Rosanna bemühte sich um ein Lächeln, doch die andere schaute sofort weg. Was für ein seltsames Mädchen! Saß nur zusammengekauert da. Beteiligte sich nicht am Gespräch. Wurde auch von niemandem etwas gefragt.

Es fiel Rosanna schwer zu glauben, dass Simone das vierte Kind von Gustav und Franziska Breuer war. Sie konnte sich nicht daran erinnern, je ein so hässliches Mädchen gesehen zu haben. Das Gesicht der jüngsten Breuer-Tochter war durch Pusteln und Flecken entstellt. Die schmalen Lippen waren blutleer, der linke Mundwinkel hing ein wenig nach unten. Simones Augen hatten nichts Kindliches, sondern blickten starr in die Runde. Zu allem Übel hatte der liebe Gott ihr außerdem derart krause Haare beschieden, dass man sicherlich Mühe hatte, mit der Bürste durchzukommen.

Unwillkürlich wanderte Rosannas Blick hinüber zu Katharina mit den schönen dunkelbraunen Haaren, die gerade mit anmutigen Gesten von einer Frau im Dorf erzählte.

Rosanna wurde jäh aus ihren Betrachtungen gerissen, als Franziska mit der flachen Hand auf den Tisch schlug. „So, genug geschwatzt! Zacharias, Anton – ihr geht hinüber ins Wirtshaus! Katharina, du hilfst mir in der Küche. Und Simone – du gehst mit deinen Großeltern in die Stube und schneidest ihnen die Zehennägel!“

Wie auf Kommando erhoben sich alle.

Auch Rosanna stand auf. Sie sammelte die Löffel ein, nahm den leeren Kartoffeltopf und folgte Franziska in die Küche. Obwohl sie sich vor lauter Müdigkeit kaum noch auf den Beinen halten konnte, traute sie sich nicht zu fragen, wo ihr Nachtlager war. Stattdessen sagte sie: „Wenn alle zu tun haben … Vielleicht kann ich mich noch ein bisschen in der Küche nützlich machen?“

BIS ICH an jenem Tag schließlich im Bett lag, vergingen noch einige Stunden. Erst als der letzte Gast gegangen und das letzte Bierglas gespült war, fiel Franziska ein, dass ich ja auch für die Nacht unterkommen musste. „Du kannst bei Simone im Bett schlafen“, bestimmte sie, und damit war die Sache geklärt. Ausgerechnet Simone!, ging es mir durch den Kopf. Ihre Kammer lag so tief unter dem Dachvorsprung, dass man nicht aufrecht darin stehen konnte, und ihr Strohsack war so lappig, als wäre er vor hundert Jahren das letzte Mal aufgefüllt worden.

Ich fragte Simone, ob sie lieber an der Wand oder vorn schlafen wolle, doch sie zuckte nur mit den Schultern. Also ließ ich ihr den Vortritt und wartete, bis sie sich hingelegt hatte.

Ich war schon fast eingeschlafen, da spürte ich, wie sich der knochige Leib neben mir umwandte.

„Und deine Eltern sind wirklich beide tot?“, flüsterte Simone. Es war das erste Mal, dass ich sie reden hörte.

Ich murmelte ein „Ja“ und kniff die Augen zu, weil ich mich nicht mehr unterhalten wollte.

„Ich wünschte, meine Eltern wären auch tot!“, ertönte es daraufhin mit einer solchen Heftigkeit, dass ich im ersten Moment gar nicht wusste, was ich sagen sollte. Wahrscheinlich ist sie wütend, weil ihre Mutter ihr eine ungeliebte Arbeit aufgetragen hat, dachte ich mir dann und murmelte undeutlich, dass man sich nicht alles so zu Herzen nehmen solle. „Und jetzt schlaf! Morgen sieht die Welt schon wieder ganz anders aus!“, sagte ich und stopfte die muffige Decke in ihrem Rücken fest.

Am nächsten Morgen fragte Franziska Breuer mich, ob ich nicht bei ihnen Magd sein wolle. Freie Kost und Logis sowie ein eigenes Bett, sobald eins der Fremdenzimmer fertig sei, bot sie mir an. Wenn ich recht fleißig wäre, würde ich's gut bei ihnen haben, besser als in der Schweiz, fügte sie noch hinzu. Und da hab ich halt zugesagt …

SIMONE grub ihre Ferse in den Boden, um an dem steilen Berghang Halt zu finden. Mutlos starrte sie dann auf die Fläche, auf der sie in den letzten Stunden Baumschösslinge ausgerupft hatte. Im Gegensatz zu der Fläche, die sie noch vor sich hatte, war sie winzig!

Seit dem frühen Morgen befand sie sich in den Reutbergen, die ihrer Familie gehörten. Den Streifen, auf dem sie sich befand, hatten ihr Vater und ihre Brüder erst letztes Jahr von den niedrig wachsenden Bäumen befreit. Anschließend hatten sie darauf Grasbüschel und Reisig verteilt und verbrannt – anders waren solche Flächen nicht zu roden. Auf den derart mit Asche gedüngten Feldern waren der Roggen sowie der Hafer recht manierlich gewachsen. Dieses Jahr wollte ihr Vater auf derselben Fläche Kartoffeln anbauen. Doch vorher mussten alle Schösslinge, die aus den Wurzelstöcken nachgewachsen waren, erneut herausgehackt werden. Und das waren tausende und abertausende! Seit Beginn der Schulferien stand Simone jeden Morgen hier oben. Einen Schluchzer unterdrückend, machte sie sich erneut an die Arbeit. Wenn sie nicht mindestens diesen Streifen bis heute Abend fertig bekam, hieß es wieder, sie habe nur geschlafen. Und dann …

Katharina durfte heute ihrer Mutter im Garten beim Rüben- und Zwiebelsetzen helfen. Danach sollte sie Bibbiliskäs und Butter machen. Im Kühlhaus! Wo einem der Schweiß nicht den Rücken hinablief und wo man zwischendurch einen kühlen Schluck Milch trinken konnte.

„Freu dich doch, dass du so viel an der frischen Luft sein kannst!“, hatte Rosanna gesagt, als sie sich gestern Nacht über die harte Arbeit beklagt hatte. „Während uns die Sägespäne um die Ohren fliegen, kannst du dem Kuckuck und den Käuzchen lauschen.“

Simones schiefer Mund wurde durch das Lächeln, das sich darauf abzeichnete, noch schiefer. So war Rosanna! Ein Engel, der immer nur das Gute sah. Der nirgendwo böse Absichten erkennen konnte.

Die Hacke sank zu Boden, und Simones Blick verlor sich in der Ferne. Sie konnte immer noch nicht glauben, dass es das Schicksal so gut mit ihr gemeint, dass Gott ihr einen Engel geschickt hatte! Sie nahm die Hacke wieder auf und drückte sie wie eine Puppe an ihre Brust. Mit geschlossenen Augen versuchte sie, sich Rosannas Gesicht vorzustellen. Ein Engel mit goldenen Haaren, sanften strahlend blauen Augen und einer Haut, so fein und gleichmäßig wie Porzellan.

Die anderen wussten nicht, dass Rosanna ein Engel war. Sahen lediglich, wie fleißig sie arbeitete. Aber sie, Simone, *wusste,* dass Rosanna ein Engel war, der *ihr* geschickt wurde, denn sie selbst konnte sich unsichtbar machen, und dann sah und hörte sie Dinge, die sie nach Meinung der anderen gar nicht hören sollte. Wie beim letzten Waschtag …

Simone musste plötzlich schlucken. Mutter und Rosanna hatten schon frühmorgens angefangen, die verschmutzten Kittel der Männer in Lauge einzuweichen. Sie selbst hatte noch die Wirtsstube wischen müssen, danach sollte sie den beiden zur Hand gehen. Schon als sie sich dem Waschhaus näherte, hörte sie die Mutter. Sie sprach vom Kinderkriegen. Davon, dass Vater und sie so froh gewesen waren, als vor 17 Jahren Zacharias geboren wurde. Der Hofengel! Der jüngste Sohn! Ihm wollten sie einmal das Wirtshaus vermachen, so war es im Schwarzwald üblich. Wirklich glücklich hatte sie jedoch nur vier Jahre lang sein dürfen, vertraute sie Rosanna an. Dann hatte sie nämlich feststellen müssen, dass sie wieder schwanger war. Mit Simone.

„Simone ist schon dreizehn? Dann ist sie ja nur vier Jahre jünger als ich!", rief Rosanna erstaunt aus.

Simone schob sich näher an die Tür des Waschhauses heran, damit sie die beiden Frauen nicht nur hören, sondern auch sehen konnte.

„Ich wollte das Kind nicht haben, nicht ums Verrecken! Was hab ich nicht alles getan, um es loszuwerden! Morgens, wenn ich mit dem Melken fertig war, bin ich auf die Strohballen geklettert und immer wieder von oben auf den Boden gehüpft. Den Knöchel hab ich mir dabei verstaucht, mehr ist nicht geschehen." Nach kurzem Schweigen fuhr die Mutter fort: „Ich konnte machen, was ich wollte, die Kleine klammerte sich in meinem Leib fest!" Während sie sprach, bearbeitete sie ein Kleidungsstück so hart mit der Bürste, dass es sicher ganz dünn wurde.

Mit starrer Miene hatte Simone der harten Stimme ihrer Mutter gelauscht. Kalte Hände schienen sich um ihren Hals zu legen.

Mutter hatte aufgeschaut, und ihr Blick war genau auf die Tür gerichtet gewesen, neben der Simone stand.

„Ich hab die Strafe dafür gekriegt, dass ich mich so gegen seinen Willen gewehrt habe. Damit ich nur ja nicht vergesse, dass ich gesündigt habe, hat der liebe Gott Simone zu einem derart hässlichen Mädchen werden lassen! Das ich nicht mal in die Wirtsstube schicken kann, weil's unsere Gäste gruseln würde." Ein Eimer Wasser wurde durch die Hintertür ausgeschüttet, und Simone konnte sich gerade noch rechtzeitig in Sicherheit bringen. Dann hörte sie Rosanna sagen: „Simone ist ein Gottesgeschenk wie alle Seelen dieser Welt. Und wen es vor einem anderen Menschen gruselt, den gruselt's nur vor der eigenen Schlechtigkeit."

Simones Mutter stieß einen abfälligen Schnaufer aus und antwortete, dass sie es den Leuten nicht verdenken könne, wenn sie annähmen, ihre Jüngste sei auch im Kopf nicht ganz richtig beieinander.

Simone hatte gerade eine Träne von ihrem Handrücken abgewischt, als Rosannas wütende Stimme ertönte: „Ein hübsches Gesicht ist nicht das Einzige, was der liebe Gott einem Menschen mitgibt! Denken Sie doch nur daran, wie gut Simone mit Zahlen umgehen kann!"

Ja, da hatte Mutter dumm geguckt! Widerrede war sie von einer Magd schließlich nicht gewohnt. Mit einem gequälten Seufzer hatte sie zugegeben: „Ja, sie ist nicht so dumm, wie sie aussieht, das hat sogar schon ihr Lehrer gesagt. Und beten tut sie, als ob sie den lieben Gott höchstpersönlich kennt! Wenn's nach ihr ginge, müsste ich sie jeden Sonntag mit in die Kirche nehmen."

Nach diesen Worten hatte die Mutter das sauber geschrubbte Kleidungsstück in den Bottich mit klarem Wasser fallen lassen, als ob das Thema damit für sie endgültig erledigt wäre.

Simone ließ die Hacke sinken. Ach, Rosanna! So wie sie hatte sich noch niemand für sie eingesetzt. Alle dachten nur an sich! Und Kathi war die Schlimmste. Erst heute Morgen hatte sie Rosanna wieder zur Seite genommen. „Würdest du heute Mittag für mich die paar Reihen Rüben hacken? Dann könnte ich kurz den Gerhard besuchen gehen. Bitte! Und nichts der Mutter verraten!" Ständig schob sie Arbeit auf Rosanna ab. Und die sagte zu allem Ja und Amen. Als Simone sie einmal gefragt hatte, warum sie sich so ausnutzen ließ, hatte sie nur abgewinkt. Katharina sei halt verliebt.

Und dann Zacharias, der sich ständig vor Rosanna aufspielte, als ob ihm schon jetzt alles gehören würde. Und Rosanna sah ihn mit ihren blauen Augen an, als ob er von einem Hotel in der Großstadt reden würde!

Anton, von dem alle Welt immer annahm, er könne keiner Fliege etwas zuleide tun, war auch keinen Deut besser. Simone musste nur an sein dickes, träges Gesicht denken, und schon kam ihr die Galle hoch!

Blinzelnd schaute sie in das grelle Sonnenlicht. Gott hatte ihre Gebete längst erhört. Er hatte ihr Rosanna geschickt. Bei diesem Gedanken wurde Simones Gesicht ganz weich. So weich wie ihr Herz, wenn sie an die Freundin dachte. Ja, Rosanna war ihr Engel. Ein Engel aus Fleisch und Blut. Und sie hielt schützend ihre Hand über Simone.

An einem sonnigen Septembertag waren Simone und ich schon am frühen Morgen aufgebrochen. Mehrmals kamen wir an Bauern vorbei, die an den Steilhängen Krummet machten, also den dritten Grasschnitt, doch auf dem letzten Stück begegneten wir niemandem mehr. Dass wir ausgerechnet in einer so einsamen Gegend auf diesen hundsgemeinen Burschen treffen würden …

„Wehe, ihr lasst euch erwischen! Das fehlte noch, dass es heißt, die vom ‚Fuchsen' klauen anderer Leute Beeren!", hatte Franziska die beiden Mädchen gewarnt und sie angewiesen, nicht in den umliegenden Wäldern, die allesamt Bauern aus dem Dorf gehörten, Beeren zu sammeln. „Wenn ihr an die Wegkreuzung kommt, wo's links zu meinem Vater hinaufgeht, müsst ihr einfach geradeaus weiterlaufen. Nach ungefähr einer Stunde seid ihr dann im so genannten Niemandsland."

Guter Dinge marschierten Rosanna und Simone den Weg entlang, den Leiterkarren mit den leeren Milchkannen im Schlepptau. Ein ganzer Tag, ohne dass jemand nach einem schrie! Ihre Aufgabe bestand einzig darin, mit gefüllten Milchkannen voll süßer Blaubeeren heimzukommen.

Simone deutete auf die fast senkrecht aufragende Felswand zu ihrer Linken. „Siehst du den schmalen Trampelpfad? Wenn man da hinaufgeht und auf der anderen Seite wieder hinunter, kommt man irgendwann in die Schweiz. Ich glaube, die nächste größere Stadt unten im Tal ist Basel. Und irgendwo auf diesem Weg gibt es wohl auch einen Abzweig in Richtung Frankreich", fügte sie hinzu. „Das ist kein offizieller Weg, sagt Mutter, sondern einer, den nur … gewisse Leute nehmen."

Rosanna wollte gerade fragen, wen sie damit meinte, als ihr eine Woge beerensüßen Duftes in die Nase stieg. „Ach du meine Güte!", entfuhr es ihr. „Das ist ja …"

Vor ihnen breitete sich ein scheinbar unendlicher rot-blauer Teppich aus.

Abertausende von Blaubeeren hingen dicht an dicht, pralle, saftige Beeren, die nur darauf warteten, dass sich eine Hand nach ihnen ausstreckte.

„So viele waren's in den letzten Jahren nicht. Wir werden in Windeseile fertig sein! Hm, und dann können wir uns einen richtig faulen Tag machen!", sagte Simone.

Rosanna hievte zwei Milchkannen vom Karren. Eine davon gab sie Simone, die andere trug sie selbst. Den Schweiß von der Stirn wischend, sagte sie: „Aber erst einmal müssen wir anfangen, liebes Mädchen!"

Sie begannen im Abstand von ein paar Metern zu pflücken. Eine Zeit lang wanderte jede zweite Hand voll Beeren in ihren Mund, doch irgendwann waren die Bäuche derart gefüllt, dass sie gluckerten.

Es war mittlerweile früher Nachmittag. Die Sonne schien Rosanna direkt ins Gesicht, deshalb beschloss sie, ein Stück tiefer in den Wald zu gehen, wo die Bäume dichter standen und es schattiger war. Dort herrschte eine wohltuende Stille.

Als plötzlich ein Schrei durch den Wald gellte, ließ Rosanna vor Schreck die Beeren fallen, die sie gerade gepflückt hatte. Was war das, um Himmels willen? Ein Bussard, der wütend seine Jungen verteidigte? Nein! Das war kein Tier, das war … Simone! Mit wehendem Rock und klopfendem Herzen rannte Rosanna in die Richtung, in der sie das Mädchen zurückgelassen hatte.

Natürlich wusste Rosanna, was die Viecher im Wald und draußen auf den Weiden taten. Und in den Pausen, wenn die Männer und Frauen im Wald ihre Brotzeit ausgepackt hatten, wurde auch schon mal über ein Mädchen gesprochen, an dem sich ein Mann „vergangen" hatte und das danach „in Sünde gefallen" war.

Als Rosanna Simone aus einiger Entfernung auf dem Waldboden liegen sah, ihr Gesicht nur noch eine vor Angst verzerrte Grimasse, während sich ein Mann über sie beugte, war ihr erster Gedanke: Er vergeht sich an ihr!

Sie war noch nicht bei ihm angelangt, als sie auch schon schrie: „Lass das Kind los, du Schwein!"

Rosanna zerrte an seinen Schultern, zog und krallte die Finger in seine nach Schnaps stinkenden Lumpen, doch umsonst. Mit einem Schlag ins Gesicht schüttelte der Mann Rosanna wie eine lästige Fliege ab. Sie spürte Blut auf ihrer Unterlippe.

„Rosanna!" Simones Kreischen wurde erstickt, als der Mann ihren Kopf zur Seite drückte. Zerquetschte Blaubeeren verschmierten ihre Wange. Der Mann nestelte an seiner Hose, und seine rechte Hand schob Simones Rock nach oben. Er lachte, dann lallte er etwas in einer unverständlichen Sprache.

Simones Kopf rutschte hin und her. Ihr Blick war glasig, sie schien die Freundin nicht mehr zu erkennen.

In Rosannas Kopf hämmerte der Gedanke, dass Simone dabei war, den Verstand zu verlieren. Was mach ich nur? Was mach ich nur? Was … Und plötzlich hatte sie den Prügel in der Hand.

Holte aus. Schlug zu. Das Holz traf den Hinterkopf des Mannes.

Sein Lachen verendete in dem dumpfen Geräusch …

DIE MÄDCHEN kauerten über dem Mann. Sein Kopf war zur Seite gerollt, seine Augen waren geschlossen. Das Blut, das in einem hellroten Rinnsal aus dem Hinterkopf des Mannes sickerte, vermischte sich mit dem Saft der Beeren.

Simone wandte sich Rosanna zu, hölzern wie eine Marionette. „Was ist mit ihm? Ist er … tot?" Sie flüsterte, als wollte sie ihn nicht wecken.

Rosanna schüttelte den Kopf, zu keiner Antwort fähig. Erst nach geraumer Weile legte sie eine Hand an den Hals des Mannes. Ein schwacher Pulsschlag klopfte gegen ihre Finger.

Weiter hinten im Wald begann es zu donnern. Rosanna holte tief Luft. „Er lebt. Doch du brauchst keine Angst zu haben, so schnell wird der nicht wieder wach!“, antwortete sie grimmig. Und wenn der Mann an seiner Kopfverletzung stirbt?, durchfuhr es sie im selben Moment. Dann war es höchste Zeit, so schnell wie möglich von hier wegzukommen …

Sie hievte die Milchkanne, die Simone mit Beeren gefüllt hatte, auf den Leiterkarren und wollte gerade noch einmal in den Wald hineingehen, um auch ihre Kanne zu holen, als Simone sie am Ärmel festhielt.

Das Mädchen schlotterte noch immer am ganzen Leib, aber seine Augen leuchteten. „Du hast mich gerettet! Du bist mein rettender Engel, Rosanna!“

„Blödsinn!“ Rosanna schüttelte Simones Hand ab. „Du hättest dasselbe auch für mich getan. Und jetzt hilf mir lieber, die Kanne zu schleppen.“

Sie hatte noch keinen Schritt gemacht, als sich Simone ihr erneut in den Weg stellte. „Du hast mir das Leben gerettet. Das werde ich dir nie vergessen, bis in alle Ewigkeit nicht!“

Im nächsten Moment öffnete der Himmel seine Schleusen. Harte Regentropfen prasselten auf die beiden Mädchen herab.

Es sollte unser Geheimnis sein. Niemand sollte je etwas von dem, was beim Beerenpflücken geschehen war, erfahren – das ließ ich Simone schwören. Aber ich glaube, es hätte meiner Worte gar nicht bedurft. Vielmehr hatte ich das Gefühl, dass Simone es genoss, mit mir ein Geheimnis zu teilen.

Obwohl ich mir sagte, dass dem Mann bestimmt nicht daran gelegen sein konnte, dass der Vorfall in der Gegend bekannt wurde, überfiel mich fortan bei jedem fremden Gesicht, das ich durch die Küchenluke in der Wirtsstube erspähte, eine panische Angst. Aber noch größere Angst bereitete mir der Gedanke, dass der Vergewaltiger durch meinen Schlag möglicherweise gestorben war und der Dorfbüttel erscheinen und mich holen würde. Doch die Tage vergingen, wurden zu Wochen, und es kam niemand.

Wenn Simone und ich allein waren, betonte sie immer wieder, dass ihr Leben fortan mir gehöre, weil ich sie gerettet hatte. Und wie sie mich dabei ansah – mit einem Blick, den sich andere für die Marienstatue in der Kirche aufbewahrten! Mir war gar nicht wohl in meiner Haut.

„Rosanna! Rosanna! Du sollst zum Großvater rauf!“ Die Stalltür schepperte. Mit schlackernden Armen und Beinen kam Simone auf Rosanna zugerannt.

Seufzend stellte Rosanna den Melkschemel zur Seite. „Ich zum Großvater? Hast du dich da nicht verhört?"

„Nein, die Mutter hat's gesagt. Du sollst dich gleich auf den Weg machen!"

Rosanna runzelte die Stirn. „Aber das ist doch Katharinas Aufgabe! Und außerdem ist heute doch erst Dienstag ..." Normalerweise fand der wöchentliche Besuch bei Franziskas Vater mittwochs statt.

„Kathi ist krank, sagt die Mutter!" Simone prustete geringschätzig. „Nur weil sie sich den Magen verdorben hat – pah! Und du musst doch morgen den ganzen Tag lang backen, also kannst du nur heute gehen."

„Noch mehr Arbeit! Wo ich doch so schon zusehen muss, wie ich mit allem fertig werde!", brummte Rosanna unwillig. Erst vor ein paar Tagen hatte die Wirtin ihr eröffnet, dass sie von nun an vor jedem Backtag auch noch das Mehl aus der Mühle holen sollte. Glaubte Franziska eigentlich, dass ihr Tag mehr Stunden hatte als der anderer Leute? Sie seufzte. „Na ja, wahrscheinlich kann sie mich am ehesten entbehren!" Rosanna zwang sich zu einem unbeschwerten Ton. „Wenn deine Mutter es wünscht, dann wird es schon seine Richtigkeit haben!"

Der Winter war in diesem Jahr über Nacht gekommen und hatte sich wie ein ungebetener Gast breit gemacht. Der Schnee schluckte alle Geräusche, und kein einziger Vogel war zu hören.

Während Rosanna ihrem eigenen Atem lauschte, versuchte sie, sich an all das zu erinnern, was sie in den letzten Monaten über Karl Moritz erfahren hatte: dass er seit dem Tod seiner Frau vor zehn Jahren allein auf dem Berghof lebte; dass er kurz darauf die Milchwirtschaft aufgegeben hatte, aber weiterhin Weideland kaufte, als ob eine riesige Herde Vieh im Stall stünde. Offenbar schwang er seltsame Reden darüber, dass er „die Bäume retten" wolle.

In Rombach ließ sich Karl Moritz nie blicken. Wenn er überhaupt jemals Einkäufe tätigte, dann musste das jenseits der Grenze in der Schweiz sein, die man vom Moritzhof aus scheinbar über geheime Pfade erreichen konnte. Der Laib Brot, die Würste und die Scheibe Speck, die Katharina ihm jede Woche brachte, machten mit Sicherheit nur einen Teil seiner Lebensmittel aus. Ein paar Bienenvölker besaß Karl Moritz, und Obstbäume gab es dort oben wohl auch genug. Im Spätsommer hatte Kathi mittwochs mehrmals Pflaumen und Birnen gedörrt. Karl Moritz hatte dafür eigens einen Apparat konstruiert, dessen Bedienung Kathi nicht ganz geheuer gewesen war.

Karl Moritz war also ein etwas verrückter Alter, der seine Tage mit Erfindungen verbrachte.

Rosanna hätten weder irgendwelche Maschinen noch wild gewordene Bienenvölker etwas ausgemacht, aber vor den Wutanfällen, in die der alte Mann so oft und scheinbar ohne Grund verfiel, hatte sie Angst. Wie würde der Alte reagieren, wenn anstelle von Kathi ein fremdes Gesicht auftauchte? Und dann noch an einem ungewohnten Tag?

Rosanna war in all diese Gedanken so vertieft, dass sie sich gar nicht fragte, warum sie sich diese zusätzliche Aufgabe auch noch hatte aufbürden lassen. Ihr ursprünglicher Plan, in die Schweiz zu reisen, war in weite Ferne gerückt.

NOCH bevor ich den Hof im dichten Nebel sehen konnte, roch ich es: den vertrauten Geruch von Maische, der beim Brennen von Schnaps entsteht. Der alte Moritz ein Schwarzbrenner – das würde so manches erklären, dachte ich. Die Tatsache, dass er nie in Geldnot war, zum Beispiel. Oder dass er nicht ins Dorf einkaufen kam – für Schwarzgebrannten konnte man so ziemlich alles eintauschen.

Natürlich war niemand im Haus, da konnte ich noch so lange an die Tür klopfen. Einfach eintreten wollte ich nicht, also rief ich laut seinen Namen. Einmal, zweimal, dreimal.

Als Karl Moritz schließlich um die Ecke gebogen kam, erschrak ich: Seine langen weißen Haare wehten wie eine Fahne hinter ihm her, der Schnee knirschte unter seinen wütenden Schritten, und sein Gesicht war von der Hitze des Brennofens feuerrot. Das war kein alter Mann, sondern eher ein wild gewordener Stier …

„So, so, Kathi ist krank. Und da fällt meiner Tochter nichts anderes ein, als mir die Magd zu schicken? Kann sie nicht einmal selbst kommen? Ich will keine Fremde im Haus! Geh!“

„Aber die Wirtin hat gesagt, ich soll …“ Rosanna schluckte.

„Ich will nichts hören! Geh!“ Mit fuchtelnden Armen wollte Moritz sie wie einen Schwarm Krähen davonscheuchen. „Und sag meiner Tochter, dass ich hier oben nur mittwochs jemand sehen will! Es reicht schon, wenn ich an diesem Tag keine Ruhe hab!“, brummte er, bereits zum Gehen gewandt.

Wie erstarrt stand Rosanna da. So ein böser alter Mann! Bevor sie noch einen klaren Gedanken fassen konnte, rannte sie hinter Karl Moritz her und stellte sich ihm in den Weg.

„Nicht nur Sie haben Arbeit zu erledigen – das gilt auch für mich! Wegen Ihnen hab ich alles andere stehen und liegen lassen. Und wenn ich jetzt unverrichteter Dinge nach Rombach zurückkehre, dann bekomme ich Ärger! Und darauf habe ich verflixt noch mal keine Lust!“ Vor lauter Aufregung vergaß sie, Luft zu holen, sodass sie sich am Ende des Satzes verschluckte.

Angesichts dieses Ausbruchs schien es Karl Moritz die Sprache verschlagen zu haben.

Beide Arme in die Seiten gestemmt, zwang sich Rosanna, dem alten Mann direkt in die Augen zu schauen. „Sie lassen mich meine Arbeit tun – und ich störe Sie nicht bei Ihrer!“ Sie rümpfte die Nase. „Und jetzt wäre es mir lieb, wenn Sie mir zeigen würden, was im Haus zu machen ist!“

Sie verstummte zufrieden. Sie ließ sich nicht mehr Bange machen, von nichts und niemandem! Hatte sie sich nicht genau das geschworen, als sie der Köhlerei für immer den Rücken kehrte? Abrupt wandte sie sich um, ließ den wie vom Donner gerührten Alten stehen und steuerte auf die Haustür zu.

Einen Moment später erwachte Moritz aus seiner Erstarrung. Sprachlos ging er an ihr vorbei ins Haus und winkte sie in die Küche. „Warte hier auf mich!“ Und schon war er wieder weg.

Rosanna ließ ihren Blick vorsichtig durch den Raum wandern.

Die Küche war auf ähnliche Weise eingerichtet wie die im „Fuchsen“, nur war alles viel schmutziger: ein großer Herd, auf dem mehrere benutzte Töpfe standen, daneben ein Kachelofen mit Bank und Esstisch, alles übersät mit Büchern, Holzschnitzarbeiten und Werkzeugen.

Im nächsten Moment erschütterte ein lautes Rumpeln das Haus, und es wurde taghell im Raum. Der Strom!, schoss es Rosanna durch den Kopf, sobald sie sich von ihrem Schrecken erholt hatte.

Karl Moritz kam zurück und riss einen Schrank auf. „Hier ist Putzzeug. Was es zu tun gibt, siehst du ja wohl selbst. Hell genug ist es jetzt.“

„Kathi hat uns schon von Ihrem … Strom erzählt. Aber dass er alles so wunderbar hell macht, das hat sie nicht gesagt.“ Verwundert blinzelte Rosanna in die Lampe über dem Tisch.

„Die Kathi …“ Der Alte winkte ab. In seinen Augen sah Rosanna jedoch kurz den Stolz über seine neueste Errungenschaft aufblitzen. Im nächsten Moment ließ er Rosanna allein zurück.

Kurze Zeit später war Rosanna der Verzweiflung nahe: Wohin sie auch schaute, überall starrte ihr der Dreck entgegen. Sie brauchte zwei

Eimer Wasser, um den Boden vom gröbsten Schmutz zu befreien. Mit einem frischen Eimer Wasser wollte sie danach den Küchenschrank auswischen. Prompt krabbelte ihr ein ganzes Heer von Mehlkäfern entgegen. Angewidert schlug Rosanna den Schrank wieder zu – sie würde ihm später mit einem kräftigen Salmiakwasser zu Leibe rücken müssen. Kein Wunder, dass es Kathi vor den Besuchen hier oben grauste!

Da unter dem Herd bereits ein Feuer brannte, beschloss Rosanna, einen Topf mit den Kartoffeln, die sie mitgebracht hatte, aufzusetzen. Weiterputzen konnte sich auch später noch, und gegen eine Suppe hatte Karl Moritz sicher nichts einzuwenden.

Das Kartoffelwasser begann gerade, sich milchig einzutrüben, als es laut an der Haustür klopfte. Rosanna schrak zusammen.

„Aufmachen bitte!", forderte eine laute Männerstimme.

Rosanna zog den Topf zur Seite und wischte sich die Hände an ihrer Schürze ab. Auf Zehenspitzen ging sie in Richtung Tür. Wo war nur Karl Moritz?

„Wer ist denn da?", fragte sie zögerlich.

„Zollinspektion, Gerold Richter ist mein Name!" Wieder schlug er gegen die Tür.

Zollinspektion? Der Akziser! Der Mann, der im ganzen Amt von Hof zu Hof ging und Steuern eintrieb. Und Moritz brannte seelenruhig Schnaps in seiner Scheune! Rosanna wurde es heiß und kalt zugleich.

Sie riss die Tür auf. Vor ihr stand ein älterer Herr mit gezwirbeltem Bart und einer schwarzen Aktentasche. Er trug eine säuerliche Miene zur Schau.

Rosanna schluckte. Dann trat sie ins Freie. „Ich habe Ihren Namen nicht verstanden", schrie sie. „Wer sind Sie?"

Der Mann schnaubte ungeduldig und wiederholte dann Rang und Namen. Er fragte nach Karl Moritz.

„Und was will ein Zollbeamter hier oben?", brüllte Rosanna noch lauter, wobei sie das Wort Zollbeamter ausdrücklich betonte. Ha, es wäre doch gelacht, wenn es ihr nicht gelänge, den alten Moritz wenigstens vorzuwarnen!

„Das sag ich dem Herrn Moritz schon selbst", antwortete der Mann unwirsch. „Wo ist er eigentlich?"

„Der Herr Moritz ist ein alter Mann. Ich bin die Magd und mache ihm den Haushalt."

„Was schreist du denn so? Glaubst du, ich bin taub?" Er bedachte Rosanna mit einem verächtlichen Blick.

„Das ist der Nebel!“, rief sie, ohne ihre Stimme zu senken. „Im Nebel versteh ich nichts.“ Hoffentlich hört der alte Moritz mich, betete sie im Stillen. „Vielleicht ist es das Beste, wenn Sie erst einmal ins Warme kommen! Der Herr Akziser hat doch sicher schon einen langen Marsch hinter sich und ist halb erfroren.“ Es hätte nicht viel gefehlt, und sie hätte den Mann am Ärmel ins Haus gezogen. Doch er folgte ihr freiwillig.

„Der Herr Moritz ist krank“, hörte sich Rosanna sagen, als sie in der Küche angelangt waren. „Er … er liegt in seinem Bett. Aber vielleicht ist er auch gerade nach draußen, seine Notdurft verrichten. Dazu will er nämlich nicht den Nachttopf nehmen, wissen Sie. Der Herr Moritz ist sehr eigen in dieser Bezieh…“

„Jaja“, winkte der Mann ungehalten ab. „Soll ich ihn selbst vom Abort holen, oder wärst du so gnädig, das zu tun?“

„Gut, ich hole ihn. Aber Sie haben doch nichts dagegen, wenn ich Ihnen zuerst eine Vesper hinstelle.“ Hastig nahm sie Brot, Schinken und Würste aus dem Rucksack. Bevor der Akziser zu einer Erwiderung ansetzen konnte, hatte Rosanna ihm ein Holzbrett hingestellt und einen Streifen vom Schinken abgeschnitten. Sie säbelte noch eine Scheibe Brot ab und stellte den Batzen Butter dazu, den sie zuvor auf dem Fensterbrett entdeckt hatte.

„So, jetzt stärken Sie sich erst einmal, und ich hole den Herrn des Hauses!“ Rosanna machte einen kleinen Knicks und verließ das Zimmer. Mit wehendem Rock rannte sie auf die Scheune zu, öffnete das Tor nur einen Spaltbreit und zwängte sich hindurch. Sie erschrak, als sie im Halbdunkel keine zwei Handbreit von sich entfernt Moritz’ Gesicht erkannte. Er musste am Scheunentor Wache gestanden haben.

„Ein Zollbeamter! Er sitzt in der Küche und isst Ihren Schinken! Ich hab gesagt, Sie seien krank“, flüsterte Rosanna atemlos. Aus den Augenwinkeln heraus beobachtete sie, wie zwei Männer Fässer hinter Strohballen verstauten und ein dritter ein Destilliergerät in einer Luke im Boden versenkte.

Karl Moritz fuhr sich mit beiden Händen durchs Haar, bis wirre Strähnen über seine Stirn fielen. Dann stützte er sich ohne eine weitere Erklärung auf Rosannas Arm und deutete ihr an, mit ihm in Richtung Haus zu gehen.

Der Rückweg brauchte seine Zeit: Humpelnd und vor sich hin jammernd, schleppte sich Moritz über den Hof. Gemäß Rosannas Lüge mimte er den Alten und Kranken. Und damit nicht genug, brabbelte er außerdem unverständlich vor sich hin, als wäre er nicht mehr Herr seiner Sinne.

Rosanna grinste in sich hinein. Ein listiger Alter! Aber dieses Spiel konnten auch zwei spielen! Sie hatte seine barschen Worte zur Begrüßung noch nicht vergessen und frohlockte geradezu bei dem Gedanken, es Karl Moritz heimzahlen zu können.

Sobald die Tür hinter ihnen ins Schloss gefallen war, sagte sie: „Schauen Sie, Herr Moritz, das ist nun der Herr Zollbeamte … oje, jetzt hab ich seinen Namen vergessen!" Sie kicherte verlegen. „Und das ist der Herr Moritz. Er hatte sich draußen verlaufen. Hat eben schon ein stattliches Alter auf dem Buckel. Ohne Hilfe kommt er gar nicht mehr zurecht, nicht wahr, Herr Moritz?" Rosannas Lächeln war zuckersüß.

ALS MORITZ den Zollbeamten später allein und mit schlurfendem Schritt durch Haus und Hof führte, war die Luft rein – und das im wortwörtlichen Sinne. Ha! Wie mürrisch der sich mit seiner Aktentasche trollte!

Als der Mann weg war, wollte Moritz, dass ich mit ihm esse. Über den Vorfall mit dem Akziser verlor er kein Wort mehr, und auch ich sprach nicht darüber.

„Bis nächste Woche!", verabschiedete er mich, als ich mich schließlich wieder auf den Weg ins Dorf machen wollte.

„Wieso nächste Woche? Da kommt doch die Kathi wieder zu Ihnen", antwortete ich erstaunt. Aber er lachte nur.

„Die kommt so schnell nicht wieder. Oder glaubst du, die kotzt sich umsonst morgens die Seele aus dem Leib? Das gnädige Fräulein wird sich noch umgucken. Nun wird ihr faules Lotterleben bald ein Ende haben." Mehr sagte er nicht. Komisch ist er schon, dachte ich.

EIN PAAR Tage später ließ Franziska Breuer die Katze aus dem Sack: Kathi würde den Gerhard heiraten, und zwar gleich zu Beginn des neuen Jahres. Plötzlich verstand ich auch Moritz' Bemerkung. Katharina war guter Hoffnung. Natürlich sagte keiner laut, dass Kathi schwanger war. Jeder tat so, als ob die Hochzeit zwischen ihr und dem Müllerssohn längst abgemachte Sache gewesen sei.

Jeden Dienstag ging ich jetzt zu Karl Moritz auf den Moritzhof. Es gab viel Arbeit, aber ich tat sie gern. Ausgenutzt fühlte ich mich damals nicht, auf diesen Gedanken kam ich erst viel später. Auch dass ich vor lauter Arbeit außer den Breuers kaum jemanden zu sehen bekam, fand ich nicht ungewöhnlich. Näheren Kontakt zu den Rombachern bekam ich erst, als Kathi in die Mühle zog und ich abends in der Wirtsstube bedienen durfte.

Ich bediente gern in der Gaststube. Zum einen war ich dann mit Zacharias zusammen, zum anderen machte mir die Arbeit viel Spaß.

Wenn sich die Tische füllten und ich den Leuten Teller mit dampfendem Sauerkraut oder Kartoffelsuppe und dicke Scheiben Brot mit Schinken hinstellte, wenn am Ende alles bis auf den letzten Krümel aufgetunkt war, dann wusste ich, dass sich alle wohl fühlten. Das Servieren war für mich keine Arbeit wie das Brotbacken oder Wäschewaschen, es war völlig anders. Jeder Mensch, der in den „Fuchsen" kam, brachte eine kleine Welt mit. Und jeder erwartete, dass man auf ihn und seine Welt einging. Darin war ich gar nicht mal so ungeschickt: Wenn sich einer auf der Durchreise befand und lediglich für eine warme Mahlzeit Rast machte, sah ich zu, dass er besonders zügig bedient wurde. So einer wollte nicht viel reden. Die Gäste, die über Nacht blieben, und die Männer vom Stammtisch hatten natürlich mehr Zeit und wollten auch immer ein wenig mit mir schwätzen.

Schon bald fiel mir auf, dass freitags, wenn es Süßspeisen gab, viele Gäste einen Nachschlag bestellten. Also machte ich Franziska den Vorschlag, jeden Tag einen Teller mit süßem Hefekuchen oder eine Schale mit Kompott für alle sichtbar auf die Theke zu stellen. Bestimmt hatten viele nach dem Essen noch Lust auf etwas Süßes, fügte ich hinzu. Zu meinem Erstaunen ging die Wirtin gleich darauf ein, und tatsächlich: Von da an bestellten viele zusätzlich noch ein Stück Kuchen oder ein Schüsselchen Apfelkompott. Franziska sah das natürlich gern, auch wenn sie mir gegenüber nie ein Wort darüber verlor. Aber Simone, die ja die Abrechnungen für die Wirtsstube erledigte, behauptete, seit ich die Leute bediente, sei mehr Geld in der Kasse als zuvor. Und diese Tatsache allein war mir Lob genug.

Franziska Breuers launische Art war für mich nicht leicht zu ertragen. An manchen Tagen tat sie so vertraulich, als sei ich ihre beste Freundin. Und dann gab es wieder Zeiten, da hatte sie an allem, was ich tat, etwas auszusetzen. Natürlich bekamen die anderen auch ihr Fett weg – Simone am meisten –, aber im Gegensatz zu mir schienen sie sich nichts daraus zu machen. „Zum einen Ohr rein und zu dem anderen wieder raus!", sagte Zacharias zu mir, als seine Mutter wieder einmal durchs ganze Haus tobte. Ja, ihm gelang das, aber ich musste jedes Mal schlucken, wenn sie mich für etwas schalt, woran ich gar keine Schuld hatte.

Um den Bierausschank kümmerte sich Herr Breuer, und Zacharias brachte die Getränke an die Tische, was mir sehr gelegen kam. Wir arbeiteten gut Hand in Hand: Meistens reichte ein Kopfnicken von mir, und Zacharias wusste, an welchem Tisch das Bier ausging. Wenn einmal besonders viel zu tun war, machte er sich auch nichts daraus, einen Stapel schmutziges Geschirr abzuräumen, obwohl sein Vater immer sagte, das sei Weibersache. Es gefiel mir natürlich sehr, dass Zacharias mir trotzdem bei der Arbeit half.

Spätnachts, wenn ich eigentlich nichts anderes mehr wünschte, als mich in der Kammer, die früher der Kathi gehört hatte, zum Schlafen hinzulegen, schlüpfte Simone meist noch zu mir und wollte, dass ich ihr ein paar der Geschichten erzählte. Oft tat ich ihr den Gefallen – sie bekam eben nichts vom Leben draußen mit.

Wenn ich daran zurückdenke, war das für mich eigentlich eine schöne Zeit im „Fuchsen" …

GOTTLIEB KÖNIG, einer ihrer täglichen Gäste, deutete auf seinen leeren Bierkrug. Dann sagte er: „Rosanna, liebes Kind, wenn du vielleicht … die Wirtin fragen könntest …" Er lächelte verlegen und deutete auf den vollen Korb, den er auf dem Stuhl neben sich abgestellt hatte.

„Mal sehen, was sich machen lässt", antwortete Rosanna mit einem Seufzen.

„Sag mal, was gibt es denn da so lange zu tratschen? Hier wird das Essen kalt!", zischte Franziska durch die Durchreiche, wo drei Portionen Kesselfleisch darauf warteten, an die Tische gebracht zu werden. Rosanna presste die Lippen zusammen.

Sie war schon mitten in der Nacht aufgestanden, weil Elsa gekalbt hatte. Nun war sie todmüde, und die Füße taten ihr weh. Wie hätte sie sich gefreut, wenn die Wirtin ihr wenigstens eine kleine Verschnaufpause gönnen würde!

Nachdem sie das Essen verteilt hatte, ging sie zur Theke, wo ein Glas Wasser für sie bereitstand. Und wenn Franziska zehnmal nach ihr brüllte – sie musste sich einen Moment lang ausruhen!

„Herrje – schon wieder ein Fass leer!" Gustav Breuer riss Rosanna aus ihren Gedankengängen. „Man könnte meinen, die Fässer hätten unten auch ein Loch! Zacharias, richte dich darauf ein, dass du am nächsten Montag mit Anton nach Schwend fährst und Nachschub holst."

Zacharias nickte säuerlich.

Wieder einmal wunderte sich Rosanna darüber, dass dem Breuer-Sohn die Fahrten nach Schwend zur Brauerei Jugel so ungelegen kamen. Sicher, es war schwere Arbeit, den Wagen mit den Fässern zu beladen, aber so ein Ausflug bot doch immerhin etwas Abwechslung!

Mit einem Seufzer streckte Rosanna sich kurz und stand auf. Erst im letzten Moment fiel ihr ein, dass sie ein gutes Wort für Gottlieb König einlegen sollte. Sie räusperte sich. „Ach, Herr Breuer, der Herr König lässt anfragen, ob Sie vielleicht noch einmal Kräutergeist und Handcreme als Bezahlung nehmen würden …"

Zacharias kicherte, aber sein Vater verdrehte die Augen. „Wir betreiben doch keinen Tauschhandel! Allmählich nimmt das wirklich überhand!"

Rosanna schaute den Wirt erwartungsvoll an, als hätte er noch gar nichts gesagt.

„Also gut, sag ihm, wir nehmen ein halbes Dutzend Flaschen Kräutergeist und eine Dose von der Creme." Undeutliche Worte vor sich hin knurrend, verschwand er kurz darauf wieder hinter seinem Zapfhahn.

Rosanna wollte gerade nach dem Tablett mit den frisch gefüllten Bierkrügen greifen, als sie eine Hand auf ihrem Arm spürte.

„Warte mal, der Gottlieb wird die gute Nachricht noch schnell genug erfahren. Aber das Ehepaar da … Sind das auch Händler?" Zacharias deutete auf den Fenstertisch, wo eine sehr zarte, blasse Frau und ein ebenfalls ziemlich schmächtiger Mann saßen. Trotz ihrer fahlen Hautfarbe waren die Wangen der beiden gerötet; ob vom Wein oder weil sie so dicht beieinander saßen, war schwer zu sagen.

„Nein, Händler sind das nicht, aber ich weiß auch nicht, in welcher Angelegenheit sie unterwegs sind. Als ich vorhin die Suppe auftrug, schwärmte die Frau dem Mann gerade von den ‚heilenden Düften' des Waldes vor." Rosanna zuckte mit den Schultern.

„Ach, daher weht der Wind!" Für Zacharias schien nun alles klar zu sein. „Wahrscheinlich hat ihr Geld für einen Aufenthalt in Bad Säckingen oder einem anderen Kurbad nicht gereicht, und so erholen sie sich halt hier vom harten Stadtleben!", erklärte er auf Rosannas verständnislosen Blick hin. Die Ironie in seiner Stimme war nicht zu überhören.

Leute, die ohne triftigen Grund aus der Stadt bis nach Rombach kamen? Der Gedanke war Rosanna neu.

Zacharias' Hand ruhte noch immer auf ihrem Arm, hatte sich jedoch ein Stück auf ihre Hand zubewegt. Dort, wo sein kleiner Finger ihren Handrücken berührte, spürte Rosanna ein heftiges Brennen.

„Wenn ich später einmal genug Geld habe, möchte ich auch in Kurbäder reisen und Kaffee trinken und essen gehen wie die vornehmen Leute. Vielleicht kann man sich dabei noch ein paar Anregungen für den ‚Fuchsen' holen", sagte Zacharias.

Sein Vater warf ihm einen missmutigen Blick zu. „Wenn ihr mit eurer Plauderei fertig seid, könnte sich der Herr vielleicht bequemen, mir zu helfen.“ Er wies auf das leere Bierfass vor sich. Dann stieß er die Tür auf und rollte es hinaus. Sofort drang ein Schwall kalter Aprilluft in die Gaststube.

Rosanna erhob sich mit einem übertriebenen Seufzer. „Da der feine Herr demnächst Kaffee trinken gehen möchte, mach ich am besten mit dem Geldverdienen weiter.“ Sie lächelte Zacharias an und wollte sich gerade das Tablett schnappen, als Zacharias abermals ihre Hand packte. Er lugte in Richtung des Touristenpaares.

„Schau mal, wie verliebt die sich angucken. Ich glaube, am liebsten würde er sie sofort küssen!“

Tatsächlich, die beiden Köpfe kamen sich immer näher.

„Und was ist mit dir? Hast du schon mal einen Mann geküsst?“, fragte Zacharias so leise, dass Rosanna im ersten Moment glaubte, sich verhört zu haben. Sein Blick ruhte forschend auf ihrem Gesicht.

Sie schüttelte den Kopf. „Nein, noch nie.“ Sie verstummte nur kurz und fragte dann mit zugeschnürter Kehle: „Und du? Hast du schon mal …“ Rosanna spürte, dass sie errötete. Auf einmal wurde ihr ganz heiß.

„… einen Mann geküsst? Nein, nie!“, kam es im Brustton der Überzeugung zurück.

Rosanna musste kichern und bemerkte zunächst gar nicht, dass Zacharias erneut ihre Hand ergriffen hatte.

„Aber dich … dich würde ich gern einmal küssen“, raunte er.

Rosanna schaute sich erschrocken um, doch glücklicherweise war niemand in Hörweite. Und es schaute auch keiner zu ihnen herüber. Sie blinzelte verlegen; sie wusste nicht, was größer war – ihre Angst oder ihre Freude über Zacharias' Gefühlsausbruch. Zacharias …

„Und … und warum tust du's dann nicht?“, hörte sie sich sagen und erschrak gleich noch einmal. War das ihre Stimme? So fremd, so forsch, so kokett? Was musste Zacharias nun von ihr denken!

Doch er hatte sie schon hinter die Theke gezogen. Er neigte den Kopf zu ihr hinab. „Mit dem größten Vergnügen …“

Rosannas Augenlider flatterten wie Schmetterlinge. Ihre Kehle war plötzlich wie ausgetrocknet.

Doch gerade als sich ihre Lippen berühren wollten, ließ ein eisiger Windzug die beiden jungen Leute zusammenschrecken. Im selben Moment fuhren sie auseinander.

Anton stand schwer atmend in der Hintertür. Sein Gesicht war weißer als ein Teller Kutteln. „Verdammt, Zacharias, hast du mich denn nicht gehört?“ Seine Hand, mit der er in Richtung Lager zeigte, zitterte. „Der Vater, ein Unfall! Komm schnell!“

GUSTAV BREUER war auf ein Lagerregal geklettert, um einen der Mehlsäcke, die den Weg zu den Bierfässern versperrten, fortzuzerren. Dabei hatte er das Gleichgewicht verloren und war gestürzt.

Ein glatter Beinbruch, sagte der Arzt, den Anton sofort holte, nachdem er und sein Bruder den Vater ins elterliche Schlafzimmer getragen hatten. Außerdem eine Gehirnerschütterung.

Zacharias war sehr schweigsam. Er gab sich die Schuld an dem Unfall. Wäre er gleich mit ins Lager gegangen, statt sich mit mir zu vergnügen …

DAS LEBEN ging weiter, auch ohne Gustav Breuer, der hatte nämlich fiebrige Anfälle, in denen er nicht ganz Herr seiner Sinne war.

Zacharias blieb nicht viel Zeit, sich Gedanken über sein schlechtes Gewissen zu machen. Er war nun der Wirt.

Ich war froh und glücklich, in seiner Nähe zu sein. Obwohl im selben Haus ein Kranker um sein Leben rang, überkam mich eine übermütige Freude, die mir nichts und niemand nehmen konnte …

ROSANNA war verliebt – plötzlich hatte sich zwischen ihr und Zacharias alles verändert. Wenn er in der Nähe war, verstummte sie. Dann wieder war sie schusselig wie nie zuvor, einmal fiel ihr ein Teller hinunter, ein anderes Mal ein Topf mit Erdbeermarmelade.

Sie ging Zacharias aus dem Weg. Wenn sie sah, dass er in die Wurstküche lief, wartete sie einen Moment, bevor sie sich auf den Weg ins Waschhaus machte. Wenn er im Lager die Waren umräumte, zögerte sie das Milchholen hinaus. Doch insgeheim malte sie sich immer wieder aus, wie es wohl wäre, wenn er sie einmal in den Arm nehmen würde …

ROSANNA atmete tief den warmen, süßen Frühlingswind ein, der alle paar Meter einen anderen Duft herbeiwehte. Links und rechts des steinigen Weges, der hinauf zum Moritzhof führte, blühten die Himbeersträucher und der Kreuzdorn, und schüchtern lugten Maiglöckchen zwischen letztjährigen Grasbüscheln heraus. Auf der letzten Anhöhe angelangt, blieb Rosanna für einen Moment stehen und schaute hinab ins Tal. Von ferne hörte sie das Muhen der Kühe und das Blöken der Schafe.

Sie gab sich Mühe, unten im Dorf das Dach des „Fuchsen" zu entdecken, wo Zacharias und Anton bei der Arbeit waren. Zacharias …

Mit einem Aufseufzen wandte sie sich wieder in Richtung Moritzhof. Und obwohl ihre Gedanken noch unten im Dorf weilten, war sie wie jeden Dienstag überwältigt von dem Anblick, der sich ihr nun bot.

Auch der Berghof schien aus einem langen Winterschlaf erwacht zu sein. Seine vielen Fenster lächelten Rosanna geradezu entgegen; das tief gezogene, mit Schindeln gedeckte Dach erinnerte sie an die Arche Noah, die ihren Bewohnern selbst im fürchterlichsten Sturm Sicherheit geboten hatte. Aber es war nicht die natürliche Schönheit des Hauses allein, die Rosanna magisch anzog. Das Besondere am Moritzhof bestand darin, dass er unverrückbar in die Landschaft eingebettet war.

Der blassblaue Himmel, im Hintergrund der schwarze Wald, davor die riesige freie Fläche mit dem Heidekraut – und mittendrin saß der Berghof wie ein Juwel in einer wertvollen Fassung.

ALS LETZTES holte Rosanna eine Dose aus ihrem Rucksack und stellte sie neben die anderen Lebensmittel auf den Tisch. „Ich hab Ihnen noch etwas mitgebracht. Kräutersalz! Das hab ich nach einem Rezept meiner Mutter selbst gemacht", erklärte Rosanna. „Die Wirtin ist ganz begeistert davon."

Moritz' Erwiderung ging in einem schrecklich klingenden Husten unter. Die Arme in die Hüfte gestemmt, beobachtete Rosanna, wie sich sein hagerer Oberkörper zusammenkrümmte. Als der Anfall vorüber war und Moritz sich mit einem Tuch den Mund abwischte, sagte Rosanna bemüht sorglos: „Ich hätte Ihnen vielleicht eher einen Hustentee machen sollen. Wenn die Zeit langt, schaue ich später mal nach, was im Wald an passenden Kräutern wächst."

Moritz hasste es, wenn man zu viel Aufhebens um ihn machte.

„Was kommt, das geht auch wieder." Mit diesen Worten winkte er auch diesmal sofort ab. „Erzähl mir lieber, was es Neues gibt!" Seine von Fältchen umgebenen Augen forderten Rosanna kampflustig zu einem Einwand heraus. Doch sie tat ihm den Gefallen und erzählte.

„Vorgestern gab es einen großen Tanz in den Mai – das war wirklich ein schönes Fest! Da haben Sie etwas verpasst. Auf dem ganzen Dorfplatz waren Tische und Bänke aufgestellt worden – und dann der Maibaum! So etwas hab ich noch nie gesehen. Diese schönen gelben und blauen Bänder, die von der prächtigen Krone herab im Wind flatterten … Und zu essen hat es dort auch etwas gegeben, aber darum haben sich die Frauen vom Trachtenverein gekümmert. Ehrlich gesagt, ich war froh, an diesem Tag ausnahmsweise einmal nicht rennen zu müssen."

„Verdient hast du's!" Moritz machte ein geringschätziges Gesicht. „Dass Rombach auch ohne den ‚Fuchsen' ein Fest zustande bekommt, wird meinem Schwiegersohn auf seinem Sofa sauer aufgestoßen haben. Wo Geld doch das Einzige ist, was Franziska und ihn interessiert! Aber dass von mir nichts zu holen ist, haben sie endlich kapiert", fügte er noch brummend hinzu.

Stirnrunzelnd schaute Rosanna vom Spülstein zu ihm hinüber. Hier oben wetterte Moritz gegen die Breuers, und unten im Dorf äußerte sich Franziska gleichfalls nicht gerade freundlich über den alten Mann. Trotzdem wagte Rosanna nicht, nach dem Grund für diese gegenseitige Ablehnung zu fragen.

Als hätte Moritz ihre Gedanken gelesen, begann er erneut: „Kannst du dir vorstellen, dass die tatsächlich von mir verlangt haben, ich solle meinen Hof verkaufen? Den Hof, den meine Eltern mir vermacht haben?" Er lachte bitter. „Wenn's nach meiner Tochter gegangen wäre, säße ich heute wie die beiden alten Breuers unten im ‚Fuchsen' in einer kleinen Kammer. Mein Hof wäre weg, und sie hätte genug Geld für ihr Hotel!"

„Ein Hotel? Was für ein Hotel?", fragte Rosanna nach.

„Na, der Umbau der Fremdenzimmer! Das wollten die doch im ganz großen Stil machen! Jetzt sind es halt nur vier oder fünf Fremdenzimmer geworden – was kümmert es mich! Ein Hotel in Rombach … Damit noch mehr verrückte Stadtmenschen hierher kommen. So eine Schnapsidee!" Moritz winkte ab. Das Thema war damit für ihn erledigt.

Während er in einer Zeitung blätterte, begann Rosanna den Boden zu schrubben. Das also war der Grund für die Feindseligkeit zwischen Vater und Tochter. Rosanna nahm sich vor, Simone bei Gelegenheit über dieses Thema auszufragen. Kräftig wrang sie den Putzlappen aus. Was Zacharias wohl zu der Idee mit dem Hotel gesagt hatte? Bestimmt hatte sie ihm gut gefallen.

Es dauerte nicht lange, da wanderten ihre Gedanken erneut zurück zu dem Fest am ersten Mai. Wie gut Zacharias in seiner Tracht ausgesehen hatte! Der Hut saß verwegen auf seinem dichten Haar, das rote Tuch hatte er gekonnt in den Ausschnitt seines Hemdes gesteckt …

Im Gegensatz zu ihm war sich Rosanna in ihrem alten, an manchen Stellen bereits dünn gewordenen Kleid ärmlich vorgekommen. Und dennoch hatte sie noch nie ein so wunderbares Fest erlebt!

Es war Rosannas erster freier Tag seit langem gewesen. Am Morgen hatte die Wirtin ihr fünfzig Pfennig in die Hand gedrückt, damit sie sich etwas zum Essen kaufen konnte.

Da Gustav mit seinem gebrochenen Bein noch immer ans Haus gefesselt war, hatte sich Franziska allein auf den Dorfplatz begeben. Dort war sie mit den Jugels, deren Brauerei dem „Fuchsen" das Bier lieferte, verabredet gewesen.

Simone war von ihrer Mutter wieder einmal „vergessen" worden. Jedenfalls ging Franziska aus dem Haus, ohne Simone zum Mitkommen aufzufordern. Es kostete Rosanna viel Mühe, das Mädchen doch noch dazu zu überreden. Erst als sie sagte, dass sie auf keinen Fall allein gehen würde, trottete Simone schließlich mit hängendem Kopf und Groll im Herzen hinter Rosanna her.

Zu ihrer Mutter wollte sie sich nicht setzen, also lotste Rosanna sie zu einem der äußeren Tische. Dann kaufte Rosanna von ihrem Geld ein dick mit Kräuterquark bestrichenes Brot und teilte es mit Simone. Sie hatte gerade den ersten Bissen genommen, als ihr Blick auf die Tanzfläche fiel, wo sich Zacharias mit der Brauereitochter aus Schwend ausgelassen im Kreis drehte. Der Anblick der beiden ließ das Quarkbrot bitter schmecken. Simone spottete über ihren Bruder und die „gute Partie" von der Brauerei, wodurch Rosannas Unwohlsein noch heftiger wurde.

Doch dann stand er plötzlich vor ihr.

Mit einer übertriebenen Verbeugung forderte Zacharias Rosanna zum Tanz auf. Erst sagte sie Nein, aber er lachte und zog sie wie ein widerspenstiges Kind auf den grob gezimmerten Bretterboden. Noch jetzt spürte Rosanna das Vibrieren des hölzernen Tanzbodens unter ihren Füßen. Sie schloss die Augen. Wie nah Zacharias ihr gewesen war …

„MÄDCHEN, wach auf! Ich rede mit dir!"

Rosanna rappelte sich aus ihrer Putzhaltung auf. „Ich …"

Karl Moritz schüttelte den Kopf. „Also, da könnte man meinen, einer von euren feinen Gästen hat dir den Kopf verdreht!"

„So ein Blödsinn! Ich lass mir doch nicht den Kopf verdrehen!", erwiderte Rosanna und spürte, wie ihr die Röte ins Gesicht stieg. „Franziska hat schon ein Auge darauf, dass ich nicht zu lange mit den Gästen schwatze, da brauchen Sie keine Angst zu haben. Es ist nur zurzeit ziemlich viel los, vielleicht bin ich deswegen ein bisschen durcheinander."

„Ich sag's doch, diese Gäste von weit her bringen Unruhe in unsere Gegend! Diese Leute leben nicht mehr im Einklang mit der Natur. Und ich sage dir noch was: Die Städter werden erst zufrieden sein, wenn sie unseren Wald vollends ausgeblutet haben. Wenn es kein Wild mehr gibt und keine Pilze und keine Beeren, von denen die Menschen leben können, wenn die letzten Waldflächen abgeholzt sind und kahl wie die Glatze eines alten Mannes!“ Mit jedem Satz hatte sich Moritz mehr ereifert.

Wenn Rosanna jetzt nicht schnell vom Thema ablenkte, begann der alte Mann wieder mit einer seiner Predigten darüber, dass die Erde nicht ohne den Wald sein konnte.

Also sagte sie rasch: „Gestern klopfte es an der Tür, und als ich öffnete, stand ein Mann vor mir. Er wäre der Schnider, sagte er und zeigte auf das riesige Bündel, das er auf dem Rücken trug. Dass ausgerechnet an diesem Tag der Schneider kam, passte der Wirtin nicht so recht in den Kram, wo es doch Gustav wieder schlechter ging und sie am Krankenbett Wache halten musste. Trotzdem bat sie ihn herein.“

„Ich kenne den Mann, das ist der Alois“, bemerkte Moritz, schon nicht mehr ganz so griesgrämig. „Der Kauz ist bereits von Dorf zu Dorf gereist und hat den Leuten Kleider genäht, als meine Martha noch lebte …“

Rosanna schaute lächelnd auf. Wie immer, wenn Karl Moritz von seiner verstorbenen Frau sprach, wurde seine Stimme ganz weich.

„Der Mann versteht sein Handwerk!“, sagte sie. „Den ganzen Tag lang hat er den Tisch in Beschlag genommen, wir mussten sogar unser Mittagessen im Gastraum einnehmen. Aber am Abend war der gute Mann mit allen Hosen, Kitteln und Schürzen fertig. Ich wollte meinen Augen nicht trauen!“

„Jaja, das ist schon ein flinker Bursche. Ich erinnere mich noch, dass er einmal …“ Karl Moritz unterbrach sich. „Aber sag mal: Warum hast du denn dein neues Kleid nicht an? Ist es zu fein für mich und meinen Hof?“ Sein Spott war ohne jegliche Schärfe.

Statt zu antworten, schüttelte Rosanna nur unbestimmt den Kopf und schaute dann aus dem Fenster.

„Nun sag nur nicht …“ Moritz schlug mit der flachen Hand auf die Tischplatte. „Da lassen sie dich Tag und Nacht schuften …“ Der Rest des Satzes ging in einem weiteren Hustenanfall unter.

„Jetzt regen Sie sich doch bitte nicht auf! Simone ist dieses Mal auch leer ausgegangen, aber der Schneider kommt im Herbst schon wieder!“ Trotzdem spürte Rosanna einen kleinen Stich im Herzen. Wie gern würde sie nur ein Mal etwas anderes tragen als die alten, durchgewetzten Lumpen, die Franziska ihr zu Beginn ihrer Anstellung gegeben hatte! Sie klatschte in die Hände. „Jetzt ist aber genug getratscht. Ich möchte heute noch alle Fenster putzen." Sie wollte gerade mit dem Putzzeug die Küche verlassen, als Moritz ihr den Weg versperrte.

„Warte mal, ich habe da eine Idee …" Er forderte Rosanna mit einer Handbewegung auf, ihm zu folgen. Schwerfällig stapfte er die Treppe hinauf. Er lief den langen Flur entlang, blieb vor einem schweren, überreich verzierten Schrank stehen und öffnete ihn. „Hier sind wir richtig!"

Auf vier Brettern stapelten sich dicke und dünne Stoffballen: klein geblümte Baumwollstoffe, grobes naturfarbenes Leinen, etwas, was aussah wie Seide und in sattem Grün leuchtete. Verwundert schaute Rosanna den alten Mann an. Er lächelte.

„Meine Frau konnte nie Nein sagen, wenn ihr ein fahrender Händler ein schönes Stück Stoff anbot. Und sie war geschickt im Nähen. Na ja, die Stoffe sind inzwischen ein wenig verblichen, aber ich mochte sie nicht weggeben."

Moritz legte Rosanna beide Hände auf die Schultern und schaute sie streng an. „Heute, meine liebe Rosanna, wird nicht geputzt und geschrubbt! Heute nehmen wir die alte Nähmaschine in Betrieb, und dann nähst du dir das schönste Gewand, das Rombach je gesehen hat. Du kannst doch nähen?"

„Ja, aber …"

„Kein Aber! Auf geht's!"

An jenem Abend kehrte ich später als sonst ins Dorf zurück und war auf Schelte eingestellt, aber nicht darauf, dass Franziska vor lauter Wut fast platzen würde!

Als sie mich in meinem neuen dunkelblauen Rock und meiner blau gestreiften Bluse sah, fielen ihr fast die Augen aus dem Kopf. Dann ging die Fragerei los: Wie ich es wagen konnte, den Tag mit Nähen statt mit der Arbeit im Haushalt ihres Vaters zu verbringen! Was mir einfiele, mich einfach an den Stoffen ihrer Mutter zu bedienen? Ob der alte Mann nicht mehr bei Sinnen wäre?

Ausgerechnet an dem Abend musste mir ein Bierkrug aus der Hand rutschen! Er blieb zwar zum Glück heil, aber dennoch brachte dies das Fass zum Überlaufen.

Wie eine Furie schoss Franziska aus der Küche und gab mir eine Ohrfeige. Alle haben es mitbekommen – die Gäste, Zacharias … Ich habe dagestanden wie der dümmste Tölpel. Nur mit größter Mühe gelang es mir, meine Tränen zurückzuhalten. Doch obwohl ich am ganzen Leib vor Wut und Scham zitterte, ging ich hoch erhobenen Hauptes an Franziska vorbei und fuhr mit meiner Arbeit fort, als wäre nichts gewesen. Das hatte sie nicht erwartet!

Ich hab es mir zwar nicht anmerken lassen, aber den Spaß an meinem neuen Kleid hatte sie mir gründlich verdorben …

OBWOHL Rosanna so vieles durch den Kopf ging, fielen ihr die Augen zu, kaum dass ihr Kopf das Kissen berührt hatte. Als sie spürte, dass jemand an ihrer Schulter rüttelte, murmelte sie unwillig: „Simone, lass mich …"

„Pst, ich bin's!"

Die Stimme ließ Rosanna abrupt hochschrecken.

„Zacharias!" Sie setzte sich auf. Unwillkürlich zog sie den dünnen Stoff ihres Nachthemdes über ihrer Brust zusammen. Ihr Herz raste.

Zacharias setzte sich auf die Bettkante. „Ich wollte dir nur sagen, dass es mir Leid tut, was heute Abend …" Er verstummte und machte eine Kopfbewegung in Richtung der elterlichen Schlafkammer. „Meine Mutter … Ich schäme mich für das, was sie getan hat! Dabei hast du so wunderschön ausgesehen." Unbeholfen strich er Rosanna über die Wange.

Die Berührung verwirrte sie. Und die Tatsache, dass Zacharias sie in ihrer Kammer aufsuchte, um sie zu trösten, verwirrte sie noch mehr. Ihr wurde plötzlich ganz heiß.

„Ist halb so schlimm", murmelte sie.

Er seufzte. „Manchmal könnte man glauben, Mutter wäre eifersüchtig", sagte er. Verlegen drehte er am Knopf seines Hemdes. „Dabei … Also, seit du da bist, ist alles anders geworden. Irgendwie schöner! Das wollte ich dir schon lange einmal sagen."

Die Tränen, die Rosanna bis jetzt zurückgehalten hatte, drängten nun mit Macht in ihre Augen. Im nächsten Moment hatte Zacharias seine Arme um sie geschlungen. „Du darfst nicht traurig sein. Bitte, mir zuliebe!"

Nach einer Weile versiegten Rosannas Tränen. Unter dem Kopfkissen kramte sie ein Taschentuch hervor und putzte sich die Nase. Was, wenn Franziska sie beide hier antraf? Unruhig rutschte sie auf ihrem Strohsack nach hinten.

Zacharias dachte offenbar, sie wolle ihm Platz machen, und rückte näher.

„Du bist anders als alle Menschen, die ich kenne. Du hast eine Gabe, andere glücklich zu machen. Doch, so ist es!", bekräftigte er, als Rosanna widersprechen wollte. „Sogar Anton! Seit du ihm gesagt hast, seine

Würste würden bestimmt bei jeder Prämierung den ersten Preis gewinnen, platzt er vor Stolz." Zacharias lachte. In seinen Augen funkelten kleine Sterne.

„Wenn du nicht aufhörst, mich zu loben, werde ich noch rot!", sagte Rosanna. Dennoch waren seine Komplimente nach dem heutigen Abend Balsam für ihre Seele.

„Und die Gäste sind auch ganz vernarrt in dich!", fuhr Zacharias fort, ohne sich um ihren Einwand zu kümmern. „Wenn ich sehe, mit welchen Blicken dich manche durch die Wirtschaft verfolgen, würde ich am liebsten hingehen und sie zurechtweisen!", sagte er eine Spur zu heftig.

Sofort hob Rosanna einen Zeigefinger an den Mund. „Nicht so laut!" Doch ihr Herz fühlte sich inzwischen federleicht an. War Zacharias etwa eifersüchtig?

„Du sagst, dass die Leute mich mögen … Aber was ist mit dir?" Rosannas Herz klopfte plötzlich noch heftiger. Du lieber Himmel, woher hatte sie nur den Mut genommen, solch eine Frage zu stellen!

Statt einer Erwiderung schaute Zacharias sie nur an. Dann nahm er Rosanna sanft in seine Arme. „Das weißt du doch!", antwortete er rau.

Sie schmiegte sich an seinen Nacken. Seine Nähe tat so gut!

Sie verharrten in der Umarmung, und es erschien Rosanna wie eine Ewigkeit. Dann rückte Zacharias von ihr ab. Seine Augen suchten im Halbdunkel ihren Blick, hielten ihn fest. Er neigte seinen Kopf zu ihr und küsste sie. Bartstoppeln kratzten an ihrer Wange. Sie spürte sein Herz, das hart gegen ihre Brust schlug. Sein Atem war so nah … Ein Kribbeln, wie sie es bisher noch nie erlebt hatte, machte sich in ihrem Bauch breit. Es war einfach unfassbar schön! Als er erst ein Bein und dann das zweite aufs Bett legte, machte sie ihm bereitwillig Platz. Wie einen Fächer breitete er ihre Haare auf dem Laken aus. „Du bist so wunderschön!", flüsterte er und küsste sie erneut. Hungrig drängte sich sein Leib an den ihren. Ihre Hände strichen über seinen Rücken. Als seine Hand unter ihr Nachthemd schlüpfte, zuckte sie nur kurz zusammen. Doch sein Kuss sagte ihr, dass alles seine Richtigkeit hatte. In Rosannas Innerem erschollen Jubelchöre. So war es also, wenn man einen Mann liebte!

Plötzlich lag er auf ihr und stöhnte. Sein Knie drängte zwischen ihre Beine. Rosanna riss die Augen auf. Das wohlige Schauern wich einem großen Schrecken. Um Himmels willen, was taten sie hier eigentlich?

Resolut stemmte Rosanna ihre Arme gegen Zacharias' Brust. „Aufhören, bitte! Du musst jetzt gehen …"

ZACHARIAS kam immer wieder in meine Kammer. Franziska bekam zwar nichts mit, dafür jedoch Simone. Eines Nachts, Zacharias war gerade erst zu mir gekommen, huschte sie herein. Mir wurde heiß und kalt zugleich. Ich wusste nicht, was ich sagen sollte. Sie stand einfach nur da und starrte uns an, als könne sie nicht glauben, was sie sah. „Geh sofort wieder in deine Kammer!“, herrschte Zacharias sie an. Simone trollte sich, doch an den darauf folgenden Tagen ging sie mir aus dem Weg und sprach kein Wort mit mir. Dabei verfolgte mich ihr vorwurfsvoller Blick auf Schritt und Tritt. Ich hatte solche Angst, dass sie uns verraten würde! Als sie mir einmal in der Waschküche nicht ausweichen konnte, nutzte ich die Gelegenheit und versuchte, ihr meine Gefühle für ihren Bruder zu beschreiben.

„Wie kannst du überhaupt noch einem Mann vertrauen nach dem, was im letzten Herbst geschehen ist? Wie kannst du nur?“, fragte Simone mich schließlich. „Du hast doch gesehen, was das Schwein mir antun wollte! Glaubst du, Zacharias ist auch nur einen Deut besser?“

Natürlich glaubte ich das! Wie konnte sie ihren Bruder mit diesem niederträchtigen Mann vergleichen?

Außerdem hatte Simone Unrecht, wenn sie glaubte, Zacharias ginge es nur um das eine. In jenen Nächten lernte ich nämlich noch eine andere, eine nachdenklichere Seite von Zacharias kennen: Er war nicht nur der frohgemute junge Mann, der das Bier mit solchem Eifer zapfte, dass es in den Gläsern zischte wie heftiger Frühlingsregen. Er sprach immer wieder davon, dass seine Eltern ihm eines Tages die gesamte Wirtschaft übergeben würden. Ihm passte vieles nicht an der Art, wie seine Eltern den „Fuchsen“ führten.

Manchmal hatte ich das Gefühl, dass er sich fast wünschte, sein Vater würde sich nicht mehr richtig von dem Unfall erholen. Dann würde sein Ziel, selbst Wirt des „Fuchsen“ zu werden, in greifbarere Nähe rücken. Doch gleich darauf schalt ich mich dafür, dass ich Zacharias solche niederträchtigen Gedanken zutraute.

IN JENEM Sommer schliefen Zacharias und ich das erste Mal miteinander. Es war wunderschön! Den Gedanken, dass wir Unrecht taten, verbannte ich in eine dunkle Ecke in meinem Kopf. Natürlich hatte ich Angst, schwanger zu werden. Aber Zacharias versprach mir aufzupassen. Außerdem, sagte er, werde man nur schwanger, wenn man es darauf anlege, so wie Kathi es getan habe …

DER SOMMER kam und ging. Irgendwann machte die flirrende Hitze Nächten Platz, in denen es bereits empfindlich kalt wurde.

Die bunten Farben des Hochsommers waren satten Ocker-, Gelb- und Rottönen gewichen. Bald würden feuchte Nebel auch sie fortwischen, um der hellsten aller Farben Raum zu geben: dem Schneeweiß.

Das Jahr wurde langsam alt.

ALS SIMONE die Stalltür öffnete, drang ein Schwall klamme Luft in den Stall. Simone zog das Tuch, das sie sich gegen die morgendliche Kälte umgelegt hatte, fester um ihre Schultern und schloss leise die Tür.

„Rosanna – bist du hier?"

Ihre Augen gewöhnten sich allmählich an das schummrige Dunkel. Es musste doch einen Grund dafür geben, warum die Freundin seit ungefähr zwei Wochen jeden Morgen eine gute Stunde früher als sonst ihre Kammer verließ und irgendwohin verschwand.

Was war nur mit Rosanna los? Jetzt war sie schon seit gut anderthalb Jahren hier, aber diesen seltsamen Ausdruck auf ihrem Gesicht, der stets erschien, sobald sie sich unbeobachtet glaubte, hatte Simone noch nie bei ihr gesehen. War es Angst? Oder war Rosanna traurig? Der Gedanke, dass die Freundin etwas vor ihr verheimlichte, stach Simone wie ein Büschel Brennnesseln. Rosanna musste doch wissen, dass sie, Simone, immer für sie da war!

Simone ging die Stallgasse entlang. Die Euter der Kühe waren milchschwer – wenn Rosanna also hier war, dann nicht, weil sie früher als sonst mit dem Melken begonnen hatte. Simone wollte den Stall schon wieder verlassen, als sie hinten im Strohlager unter dem Dach einen Schatten erblickte. „Rosanna?", flüsterte sie erneut.

Im nächsten Moment sah sie die Freundin auf einem aufgetürmten, wackligen Gebilde aus Strohballen stehen, mehr als drei Meter über dem Stallboden.

„Du lieber Himmel, was machst du denn da oben?"

„Ich …" Rosanna ruderte mit beiden Armen und versuchte mit dem rechten Bein auf dem obersten Ballen Halt zu finden – doch vergeblich. Der Turm aus Strohballen kam ins Wanken, stürzte – und Rosanna mit ihm. Sie schrie.

Als einer der Ballen sie hart an der Schulter traf, stand Simone noch immer wie gelähmt da.

Rosanna lag stöhnend auf dem Boden. Im nächsten Moment war Simone bei der schwer atmenden Freundin und stützte sie. Ihr Herz klopfte bis zum Hals. „Du hättest dir das Genick brechen können! Bist du verrückt, das Stroh so hoch aufzutürmen? Und dann noch hinaufzuklettern – was soll denn das?“

Rosanna schloss die Augen und hielt eine Hand an ihren Hals. Sie würgte, als müsse sie sich erbrechen. „Lass mich! Was willst du eigentlich hier? Du hängst schon wieder wie eine Zecke an mir!“ Mit einem düsteren Blick wandte sie sich ab.

Als hätte sie eine Ohrfeige bekommen, wich Simone zurück. Ein dumpfer Schmerz lähmte ihre Gedanken, sodass sie Rosannas nächste Worte nur wie durch einen Schleier vernahm.

„Ich bekomme ein Kind.“

Simone schlug eine Hand vor den Mund. Hatte sie richtig gehört?

Rosanna ließ beide Hände in den Schoß sinken, jegliche Kraft schien sie verlassen zu haben. „Warum sollte ich dich anlügen? Bald wird es eh jeder wissen. Alle werden mit dem Finger auf mich zeigen.“ Sie schlug die Hände vors Gesicht. Laute Schluchzer drangen aus ihrer Kehle.

„Du bekommst ein Kind?“, flüsterte Simone ungläubig, doch in ihren Ohren hallte es wider wie ein Schrei. Ein Kind, ein Kind … Sie wusste genau, wer die Schuld an Rosannas Zustand trug! Hasserfüllt schaute sie in Richtung des Hauses, wo ihr Bruder den Schlaf des Gerechten schlief. Im nächsten Moment traf sie eine weitere Erkenntnis. „Heilige Mutter Maria, hilf!“ Sie bekreuzigte sich hastig. „Du wolltest es töten …“

Rosanna, ihr Engel, war nicht besser als ihre Mutter? Eine Sünderin?

Rosanna weinte leise. „Es ist nicht so, dass ich es nicht haben will“, sagte sie nach einer Weile. „Aber wenn ich nur daran denke, wie eure Eltern reagiert haben, als Kathi … Und sie und Gerhard waren immerhin schon offiziell verlobt. Ich kann mir vorstellen, was die beiden sagen werden, wenn sie erfahren, dass Zacharias und ich uns lieben.“ Rosanna blinzelte mit tränenschweren Augen. „Und jetzt noch ein Kind!“

Liebe, pah! Am liebsten hätte Simone das Wort ausgespien. Glaubte Rosanna tatsächlich, ein Mann könne sie so lieben, wie sie, Simone, es tat?

„Und was sagt Zacharias dazu? Ich meine, hat er dir geraten, dass du …“ Mit unbeweglicher Miene deutete Simone auf die Strohballen.

„Er weiß noch gar nicht, dass ich schwanger bin“, sagte Rosanna müde. „Ich habe noch nicht mit ihm gesprochen. Vielleicht kommt ja meine Blutung wieder, wenn ich mich ein bisschen körperlich anstrenge …“ Ihre Stimme erlahmte.

Simones Gesicht verdüsterte sich erneut. „Zacharias hat dich in diese

Lage gebracht, also muss er dir auch wieder heraushelfen! Er muss dich heiraten, so wie der Gerhard die Kathi hat heiraten müssen. Dann wird alles gut. Denk doch mal nach: Dann wirst du meine Schwägerin!“ Die letzten Worte klangen fast ein bisschen verwundert. Rosanna wurde ihre Schwägerin – wie wunderbar! Eigentlich war doch alles ganz einfach.

„Meinst du?“, fragte Rosanna skeptisch, aber in ihren Augen funkelte ein Hauch Hoffnung.

Direkt vor ihnen seilte sich eine Spinne vom Stalldach ab. Simone sagte lächelnd: „Schau, eine Spinne! Die bringt Glück, heißt es!“ Sie befreite einen Strohhalm aus Rosannas Haar und streichelte ihre Wange.

Geliebte Rosanna! Ihr Schutzengel! „Stell dir vor: Bald sind wir verwandt! Und ich werde dir helfen mit dem Kind und mit allem. Nie werde ich dich im Stich lassen!“

AN JENEM *Tag habe ich mich aus der Waschküche zu Zacharias geschlichen, der hinter dem Stall beim Holzspalten war. Mein Herz tat einen Hüpfer, als ich ihn sah. Seine Stirnlocken waren feucht vom Nebel und von der Anstrengung. Zacharias – der Mann, den ich liebte.*

Ohne Umschweife kam ich zur Sache.

Zacharias schaute mich ungläubig an. „Ein Kind … Rosanna, bist du dir sicher? Ich meine …“

Ich nickte stumm. Er wirkte so … hilflos. Er machte mir keinerlei Vorwürfe, nahm mich aber auch nicht in den Arm. Er schien benommen, als hätte er zu viel Bier getrunken.

Erst als Anton nach ihm rief, kam Zacharias wieder zu sich. Er legte mir seine Hände auf die Schultern. Als er sich an einem Lächeln versuchte, flackerte sein Blick ein wenig. „Wir kriegen das schon hin! Aber zuerst muss ich nachdenken.“

Später am selben Tag kam er zu mir ins Backhaus und sagte, er habe nun gründlich über alles nachgedacht. Es sei nicht gut, bei seinen Eltern sofort mit der Sprache herauszurücken. Wir sollten bis nach Martini damit warten. Ich wisse ja, wie viel Arbeit es bis dahin noch zu erledigen gebe. Außerdem müsse er unbedingt einen Tag erwischen, an dem es dem Vater gut gehe, fügte Zacharias noch hinzu.

Der Martinitag ging ins Land. Zacharias' Vater hatte seine klaren und seine verwirrten Momente. Ich wartete – und nichts geschah. Am Esstisch sah ich Zacharias immer wieder mit flehenden Augen an. Warum sprichst du nicht wenigstens mit deiner Mutter?, bedeutete mein Blick. Doch er wich ihm aus.

Nachts kam Zacharias nun nicht mehr in meine Kammer. Als ich nach dem Grund fragte, sagte er nur, es wäre nicht gut, wenn uns ausgerechnet jetzt jemand zusammen erwischen würde. Auch tagsüber kam es mir manchmal so vor, als würde er mir aus dem Weg gehen, doch dann redete ich mir ein, dass er nur zu viel zu tun hatte. Ich wollte geduldig sein.

Etwas hatte sich verändert, aber das wollte ich nicht wahrhaben.

Simone war fuchsteufelswild, weil ihr Bruder sich so zierte. Sie bot an, mit ihm zu reden, doch das wollte ich bei meiner Seele nicht. Er hatte mir versprochen, dass alles gut werden würde, und daran hielt ich mich fest …

Mit einem Plumps ließ Rosanna den Lappen, mit dem sie an diesem Morgen den Boden der Wirtsstube gewischt hatte, in den Wassereimer fallen. Fertig! Als sie sich strecken wollte, spürte sie plötzlich ein Stechen in ihrem unteren Rücken, das sie leise aufschreien ließ. Sie holte vom nächststehenden Tisch einen Stuhl und stellte ihn auf den Boden. Dann ließ sie sich langsam darauf nieder. Nur einen Moment ausruhen …

„Schon Feierabend?“, ertönte Franziskas scharfe Stimme von der Tür her. Bevor Rosanna aufstehen konnte, stand die Wirtin schon neben ihr. Beide Hände in die Hüften gestemmt, schaute sie Rosanna vorwurfsvoll an. „Was sitzt du hier am helllichten Tag herum und hältst Maulaffen feil? Hör zu, so kann es nicht weitergehen. Wenn du glaubst, ich weiß nicht, was los ist, dann hast du dich getäuscht!“

Rosanna spürte, wie ihr Magen sich zusammenkrampfte. Hatte Zacharias etwa …

Franziska nahm ebenfalls einen Stuhl vom Tisch und setzte sich Rosanna gegenüber. „Schon seit Wochen ist deine Arbeit nichts mehr wert, dafür schleichst du den ganzen Tag meinem Jungen hinterher! Keinen Schritt kann er tun, ohne dass du dich an seine Fersen heftest. Nur weil ich bei Gustav am Krankenbett sitze, bin ich nicht blind geworden!“, zeterte Franziska. „Kannst du mir mal sagen, was das Ganze soll?“

Kleine Spuckefetzen flogen über den Tisch. Eine landete auf Rosannas Lippe. Sie wischte sich so heftig mit der Hand darüber, dass es wehtat. Die Wirtin wusste nichts, gar nichts. Zacharias hatte noch nicht mit ihr gesprochen.

Als Rosanna nicht gleich antwortete, fuhr Franziska fort: „Was ist, hat’s dir die Sprache verschlagen?“

Plötzlich brach alles, was Rosanna in den letzten Wochen so mühsam zurückgehalten hatte, aus ihr heraus. „Mir nicht, aber Ihrem Sohn anscheinend!“, fauchte sie. „Schon seit Wochen flehe ich ihn an, dass er endlich mit Ihnen redet. Aber wenn er dazu zu feige ist, muss ich es eben übernehmen!“ Sie holte Luft. „Ich bekomme ein Kind, und Zacharias ist der Vater!“

„Nein!“ Die Beine von Franziskas Stuhl kratzten schrill über den Boden.

„Doch. Wir lieben uns!“, sagte Rosanna und konnte den Triumph in ihrer Stimme nicht ganz verbergen. „Schon seit vielen Monaten. Wir ...“ Bevor sie weitersprechen konnte, rannte die Wirtin aus der Schankstube.

Der Rest des Tages wurde für Rosanna schier unerträglich. Als sie Zacharias erzählte, dass sie seiner Mutter reinen Wein eingeschenkt habe, wurde er wütend und machte ihr alle möglichen Vorwürfe, nicht zuletzt den, ihn verraten zu haben.

Am Mittagstisch wurde kein Wort gesprochen. Rosanna glaubte, an jedem Bissen Brot, den sie in ihre Milch tunkte, ersticken zu müssen.

„Zacharias, komm mit zu deinem Vater. Wir müssen mit dir reden!“, presste Franziska schließlich zwischen ihren Lippen hervor, nachdem sie zu Ende gegessen hatte. Und an Rosanna gewandt, fuhr sie fort: „Du bist heute Abend an der Reihe, wenn die Gäste weg sind!“

ES WAR kurz nach elf Uhr nachts, und die letzten Gäste waren eine Viertelstunde zuvor gegangen. Der Geruch von Bier und Tabak hing schwer in der Luft.

Franziska und Zacharias hatten Gustav für das Gespräch unter den Armen gepackt und ihn die Treppe halb hinuntergetragen, halb gezogen. Zu dritt hatten sie dann am unteren Ende des Stammtisches Platz genommen.

Rosanna war schlecht vor Aufregung. Sie wusste nicht, wie das Gespräch zwischen Zacharias und seinen Eltern verlaufen war. Wie sehnte sie sich nach einem Blick, einer tröstenden Geste von ihm! Doch er schaute sie nicht an.

Franziska seufzte tief auf. „Zuerst einmal muss ich dir sagen, wie sehr du mich enttäuscht hast. Du hast unser Vertrauen missbraucht. Gerade in dieser schweren Zeit ...“ Sie blickte ihren Mann an, und einen Moment lang sah es so aus, als würde sie in Tränen ausbrechen. Gustav langte zu ihr hinüber und tätschelte ihren Arm. Er war zwar blass, aber offenbar bei klarem Verstand.

Bevor Rosanna etwas erwidern konnte, sprach die Wirtin weiter: „Gleichzeitig sehe ich ein, dass die Sache nicht allein dein Fehler war.

Es gehören immer zwei dazu …“ Franziska schüttelte den Kopf, als könne sie immer noch nicht fassen, was geschehen war.

Rosanna spürte, wie ihr unter dem Blick der Fuchsenwirtin die Schamesröte in die Wangen stieg. Hilfe suchend schaute sie zu Zacharias hinüber, doch der wandte den Blick ab.

Gustav räusperte sich. „Was geschehen ist, ist geschehen und kann nicht mehr rückgängig gemacht werden“, sagte er mit Grabesstimme.

Franziska lachte freudlos auf. „Leider! Und nun stellt sich die Frage, wie es weitergehen soll. Es gibt genau zwei Möglichkeiten, und Zacharias sieht das genauso. Erstens …“ Der Blick der Wirtin wurde hart. „Du packst sofort deine Sachen und gehst dorthin zurück, wo du hergekommen bist.“

Rosanna rang nach Luft.

„Zweitens: Du bleibst hier und bekommst das Kind.“

Rosanna atmete auf. Gott sei Dank! Sie hatte schon gedacht …

„Natürlich wirst du, sobald der Bauch sichtbar wird, nicht mehr die Gäste bedienen können, aber diese Zeit bekommen wir schon herum.“

Rosanna nickte beklommen. Warum schaute Zacharias sie noch immer nicht an? Warum tat er so, als habe das alles nichts mit ihm zu tun?

„Natürlich darf niemand erfahren, dass du schwanger bist – dummes Gerede im Dorf können wir nicht gebrauchen. Der zukünftige Wirt und eine Magd. Was glaubst du, was die Leute dazu sagen würden? Sobald das Kind da ist“ – Franziska stockte kurz, sprach dann aber umso bestimmter weiter –, „wirst du es weggeben.“

Wie vom Schlag getroffen, zuckte Rosanna zusammen. „Zacharias, stimmt das? Du willst, dass ich … *unser Kind* …“ Rosannas Stimme brach.

Zum ersten Mal schaute er sie an. Seine Unterlippe zitterte heftig. „Ich weiß doch auch nicht mehr weiter! Sie wollen, dass ich später einmal die Elsbeth Jugel heirate! Die von der Brauerei in Schwend!“ Ein trockenes Schluchzen stieg aus seiner Kehle empor. „Aber die lieb ich nicht!“, presste er hervor.

Rosanna fühlte sich, als hätte ihr jemand einen Prügel übergezogen. Fassungslos schaute sie von Zacharias zu Franziska, die nun doch etwas verlegen schien.

Elsbeth Jugel? Von der Brauerei Jugel? Das Mädchen mit dem schiefen Lächeln, mit dem Zacharias am ersten Mai getanzt hatte? Das konnte nicht wahr sein … Rosanna hatte auf einmal das Gefühl, als stünde sie neben sich.

„Schnell gefreit, lang bereut", sagte Gustav und nickte heftig mit dem Kopf. Dann begann er vor sich hin zu summen.

Die Wirtin warf erst ihrem Mann und dann ihrem Sohn einen wütenden Blick zu. „Darüber müssen wir ja jetzt nicht reden! Das eine hat mit dem anderen schließlich überhaupt nichts zu tun." Fahrig strich sie ihren Rock glatt.

„Natürlich hat das etwas miteinander zu tun!", jammerte Zacharias. „Hier geht es schließlich um mein Leben!"

„Ach – und um meines geht es nicht?" Rosanna spürte, dass die Wut wie Unkraut in ihr zu wuchern begann. Da heulte Zacharias herum wie ein trotziges Kleinkind – glaubte er etwa, seine Eltern auf diese Weise umzustimmen?

Mit seinen weit aufgerissenen, geröteten Augen sah Zacharias aus wie ein in die Enge getriebenes Tier. „Mutter, Vater! Ihr habt damals doch auch aus Liebe geheiratet! Ihr müsstet uns doch verstehen!"

Gustav Breuer schnaubte. „Liebe … Was der Narr im Kopf hat, das hat er auch auf der Zunge!" Der Blick, mit dem er seinen Sohn bedachte, war klar und so eisig wie ein Gebirgsbach. Von einem Augenblick auf den anderen schien er wieder bei der Sache zu sein. „Was weißt du in deinen jungen Jahren schon von Liebe? Und dir will ich auch etwas sagen!" Er rutschte so nah an Rosanna heran, dass sie seinen widerlichen Atem riechen konnte. „Bei uns gibt es ein altes Sprichwort, das besagt: Liebe vergeht – Hektar besteht!"

ALS ROSANNA die letzten Schritte auf den Moritzhof zuging, hatte sie das Gefühl, als habe sie dies alles schon einmal erlebt: den Nebel, das feuchte Novembergrau. Vor genau einem Jahr war sie zum ersten Mal hier hinaufmarschiert. Doch wie unbeschwert war sie damals gewesen! Jetzt waren ihre Schritte schwer wie die eines alten Weibes.

Karl Moritz saß in der Küche. Zwischen seinen Beinen stand ein quaderförmiger Stein, den er mit einem Meißel bearbeitete. Ohne von seiner Arbeit aufzuschauen, nuschelte er einige Worte zur Begrüßung, denn in seinem Mundwinkel steckte eine Pfeife.

Rosanna nickte stumm zurück. Dann holte sie sofort das Putzzeug aus dem Schrank. In der nächsten Stunde war sie mit der Schlafkammer des alten Mannes beschäftigt. Sie schleppte das Stroh seines Schlaflagers hinter das Haus auf den Mist und holte frisches Stroh aus dem Stall. Nachdem Rosanna den Strohsack frisch gestopft hatte, nahm sie sauberes Leinen aus dem Schrank und bezog damit das Bett neu.

Das Arbeiten tat ihr gut, und eine Zeit lang gelang es ihr, die schwarze Wolke in ihren Gedanken zu verdrängen.

Es war nicht ungewöhnlich, dass sie bei ihren Besuchen auf dem Moritzhof stundenlang ihrer Arbeit nachging, während sich Moritz mit seinen eigenen Dingen beschäftigte. Dabei schätzte Rosanna die Gespräche mit dem alten Mann inzwischen sehr. Sein bissiger Humor, seine ungewöhnliche Art, Dinge und Menschen zu betrachten – all das hatte Rosanna lieb gewonnen.

Heute zog sie jedoch ihre Tätigkeiten außerhalb der Küche absichtlich in die Länge. Ihr war nicht nach Reden zumute, und so war es schon Mittag, als sie endlich hinunterging.

Moritz hatte gerade sein Werkzeug aus der Hand gelegt und betrachtete zufrieden seine Arbeit. „Wenn es nicht zu regnen beginnt, kann ich den Grenzstein heute Nachmittag noch setzen. Der ist für ein ganz besonders schönes Stück Land bestimmt!"

Unwillkürlich musste Rosanna lächeln. Der ganze Küchenboden war mit feinem Sandstaub und kleinen Steinbrocken übersät. „Ich sehe schon, Sie haben wieder einmal ganze Arbeit geleistet." Nicht zum ersten Mal fragte sich Rosanna, wo und wie der alte Mann das Geld für seine Landkäufe auftrieb, auch wenn die kargen Hügel und abgeholzten Waldstücke nicht viel kosten konnten. Ob die Schwarzbrennerei tatsächlich so viel abwarf? Seufzend schnappte sie sich Besen und Kehrschaufel. „Was würden Sie nur ohne mich machen? Wahrscheinlich wäre das ganze Haus in kürzester Zeit zu einem Saustall verkommen!"

Im nächsten Moment fiel ihr die Schaufel aus der Hand, und Tränen brannten in ihren Augen. Dies war ihr letzter Besuch auf dem Moritzhof – danach würde tatsächlich alles verlottern! Rosanna kauerte auf dem Boden, ihr Herz war ein eisiger Klumpen. Sie hatte das Gefühl, nie mehr aufstehen zu können.

„Rosanna … Mädchen!" Schwerfällig beugte sich Moritz zu ihr hinunter, klopfte ihren Rücken und murmelte beruhigende Worte. Irgendwann zeigten sie Wirkung.

Rosanna schaute auf. „Es … es ist alles so schrecklich. Ich weiß nicht mehr weiter", schluchzte sie.

Rosanna erzählte Moritz alles. Die Worte kamen zuerst zögerlich. Gleichzeitig empfand sie eine tiefe Erleichterung, endlich einmal alles loswerden zu können. Im Gegensatz zu Simone, die ständig irgendeine giftige Bemerkung machte, wenn sich Rosanna ihr anvertraute, hörte Karl

Moritz stumm zu. Nur seine Lippen, die er so fest um seine Pfeife presste, dass sie ganz weiß waren, zeigten, dass er nicht eingeschlafen war.

Zum Schluss erzählte Rosanna von dem Gespräch mit den Breuers. Dann sagte sie: „Ich hab's versucht! Ich wollte vernünftig sein und einfach weitermachen wie bisher. So tun, als wäre nichts geschehen. Aber ich schaffe es nicht! Immer muss ich an das Kind denken und was mit ihm geschehen soll, wenn es erst einmal auf der Welt ist." Unter tränenschweren Lidern schaute sie zu Moritz empor. „Und Zacharias ... Natürlich verstehe ich, dass er mit alldem überfordert ist. Trotzdem ... Ich hab das Kind nicht allein gemacht! Da kann Zacharias doch nicht so tun, als wäre nichts geschehen! Wenn er draußen beim Holzspalten ist, höre ich ihn manchmal sogar ein Liedchen pfeifen. Mir ist so schwer ums Herz, und er merkt es gar nicht." Der Kloß in ihrem Hals wurde dicker, und die Tränen strömten erneut über ihre Wangen. „Und wenn ich mit ihm reden will, hat er ständig etwas zu tun. Früher hat er doch auch Zeit gehabt! Ach, am liebsten wäre ich tot!"

Rosannas Blick wanderte zum Fenster und nach draußen, wo gerade ein Schwarm Krähen vorüberflog. Mutlos schaute sie den Vögeln nach.

„Ich hab geglaubt, denen liegt etwas an mir. Ich hab gedacht, die Breuers wären eine Art Familie für mich. Aber ... Ach, ich war so dumm! Eine dumme Magd!", setzte sie bitter hinzu.

„Zacharias hat kein Rückgrat!", fauchte Karl Moritz unvermittelt. „Und du nimmst ihn noch in Schutz!" Seine Augen loderten vor Zorn. „Erst bringt der Lump dich in andere Umstände, und nun will er dich nicht heiraten! Einer Mutter wollen sie das Kind nehmen? Pfui Teufel, da hört doch alles auf!"

Mit ungewohnter Behändigkeit stand Moritz auf und griff nach seiner Jacke, die an einem Haken hinter der Tür hing. „Die werden mich jetzt kennen lernen! Der Bande werde ich die Meinung sagen, glaub mir!"

Um Gottes willen! Mit einem Satz warf sich Rosanna vor die Tür. „Nein, bitte nicht! Tun Sie mir das nicht an!", flehte sie. Dann holte sie tief Luft. „Wenn Zacharias mich nicht will, dann will ich ihn auch nicht!" Überrascht registrierte sie den festen Klang ihrer Stimme.

Moritz machte einen Schritt zurück. „Was soll denn das? Gerade hast du mir noch die Ohren voll geheult, wie sehr du ihn liebst."

„Muss das eine denn etwas mit dem anderen zu tun haben?" Rosanna seufzte. „Man kann einen Menschen doch nicht zur Liebe zwingen, oder? Aber dieses Kind in meinem Bauch liebe ich. Es gehört zu mir wie meine Arme und meine Beine. Und genauso wenig, wie ich mir einen

Arm abhacken ließe, genauso wenig werde ich das Kind weggeben! Deshalb gehe ich fort!", fügte sie am Ende mit harter Stimme hinzu. Danach fühlte sie sich ein wenig besser. Endlich hatte sie den Gedanken, der schon seit Tagen in ihrem Kopf herumschlich, laut ausgesprochen!

„Und wo willst du in deinem Zustand hin? Wer soll dich aufnehmen? Du weißt doch, wie die Leute sind! Eine Hure werden sie dich schimpfen!"

Rosanna lachte verdrießlich. „Irgendwo werde ich schon unterkommen", sagte sie mit mehr Zuversicht, als sie tatsächlich verspürte.

Moritz schüttelte missbilligend den Kopf, warf dann aber seine Jacke auf einen Stuhl. Erst als er sich wieder niedergelassen hatte, verließ Rosanna ihren Platz an der Tür und setzte sich ihm gegenüber.

Karl Moritz beobachtete sie aus zusammengekniffenen Augen. „Du würdest mich also einfach im Stich lassen, ja?" Seine grauen Locken standen in alle Richtungen vom Kopf ab. „Ich könnte hier oben verrecken, und niemand würde es mitbekommen – soll es so sein?"

„Um Gottes willen, wie reden Sie denn! Jetzt machen Sie mir auch noch Vorwürfe! Natürlich werde ich Sie vermissen. Ich geh doch nicht gern! Mir ist das alles hier" – Rosanna machte eine ausholende Handbewegung, die den Moritzhof und Rombach einschließen sollte – „ans Herz gewachsen. Aber was soll ich denn tun? Sagen Sie es mir!" Die Wut kehrte zurück.

Zuspruch hatte sie von ihm erwartet und ein paar freundliche Worte. Aber Vorwürfe – darauf konnte sie verzichten, die bekam sie jeden Tag zur Genüge zu hören.

Moritz grinste mit einem Mal, als bereite ihm etwas diebische Freude. „Warum kommst du nicht von allein darauf? Du hast doch vorhin selbst gesagt, dass ich ohne dich nicht zurechtkomme – also, was ist die logische Schlussfolgerung? Du ziehst auf den Moritzhof und machst mir den Haushalt!"

Rosanna verharrte sprachlos, während Karl Moritz mit großer Selbstverständlichkeit weiterredete. „Hör zu, hier hättest du ein Dach über dem Kopf, könntest in aller Ruhe dein Kind zur Welt bringen, und was die unten im Dorf dazu sagen, braucht dich nicht zu interessieren. Von mir aus kannst du gleich hier bleiben."

Rosanna war bei Moritz' Rede ganz schwindlig geworden. Zu Karl Moritz ziehen? Zu Franziskas Vater? Das war ja verrückt!

„Und noch etwas: Bei mir wird keiner ausgebeutet. Ich würde dir ein kleines Entgelt für deine Arbeit bezahlen."

Konnte sie sich ein Leben hier oben vorstellen? Karl Moritz war kein einfacher Mensch – stur, eigensinnig, rechthaberisch … Das Haus war jedoch groß genug, sodass sie sich, wenn nötig, aus dem Weg gehen konnten. Wie ihr Alltag aussehen würde, das konnte sie sich überhaupt nicht vorstellen. Es bedeutete, den ganzen Tag allein zu sein. Keine Gäste, kein Schwatz mehr auf der Dorfstraße. Andererseits: Wer von den Rombachern würde noch mit ihr plaudern wollen, wenn ihr Bauch erst einmal anschwoll?

Aber war das nicht alles zweitrangig? Viel wichtiger war, was Moritz gesagt hatte: *„Hier könntest du in aller Ruhe dein Kind zur Welt bringen.“*

Rosanna spürte, wie ein warmer Schauer ihren Rücken hinablief. Ihr Kind – hier war es erwünscht. In Moritz würde es sogar einen Großvater haben. Und in Simone eine Tante. Das wäre eine schön zusammengestückelte Familie! Ein müdes Lächeln schlich über Rosannas Gesicht. Aber es wäre ihre Familie.

Sie atmete ein letztes Mal tief durch, dann streckte sie Karl Moritz ihre rechte Hand entgegen. „Einverstanden! Ich werde gern Ihre Haushälterin, aber nur, wenn Sie das mit dem Entgelt wieder vergessen!“

NATÜRLICH blieb ich nicht gleich oben, schließlich hatte ich noch meine Sachen im „Fuchsen“. Viel war es nicht: meine Kleider und ein paar Kleinigkeiten, die Gäste mir geschenkt hatten. Und natürlich wollte ich auch noch einmal zurück, um mich von Simone zu verabschieden.

Es fiel mir schwer, an jenem letzten Abend im „Fuchsen“ so zu tun, als ob nichts wäre. Mit jedem Essen, das ich servierte, wurde ich wehmütiger. Es war schon ein seltsames Gefühl zu wissen, dass ich keinen einzigen Gast wiedersehen, keinen einzigen Teller Suppe mehr servieren würde. Und dann Zacharias hinter dem Tresen …

Endlich war auch der letzte Gast fort. Auf der Treppe flüsterte ich Simone zu, dass ich ihr etwas erzählen müsse. Als sie kurze Zeit später in meiner Kammer stand, wusste ich zunächst nicht, wie ich anfangen sollte. Schließlich platzte ich mit meiner großen Neuigkeit einfach heraus. Doch Simone begann gleich wieder eine Hasstirade auf ihren Bruder, der mich in diese Lage gebracht hatte. Dann fragte sie mich: „Wie kannst du bloß zu diesem schrecklichen alten Mann ziehen wollen?“ Auf meine Gegenfrage, welche Möglichkeit ich denn sonst hätte, blieb sie mir eine Antwort schuldig, umklammerte nur fest meine Hände und flehte mich an zu bleiben. Ich erklärte ihr, dass das nicht möglich sei, mein Fortgehen jedoch nicht bedeuten müsse, dass wir uns nie wiedersahen. Ganz im Gegenteil: Wenn sie es einrichten könnte, dass fortan sie die wöchentlichen Besuche beim Großvater übernahm, hätten wir jede Woche einen ganzen Tag für uns! Der Gedanke munterte sie auf, sodass sie mir versprach, ihren Eltern nicht zu verraten, wo ich Unterschlupf gefunden hatte.

Am nächsten Morgen packte ich meine Sachen.

Mit dem Bündel in der Hand marschierte ich in die Küche, wo die anderen bereits zur Morgenmahlzeit zu Tische saßen. Ich schaute Zacharias für einen langen Moment an. Doch er erwiderte meinen Blick nicht. Also trat ich vor Franziska und sagte ihr, dass ich mich nun doch für die erste Möglichkeit, die sie genannt hatte, entschieden hätte. Zuerst wusste sie gar nicht, was ich meinte. Aber dann dämmerte es ihr. Sie schaute drein, als würde sie die Welt nicht mehr verstehen. Bevor einer einen Ton sagen oder mich mit Fragen bombardieren konnte, verließ ich den Raum. Das war am Tag des heiligen Nikolaus 1898 …

ZWEI Wochen vor Weihnachten war die Kirche noch voller als sonst. In der Reihe, wo Simone saß, hockten die Menschen so eng, dass sich ihre Schultern berührten. Simone hatte Mühe, sich auf die Worte des Pfarrers zu konzentrieren. Das lag nicht allein an dem spitzen Ellenbogen ihrer Mutter, der sich in ihre Seite bohrte, sondern vor allem an dem großen schwarzen Loch, das an der Stelle klaffte, wo einst ihr Herz gesessen hatte. Rosanna war weg. Ihr Engel hatte sie verlassen. Simone hatte sich noch nie in ihrem Leben so allein gefühlt.

Der Pfarrer predigte gerade von Samenkörnern, die auf dornige Böden fielen. Von Worten, die ungehört in die Lüfte aufstiegen.

„… weil die Hausleute kein wachsames Auge auf ihre Dienstboten haben. Da wird ihnen erlaubt, sich herumzutreiben, auf den Tanzboden zu gehen, nächtens durch Feld und Wald zu strolchen und heimliche Bekanntschaften zu unterhalten. Aber Unzucht ist die größte Sünde! Und es versündigt sich auch der, der ihr Vorschub leistet!“ Die krächzende Stimme wurde mit jedem Wort lauter.

Simone sog die Luft zwischen den Zähnen ein. Sie hatte es ja gewusst! Gott hatte alles gesehen und dann dem Pfarrer davon erzählt. Jeden Kuss zwischen Rosanna und Zacharias, jede Berührung … Es musste so sein – warum sonst sollte der Pfarrer ausgerechnet heute über diese Sünde sprechen? Ihre Kehle war auf einmal wie zugeschnürt.

Der Zorn Gottes war denen gewiss, die ihn schmähten. Der liebe Gott würde für gerechte Strafe sorgen. Und wenn nicht, konnte sie ihm immer noch dabei helfen – nein, dann *musste* sie ihm helfen! Denn sie war auch ein Teil vom „Zorn Gottes", Mutter hatte es selbst zugegeben, damals im Waschhaus. Am liebsten wäre sie aufgestanden und hätte mit dem Finger durch den Weihrauchnebel in Richtung der Männerbänke gezeigt, dorthin, wo Zacharias saß. „Da sitzt der Schuldige! Ihn müsst ihr ächten und bestrafen!" Stattdessen kaute sie so lange auf der Haut rund um ihren Daumennagel herum, bis nur noch das rosafarbene Fleisch zu sehen war.

SIMONE hatte keinen Hunger. Seit der Predigt war ihr Bauch angefüllt mit der Sorge um Rosanna. Angewidert schaute sie auf das kleine Stück Fleisch, das inmitten einiger Rüben auf ihrem Suppenteller trieb.

In den letzten Monaten hatte Rosanna sonntags gekocht. Wenn die Familie aus der Kirche gekommen war, hatte das Essen schon dampfend auf dem Tisch gestanden. Trotz der aufwändigen Vorbereitungen fand Rosanna fast immer die Zeit, im Garten ein paar Blumen zu pflücken und zu einem Strauß zu binden, der dann die Mitte des Tisches zierte. Obwohl die Zeit meist knapp war, ging es beim Mittagessen oft munter zu: Da wurde der Dorftratsch durchgekaut, und zum Nachtisch schmiedeten sie Pläne für die kommende Woche. Heute stand die Blumenvase verwaist auf der Fensterbank, und alle löffelten stumm ihre Suppe.

„Es würde mich schon interessieren, wohin Rosanna gegangen ist", sagte Margot Breuer schließlich unvermittelt. In ihrer Stimme schwang unverhohlenes Bedauern mit.

Simone lugte über ihren Teller hinweg zur Großmutter hinüber. Sie war sich nicht sicher, was und wie viel die Alten wussten.

Franziska hielt mit dem Suppenlöffel auf halbem Weg zum Mund inne. „Von mir aus kann sie dorthin gegangen sein, wo der Pfeffer wächst!" Der Löffel verschwand in ihrem Mund.

„Was hast du auf einmal gegen Rosanna?", fragte ihr Schwiegervater. „Das ist doch ein fleißiges und fröhliches Mädchen."

Franziska presste die Lippen zusammen. Es war nicht unüblich, dass sie Fragen oder Bemerkungen ihrer Schwiegereltern einfach ignorierte, wenn sie ihr gerade nicht gelegen kamen.

„Also mir tut's auch Leid, dass sie nicht mehr da ist", bemerkte Anton und fing dafür von Simone einen erstaunten Blick ein.

„Schluss jetzt! Ich will nichts mehr von diesem Weibsbild hören! Sie ist weg, und zwar auf Nimmerwiedersehen. Und das ist auch gut so, sie hat uns genug Ärger gemacht!“ Franziska funkelte die Runde böse an.

„Und was würdest du sagen, wenn sie doch nicht auf Nimmerwiedersehen fort ist?“ Die Worte purzelten aus Simones Mund, bevor sie etwas dagegen unternehmen konnte.

Überrascht schauten die anderen sie an.

„Was willst du damit sagen?“, fragte Franziska lauernd.

Simone spürte, wie die Pusteln in ihrem Gesicht zu brennen begannen. „Nicht jeder ist so gemein wie ihr!“ Obwohl sie innerlich bebte, schaute sie der Mutter direkt in die Augen. „Andere haben da, wo ihr den Geldbeutel sitzen habt, ein Herz!“

Irgendjemand ließ vor Schreck seinen Löffel in die Suppe fallen. Ein Spritzer Brühe landete auf Großmutters Hand, die einen erschrockenen Zischlaut von sich gab. Doch bevor sie etwas sagen konnte, spielte Simone ihren Trumpf aus. „Rosanna ist bei Großvater Karl! Der Moritzhof ist ihr neues Zuhause!“

„Waaas?“, ertönte es aus sechs Kehlen gleichzeitig.

NATÜRLICH hatte ich damit gerechnet, dass irgendwann einmal Franziska auftauchen würde. In einem Dorf wie Rombach verbreiteten sich Nachrichten schneller als ein Waldbrand. Dass es allerdings so bald geschehen würde, hätte ich nicht gedacht.

Es war Sonntagnachmittag kurz nach drei Uhr, als sie mit einer Miene auf dem Moritzhof ankam, als sei der Leibhaftige in ihr. „Du elendiges Luder!“, zischte sie mir zu, als ich die Tür öffnete. Sie hob die Hand, als wolle sie auf mich losgehen, doch dann besann sie sich eines Besseren und rannte an mir vorbei zu ihrem Vater in die Küche. Vom Flur aus konnte ich jedes Wort hören, das gesagt oder vielmehr geschrien wurde. Es war vor allem Franziska, die laut brüllte. Sie warf Moritz vor, das Andenken ihrer Mutter dadurch zu beschmutzen, dass er eine Hure unter seinem Dach dulde. Ich würde ein Kuckucksnest aus dem Moritzhof machen, weil ich meine Brut in ein fremdes gemachtes Nest setzte. Der Hass in ihrer Stimme ließ mir das Blut in den Adern gefrieren.

Doch plötzlich wurde es ruhig in der Küche, dann hörte ich Moritz vollkommen ruhig sprechen: „Bist du jetzt fertig? Dann will ich dir etwas sagen. Hör gut zu, denn ich sage es nur einmal: Nicht ich beschmutze das Andenken deiner Mutter, sondern du! Sie würde sich im Grab herumdrehen, wenn sie wüsste, was für ein herzloser Mensch du geworden bist. Und nun geh! Du bist zwar meine Tochter, aber ich will dich hier nie wieder sehen!“

Ich versteckte mich hinter der Tür zur guten Stube, denn ich wollte Franziska auf keinen Fall unter die Augen treten.

„Glaube nicht, dass in dieser Sache das letzte Wort gesagt ist!", schrie sie, dann hörte ich die Haustür zuschlagen.

Ich wusste nicht, was ich tun sollte. Meinetwegen hatte sich Karl Moritz mit seiner Tochter überworfen. Ich fühlte mich elend.

Schließlich ging ich in die Küche. Die Luft dort war geladen wie vor einem Gewitter. Moritz saß über seine Zeitung gebeugt, als sei nichts gewesen. Ich wartete darauf, dass er auf Franziska zu sprechen kam. Stattdessen schien er bewusst ein anderes Thema zu suchen, denn er wedelte mit seiner Zeitung.

„Manche Schreiberlinge sollte man an einem Baum aufhängen, statt für ihre Worte wertvolles Holz zu opfern! Aber es stehen auch einige interessante Dinge drin. Zu schade, dass du zu dumm bist, um lesen zu können", knurrte er und bedachte mich mit einem unfreundlichen Blick.

Ich fuhr zusammen, als hätte er mich geschlagen. Er war also doch wütend auf mich!

Plötzlich klatschte er laut in die Hände. „Verdammt noch mal, Mädchen! Wenn ich eins nicht leiden kann, dann ist es Selbstmitleid. Schau dich doch an: Du sitzt da und lässt alles über dich ergehen. Kein Wunder, dass die dich unten im Dorf ein dummes Weib schimpfen. Zeige Rückgrat! Setz dich aufrecht hin! Du hast keinen Grund, dich kleiner zu machen, als du bist!" Er brüllte lauter als zuvor gegenüber Franziska.

Da spürte ich, wie etwas in mir zu brodeln begann. „Sie alter Besserwisser!", schrie ich ihn an. „Ich war zwar nie in einer Schule, aber dumm bin ich deshalb noch lange nicht! Und beleidigen müssen Sie mich auch nicht. Wie wäre es, wenn Sie mir stattdessen das Lesen und Schreiben beibringen?"

Kaum hatte ich diese Worte ausgesprochen, schlug ich vor Schreck die Hand vor den Mund. Wie konnte ich nur …

Zu meiner Überraschung begann Karl Moritz herzhaft zu lachen. Erst da wurde mir klar, dass er es genau auf solch einen Ausbruch angelegt hatte. So kam ich ausgerechnet durch Franziskas Besuch zu meiner ersten Unterrichtsstunde.

WEIHNACHTEN verging und danach auch das Neujahrsfest. Obwohl die Tage auf dem Moritzhof nach einem ganz anderen Rhythmus verliefen als die im Gasthof Fuchsen, fiel Rosanna die Umstellung leichter, als sie angenommen hatte. Morgens war sie stets eine Stunde früher auf den

Beinen als der Hausherr, um das Feuer in der Küche zu schüren und die Morgenmahlzeit zu bereiten, die sie gemeinsam einnahmen. Danach ging jeder seiner Wege. Karl Moritz steckte das Geld, das er durchs winterliche Schwarzbrennen verdiente, in technische Neuerungen und gestaltete dadurch das Leben auf dem Hof immer angenehmer. Derzeit baute er einen riesigen Warmwasserspeicher ein, der unter viel Brodeln und Poltern für warmes Wasser im oberen Badezimmer sorgen sollte, wo es sogar eine Badewanne gab.

Auf Rosannas Bitte hin hatte Karl Moritz außerdem das alte Backhaus des Hofes wieder instand gesetzt. Sie wollte lieber die Arbeit auf sich nehmen, als ins Dorf zu gehen und gemeinsam mit den anderen Frauen im Rombacher Backhaus zu backen. Die Vorstellung, dass alle auf ihren dicker werdenden Bauch starrten, schreckte sie ab. Es blieb die Frage, wie sie an Mehl kommen konnte. Karl Moritz versprach, sich darum zu kümmern. Tatsächlich standen ein paar Tage später drei Säcke mit verschieden grobem Mehl unter dem Dachvorsprung des Backhauses und außerdem ein Becher mit Sauerteig. Moritz verlor kein Wort darüber, wie die Sachen auf den Hof gelangt waren. So konnte Rosanna nur annehmen, dass sie aus der gleichen Quelle stammten, aus der Moritz regelmäßig Zucker, Salz und Lebensmittel schöpfte. Ein Tauschhandel? Mit wem und gegen was? Mehr als ein Mal hatte sie aus dem *Spicher*, der kleineren Scheune hinter dem Haus, ein nächtliches Rumoren vernommen, dazu das Geflüster von Männern. Andere Schwarzbrenner? Oder trafen sich hier oben Schmuggler? Die Spuren von Wagenrädern, die morgens hin und wieder den Boden zerfurchten, deuteten ebenfalls darauf hin.

Schwarzbrenner, Schmuggler – obwohl Rosanna bei keiner dieser Vorstellungen wohl war, fragte sie nicht weiter nach. Wenn Moritz ihr nichts von seinen nächtlichen Besuchern erzählen wollte, war das seine Sache.

EINEN Tag nach den Heiligen Drei Königen klopfte es gegen Mittag an der Tür. Zuerst so leise, dass Rosanna, die gerade dabei war zu kochen, glaubte, sich verhört zu haben. Doch dann sah sie einen bekannten Schatten am Fenster vorbeihuschen. Sofort ließ sie das Messer, mit dem sie rote Rüben schälte, fallen und rannte hinaus.

„Simone! Was machst denn du hier?“ Atemlos umarmte sie das junge Mädchen.

„Mutter sagt, ich solle mal nach den liederlichen Verhältnissen hier oben gucken!“ Simone lächelte verlegen und drückte Rosanna fest an sich. Dann linste sie ins Haus. „Wo ist er denn?“

„Dein Großvater?“ Nur mit Mühe gelang es Rosanna, sich aus der erdrückenden Umarmung zu befreien. „In der Scheune. Ach, ich freue mich so, dass du da bist! Los, komm ins Haus!“ Ihr wurde plötzlich bewusst, dass sie Simone vermisst hatte.

In der Küche angekommen, setzte Rosanna Wasser für Kaffee auf und stellte Brot, Butter und Honig auf den Tisch.

„Man sieht ja noch gar nichts“, sagte Simone und deutete mit einer Kopfbewegung auf Rosannas Bauch.

„Du müsstest mich mal ohne Rock sehen. Da, fühl mal, wie dick ich schon bin!“

Rosanna griff nach den knochigen Händen der Freundin und legte sie auf ihren Bauch. Sie rügte sich für das aufsteigende Gefühl von Ekel, das sie überkam, als sie Simones Fingernägel sah – alle bis aufs Fleisch abgebissen.

Statt sich über Rosannas gewölbten Leib zu äußern, schluchzte Simone auf. „Du fehlst mir so! Ohne dich ist es so schrecklich, dass ich gar nicht mehr leben will! Die anderen sind gemein, und ich … ich habe niemanden, der …“

Simone wurde von einem solchen Weinkrampf geschüttelt, dass sie nicht weitersprechen konnte.

Stumm wiegte Rosanna das Mädchen im Arm, während ihr bewusst wurde, dass die Ungerechtigkeiten der Breuers ihr nichts mehr anhaben konnten. Eine Welle der Dankbarkeit gegenüber Karl Moritz überflutete sie. Doch natürlich konnte sie das der Freundin nicht sagen.

Während Simone mühsam ihre Fassung wiedererlangte, schmierte Rosanna ihr ein Honigbrot.

„Nun iss, du bist so mager wie ein Spatz nach dem Winter!“ Seufzend setzte sich Rosanna ihrem Gast gegenüber an den Tisch. „Und jetzt erzähl! Was tut sich denn bei euch?“

Kauend zuckte Simone mit den Schultern. „Katharina kommt jetzt abends wieder zum Bedienen. Ich muss jetzt dienstags das Brot backen. Letzte Woche ist mir eine Ladung verbrannt, weil Zacharias die neuen Därme für die Blutwürste nicht finden konnte und ich sie für ihn im Lager suchen sollte. Da hat Mutter vielleicht getobt! Ich wäre zu dumm für die einfachsten Sachen, hat sie gesagt. Und dass ich …“

Rosanna hörte nicht mehr zu. Bei Zacharias’ Namen hatte ihr Herz geflattert wie ein aufgeschrecktes Vögelchen. Nun hielt sie sich eine

Hand an die Brust, während vor ihrem inneren Auge sein Gesicht auftauchte. Ach, Zacharias, warum hat alles so kommen müssen …

„Der Bursche hat kein Rückgrat, das ist es!“, dröhnte plötzlich Moritz' Stimme in ihrem Kopf und verscheuchte das flatternde Vögelchen.

Rosanna räusperte sich. „Und sonst?“ Erleichtert, dass sich ihre Stimme anhörte wie immer, sprach sie weiter: „Habt ihr viele Gäste? Oder hält der Schnee die Leute ab?“

Simones Gesicht verdüsterte sich. „An Weihnachten kam die ganze Familie Jugel zu Besuch. Fettwanst Fritz, seine Frau Regula und die schreckliche Elsbeth. Du hättest mal sehen sollen, wie die mit mir schöngetan hat! Wollte wissen, worin meine Aufgaben im Haus bestünden. Ob ich schon mit der Schule fertig sei. Ich hab sie nur finster angeguckt und nichts geantwortet. Und wenn sie zehnmal die zukünftige Wirtin des ‚Fuchsen‘ werden soll – ich kann sie nicht leiden. Am liebsten hätte ich ihr erzählt, was ihr verehrter zukünftiger Bräutigam mit dir getrieben hat. Da wäre ihr das Lachen mit ihren schiefen Zähnen aber vergangen!“ Simone lachte höhnisch auf.

„Dann ist das also tatsächlich schon abgemachte Sache …“ Rosanna verkrampfte unwillkürlich die Hände. Um sich abzulenken, stand sie auf und ging ans Spülbecken, wo die roten Rüben immer noch darauf warteten, zu einem Eintopf verarbeitet zu werden.

„Und was reden die Leute im Dorf so?“, fragte sie mit einer gezwungen gleichgültigen Stimme.

„Na … Du weißt ja, viel bekomme ich nicht mit.“ Simone rutschte unbehaglich auf ihrem Stuhl nach vorn.

„Aber?“ Rosanna gab nicht nach.

„Der Pfarrer hat kurz vor Weihnachten eine seltsame Predigt gehalten …“

Während Rosanna die Rüben zerhackte, lauschte sie mit unbeweglicher Miene Simones Bericht.

„Danach rannte Mutter von Haus zu Haus und erzählte überall herum, du hättest den Gästen ständig schöne Augen gemacht und dass sie dich deshalb hätte entlassen müssen. Eben weil sie eine solche Unzucht unter ihrem Dach nicht dulden wolle.“

„Also, das ist doch …“ Rosanna fehlten die Worte.

„Hundsgemein!“, beendete Simone den Satz.

„Hinterhältig. Boshaft. Niederträchtig. Und gelogen!“

Und weil es einer jener Momente war, in denen man nur entweder lachen oder weinen konnte, brachen beide in heftiges Gelächter aus.

DER WINTER war lang und einsam. Aber es war eine erträgliche Einsamkeit. Statt den Erzählungen der Reisenden im Wirtshaus zu lauschen, las ich nun Bücher. Sie sorgten dafür, dass mir die Abende, an denen Moritz nicht im Haus war, nicht lang wurden.

Jeden Mittwoch kam Simone auf den Hof, geschickt von ihrer Mutter, die auf diesem Weg erfahren wollte, was sich bei uns tat. Ich weiß nicht, was Franziska erwartete: Dass ich ihren alten Vater verführte wie zuvor ihren Sohn?

Einmal brachte Simone mir einen Tiegel Creme von Gottlieb König mit – „Gegen raue Hände im Winter". Dass der alte Kerl mich vermisste, glaubte ich sofort. Mehr als einmal hatte ich den Fuchsenwirt überredet, anstelle einer Bezahlung Kräuterarzneien von ihm anzunehmen.

Von Simone wusste ich, dass Zacharias längst der Fuchsenwirt war, zumindest inoffiziell. Gustav Breuer hatte noch immer seine verwirrten Anfälle, daran änderte auch der Besuch bei einem Freiburger Arzt für Geisteskrankheiten nichts.

Etwas stieß mir in jenen Tagen sauer auf: die Art, wie Simone ihrem Großvater gegenüber auftrat und wie sie über ihn sprach. Wenn er nach mir rief, sagte sie: „Was will er denn jetzt schon wieder, der alte Kauz?" Da konnte ich noch so oft sagen, wie gern ich bei Moritz lebte. Ich glaube, das war für Simone das Schlimmste, dass es mir offensichtlich gut ging. Sie war eifersüchtig auf mein friedliches Leben bei ihrem Großvater.

SOSEHR sich der Winter auch an den steilen Berghängen und in den tiefen Wäldern festkrallte – gegen die ersten Sonnenstrahlen im April konnte er nichts ausrichten. Der Wandelmonat machte auch im Jahr 1899 seinem Namen alle Ehre: Wind brachte aus südlicher Richtung die erste Wärme, und binnen weniger Tage schmolz der Schnee an vielen Stellen. Die Ebene vor dem Moritzhof sah aus, als hätte jemand ein löchriges graues Tuch über sie gebreitet.

Es war Mitte April, als Moritz wieder einmal zu einem nächtlichen Treffen in der Scheune aufbrach. Rosanna hatte es sich mit einer Strickarbeit auf der Küchenbank gemütlich gemacht. Ihr fiel die tägliche Arbeit zunehmend schwerer; immer öfter hörte sie auf Karl Moritz, der sie dazu anhielt, sich auszuruhen.

Bald hatten das Klappern der Nadeln und die ewig gleichen Bewegungen ihrer Hände eine so einschläfernde Wirkung auf sie, dass sie immer müder wurde. Sie war gerade dabei, die Asche im Ofen zusammenzuscharren, um anschließend ins Bett zu gehen, als die Haustür aufgerissen wurde. „Rosanna, ich bin's!“, hörte sie Moritz rufen. „Ich bringe jemanden mit.“

Im nächsten Moment stand er auch schon im Rahmen der Küchentür, gefolgt von zwei Männern, die einen leblos wirkenden Körper zwischen sich trugen. Ein weiterer Mann, der ein Bündel im Arm hielt, drängte sich hinter ihnen in die Küche.

Karl Moritz wies auf die Küchenbank. „Legt sie dorthin! Rosanna, geschwind, hol eine Decke! Und stell Wasser auf für Tee!“

Auf Moritz' Nicken hin verließen die beiden Männer wortlos den Raum. Unsicher machte Rosanna einen Schritt auf die Bank zu. Eine Frau!

Rosannas Nase kräuselte sich unwillkürlich wegen des Gestanks, der von dem leblosen Frauenkörper ausging. Allem Anschein nach war die Frau sehr krank. Ihr Körper krümmte sich unter der dicken Kleidung zusammen, kaum dass sie lag. Ihre Augen glänzten fiebrig, und ihre Stirn war schweißnass.

„Was hat sie denn?“ Vorsichtig legte Rosanna eine Decke über die Frau.

Aus den Augenwinkeln heraus sah sie, dass der Mann, der bei ihnen geblieben war, das Bündel auf dem Sessel neben dem Ofen ablegte. Ein leises Wimmern ließ Rosanna zusammenfahren. Ein Säugling!

Eine Frau und ihr Kind mitten in der Nacht auf dem Hof – was hatte das zu bedeuten?

Der Mann kniete vor der Frau nieder, rang die Hände und jammerte vor sich hin. Rosanna verstand kein Wort, doch die fremde Sprache und der Tonfall kamen ihr bekannt vor. Der Mann war bestimmt Franzose.

Karl Moritz rüttelte ihn an der Schulter. „Um Himmels willen, Alexandre, beruhige dich! So schnell stirbt keiner! Rosanna, wo bleibt der Tee?“, rief er im selben Moment, als Rosanna die Kanne auf den Tisch stellte.

„Soll ich?“ Fragend hielt sie eine Tasse in die Höhe und zeigte auf die Frau. Moritz nickte. Den Kopf der Frau in die Höhe haltend, flößte Rosanna ihr kleine Schlucke der heißen Flüssigkeit ein.

Sowohl die großen Augen als auch die vollen Lippen, deren Haut sich trocken kräuselte, verliehen dem Gesicht der Frau einen fast kindlichen Ausdruck. Obwohl man sie nicht als ausgesprochen schön hätte bezeichnen können, konnte Rosanna sich vorstellen, dass sie auf Männer durchaus anziehend wirkte – wenn sie gesund war.

„Was hat sie denn?“, wiederholte sie ihre Frage von zuvor.

„Claudine ist völlig unterkühlt, der Säugling wahrscheinlich auch. Außerdem leidet sie schon seit Tagen an einem heftigen Durchfall."

„Und was ist mit dem Kind? Es hat doch sicher Hunger."

Moritz erwiderte abwesend: „Alexandre sagt, Claudine habe es gestern das letzte Mal gestillt, danach sei keine Milch mehr gekommen."

„Das sagen Sie erst jetzt? Ich werde Milch warm machen. Ein halber Krug ist noch da."

Das Kind war ebenfalls völlig verschmutzt, sodass Rosanna es erst einmal auszog und mit einem lauwarmen Lappen abwusch. Es war ein Mädchen. Sobald es sauber war, holte Rosanna eines der Nachthemden, die sie für ihr eigenes Kind genäht hatte, und zog es dem Säugling an. Danach flößte sie ihm die Milch ein, indem sie immer wieder ihren kleinen Finger in die Tasse tauchte und ihn dann an den winzigen Mund des Kindes hielt. Die gierigen Saugbewegungen, die es machte, trieben Rosanna die Tränen in die Augen. Doch sie hatte keine Zeit, sich allzu lange um die Kleine zu kümmern. Die Frau auf der Küchenbank bäumte sich stöhnend auf.

„Ich muss sie sauber machen!" Rosanna übergab den Säugling samt Milchtasse seinem Vater. Resolut schob sie die beiden Männer aus der Küche. In der Tür hielt sie Moritz am Ärmel fest. „Die Frau ist schwer krank!", zischte sie. „Jemand muss ins Dorf gehen und den Doktor holen!"

Der alte Mann schüttelte den Kopf. „Das geht nicht", murmelte er. Auf seinem Gesicht lag ein Ausdruck, der von großer Sorge und Nervosität sprach und der Rosannas eigene Angst noch wachsen ließ. „Bitte frag jetzt nicht weiter."

„Das fällt mir aber schwer", presste sie hervor. Ihre Augen funkelten wütend. „Dann bringen Sie mir wenigstens frische Wäsche für … Claudine! In meinem Schrank finden Sie alles."

Rosanna hatte die Frau gerade gewaschen, als Karl Moritz hereinkam.

„Das Kind schläft jetzt. Und Alexandre betrinkt sich besinnungslos. Die beiden anderen hatten es auf einmal sehr eilig wegzukommen." Er bedachte die Kranke mit einem nachdenklichen Blick. „Verflucht, wenn sie doch schon in Frankreich wären! Aber so liegt alles in Gottes Hand …" Resigniert ließ er sich auf einen Stuhl sinken und legte die Hände in den Schoß.

Angst um die Frau und Wut über die Untätigkeit der Männer ließen Rosanna am ganzen Leib zittern. Gleichzeitig spürte sie, wie die Wut ihr Kraft verlieh. Sie stand auf und verließ das Zimmer. In der Diele zog sie ihren Mantel an und schnürte die Stiefel. Dann streckte sie den Kopf noch einmal durch die Tür. „Wie wäre es, wenn Sie und Ihr feiner Freund die arme Claudine wenigstens in eines der Zimmer bringen? In einem Bett hat sie's jedenfalls bequemer als auf der schmalen Küchenbank. Ich für meinen Teil gehe hinunter ins Dorf." Bevor Moritz etwas sagen konnte, fügte sie hinzu: „Vielleicht hat Gottlieb König eine wirkungsvolle Kräutermedizin. Ich werde ihm sagen, dass ich sie für *Sie* brauche! Viele Rombacher schwören auf seine Mittel und lassen sich lieber von ihm helfen als vom Arzt. Beten Sie, dass er auch uns helfen kann!"

CLAUDINE BERLOTS Leben hing in jener Nacht wirklich am seidenen Faden.

Die beiden Männer hatten Claudine in meiner Abwesenheit tatsächlich in eines der Zimmer im oberen Stock gebracht. Die Kleine legten sie in das Bettchen, das Moritz mir für mein Kind gegeben hatte. Als ich kam, schliefen Mutter und Kind, und so wartete ich, bis Claudine wieder erwachte. Als Erstes verabreichte ich ihr das Kohlepulver. Und wie König vorhergesagt hatte, hörte der Durchfall schlagartig auf. Von da an flößte ich ihr außerdem regelmäßig Tee aus Wiesenknöterich und Eibisch ein. Hätte sie die Flüssigkeit nicht bei sich behalten, wäre sie wohl gestorben …

ROSANNA war gerade ins Zimmer der Kranken getreten, als jene die Augen öffnete. Ihr Gesicht hatte noch immer die bleiche Farbe von poliertem Elfenbein, doch ihre Augen glühten schwarz wie Kohle.

„Wo bin ich? Alexandre? Mein Kind …Wo …?"

Vor lauter Schreck, die bisher leblos Daliegende sprechen zu hören, und das auch noch in deutscher Sprache, verschüttete Rosanna etwas von dem Tee.

„Sie sind in Sicherheit. Und Ihr Kind und Ihr Mann sind es auch." Sie machte unsicher eine Pause. „Ich bin Rosanna und … ich wohne hier", setzte sie noch hinzu und blieb mitten im Raum stehen. Nun, da Claudine wach war, verspürte Rosanna ihr gegenüber eine plötzliche Scheu.

„Rosanna …" Claudine wiederholte den Namen langsam. Mit einer schwachen Geste winkte sie Rosanna zu sich. Die Hand, die sie auf Rosannas Finger legte, fühlte sich warm, aber nicht mehr fiebrig an.

„Du hast mir das Leben gerettet", sagte die Frau schlicht. „Ich weiß nicht, wie ich dir dafür danken soll."

Rosanna schüttelte lächelnd den Kopf. „Da gibt es nichts zu danken. Und jetzt trinken Sie den Tee, damit Sie schnell wieder auf die Beine kommen! Ihr Mann und Ihr kleines Mädchen brauchen Sie nämlich."

Nachdem Claudine wieder eingeschlafen war, legte sich Rosanna selbst ein paar Stunden hin. Ihr Rücken schmerzte, und das Kind in ihrem Bauch rumorte wie nie zuvor. Der Marsch durch die Nacht hatte sie sehr erschöpft. Aber schon um die Mittagszeit war sie wieder auf den Beinen und kochte für die Kranke und die Männer eine kräftige Fleischbrühe.

Claudine bestand darauf, die Brühe selbst zu löffeln. Alexandre saß mit einem glücklichen Lächeln daneben und dankte in einem deutsch-französischen Kauderwelsch abwechselnd Gott und Rosanna für deren Hilfe.

Nach dem Essen bat Claudine Rosanna, ihre Tasche zu holen. Rosanna staunte nicht schlecht, als die Kranke kurze Zeit später mit Spiegel, Puder und Kamm hantierte und sich zu guter Letzt sogar die Lippen mit einer roten Creme aus einem winzigen Tiegel betupfte, bis sie aussahen wie eine aufgeplatzte Kirsche.

„Eine Frau muss in jeder Lage das Beste aus sich machen, glaube mir, meine Liebe", sagte sie zu der verblüfften Rosanna. „Das gilt auch für deinen Zustand", fügte sie hinzu und tippte ungeniert auf Rosannas dicken Bauch.

Rosanna lehnte das Angebot jedoch verlegen ab. Wie konnte das angehen? Gerade noch war Claudine todkrank gewesen, und nun? Lippenfarbe – du meine Güte!

Wer ist diese Frau, fragte sie sich nicht zum ersten Mal und ärgerte sich, dass sie noch immer nicht den Mut gefunden hatte, ihren Gast einfach zu fragen.

OBWOHL Claudine manchmal ein wenig von oben herab tat, war Rosanna fasziniert von der geheimnisvollen Fremden. Es machte ihr Spaß, die nun stets nach Lavendelpuder duftende Frau zu umsorgen, in deren Gegenwart die Stunden davonrannten wie ausgelassene Fohlen.

Selbst der alte Brummbär Karl Moritz konnte sich dem Charme der jungen Frau nicht entziehen. Die beiden seien Künstler, hatte er knapp entgegnet, als Rosanna ihn fragte, um wen es sich bei den Gästen eigentlich handle. Künstler? Aha …

Rosanna begann Claudine noch genauer zu beobachten: Wie ihre schwarzen Augen funkelten. Sie erzählte mit Händen und Füßen, als wäre die Sprache allein nicht ausreichend, um all das auszudrücken, was sie sagen wollte. Und Claudine sang … Noch nie hatte Rosanna einen Menschen so singen hören!

Eines Abends packte Alexandre seine Geige aus und spielte für seine Frau. Das Wehklagen der Saiten wand sich um die kräftige, rauchige Frauenstimme, doch bald wurde der Geigenklang von der Stimme überwuchert, so wie wilder Wein eine Wand verschwinden lässt. Reglos saß Rosanna da und lauschte, unfähig, sich zu bewegen oder etwas zu sagen. Ihr Kopf, ihr Bauch – ihr ganzer Körper war erfüllt von der Musik.

Diese beiden waren tatsächlich Künstler, und sie waren imstande, sich in der Musik zu vereinen.

Welches Schicksal hatte diese ungewöhnlichen Menschen hierher geführt? Die Frage ließ Rosanna nicht mehr los.

Als die beiden Männer wieder einmal unterwegs waren, platzte Rosanna schließlich heraus: „Claudine, ich … ich habe noch nie eine Frau wie Sie kennen gelernt! Eine Künstlerin. Aber Sie und Alexandre … warum müssen Sie sich eigentlich hier verstecken?"

Statt zu antworten, begann Claudine an dem Häkeldeckchen herumzuzupfen, das Rosanna unter die Teekanne gelegt hatte. „Ich wundere mich, dass du jetzt erst fragst. Alexandre und ich haben uns vor ein paar Jahren kennen gelernt. Sein Vater ist ein berühmter Geigenbauer im Elsass." Claudine machte eine wegwerfende Handbewegung. „Ich verstehe nicht viel von diesen Dingen, aber die Leute kommen von weit her, um eine Geige von Meister Romain zu erstehen. So erging es auch Zoltan, dem Mann, mit dem ich damals durch die Lande reiste, um in Kurbädern den feinen Damen und Herren aufzuspielen. Mit einer Geige aus der Werkstatt Romain wollte Zoltan unseren Ruf noch weiter tragen, über die Kurbäder hinaus zu den europäischen Adelshöfen. Doch dann kam alles ganz anders. Ich sah einen schwarzhaarigen Wuschelkopf, der mürrisch mit einem Besen in der Hand in der Tür des Geigenbauers herumlungerte, und verliebte mich in ihn. Kurze Zeit später hatte Meister Romain einen Gehilfen weniger und Zoltan seine Sängerin verloren."

„Wie romantisch! Dann hat also Alexandre deinetwegen sein Heimatdorf verlassen?" Rosanna seufzte tief auf und verspürte einen Stich im Bauch. Sie rutschte von ihrem Stuhl hinüber zu Claudine aufs Sofa. Seit dem Morgen hatte sie immer wieder kleine Stiche im Unterleib wahrgenommen. Vielleicht erleichterten die weichen Kissen im Rücken ihr das Sitzen.

Claudine lächelte. „Alexandre tut alles für mich. Damals begann die schönste Zeit meines Lebens. Oh, wir stritten viel! Das tun wir auch heute noch. Aber es ist nie langweilig." Als Rosanna leise aufstöhnte, runzelte Claudine die Stirn. „Ich weiß, ich weiß, du willst wissen, wie es dazu kam, dass wir uns verstecken müssen. Vor zwei Wochen waren wir in Baden-Baden. In den ersten Tagen traten wir mit unserer Musik auf dem Marktplatz auf, doch dann kam ein Herr auf uns zu und bot uns an, in seinem Theater zu musizieren. An den ersten beiden Abenden kamen auch tatsächlich genügend Gäste. Doch am dritten und vierten Tag spielten wir vor fast leeren Reihen. Die Laune des Theaterbesitzers wurde immer schlechter, er warf uns vor, miserabel zu spielen, woraufhin Alexandre ihm vorhielt, zu wenig Werbung gemacht zu haben. Ein Wort ergab das nächste, und am Ende wies Alexandre mich an, sofort zu packen. Als er unsere Gage einforderte, stellte sich der Mann plötzlich dumm. Wir hätten nicht einmal einen Bruchteil des Geldes verdient, behauptete er. Doch Alexandre blieb stur. Er packte den Theaterbesitzer am Kragen und zerrte ihn ins Büro. Dort zwang er ihn, die Kasse zu öffnen, aus der Alexandre genau die Summe Geld nahm, die uns zustand. Als wir auf die Straße liefen, kam der Mann hinter uns her und begann laut zu schreien. ‚Diebstahl!', zeterte er. Unser Pech war, dass gerade in diesem Moment zwei Gendarmen um die Ecke bogen. Da half nur noch eins: wegzulaufen, so schnell es ging. Tja, und jetzt werden wir wegen schweren Diebstahls gesucht."

„Das ist ja hundsgemein!", platzte Rosanna dazwischen. Vor lauter Aufregung über Claudines Geschichte war ihr Bauch ganz hart geworden.

„So geht es eben! Sobald irgendetwas nicht glatt läuft, fällt den feinen Bürgern wieder ein, dass wir fahrende Leute sind, denen nicht zu trauen ist." Claudine lachte bitter auf. „Jedenfalls blieb uns nichts anderes übrig, als Baden-Baden so schnell wie möglich zu verlassen. Und so machten wir uns auf den Weg in Richtung Süden. Wir schliefen nachts in leer stehenden Scheunen, einmal auch mitten in einer Schafherde. Noch zwei Tage hätten wir gebraucht, und wir wären über den Berg gewesen – wortwörtlich! Doch dann wurde ich krank. Und den Rest kennst du ja."

„Und nun?", fragte Rosanna. Doch schon im nächsten Moment schrie sie leise auf, weil ein heftiger Stich durch ihren Bauch fuhr und zwischen ihren Beinen wieder herauszukommen schien. Herrje, was war denn das?

„Wir reisen nach Frankreich, vielleicht ganz in den Süden, wo an den Bäumen Zitronen wachsen. Uns wird es schon gut gehen …"

„Claudine, ich …" Der Rest von Rosannas Worten wurde von einem schrillen Schrei verschluckt.

„*Mon Dieu!* Was ist denn los?" Claudine sprang auf und griff Rosanna mit beiden Händen stützend unter die Arme, als befürchtete sie, die andere würde im nächsten Moment umfallen.

Rosanna hatte das Gefühl, als würde ihr Bauch entzweigerissen, als stritten sich zwei hungrige Wölfe um die besten Stücke. „Claudine, ich glaube, das Kind kommt …"

CLAUDINE rief noch ein paarmal „Mon Dieu!", doch dann wurde ihr ziemlich schnell klar, dass der liebe Gott in Sachen Geburtshilfe nicht die allergrößte Unterstützung sein würde. Danach ging alles ziemlich schnell: Ich schleppte mich in meine Kammer hinüber, mit einem dicken Packen Leinentücher unter dem Arm. Damit deckte ich das Bett ab. Dann bat ich Claudine, Wasser aufzusetzen, und sagte ihr, wo sie frische Handtücher finden würde. Schließlich kroch ich aufs Bett, wo ich mich meinem Schicksal ergab.

Knapp eine Woche zuvor war ich noch diejenige gewesen, die Claudine beistand; nun hielt sie meine Hand. „Wir machen das gemeinsam", sagte sie immer wieder.

Gott sei Dank ging alles gut. Nach vier Stunden kam mein Junge zur Welt. Vom ersten Moment an war Bubi ein wunderschönes Kind. Als Claudine ihn mir auf den Bauch legte, fing ich fürchterlich an zu weinen und konnte mich gar nicht mehr beruhigen. Warum war Zacharias nicht da, um seinen Sohn zu begrüßen und ein Glas auf ihn zu heben, wie stolze Väter das tun?

DREI Tage nach Bubis Geburt heulte ich erneut Rotz und Wasser. Unsere Gäste reisten nämlich ab. Aber einen Trost hatte ich: Claudine versprach mir, auf dem Weg nach Frankreich nach Josef Stix Ausschau zu halten, einem Wanderpfarrer, der mein Kind taufen sollte. Dass der Rombacher Pfarrer meinem Bastard nicht die Weihe geben würde, war mir klar.

Als Simone das nächste Mal auf den Moritzhof kam, traf sie natürlich fast der Schlag. Dann wollte sie unbedingt wissen, wie die Geburt verlaufen war. Und warum ich sie nicht geholt hatte. Also erzählte ich ihr von Claudine und Alexandre. Sofort verdüsterte sich ihre Miene. „Eine wildfremde, dahergelaufene Frau …" Obwohl sie nicht weitersprach, hing ihre Entrüstung wie kalter Rauch in der Luft.

Die nächsten Wochen hatte ich nicht mehr viel Zeit, an Zacharias zu denken oder mir über Simones Eifersucht Gedanken zu machen. Bubi war ständig hungrig. Kaum hatte er ein paar Stunden geschlafen, schrie er schon wieder nach Nahrung.

Die Scheune stand ebenfalls kaum eine Nacht leer. Nach einem ziemlich heftigen Streit mit Moritz, bei dem ich ihm klar machte, dass mir seine Geheimniskrämerei gegen den Strich ging, stellte er mir den einen oder anderen „Übernachtungsgast" sogar mit Namen vor. Warum die Fremden Unterschlupf brauchten, erzählte er mir nicht, und ich fragte auch nicht nach. Er duldete aber, dass ich den Leuten etwas zu essen brachte. Ich solle die Burschen nicht so sehr verwöhnen, grummelte er. Nicht dass sie uns noch mit einem Hotel verwechselten! Ich hörte gar nicht hin. Seitdem ich Claudines schreckliche Geschichte vernommen hatte, musste ich wieder öfter an meinen eigenen Marsch quer durch den Schwarzwald denken. Die Angst, die Einsamkeit, der Hunger, die Kälte, die Dankbarkeit für eine unerwartete warme Mahlzeit … Ich konnte gar nicht mehr anders, als mein Auge auf das Wohlergehen der Leute zu richten.

VOM ERSTEN Tag an war mein Sohn immer bei mir, ich ertrug es nicht, auch nur für kurze Zeit von ihm getrennt zu sein. Wenn ich im Garten arbeitete – wo es im Mai natürlich besonders viel zu tun gab –, schlief Bubi in einem Wagen, den Karl Moritz für ihn mit einem Sonnendach versehen hatte.

Nun wo mich kein Bauch mehr behinderte, bestand Moritz darauf, dass ich ihn einmal täglich in den Wald begleitete. Bubi schlief währenddessen in einem Tragetuch an meiner Brust. Schon nach den ersten Spaziergängen wusste ich nicht, wer mehr Freude empfand: Moritz, der seine Gedanken und Empfindungen über seinen geliebten Wald mit mir teilen konnte, oder ich.

„Verstehst du nun, warum ich nicht zulassen kann, dass Menschen aus reiner Gier den Wald Stück für Stück abholzen? Dass ich jedes Fleckchen Erde, das ich bekommen und bezahlen kann, kaufe, um es wieder mit Tannen und Fichten aufzuforsten?", fragte mich Karl Moritz eines Tages.

Ich nickte stumm. Ja, ich wusste, was er meinte. Und ich verstand ihn auch, als er sagte: „Hier im Wald offenbart sich Gott, nicht unten in der Rombacher Kirche."

ES WAR ein sonniger Morgen, der schönes Wetter und gute Laune versprach. Überall standen die Holunderbüsche in voller Blüte, und ihr herber Geruch erfüllte die Luft. An den Heckenrosen schwollen die Knospen von Tag zu Tag mehr an – es würde nicht mehr lange dauern, bis sich die ersten zartrosafarbenen Blütenblätter aus ihrer engen Hülle befreiten.

Doch trotz alledem waren Simones Gedanken so düster wie an einem kalten Novembertag. Sie war zu ihrem wöchentlichen Besuch auf dem Moritzhof unterwegs, und als einziges Mitbringsel für Rosanna hatte sie schlechte Laune und die Nachricht dabei, dass Zacharias noch in diesem Sommer heiraten würde. Wie sollte sie ihr das nur erklären?

Seit Bubis Geburt hatte Simone das Gefühl, der geliebten Freundin nicht mehr so nahe zu stehen wie einst. Simone verstand das nicht. Natürlich musste sich Rosanna um ihr Kind kümmern. Aber gab es denn wirklich nichts anderes mehr? Wann immer Simone anhob, etwas aus dem Dorf oder der Wirtschaft zu erzählen, konnte sie sicher sein, dass der Kleine zu krähen anfing und Rosanna aufsprang, um nach ihm zu sehen.

War es nötig gewesen, zur Kindstaufe drei fremde Männer einzuladen, von denen einer unheimlicher aussah als der andere? Sie seien Freunde von Karl Moritz aus der Schweiz, hatte Rosanna lediglich gesagt. Einer von ihnen, den sie „den Engländer" nannten, war sogar Pate geworden. Und dann dieser Wanderpfarrer mit dem schrecklich zerlöcherten schwarzen Umhang! Ach, warum hatte die Taufe nicht in der schönen Rombacher Kirche stattfinden können? Mit Orgelklängen, Weihrauch und dem reich verzierten Taufbecken … Stattdessen hatte sie, Simone, als Taufpatin eine Blechschüssel mit Wasser halten müssen.

Noch eine weitere Sache ließ Simone keine Ruhe. War es nötig gewesen, den Kleinen nach dem Großvater zu benennen? Karl – was für ein schrecklicher Name!

Ein hämisches Lächeln umspielte jetzt ihre Mundwinkel. Mutter hatte natürlich Gift und Galle gespuckt, als sie von dem kleinen Karl hörte. Sie nannte Rosanna eine Erbschleicherin, der jedes Mittel recht sei, um an Großvaters Hab und Gut zu gelangen.

Simone hatte geschwiegen. Was wusste Mutter schon? Als ob Rosanna, dieses Unschuldslamm, je auf einen solchen Gedanken gekommen wäre! Und außerdem – was gab es bei dem Greis schon zu holen?

Allerdings war der Großvater seit der Taufe regelrecht aus dem Häuschen. Führte sich auf, als ob der Kleine sein Kind sei. Rosanna hier, Rosanna da – ständig schleppte er irgendetwas für sie oder das Kind an. Warum schmeichelte er sich derart bei ihr ein? Wollte er ihr, Simone, Rosanna wegnehmen? Das sollte ihm auf keinen Fall gelingen!

Simone ballte die Hände so fest zu Fäusten, dass sich ihre Nägel ins

Fleisch gruben. Sie ließ sich nicht vertreiben! Und nach dem heutigen Tag würde Rosanna sie noch dringender brauchen als je zuvor.

Ach, Rosanna … Eines Tages würde es nur noch sie beide geben. Wenn Bubi größer war. Wenn der Großvater nicht mehr lebte. Wenn sie, Simone … Was vermochte sie nur zu tun, damit sie und Rosanna wieder zusammenleben konnten? Ohne die Männer, die Rosanna immer nur unglücklich machten. Und ohne ihre schreckliche Familie.

„DER ZACHARIAS heiratet also …“ Karl Moritz schaute von seinem Platz am Esstisch hinüber zu Rosanna, die am Spülstein Radieschen von ihrer erdigen Hülle befreite.

„Wenn Sie glauben, das macht mir etwas aus, dann täuschen Sie sich!“, erwiderte sie, ohne sich umzudrehen. In der Schublade kramte sie nach einem Messer, um den Käse aufzuschneiden. „Tatsache ist, dass ich viel trauriger darüber bin, dass er seinen Sohn noch kein einziges Mal besucht hat. Interessiert es ihn denn gar nicht, wie sein Kind aussieht?“ Mit einer ruckartigen Bewegung ergriff sie das Holzbrett mit den Radieschen und dem Käse und brachte beides zum Tisch.

Karl Moritz stützte beide Arme auf dem Tisch ab. Sein Blick war ernst. „Ich bin froh, dass du dabei bist, Zacharias zu vergessen. Das macht mir die Sache etwas leichter. Ich … ich meine, man macht sich ja so seine Gedanken, und vielleicht ist jetzt der Moment gekommen, dir diese Gedanken mitzuteilen.“

Rosanna runzelte die Stirn. Täuschte sie sich, oder war Karl Moritz tatsächlich eine leichte Röte ins Gesicht gestiegen?

Verlegen rieb Moritz sich das Ohrläppchen und seufzte. „Also, um es kurz zu machen: Ich habe über dich nachgedacht. Und über mich. Und darüber, wie es weitergehen soll. Ich bin schließlich nicht mehr der Jüngste, und mich plagen jedes Jahr mehr Zipperlein. Und dann der Husten, der mir morgens immer so zu schaffen macht!“

„Jedes Mal wenn Sie anfangen, Ihre Krankheiten aufzuzählen, schwant mir nichts Gutes“, erwiderte Rosanna. „Normalerweise gehen Sie mir doch schon an die Gurgel, wenn ich Sie nur an Ihren Hustentee erinnere!“

Der alte Mann lächelte verlegen. „Das ist doch nicht so gemeint. Ich will dich keineswegs unter Druck setzen … Aber was würdest du davon halten, wenn wir beide heiraten?“

Rosanna verschluckte sich so heftig, dass sie zu prusten begann.

„Wie bitte?“, keuchte sie.

„Du hast schon richtig gehört. Heiraten – wir beide! Natürlich nur auf dem Papier, das versteht sich von selbst. Dieser Schritt hätte viele Vorteile – für uns beide."

Rosanna schüttelte den Kopf. „Ich will nicht heiraten! Sie nicht und auch sonst niemanden." So schnell ihre Worte gekommen waren, so plötzlich taten sie ihr Leid. Verlegen schob sie mit ihrem Schürzenzipfel ein paar Brotkrumen auf dem Tisch zusammen. Wie konnte Karl Moritz nur auf so eine Idee kommen?

„Ich verstehe dich ja, Rosanna. Aber du darfst nicht nur an das Hier und Jetzt denken! Was wäre zum Beispiel, wenn ich heute noch einen Herzschlag erleide und tot umfalle? Was würde dann aus dir werden?"

„Sie und ein Herzschlag! Da fallen doch eher Ostern und Weihnachten zusammen!" Trotz ihrer forschen Worte war ihr plötzlich bange. Er hatte Recht, was würde dann aus ihr werden?

„Wenn du mich heiratest, könnte ich für dich sorgen, auch nach meinem Tod. Du wärst dann immer noch jung genug, um dir einen feschen Burschen in deinem Alter zu suchen, und gleichzeitig wärst du unabhängig. Das ist ein großer Vorteil, glaube mir! Ich würde aufs Rombacher Amt gehen und vom Ratsschreiber entsprechende Papiere aufsetzen lassen …"

Rosanna schwieg. Sie hasste es, wenn ihre Gedanken mit ihr durchgingen wie wilde Pferde und sie zu keiner vernünftigen Antwort mehr fähig war.

Moritz und sie … versorgt sein … unabhängig …

„Ich erwarte natürlich auch eine Gegenleistung: Wenn ich wirklich einmal krank werde, dann sollst du für mich sorgen. Ich will nicht enden wie ein ausrangiertes Möbelstück, das nur noch nutzlos in der Ecke steht und Platz wegnimmt."

„Aber ich würde doch auch ohne diese … Heirat für Sie sorgen. Das müssen Sie doch inzwischen wissen! Und denken Sie an Ihre Tochter. Die würde Sie glatt für verrückt erklären!"

„Das soll sie nur versuchen", erwiderte Moritz. „Ich weiß, wie meine Tochter sein kann, leider! Das ist mit ein Grund, warum ich diesen Plan gefasst habe."

Franziska würde Rosanna vom Hof jagen, kaum dass Moritz den letzten Atemzug getan hatte – so viel stand fest.

Das würde ich nicht überstehen, schoss es Rosanna durch den Kopf. In diesem Augenblick wurde ihr klar, wie sehr sie das Leben auf dem Moritzhof lieben gelernt hatte. So sehr, dass sie sich ein Leben anderswo, ohne das schützende, tief gezogene Dach des alten Hauses, ohne den Himmel, dem man hier näher war als an jedem anderen Ort, nicht mehr vorstellen konnte. Der Hof war ihr Zuhause.

Als sich das Schweigen zwischen ihnen immer weiter ausdehnte, platzte Rosanna schließlich heraus: „Herr Moritz, vielleicht haben Sie ja Recht mit dem, was Sie sagen. Trotzdem kann ich Sie nicht heiraten. Als Ihre Frau müsste ich ja du zu Ihnen sagen!"

ICH WILLIGTE ein und hatte fortan jeden Tag Bauchschmerzen vor lauter Sorge. Andere Bräute freuen sich auf den Hochzeitstag, nennen ihn den schönsten Tag ihres Lebens, ich aber konnte mir einfach nicht vorstellen, wie wir die Hochzeit hinter uns bringen sollten.

Es gab keine Brauteltern, bei denen Karl um meine Hand hätte anhalten können. Wir hatten niemanden, den wir als Hochzeitslader von Haus zu Haus hätten schicken können. Und wen sollten wir überhaupt einladen? Und wo sollte das Fest stattfinden? Außer dem „Fuchsen" gab es kein anderes Wirtshaus in Rombach. Blieb also nur der Moritzhof ...

Und dann war da noch das Problem mit dem Pfarrer. Nie und nimmer würde er uns das heilige Sakrament der Ehe erteilen, sagte ich zu Karl. Wo ich doch schon vor der Ehe schwanger gewesen war und ein Kind geboren hatte. Höchstens Josef Stix könnte uns trauen, der Wanderpfarrer, der auch Bubi getauft hatte, behauptete ich. Karl widersprach. Das ginge nicht, denn in dieser Angelegenheit musste alles vor den Augen der „heiligen Rombacher Dreifaltigkeit" – darunter verstand er den Pfarrer, den Bürgermeister und den Lehrer – seine Richtigkeit haben. Schließlich sollte nachher niemand den geschlossenen Bund anfechten können. Auch das leuchtete mir ein, doch meine Bauchschmerzen wurden dadurch nur umso heftiger.

Karl versprach mir, sich um alles zu kümmern. Er bat mich allerdings, unsere Pläne vorerst für mich zu behalten. Als ob ich Lust verspürt hätte, jemandem davon zu erzählen! Ich konnte mir schon vorstellen, wie Simone reagierte, wenn sie es erfuhr.

Von Karls „speziellen Freunden" kannte ich inzwischen den einen oder anderen etwas besser, aber mir wäre nie in den Sinn gekommen, mich einem dieser Raubeine anzuvertrauen. Höchstens vielleicht Stanislaus Raatz, der regelmäßig auf den Hof kam, um Karl den im letzten Winter schwarz gebrannten Schnaps abzukaufen. Er hatte Frau und zwei Töchter in der Schweiz. Die ältere Tochter Sieglinde war in einem

Hotel angestellt – wenigstens sie hatte ihr eigenes Auskommen. Was würde Stanislaus wohl sagen, wenn eine seiner Töchter einen über fünfzig Jahre älteren Mann zum Ehemann nehmen wollte?

Es war Hochsommer und damit Reisezeit im Schwarzwald. Während auf dem Moritzhof die Schwalben ihre Kreise zogen und die Kirschbäume abgeerntet werden mussten, war im „Fuchsen" jedes Fremdenzimmer von Sommerfrischlern belegt. Neben den Arbeiten, die Simone in Haus, Küche und Garten zu verrichten hatte, musste sie nun auch noch die Fremdenzimmer putzen und Vesperkörbe für Wanderfreunde zubereiten. Zacharias war stolz darauf, dass der „Fuchsen" ein so beliebtes Ziel für Reisende geworden war. Er war es auch, der Simone in den nächsten zwei Wochen die Besuche auf dem Moritzhof verbot; da konnte Simone noch so bitten und betteln.

Es war fast schon Ende Juli, als sie Rosanna endlich wieder besuchen durfte. Den Korb voll duftendem Kräuterbrot, das sie am Vortag gebacken und vor der Mutter versteckt hatte, rannte Simone das letzte Stück des Berges so schnell hinauf, dass sie oben angekommen völlig aus der Puste war.

Sie hatte gerade zum Klopfen angesetzt, als die Tür des Moritzhofes aufgerissen wurde.

„Da bist du ja endlich."

Erschrocken wich sie zurück, weil statt Rosanna die hagere Gestalt ihres Großvaters vor ihr stand. Die schlohweißen Haare standen wild von seinem Kopf ab, im grellen Sonnenlicht sahen sie aus wie ein Heiligenschein. Doch so wütend, wie er Simone anfunkelte, kam er ihr eher wie der Teufel vor.

„Was willst du von mir?", fragte sie mürrisch.

Mit einem Kopfnicken, das keinen Widerspruch zuließ, wies der Großvater sie an, ihm in die Küche zu folgen.

„Wie ich höre, bist du eine von denen, die ihr Heil in der Kirche suchen. Da wird es für dich ein Leichtes sein, mir ein paar Fragen zu beantworten."

Simone runzelte die Stirn. War der Alte nun endgültig übergeschnappt?

Die Küchenbank ächzte, als sich der Großvater an den Tisch setzte. Voller Ungeduld beobachtete Simone ihn dabei. Wie hielt Rosanna das Leben mit diesem alten Tölpel nur aus?

Karl Moritz angelte nach seiner Pfeife. Als hätte er alle Zeit der Welt, begann er sie zu stopfen. Schließlich sagte er: „Es geht um Folgendes: Ich möchte dem Pfarrer von Rombach eine kleine Freude bereiten, weiß aber nicht, womit."

„Vielleicht würde er sich schon darüber freuen, dich endlich einmal wieder im Gottesdienst zu sehen", antwortete Simone scharf.

„Das wird er auch bald, mein Kind. Aber jetzt möchte ich, dass du mir die Kirche ganz genau von innen schilderst. Wie prächtig ist sie ausgestattet?"

Warum sollte sie ihm die Kirche beschreiben? Simone hatte schon eine weitere spitze Bemerkung auf den Lippen, doch dann besann sie sich. Schließlich wollte sie nicht ihre ganze kostbare Zeit mit dem Großvater verbringen. Sie beschrieb Karl die bunten Fenster, auf denen die heiligen Apostel abgebildet waren. Und die Statue der Mutter Gottes mit dem Jesuskind. Außerdem die hölzerne Vertafelung der Orgel.

Bald war sie so in ihre Schilderungen vertieft, dass sie zunächst gar nicht merkte, wie sich die Miene des Großvaters immer weiter verdüsterte. Schließlich hielt sie inne. „Was ist? Du hast doch hören wollen, wie es im Haus Gottes aussieht! Unsere Kirche ist nun einmal reich ausgestattet …"

„Ja, schon, aber es muss doch auch etwas geben, was ihr noch *nicht* habt!" Er knallte seine Pfeife heftig auf den Tisch.

Obwohl seine Heftigkeit Simone einschüchterte, fühlte sie sich doch ein wenig geschmeichelt, dass er sie zu Rate zog. Sie biss sich auf die Unterlippe und versuchte, die Erinnerung an Fronleichnam in sich wachzurufen. Da hatte der Pfarrer eine Bemerkung gemacht. „Ich weiß tatsächlich etwas, was unserer Gemeinde fehlt und dem Pfarrer große Freude bereiten würde …"

Kurze Zeit später war Simone aus dem Gespräch entlassen und Karl Moritz auf dem Weg nach Rombach.

„EINE Fahne für die Fronleichnamsprozession willst du spendieren, so, so … Und womit haben ich und meine Schäflein diese Ehre verdient?" Die Augen des Pfarrers verengten sich zu zwei schmalen Schlitzen.

Karl versuchte, sich seine Abneigung gegenüber dem Mann mit der krächzenden Stimme und dem feisten Gesicht nicht anmerken zu lassen.

„Nun, ich dachte einfach, dass es ein Jammer ist, dass Rombach für die Prozession keine Fahne besitzt. Wo doch in anderen Gemeinden an jenem Tag nicht nur die heilige Eucharistie bei der Prozession durchs Dorf getragen wird, sondern auch noch prächtige Fahnen …"

Der Pfarrer runzelte die Stirn. „Woher willst *du* eigentlich wissen, was bei uns durchs Dorf getragen wird? Wenn ich mich nicht täusche, habe ich dich seit dem Tod deiner Martha nicht mehr bei uns gesehen." Der Tadel in jedem einzelnen Wort war nicht zu überhören.

„Das stimmt, Herr Pfarrer." Karl verbarg ein Grinsen. Die Sache begann ihm Spaß zu machen. „Aber ich habe mir jede Ihrer Predigten von meiner Enkelin Simone nacherzählen lassen. Und dann habe ich im Herrgottswinkel gebetet." Bevor der Pfarrer zu einer Erwiderung ansetzen konnte, lenkte er das Gespräch wieder in seine Richtung. „Auf solch einer Fahne könnte doch auf der einen Seite das Jesuskind abgebildet sein und auf der Rückseite unser Herr Pfarrer höchstpersönlich … Ich dachte da an Stickereien mit goldenem Faden auf schwerer, doppelt gelegter Seide …"

Als Karl das Pfarrhaus wieder verließ, war es acht Uhr abends.

Obwohl das Gespräch gar nicht schlecht begonnen hatte, entpuppte sich der Pfarrer doch als ziemlich störrisch. Als Karl endlich mit seinem Anliegen herausrückte, fehlte nicht viel, und der Kirchenmann hätte ihn in hohem Bogen hinausgeworfen. Aber Karl blieb stur. Immer wieder betete er den gleichen Sermon herunter: Dass es ihm ein Anliegen sei, ein in Schande gefallenes Mädchen zu retten, und dass dieser Wunsch doch vor Gott seine Gnade finden müsse. Schließlich wurden die Einwände des Pfarrers gegen eine solche Verbindung immer dünner. Wirklich ausschlaggebend war nach Karls Ansicht jedoch das Säckel Geld gewesen, das er dem Pfarrer „für die bedürftigen Seelen" der Gemeinde zugesteckt hatte und in dem sich fünfzig Mark befanden.

Was sind fünfzig Mark dafür, dass ich am ersten Sonntag im November als Bräutigam vor den Traualtar treten werde?, fragte sich Karl, während er sich vom Pfarrhaus entfernte.

DIE HOCHZEIT war eine schlichte Angelegenheit. Rosanna trug ein schwarzes Gewand aus Seide, das sie sich kurz zuvor geschneidert hatte. Karl war mit einer alten, schönen Tracht bekleidet. Die Gäste – Claudine und Alexandre und eine Hand voll alter Freunde von Karl – kamen in ihrer Alltagskluft. Von den Breuers ließ sich niemand blicken – Karl hatte seine Tochter und ihre Familie nicht eingeladen. Rosanna bezweifelte, dass Simone überhaupt gekommen wäre. Seit sie von Rosannas Hochzeitsplänen erfahren hatte, spuckte sie Gift und Galle und wetterte schlimmer gegen ihren Großvater als je zuvor.

Rosanna erlebte ihren Hochzeitstag wie durch einen Nebel. Bin das wirklich ich?, fragte sie sich in der Kirche, während sie mit fremder

Stimme die Worte des Pfarrers nachsprach. Da stand sie mit gerade einmal 19 Jahren, ein uneheliches Kind auf dem Arm, und heiratete einen Mann, der ihr Großvater hätte sein können. Und später saß sie auf dem Moritzhof am Kopfende einer Tafel, ihr Bräutigam neben ihr, und prostete fremden Leuten zu. Alles kam ihr so unwirklich vor. Wie sehr hätte sie sich jemanden gewünscht, dem sie ihr Herz hätte ausschütten können! Aber diesen Jemand gab es nicht.

1900 BEGANN als ein gutes Jahr. Der Winter verabschiedete sich relativ früh und mit ihm auch Karls Husten. Das Frühjahr war trocken und sonnig. Eine stille Zufriedenheit, wie ich sie noch nie zuvor empfunden hatte, machte sich in mir breit.

Bubis ersten Geburtstag feierten wir bei strahlendem Sonnenschein und mit einer riesigen Schokoladentorte, die Claudine und Alexandre bei ihrem überraschenden Besuch mitbrachten.

Zum ersten Mal in meinem Leben hatte ich Freunde: Claudine und Alexandre, Stanislaus Raatz, der Engländer und ein paar andere kamen immer wieder zu uns. Es waren längst nicht mehr nur geschäftliche Interessen oder „Gründe der Sicherheit", die die Leute zu uns auf den Berg führten. Ich glaube, irgendwann haben sich alle in den Moritzhof verliebt.

Der Sommer kam so rasch, wie sich der Winter verabschiedet hatte. Und er war ebenfalls trocken. Mehr als einmal kam Simone weinend angeschlichen, weil sie sich am Tag zuvor von früh bis spät in den Reutbergen hatte schinden müssen. Ihre Hände waren oft so wund, dass nicht einmal Gottlieb Königs Heilsalbe half. Auch in meinem Gemüsegarten, auf den ich so stolz war, kümmerten die gelben Rüben vor sich hin, vertrockneten die Himbeeren an den Sträuchern, wurde der Kohl gelb. Nur Karls Bienen ging es gut. Er könne sich nicht daran erinnern, je so eine reiche Honigernte erlebt zu haben, sagte Karl.

Es war eine schöne Zeit. Jeden Morgen fiel mein erster Blick beim Aufwachen auf Bubis Bett, und dabei dankte ich Gott für seine Gnade, die mich auf den Moritzhof gebracht hatte.

Und ich danke Gott außerdem dafür, dass er Karl und mich wenigstens unseren ersten Hochzeitstag hat erleben lassen.

Drei Tage später, am siebten November 1900, war mein Mann tot …

SIMONE war auf dem Weg zur Mühle. Sie zog den Leiterwagen so ruckartig an, dass er einen Moment lang gefährlich auf zwei Rädern schwankte. Seit einem Jahr war Rosanna nun schon mit dem Alten verheiratet! Ein ganzes Jahr hatte sie ihm bereits geopfert. Und niemand wusste, wie lange das noch so gehen würde.

Ein Jahr, in dem die Freundin ihr immer fremder geworden war.

Doch was tat sie, Simone, nicht alles, um die alte Nähe wiederherzustellen!

Die ganze Woche über sammelte sie mühsam den Klatsch aus dem Dorf, sprach dabei sogar mit Leuten, mit denen sie freiwillig nie ein Wort gewechselt hätte, nur um bei ihrem wöchentlichen Besuch etwas erzählen zu können. Selbst mit Elsbeth, die letztes Jahr im August Zacharias geheiratet hatte, hatte sie sich ein wenig angefreundet. Nur damit sie Rosanna erzählen konnte, dass sich Zacharias und seine Herzallerliebste schon wieder gestritten hatten. Und dass der kleine Michael, Zacharias' drei Monate alter Sohn, die ganze Nacht hindurch schrie, weil er eine Ohrenentzündung hatte.

Und wie dankte Rosanna es ihr? Indem sie die glückliche Ehefrau spielte und so tat, als wäre sie, Simone, eine Fremde.

Karl, Karl, Karl – immer nur er! Und wenn es nicht Karl war, dann war es Bubi. Du meine Güte, so ein Theater veranstaltete ja nicht einmal Kathi mit ihrem Sohn! Vor lauter Wut auf alles und jeden versetzte Simone ihrem Wagen einen Tritt.

Und dann diese seltsamen Besucher, von denen Rosanna manchmal erzählte. Man könnte fast meinen, ihr Schutzengel würde da oben ein Hotel führen.

In der Mühle war Simone froh zu erfahren, dass Kathi am Krankenbett ihres Sohnes saß. Wenigstens musste sie sich nun nicht auch noch mit Kathis Geschwätzigkeit herumschlagen. Je schneller sie mit ihrer schweren Last wieder daheim war, desto eher konnte sie zum Moritzhof aufbrechen. Denn heute war ihr Rosanna-Tag.

Als sie sich kurze Zeit später auf den Weg den Berg hinauf machte, waren ihre Schritte schwer. Diese Machtlosigkeit! Zusehen zu müssen, wie ihr Engel litt, dabei aber so tat, als sei sie die glücklichste Frau auf Gottes Erde. Ihr, Simone, brauchte Rosanna nichts vorzumachen. Wie konnte sie glücklich sein bei dem Leben an der Seite eines Greises.

Sie schob sich die Stirnfransen, die von der feuchten Luft noch krauser waren als sonst, aus dem Gesicht. Vielleicht sollte sie noch mehr beten. Eines Tages, da war sie sich sicher, würde der liebe Gott ihre Bitte erhören und Rosanna von ihrem Leid erlösen.

Sie legte sich im Geist gerade verschiedene Gebete zurecht, als sie eine Gestalt entdeckte. Abrupt blieb sie stehen. War das nicht der Großvater? Simone kniff die Augen zusammen, um in dem starken Nebel besser sehen zu können.

Er schien sich am Wegrand zu schaffen zu machen. Für einen alten Mann erstaunlich behände, kletterte er ein Stück den steilen Abhang hinab, bis nur noch sein Oberkörper zu sehen war.

Beim Näherkommen erkannte Simone, dass eine Schubkarre voller Zwergtannen mitten auf dem Weg stand. Der Alte war also wieder einmal dabei aufzuforsten.

„Grüß dich, Simone.“ Er kletterte schwer atmend den Hang wieder hinauf. „Na, hast du für Martini schon alle Gänse gerupft?“

Simone schüttelte mürrisch den Kopf. Er wusste ganz genau, dass sie das Gänserupfen hasste! Warum sonst hätte er diese Bemerkung gemacht? Sie ballte ihre Hände zu Fäusten.

„Rosanna ist oben im Haus.“ Karl Moritz nickte seiner Enkelin zu und holte dann eine Tanne vom Wagen, ohne sich weiter um sie zu kümmern.

Auch Simone setzte ihren Weg fort, doch kurz darauf rutschte sie auf den nassen Steinen aus. In letzter Sekunde stützte sie sich mit den Händen ab und rappelte sich mühsam wieder auf. Fast wäre sie zu Fall gekommen.

Wie vom Schlag getroffen blieb sie stehen. Warum eigentlich sie? Konnte nicht ein anderer …? Ihr schwindelte.

Rosanna … ihr Engel … verdammt zu jahrelanger Pein …

Wie im Wahn ging sie mit steifen Gliedern zurück zu der Stelle, wo ihr Großvater arbeitete. Wurde von einer so zerstörerischen Wut geschüttelt, dass ihr die Glieder wehtaten.

„Was willst du denn noch? Hast du's dir anders überlegt mit deinem Besuch bei Rosanna?“

Wie er sie musterte! Als ob sie nicht ganz bei Sinnen wäre.

Aus Simones Kehle kroch ein Lachen, das selbst in ihren Ohren fremd klang. Sie spürte eine kalte Glut in sich brennen, die sie erfüllte, die keinen Raum mehr ließ für andere Gedanken, für Gedanken jenseits des Hasses …

„Ist es nicht gefährlich, hier an diesem steilen Hang zu arbeiten?“, fragte sie ihren Großvater mit einer so schrillen Stimme, dass es in ihren Ohren pfiff. Sie ließ unruhig ihren Blick umherschweifen. „Was, wenn du ausrutschst oder das Gleichgewicht verlierst?“

Sie streckte ihre Hand aus. Es war ganz leicht.

Eine in ihr aufsteigende Energie, von der sie nicht wusste, woher sie kam, ließ sie fortfahren: „Vielleicht ist es besser, du machst ein anderes

Mal weiter und kommst jetzt mit zu Rosanna ins Haus. Ich helfe dir."

Bevor der Alte etwas erwidern konnte, packte sie seine Hand. Zog erst daran, stieß sie jedoch im nächsten Moment mit aller Macht von sich.

Karls Schrei gellte durch die Luft, aber Simone hörte nichts.

Ein Summen wie von einer Heerschar Engel übertönte alles.

Es war ganz leicht gewesen.

6. Dezember 1900

Mir ist vor Aufregung so schlecht, dass ich gar nicht weiß, wo ich anfangen soll!

Heute Mittag kam der Postbote mit einem Brief von Johannes Richter, dem Amtsschreiber und Notar von Rombach.

Morgen wird also Karls Testament eröffnet. Hat er mich wirklich darin bedacht? Oder ist Blut wieder einmal dicker als Wasser? In diesem Fall würde Franziska alles bekommen, und ich stünde mit leeren Händen und einem Kind auf dem Arm da.

„Soll ich?" Nervös fuchtelte Rosanna mit dem Briefumschlag herum. „Ich … Es fühlt sich so seltsam an, ich meine, Karl hat mir noch nie geschrieben. Und jetzt …" Erneut füllten sich ihre Augen mit Tränen.

Simone seufzte. Das ging nun schon so, seit sie angekommen war. Einmal brach Rosanna in Tränen aus, wenige Minuten später kicherte sie nervös. Es war höchste Zeit, diesem Spiel ein Ende zu machen.

Resolut schnappte Simone nach dem Umschlag und riss ihn mit dem Zeigefinger auf. Ein paar Bogen Papier kamen zum Vorschein. Diese hielt sie Rosanna hin. „Lies!", forderte Simone sie auf.

Rosanna begann:

„Moritzhof, am 10. November 1899

Liebe Rosanna,
wenn du diese Zeilen liest, weile ich nicht mehr auf dieser Welt, sondern wandle in den ewigen Wäldern. Oder ich schmore im Höllenfeuer – wer weiß das vorher schon so genau?

Ich habe dir versprochen, für dich, meine liebe Frau, zu sorgen. Ich habe mein Wort gehalten. Vom heutigen Tag an bist du eine reiche Frau. Dir gehört nicht nur der Moritzhof, sondern außerdem gehören dir noch Ländereien und Wälder, die sich insgesamt auf gut achtzig Hektar belaufen.

Ich bin eine reiche Frau, kannst du dir das vorstellen? Alles, was ich sehe, was ich berühre, der Boden, über den ich laufe – das alles gehört mir!", sagte Rosanna atemlos. Sie schaute sich so verwundert um, als habe sie die Küche mit der alten Spüle, dem ramponierten Tisch und den kleinen Fenstern noch nie zuvor gesehen. „All das ist mein. Und dazu noch ein stattlicher Betrag. Ich hatte keine Ahnung, dass Karl ein so reicher Mann war." Rosanna kämpfte gegen einen Schluckauf an. „Wenn ich mir vorstelle, wie deine Mutter toben muss …"

„Stell es dir lieber nicht vor", murmelte Simone.

Wie Rumpelstilzchen war sie in der Wirtschaft herumgewirbelt! „Mich hat er mit Geld abgespeist, und sie bekommt den Hof!", hatte sie geschrien. Und dass sie das Testament anfechten würde. Da konnte der Amtsschreiber ihr zehnmal sagen, dass es zwecklos war.

Das geschah der Mutter recht! Hätte sie Rosanna damals nicht aus dem Haus gejagt, wäre alles anders gekommen. Nun aber bekam jeder das, was er verdiente – seine gerechte Strafe. Bekam den Zorn Gottes zu spüren.

Gott hatte ihr ein Zeichen geschickt, draußen auf dem Weg, an jenem Tag. Als sie selbst beinahe zu Fall gekommen war.

Seit der Großvater tot war, fühlte sie sich so leicht, so unbeschwert! Aber Rosanna zuliebe verbarg sie ihre Gefühle.

Einen Moment lang spielte Simone mit dem Gedanken, der Freundin zu verraten, wem sie ihr neues Glück zu verdanken hatte. Sie verwarf diesen Gedanken zwar sofort wieder, doch die heimliche Freude, die sie verspürte, wärmte sie wie ein loderndes Feuer.

Rosanna nahm den Brief wieder auf.

> *„Natürlich wünsche ich mir, dass wir noch einige Jahre miteinander verbringen dürfen … Trotzdem: Wenn ich gestorben bin, wirst du noch immer eine junge Frau sein, eine junge, unabhängige Frau – auch das habe ich dir ja versprochen.*
>
> *Nun liegt es in deiner Hand, aus dieser Unabhängigkeit etwas zu machen.*
>
> *Du besitzt den Hof, die Ländereien und den Wald – das ist deine Lebensgrundlage. Dann sind da noch die Bienen. Für einen guten Honig zahlen die Leute – vor allem die verrückten Städter – nicht schlecht.*
>
> *Zu den Forellen: Vielleicht gibt es eines Tages in Rombach außer dem ‚Fuchsen' noch weitere Gasthöfe – dann könntest du die Forellen dort verkaufen.*

Was immer du beschließt zu tun, wende dich zuerst an Stanislaus Raatz oder auch an den Engländer. Sie waren viele Jahre meine Freunde, und sie werden dir mit Rat und Tat zur Seite stehen. Stanislaus wird dir außerdem weiterhin Lebensmittel bringen, das habe ich vor einiger Zeit so mit ihm besprochen ...“

„Das ist ja wieder einmal typisch für Großvater! Mich hat er nicht erwähnt. Glaubt er vielleicht, ich würde dich verhungern lassen?“, brauste Simone auf.

„Er wusste doch, dass du für mich da sein wirst, das brauchte er doch nicht extra aufzuschreiben.“ Nervös kaute Rosanna auf ihrer Unterlippe.

„Vielleicht wäre es am sinnvollsten, wenn du dir nach dem Trauerjahr einen neuen Mann suchst. Einen, der dich liebt und achtet und der recht fleißig ist und etwas vom Land und den Tieren versteht. Such ihn dir sorgsam aus, Rosanna! Nicht jeder Ehemann stirbt dir nach ein paar Jahren weg.“

„Was anderes hat der Alte nicht im Kopf gehabt, als dich sofort wieder unter die Haube zu bringen, oder?“ Du meine Güte – auf den Gedanken, dass sich Rosanna wieder verheiraten könnte, war Simone noch gar nicht gekommen. Er legte sich wie Frost auf ihre Haut und löschte unvermittelt das lodernde Feuer.

Rosanna schlug mit der flachen Hand auf den Tisch. „Jetzt sei doch nicht so giftig! Karl hat ja nicht Unrecht – wie soll ich das hier alles allein bewältigen? Herrgott noch mal!“

Simone bekreuzigte sich hastig.

„Du kannst trotzdem beruhigt sein, so schnell werde ich mich schon nicht wieder dem ‚Falschen‘ an den Hals werfen“, fügte Rosanna spitz hinzu. „Welcher Mann sollte mich im Übrigen schon wollen? Eine Witwe mit Kind, eine gefallene Frau.“ Ihre Unterlippe begann zu zittern, und im nächsten Moment standen ihr abermals die Tränen in den Augen. „Ach, Simone, Karl hat es bestimmt gut mit mir gemeint. Ich weiß trotzdem nicht, wie das jetzt alles weitergehen soll. Der Hof, das viele Land – was mache ich nur damit? Und dann ist da noch der Bub. Manchmal fühle ich mich so schrecklich verlassen wie noch nie in meinem Leben.“ Sie schluchzte auf.

Simone wurde ganz warm ums Herz. Sie rutschte näher an Rosanna heran, streichelte sanft ihre Wange und umarmte sie.

„Du bist eine reiche Frau, das hast du selbst gesagt“, flüsterte sie beschwörend. „Da brauchst du doch gewiss keinen Kerl, der dich schlecht behandelt oder dir Vorschriften macht, so wie Zacharias das die ganze Zeit bei Elsbeth tut. Du hast doch mich …"

Rosanna blickte mit tränenverschleierten Augen auf. Zufrieden sah Simone ein winziges Fünkchen Hoffnung darin aufglimmen. Ja, nun erkannte Rosanna endlich, wer wirklich für sie sorgte. Liebevoll drückte sie die Freundin enger an sich.

„Der Herrgott meint es gut mit dir, du wirst schon sehen. Er wird's schon richten!"

„Du und dein Herrgott! Der kennt mich doch gar nicht!", antwortete Rosanna, musste aber über Simones Eifer lächeln.

JULIES Augen tränten. Hinter ihrer Stirn hämmerte es unaufhörlich. Benommen schaute sie vom Bildschirm des Laptops auf.

Welcher Wochentag war heute? Wie spät war es? Es dauerte einen Moment, bis sie die Dämmerung vor dem Fenster dem frühen Sonntagmorgen zuordnen konnte.

Mit schmerzenden Gliedern stand Julie auf und streckte sich. Als sie versuchte, ihre losen Haare wieder zu einem Zopf zusammenzufassen, bemerkte sie, dass sich ihre Stirn fiebrig anfühlte.

Sie hatte den Anfang geschafft! Gut zweihundert Seiten Text waren auf der Festplatte ihres Laptops und außerdem noch einmal auf einer Diskette abgespeichert – die ersten drei Tagebücher von Rosanna und dazu Julies Geschichten. Rosannas Leben – und Simones natürlich auch.

Gedankenverloren nippte sie an einer Tasse Tee. Endlich sah es danach aus, als hätte Rosannas Leben sich zum Besseren gewendet. Bestimmt war sie über Karls Tod bald hinweggekommen. Es war ja keine Liebesheirat im üblichen Sinne gewesen, auch wenn sich die beiden gemocht und respektiert hatten. So unterschiedlich waren der alte Mann und die junge Frau nämlich gar nicht. Beide freiheitsliebend, beide ausgestattet mit einem Dickkopf, der Konventionen zur Nebensache werden ließ.

Mechanisch schraubte Julie das Glas mit der Nussnougatcreme auf und kratzte den letzten Rest für eine Scheibe Brot zusammen. Morgen würde sie dringend neue Vorräte einkaufen müssen. Auch wenn sie noch so gut vorankam – eine, eher zwei Wochen intensiver Arbeit lagen mindestens noch vor ihr.

„Arbeit – was heißt hier Arbeit, nennen wir es eher Besessenheit", brummte sie vor sich hin. „Jetzt führst du schon Selbstgespräche, Julie Rilling! Pass auf, dass du nicht allzu wunderlich wirst, du Einsiedlerin!"

Sie musste eine Pause einlegen, so schwer es ihr auch fiel. Sie war schon viel zu tief in der ganzen Geschichte versunken.

Julie stellte die leere Teetasse in die Spüle, schnappte sich ihre Autoschlüssel und verließ das Haus.

„FRAU FAHRNER geht es den Umständen entsprechend gut. Wir mussten die rechte Brust entfernen, doch das spielt in ihrem Alter sicher eine untergeordnete Rolle. Sie liegt noch auf der Intensivstation, aber wir rechnen damit, dass wir sie heute Mittag verlegen können. Ihre Tante ist eine Kämpfernatur. Allerdings stellt eine Operation in diesem Alter immer eine hohe körperliche Belastung dar – und ein Risiko."

Benommen hörte Julie dem Arzt mit den rot geränderten Augen zu. „Entschuldigung … ich … das kam alles so plötzlich … Als ich vorhin meine Großtante besuchen wollte und die Nachbarin mir sagte, sie sei ins Krankenhaus eingeliefert worden, habe ich mich riesig erschreckt."

Der Arzt nickte unverbindlich. „Hat Ihre Tante Ihnen denn nichts von der bevorstehenden OP erzählt?"

Julie schüttelte den Kopf. „Kann ich sie sehen?"

„Im Prinzip sind auf der Intensivstation nur die allernächsten Angehörigen zugelassen. Aber selbst wenn Sie eine solche wären, würde ich Ihnen von einem Besuch abraten. Warum fahren Sie nicht nach Hause, machen sich einen ruhigen Sonntag und besuchen Ihre Tante morgen?"

Das Lächeln des Arztes war bemüht. Wahrscheinlich war seine Schicht längst zu Ende, und er hoffte auf ein paar Stunden Schlaf, bevor ihm der nächste Dienst bevorstand.

Ruhiger Sonntag! Julie spürte Panik in sich aufwallen. Was, wenn Antonia starb, bevor ihr sehnlichster Wunsch in Erfüllung ging?

Hastig bedankte sie sich bei dem Arzt für seine Auskünfte. Sie musste sofort zurück! Es gab viel zu tun.

Sie war schon am Ausgang des Krankenhauses angelangt, als sie abrupt stehen blieb und in ihrer Tasche nach Zettel und Stift kramte. Sie schrieb:

Liebe Antonia,
unser „Projekt" macht gute Fortschritte und Sie hoffentlich auch. Wenn ich mit meinen Gedanken nicht bei Rosanna und Simone bin, dann bin ich bei Ihnen.
Gute Genesung wünscht Ihnen
Ihre Julie

Am Eingang zur Intensivstation fing Julie eine Schwester ab und bat sie, Antonia die Nachricht zu übergeben, sobald sie aufgewacht war.

In einem Eiscafé ließ sie beide Akkus ihres Laptops aufladen, und gegen Mittag war sie wieder auf dem Moritzhof. Wie der Tag zuvor machte auch dieser Sonntag dem goldenen Oktober alle Ehre. Obwohl die Sonne nicht mehr besonders hoch stand, tauchten ihre Strahlen alles in ein goldenes Licht. Kurzerhand schnappte sich Julie ihren Notizblock und das nächste von Rosannas Tagebüchern und setzte sich an den Tisch vor dem Haus. Mit Herzklopfen las sie weiter.

22. Juni 1901

Bubi ist tot.

Es schüttete, als ob die Welt mit einer zweiten Sintflut gestraft würde. Die Bäume wurden vom Regen nach unten gedrückt, Blätter wehten über den Hof, als wäre es Mitte November und nicht Mitte August. Alle Tische im Wirtshaus waren besetzt, dabei war es noch nicht einmal Mittagszeit. Wo sollten die Sommergäste bei diesem Wetter auch sonst hin? Nun saßen sie, eingehüllt in Schwaden von Zigarrenrauch und Bratwurst, im „Fuchsen" fest.

Obwohl Simone die paar Meter zwischen dem Schlachthaus und der Küche gerannt war, kam sie bis auf die Haut durchnässt drinnen an. Keuchend hievte sie den schweren Kessel Metzelsuppe auf den Herd, wo er noch einmal erwärmt werden sollte.

„Und trotzdem willst du heute noch auf den Berg?" Zacharias machte eine Kopfbewegung zur Tür hin. „Verflixt noch mal, ich sagte doch, ihr sollt für heute ein paar Vesperteller mehr herrichten! Was soll ich mit den lumpigen fünf Platten hier anfangen? Hat noch keiner von euch ins Wirtshaus geschaut?", herrschte er gleich darauf seine Mutter und Elsbeth an, die sich gerade die Schürze zum Servieren umband. Eilig stellte Elsbeth weitere Platten auf die Anrichte und begann, Speck, Schinken und geräucherte Wurstscheiben darauf zu legen.

Ohne sich um den Tumult ringsum zu kümmern, packte Simone Lebensmittel in einen Rucksack: einen Brotlaib, ein Stück Schinken, ein kleines Leinensäckchen mit getrockneten Pflaumen und eines mit Apfelringen.

Alles würde unberührt im Speiseschrank landen. Und währenddessen wurde Rosanna immer weniger. So leicht wie eine Feder. Nur noch Ecken und Kanten, nur noch …

Simone war so in ihre Gedanken vertieft, dass sie Zacharias gar nicht bemerkte. Erst als sein Schatten auf sie fiel, schaute sie auf.

„Wie geht es ihr?“, fragte er leise.

Simone zuckte mit den Schultern. „Nicht gut“, presste sie hervor und musste heftig blinzeln. „Sie sagt, sie fühlt sich wie ein Tier in einer Falle. Noch nicht tot, aber auch nicht mehr lebendig. Ich weiß bald nicht mehr, was ich tun soll oder wie ich ihr helfen kann. Der Kleine war doch ihr ein und alles.“ Simone schluckte hart.

Zacharias seufzte. „Jetzt sind’s doch schon fast acht Wochen her. Irgendwann geht der schlimmste Schmerz vorüber. Das Leben muss weitergehen, auch wenn’s einem schwer fällt.“ Unbeholfen klopfte er seiner Schwester auf die Schulter und wandte sich ab.

Simone spürte, wie die Wut ihr Kreuz ganz steif werden ließ. Zacharias machte es sich wie immer einfach. Bei der Beerdigung ein paar Blumen auf das kleine Grab, ein verlegenes Händeschütteln – das war’s. Was für ein Wunder, dass er überhaupt den Anstand besessen hatte hinzugehen. Mutter hatte das nicht für nötig befunden.

„Da, pack auch noch ein Pfund Butter dazu. Sie muss ja schließlich wieder zu Kräften kommen.“

Widerstrebend nahm Simone die Butter entgegen, die Zacharias ihr hinhielt. Sie fand seine Großzügigkeit verlogen, so wie sie alle in dieser Familie verlogen fand.

Plötzlich hatte niemand mehr etwas dagegen, dass sie sich um Rosanna kümmerte. Weil Simones Besuche wie Tücher waren, mit denen sie ihr schlechtes Gewissen zudecken konnten.

Es ist auch *dein* Sohn, der gestorben ist, wollte sie Zacharias ins Gesicht schreien. Du bist schuld, dass ich sie nicht mehr erreiche, dass *niemand* sie erreicht.

Nur eine halbe Stunde hatte Rosanna Bubi im Garten allein gelassen. Im Gemüsegarten, der doch eingezäunt war. Bis heute wusste keiner, wie der kleine Kerl es geschafft hatte, zum Forellenteich zu gelangen.

Doch nun war Bubi tot.

ROSANNA spürte ihre Arme schon lange nicht mehr. Schippe für Schippe trug sie den mit Gras bewachsenen Hügel zwischen der Scheune und dem Speicher ab, schaufelte die Erde samt Grassoden und Steinen auf ihre Schubkarre. Karre für Karre fuhr sie dann über den matschigen

Grund in Richtung Forellenteich, wo sie ihre Last auskippte. Immer wieder blieb das Rad der Karre im Boden stecken, bewegte sich nicht mehr weiter. Mit schier übermenschlicher Kraft zerrte Rosanna dann an der Schubkarre, drückte mit ihrem ganzen Leib dagegen, schrie vor Erschöpfung und Wut, bis das Rad schließlich nachgab und sich eine Elle vorwärts bewegte.

Den Teich hatte sie am Vortag abgelassen, die Forellen, so gut es ging, mit einem Kescher gefangen und in den Wasserfall geworfen, von wo sie in den Bach und hinab ins Tal gespült wurden. Wo früher eisig blaues Wasser in der Sonne geglitzert hatte, starrten ihr nun Dreck und Schlamm entgegen.

Rosanna empfand nichts bei diesem Anblick. Gebeugt wie eine alte Frau, wandte sie sich um – noch mehr Erde wartete darauf, ins Grab geworfen zu werden. Wie Nadelstiche prasselte der Regen auf Rosannas bloße Arme, fiel eisig auf ihre Stirn, schien sich um ihren Hals zu legen und ihr die Luft zu nehmen.

BUBI ist für immer tot. Und ich bin es auch bald.

31. DEZEMBER 1901

Was für ein unseliges Jahr geht nun zu Ende! Mir graut davor zurückzublicken. Aber noch mehr graut mir davor, nach vorn zu schauen. Was soll das neue Jahr mir schon bringen? Mein Kind ist tot, und niemand und nichts auf der Welt wird daran etwas ändern.

Ich bin müde. Halb tot geschuftet hab ich mich in den letzten Monaten. Wenn man müde ist, fällt das Denken schwer. Und wenn man nicht mehr richtig denken kann, fällt auch das Fühlen schwer – was für ein Segen!

Der Engländer hat mich eingeladen, den Jahreswechsel im „Goldenen Pendel" zu verbringen. Aber danach stand mir nicht der Sinn. Von Claudine habe ich außer einer Karte zu Weihnachten kein Lebenszeichen bekommen. Ach, Claudine, manchmal könnte ich deine Fröhlichkeit so gut gebrauchen!

Simone ist der einzige Mensch, der mir geblieben ist. Immer wieder beteuert sie mir, dass sie in der Kirche für mein Seelenheil betet. Nun ja, wenn's ihr etwas bringt …

Wie sie es schafft, sich immer wieder von der ganzen Arbeit zwischen Wirtschaft, Fremdenzimmern, Wurstherstellung und Garten freizumachen, ist mir ein Rätsel. Und genauso verwunderlich finde ich es, dass die lieben Breuers es zulassen. Denen wäre es doch am liebsten, Simone würde sich auch noch von mir abwenden. Aber das wird nicht geschehen, so gut kenne ich die Kleine.

Manchmal, das muss ich allerdings gestehen, geht sie mir mit ihrer Anhänglichkeit auf die Nerven. „Ich bin nicht dein geliebter Engel!", habe ich sie vor ein paar Tagen angeschrien, als sie mich zum x-ten Male so nannte. Doch sie setzte nur wieder ihren seelenvollen Blick auf und tätschelte meine Hand. Manchmal kommt es mir so vor, als würde sie mir gar nicht richtig zuhören. Als würde sie nicht mit mir sprechen, sondern mit einem Menschen, den sie sich vor ihrem inneren Auge erschaffen hat. Seltsam ist das …

19. März 1902

Simone war da, aber nur kurz. Sie wollte mich überreden, mit ihr in die Kirche zu gehen. Der Pfarrer würde heute, am Josefstag, eine Skulptur des heiligen Josef, Bräutigam der Maria, enthüllen. Simone war aufgedreht und voller Vorfreude. Nicht einmal meine ruppige Absage ließ das Glänzen in ihren Augen erlöschen.

Kaum war sie weg, klopfte es erneut an der Tür. Es war Claudine. Wie hab ich mich gefreut! Sie kam allein. Alexandre ist für einige Zeit bei seinem Vater im Elsass. Dem Geigenbauer gehe es gesundheitlich nicht sehr gut, sagte Claudine. Ihr stehe der Sinn jedoch nicht nach wochenlanger Krankenpflege, sondern eher nach ein paar Tagen Erholung auf dem Moritzhof. „Nun, die sollst du haben", sagte ich zu ihr.

Jetzt ist es schon nach Mitternacht, und ich bin so müde, dass mir die Augen fast zufallen. Den ganzen Abend lang haben wir geredet. Aber wenn ich mich jetzt hinlege, kann ich sowieso nicht schlafen. Also werde ich lieber aufschreiben, was mir den Schlaf rauben würde. Claudines Anliegen nämlich.

Sie habe eine große Bitte, begann sie. Eine gute Bekannte, „nennen wir sie einmal die Gräfin Z.", brauche dringend für zwei, drei Wochen einen sicheren Unterschlupf. Ich erwiderte, dass es seit Karls Tod diese Art Gäste auf dem Moritzhof nicht mehr gebe. Lachend winkte Claudine ab. Bei Ludmilla Gräfin von Z. sehe die Sache ein wenig anders aus.

Ludmilla hatte im zarten Alter von 16 Jahren auf Drängen ihrer ebenfalls adligen Familie den wesentlich älteren Grafen Z. geheiratet. Seine

Familie sei zwar arm an Land, besitze jedoch sehr rentable Eisengießereien in ganz Süddeutschland, sagte Claudine.

Die Ehe war nicht gut. Der Graf stellte sich als schwermütiger Mann heraus, der in regelmäßigen Abständen versuchte, sich das Leben zu nehmen. Nachdem der erste Schock überwunden war, versuchte die junge Frau in den ersten Jahren noch, das Beste aus der Zwangsheirat zu machen. Sie schmückte das Haus, lud Gäste ein, stellte den besten Koch weit und breit ein. Doch all ihre Bemühungen, ihrem Mann die Schwermut auszutreiben, schlugen fehl.

Inzwischen hatte Ludmilla aufgegeben und ging so weit wie möglich ihre eigenen Wege. Kurz vor Weihnachten war etwas geschehen. Der Graf hatte seine Frau mit nach Lörrach genommen, und während er einen Geschäftstermin wahrnahm, schlich sich Ludmilla aus dem Hotel und spazierte durch die festlich geschmückte Stadt. Endlich einmal frei von allen Zwängen, war sie ein paar Straßen weiter in ein Café gegangen und hatte Kaffee und Kuchen bestellt. Am Nebentisch saß ein feiner Herr und rauchte Zigarre. Der Herr lud sie auf ein Glas Champagner ein, und Ludmilla sagte nicht Nein.

Nun, den Rest konnte ich mir schon denken … Ludmilla hatte sich zum ersten Mal in ihrem Leben unsterblich verliebt. Und dem Herrn – er ist im Diamantenhandel tätig – erging es genauso.

Ein Diamantenhändler! Bis zum heutigen Tag wusste ich noch nicht einmal, dass es so jemanden gibt.

Seit jenem Tag versuchen die beiden Liebenden sich zu sehen, wann und wo immer es geht. Und nun hat Ludmilla scheinbar Mittel und Wege gefunden, ihrem Gemahl vorzugaukeln, sie wolle eine Kur antreten. In Wirklichkeit will sie sich jedoch mit ihrem Geliebten treffen, und zwar an einem Ort, der vor den Augen der Öffentlichkeit absolut geschützt ist.

Daher weht also der Wind, dachte ich gleich. Der Moritzhof als geheimes Liebesnest …

Ich war mir anfangs nicht sicher, ob ich das unterstützen sollte. Gleichzeitig wusste ich schon in diesem Moment, dass ich nicht anders kann, dafür tut mir die Gräfin viel zu Leid. Zudem lockt mich die Abwechslung, die das Unternehmen in meinen trüben Alltag bringen wird.

Ach, sollen die beiden Liebenden doch kommen!

ROSANNA war bereits in aller Herrgottsfrühe wach. Nachdem sie gefrühstückt hatte, brach sie zu einem Rundgang durchs Haus auf. Alles war für die Gäste vorbereitet. Dennoch rückte sie hier einen Strauß mit

Trockenblumen zurecht und ordnete dort einen Stapel Bücher, den sie aus Karls Bücherschrank für die Gäste zusammengestellt hatte. Mit dem Zeigefinger fuhr sie prüfend über Tische und Kommoden. Nirgendwo ein Hauch von Staub. Der Moritzhof mochte nicht so fein sein wie die edlen Herrenhäuser, die die Gräfin gewohnt war, aber blitzblank war er allemal. Und außerdem verfügte er schließlich über zwei richtige Badezimmer. Das war ein Luxus, den Rosanna immer wieder aufs Neue genoss.

An jedem Fenster, an dem sie vorbeikam, blieb sie stehen und warf einen sorgenvollen Blick hinaus. Wenn sich doch endlich der Frühlingsnebel verziehen würde! Sie wollte so gern, dass sich die Landschaft von ihrer schönsten Seite zeigte, wenn diese Gräfin ankam.

Wenigstens war der Schnee schon geschmolzen, und auf den tiefer gelegenen Wiesen wuchs das Grün bereits saftig und war übersät vom Gelb des Löwenzahns.

Gegen elf Uhr hatte sich der Nebel schließlich gelichtet, und eine helle Sonne strahlte vom Himmel. Rosanna, die auf der Bank vor dem Haus saß und Kartoffeln schälte, hörte das Prusten der Pferde, die mit weit nach unten gebeugten Köpfen das letzte steile Stück bewältigten, noch bevor sie die Kutsche selbst sah. Der feuchte Atem der Rösser hinterließ weiße Wölkchen in der klaren Luft.

Eilig schnappte Rosanna sich die Kartoffeln und brachte sie in die Küche. Nachdem sie sich die Hände an einem Tuch abgewischt hatte, ging sie langsam wieder nach draußen. Dabei schlug ihr Herz so heftig, als wolle es gleich aus der Brust springen.

Sie bedeutete dem Kutscher, direkt vor der Tür zu halten.

Der Mann sprang vom Bock, öffnete den Kutschenverschlag und reichte seine Hand hinein. „Gnädige Frau?"

Eine dicke Wolke Lavendelduft wehte heraus. Dann kam ein violetter Wildlederstiefel zum Vorschein, schließlich ein zweiter. Ein voluminöser Rock aus dunkellilafarbenem Stoff bauschte sich zwischen Tür und Rahmen, wurde zum Aussteigen von einer in gleicher Farbe behandschuhten Hand zusammengerafft.

Du meine Güte!, dachte Rosanna. Was will denn so eine hier oben? Der gefällt's hier doch nie und nimmer! Was hatte sich Claudine dabei nur gedacht? Doch noch bevor die Frau und ihr Begleiter ganz ausgestiegen waren und Rosanna ihr Mut gänzlich verließ, setzte sie ein strahlendes Lächeln auf und sagte: „Gnädige Frau, gnädiger Herr … Herzlich willkommen auf dem Moritzhof!"

22. April 1902

Alles läuft gut. Meine beiden Gäste scheinen sich wohl zu fühlen. Erst vorhin hat die Gräfin gesagt, sie habe schon lange nicht mehr mit so großem Appetit gespeist. Das will ich auch hoffen, wo ich meine Speisekammer für diesen Besuch doch extra mit all den wundervollen Sachen gefüllt habe!

Heute Abend servierte ich geräucherte Forellen, für die ich Stanislaus Raatz ein kleines Vermögen hinlegen musste. Wenn Karl wüsste, dass ich seine Forellen letztes Jahr einfach den Bach hinabgeschwemmt habe … Eigentlich war's eine Dummheit, die Fische konnten schließlich nichts für die Katastrophe mit meinem geliebten Bubi. Aber damals war ich nicht ganz bei Sinnen, und Karl würde das wahrscheinlich verstehen. Ach, es ist müßig, darüber nachzudenken …

Weil der Herr Steudle – so heißt der Diamantenhändler – mein selbst gebackenes Brot so gern mag, reichte ich nach den Forellen lediglich Brot und einen herrlichen Wildschweinschinken, den Anton Simone mitgegeben hatte, dazu Senf, in den ich allerlei Kräuter mischte. Für den Nachtisch hatte ich getrocknete Pflaumen mit viel Zucker und Kirschwasser zu einem dicken Sirup aufgekocht. Den habe ich dann über einen gestürzten Grießpudding gegeben. Bis auf den letzten Löffel hat der feine Herr wieder einmal seinen Teller leer gekratzt.

Simone, die heute da war, sagte, sie habe gar nicht gewusst, dass ich so gut kochen kann.

„Ich auch nicht!", erwiderte ich …

„Ach, da sind Sie ja, Frau Rosanna! Macht es Ihnen etwas aus, wenn ich mich ein wenig zu Ihnen geselle?" Unvermittelt stand die Gräfin in der Küchentür.

Rosanna, die gerade das Zicklein, das Stanislaus für sie geschlachtet hatte, mit getrockneten Kräutern einrieb, schrak zusammen. „Ganz und gar nicht." Sie lächelte. „Möchten Sie vielleicht eine Tasse Pfefferminztee? Ich habe gerade frischen aufgebrüht." Sie wies mit dem Kopf in Richtung des Tisches.

„Warum nicht? Ein warmes Getränk nach unserem langen Marsch kann nicht schaden", antwortete die Gräfin. „Enno hat sich mit einem Buch in den Salon verzogen. Wie ich ihn kenne, wird es Stunden dauern, bis er aus seinen Abenteuern wieder auftaucht." Ludmilla ließ sich auf der Küchenbank nieder, ohne sich darum zu kümmern, dass sich der karamellfarbene Samt ihres bauschigen Rockes an der rauen Sitzfläche schabte.

Der Salon – so wurde die gute alte Stube nun also genannt! Rosanna musste sich ein Lächeln verkneifen. Sie wusch sich die Hände, dann schenkte sie ihrem Gast eine Tasse Tee ein.

Ludmilla erzählte von ihrem Spaziergang zu dem Aussichtspunkt, den Rosanna ihr am Morgen empfohlen hatte. Was für ein Blick!, rief sie bewundernd. Bis zu den Alpen könne man von dort aus sehen. Und was für eine Luft! Die würde selbst einem Lungenkranken zu neuen Kräften verhelfen. Aber Gott sei Dank sei man selbst ja nicht lungenkrank, lachte sie vergnügt.

Wie unkompliziert die Gräfin ist, staunte Rosanna wieder einmal. Claudine hatte schon Recht gehabt: Ludmilla war ein faszinierendes Wesen. Wählerisch zwar, aber gleichzeitig auch verschwenderisch in ihrem Lob, wenn sie zufrieden war.

„Also, vielleicht halten Sie mich für ein wenig forsch, Frau Rosanna, wenn ich Sie das einfach frage … Und natürlich müssen Sie nicht antworten …“ Mit gespreiztem kleinem Finger stellte Ludmilla jetzt ihre Teetasse ab. Ihre Augen ruhten erwartungsvoll auf Rosanna.

„Entschuldigung, ich … Was sagten Sie gerade?“ Erschrocken riss sich Rosanna aus ihren Gedanken.

„Ich habe Sie gefragt, womit sich Ihre anderen Gäste sonst die Zeit vertreiben. Ich meine, für ein Hotel in dieser Abgeschiedenheit gibt es doch recht wenig Möglichkeiten zu einem kurzweiligen Zeitvertreib. Bitte verstehen Sie mich nicht falsch, wir finden alles ganz wundervoll hier oben, aber es gibt ja nicht einmal einen Billardtisch für die Herren …“ In gespielter Verzweiflung hob Ludmilla ihre fein gezupften Brauen.

„Die … anderen Gäste?“, wiederholte Rosanna unsicher. Welche anderen Gäste? Und was war um Himmels willen ein Billardtisch?

„Nun ja, es wird ja nicht immer so leer bei Ihnen sein!“ Die Gräfin machte eine unbestimmte Handbewegung in Richtung Eingang. „Vermutlich rennen die Sommerfrischler Ihnen doch in ein paar Wochen die Tür ein.“

Rosanna runzelte die Stirn. „Jaja, aber eigentlich ist der Moritzhof gar kein Hotel …“

„Kein Hotel? Aber ich dachte … Also, Claudine Berlot sagte doch, Sie hätten oft Gäste hier oben. Sehr anspruchsvolle Gäste. Und dass Sie extra unsertwegen auf eine weitere Belegung Ihres Hauses verzichtet hätten.“ Ludmilla wirkte irritiert.

Rosanna schluckte. Was um alles in der Welt hat Claudine der Gräfin erzählt? Das wird sie mir büßen, dachte sie wütend.

„Besucher gibt es hier oben schon“, antwortete sie gedehnt. „Aber seit dem Tod meines Mannes haben wir nur noch selten Übernachtungsgäste. Im Grunde genommen ist der Moritzhof sozusagen noch ein … Hotel … im Entstehen“, fuhr sie fort. Was rede ich da bloß für einen Unsinn?, fragte sie sich sogleich im Stillen. Und doch fügte sie hinzu: „Mir schweben einige Veränderungen vor. Aber ich bin mir noch unsicher. Wissen Sie, mein Problem ist, dass … gewisse Umstände mich bisher stets daran gehindert haben, mich bei der Konkurrenz umzuschauen.“

Rosanna zwang sich zu einem beiläufigen Ton, war sich jedoch nicht sicher, ob dieser ihr gelang. Ein Hotel … Vorsichtig ließ sie das Wort auf der Zunge zergehen. „Ich kenne eher kleinere Gasthäuser, damit kann ich den Moritzhof eigentlich nicht vergleichen“, fuhr sie fort und dachte dabei an den „Fuchsen“ und das „Goldene Pendel“ vom Engländer. Ihr Magen rutschte eine Etage tiefer. Gewiss hielt die Gräfin sie nun für eingebildet.

Doch Ludmilla Gräfin von Z. führte genießerisch ihre Tasse zum Mund und nickte dabei heftig. „Schau stets nach oben, nie nach unten! Das hat schon meine Mutter immer gesagt. Und gerade heutzutage, wo der Schwarzwald als Reiseziel doch enorm *en vogue* ist. Da sollten Sie sich schon überlegen, etwas wirklich Außergewöhnliches aus Ihrem Hotel zu machen. Die Konkurrenz ist groß, verstehen Sie?“

Rosanna nickte zaghaft und schluckte. Dann wagte sie zu sagen: „Gnädige Frau – Sie sind doch bestimmt schon viel in der Welt herumgekommen. Haben in den verschiedensten Häusern übernachtet. In Kurbädern, in Hotels. Was würden Sie denn für den Hof, äh, ich meine, für mein … Hotel … vorschlagen?“ Unwillkürlich hielt sie die Luft an.

„NUN JA, und wenn ich dann im Hochsommer nach Biarritz fahre – das ist ein Badeort an der französischen Küste, müssen Sie wissen –, gibt es dort naturgemäß wieder ganz andere Zeitvertreibe.“ Ludmilla Gräfin von Z. kicherte. „Ach, diese südliche Leichtigkeit!“

Rosanna hörte nur noch mit halbem Ohr ihren Schwärmereien über Strandpromenaden, Segelausflüge und Langustenessen zu. Die Teekanne war längst leer, inzwischen dürstete es sie nach etwas anderem. Ihr schwirrte der Kopf vor lauter fremden, aufregenden Bildern. Wie die bunten Schnipsel in einem Kaleidoskop setzten sie sich immer wieder zu neuen Bildern zusammen: elegant gekleidete Damen mit Sonnenschirm beim Spaziergang, Gäste an großen Tischen, auf denen verschiedene Gesellschaftsspiele ausgebreitet waren, Herren in schwarzen Fräcken und mit schönen Damen am Arm, die sich auf langen Stuhlreihen einen Platz suchten, um einer Freiluftserenade zu lauschen. Zauberer, Hypnosekünstler, Sänger, die in kleinen Salons vor einem erlauchten Kreis auftraten. So sah also der „Zeitvertreib“ für Hotelgäste in Deutschland, der Schweiz und Italien aus!

Der Gedanke, aus dem Moritzhof ein Hotel zu machen, hatte sich wie ein aufdringlicher Gast in Rosannas Kopf eingenistet und ließ sich nicht mehr vertreiben. Doch was konnte sie ihren Gästen hier oben auf dem Berg bieten?

Vielleicht würden sich Claudine und Alexandre bereit erklären, hin und wieder für ihre Gäste zu musizieren. Na, ob das reichte?

Die Gräfin hatte auch von Jagden gesprochen, die fürstliche Herrschaften ausrichteten. Eine Jagd ließe sich vielleicht einrichten … Immerhin gehörten ihr achtzig Hektar Wald! Nach Karls Tod hatte Stanislaus Raatz einen Jagdpächter angeschleppt, der gegen eine jährliche Vergütung die Hege des Wildes übernommen hatte. Vielleicht würde dieser Mann auch einmal eine Jagd für Gäste organisieren.

Eine Jagd organisieren! Du meine Güte! Als Nächstes entwarf sie womöglich schon die Speisekarte für Gäste, von denen sie noch nicht einmal wusste, ob es sie je geben würde.

Sie prustete verächtlich und spottete heimlich über sich selbst.

Ludmilla schaute sie stirnrunzelnd an. „Stimmen Sie nicht mit mir überein, dass der besondere Reiz gerade im Wechsel zwischen dem hektischen Stadtleben und der besinnlichen Ruhe auf dem Land liegt?“

„Doch, doch“, beeilte sich Rosanna zu sagen. „Aber ich frage mich die ganze Zeit, wie die feinen Herrschaften von all diesen schönen Orten und Hotels, die Sie mir geschildert haben, überhaupt erfahren? Ich meine, es kommen doch jährlich neue Hotels dazu …“

„Ein wichtiger Gedanke“, lobte Ludmilla, die zusehends größeren Gefallen an ihrer Rolle als Rosannas Beraterin fand. „Ohne den allerneuesten Reiseführer wäre man in der Tat hilflos. Ich persönlich bevorzuge die Baedeker-Reisehandbücher – sie sind stets auf dem neuesten Stand und, was Beschreibungen von Unterkünften angeht, sehr präzise.“

Ein Blick in Rosannas verunsicherte Miene reichte, um sie ihre Bemerkung weiter ausführen zu lassen. Es handle sich hierbei um kleine, handliche Bücher, die der Baedeker-Verlag herausgebe. Der Reisende fände darin nicht nur Karten und Wegbeschreibungen, sondern auch

Adressen für Unterkünfte. Ludmilla versprach, ihren Baedeker über den Schwarzwald später aus ihrem Zimmer zu holen.

„Aber Sie sollten nicht nur einen Eintrag im Baedeker planen, sondern auch Prospekte und Postkarten“, fuhr sie fort. „Ja, Postkarten! Bei dieser Fülle an Motiven hier oben wird das einzige Problem darin bestehen, das schönste auszusuchen …“

Rosanna nickte vage. Der Moritzhof auf einer Postkarte. Ein wohliges Kribbeln, das sie seit vielen Monaten nicht mehr verspürt hatte, breitete sich in ihrem Bauch aus. Sie würde aus dem Hof ein Hotel machen. Gäste bewirten und damit ihren Lebensunterhalt verdienen. Was für ein Gedanke! Warum war sie nicht schon längst darauf gekommen?

Es ist wie damals, als ich schwanger war und Karl mir vorschlug, zu ihm zu ziehen und seine Magd zu werden, schoss es Rosanna durch den Kopf. Ein Gedanke, der scheinbar aus dem Nichts auftaucht – und plötzlich sieht die Welt völlig anders aus.

Sie hatte Mühe, still sitzen zu bleiben. Sie musste etwas tun, irgendetwas, sonst würde sie platzen vor lauter Aufregung.

Auch Ludmillas Augen glänzten wie die eines Kindes, das am Weihnachtsabend durchs Schlüsselloch lugt. „Wie ich Sie beneide! Ein Hotel zu erbauen, ich meine natürlich, ein Hotel umzubauen … nein, das trifft es auch nicht, ich … ach, Sie wissen schon, was ich meine. Das war immer mein sehnlichster Wunsch …“, fügte sie leise hinzu.

„Ein Hotel zu eröffnen?“ Rosanna schüttelte ungläubig den Kopf.

Ludmilla lachte. „Nein, das meine ich nicht. Aber so etwas wie eine … Geschäftsfrau zu werden. Eine Idee zu haben und diese Idee wachsen zu sehen. Etwas aufzubauen!“ Nachdenklich fuhr sie fort: „Später kann man nur noch zurückschauen auf all das, was man unterlassen hat, weil ‚es sich nicht gehört‘, weil ‚man so etwas einfach nicht tut‘, weil … ja, weil man eine Frau ist.“ Sie griff nach Rosannas Arm. „Lassen Sie sich nicht einschüchtern, niemals! Es gibt nichts Schrecklicheres, als ein Leben zu führen, das einem nicht entspricht. Glauben Sie mir, ich weiß, wovon ich rede.“

11. Mai 1902

Sie sind weg.

Vor einer halben Stunde ist dieselbe Kutsche gekommen, die die beiden auch gebracht hatte, und hat die Gräfin und den Herrn Steudle abgeholt. Nun bin ich wieder allein. Ach, wie wird mir das Haus leer vorkommen!

Andererseits bin ich auch froh, dass ich jetzt zum Durchatmen komme. Wann immer mir etwas einfällt, was mein zukünftiges „Hotel" betrifft, schreibe ich es in ein Büchlein, das ich extra für diesen Zweck besorgt habe.

Natürlich frage ich mich oft, ob ich verrückt bin. Wie kann ich mir einbilden, ein Hotel führen zu können? Eine arme Köhlerstochter, die nicht mal richtig schreiben und lesen konnte, als sie hier ankam. Aber ich habe es gelernt! Und arm bin ich längst nicht mehr, auch wenn mir mein Reichtum bisher nichts als Trauer gebracht hat. Vielleicht ist die Zeit gekommen, das zu ändern.

Karl hatte genug Vertrauen in mich, um mir seinen Hof zu vermachen. Und das hat er bestimmt nicht getan, damit ich nur hier sitze und Däumchen drehe. Es liegt an mir, aus seinem Vermächtnis etwas zu machen! Ich solle das Land für mich arbeiten lassen, hat er in seinem Brief geschrieben. Nun, genau das habe ich vor.

Wenn die Zweifel kommen, sage ich mir: Was Zacharias und die Elsbeth mit dem Pferdegebiss schaffen, das kann ich allemal! Ich freue mich schon auf die Gesichter unten im Dorf, wenn die ersten Kutschen mit Übernachtungsgästen hier herauffahren! Aber so weit sind wir noch lange nicht …

Ich muss wohl noch einiges dazulernen, was „feine Leute" angeht. Wenn die Gräfin und ihr Geliebter ein Maßstab sind, dann ist die bessere Gesellschaft jedenfalls ganz anders, als ich sie mir vorgestellt habe.

Das war ein sehr peinlicher Moment, als es ans Zahlen ging. Ich wusste natürlich nicht, was ich verlangen sollte, habe die Nächte gezählt, die die beiden hier oben waren, druckste dann ein wenig herum, bis Ludmilla mich schließlich äußerst skeptisch anschaute. Ob denn nicht mehr der Tarif gelte, den Claudine ihr genannt habe? Welchen Tarif hat sie Ihnen denn genannt?, fragte ich zurück. Nun, acht Mark pro Tag, inklusive Verpflegung. Acht Mark? Das ist doch viel zu viel, wollte ich schon sagen – soviel ich wusste, verlangten sie unten im „Fuchsen" vier Mark die Nacht. Aber da hatte Ludmilla mir das Geld schon auf den Tisch gelegt. Und zwar acht Mark pro Tag und Person …

Mein Zorn auf Claudine ist längst verraucht. Sie hat es schließlich nur gut mit mir gemeint. In ihren Augen ist Trubel und Kurzweil das Heilmittel in allen Lebenslagen, und damit hatte sie ja auch Recht. Wenn sie erst einmal erfährt, welche Spätfolgen ihr Heilmittel für mich hat …

368 Mark – mein erstes selbst verdientes Geld als Hotelwirtin! Was Karl wohl dazu sagen würde?

Ich höre Simone unten im Haus rufen. Heute ist ja ihr Besuchstag, das habe ich glatt vergessen. Wie schön, dann ist das Haus doch nicht so leer! Ich muss mich dringend ein wenig um sie kümmern.

„EIN HOTEL?"

Rosanna nickte. Die Wäsche knallte mit einem Platsch gegen die Trogwand.

Simone streifte sich die Seife von den Händen ab, dann setzte sie sich auf den umgestürzten Bottich, der neben dem Waschtrog stand. Sie konnte nicht glauben, was sie da gerade gehört hatte.

Aber das Leben ist doch schön so, wie es ist!, schrie es laut in ihr. *Wir haben doch alles, was wir brauchen. Wir haben uns! Und endlich gibt es niemanden mehr, der uns hier oben stört. Warum willst du dir fremde Leute ins Haus holen?*

Sie verstand die Freundin nicht, verstand nicht die Freude, die aus Rosannas Augen strahlte. Rosanna war in den letzten Monaten so zart wie ein neu geborenes Vögelchen gewesen. Ein Vögelchen, das man herzen, das man unter die warme Jacke stecken und beschützen wollte. Heute aber stand ihr ein wild gewordenes Huhn gegenüber! Woher kam nur diese Kraft?

„Du weißt ja gar nicht, wovon du sprichst", sagte Simone barscher als beabsichtigt. „Solch ein … Hotel kannst du doch nicht einfach aus dem Stegreif führen. Schau dir doch mal an, wie viel Arbeit allein diese beiden Gäste gemacht haben!" Sie zeigte auf die zwei Körbe, die noch immer überquollen von schmutziger Wäsche. „Daheim sind wir fünf Leute, wenn du Kathi dazunimmst, sechs, und dennoch kommen wir kaum zurecht mit der Arbeit. Und da bildest du dir ein, das allein schaffen zu können?"

„Natürlich nicht!", schnaubte Rosanna zurück. „Mir ist schon klar, dass ich Hilfe brauchen werde."

Eine Zeit lang war nur das Platschen aus dem Waschbottich zu hören.

Ein Hotel … fremde Leute hier oben … womöglich Männer, die Rosanna nachstiegen … Leute, die etwas von Rosanna wollten, zu jeder Tages- und Nachtzeit. Sie, Simone, wusste, wie es war, ständig springen zu müssen, weil irgendjemand pfiff. Simone holte tief Luft. „Und wo willst du Gäste herbekommen? Es hat Jahre gedauert, bis es sich einigermaßen herumgesprochen hatte, dass man im ‚Fuchsen' gut übernachten kann. Und dabei liegt unser Haus direkt an der Straße nach Süden. Aber der Moritzhof … Wer sollte denn in diese Einsamkeit kommen wollen?"

„Siehst du, jetzt sagst du selbst, dass es hier oben einsam ist." Rosanna ließ beide Hände ins Wasser sinken. Sie schaute Simone um Verständnis heischend an. „Wenn jemand hier oben ist – Stanislaus, Claudine, du oder jetzt die beiden feinen Leute –, dann fällt mir wenigstens nicht die Decke auf den Kopf. Kannst du das nicht verstehen?“

„Und wenn ich zu dir ziehen würde? Dann wärst du nicht mehr allein.“

„Ach, Simone, jetzt bist *du* es aber, die träumt!“, erwiderte Rosanna gequält. „Du glaubst doch nicht im Ernst, dass deine Leute dich einfach gehen lassen würden?“

„Wenn ich heiraten würde, müssten sie mich auch gehen lassen!“, antwortete Simone heftig.

Rosanna seufzte. „Ich hatte geglaubt, du würdest mir dabei helfen, Pläne zu schmieden. Du könntest mir zum Beispiel anbieten, den schriftlichen Kram zu erledigen, der in so einem Hotel gewiss zuhauf anfällt. Wo du mit Zahlen doch so gut umgehen kannst.“

„Wenn ich dir das anbieten würde, dann hieße das doch, dass ich deine verrückten Ideen unterstütze!“

„Und warum tust du es nicht?“, antwortete Rosanna sanft. „Ich dachte, du bist meine Freundin …“

Simone wandte trotzig den Kopf ab und schwieg.

„Na gut, wenn du nicht willst … Dann fahre ich eben Anfang Juni allein nach Titisee.“ Auf Rosannas Stirn hatte sich eine Falte gebildet.

„Titisee? Aber was willst du …“ Simones Gedanken flatterten davon, und sie beobachtete nervös, wie sich Rosannas Schultern in der für sie typischen Art strafften.

„Was ich jetzt brauche, sind Eindrücke, wie es dort zugeht, wo Touristen sind. Die Gräfin hat gesagt, Titisee sei ein vorzüglicher Ort für Erholungssuchende. Dort gibt es viele Hotels und Gaststätten! Ach, wenn ich an all das denke, wird mir schon ein wenig bang. Aber nur so kann ich herausfinden, was Reisenden gefällt.“ Sie goss frisches Wasser in den Bottich.

Simone fühlte sich, als habe sie ihren Kopf zu lange unter eiskaltes Wasser gehalten. Rosannas Redeschwall betäubte ihre Nerven, sie nahm nur noch Wortfetzen wahr, ohne den eigentlichen Sinn zu erfassen. Pläne – nichts als Pläne. Wozu? Warum?

„Und außerdem: Was hält mich denn hier, seit Bubi tot ist? Wen interessiert es, ob ich hier oben auf dem Berg sitze oder nicht?“, fügte Rosanna mit harter Stimme hinzu.

Mich interessiert es, mich!, wollte Simone rufen, doch da sprach Rosanna schon weiter.

„Und außerdem bin ich mir sicher, dass die Idee mit dem Hotel auch in Karls Sinne wäre."

Der letzte Satz klang nicht völlig überzeugt. Sofort beschloss Simone, in diese Kerbe zu hauen. „Gewiss wäre es *nicht* in Großvaters Sinne, dass sich Stadtmenschen hier oben ausbreiten! Leute, die nicht hierher gehören. Wenn du so weitermachst, muss ich am Ende noch der Mutter Recht geben, die sagt, du hättest den Moritzhof zu einem rechten Kuckucksnest verkommen lassen!"

Statt eingeschnappt zu sein, brach Rosanna in schallendes Gelächter aus. „Das ist eine Idee!", sagte sie, als sie sich wieder beruhigt hatte, und legte Simone kameradschaftlich einen Arm um die Schultern. „Endlich weiß ich, wie ich mein zukünftiges Hotel nennen werde! ‚Hotel Kuckucksnest'!" Rosanna grinste schadenfroh. „Dann haben endlich alle Recht, die sagen, dass sich auf dem Moritzhof Fremde einnisten, die eigentlich gar nicht hierher gehören."

17. Juni 1902

Ich weiß bald nicht mehr, wo mir der Kopf steht! Seit ich aus Titisee zurück bin, habe ich keinen Moment mehr zum Durchschnaufen gehabt. An allen Ecken und Enden soll ich gleichzeitig sein.

Endlich hat sich Claudine mal wieder blicken lassen. Sie ist heute angekommen und findet meine Idee mit dem Hotel großartig. Wenn es nach ihr ginge, würde ich mein Glück noch diesen Sommer versuchen. Aber der Herr aus dem Verlag, der die Baedeker-Reiseführer herausbringt, schrieb mir, meine Anzeige würde erst in der Ausgabe vom Januar 1903 erscheinen. Daher ist es wohl klüger, mit der Eröffnung des Hotels bis zum nächsten Frühjahr zu warten.

Nicht dass ich bis dahin nur Däumchen drehen kann. Es gibt ja so viel zu tun! Claudine meinte, sechs Gästezimmer würden auf Dauer nicht reichen und ich solle darüber nachdenken, den ungenutzten Raum unterm Dach auszubauen. Vielleicht hat sie Recht, aber damit will ich mich jetzt noch nicht beschäftigen. Das ist schließlich alles mit hohen Kosten verbunden. Im Augenblick ist mir wichtiger, dass die Bibliothek umgestaltet wird, dass ich noch ein paar Tische für das Esszimmer auftreibe, dass ich irgendwie aus der guten Stube einen eleganten Salon zaubere, vielleicht mit genügend Platz zum Tanzen, und und und … Auch draußen gibt es eine Menge Arbeit: Der Weg herauf zum „Kuckucksnest" muss befestigt werden – größere Kutschen könnten sonst seitlich mit den Rädern abrutschen.

Claudine sagt, ich solle auch damit rechnen, dass demnächst Gäste mit Automobilen anreisen werden. Na ja …

Als ich mit Simone ausgerechnet habe, was allein diese ersten Umbauten kosten werden, da hat es mich ganz schön gegraust. Fast das ganze Geld, das Karl mir vermacht hat, wird dafür draufgehen.

Manchmal frage ich mich, ob ich mich nicht übernommen habe. Denn ich weiß nicht, woher ich die Leute für all die Aufgaben nehmen soll. Nun rächt es sich, dass ich mich nie mehr um einen guten Kontakt zu den Rombachern bemüht habe. Jetzt muss ich zu Kreuze kriechen und den einen und anderen bitten, für mich zu arbeiten. Aber eine große Hoffnung habe ich: Stanislaus wird seine ältere Tochter Sieglinde fragen, ob sie im nächsten Jahr bei mir anfangen will. Das wäre ein wahrer Glücksgriff, denn sie hat das Ganze schließlich gelernt.

Heute war der Zimmermann da, der die Haustür erweitern soll. Aber statt sich gleich an die Arbeit zu machen, wollte er von mir wissen, warum ich die Tür überhaupt verbreitern möchte. Weil hier oben jedem Tür und Tor offen stehen sollen, sagte ich. Der Mann schaute mich an, als sei ich von allen guten Geistern verlassen.

Endlich zückte er seinen Zollstock und fing mit seiner Arbeit an. Das alte Schild, das über der Tür hängt, könne er auch gleich wegmachen, habe ich ihn angewiesen. Ich brauche es nicht mehr.

Wenn dieses Haus so lange steht,
bis in der Welt der Neid vergeht,
so steht es nicht nur kurze Zeit,
sondern bis in alle Ewigkeit.

Ja, damit hatten Karls Vorfahren schon Recht, aber dieser Spruch soll trotzdem nicht am Eingang meines Hotels stehen. Dafür habe ich mir etwas anderes ausgedacht, und eine Frau aus dem Ort ist gerade dabei, meine Worte in ein riesiges Holzschild zu brennen. Unter dem Namen Hotel Kuckucksnest soll stehen:

Willkommen ist hier jeder Gast,
mach lange oder kurze Rast,
in diesem Haus ist niemand fremd,
drum keine Scheu den Eintritt hemmt.

Und noch ein weiteres Schild habe ich in Auftrag gegeben. Es wird die Form eines Pfeils haben, und darauf soll stehen:

ZUM KUCKUCKSNEST!
Fremdenzimmer, feine Speisen und Getränke
20 Gehminuten

Dieses Schild werde ich an der Wegkreuzung unten am Fuß des Berges aufstellen. Vielleicht lockt es ja doch schon dieses Jahr den einen oder anderen Gast hier herauf. Ein, zwei Zimmer habe ich immer fertig, und die Speisekammer ist gut gefüllt – von mir aus können sie also kommen.

BETRÜBT schaute Elsbeth auf das Tablett mit den Tellern, die sie gerade vom Fenstertisch abgeräumt hatte. Alle vier waren noch halb voll. Schnell in die Küche damit, bevor Zacharias sie sah! „Habe ich es dir nicht gleich gesagt? Bei dieser Hitze wollen die Leute etwas Leichtes wie Knöpfle und Gurkensalat, keinen Gemüseeintopf!“, hörte sie ihn im Geist schon wieder schimpfen.

Und wann hätte sie Knöpfle schaben sollen? Noch bis vor einer halben Stunde war sie mit Franziska und Anton auf den Wiesen gewesen, um den zweiten Grasschnitt einzubringen – gegen Abend rechnete man nämlich mit einem heftigen Gewitter. Zacharias hätte Simone verbieten sollen, sich wieder aus dem Staub zu machen, ärgerte sich Elsbeth. Ein paar Hände mehr wären heute wirklich hilfreich gewesen.

Eilig kippte sie die restliche Suppe in den Trog mit Schweinefutter. Dann wischte sie sich mit einem feuchten Tuch den Schweiß von der Stirn und eilte erneut in die Gaststube.

Prüfend wanderte ihr Blick über die besetzten Tische. Nur sieben Leute hatten etwas zu essen bestellt, die anderen hatten scheinbar keinen Appetit. Erschrocken stellte Elsbeth fest, dass sie noch immer nicht die Bestellung des Ehepaars aus Pforzheim aufgenommen hatte. Verärgert über sich selbst, bat sie bei den Gästen um Entschuldigung.

„Das macht gar nichts, Frau Breuer“, winkte der Mann ab. „Wir haben sowieso keinen Hunger. Wir sind noch immer satt von der wunderbaren Brotzeit, die wir vorhin genossen haben. In dieser hübschen Bergwirtschaft, wissen Sie? Einen solchen Teller Speck bekamen wir!“ Der Mann machte eine ausladende Handbewegung.

Elsbeth stutzte. Wunderbare Brotzeit? Hübsche Bergwirtschaft? Wovon redeten die beiden?

Ein beängstigender Gedanke nahm von der Fuchsenwirtin Besitz.

„Wir haben ganz schön gestaunt, als wir Ihre Magd da oben antrafen. Schön, dass sich die Menschen auf dem Dorf noch gegenseitig aushelfen, hab ich zu meinem Mann gesagt. So etwas findest du bei uns in der Stadt schon lange nicht mehr. Da ist jeder nur noch auf seinen eigenen Nutzen bedacht.“ Die Frau seufzte betrübt.

„Unsere Magd? Wer …“, krächzte Elsbeth. Ihr war auf einmal so schwindlig, dass sie sich an der Tischkante festhalten musste.

„Na, diese kraushaarige Dünne. Das Mädchen, das morgens immer unser Zimmer richtet. Wie heißt sie noch?“ Stirnrunzelnd wandte sich die Frau an ihren Gatten.

Simone … dieses windige, verlogene Biest! Das konnte doch alles nicht wahr sein! Plötzlich hatte Elsbeth es sehr eilig.

Pikiert schauten die Pforzheimer Gäste zu, wie Elsbeth mit grimmiger Miene die Theke ansteuerte, Zacharias roh am Ärmel packte und ihn durch die Küchentür bugsierte.

„Hast du das gesehen? Na, wir sind auch schon freundlicher bedient worden“, flüsterte die Frau spitz.

„Ja, und man kann sich nicht einmal beschweren“, antwortete ihr Gatte. „Wo sie doch selbst die Wirtin ist …“

AUF DEM Moritzhof herrschte Hochbetrieb. Alle fünf Tische, die Rosanna vor die Tür gestellt hatte, waren von Wanderern belegt, die sich an Brot, Wurst und Schinken gütlich taten.

Nicht im Traum hatte sie geglaubt, dass ein einfaches Schild unten an der Kreuzung ihr derart viele Gäste bescheren würde. Mit einem glücklichen Lächeln nahm sie Simone, die gerade von der Quelle kam, die Krüge mit frischem, kühlem Wasser ab.

„Du darfst mit dem Wasser nicht so großzügig sein“, murrte Simone. „Lass die Leute doch Wein trinken! Den müssen sie schließlich bezahlen.“

„Bei mir soll es keine durstigen Kehlen geben. Und wenn einer bei dieser Hitze keinen Wein will, kann ich es ihm nicht verdenken“, erwiderte Rosanna und wollte die Krüge an die Tische tragen.

Simone hielt Rosanna an der Schulter fest. „Warte mal! Der Mann da … Ist das nicht der Akziser?“

Rosanna kniff die Augen zusammen, um den Mann, der mit einem Paket unter dem Arm auf sie zumarschierte, besser erkennen zu können.

„Gerold Richter, du hast Recht. Was will denn der hier?“ Ein mulmiges Gefühl machte sich in Rosannas Magengegend breit. Sie hatte den Mann nur einmal gesehen – damals, bei ihrem ersten Besuch auf dem Moritzhof, als er gekommen war, um das Schwarzbrennen auszuspionieren. Aber seine hochmütig zur Schau gestellte Wichtigtuerei erkannte sie sofort wieder.

„Du, der trägt unser Schild unterm Arm!“ Fassungslos schaute Simone von Rosanna zu dem Mann, der mit gewichtiger Miene auf sie zueilte. „Was hat das zu bedeuten?“

Rosanna seufzte. „Auf alle Fälle nichts Gutes …“

23. Juli 1902

Ach, ich bin so verzweifelt! An alles habe ich gedacht, nur an das Wichtigste nicht: kein Wirtshaus ohne Wirtschaftsgerechtigkeit. So einfach ist das. Ich könnte mich ohrfeigen vor Wut!

Zum Glück war Richter bereit, von einer Strafe abzusehen. Aber ich musste meinen Ausschank sofort einstellen. Es war so schrecklich, die Leute wegzuschicken!

Simone war mir keine große Hilfe. Kreidebleich stand sie da und zitterte am ganzen Leib.

„Wer hat Sie denn … informiert?“, wollte sie ängstlich vom Akziser wissen, worauf der natürlich keine Antwort gab. Mich würde es auch interessieren, wer mich angeschwärzt hat, aber über kurz oder lang wäre der Akziser wohl sowieso dahinter gekommen.

Am meisten ärgert mich, dass Simone mich nicht auf die Sache mit der Ausschankgenehmigung aufmerksam gemacht hat. Und von den Steuern, die man bezahlen muss, hat sie mir auch nichts gesagt. Sie ist doch in einer Wirtschaft groß geworden, da müsste sie sich eigentlich in solchen Dingen auskennen! Ins offene Messer hat sie mich rennen lassen, und das habe ich ihr auch gesagt. Was nutzt es mir, dass sie tausendmal um Entschuldigung bat?

Ach, was soll denn jetzt nur werden? Mein ganzes Geld habe ich in die Vorbereitungen für das Hotel gesteckt. Und nun soll auf einmal alles umsonst gewesen sein? …

Alle hatten sich versammelt: Franziska Breuer, Zacharias, Elsbeth und Anton. Nur Gustav hatte man im Bett gelassen. Die beiden alten Breuers schliefen auch schon längst.

„Wie *konntest* du uns nur so hintergehen?“, schrie Franziska zum wiederholten Male. „Hinter unserem Rücken gemeinsame Sache mit dieser … Hure zu machen! Ist dir deine Familie denn gar nichts wert?“

Simone saß mit verschränkten Armen am Kopfende des Tisches und schwieg. Sie hörte weder die Vorwürfe, die ihr von allen Seiten an den Kopf geworfen wurden, noch spürte sie die Ohrfeigen, die erst ihre Mutter und dann Zacharias ihr verpassten.

Hass, rot und sengend und stärker, als sie ihn je gefühlt hatte, erfüllte sie. Zacharias war der Verräter! Er hatte ihrem geliebten Engel den Akziser auf den Hals gehetzt. Zum Teufel sollte er fahren! Die Hölle war gerade gut genug für ihn.

Zum ersten Mal hatte sie wegen ihres stummen Fluches nicht den Anflug eines schlechten Gewissens.

„Da tut man alles für dich, und wie dankst du es uns? Indem du dafür sorgst, dass Rosanna uns die Butter vom Brot nimmt!“, ergänzte Zacharias Franziskas Tirade.

„Jetzt mach dich doch nicht lächerlich!“, platzte Simone heraus und erschrak sogleich. Aber nur im ersten Moment. So hatte sie noch nie mit ihm gesprochen. Und es fühlte sich gut an.

Sie wusste, dass sie gerade heute mit ihrem verschwitzten, wirren Haar und ihrem aufgesprungenen Gesicht besonders Furcht erregend aussah.

„Was ist denn schon dabei, wenn Rosanna den Leuten ein paar Wurstbrote anbietet! Von irgendetwas muss sie schließlich auch leben!“ Es funktionierte. Zacharias starrte seine Schwester an, als sehe er sie zum ersten Mal. Ja, so kannte er sie nicht! Aber von nun an war es aus und vorbei mit dem Herunterschlucken, dem Ducken und Katzbuckeln. Der Gedanke ließ schrille Jubelchöre in Simones Ohren ertönen.

„Dir ist ja wohl klar, dass von jetzt an mit deinen Besuchen auf dem Moritzhof Schluss ist. Es wird nicht ungestraft bleiben, dass du mich in meiner Gutmütigkeit so hintergangen hast. Ab morgen wirst du vor Arbeit nicht mehr aus den Augen gucken können, das garantiere ich dir!“ Zacharias ließ seine Faust auf den Tisch donnern.

„Eine schöne Rede hast du da gehalten, wirklich.“ Simone betrachtete ihren Bruder von oben bis unten, als sei er eine preisgekrönte Sau, an der man unbedingt einen Makel finden musste, um den Preis zu drücken. „Nur leider hat sie nicht den gewünschten Erfolg. Ich gehe nämlich von hier weg. Von morgen an musst du dir jemand anders suchen, den du herumkommandieren kannst.“

„Was redest du so dumm daher?“, herrschte Franziska sie an. „Wo willst *du* schon hin? Oder glaubst du allen Ernstes, dass wir dich zu *der* ziehen lassen würden?“ Auf ihrem Gesicht zeigten sich Fassungslosigkeit und Abscheu.

Simone setzte sich aufrechter hin. Gemächlich wanderte ihr Blick zwischen Zacharias und der Mutter hin und her. „Und ob ich das glaube! Und ich werde nicht mit leeren Händen gehen. Ich werde mein Erbe mitnehmen. Den Anteil, der mir zustünde, wenn ich heiraten würde.“

Sie ergötzte sich an den offenen Mündern und den fassungslosen Augen, die ihr entgegenstarrten.

4. AUGUST 1902

Endlich ist wieder ein wenig Ruhe eingekehrt. Aber ich bin so erschöpft, dass mir heute am helllichten Nachmittag die Augen zugefallen sind. Nicht einmal in mein Tagebuch habe ich vor lauter Arbeit etwas eintragen können. Und als dann auch noch Simone auf einmal mit Sack und Pack vor meiner Tür stand …

Natürlich freue ich mich, dass sie hier ist. Ich bin gern mit ihr zusammen. Aber ich war auch nie unglücklich, wenn sie am Ende ihres Besuchstages wieder ging. Sie hat so eine Art … Ich kann es nicht richtig beschreiben, aber manchmal habe ich das Gefühl, ich würde von ihr aufgefressen! Mit Haut und Haaren.

Nun ja, jetzt lebt sie hier, und wir müssen irgendwie miteinander auskommen.

Ohne das Geld, das sie mitbrachte, hätte ich meinen Traum vom Hotel Kuckucksnest für immer beerdigen können. Das, was von meinem Geld übrig war, hätte vorn und hinten nicht ausgereicht, um Luise Margstätter ihre Schankgenehmigung abzukaufen.

Der Engländer hatte schon Recht, als er mich vor der alten Frau warnte: Sie lebe zwar noch abgeschiedener als ich, aber was den Wert der Wirtschaftsgerechtigkeit ihrer Hütte angehe, da wisse die listige Alte sehr wohl Bescheid! Einen ordentlichen Batzen habe ich dafür zahlen müssen.

AM ERSTEN MAI des Jahres 1903 öffnete das Hotel Kuckucksnest seine Türen, nachdem Rosanna das Schankrecht der alten Margstätter Mühle auf den Moritzhof hatte übertragen lassen.

Rosannas Vision – von den Rombachern belächelt, von Simone mehr als skeptisch beäugt – wurde Wirklichkeit: Dank einer Eintragung in Baedekers Schwarzwaldführer und dank Claudines Mundpropaganda tummelten sich im „Kuckucksnest“ vom ersten Tag an die unterschiedlichsten Gäste wie bunte Geranien im Blumenkasten auf einer Fensterbank.

Und mit den Gästen zog das Glück ins „Kuckucksnest“ ein. Es war wie nach einem endlos langen Winter: Die eisige Schneedecke, unter der Rosannas Leben so lange Zeit brachgelegen hatte, war endlich geschmolzen, und darunter lugte ein Sträußchen Zuversicht hervor, keimte ein Hauch von Unbeschwertheit, blitzte ein verhaltenes Strahlen auf.

Die sechs Fremdenzimmer reichten bald nicht mehr aus. Schon im Winter des Jahres 1904 begann Rosanna mit dem Ausbau des Dachgeschosses. Dank des Rombacher Zimmermanns entstanden so in nur wenigen Monaten weitere fünf Gästezimmer. Während unter dem Dach gehämmert und geschraubt wurde, feierten die Gäste im Speisesaal mit Rosanna ein rauschendes Silvesterfest, das mit einem Fackellauf durch den verschneiten Wald begann und mit Musik von Claudine und Alexandre gekrönt wurde.

Beflügelt von ihrem Erfolg als Hotelwirtin, wuchs in Rosanna ein Selbstbewusstsein, das ihr manchmal schon ein bisschen unheimlich war.

Die Breuers spuckten natürlich Gift und Galle. Das „Kuckucksnest“ war nicht nur zur Konkurrenz geworden, sondern zur ernsthaften Bedrohung für den „Fuchsen“. Als Anfang des Jahres 1905 plötzlich Zacharias vor der Tür stand und Rosanna zähneknirschend eine Zusammenarbeit „anbot“, lachte sie ihn schlichtweg aus.

ENDLICH hatten Rosannas Kreativität, ihre Fantasie ein Ventil gefunden, und sie scheute sich nicht, dieses Ventil ständig unter Druck zu halten. Im Laufe der kommenden Jahre erdachte sie immer wieder neue Möglichkeiten, mit denen sie ihren Gästen die Zeit vertreiben konnte.

Aus Todtnau besorgte sie zehn Paar Schneeschuhe. Dann bat sie Jonas, einen alten Freund von Karl, gegen ein Entgelt mit den Gästen Schneeschuhwanderungen zu unternehmen. Diese wurden so begeistert angenommen, dass alsbald Schneeschuhwettkämpfe stattfanden, deren Gewinner jedes Mal unter großem Hallo eine Flasche Kirschwasser überreicht bekamen.

Weil immer mehr Gäste Karls Wanduhren bewunderten, stattete Rosanna nach einigem Überlegen auch dem Uhrenhändler, der ein paar Jahre zuvor in Rombach seinen Laden eröffnet hatte, einen Besuch ab. Der Mann war von ihrer Idee, einige seiner Uhren in der Empfangshalle des Hotels aufzuhängen und den Leuten zum Kauf anzubieten, äußerst angetan. Und die Gäste, entzückt über die günstigen Preise, kauften seine Kuckucks- und Schwarzwalduhren.

DAS HAUS, das Rosanna zur Heimat geworden war, wurde nun auch für viele fremde Menschen zu einem zweiten Zuhause.

Rosanna war glücklich, und ihre Stammgäste waren es auch. Im Laufe der Zeit zählten dazu auch immer mehr bekannte Schauspieler, zum Beispiel von der Baden-Badener Bühne, und ebenso Maler und Schriftsteller. Wann immer eine bekannte Persönlichkeit im „Kuckucksnest" auftauchte, widmete sich Rosanna ihr auf den Seiten ihres Tagebuchs in aller Ausführlichkeit. Sie schien solche Menschen zu sammeln, wie andere Menschen Wanduhren oder Tabakspfeifen horteten, und war jedes Mal überaus stolz, ihrer Sammlung ein weiteres Exemplar hinzufügen zu können. Die Leistungen dieser Menschen, ihre Bekanntheit wurden für Rosanna ein Gradmesser ihres eigenen Erfolges.

Natürlich wurde alles, was sich oben auf dem Berg tat, unten im Dorf mit großem Interesse zur Kenntnis genommen. Genauer gesagt, die Leute hatten noch nie zuvor so viel zu tratschen gehabt. „Die zwei alten Jungfern" wurden Rosanna und Simone hinter vorgehaltener Hand genannt.

Als Rosanna Tennisplätze anlegen ließ und nur wenige Monate später riesige Scheiben für Bogenschützen auf den Berg gefahren wurden, schüttelten die Rombacher fassungslos den Kopf. Und als Rosanna im Winter darauf einen Skilift errichten ließ – im Jahr zuvor war sie in Schollach gewesen, um sich dort den ersten Skilift der Welt anzuschauen –, erklärten die Leute sie endgültig für verrückt.

Doch selbst die ärgsten Lästermäuler mussten im Stillen zugeben, dass das Dorf von Rosannas Geschäftstüchtigkeit profitierte. Rosanna war zu einer wichtigen Arbeitgeberin geworden. Sie beschäftigte Küchenmägde, Zimmermädchen, Musiker für den Tanzsaal, Leute für den Garten und einen Knecht für die Pferde. Eine Arbeit im großen Hotel zu bekommen erschien vielen Rombachern begehrenswerter, als sich Tag für Tag den Buckel auf einem steinigen Acker krumm zu machen.

Trotz dieser Annäherung an die Dorfbewohner konnte Rosanna nie ganz vergessen, wie diese einstmals auf sie herabgeschaut hatten. Wer von den Rombachern nicht fleißig war, wer nicht spurte, wurde schneller entlassen, als er oder sie gucken konnte.

Eine solche Strenge, eine solche Härte hätten die Rombacher der jungen Frau nicht zugetraut – und auch das sprach sich herum. Rosanna war zu einer wichtigen Person im Dorf geworden, der man – wenn auch ungern – Respekt zollte.

12. September 1916

Nun dauert der Krieg schon über zwei Jahre! Dem Himmel sei Dank, dass wir hier oben auf dem Berg von allem abgeschottet leben können. Dass täglich viele Menschen sterben müssen, wissen wir nur aus den Zeitungen. Am liebsten würde ich meinen Gästen verbieten, Zeitungen mit ins „Kuckucksnest" zu bringen. Wer zu mir reist, soll die Kriegswirren und die schrecklichen Nachrichten vergessen. Inzwischen kommen sowieso fast nur noch Frauen. Mütter mit ihren Kindern und deren Kindermädchen, Ehefrauen von Offizieren, die ihre Liebsten in ländlicher Sicherheit wissen wollen.

Für Stanislaus wird es immer schwieriger, ausreichend Lebensmittel heranzuschaffen. Inzwischen muss selbst der kleinste Hof in unserer Gegend seine Erzeugnisse dem deutschen Heer zur Verfügung stellen.

Das erinnert mich daran, dass ich noch die Speisekarte für den morgigen Tag zu „erdichten" habe. Und dann muss ich mir noch ein kleines Programm für den Nachmittag ausdenken.

Wenn ich in den Zeitungen die Bilder von den jungen Soldaten mit den erwartungsfrohen Gesichtern sehe, muss ich oft an Bubi denken. Er wäre jetzt siebzehn. Ich glaube, ich hätte es nicht ertragen, wenn auch er in den Krieg aufgebrochen wäre. So gesehen bleibt mir einiges erspart … Aber kann das ein Trost sein? Nie und nimmer!

Die Leere in meinem Herzen, die entsteht, wenn ich an Bubi denke, gehört zu mir wie meine Arme oder meine Beine …

Es war später Abend. Als die Zahlen vor ihren Augen zu flackern begannen, schaute Simone blinzelnd von ihrer Buchhaltung auf. Sie gähnte herzhaft und streckte sich, dann beschloss sie, für heute Schluss zu machen. Morgen war auch noch ein Tag, und die Buchhaltung vom letzten Monat würde gewiss nicht davonlaufen.

Sie war schon halb die Treppe hinauf, als aus dem Speisesaal Rosannas Lachen ertönte. Während Simone sich für die Nacht fertig machte, konnte sie ihren Ärger über Rosanna einfach nicht unterdrücken. Für jeden hatte Rosanna ein offenes Ohr! Nur nicht für sie.

Simone konnte sich nicht daran erinnern, wann sich Rosanna das letzte Mal ausschließlich ihr gewidmet hatte. Wenn sie miteinander sprachen, ging es meist um das verflixte Hotel. Es war das Einzige, wofür Rosanna lebte. Wenn es doch nie dazu gekommen wäre …

Simone lebte Tag für Tag mit der Bedrohung, Rosanna würde einen Gast lieber mögen als sie. Dass ihr geliebter Engel den Besuchern gegenüber zwar freundlich und fürsorglich war, aber keinesfalls deren Freundschaft suchte, sondern stets eine professionelle Distanz wahrte, sah sie nicht. Rosannas Verhalten lieferte ihr vielmehr den Beweis dafür, dass sie weiterhin sorgfältig über die geliebte Freundin wachen musste.

Dafür betete, dafür atmete, dafür lebte sie.

Gedankenverloren betrachtete sich Simone im Spiegel.

Eine unscheinbare Frau mit sehr hellen Augen und fahlbraunem Haar starrte ihr entgegen. Zu ihrem nicht ansprechenden Äußeren kam ihre ruppige Art, die die Menschen rasch auf Abstand gehen ließ.

Simone spürte auch, dass hinter ihrem Rücken darüber getuschelt wurde, wie eine so fröhliche Frau wie die Wirtin des „Kuckucksnests“ mit einem derart spröden Wesen, das ständig seinen Rosenkranz knetete, befreundet sein konnte.

Dennoch wusste Rosanna in ihrem tiefsten Herzen genau, zu wem sie gehörte – daran glaubte Simone ganz fest.

Hätte sie sonst im Jahr 1905 darauf bestanden, beim Rombacher Amtsschreiber einen Termin zu vereinbaren? Eine schriftliche Vollmacht hatte sie Simone damals erteilt, für die Zeiten, in denen sie ein paar Tage lang verreisen musste. Und das kam immer wieder einmal vor, sei es wegen eines Amtsbesuches, um neue Möbel zu bestellen oder um bei der Konkurrenz Anregungen für einen neuen Hotelprospekt abzugucken.

Und weil sie schon einmal beim Notar saß, ließ Rosanna gleich auch ein kurzes Testament aufsetzen. Sollte ihr je etwas zustoßen, dann würde Simone, die durch das Geld, das sie eingebracht hatte, im Grunde sowieso schon Miteigentümerin des Hotels war, alleinige Eigentümerin werden.

Als Simone in ihr kaltes Bett kroch, spielte ein kleines Lächeln um ihre Lippen. *Ihr* hatte Rosanna die Vollmacht erteilt. *Sie* war von ihr im Testament zur Miteigentümerin und späteren Erbin bestimmt worden.

Ihr geliebter Engel hatte nur an sie gedacht.

Julie konnte die Seiten gar nicht schnell genug umblättern, so gierig war sie darauf zu erfahren, wie es mit Rosannas Hotel weiterging. Wenn sie ein Stück gelesen hatte und ihre Erkenntnisse in ihrem eigenen Text verarbeiten wollte, ärgerte sie sich jedes Mal darüber, dass sie nicht schneller zu tippen vermochte. Allein der Moment, wenn sie ihren Laptop einschaltete und der helle Bildschirm vor ihren Augen auftauchte, erfüllte sie mit einer kreativen Energie, von der sie nicht geahnt hatte, dass sie überhaupt in ihr existierte.

Doch für heute war es genug. Mit einem Glas Wein setzte sich Julie auf die Bank vor dem Haus und starrte in die Dämmerung.

Trotz aller wiederkehrenden Freundschaftsbekundungen konnte Julie noch immer nicht begreifen, was Rosanna in Simone gesehen hatte. War es am Anfang Mitleid gewesen, so musste es in späteren Jahren etwas anderes gewesen sein. Eine besondere Art von Zuneigung? Gewohnheit? Angst vor dem Alleinsein?

Ausgerechnet Simone, dachte Julie. Liebe Rosanna, warum bist du nie auf die Idee gekommen, dass Simone es vielleicht gar nicht so gut mit dir meinte, wie du immer glaubtest?

Julie erschauerte und wusste nicht, ob die Abendkälte allein dafür verantwortlich war.

Nachdem sie das Glas Wein ausgetrunken hatte, ging sie zurück ins Haus und nahm ihre Lektüre wieder auf.

Sie konnte nicht abwarten zu erfahren, wie es mit Rosanna und Simone weiterging.

18. Juni 1919

Ach, das Reisen ist noch immer so beschwerlich, dass ich meine Gäste dafür bewundere, dass sie diese Strapazen überhaupt auf sich nehmen! Jetzt ist der Krieg schon fast ein Jahr vorbei, und noch immer sind die Züge mit verletzten Soldaten überfüllt. Auf den Bahnhöfen blickt man überall in die verhärmten, von Schrecken gezeichneten Gesichter bettelnder Mütter in Lumpen. Junge Männer bekommt man fast nirgendwo zu sehen. Zwei Millionen deutsche Soldaten sollen gefallen sein! Kann sich ein Mensch eine solche Zahl überhaupt vorstellen? Mir bricht es das Herz.

Ich kann kaum beschreiben, wie froh ich war, als für mich in Rombach endlich die letzte Station gekommen war! Je älter ich werde, desto schwe-

rer fällt es mir, auch nur für wenige Tage meinem geliebten „Kuckucksnest" fernzubleiben. Doch dieses Mal musste es sein. Endlich ist es mir gelungen, einen Kurarzt für unser Haus zu verpflichten. Nun ja, genau genommen ist er noch gar kein Kurarzt, aber auch daran trägt nur dieser Krieg die Schuld. Denn kurz nach Beendigung seines Studiums wurde der frisch gebackene Doktor Michael Steiert eingezogen.

Auf alle Fälle hat er sich sehr über mein Angebot gefreut. Meine Befürchtung, ihm könne es bei uns auf dem Berg bald zu langweilig werden, hat er glaubwürdig zerstreut. Er habe genug Aufregungen für den Rest seines Lebens hinter sich, sagte er. Der Mann gefällt mir! Und mir gefällt noch viel mehr, dass er die Rombacher einmal wöchentlich auf meine Kosten behandeln wird …

Ach, was sitze ich hier und schreibe dummes Zeug? Eigentlich müsste ich schon längst meinen Rundgang durchs Hotel machen.

Simone hat mich beschworen, sofort zu ihr ins Büro zu kommen, aber das muss noch warten. Anscheinend hat sich Stanislaus letzten Monat bei der Abrechnung der Lebensmittel gehörig zu unseren Ungunsten vertan. Absichtlich, behauptet Simone, was ich keinesfalls glaube. Aber ich muss der Sache natürlich trotzdem nachgehen.

Und dann gibt es offenbar einen Gast, der schon den ganzen Morgen mit triefender Nase in der Bibliothek sitzt. Wahrscheinlich hat er eine Grippe, sagt Sieglinde. Kein Wunder bei der elenden Schafskälte in den letzten Tagen! Wenn nur der Doktor Steiert schon hier wäre! Dann hätte er bereits seinen ersten Patienten zu versorgen. Doch so werde ich den unvernünftigen Herrn wohl höflich auffordern müssen, sich in sein Zimmer zu begeben, bis er wieder wohlauf ist.

OBWOHL es helllichter Tag war und die Sonne den Parkettboden der Bibliothek in ein goldenes Licht tauchte, brannten alle Lampen. Musste das sein? Ärgerlich starrte Rosanna auf den ihr zugewandten Rücken, der in einem der hohen Lehnsessel vor dem Kamin fast verschwand. Wahrscheinlich hätte der alte Tattergreis am liebsten noch ein Feuer angezündet!

Rosanna räusperte sich, um den Gast auf ihr Eintreten aufmerksam zu machen. „Einen schönen guten Tag, der Herr, man hat mir gesagt, dass Sie …"

Der Rest ihrer Begrüßung wurde von einem heftigen Niesanfall verschluckt.

Rosanna presste ihre Lippen zusammen. Wie rücksichtslos den anderen

Gästen gegenüber. Zaghaft ging sie um den Sessel herum, um den Kranken näher zu betrachten.

Über einem riesigen karierten Taschentuch starrten ihr zwei braune Augen entgegen.

Was für schöne Augen!, durchfuhr es Rosanna. Ein warmes Haselnussbraun mit grünen Sprenkeln darin. Ihre Wut verrauchte so schnell, wie sie gekommen war. Sie konnte nicht anders, als in diese Augen zu blicken, auch wenn sie im Moment so sehr tränten, dass man den Eindruck haben konnte, der Mann weine bitterlich.

Kein alter Tattergreis. Höchstens so alt wie sie. Von durchschnittlicher Statur, mit dunkelblonden Haaren, unregelmäßig kurz geschnitten, als habe er sie eigenhändig mit einem Messer abgesäbelt. Trotzdem ein gut aussehender Mann, aber kein eitler, davon zeugten seine Schuhe, von denen der linke ein Loch aufwies. Ob er womöglich arm war? Aber wie konnte er sich dann einen Aufenthalt hier oben leisten?

Was geht mich das alles an?, fragte sich Rosanna plötzlich und zwang sich, an all die Aufgaben zu denken, die noch vor ihr lagen. Mühsam suchte sie nach Worten, mit denen sie ihn höflich auf sein Zimmer komplimentieren konnte.

„Entschuldigen Sie, verehrte Frau Rosanna, aber ich habe immer so einen schrecklichen Schnupfen, sobald ich in die Nähe von frisch gemähten Wiesen …“ Der Rest des Satzes ging in einem neuerlichen Niesanfall unter. „Jedes Jahr werde ich von dieser – hatschi! – Plage befallen, aber so schlimm wie diesmal war es noch nie. Und das ausgerechnet während meines Aufenthaltes in Ihrem schönen – hatschi! – Haus!“ Verlegen zuckte der Mann mit den Schultern.

Schnupfen nur dank frisch gemähter Wiesen? Aber das konnte ja gar nicht ansteckend sein! Rosanna unterdrückte ein nervöses Kichern. Andererseits gab der Mann wirklich eine jämmerliche Figur ab, wie er so in dem Sessel kauerte, die Stirn erhitzt und schweißnass …

Impulsiv zog Rosanna einen Sessel heran, setzte sich ihm gegenüber und griff nach seiner Hand. „Kein Wunder, dass Sie sich hier drinnen verschanzen, Sie Ärmster! Aber vielleicht ist morgen schon das Schlimmste vorüber.“

„Meinen Sie?“ Seine Stimme war weich, melodisch. Er hatte seine haselnussbraunen Augen fast flehentlich auf Rosanna gerichtet.

Sie nickte eifrig. Schweigen breitete sich zwischen ihnen aus.

Unvermittelt hatte Rosannas natürliche Redegewandtheit sie im Stich gelassen. Die Luft im Raum war plötzlich aufgeladen wie vor einem

Gewitter. Rosanna fuhr sich unsicher durch die Haare. Als sie aufstand, zitterten ihre Knie. „Ich werde Ihnen Tee bringen lassen. Mit viel Honig darin. Und ein kaltes Tuch für die Stirn.“ Ihr Lächeln wirkte verkrampft, irgendwie unecht.

„Nein, warten Sie!“ Der Mann sprang ebenfalls auf. Er griff nach Rosannas Händen, bevor sie es hätte verhindern können.

Ihre Gesichter waren einige Handbreit voneinander entfernt. Doch sein Blick hatte etwas so Magisches, dass es Rosanna vorkam, als stünden sie näher beieinander, als es tatsächlich der Fall war. Ihr Herz klopfte wie nach einem schnellen Marsch. Sie hatte Angst, dass er es hören konnte.

Er roch nach in der Sonne getrockneter Wäsche, nach Kampfer und einem Hauch Duftwasser. Und sie starrte ihn unverhohlen an! Was musste der Mann nur von ihr denken? Ihr Blick flatterte, suchte einen Fluchtweg, fand ihn unten auf dem Boden.

Der Mann lächelte. „Ich brauche keinen Tee. Und auch sonst nichts. Aber … können Sie mir nicht noch ein Weilchen Gesellschaft leisten?“

19. Juni 1919

Es ist nach Mitternacht, ein neuer Tag hat begonnen. Durchs Fenster zwinkert ein müder Mond. Und soeben hat Simone geschimpft, ich solle endlich zu Bett gehen. Aber ich weiß, dass ich keine Ruhe finden kann, bevor ich nicht meine Gedanken geordnet habe. Die Frage ist nur, ob das überhaupt gelingen wird …

Gestern war ich noch so froh, endlich wieder hier zu sein, und nun ist mein Herz schwer. Ich habe mich zum ersten Mal richtig mit einem Gast angelegt. Helmut Fahrner heißt er.

Dabei fing alles so harmlos an … Er tat mir Leid, wie er so dasaß mit seinen tränenden Augen und seiner Triefnase. Und das bei schönstem Sonnenschein. Also setzte ich mich zu ihm, damit er nicht so allein war.

Ich zeigte auf den Berg von Zeichnungen und Skizzen, den er auf das Tischschen neben sich gelegt hatte, und fragte ihn, ob er Maler sei.

Nein, er sei ein Schildermaler, antwortete er mir.

Ich wusste nicht einmal, dass es so etwas noch gibt! Ich hatte angenommen, dass alle Uhrenschilder heutzutage nur noch mit Abziehbildern von Apfelrosen oder Früchtekörben beklebt würden. In der Massenproduktion sei das tatsächlich der Fall, erklärte Herr Fahrner mir, aber exklusive Uhren würden auch heute noch von Hand bemalt. Er selbst verziere Uhrenschilder nicht nur mit den klassischen Motiven, sondern ganz nach den Wünschen des Käufers. Dann zeigte er mir ein paar Entwürfe, an denen er gerade arbeitete. Ich war beeindruckt. Das sagte ich ihm auch. Es sei nicht mit den Uhren zu vergleichen, die der Rombacher Händler mir ins Haus gehängt habe, fügte ich hinzu.

Und dann ging es los … Er fühlte sich offenbar nicht zu elend, um mich wegen der Uhren zu tadeln, die in der Empfangshalle zum Verkauf aushängen. Solche Massenprodukte, fabriziert zu Billigstpreisen, seien schuld daran, dass die Kleinmeister unter den Uhrmachern nicht mehr existieren könnten – die Werkstatt seines Vaters nicht ausgenommen. Der komme nur noch mit Ach und Krach über die Runden. Und wofür das alles? Dafür, dass sich jetzt jeder Hinz und Kunz eine Schwarzwalduhr leisten könne!

Ich war so wütend! Wie er es wagen könne, meine Gäste Hinz und Kunz zu nennen, fuhr ich ihn an. Da opferte ich meine Zeit, um ihm ein wenig Gesellschaft zu leisten, und diesem ungehobelten Kerl fiel nichts anderes ein, als mich und meine Gäste zu beschimpfen. Ich erwiderte, dass ich nichts Schlimmes daran fände, Uhren so günstig anzubieten. Schließlich würde jeder noch etwas daran verdienen, und das galt doch sicherlich auch für die Leute, die die Uhren herstellten.

Von wegen, hielt Fahrner mir vor. Das seien alles arme Fabrikarbeiter, die zwölf bis vierzehn Stunden pro Tag für einen Hungerlohn schufteten. Eine goldene Nase würden sich nur die Industriellen und die Uhrenhändler verdienen. Mir wollte einfach keine passende Entgegnung einfallen. Mein Gehirn, meine Arme, mein Mund – alles funktionierte langsamer als sonst, gerade so, als hätte jemand mich über und über mit Klebstoff beschmiert. So saß ich nur da und starrte ihn belämmert an.

Der Käufer werde im Grunde genommen auch betrogen, fuhr er fort. Statt echter Schwarzwälder Handarbeit bekäme er Fabrikware mittlerer bis minderer Qualität.

Inzwischen hatte er sich so warm geredet, dass er nicht einmal mehr niesen oder schniefen musste. Ganz im Gegenteil: Er sah richtig munter aus. Die Sprenkel in seinen Augen funkelten grün und rötlich und braun, als hätte der Herbst ein Feuerwerk darin angezündet.

Ich war fassungslos. Als hätte der Kerl mir den Boden unter den Füßen weggerissen. Er hat etwas an sich, wofür ich einfach keine Worte finde.

Und was tat dieser Kerl dann?

Fragt mich mit treuherzigem Blick, ob sich irgendwo ein Stück Kuchen auftreiben ließe, weil er nämlich Lust auf etwas Süßes habe. Und ob ich weiter bei ihm bleiben könne.

Und was tue ich? Ich dumme Kuh? …

ES WAR ein ganz normaler Vormittag. Durch die geschlossene Bürotür drangen die alltäglichen Geräusche des Hotels. Auf Simones Schreibtisch lag der Speiseplan für die kommende Woche. Der Koch hatte schon zweimal seinen Kopf zur Tür hereingesteckt, um nachzufragen, ob sie ihn fertig habe. Zweimal hatte sie ihn unwirsch wieder weggeschickt. Zuvor hatte sie ihn jedoch gefragt, ob er wisse, wo Rosanna sei. Er hatte verneint.

Auch Sieglinde hatte Rosanna heute noch nicht gesehen.

Wie ein gefangenes Tier lief Simone in ihrem Büro auf und ab. Es war ihr unmöglich, sich auf irgendeine Rechenarbeit oder organisatorische Frage zu konzentrieren.

Ihre Nasenflügel blähten sich wie im krampfhaften Bemühen, Witterung aufzunehmen.

Etwas lag in der Luft. Gefahr. Bedrohung.

Simones Unruhe hatte an jenem Tag begonnen, an dem dieser Schildermaler, dieser Helmut Fahrner, angereist war. Irgendetwas war da zwischen ihm und Rosanna … Wenn er in ihre Nähe kam, sprang sie auf wie ein aufgescheuchtes Reh. Lachte zu laut. Rückte sich die Frisur zurecht. War … irgendwie anders.

Simone biss sich so fest auf die Unterlippe, dass sie Blut schmeckte.

Rosanna und dieser Mann – nein, das konnte nicht sein! Hastig verdrängte sie den Gedanken, er war zu bedrohlich, einfach zu unglaublich.

Abrupt blieb Simone stehen. Rannte sie vor diesem Gedanken davon wie ein Tier auf der Flucht?

Sie hob den Briefbeschwerer von ihrem Schreibtisch auf und drehte ihn in der Hand.

Oder fühlte sie sich nicht vielmehr wie ein Tier, das Angst hatte, angegriffen zu werden? Das sich verteidigen musste, auf Leben und Tod?

„ALSO, so etwas habe ich mein ganzes Leben lang noch nicht getan!" Rosanna lachte. „Ein Frühstück bei Sonnenaufgang …" Genießerisch streckte sie ihre nackten Füße der Sonne entgegen, deren Strahlen ihre blasse Haut kitzelten. Die Schuhe hatte sie achtlos ins Gras geworfen. Plötzlich wurde die Lust, den nassen Tau unter den Fußsohlen zu spüren, übermächtig. Sie sprang von der karierten Decke auf und drehte sich so schnell im Kreis, dass sich ihr Rock bauschte.

Lächelnd beobachtete Helmut Fahrner sie. „Wenn man Sie so sieht, könnte man den Eindruck bekommen, *Sie* seien hier der Gast und würden das alles zum ersten Mal sehen!“ Er machte eine umfassende Handbewegung.

Statt zu antworten, schaute Rosanna versonnen ins Tal hinab, in dessen Mitte sich Rombach wie die Perle in eine Muschel schmiegte. Wie sollte sie ihm etwas sagen von all den fremden, betörenden Gefühlen, die in ihrem Inneren um den besten Platz stritten? Langsam drehte sie sich zu ihm um. „Hier oben ist man dem Himmel wirklich ein Stückchen näher, nicht wahr? Mein verstorbener Mann hat einmal zu mir gesagt: ‚Gedanken wecken Gedanken.‘“ Sie lächelte nachdenklich. „Das Hotel hält mich normalerweise derart in Trab, dass in meinem Kopf für andere Gedanken gar kein Platz ist.“

Helmut Fahrner schwieg, als wolle er abwarten, ob sie dem noch etwas hinzuzufügen hatte. Dabei ruhten seine Augen in einer Art auf ihr, die sie mit der Wärme eines Wannenbades einhüllte und im selben Moment erschauern ließ.

Rosanna schüttelte beinahe unmerklich den Kopf. Was war nur an diesem Mann, dass allein seine Anwesenheit ausreichte, um sie aus dem Gleichgewicht zu bringen? Sie setzte sich und langte halbherzig nach einem Rosinenbrötchen.

„Ach, verehrte Frau Rosanna, es bricht mir das Herz zu sehen, wie eine so schöne, eine so … lebendige Frau wie Sie ihr Leben mit nichts anderem füllt als mit der Leitung eines Hotels! Nicht dass ich Ihre Leistung in irgendeiner Weise schmälern will, Gott bewahre! Ich hatte in den letzten Tagen genug Gelegenheit, Ihren Geschäftssinn zu bewundern …“

Argwöhnisch beobachtete Rosanna das leichte Zwinkern seiner Augen. Machte sich der Mann über sie lustig?

„Das sagt ja der Richtige! Wer von uns beiden ist denn derart mit seiner Arbeit verheiratet, dass ihn seine Kundschaft selbst bis ins ‚Kuckucksnest‘ verfolgt?“, spöttelte sie mit unsicherer Stimme.

Seit Fahrners Ankunft waren fast jeden Tag Fremde gekommen und hatten nach dem Schildermaler gefragt. Sie waren in die Bibliothek geführt worden, wo sich Fahrner in einer Ecke ein improvisiertes Atelier eingerichtet hatte.

Der Schildermaler winkte ab. „Dabei geht es nur um meine Arbeit, und dafür bezahlen die Leute schließlich ordentlich. Was kann ich dafür, dass die Leute mir hierher nachreisen?“ Er lächelte erneut.

Rosanna verzog den Mund. „Bei mir ist das doch um keinen Deut anders! Was wollen Sie mir eigentlich vorwerfen?“ Enttäuschung darüber, dass er mit seinen Reden abermals dabei war, die Stimmung zu verderben, machte sich in ihr breit.

„Nicht das Geringste, liebe Rosanna! Ich …“

„Ich bin nicht Ihre liebe Rosanna!“ Augenblicklich funkelte sie ihn an. Sie konnte mit diesem Gespräch rein gar nichts anfangen, und das machte sie wütend. So wie er sie die ganze Zeit anschaute, hatte sie mit etwas anderem gerechnet, und dass sie sich das eingestehen musste, ärgerte sie noch mehr.

„Leider“, flüsterte er.

Einen Moment lang schwiegen sie beide.

Dann sprang Fahrner auf und kniete im nächsten Moment vor ihr. „Rosanna, wie gern würde ich Ihnen etwas von Ihrer Last abnehmen! Ich möchte Sie fröhlich lachen hören. Und tanzen sehen! All das und noch viel mehr haben Sie verdient. Stattdessen mühen Sie sich Tag und Nacht ab, um Ihren Gästen eine schöne Zeit zu bereiten. Das kann doch nicht alles sein!“

Verlegen zupfte Rosanna eine Haarsträhne, die sich aus dem geflochtenen Kranz gelockert hatte, aus ihrem Gesicht, als könne sie so die Röte, die sie in ihren Wangen aufsteigen spürte, ebenfalls entfernen.

„Vielleicht mag Ihnen mein Leben tatsächlich – ein bisschen seltsam vorkommen“, begann sie stockend, während Fahrner sich wieder setzte. Dann lachte sie auf. „Geschäftsfrauen gibt es ja wirklich nicht allzu häufig. Aber … ich habe mir das alles nicht ausgesucht! Nur trifft auf mein Leben scheinbar immer noch der alte Spruch zu: Der Mensch denkt, und Gott lenkt.“

„Das mag sein, aber heißt es nicht auch: Jeder ist seines Glückes Schmied?“ In seinem Blick lag so viel Gefühl, dass es Rosanna ganz schwindlig wurde. Wo führte das hin?

„Bisher musste ich von allen Menschen, die mir lieb und teuer waren, Abschied nehmen. Von meiner Mutter, meinem Ehemann, meinem Sohn …“ Sie wandte ihren Blick ab, damit er ihren Schmerz nicht sehen konnte. „Irgendwann traut man sich einfach nicht mehr, an das eigene private Glück zu glauben. Dafür habe ich jetzt das ‚Kuckucksnest‘. Es ist leichter, von vornherein zu wissen, dass alle, die zu mir kommen, auch wieder gehen werden.“ So wie du, schoss es ihr durch den Kopf. Es hätte nicht viel gefehlt, und sie hätte losgeheult.

Fahrners Augen ruhten noch immer auf ihr, und als ein Schmetterling zwischen ihnen vorbeiflog, scheuchte er ihn sanft weg.

„Wie können Sie so etwas sagen! Bitte, Rosanna, stoßen Sie mich nicht zurück. Ich möchte für Sie da sein. Ich …“ Er verstummte und beugte sich näher zu ihr.

„Ja?“, hauchte Rosanna.

„Ich … habe noch nie eine Frau wie Sie kennen gelernt. Sie haben mir den Kopf verdreht. Haben mein Herz gestohlen. Ich … ich glaube, ich habe mich unsterblich in Sie verliebt …“ Er zog Rosanna zu sich heran und küsste sie sanft erst auf das rechte, dann auf das linke Augenlid.

Wie weich waren seine Lippen! Und zart wie der Flügelschlag eines Schmetterlings. Ein leichter Schwindel befiel Rosanna, reglos saß sie da in Erwartung dessen, was jetzt kommen würde.

Und als sich sein Mund dem ihren näherte, fiel Rosanna zum ersten Mal in ihrem Leben in Ohnmacht.

2. Juli 1919

Es ist etwas ganz Schreckliches geschehen: Ich bin verliebt! Ach, es ist so furchtbar schön, so aufregend, so beängstigend! Ich habe Mühe, die Feder auf dem Papier zu halten, so zittrig sind meine Hände, wenn ich nur an IHN denke!

Ich fühle mich diesem Mann nahe wie keinem zuvor. Manchmal kommt es mir vor, als könne er in mein Innerstes schauen. Dann sagt er etwas, was ich im Grunde genommen schon lange weiß, aber nicht wahrhaben will, und damit bringt er mich jedes Mal aus der Fassung. Ich habe ihm sogar von Bubi erzählt. Dabei habe ich bitterlich geweint. Helmut hat mich nur in den Arm genommen und mich schluchzen lassen. Das tat so gut. Bei ihm muss ich nicht immer die Starke sein, bei ihm darf ich schwach sein.

Kann es sein, dass das Schicksal es wirklich so gut mit mir meint? …

Ungeduldig schaute Simone auf die silberne Uhr, die an einem Lederband um ihren Hals baumelte. Jetzt reichte es! Nun war es schon fast halb neun, und Rosanna war noch immer nicht aus den Federn.

Ohne anzuklopfen, stieß sie die Tür zu Rosannas Schlafzimmer auf.

„Wie lange … Ach, die gnädige Frau ist schon wach?“ Ironisch hob sie die rechte Augenbraue, während sich ihr Blick mit Rosannas im Spiegel traf.

Langsam drehte sich Rosanna zu ihr um. „Sag mal, findest du eigentlich, dass ich alt aussehe? Ich meine, ich bin neununddreißig, ich könnte schon Großmutter sein, und ganz so schlank wie einst bin ich auch nicht mehr …“ Rosanna straffte den Stoff ihres Unterrockes, sodass sich um die Hüftgegend eine kleine Wölbung abzeichnete.

„Nun sieh dir das mal an!“ Sie brach plötzlich in Tränen aus, warf sich aufs Bett und vergrub ihren Kopf unter dem Kopfkissen. „Fett bin ich! Und alt!“, kam es dumpf darunter hervor. „Und ich habe nichts Rechtes anzuziehen.“

Simone stand mit verschränkten Armen kopfschüttelnd im Raum. Gerade noch himmelhoch jauchzend, nun zu Tode betrübt – so war Rosanna schon seit geraumer Zeit. Und dann dieses eitle Getue! Das legte Rosanna an den Tag, seit …

Simones Blick verdunkelte sich. „Es ist wegen des Schildermalers, nicht wahr? Helmut Fahrner.“

Schlagartig tauchte Rosannas Kopf auf.

„Was ist mit ihm?“ Ihre verheulten Augen waren vor Angst geweitet. „Ist ihm etwas geschehen?“

Simone spürte, wie sich ein eiserner Panzer um ihre Brust legte. Sie schluckte.

Diesen Augenblick hatte sie ein Leben lang gefürchtet: dass jemand daherkommen und Rosannas Herz stehlen würde.

Lieber Gott, mach, dass es nicht wahr ist!

Doch ein Blick auf Rosanna, die aufgesprungen war, sich das erstbeste Kleid übergeworfen hatte und nun zur Tür rannte, ließ Simone erkennen, dass ihre Furcht berechtigt war.

„Bleib!“

Ihr Befehl, wie ein Peitschenknall, ließ Rosanna innehalten.

„Was ist mit dir und diesem Mann?“ Simone erkannte ihre eigene Stimme nicht. Sie klang so kalt … „Du hast dich in ihn verliebt.“ Keine Frage, eine Feststellung.

Rosanna nickte fast unmerklich.

Simone sank auf der Bettkante nieder. Ihre Fäuste ballten sich im Schoß zusammen. „Und er?“

Rosanna rutschte mit dem Rücken an der Tür hinab, bis sie auf dem Fußboden saß. Sie seufzte tief. „Er liebt mich auch, jedenfalls sagt er das immer wieder. Aber … kann ich es wirklich glauben? Vielleicht sagt er es ja auch nur so daher …“

„Wie kann man sich nur so den Kopf verdrehen lassen! Und dann noch von einem dahergelaufenen Schildermaler!“, fuhr Simone auf.

„Das ist doch einer, der seine Zeit mit unnützen Bildchen für unnütze Leute vertut!“

„Ich verbiete dir, so von ihm zu sprechen!“, kam es scharf von Rosanna zurück.

Simone biss sich auf die aufgesprungene Unterlippe. So würde sie diesmal nicht weiterkommen – klar und unverrückbar erschien plötzlich diese Einsicht. Wenn Rosanna in der Vergangenheit einen Gast einmal besonders sympathisch gefunden hatte, war es Simone stets gelungen, ihn „schlecht zu reden“. Rosanna hatte dann sehr schnell das Interesse verloren. Doch bei diesem Fahrner sah es anders aus.

Simone tastete in ihrer Tasche nach dem Rosenkranz. Eines wusste sie schon jetzt mit tödlicher Sicherheit: So wenig, wie man einen Baum im Frühjahr am Ausschlagen hindern konnte, so sicher würde Gottes Zorn den Samen ihres Plans in ihr zum Wachsen bringen. Gott würde nicht zulassen, dass ein dahergelaufener Kerl Rosanna das Herz brach. Er würde ihr helfen. Laut sagte sie: „Diesen Helmut möchte ich unbedingt ein wenig näher kennen lernen.“

Rosanna strahlte übers ganze Gesicht. „Wenn du wüsstest, wie mich das freut! Und Helmut ebenfalls. Er fragt nämlich sehr oft nach dir, weil du doch meine beste Freundin bist. Warum kommst du nachher nicht einfach mit? Wir wollen zum Engländer. Aber zuerst muss ich etwas zum Anziehen finden!“

15. SEPTEMBER 1919

Es ist zehn Uhr abends. Helmut ist noch unten in der Bibliothek, er spielt mit einigen Gästen Karten. Eigentlich müsste ich auch noch unten sein, aber ich habe mich leise aus dem Staub gemacht. Ich möchte ein wenig allein sein. Wie sehr genieße ich diese Momente, in denen die Zeit innehält und alles in einem perfekten Gleichgewicht zu sein scheint! Aber kaum bin ich allein, verzehre ich mich danach, ihn unten in der Küche rumoren zu hören und kurz darauf seine Schritte auf der Treppe zu vernehmen. Wenn er gleich zu mir kommt, werde ich ein paar Keksbrösel von seinem Hemd wischen müssen und vielleicht auch von seinen Lippen. Helmut …

Seine Angewohnheit, kurz vor dem Schlafengehen noch etwas Süßes zu verzehren, hat anfänglich in der Küche ganz schön für Aufruhr gesorgt. Dass jemand trotz unserer reichlich bemessenen Portionen nächt-

lichen Hunger verspürte, war Maria, unserer Köchin, so sauer aufgestoßen, dass sie sich in der Nacht darauf auf die Lauer legte. Sie hat nicht schlecht gestaunt, als es ausgerechnet Helmut war, den sie auf frischer Tat ertappte! Schuldbewusst gestand er mir, dass er ohne einen gezuckerten Happen einfach nicht schlafen könne – eine alte Angewohnheit aus Kindertagen, als ihm die Mutter vor dem Schlafengehen stets eine Kamelle zugesteckt habe.

Ich frage mich, warum ich Helmuts kleine Marotte in solcher Ausführlichkeit schildere. Vielleicht weil dies zeigt, wie sehr er schon Teil des Moritzhofs geworden ist. Wie sehr wir uns schon an ihn gewöhnt haben! Alle mögen ihn, sogar Simone. Er ist aber auch unendlich freundlich zu ihr. Ich glaube, das tut ihr richtig gut.

Manchmal, wenn die beiden sich unterhalten, muss ich in mich hineinlächeln. Oberflächlich gesehen handelt es sich immer um ein scheinbar belangloses Gespräch, aber ich bin in der Lage, die nicht ausgesprochenen Gedanken, die stillen Fragen zwischen den Zeilen zu hören. „Akzeptierst du mich als neuen Mann an Rosannas Seite?“, scheint Helmut Simone dann zu fragen. Und sie fragt zurück: „Nimmst du mir Rosanna auch wirklich nicht weg?“ Sie trauen sich gegenseitig noch nicht so recht über den Weg – Helmut, die Liebe meines Lebens, und meine beste Freundin. Dabei sage ich Simone immer wieder, dass niemand zwischen uns treten wird. Dass unsere Freundschaft einmalig ist. Aber meine Liebe zu Helmut ist eben auch einmalig, das muss sie akzeptieren …

MÜDE strich sich Simone ein paar widerspenstige Strähnen aus der Stirn. Sie schlug die Zeitschrift, in der sie geblättert hatte, zu und warf einen Blick auf die Wanduhr. Fast Mitternacht, und noch immer machte die Hand voll Gäste in der Bibliothek keine Anstalten, in ihr Zimmer zu gehen. In regelmäßigen Abständen hörte man Karten auf den Tisch knallen, gefolgt von Gelächter oder einem herzhaften Fluch.

Als Simone aufstand und zur Anrichte ging, um sich ein Glas Wasser einzuschenken, tat ihr das Kreuz weh.

Früher hatten Rosanna und sie gemeinsam das Hotel „zu Bett gebracht“. Sie hatten gewartet, bis sich der letzte Gast endlich aus seinem Sessel erhoben hatte und die Treppe hinauf in sein Zimmer gewankt war. Dann waren sie durch alle Räume gegangen, hatten kontrolliert, ob die Kerzen gelöscht waren, hatten die Asche im offenen Kamin in der Empfangshalle zusammengescharrt und alle Fenster und die hintere Tür zum Garten verschlossen.

Für Simone war diese letzte Stunde des Tages – die oftmals schon die erste des folgenden war – stets die schönste gewesen. Dann hatte sie Rosanna ganz für sich allein gehabt.

Wütend und traurig zugleich starrte sie auf ihr halb leeres Wasserglas, das ihr plötzlich wie ein Sinnbild der gesamten elenden Situation vorkam.

Kein gemeinsames Tuscheln über die Gäste, kein vereintes Kichern über irgendeinen albernen Vorfall während des Tages. Kein „Gute Nacht“ vor ihren Schlafzimmertüren.

Denn Rosanna schlief nicht mehr im Zimmer nebenan. Klammheimlich hatte sie sich aus dem Staub gemacht. Erst hatten nur ein paar Schuhe in ihrem Zimmer gefehlt und ein paar Kleider. Dann immer mehr. Dorthin, wo sich schon Fahrners Malzeug, seine Hosen und Jacken türmten – dorthin, ans Ende des Ganges, hatte Rosanna ihre Sachen gebracht.

Simone hatte sie keinen Ton davon erzählt.

Simone warf einen glasigen Blick in Richtung Tür. Oh, sie wusste sehr wohl, was hinter der verschlossenen Tür vor sich ging. Sie hatte ihre alte Fähigkeit aus Kindertagen, sich unsichtbar zu machen, Dinge zu hören, die nicht für sie bestimmt waren, nicht verloren. Rosannas kehliges Lachen, ihre wohligen Seufzer, dazu Helmuts Stöhnen – manchmal war dies alles zu viel für sie.

Als die Tür der Küche aufging, schrak Simone zusammen.

„Ach, du bist es. Du Arme, todmüde siehst du aus! Warum lässt du nicht einmal jemand anders den letzten Rundgang machen?“ Helmut lächelte Simone aufmunternd zu. „Hab ich einen Durst!“ Er deutete auf den Wasserkrug auf der Anrichte. „Möchtest du auch etwas?“ Als Simone verneinte, nahm er einen großen Schluck Wasser direkt aus dem Krug, dann schnappte er sich den Teller mit Keksen, den Maria ihm hingestellt hatte.

Die Selbstverständlichkeit, mit der er sich hier bewegte, schnürte Simones Kehle zu. Wie der „Herr im Haus“ …

„Eigentlich können die anderen auch ohne mich weiterspielen. Ich hab nämlich etwas Wichtiges mit dir zu bereden, und da kann ich es dir auch gleich hier und jetzt sagen …“

Er ließ sich verschwörerisch lächelnd auf dem Stuhl gegenüber von Simone nieder. Dann hielt er ihr den Keksteller hin, doch Simone schüttelte den Kopf. Unbehagen kroch ihr über den Rücken.

Als sie sprach, war ihre Stimme brüchig wie ein altes Seil. „Was gibt es denn so Wichtiges?“

„Ich … also, es ist so …“ Helmut fuhr sich durch den unfrisierten Haarschopf. „Vielleicht findest du es ein bisschen kindisch, aber es ist so: Ich habe nächsten Monat Geburtstag. Und da habe ich mir gedacht … also, ich dachte, ich nehme das zum Anlass …“ Er verdrehte die Augen. „Kurz und gut: Ich möchte Rosanna fragen, ob sie mich heiraten will.“

„Nein!“ Mit einem zischenden Laut sog Simone die Luft ein. Sie presste eine Hand auf die Brust aus lauter Angst, ihr Herz könne zerspringen. „Das … kannst du … nicht machen!“

Helmut verzog den Mund. „Ich hab es befürchtet … Du findest meine Idee selbstsüchtig! Ich meine, es muss ja nicht unbedingt an meinem Geburtstag sein. Aber weißt du, ich will etwas ganz Besonderes aus diesem Moment machen. Ich möchte …“

Mit erstarrtem Gesicht saß Simone da, während Helmut von Kerzen faselte und von Blumen, die er am Tag seines Heiratsantrages im ganzen Zimmer verteilen wollte.

Noch nie in ihrem Leben hatte sich Simone so hilflos gefühlt. Alles verschwamm vor ihren Augen zu einem grellweißen Leuchten, das wehtat und sie blendete. Sie hatte das Gefühl, verrückt zu werden.

Alles war verloren! Ihr geliebter Engel. Ihre Liebe. Ihr Leben.

Sie stand auf. Ihr Rückgrat drohte wie ein morscher Ast entzweizubrechen.

Sie lächelte Helmut zu. Klopfte ihm sogar in einer Geste, die aufmunternd wirken sollte, auf die Schulter.

„Nein, nein, wenn ich so darüber nachdenke … Dein Geburtstag ist als Zeitpunkt für einen Heiratsantrag genauso gut wie jeder andere auch. Vielleicht solltest du mit Maria sprechen, damit sie euch etwas besonders Feines kocht. So ein großer Tag will doch gut vorbereitet sein …“ Sie würgte ihren Ekel die Kehle hinunter.

Weg! Sie musste weg! Weg von diesem Mann, der Unheil brachte mit jedem Wort, jeder Gebärde.

Als wäre der Leibhaftige hinter ihr her, rannte sie aus dem Haus.

25. Oktober 1919

Ich habe das Gefühl, die Welt steht Kopf! Helmut hat heute Geburtstag. Aber statt wie ein Geburtstagskind abzuwarten, was der Tag für ihn bringen wird, tut er fürchterlich geheimnisvoll. Eigentlich wollte ich ihn mit einem Essen beim Engländer überraschen. Aber als ich Simone gestern sagte, dass wir heute Abend nicht hier sein würden, erwiderte sie, Helmut habe eine Überraschung für mich, und es sei dafür notwendig, im Hotel zu bleiben.

Simone hat bei ihren Worten ziemlich grimmig geschaut, also wird es sich wohl um etwas handeln, was mich freut und sie ärgert.

Ehrlich gesagt habe ich eine Vermutung. Mir schwirrt da etwas durch den Sinn, von dem mir ganz schwindlig wird.

Vor ein paar Tagen habe ich die Quittung eines Liebenzeller Goldschmieds auf Helmuts Schreibtisch entdeckt. Eine Rechnung für zwei Ringe mit Gravur!

Ach, ich bin die glücklichste Frau der Welt …

ROSANNA stützte sich auf einen Ellenbogen und beobachtete Helmut, der aus dem Bett kletterte. Im blassen Schein der Kerzen wirkte ihre Haut wie feinstes Porzellan. Durch das offene Fenster kroch kalte Herbstluft ins Zimmer und legte sich wie ein feuchter Film auf ihre Haut. Doch Rosanna spürte die Kälte nicht. Sie war erfüllt von einer Wärme, die sie von innen glühen ließ. Zärtlich strich sie mit einer Hand über Helmuts Rücken.

Der Verlauf des Abends ließ Rosanna an eine der Operetten denken, von denen ihre Gäste immer erzählten.

Erster Akt: Wie sie von Helmut mit verbundenen Augen ins Zimmer geführt wurde, das über und über mit Blumen geschmückt war, dazu brannte mindestens ein Dutzend Kerzen.

Zweiter Akt: Helmut und sie am reich gedeckten Tisch. Sonst wurde nie Essen aufs Zimmer gebracht – aber irgendwie hatte Helmut wohl Maria dazu überredet, all die wundervollen Speisen nach oben zu schaffen.

Dritter Akt: Sein Heiratsantrag. „Ohne dich kann ich nicht mehr leben“, hatte er geflüstert und ihr schließlich die Ringe gezeigt.

Vierter Akt: Wie sie sich liebten. Rosanna hatte nicht viel Erfahrung mit Männern, aber sie wusste, dass ihre Körper miteinander harmonierten – zärtlich und leidenschaftlich zugleich.

Es war wirklich wie in einer Operette, nur dass bei ihnen alles wahrhaftig war. Kein Vorhang fiel am Ende und machte den schönen Schein zunichte.

Frau Fahrner – wie schön das klang!

Sie streckte sich wohlig.

„Weißt du, dass ich noch nie so glücklich war? Am liebsten würde ich die Zeit anhalten!“ Sie seufzte tief.

Helmut lächelte, während er unter dem Bett nach seinen Pantoffeln angelte.

„Eine Uhr kann man anhalten, die Zeit nicht. Aber beiden ist eines gemeinsam: Sie laufen stets vorwärts, nie zurück.“ Er band den Gürtel seines Hausmantels zu. Statt aufzustehen, wandte er sich nochmals zu Rosanna um. „Und das ist auch gut so, denn ich würde nicht mehr in der Zeit leben wollen, als es dich noch nicht gab.“ Jedes Wort war wie ein sanftes Streicheln. Rosannas Herz lief geradezu über vor Liebe für diesen Mann, der ihr so großzügig seine Gefühle schenkte. Sie setzte sich auf, wollte ihn erneut küssen, umarmen, festhalten ... Doch Helmut drückte sie mit sanfter Gewalt zurück aufs Kissen.

„Wenn du mich nicht loslässt, komme ich nie zu meinem Nachtisch. Möchtest du wirklich nichts? Ich mache mich für dich gern auf den weiten Weg in die Küche.“

„Nein, Liebster. Lass mich gehen! Du hast mich den ganzen Abend lang verwöhnt, als wäre ich eine Prinzessin. Dabei hast du heute Geburtstag! Ich möchte dir wenigstens deine heiß geliebten Kekse bringen.“

IN DER Küche hing noch der Duft des Bratens, den Maria ihnen zur Feier des Tages zubereitet hatte. Die Köchin hatte sich bei diesem Essen selbst übertroffen: Das Fleisch war so zart, dass es auf bloßen Gabeldruck vom Knochen fiel, die Soße kräftig braun, gewürzt mit allerlei Kräutern und viel Rotwein. Dazu gab es goldgelbe Spätzle. Während Helmut herzhaft zulangte, aß Rosanna kaum etwas. Wer konnte in so einer Nacht an Essen denken? Sie lächelte verträumt, als ein lautes Knurren ihres Magens sie daran erinnerte, dass man doch nicht allein von Luft und Liebe leben konnte.

Sie hob den Deckel der Bratpfanne und wollte genießerisch den Duft nach Wein und Kräutern einatmen, als sie eine leichte Übelkeit verspürte. Hastig legte sie den Deckel wieder auf die Pfanne. Eigentlich stand ihr der Sinn gar nicht nach etwas Deftigem. Dabei gehörte sie sonst zu den Frauen, die lieber herzhaft als süß aßen.

Bis auf eine bestimmte Zeit in ihrem Leben ... Damals war auch kein Honigtopf vor ihr sicher gewesen.

Die Erinnerung ließ Rosanna zusammenfahren. Mit zittrigen Knien setzte sie sich auf die alte Bank neben der Arbeitsplatte.

Sie strich mit beiden Händen über ihren Bauch. Konnte es sein, dass sie …

Gedankenverloren griff sie nach dem Teller mit dem Gewürzkuchen, den Maria für Helmut hingestellt hatte.

Wann haben Helmut und ich das erste Mal miteinander geschlafen?, fragte sie sich, während sie ein Stück Kuchen abbrach und in den Mund steckte. Er war Mitte Juni angereist.

Sie nahm sich noch ein Stück Kuchen und kaute darauf herum, während sie weiter nachrechnete.

Es muss ungefähr Ende Juli gewesen sein, entschied sie schließlich.

Und seitdem hatte sie keine Blutung mehr gehabt.

Ihr wurde heiß und kalt zugleich.

Ein Kind? In ihrem Alter?

Eine warme Woge des Glücks drohte sie davonzuschwemmen. Konnte es wirklich sein? Aber ja doch, ja!

Vor lauter Aufregung hatte sie den ganzen Kuchen vertilgt! Und Helmut wartete oben wahrscheinlich schon halb verhungert darauf, dass sie zurückkam.

Abrupt stand Rosanna auf. Während sie in den Keksdosen auf dem Schrank nach etwas Süßem suchte, schoss ihr ein weiterer Gedanke durch den Sinn. Sie würden sich mit der Hochzeit sputen müssen! Sonst stand sie am Ende mit vierzig Jahren genauso da wie mit zwanzig: als ledige Mutter.

Eine unbändige Freude nahm von ihr Besitz. Auch Helmut würde sich auf das Kind freuen, so viel war gewiss. Nein, die Geschichte würde sich nicht wiederholen.

Am besten erzählte sie ihm gleich von ihrer Vermutung. Er hatte schließlich ein Recht darauf zu erfahren, dass er nicht nur heiraten, sondern schon bald eine Familie gründen würde.

Schmunzelnd legte Rosanna eine Hand voll Nusskekse auf den Teller. Sie musste Maria bitten, am nächsten Backtag auch Kleingebäck auf ihre Liste zu schreiben – bei der gestiegenen Nachfrage reichte es nicht mehr aus, nur einmal im Monat Kekse zu backen.

Rosanna löschte das Licht und machte sich auf den Weg nach oben.

25. Oktober 1919, kurz vor Mitternacht

… Ich bin noch nie so glücklich gewesen.

31. Oktober 2000

Julie schrie auf, als hätte ihr jemand einen Schlag ins Genick verpasst. „Nein! Das glaub ich einfach nicht! Das kann nicht sein …"

Doch die weiteren Seiten des Tagebuchs blieben jungfräulich weiß – Rosanna war also gestorben, bevor ihre beschwingte Schrift sie hätte füllen können.

Ich bin noch nie so glücklich gewesen – das war tatsächlich Rosannas letzter Tagebucheintrag, geschrieben in jener Nacht, als Helmut ihr den Heiratsantrag gemacht hatte. Als sie von ihrer nächtlichen Naschtour in die Küche wieder ins Zimmer gekommen war, schlief Helmut *eingerollt wie eine Katze am Kamin*, hatte Rosanna geschrieben. Statt sich zu ihm zu legen, hatte sie sich nochmals hingesetzt und ihrem Tagebuch die Vermutung anvertraut, dass sie schwanger war. Dann folgte jener letzte Satz: *Ich bin noch nie so glücklich gewesen.*

Das durfte einfach nicht wahr sein! Wie gelähmt saß Julie da.

Rosannas letzte Tagebucheintragung stammte vom 25. Oktober 1919. Nur einen Tag später, am 26., war sie gestorben, das stand in den Zeitungsberichten, die Julie mit zitternden Händen zwischen den Fotoalben und den Tagebüchern hervorkramte, um sich des Datums noch einmal zu versichern.

Aber weder im Tagebuch noch in den Zeitungen fand sich ein einziger Hinweis darauf, woran Rosanna gestorben war.

Und noch etwas schoss Julie durch den Sinn und verwirrte sie vollends: Antonia Fahrner war achtzig Jahre alt, das hieß, sie wurde 1920 geboren. Und das bedeutete, dass Helmut und Simone kurz nach Rosannas Tod …

Helmut und Simone? Wie konnte das angehen?

Plötzlich fiel Julie Jan Bogner ein. Was würde der Privatdetektiv wohl dazu sagen, dass ihre Recherchen sie in eine Sackgasse geführt hatten? Und Antonia? Vielleicht konnte die ihr helfen. Andererseits wusste sie vermutlich am allerwenigsten, was sich zwischen ihren Eltern abgespielt hatte. Wahrscheinlich ahnte sie nicht einmal, dass Helmut zuerst Rosannas Liebhaber gewesen war.

Außerdem hatte Antonia bestimmt genug damit zu tun, ihre Sachen für die Kur in Bad Wildbad zu packen, wohin sie am nächsten Tag aufbrechen wollte. Sechs Wochen Aufenthalt waren vorgesehen, was bedeutete, dass sie erst Mitte Dezember wieder in Rombach sein würde. Es ging Antonia gut. Besser, als es die Ärzte oder sie selbst für möglich gehalten hatten.

Es war ausgemacht, dass sie sich zum Jahreswechsel treffen würden. Dann wollte Julie berichten, was sie herausgefunden hatte. Sie konnte sich des Gefühls nicht erwehren, dass Antonia daran nicht mehr so viel lag wie zu Beginn des Unterfangens. Fürchtete sie Julies Erkenntnisse? Oder hatte sie einfach nur das Interesse verloren?

„Welche Erkenntnisse?“, spottete Julie laut. Das Gefühl, versagt zu haben, war ihr zuwider. Doch Jammern half nichts. Sie musste etwas tun – oder es zumindest versuchen.

Spontan ergriff sie das Handy und tippte die Nummer ihrer Eltern ein. Vielleicht wusste ihr Vater etwas.

Sie hatte Glück, und ihr Vater nahm beim ersten Klingeln ab.

„Unser Sherlock Holmes meldet sich auch wieder einmal – wie schön!“, sagte er zur Begrüßung.

Julie entschuldigte sich wortreich dafür, nicht schon früher einmal angerufen zu haben. „Hast du deinen Onkel Helmut eigentlich jemals kennen gelernt?“, fragte sie schließlich so beiläufig wie möglich.

„Onkel Helmut? Nein. Genauso wenig wie seine Frau, diese Simone.“

Julies Hoffnung schwand.

„Nicht einmal zu Helmuts Beerdigung ist sie gekommen! Und auch ihre Tochter nicht. Dabei hat unsere Familie die beiden sehr wohl über seinen Tod informiert. Entweder interessierte sie das nicht – oder die Nachricht kam nie an, es war ja schließlich Krieg.“

„Helmut Fahrner starb im Zweiten Weltkrieg? War er nicht viel zu alt, um Soldat zu werden?“ Julie runzelte die Stirn.

„Ich hab nicht gesagt, dass er *gefallen* ist“, erwiderte ihr Vater. „Aber erwischt hat es ihn trotzdem, und zwar bei einem Bombenangriff. Helmut war zu jener Zeit in Pforzheim in einer Uhrmacherwerkstatt beschäftigt. Dort starb er, sein Leichnam wurde neben der Werkbank gefunden. Aber warum interessiert er dich eigentlich? Ich dachte, bei deinem Projekt gehe es vor allem um diese beiden Frauen, Rosanna und Simone.“

„Ja, schon, aber Helmut war immerhin Simones Ehemann.“

Ihr Vater brummte etwas Unverständliches. Dann sagte er: „Was ich über Helmut weiß, hab ich von Tante Roswitha. Sie war die ein Jahr jüngere Schwester von Helmut – die beiden standen sich recht nahe.“

Krampfhaft überlegte Julie, wie sie ihre nächste Frage formulieren sollte, doch bevor sie dazu kam, fuhr ihr Vater fort: „Als Helmut starb, hat sie sehr gelitten. Zu Helmuts Beerdigung kam auch unsere Familie vollständig zusammen. Tja, an diesem Tag hat mir Roswitha ein wenig von ihrem Bruder erzählt …“

Endlich! Julie stieß die Luft aus, die sie schon eine Weile angehalten hatte.

Die Tante sei nie darüber hinweggekommen, dass Helmut sich schon als junger Kerl aus dem Staub gemacht hatte, erzählte er.

Ein Schildermaler auf der Wanderschaft – was konnte dem nicht alles zustoßen! Doch Helmut hatte sowohl seine Wanderjahre als auch den Ersten Weltkrieg halbwegs glimpflich überstanden. Ein echtes Unglück sei ihm erst zugestoßen, als er Simone Breuer kennen lernte, behauptete Roswitha unter Tränen.

Das sei im Jahr 1919 gewesen … Dann erzählte Julies Vater, was Julie natürlich schon wusste, dass Helmut zu jener Zeit in einem Hotel namens „Kuckucksnest" seine Zelte aufgeschlagen hatte.

Ein paar Jahre später, es musste ungefähr 1923/24 gewesen sein, sei Helmut eines Tages überraschend wieder in Furtwangen bei seiner Familie aufgetaucht. Ganz hohlwangig sei er gewesen, habe laut Tante Roswitha traurige Augen und einen leeren Blick gehabt und sich ihr schließlich offenbart.

Er habe eine Frau geheiratet, die er nicht lieben könne. Und nun hielte er dieses Leben nicht mehr aus und habe sich davongeschlichen wie ein Dieb. Frau und Kind habe er zurückgelassen.

Die bestürzte Roswitha wollte daraufhin natürlich Näheres wissen, und Helmut gab nach und nach die Einzelheiten preis: wie er in einer Frau namens Rosanna die große Liebe seines Lebens gefunden hatte, dass ihr Tod ihn in ein tiefes Loch stürzte, aus dem er nicht mehr herauszukommen glaubte.

Doch nicht nur er war in tiefer Trauer gefangen, sondern auch Simone, die beste Freundin der Verstorbenen. Diese habe sogar versucht, sich nach dem Tod der Freundin das Leben zu nehmen. Er, Helmut, habe sie in letzter Minute gerettet. Sie habe jedoch getobt und geschrien, sie wolle nicht mehr leben, der Schmerz sei zu groß. Helmut habe sie in den Arm genommen und versucht, Trost zu spenden, wo es eigentlich keinen gab.

In ihrem Elend klammerten sie sich aneinander – zwei einsame Seelen, denen das Liebste auf der Welt genommen worden war. Trotzdem konnte Helmut im Nachhinein nicht mehr verstehen, wie es eigentlich dazu gekommen war, dass er und Simone … Es sei einfach geschehen, gestand er seiner Schwester unter Tränen. Nur eine Nacht seien sie zusammen gewesen.

Am Morgen danach habe er voller Schuldgefühle seine Koffer packen und abreisen wollen. Doch Simone flehte ihn an zu bleiben, wenigstens bis die Beerdigung vorüber sei. Bis klar sei, wie es mit dem Hotel weiterginge.

Helmut hatte zugestimmt. Er dachte an Rosanna und daran, wie sie sich stets für Simone verantwortlich gefühlt hatte. Wie sie deren Anhänglichkeit, ja geradezu Aufdringlichkeit klaglos ertragen hatte. Da war es wohl nicht zu viel verlangt, dass er für einige Wochen dasselbe aushielt. Und wo sollte er schon hin? Die Welt hatte ihren Reiz verloren.

Als die Beerdigung vorbei war, lief der Hotelbetrieb einigermaßen weiter, doch Helmuts Abreise wurde auf unbestimmte Zeit verschoben, denn Simone war schwanger!

Ein einziges Mal nur, in der Stunde ihrer tiefsten Not, hatten sie sich vereinigt, und aus dieser Not wurde nun ein Kind geboren.

Helmut tat, was getan werden musste: Er bot Simone an, sie zu heiraten, obwohl sich alles in ihm dagegen sträubte. Simone nahm seinen Antrag an.

Die Ehe wurde natürlich alles andere als glücklich. Die Eheleute sprachen kaum miteinander. Das Hotel interessierte Helmut nicht, und über Rosanna zu reden, brachten beide nicht übers Herz. Man hätte meinen sollen, dass Antonia, das kleine Mädchen, die Eheleute verband, doch dem war nicht so. Simone kümmerte sich kaum um das Kind, verbrachte stattdessen lange, einsame Stunden beim Gebet.

Er hingegen tat sein Bestes, was Antonia anging. Nahm sie mit in das kleine Atelier, das er sich im hinteren Teil des Hofes eingerichtet hatte. Ließ sie mit Pinseln spielen, gab ihr Farben zum Malen. Doch wenn es darum ging, das Kind zu waschen und ihm zu essen zu geben, ließ er das fremde Leute tun, Sieglinde oder die Köchin Maria zum Beispiel.

Helmut gestand seiner Schwester, dass er in den ersten Jahren seinen Kummer abends mit den Gästen ertränkte, die sich freuten, wenn sich der „Wirt“ zu ihnen setzte. Doch im Laufe der Zeit kamen immer weniger Gäste – ohne Rosanna sei das „Kuckucksnest“ nur noch halb so schön, sagten einige ganz offen. Danach trank Helmut allein. Die Einsamkeit ließ ihn halb verrückt werden.

Eines Tages hatte er sein Elend nicht mehr ertragen und war gegangen.

FAST atemlos hatte Julie der Erzählung ihres Vaters gelauscht. Jetzt fragte sie: „Und seitdem hatte Helmut nie wieder Kontakt mit seiner Frau oder seiner Tochter? Und Antonia hat auch nie versucht, ihren Vater zu erreichen?“

Julies Vater seufzte am anderen Ende der Leitung. „Keine Ahnung. Dass Helmut Simone nicht mehr sehen wollte, kann ich ja verstehen, aber das Kind? Antonia konnte schließlich nichts für die Probleme ihrer Eltern.“ Einen Moment lang schwiegen beide. Dann fügte Julies Vater hinzu: „Eins muss man jedoch sagen: Helmut hat keine arme Frau sitzen lassen! Simone war reich, sie besaß dieses riesige Hotel, das später ihre Tochter erbte. Helmut hingegen starb als armer Mann. Und nun will seine Tochter, dass das Hotel unserer Familie zufällt … Das Leben kann manchmal ganz schön verrückt sein, nicht wahr?“

Julie seufzte zustimmend.

NACHDEM sich Julie von ihrem Vater verabschiedet hatte, fühlte sie sich aufgekratzt und zerschlagen zugleich. Am liebsten hätte sie sich schlafen gelegt, doch sie ahnte, dass sie keinen Schlaf finden würde. Jetzt war sie schon so weit gekommen – aber sie wusste immer noch nicht, woran Rosanna so plötzlich gestorben war.

„Also, alles noch mal von vorn!“ Sie musste die Unterlagen noch einmal durchsehen, jeden Fetzen Papier, jeden Zeitungsschnipsel, jedes Foto. Das war sie Antonia – und Rosanna – schuldig.

STUNDE um Stunde verging, ohne dass Julie etwas Nennenswertes entdeckte. Weil sie nicht wusste, was sie sonst noch tun konnte, nahm sie sich erneut das Fotoalbum mit den Bildern von Rosanna, Simone und dem „Kuckucksnest“ vor. Nachdem sie alles durchgesehen hatte, rutschte ihr ganz hinten, zwischen dem letzten Blatt und dem rückwärtigen Einband, der Stapel Briefe entgegen, den sie zu Anfang schon einmal in den Händen gehalten hatte: Briefe von Gästen, die Rosanna für die schöne Zeit gedankt hatten. Julie waren sie bisher unwichtig erschienen.

Sie beschloss gerade, nun auch noch diese Briefe zu lesen, als ihr ein Umschlag auffiel: Er war nicht adressiert. Und er war ungeöffnet.

Ein Prickeln überfiel Julie, die Härchen an ihren Unterarmen standen plötzlich zu Berge.

Vorsichtig ritzte sie mit dem Fingernagel den brüchigen Umschlag auf. Ganz gleich, was sich darin befand – sie war die Erste, die das Geschriebene zu lesen bekam.

In dem Umschlag befanden sich zwei dicht beschriebene Blätter, die Julie mit zittrigen Fingern auffaltete. Als sie die Schrift sah, stockte ihr für einen Moment der Atem. Die engen, aufrechten Buchstaben waren ihr schon so oft unter die Augen gekommen! In Gehaltsabrechnungen, Eintragungen im Gästebuch, auf alten Speisekarten …

Es war Simones Schrift.

Mit bis zum Zerreißen gespannten Nerven begann Julie zu lesen.

Nun machten sich die Geister der Toten also doch noch auf den Weg in die Gegenwart.

31. Oktober 1919

Das ist es nun – das Ende. Gottes Zorn hat mir das Liebste genommen, das ich auf dieser Welt hatte. Weil ich nicht genug gebetet habe? Weil ich zu hochmütig war? Weil ich geglaubt habe, das Schicksal nach meinen Wünschen formen zu können?

Aber Gott hatte mir doch ein Zeichen geschickt! Warum soll es dann Hochmut sein, dass ich danach gehandelt habe?

Trotzdem bin ich bereit, meine Strafe anzunehmen. Aber keiner schenkt meinen Worten Glauben.

„Ich habe Rosanna umgebracht!", sagte ich immer wieder – zu dem Doktor, der herbeieilte, als sich Rosanna krümmte und vor Schmerzen schrie, als sie sich die Seele aus dem Leib kotzte. Doch er stieß mich zur Seite, als würde er ein störendes Möbelstück aus dem Weg räumen. Säfte, Tinkturen, Tabletten – alles hat er ihr gegeben. Aber der Durchfall, das Erbrechen nahmen kein Ende. Und dann das Röcheln, als ihr die Luft knapp wurde … Nie werde ich dieses Geräusch vergessen.

O Herr im Himmel, hilf! Was habe ich nur getan?

„Ich habe Rosanna umgebracht!", sagte ich auch zu Helmut. Er nahm mich in den Arm und heulte an meiner Schulter wie ein Schlosshund. Er glaubt, die Trauer habe mich wahnsinnig gemacht. Alle glauben das. Doch dem ist nicht so. Gott weiß das.

Aber was hätte ich denn tun sollen? Einfach weiter zuschauen, wie mein Engel in sein Verderben rennt? Nach allem, was Rosanna für mich getan hat? Wochenlang habe ich darüber nachgegrübelt, wie ich Helmut loswerden könnte. Woran habe ich nicht alles gedacht! Ein Unfall mit einer Kutsche – nicht zu bewerkstelligen. Ein fehlerhaftes Gewehr bei der Jagd – ebenfalls unmöglich. Sogar Glasscherben wollte ich ihm ins Essen tun. Aber das wäre bestimmt aufgefallen.

Und dann … in jener Nacht, als Helmut mir von seinen Heiratsplänen erzählt hatte und ich hinausgerannt war, stand plötzlich dieses Blümlein mit seinem mit Gift gefüllten Kelch vor mir. Eine Herbstzeitlose. Hätte ich dieses Zeichen ignorieren sollen? Gottes Zeichen?

Fünf Samen davon sind tödlich – hat er mir mit der Stimme meiner Mutter ins Ohr geflüstert. Und ich war Gott so unendlich dankbar!

Ich konnte doch nicht wissen, dass es Rosanna sein würde, die in jener Nacht den Kuchenteller leer aß! Das hat sie noch nie getan. Wo war Gott bloß in dieser Nacht?

„Du und dein lieber Gott – der kennt uns doch gar nicht!", hat Rosanna immer gesagt. Hatte sie damit am Ende Recht?

Simone Breuer

DER LETZTE Dezembertag war kalt und trocken. Eine schwache Vormittagssonne schien, während die Menschen überall in der Stadt letzte hektische Vorkehrungen für die Silvesterfeiern trafen.

Leicht befremdet betrachtete Julie das Gewimmel, während sie ihren Wagen im Schritttempo durch Freiburg steuerte. Genauso gut hätte sie in einem Raumschiff sitzen und von einem anderen Planeten kommen können. Ihr Blick fiel auf die Aktentasche, die auf dem Beifahrersitz lag. Darin befand sich ihr Bericht, die Arbeit von drei Monaten. Säuberlich ausgedruckt und im Copyshop mit einem eleganten dunkelgrünen Einband versehen, auf den sie ein Foto von Rosanna und Simone hatte drucken lassen.

Noch immer holte sie der Schrecken ein, wenn sie an jene letzte Nacht im Oktober dachte, als sie in einem Stapel belangloser Briefe Simones Geständnis gefunden hatte.

Trotzdem hatte Julie in den letzten beiden Monaten ein wenig Abstand gewonnen. Auch wenn viele Fragen für immer unbeantwortet bleiben mussten, war es ihr doch gelungen, Rosannas rätselhaften Tod aufzuklären. Durch einen Zufall, gewiss, aber was machte das für einen Unterschied? Es käme häufig vor, dass ein schlichter Zufall nach langen und peniblen Recherchen zum Erfolg führte, hatte Jan Bogner ihr erklärt.

Jan Bogner. Julie lächelte. Seit sie aus Rombach zurück war, hatten sie mehrmals telefoniert und sich einmal auch getroffen. Er war ein echter Freund geworden.

Neben der Aktentasche stand ein Korb. Darin befanden sich ein Laib Weißbrot, geräucherter Lachs und Heringssalat vom Fischladen um die Ecke und eine Flasche Sekt.

Julie hatte diesen kleinen Imbiss mit gemischten Gefühlen eingepackt.

Waren Sekt und Lachshäppchen angebracht angesichts dessen, was sie Antonia zu erzählen hatte? „Ach ja, übrigens, Ihre Mutter war eine Mörderin! Möchten Sie noch ein Gläschen Sekt?“ Andererseits wollte Julie nicht mit leeren Händen zu Antonia kommen. Doch wie sollte sie nur anfangen? Und sollte sie Antonia wirklich alles erzählen?

Endlich hatte sie Freiburg hinter sich gelassen. Je höher sie in den Schwarzwald hinauffuhr, desto spärlicher wurde der Verkehr. Hier oben wurde die Landschaft hinter jeder Serpentine weißer. Raureif ließ die Landschaft glitzern. Obwohl ihr Kopf voll war mit dem, was ihr bevorstand, konnte Julie sich dem Zauber der winterlichen Umgebung nicht entziehen. Sie lächelte.

Es war schön, hier oben zu sein.

ANTONIA betrachtete die junge Frau, die ihr gegenüber mit angezogenen Beinen auf dem Sessel saß. Das Licht der Kerzen, die auf dem Tischchen davor standen, tauchte ihre linke Gesichtshälfte in Schatten, während ihre rechte Seite regelrecht glühte. Es würde keine drei Minuten dauern, und Julie würde ihre Beine wieder auf den Boden stellen oder nach vorn auf die Kante des Sessels rutschen. Ihre Hände begleiteten wie unruhige kleine Tiere ihre Rede … Julies Nervosität hatte im Laufe des Abends eher noch zugenommen, stellte Antonia mit einem Anflug von Mitleid fest.

Wie kann ich so ruhig bleiben, während sich Julie derart quält?, fragte sie sich stumm und versuchte zum wiederholten Mal, einen Blick in ihr Innerstes zu werfen. Ihre Mutter, ihre eigene Mutter, die man nie ohne einen Rosenkranz in der Hand angetroffen hatte, war eine Mörderin gewesen. Erst Karl Moritz, dann Rosanna und ihr ungeborenes Kind. Warum erschreckte sie diese Erkenntnis so wenig? Antonia wusste es nicht.

Seit dem späten Nachmittag saßen sie nun schon beisammen. Als Julie angekommen war, hatte Antonia den Tisch bereits gedeckt. Sie hatte beim Metzger eine kalte Platte bestellt, an deren Rand sie Julies mitgebrachten Lachs platzierte.

Während des Essens hatten sie sich über Belanglosigkeiten unterhalten.

Julie hatte zuerst von ihrem Alltagsleben im „Kuckucksnest“ erzählt. Und davon, wie erstaunlich gut sie in der Einsamkeit zurechtgekommen sei. Schließlich sprach sie von Jan Bogner und erzählte, dass sie sich angefreundet hätten. Antonia, die den jungen Mann inzwischen auch kennen gelernt hatte, freute sich darüber. Er habe so etwas durch und durch Ehrliches an sich, sagte sie.

Und das als Privatdetektiv, ergänzte Julie kichernd.

Ein gemütlicher Jahresausklang unter zwei sich nicht allzu nahe stehenden Verwandten – für einen fremden Betrachter hätte es genau danach ausgesehen. Doch über alldem lag eine fast fühlbare Spannung. Es war noch nicht einmal neunzehn Uhr – die Kirchenglocken läuteten gerade zum abendlichen Gottesdienst –, als Julie es nicht länger ertrug und fragte, ob Antonia nun anfangen wolle, den Bericht zu lesen. Sie würde sich ins Gästezimmer zurückziehen – es war ausgemacht, dass sie bei Antonia übernachtete –, doch davon wollte Antonia nichts hören. Sie würde den Bericht bestimmt einmal lesen, sagte sie, aber eigentlich wäre es ihr lieber, wenn Julie ihr in eigenen Worten von ihren Recherchen berichtete.

Und so begann Julie zu erzählen, wie Rosanna einst nach Rombach gekommen war und bei der Familie Breuer ein neues Zuhause fand. Davon, wie sie und Simone sich angefreundet hatten und dass diese Freundschaft im Laufe der Zeit für Simone immer wichtiger wurde.

Antonia hörte die meiste Zeit über schweigend zu. Immer wieder fragte Julie nach, ob Antonia die ganze Sache nicht zu viel werde. Antonia hatte jedes Mal abgewinkt und Julie fast ungeduldig zum Weitererzählen angetrieben.

Um kurz nach elf war Julie am Ende ihrer Geschichte angelangt.

DA DAS Schweigen zwischen ihnen immer beklemmender wurde, stand Antonia auf und ging in die Küche. Als sie zurückkam, balancierte sie auf einem kleinen Tablett eine Flasche Sekt und zwei Gläser.

„Sekt? Jetzt?“

Antonia lächelte über Julies offensichtliche Verwirrung. „Wenn nicht jetzt, wann dann?“, erwiderte sie mit mehr Überzeugung, als sie verspürte. „Oder meinten Sie die Tatsache, dass es noch nicht Mitternacht ist?“

Julie runzelte die Stirn. „Sie wissen genau, was ich meine.“ Sie nahm Antonia die Flasche aus der Hand und öffnete sie. „Ich bin ehrlich gesagt ein wenig sprachlos“, sagte sie, während sie die beiden Gläser füllte. „Ich meine, das alles kann doch nicht leicht für Sie sein. Und trotzdem ...“ Sie wies mit dem Kinn auf das Glas, das sie Antonia reichte.

„Nicht trotzdem, sondern gerade deshalb! Auf Ihr Wohl, liebe Julie!“

Antonia nahm einen zaghaften Schluck. Dann ergriff sie Julies Hand.

„Zuerst einmal möchte ich Ihnen für alles danken, was Sie auf sich genommen haben. Es war bestimmt nicht einfach.“ Sie machte eine unbestimmte Handbewegung. „Ach was, es war höllisch schwer, sonst hätte ich mich ja nicht ein Leben lang davor gedrückt!“ Antonia lachte bitter auf und hob erneut ihr Glas. „Ich will Ihre Arbeit mit dem, was ich Ihnen jetzt zu sagen habe, gewiss nicht schmälern, aber … eigentlich habe ich meinen Frieden schon in dem Moment gefunden, als ich den Anwalt beauftragte, nach Ihnen zu suchen. Allein die Tatsache, dass ich endlich, nach all den Jahren, den Mut gefunden hatte, mich der Vergangenheit zu stellen, war eine Erlösung für mich. Es ist wie mit dem Krebs: Ich habe das Gefühl, dass etwas aus mir herausgekommen ist, was ich viel zu lange beherbergt habe.“

Antonia nahm noch einen Schluck Sekt. Ihre Unterlippe bebte, doch dann straffte sie sich. „Wie ich schon sagte: Sie haben gute Arbeit geleistet. Am dritten Januar haben wir einen Termin bei Herrn Schleicher. Dann werde ich Ihnen offiziell das ‚Kuckucksnest‘ überschreiben.“ Sie winkte ab, als Julie auffuhr. „Sie haben doch nicht etwa geglaubt, ich würde wortbrüchig werden, oder?“

Julie schüttelte verlegen den Kopf.

„Na also!“ Antonia lächelte. „Aber eines sind Sie mir noch schuldig …“

„Und das wäre?“

„Sie haben gut recherchiert. Mein Kompliment! Aber ein letztes Teilchen – vielleicht das wichtigste – fehlt immer noch …“ Antonia hielt einen Moment lang die Luft an. „Das Glück, das aus dem ‚Kuckucksnest‘ verschwunden ist – erinnern Sie sich?“

In diesem Moment läuteten die Kirchenglocken das neue Jahr ein. Julie stand auf und machte einen Schritt auf Antonia zu. Die beiden Frauen umarmten sich, doch ihre Bewegungen hatten trotz aller Herzlichkeit etwas Mechanisches. Antonia fragte, ob Julie vors Haus gehen wolle, um das Feuerwerk anzuschauen, doch Julie verneinte. Sie schlug vor, einen Kaffee zu kochen, bevor sie Antonias letzte Frage beantwortete.

„Ja, warum ist das Glück aus dem ‚Kuckucksnest‘ verschwunden?“ Julie inhalierte tief den aus der Tasse aufsteigenden Kaffeeduft. „Es wäre zu einfach zu glauben, dass es nur mit der Schuld zu tun hat, die Ihre Mutter auf sich geladen hat. Obwohl dies auch mein erster Gedanke war“, hob sie an.

Antonia runzelte die Stirn, und Julie sprach hastig weiter: „Glück – was ist das überhaupt? Wann ist jemand wirklich glücklich? Und gibt es wirklich Glück auf Dauer? Ich weiß es nicht … Es gibt immerhin Menschen, die sich für ewige Glückspilze halten. Und andere, die sich als die ewigen Verlierer sehen. Aber ist es nicht eher so, dass das Schicksal keinen von uns wirklich bevorzugt? Rosanna zum Beispiel – welche Schicksalsschläge hat sie einstecken müssen! Trotzdem war sie kein unglücklicher Mensch." Julie nahm einen Schluck Kaffee, bevor sie weitersprach. „Vielleicht ist ein Mensch dann glücklich, wenn er lieben kann und wenn er geliebt wird – keine Ahnung!" Sie lachte verlegen auf. „Also, ich weiß wirklich nicht, ob ich Sie weiter mit meinem pseudophilosophischen Gerede langweilen soll ..."

Antonia winkte ungeduldig ab. „Sie langweilen mich nicht, ganz im Gegenteil."

Julie wagte einen neuen Versuch. „Wenn Glücklichsein mit Liebe zu tun hat, dann hatte das Glück auf dem Moritzhof vor allem mit Rosanna zu tun! Sie war eine Frau, die geliebt hat, ohne Vorurteile, jenseits jeglicher konventioneller Vorstellung von Liebe. Sie liebte Simone – das ungeliebte Kind. Sie liebte Zacharias, den schwachen Sohn. Sie hat Karl Moritz, den verschrobenen Alten, geliebt. Immer wieder wurden ihr unlautere Motive unterstellt, dabei war ihre Liebe ehrlich und unbefangen. Rosanna fand an jedem etwas Liebenswertes. Sie war wie ein glatter, runder Fels, der Wärme ausstrahlte und an dem sich die Menschen aufwärmen konnten. Ihre Liebe kostete nichts." Julie schaute auf, um sich zu vergewissern, ob Antonia ihr noch folgte.

„Reden Sie weiter", sagte diese mit rauer Stimme.

„Simones Liebe dagegen kostete etwas. Sie war nicht frei, sondern einengend. Wer von ihr geliebt wurde – und das war nur ein einziger Mensch –, der durfte seinerseits niemand anders lieben. Simone sah ihre Liebe zu Rosanna als Bestimmung an, als eine von Gott auferlegte Aufgabe."

„Das kann man wohl sagen ..." Ein dunkler Schatten huschte über Antonias Gesicht.

Julie wäre gern aufgestanden und hätte die alte Dame noch einmal in den Arm genommen. Stattdessen fuhr sie fort: „Aber Liebe kann man nicht erzwingen. Und das Glück ebenso wenig. Beides hat mit innerer Freiheit zu tun." Julies Blick war wieder nach innen gerichtet, als sie sagte: „Vielleicht liegt darin das Geheimnis eines tiefen Glücksgefühls. Um seiner selbst willen geliebt zu werden und zu wissen: Diese Liebe ist ein Geschenk, ich kann sie nicht erzwingen, ich kann ihr keine Zügel anlegen und sie festbinden. Dieses Glück ist das Wertvollste, was es überhaupt gibt!"

21. Juni 2002

Julie erwachte davon, dass ihr kalt war. Fröstelnd zog sie die Bettdecke hoch und blinzelte in Richtung Fenster. Es war taghell. Trotzdem sagte ihr Gefühl ihr, dass es noch nicht einmal sechs Uhr morgens war. Das Licht war noch blass und spiegelte sich nur schwach in den silbrigen Tautröpfchen, die wie Perlen an den Geranien in den Fensterkästen hingen.

Julie hatte sich gerade wieder gemütlich in ihr Kissen geschmiegt, als sie wie von einer Tarantel gestochen emporschoss. „Heute ist doch …"

Mit einem Ruck sprang sie aus dem Bett.

Wo sind die anderen nur?, fragte sie sich ärgerlich, als sie mit bloßen Füßen in der Küche stand. Heute war der große Tag – und keinen außer ihr schien es zu interessieren. Theo nicht, Jean-Claude nicht, nicht ihren neuen Koch, die Küchenhilfen, niemanden an der Rezeption … Julies Blick wanderte aus dem Fenster in Richtung der ehemaligen Scheune, die sie zu Schlafquartieren für ihre Dozenten umgebaut hatten.

Aus den schlichten Schlafquartieren war im Augenblick kein Mucks zu hören. Kein Wunder nach der Party letzte Nacht!

Mit eingerollten Zehen stand Julie an der Theke und bereitete sich eine Tasse Milchkaffee zu. Als die große Maschine zu brodeln und zu dampfen begann und gleich darauf aromatischen Kaffeeduft verströmte, beruhigten sich ihre Nerven wieder. Sie setzte sich an den Küchentisch und trank einen Schluck, während sie im Geiste den Plan für den Tag durchging. Der eigentliche Sektempfang, mit dem das „Arthotel Kuckucksnest" feierlich eröffnet werden und bei dem neben vielen anderen auch der Rombacher Bürgermeister anwesend sein würde, war für fünf Uhr nachmittags geplant. Nicht der Bürgermeister, sondern Antonia würde den letzten, feierlichen Pinselstrich an der Fassade ausführen. Danach wollten sie die Renovierung für abgeschlossen und das Hotel für eröffnet erklären. Anschließend würde im Speisesaal ein kaltes Büfett aufgebaut sein. Nach dem Essen wollte Julie dann eine Rede halten.

Bei dem Gedanken begannen ihre Nerven wieder zu flattern. Was, wenn ihre Worte nicht ankamen? Eilig löffelte sie den warmen Milchschaum von ihrem Kaffee. Nach Schokolade war heiße Milch das zweitbeste Beruhigungsmittel, das sie kannte.

„Was machst *du* denn schon hier?" Mit zwei riesigen Sträußen weißer Lilien im Arm stand Theo in der Küchentür.

„*Schon* ist gut!“, erwiderte Julie vorwurfsvoll. Sie machte eine ausladende Handbewegung. „Kein Mensch weit und breit!“

„Wozu denn auch?“, erwiderte Theo sorglos. „Es ist alles vorbereitet. Lass sie doch ruhig ausschlafen, dann sind sie den Tag über wenigstens in Topform.“

Unwillkürlich musste Julie lachen. „Ach, Theo, wenn ich dich nicht hätte! Ich weiß auch nicht, was mit mir los ist. Ich freu mich so auf den heutigen Tag! Trotzdem rast mein Puls, und mein Herz springt fast aus dem Hals. Dabei ist ja wirklich alles bestens organisiert.“ Sie seufzte. „Vielleicht ist es gerade das. Vielleicht stecken mir einfach die letzten achtzehn Monate in den Knochen …“

Manchmal, wenn sie über alles nachdachte, überkam sie immer noch ein Gefühl, als würde sie träumen.

Doch ihr Traum hatte schon an einem kalten Januartag des vergangenen Jahres begonnen, Wirklichkeit zu werden: als Antonia und sie sich wegen der Überschreibung des Moritzhofes auf dem Rombacher Grundbuchamt getroffen hatten.

Es hatte einige Zeit gedauert, bis sie sich an den Gedanken gewöhnte, nun Großgrundbesitzerin zu sein, so wie es Rosanna vor hundert Jahren ebenfalls widerfahren war. Und immer wieder gab es Tage, an denen ihr die Verantwortung, der Stress, die vielen Dinge, die es zu koordinieren gab, zu viel zu werden drohten. Eine Last? Sicher. Aber eine angenehme Last.

Kurz nach dem Notartermin war das Unternehmen Arthotel Kuckucksnest angelaufen. Zunächst etwas stotternd, denn erst die dritte Bank war zu einem Darlehen bereit gewesen.

Julie hatte eine Art Déjà-vu gehabt, als Theo und sie ihre Unterschrift unter den Vertrag setzten: Genauso war es Rosanna und Simone ergangen, damals, im Jahr 1902. Auch sie hatten ihr Geld in einen Topf geworfen und waren dadurch aneinander gebunden. Einen Unterschied gab es allerdings: Theo war weder psychopathisch veranlagt, noch liebte sie Julie krankhaft. Sie war einfach eine mutige Geschäftsfrau, die ihre Chance witterte und bereit war, dafür ein Risiko einzugehen.

Der Architekt, ihr Freund, der zu jener Zeit nicht viel zu tun hatte, bot ihnen an, zu einem Freundschaftspreis die Bauanträge für die Umbaugenehmigung zu erstellen und später die Bauleitung zu übernehmen. Ohne ihn hätten sie es bestimmt nicht geschafft.

Den ganzen Sommer und Herbst des letzten Jahres über hatte ein Handwerker dem anderen die Klinke in die Hand gegeben, und im

Dezember 2001 war die Innenrenovierung abgeschlossen. Zwanzig Zimmer, jedes mit eigenem Bad und WC, warteten auf ihre Gäste. Was noch fehlte, waren die Räumlichkeiten für den Kunstunterricht, die im Spicher Platz finden sollten.

WÄHREND sich der Architekt dem Umbau des Spichers widmete, hatten Theo und Julie sich um die Vermarktung des Arthotels gekümmert.

Die Geschichte wiederholt sich – dieses Gefühl befiel Julie erneut, als sie beim Baedeker-Verlag wegen eines Eintrags in den Schwarzwaldführer nachfragte.

Die Geschichte wiederholt sich nicht!, widersprach sich Julie selbst, nachdem sie sich zu den Breuers aufgemacht hatte, um ihnen eine Zusammenarbeit anzubieten. Sie wollte verhindern, dass zwischen ihnen böses Blut entstand wie zwischen Rosanna und den Breuers vor hundert Jahren.

Das Gespräch verlief jedoch zäh und war gespickt mit unterschwelligen Vorwürfen gegenüber Julie und Antonia. Dass die alte Dame eine entfernte Verwandte der eigenen Familie vorgezogen hatte – dieser Stachel saß tief. Doch am Ende hatten die Breuers eingewilligt, einen Versuch zu wagen.

Als Nächstes galt es, die Personalfragen zu klären. Was den Kunstunterricht anging, hatten Theo und Julie eine Überraschung erlebt: Ihre Dozenten drängten sich geradezu danach, im „Kuckucksnest" unterrichten zu dürfen! Zumal Theo und Julie entschieden hatten, „Soul Fantasies" in Freiburg nicht aufzugeben, sondern wie bisher weiterzuführen. Sowohl Theo als auch Julie wollten ihre Wohnungen in der Stadt fürs Erste behalten und alle vierzehn Tage nach dem Rechten sehen. Die restliche Zeit war Kurt, einer ihrer ältesten Mitarbeiter, für die Kunstschule verantwortlich.

Für das Arthotel wurden eine Hausdame, ein Koch und mehrere Zimmermädchen eingestellt, allesamt Frauen aus Rombach, die halbtags arbeiteten.

Julie fühlte sich plötzlich leicht und unbeschwert, und die Vorfreude überwog ihr Lampenfieber. Vom heutigen Tag an wurde das „Kuckucksnest" wieder mit Leben gefüllt, so wie Antonias Wille es vorsah.

JULIE ließ es sich nicht nehmen, ihren „Ehrengast" persönlich abzuholen, obwohl die Breuers angeboten hatten, Antonia mitzubringen. Antonia war gesund, sie hatte den Krebs besiegt.

Statt Vorfreude zeichnete die Aufregung tiefe Furchen in Antonias Stirn – die vielen Menschen, die Eröffnungszeremonie, bei der sie den letzten symbolischen Pinselstrich am Hotel vornehmen sollte. Erst als sie den offiziellen Teil des Tages hinter sich gebracht hatte, glättete sich ihre Stirn allmählich wieder.

„Nun? Wie findest du alles?“ Julie machte eine weit ausholende Handbewegung in Richtung Speisesaal, wo sich die Gäste noch bedienten. Antonia hielt sich an einem Sektglas fest und lächelte.

„Es ist wunderschön geworden! Viel schöner, als ich es mir vorgestellt habe. Ihr habt die Seele des ‚Kuckucksnests‘ bewahrt, aber auch viel Eigenes hinzugefügt, sodass etwas Einzigartiges entstanden ist. Die Leute werden euch die Bude einrennen, warte nur ab!“

Das Sektglas in Antonias Hand zitterte ein wenig, ob vor Erschöpfung oder Rührung, konnte Julie nicht sagen.

Auf dem Büfett standen inzwischen Thermoskannen mit Kaffee und Tee sowie mehrere Kuchen.

Doch vor der Erdbeertorte war Julie an der Reihe.

Als sie nun in die vielen erwartungsvollen Augen schaute, war ihr Lampenfieber wie weggeblasen. Sie räusperte sich.

„Liebe Freunde, liebe Gäste, liebe Antonia! Heute ist für uns alle ein großer Tag – das Arthotel Kuckucksnest öffnet seine Pforten! Fast eineinhalb Jahre arbeiten wir nun schon an unserem Traum, und heute ist er endlich wahr geworden. Dass wir heute zusammen feiern, haben wir zwei Frauen zu verdanken. Eine davon ist Antonia Fahrner. Ohne ihren Willen, dem alten Hof wieder Leben einzuhauchen, gäbe es dies alles nicht. Danke, Antonia, danke für das Vertrauen, das du in mich und Theo hattest.“

Julie wandte sich um und nahm aus Theos Händen einen Strauß Sonnenblumen entgegen, den sie unter viel Applaus Antonia überreichte. Dann sprach sie weiter. „Die zweite Frau, der wir dieses Hotel zu verdanken haben, heißt Rosanna Moritz. Sie war es nämlich, die fast genau vor hundert Jahren an dieser Stelle stand und das erste Hotel weit und breit eröffnete!“ Ein anerkennendes Murmeln ging durch die Runde, und Julie fühlte sich Rosanna ganz nahe.

„Aber Rosanna hatte mehr als Power! Sie hatte die einzigartige Gabe, Menschen glücklich zu machen. Wer zu ihr kam, hatte das Gefühl, zu Hause zu sein. Für sie war jeder Gast etwas Besonderes.“ Julie schluckte. „Es wäre anmaßend zu sagen, dass ich hoffe, Theo und ich werden irgendwann einmal in Rosannas Fußstapfen treten. Aber wir – das ganze

Team vom Arthotel Kuckucksnest – werden auf unsere Art versuchen, unseren Gästen eine schöne Zeit zu bereiten."

Wieder begannen die Leute zu klatschen, allen voran der Rombacher Bürgermeister.

„Ich will Sie nun nicht viel länger aufhalten. Doch bevor wir uns wieder den leiblichen Genüssen zuwenden, möchte ich noch einmal Rosannas gedenken."

Langsam drehte sich Julie zur Wand um, langte nach einem roten Tuch, das an zwei Nägeln befestigt war, und zog es herunter.

„Möge Rosannas Geist uns alle hier oben begleiten!"

Beim Anblick von Rosannas Bildnis erscholl ein lautes Raunen der Bewunderung. Julie hatte Kurt mit dem großen Porträt beauftragt, als Grundlage dienten ihm die Schwarz-Weiß-Fotografien aus den Fotoalben. Und nun stand Rosanna fast lebensecht vor ihnen. Ihr Blick stolz, warmherzig und distanziert zugleich.

Unten auf dem Rahmen des Bildes hatte Julie eine kleine Messingplatte anbringen lassen. Folgende Worte waren darin eingraviert:

TEMPUS FUGIT, AMOR MANET.
Die Zeit vergeht, die Liebe bleibt.

Julie nahm ein Sektglas von dem Tablett, das eine der Kellnerinnen gerade herumreichte. „Auf Rosanna!", rief sie.

„Auf Rosanna!", hallte es aus vielen Kehlen wider.

Foto: Chris Sagrati

Inspiriert vom Zauber alter Gegenstände

Lesen und Schreiben – diese beiden Leidenschaften prägten das Leben der 1965 in der Nähe von Stuttgart geborenen Schriftstellerin Petra Durst-Benning von Kindesbeinen an. Im Alter von zwölf Jahren kannte sie die Regale der kleinen Gemeindebücherei in- und auswendig, und um ihren Lesehunger zu stillen, schleppten die Eltern zudem Berge gebrauchter Bücher vom Flohmarkt an.

Somit war es nur eine Frage der Zeit, bis Petra Durst-Benning schließlich begann, selbst Geschichten zu schreiben. Ihre Anregungen schöpft sie unter anderem aus der Arbeit im Antiquitätengeschäft ihrer Eltern: „Bei uns im Laden gibt es keine seelenlosen Fabrikwaren. Jedes Stück erzählt eine Geschichte – für mich ist das eine reiche Quelle an Inspirationen."

Auf die Idee zu *Antonias Wille* kam Petra Durst-Benning durch einen Fernsehbericht über den südlichen Schwarzwald. Da für die Autorin gründliche Recherchen zu ihren Romanen unerlässlich sind, fuhr sie zusammen mit ihrem Mann in den Hotzenwald, einen Teil des Schwarzwaldes, und mietete sich dort in einem alten, original restaurierten Berghof ein – und dieser gefiel ihr so gut, dass er zum Vorbild für das „Kuckucksnest" wurde. Bei den Recherchen waren ihr dann Einheimische überaus behilflich, vor allem Ernst Hug aus Sankt Märgen. Ob es ums Wallfahren ging oder um Votivtafeln, um Waldheidelbeeren oder den ersten Skilift der Welt – er wusste Bescheid.

Die Tote im Regen
John Rickards

Wer ist der Tatverdächtige, von dem die Polizei nicht einmal den Namen weiß, wirklich? Und wie ist es möglich, dass er, obgleich in Handschellen, den Gang der Ermittlungen genau zu steuern scheint?

Privatdetektiv Alex Rourke kommt der verblüffenden Wahrheit Schritt für Schritt näher – und damit auch der Falle, die von langer Hand vorbereitet wurde.

Prolog

„Ich verstehe nicht, warum Jimmy so stur ist und ihn ständig aufstellt", nörgelt Sheriff Dale Townsend mit erhobener Stimme, um den auf den Jeep herabprasselnden Regen und das Scharren der Scheibenwischer zu übertönen. „Das sieht doch jeder, dass der Kerl einfach nicht in Form ist. Sein Selbstvertrauen ist weg, er hält den Schläger viel zu verkrampft. Jimmy sollte ihm zwei Spiele lang Ruhe gönnen und ihn dann zum Saisonfinale wieder einsetzen."

„Rendalls Schläge waren letztes Jahr Weltklasse", erwidert Townsends Kollege Deputy Andy Miller, den Blick auf die im Scheinwerferlicht vor ihm liegende Fahrbahn gerichtet. „So einen kann man nicht abschreiben. Sein Einsatz wird sich auszahlen."

„Vielleicht." Townsend reibt die Hände gegeneinander und starrt geistesabwesend in die dunkle Landschaft hinaus. Jäh zuckt ein Blitz über die Bäume am Rande des Highways, wild durcheinander liegendes, tropfnasses Laub und düstere blaue Schatten. Dann kehrt die Dunkelheit zurück. Zugleich verrät ihm das schriller werdende Pfeifen des Windes, dass sie den Wald hinter sich gelassen haben. Vor ihnen liegen sechs Kilometer flaches Grasland, bis die Straße Winter's End im Nordosten Maines erreicht. Sechs Kilometer bis nach Hause. Er schaut auf die Uhr.

„Macht dir deine Frau jetzt die Hölle heiß, weil du sie so lange hast warten lassen?", fragt der Deputy.

„Nö, sie weiß ja, dass es spät wird; bei so einem Hundewetter kann ich unmöglich die genaue Zeit wissen."

„Wann kommt dein Auto aus der Werkstatt?"

„Morgen. Haben sie mir zumindest so gesagt."

„Na ja, falls es länger dauert, kannst du gern weiter bei mir mitfahren. Zumindest bis zum Schichtwechsel nächste Woche."

Sheriff Townsend setzt gerade zu einer Antwort an, als wieder ein Blitz über den Himmel flackert und seine Aufmerksamkeit auf etwas weiter vorne lenkt. „Was zum Henker …?", entfährt es ihm.

Der Deputy bremst den Wagen ab und schaltet reflexartig die blauen und roten Signallichter an.

Die Vorderlichter erfassen einen von der Hüfte aufwärts nackten Mann, auf dessen Haut die Regentropfen tanzen. Als Erstes denkt Townsend unwillkürlich, dass ihm lausekalt sein muss. Der Mann starrt auf die Erde vor sich hinunter, er ist absolut regungslos, beide Hände hängen seitlich herab. Jede Hand hält ein Jagdmesser. Zu seinen Füßen liegt ein entblößter Frauenkörper, die Haut im grellen Licht weiß glänzend.

„Andy, fordere Verstärkung an“, flüstert Townsend.

Er zieht seine Pistole, entriegelt langsam die Tür und tritt in den Platzregen hinaus. Das Wasser trifft ihn wie eine kalte Dusche, doch er spürt nur das beruhigende Gewicht der Waffe, als er sie hebt und auf die Gestalt vor sich zielt.

„Polizei!“, bellt er. „Messer auf den Boden legen, dann die Hände hoch, und zwar so, dass ich sie sehen kann, und langsam zum Einsatzwagen kommen!“

Zu seiner Linken geht die andere Tür auf, und Andy steigt aus. Die Bewegungsabläufe des Deputy spiegeln die Townsends wider: Er hält die Pistole schussbereit im Anschlag.

Der Mann, der nach Townsends Schätzung höchstens Mitte zwanzig ist, sieht auf, und sein Blick richtet sich auf den Sheriff. Sein Gesicht ist von der Kälte ganz bleich. Die Haare sind klatschnass. Die Augen sind schwarze Löcher, in denen sich die blauen und roten Lichter vom Dach des Jeeps spiegeln. Ein langsames, beinahe spöttisches Lächeln breitet sich über sein Gesicht aus, während er die Messer behutsam auf den Boden legt. Dann kommt er mit erhobenen Händen gelassen zum Jeep herübergeschritten.

Andy legt ihm Handschellen an und durchsucht ihn nach weiteren Waffen. Unterdessen beugt sich Townsend über die Frau. Dem Aussehen nach ist sie Ende dreißig. Sie hat schulterlanges dunkles Haar und eine gute Figur. Ihr trotz der unwirklichen Gegenwart des Todes durchaus hübsches Gesicht ist ihm vertraut. Ihre Brust ist über und über von Stich- und Schnittwunden zerfetzt, die der Regen reingewaschen hat. Obwohl Townsend wenig Hoffnung hat, ein Lebenszeichen festzustellen, fühlt er ihr rein routinemäßig den Puls. Nichts. Wieder zuckt ein Blitz auf, und der Regen wird noch heftiger.

„Verhafte diesen Burschen wegen Mordverdachts!“, ruft er dem Deputy hinter sich zu. „Und benachrichtige die gerichtsmedizinische Abteilung. Sie müssen jemanden rausschicken.“

1

Der Vormittag ist schon weit fortgeschritten, als ich das rote Ziegelgebäude unweit des Bostoner Fenway-Viertels erreiche, das mir als Büro, Arbeitsstätte und Ersatzzuhause dient. Auf dem Rücken spüre ich trotz der noch kalten Luft die wärmenden Strahlen der Maisonne. Der Himmel ist von einem eisigen Blau. Ich komme gerade von meinem Stammcafé, dem „Rick's", auf der anderen Straßenseite, eine Plastiktasse mit Espresso schmiegt sich warm gegen meine Handfläche. Dieses Gebräu habe ich jetzt dringend nötig. Ich bin müde, Frühstück hat es vor vier Stunden in einem mit Bauarbeitern voll gestopften Imbiss gegeben, und gestern Nacht habe ich zu viele Drinks geschluckt. Und das alles gewissermaßen dienstlich.

Ich erklimme die Stufen und mühe mich durch die Drehtür in das mit rotem Teppichboden ausgelegte Foyer. Fünf Firmen teilen sich mit meiner das Gebäude, und auf einer Tafel zwischen den zwei Aufzügen prangen die Namen in silberner Schrift.

Im Aufzug überprüfe ich an den verspiegelten Wänden mein Äußeres. Ich sehe genauso aus, wie ich mich fühle: hundemüde und dringend einer Dusche und Rasur bedürftig. An besseren Tagen, habe ich mir sagen lassen, besteht eine vage Ähnlichkeit mit einer hageren Version von Cary Grant. Heute würde ich mich schon mit einer vagen Ähnlichkeit mit einem Mitglied der Gattung Mensch zufrieden geben.

Als sich die Aufzugtür öffnet, fummle ich mit einer Hand eine Zigarette aus der Brusttasche meiner abgewetzten braunen Lederjacke und schiebe sie mir in den Mund. Im Gehen zücke ich das Feuerzeug, und während ich den ersten Zug inhaliere, biege ich nach links zum Empfangsraum ab und begrüße Jean, unsere Sekretärin, mit einem Winken. Meine Lunge füllt sich mit Nikotin, krebserregenden Stoffen und schleimigem schwarzem Dreck.

Auf dem Schild an der offenen Tür hinter mir steht: ROBIN GARRETT UND TEILHABER und darunter in kleinerer Schrift: *Staatlich anerkannte Privatdetektei, Sicherheitsberatung und Prozessbeistand*.

Ich schlendere durch die innere Tür neben Jeans Pult und trete in unser geräumiges, im Stil einer Einsatzzentrale gehaltenes Büro. Fünf Schreibtische, Kaffeemaschine und Wasserkühler, Reihen von Stahlregalen und ein halbes Dutzend Aktenschränke. Dazu Drehstühle aus Kunstleder, zwei Topfpflanzen, ein paar gerahmte Fotos an den Wänden. Von unseren drei jüngeren Mitarbeitern sind nur zwei anwesend, und beide führen gerade Telefonate. Kaum habe ich meinen Kaffee auf meinen Schreibtisch gestellt und mich auf dem Stuhl niedergelassen, ruft mir der Mann am Arbeitsplatz gegenüber zu: „Du hast es also endlich geschafft, wie ich sehe!“

Technisch gesehen ist Robin Garrett der Boss, tatsächlich aber sind wir eher Partner. Er hat als kleiner Privatermittler angefangen, und seit ich vor drei Jahren dazugestoßen bin, haben wir das Unternehmen mit Jean und drei weiteren Ermittlern ergänzt und sind schließlich in unser verhältnismäßig feudales Büro umgezogen.

„Morgen, Rob“, brumme ich beim Durchblättern der Post auf meinem Schreibtisch.

„Verschlafen oder verkatert?“

„Weder noch. Gearbeitet.“

Er zieht sarkastisch eine Augenbraue hoch. „Na, so was, da soll mich doch der Teufel holen! Ist dir aber nicht gut bekommen.“

„Nichts ist geschehen, was nicht ein Monat Schlaf und eine Hand voll Schmerztabletten beheben würden. Wir können den Ingrams mitteilen, dass ihr Sohnemann Jamie bei seiner Freundin Chrissie Evans in einem Apartment in der Bedford Avenue lebt. Sie studiert noch an der Universität, er ist gegenwärtig Angestellter des Monats in einem Schnellimbiss in der Douglas Street. Nach meinen Erfahrungen dort kann ich nur sagen, dass er nicht viele Mitbewerber um diesen Titel gehabt haben kann. Er hat nach wie vor keine große Lust, sich wieder bei seinen Eltern zu melden, aber immerhin ist es mir gelungen, ihm die Erlaubnis abzuluchsen, ihnen seine Telefonnummer zu geben.“ Ich trinke einen großen Schluck von dem extra starken Espresso. „Den gestrigen Abend habe ich mit ein paar von Chrissies Freunden verbracht. Und die Nacht vor ihrem Apartment im Firmenwagen mit Warten, bis sie und Jamie endlich aufkreuzten. Um halb neun sind sie dann heimgekommen. Wir haben miteinander geredet. Eigentlich ein ganz netter Kerl, scheint mir.“

„Wir können den Ingrams also die Abschlussrechnung präsentieren.“ Und mit einem zufriedenen Lächeln fügt Rob hinzu: „Ein weiterer glücklicher Kunde.“

„Ich würde erst mal abwarten, bis sie die Rechnung gesehen haben“, halte ich ihm mit einem müden Grinsen entgegen. „Hat sich hier was Neues ergeben?“

„Zwei Nullachtfünfzehn-Aufträge. Unsere Nachwuchskräfte arbeiten dran. Ach, und für dich ist ein Anruf von irgend so einem Bezirkssheriff in den Pampas gekommen. Name und Nummer liegen irgendwo auf deinem Schreibtisch."

Meine Augen suchen den Schreibtisch nach einer Notiz ab. Nach zwei, drei Sekunden fällt mein Blick auf einen Umschlagsfetzen mit einer Nummer und dem Namen Dale Townsend darauf. Dale kenne ich gut. Wir sind zusammen in derselben Kleinstadt aufgewachsen, und sein zwei Jahre jüngerer Bruder Chris war in meiner Kindheit mein bester Freund. Seit ich vor 17 Jahren weg von dort zum College gegangen bin, habe ich Dale nicht mehr gesehen. Aber wir haben uns vor eineinhalb Jahren einmal gesprochen, als er mich wegen einer Einbruchserie anrief, an deren Aufklärung er arbeitete. Dale meldete sich bei mir, und ich schaute mir an, was sein Amt vorzuweisen hatte. Ich war froh, dass ich helfen konnte.

Ich überlege, was Dale jetzt von mir will. Hat er vielleicht einen neuen Auftrag für mich? Ich greife zum Telefonhörer und wähle die Nummer. Es klingelt ein-, zweimal, ehe sich eine Stimme meldet. „Sheriff Townsend."

„Dale? Alexander Rourke hier. Du hast vorhin versucht, mich zu erreichen. Wie läuft's denn so?"

„Alex! Lange nicht gesehen, was? Hier oben sieht es gar nicht mal so schlecht aus. Im Moment herrscht aber ein bisschen Hektik." Seine Stimme ist rau und kehlig. Ich kann nicht beurteilen, wie sehr er sich seit unserer letzten Begegnung vor beinahe zwei Jahrzehnten verändert hat.

„Wie geht's Chris?", frage ich. „Ist er noch bei der Küstenwache?"

„Ja. Er sagt, dass er im September ein paar Wochen lang daheim sein wird. Du musst kommen und dich mit uns zu einem Drink zusammensetzen."

„Geht in Ordnung. Aber sag, wo drückt dich der Schuh?"

„Wir haben hier so eine merkwürdige Geschichte, und da habe ich mir gedacht, du könntest uns vielleicht weiterhelfen wie vor einiger Zeit bei dieser Einbruchserie."

„Klar", sage ich. „Schieß los!"

„In der Nacht zum Fünfzehnten haben wir einen Typen wegen Mordverdachts festgenommen. Wir haben ihn auf dem Highway sechs Kilometer südlich von der Stadt dabei ertappt, wie er mit zwei Messern in den Händen über einer Leiche stand."

„Südlich von Winter's End?"

Das ist der Ort, in dem Dale und ich aufgewachsen sind, eine kleine Stadt in den bewaldeten Hügeln im Nordosten von Maine, die die letzten Ausläufer der Appalachen darstellen. Ich kann mich nicht erinnern, in den 18 Jahren, die ich dort gelebt habe, auch nur von einem einzigen Mordfall in dieser Gegend gehört zu haben. Dieser Fall muss im Ort also hohe Wellen schlagen.

„Stimmt“, fährt Dale fort. „Laut der Gerichtsmedizinerin haben die Messer, die der Typ in den Händen hielt, genau die richtigen Ausmaße, um als Tatwaffen infrage zu kommen. Als wir die Frau fanden, war sie noch keine Stunde tot, wahrscheinlich sogar nicht mal eine halbe.“

„Okay, ihr habt also den Verdächtigen am Tatort fast gleichzeitig mit dem Eintreten des Todes mit den Mordwaffen in den Händen und dem Opfer zu seinen Füßen gefasst. Klingt ziemlich eindeutig.“

„Sieht so aus, hm? Aber an dieser Stelle kommen die Komplikationen ins Spiel“, sagt Dale. „Als Erstes sind wir bisher nicht in der Lage, an der Toten oder an den Waffen die Fingerabdrücke des Mannes zu finden. Das könnte daran liegen, dass die Messer am Griff eine Vertiefung haben, und der Regen könnte sie ganz verwischt haben.“

„Es regnete?“

„Du würdest nicht glauben, was es da runterschüttete. Ich bin bei der Verhaftung schier ertrunken.“

„Was gab es sonst noch?“

„In den letzten zwei Tagen haben wir weder an dem Verdächtigen noch an seinen Kleidern die geringsten Blutspuren finden können. Er war übrigens von den Hüften aufwärts nackt. Auch auf der Straße Fehlanzeige – dank dem Wolkenbruch. Wir können uns also gar nicht hundertprozentig sicher sein, dass der Mord dort überhaupt verübt wurde.“

„Gab es an ihm oder an dem Opfer denn irgendwelche anderen Spuren? Einen Hinweis darauf, dass die Frau sich gewehrt hat?“

„Nicht einen Kratzer. Höchstens kleinere Blutergüsse am rechten Arm, aber die sehen eher nach Druckflecken aus, als ob jemand sie dort festgehalten hätte. Sie war nackt, und bisher haben wir ihre Kleider nicht finden können.“

„Wer war sie?“

„Angela Lamond, vierzig Jahre alt, ausgebildete Krankenschwester, die in der Arztpraxis hier im Ort arbeitete. Wir haben ihre Wohnung durchsucht und nichts gefunden.“

Ich nicke versonnen. „Wer ist der Mann?“

Am anderen Ende der Leitung gibt es eine Pause und einen lang gedehnten Atemzug. „Das ist das größte Problem. Wir wissen es nicht, und er gibt es nicht preis. Er hatte keine Papiere bei sich. Wir haben seine Fingerabdrücke in die Datenbank des FBI eingegeben – Fehlanzeige. Er ist nicht vorbestraft. Wir haben es mit dem bisschen, was wir an Daten über ihn haben, beim National Crime Information Center probiert und auch dort Nieten gezogen. Ich habe ein Foto des Typen und eine Beschreibung an alle Polizeibehörden des Staates geschickt und mich auch an Kollegen in den Nachbarstaaten gewandt. Bisher ohne Ergebnis."

„DNS?"

„Es liegen keinerlei Hinweise auf sexuellen Missbrauch vor. Darum erwarte ich mir auch nichts von der CODIS-Datenbank. Trotzdem wollen wir es auch noch mit dem Labor für Kapitalverbrechen in Augusta versuchen." Erneut tritt eine Pause ein, eine kürzere diesmal. „Wir haben den Burschen am Fundort gestellt, aber solange wir nichts über ihn wissen, haben wir auch kein Motiv, es sei denn, er verrät uns, warum er es getan hat. Darum habe ich mich gefragt, ob du in deiner Zeit beim FBI vielleicht mal so was in dieser Richtung bearbeitet hast. Hältst du nicht auch bei Polizeiseminaren in Boston unten Vorträge über schwierige Verhörsituationen?"

„Nicht oft, aber es stimmt schon. Allerdings habe ich früher an der FBI-Akademie Kurse darüber absolviert." Vor langer Zeit, füge ich in Gedanken hinzu.

„Schön. Wenn es dir möglich ist, möchte ich, dass du zu uns nach Houlton raufkommst und mal mit diesem Mister X redest. Vielleicht kannst du ja was aus ihm rausbringen."

„Hat die staatliche Polizei niemanden für solche Verhöre?"

„Mit Verhören sind die nicht befasst. Sie haben die Spurensicherung am Tatort durchgeführt, aber für den Verdächtigen sind wir zuständig."

Ich überlege einen Moment lang. Es kommt nicht oft vor, dass ein Bezirkssheriff sich persönlich derart in Ermittlungen einschaltet. Normalerweise wird der größte Teil der Arbeit von der Mordkommission der staatlichen Polizeibehörde erledigt. Offenbar stehen Dale und seine Leute unter enormem Druck, das Verbrechen aufzuklären. Überließe er den Fall der staatlichen Polizei oder irgendeiner anderen ortsfremden Behörde, käme das einem ernsthaften Gesichtsverlust gleich, und er wäre womöglich seinen Job los.

„Okay", sage ich. „Es wird aber eine lange Fahrt. Darum breche ich morgen in aller Herrgottsfrühe auf und sehe zu, dass ich gegen Mittag eintreffe. Kannst du mir ein Zimmer irgendwo in Houlton besorgen?"

„Kein Problem."

„Ach, übrigens, ist das was Offizielles mit amtlichem Eid oder eher nicht?"

„Mit Eid, denke ich. Es macht sich besser in den Verhörprotokollen, wenn du zum Deputy ernannt worden bist, und falls du auch noch andere Leute befragen musst, gebe ich dir eine Dienstmarke, die du ihnen unter die Nase halten kannst."

Ich habe mich nicht getäuscht: Es soll möglichst so aussehen, als gehe das allein seine Behörde an. „Gut. Wenn du mir noch Kopien von allem, was ihr über den Fall habt, rüberfaxen kannst, schaue ich es mir an, bevor ich losfahre."

„Danke, Alex. Bis morgen dann."

Als ich den Hörer auflege, verschränkt Rob die Arme und starrt mich mit hochgezogenen Augenbrauen an. „Ärger in der Wildnis, was?"

„Ich soll hinfahren und mit einem Mann reden, den sie wegen eines Mordes in meiner Heimatstadt verhaftet haben. Klingt interessant."

„Mir ist das recht, solange sie die Rechnung bezahlen. Und vergiss vor allem dein Handy nicht. Ehe man sich's versieht, kann hier ein Mordstrubel ausbrechen."

Die nächsten Stunden verbringe ich damit, kleinere Einzelheiten bei anderen Fällen zu erledigen. Kurz vor drei am Nachmittag schließlich hört das Faxgerät auf zu rattern und Papier auszuspucken. Ich hefte Dales Unterlagen zusammen und mache Feierabend.

Weil ich mir nicht sicher bin, wie lange der Aufenthalt dauern wird, beschließe ich, genügend Kleidung für eine Woche mitzunehmen. Dazu ein paar Blues-CDs für die Fahrt und meine alte, doch gut gepflegte Pistole, Marke Colt M1911, mit zwei zusätzlichen Magazinen. Im Kofferraum habe ich schon einen Werkzeugkoffer mit Stemmeisen, ein paar Bolzenschneidern, einem Universalschraubenschlüssel und zwei, drei drahtdünnen Feilen, die ich gelegentlich dazu benutze, um mir Zutritt zu Orten zu verschaffen, an denen ich nicht sein dürfte.

Nach dem Packen mache ich es mir mit Sonny Boy Williamson aus der Stereoanlage und einer Flasche mexikanischem Bier in der Hand auf meinem schwarzen Filzsofa bequem. Ich beginne, die Akten durchzublättern.

VOR ZWEI Tagen, am 15. Mai, verließ die vierzigjährige Arzthelferin Angela Lamond gegen 7.45 Uhr ihr Haus in der Altmeyer Street, Winter's End, und ging zu Fuß zur Arztpraxis in der Main Street, in der sie angestellt war. Dabei wurde sie von ihrem Nachbarn, Walter Sarrell, mit dem sie einen Gruß wechselte, gesehen. Nichts an ihrem Verhalten ließ darauf schließen, dass etwas nicht in Ordnung war. Wie jeden Morgen sperrte sie die Praxis um Punkt acht Uhr auf. Kurz nach ihr traf Dr. Nathan Vallence, der Arzt der Stadt, ein.

Der Arbeitstag verlief normal. Keiner von den Patienten, die die Praxis aufsuchten, gab zu Protokoll, etwas Ungewöhnliches bemerkt zu haben. Auch Dr. Vallence war keine verdächtige Person in der Praxis oder auf dem Weg dorthin aufgefallen. Gegen 13 Uhr ging Angela Lamond in die Mittagspause und ließ die andere Arzthelferin die anfallenden Aufgaben wie gewohnt eine Stunde lang allein verrichten. Ihr Mittagessen nahm Angela Lamond zusammen mit zwei Freundinnen im „Martha's Garden" ein, einem Imbiss in derselben Straße. Ihre Freundinnen hatten nichts Ungewöhnliches an Angelas Verhalten bemerkt. Auf dem Rückweg zur Arbeit ging Angela kurz in einen Gemischtwarenladen, wo sie Milch kaufte. Auch der Nachmittag verlief ohne nennenswerte Ereignisse. Kurz nach 16.45 Uhr, dem offiziellen Ende der Sprechstunde, verließ Angela die Praxis. Niemand hat sie je wieder lebend gesehen.

Um 21.40 Uhr, fast fünf Stunden nachdem sie die Praxis verlassen hatte, entdeckten Sheriff Dale Townsend und Deputy Andy Miller, die beide bereits Dienstschluss hatten und auf dem Heimweg waren, Angela Lamonds unbekleidete Leiche knapp sechs Kilometer südlich der Stadt auf der Route 11. Nach besten Schätzungen dürfte der Tod nicht vor 20.40 Uhr eingetreten sein.

Trotz Vernehmung der Anwohner durch die Polizei ließen sich keine Zeugen finden, die Angela auf deren sonst üblichem Heimweg gesehen hatten. Auch lagen keinerlei Meldungen über verdächtige Personen oder Fahrzeuge in dieser Gegend vor. Hinweise auf gewaltsames Eindringen oder einen Kampf in Angelas Haus waren nicht zu erkennen. Der Fahrer eines Holztransporters gab an, die fragliche Stelle gegen 21.15 Uhr passiert zu haben. Auch er hatte nichts Außergewöhnliches bemerkt.

Die gerichtsmedizinische Untersuchung des Fundorts wurde stark durch den extrem heftigen Regen beeinträchtigt. Tests erbrachten hochgradig verwässerte Blutspuren in unmittelbarer Nähe der Leiche und in schnell abnehmender Konzentration im abfließenden Wasser. Angesichts der geringen ermittelten Menge ließ sich unmöglich feststellen, ob an dieser Stelle auch die Tat begangen wurde. Gleichermaßen wies keines der zwei sichergestellten Messer Blutspuren des Opfers auf.

Eine Untersuchung der Umgebung des Fundorts brachte wenig Verwertbares ein. Im Gras am Straßenrand waren keine Fußspuren zu erkennen. Daraus schloss die Polizei, dass das Opfer per Auto zum Fundort gelangt sein musste und keinesfalls zu Fuß durch die Wiesen.

An der Kleidung des Verdächtigen fanden sich keine Blutspuren, fremde Fasern oder Haare des Opfers. An den Schuhsohlen des Verdächtigen klebten drei Kiespartikelchen vom Highway und eine winzige Menge örtlichen Lehms. Spuren von Pflanzen oder Laub fehlten. Das überraschte die Spezialisten von der Spurensicherung, und es stellt auch mich vor ein Rätsel. Meine Schuhe würden bei einer bloßen Umrundung meines Häuserblocks mehr als dieses bisschen aufnehmen.

Der Fundort liegt in einem Bereich, der früher nach der Rodung eines Teils des örtlichen Waldes als Schafweide diente. Die ehemalige Weide bildet eine zirka sechs Kilometer lange und vier Kilometer breite Grasfläche. Die Route 11 durchschneidet sie fast rechtwinklig. Da es dort keine verlassenen Gebäude gibt und bis auf Straßengräben rechts und links des Highways Abwasserkanäle fehlen, bietet allenfalls das hohe Gras eine Versteckmöglichkeit.

Die in Teilzeit tätige Gerichtsmedizinerin des Bezirks, Dr. Gemma Larson, führte die Obduktion der Leiche am Vormittag des 16. Mai durch. Todesursache waren zwei jeweils gut zehneinhalb Zentimeter tiefe Stichwunden in der Brusthöhle des Opfers. Ein Stich durchdrang die rechte Herzkammer, der andere durchbohrte den linken Lungenflügel zwischen der sechsten und der siebten Rippe. Der Eintrittswinkel der Wunden legt den Schluss nahe, dass sie dem Opfer von hinten zugefügt wurden, wobei der Täter entweder die Waffe über ihre Schulter hob oder von ihrer rechten Seite aus zustach.

Brust und Bauch des Opfers wiesen vierzehn weitere Verletzungen auf. Sie alle wurden der Frau nach Eintreten des Todes zugefügt.

Von einer Verteidigung herrührende Wunden an den Armen und Händen des Opfers fehlten, wenngleich am rechten Arm leichte Druckflecken festgestellt wurden. Auf sexuellen Missbrauch lagen keine Hinweise vor.

Unter Angelas Fingernägeln konnte nichts Nennenswertes ermittelt werden. Ebenfalls ergebnislos verlief eine Haar- und Faseranalyse. Der vorläufige Befund einer toxikologischen Blutuntersuchung erbrachte nichts Auffälliges. Angelas Magen und oberer Verdauungstrakt waren beinahe leer, was vermuten lässt, dass ihr Mittagessen mit an Sicherheit grenzender Wahrscheinlichkeit ihre letzte Mahlzeit war.

IN DIESER Phase bin ich nicht am Verdächtigen interessiert, nur an den Fakten zum Fall. Ich kann verstehen, warum Dale Hilfe sucht; dieser Bursche ist ein verdammtes Gespenst. Null Fingerabdrücke, Spuren, Blut oder sonst was. Er wurde dort gestellt, wo die Tat begangen wurde oder auch nicht, mit Messern in den Händen, die die Mordwaffen sein können oder auch nicht. Und doch hätte niemand erfahren, dass er je dort war, wenn er dort nicht herumgestanden und gewartet hätte, bis die Polizei aufkreuzte.

Meine Gedanken wenden sich dem Mörder zu. Was mir ins Auge sticht, ist dieses Extreme, die maßlose Verletzung des Opfers. Wer immer das getan hat, muss große Wut in sich gehabt haben. Diese kann gegen Frauen im Allgemeinen gerichtet sein oder gegen das Opfer im Besonderen. Sie ist nackt, gedemütigt und wird im Tod verstümmelt.

Der Mörder hat Angela – von niemandem bemerkt – verschleppt, kurz nachdem sie sich auf den Heimweg begeben hatte. Das und der Umstand, dass ihre Kleider und der zweite Tatort, an dem er sie vermutlich festhielt, bisher nicht gefunden worden sind, weisen darauf hin, dass er seine Tat geplant hat. Demnach wusste er genau, auf welchem Weg sie ging, und kannte nicht nur ein gutes Versteck, aus dem heraus er zuschlagen, sondern auch eine sichere Route, auf der er sie unbemerkt verschleppen konnte.

Wären wir noch auf der Jagd nach einem Verdächtigen, würde ich eine Überprüfung all derer vorschlagen, die an oder in der Nähe von Angelas Arbeitsweg wohnen, denn sie zu überwältigen und in ein Haus zu stoßen wäre eine denkbar einfache Möglichkeit, sie rasch zu verbergen. Auch würde ich mir all die Leute anschauen, deren Fahrzeuge oft genug in der Gegend waren, um keinen Verdacht zu erregen.

Ich würde gerne wissen, wie der Mörder eine nackte Frau auf einem Highway fast sechs Kilometer weit aus der Stadt schaffte, ohne gesehen zu werden. Ich kritzele *Weg des Opfers* und *Spaziergang auf dem Highway?* auf ein Stück Papier. Dann wende ich mich den Protokollen der Verhöre zu, die Dale und seine Leute mit dem Verdächtigen seit dessen Verhaftung vor zwei Tagen geführt haben.

ABSCHRIFT DES ERSTEN VERHÖRS – 16. MAI

Verhör des Tatverdächtigen (TV) durch Sheriff Dale Townsend (DT) und Lieutenant Bruce Watts (BW).

DT: Die Zeit zu Beginn des Verhörs ist 0.35 Uhr. Anwesend sind

Sheriff Dale Townsend und Lieutenant Bruce Watts von der Bezirkspolizei Aroostook County sowie der Tatverdächtige. Ich erinnere Sie daran, dass Sie das Recht haben zu schweigen. Alles, was Sie hier sagen, kann vor einem Gericht gegen Sie verwendet werden. Sie haben das Recht, einen Anwalt zu sprechen und während der Befragung an Ihrer Seite zu haben. Wenn Sie sich einen Rechtsbeistand nicht leisten können, wird Ihnen einer kostenfrei zur Verfügung gestellt. Verstehen Sie diese Rechte, die ich Ihnen vorgelesen habe?

TV: Natürlich.

DT: Sie haben gegenwärtig keinen Anwalt, der Sie vertritt. Wollen Sie Ihr Recht auf einen Rechtsbeistand bis auf weiteres nicht wahrnehmen?

TV: Ich habe alle Anwälte, die ich brauchen könnte. Nur glaube ich nicht, dass ich sie hier benötige.

DT: Sie beabsichtigen also …

TV: (unterbricht ihn) Ja, ich verzichte darauf, mein Recht auf einen Anwalt wahrzunehmen.

DT: Bitte geben Sie Ihren Namen zu Protokoll.

TV: (kurze Pause) Ich werde meinen Namen nicht zu Protokoll geben. Wussten Sie, dass man früher glaubte, die Kenntnis der wahren Identität eines anderen würde einem alle mögliche Macht über ihn verleihen, sobald er sie preisgab? Eine nette Vorstellung, wenn auch ein wenig veraltet.

BW: Sie wissen, dass Ihnen zusätzliche Strafen drohen könnten, falls Sie keinen Namen zu Protokoll geben?

TV: Ich werde das im Kopf behalten. Wenn ich andererseits bedenke, dass Sie mich hierher gebracht haben, um mich wegen eines Mordes zu verhören, frage ich mich, wie Sie darauf kommen, dass zusätzliche Anklagen mich abschrecken könnten. Ist Behinderung der Justiz mittlerweile ein Vergehen geworden, auf das die Todesstrafe steht?

DT: Na gut, vergessen wir das fürs Erste. Bis wir seine eigentliche Identität erfahren, wird der Tatverdächtige John X heißen. Beginnen wir mit dem, was Sie auf dem Highway gemacht haben, Mr X.

TV: Warten.

DT: Warten? Worauf?

TV: Das erfahren Sie schon noch, wenn es soweit ist.

BW: Haben Sie die Frau an der besagten Stelle getötet, oder haben Sic sie von der Stadt dorthin gebracht?

TV: Winter's End?

BW: Ja.

TV: Wissen Sie, woher die Stadt ihren Namen hat, Lieutenant?

BW: Ich glaube nicht, dass das jetzt relevant ist.

TV: Eine Siedlergruppe wurde ein gutes Stück südlich des Saint John River vom Winter überrascht. Zunächst versuchten sie, sein Ende abzuwarten, aber da ihnen mit der Zeit die Vorräte ausgingen, mussten sie schließlich nach Süden ausweichen.

DT: Kehren wir zu den gestrigen Ereignissen zurück.

TV: Woche um Woche zogen sie weiter. Es gab keine Wege, und sie kamen nur mühselig voran, zumal sie ihre Lasttiere des Fleisches wegen schlachten mussten.

DT: Könnten Sie Ihre Unternehmungen von gestern Abend bis zu dem Zeitpunkt Ihrer Verhaftung beschreiben?

TV: Da sie am Verhungern waren und ihre Anzahl abnahm, hielten sie bei den ersten Anzeichen des Frühlingstauwetters an und gründeten an Ort und Stelle eine Siedlung. Sie nannten sie Winter's End.

BW: Faszinierend. Sie sind also mit der Stadt vertraut?

TV: Eine verblüffende Schlussfolgerung. Zumindest könnte ich mal eine Fremdenverkehrsbroschüre darüber gelesen haben.

BW: Haben Sie dort irgendwelche Anlaufstellen, wo Sie gern hingehen? Ich zum Beispiel genehmige mir immer im „Larry's" ein Bier, wenn ich auf der Durchfahrt bin. Natürlich ist das vielleicht nicht jedermanns Lieblingskneipe.

TV: (leise lachend) Das war ja beinahe gerissen, Lieutenant. Ich bin beeindruckt.

DT: Hören Sie zu, Freundchen! Es ist spät, und wir sind alle müde. Sagen Sie uns einfach, was geschehen ist, dann können wir alle noch ein bisschen schlafen.

TV: Wenn ich mich recht entsinne, war am Anfang das Wort. Es gibt noch mehr, aber das ist eine lange Geschichte.

DT: (seufzt) Vergessen Sie's. Am Morgen versuchen wir es noch mal. Verhör um 1.05 Uhr beendet.

MITSCHRIFT DES ZWEITEN VERHÖRS – 16. MAI

DT: Die Zeit zu Beginn des Verhörs ist 9.45 Uhr. Zugegen sind Sheriff Dale Townsend und Lieutenant Bruce Watts sowie der Tatverdächtige, der vorläufig als John X bezeichnet wird.

BW: Fangen wir doch mit den gestrigen Ereignissen an. Wie haben Sie den Tag verbracht?

TV: Es wundert mich, Sie hier persönlich anzutreffen, Sheriff. Ich hätte gedacht, ein viel beschäftigter Mann wie Sie hätte heute Vormittag Besseres zu tun.

DT: Tatsächlich habe ich Besseres zu tun, John. Es ist nur Ihre Starrköpfigkeit, die mich davon abhält. Warum geben Sie uns nicht einfach Ihre Darstellung der Geschichte? Dann haben wir wenigstens zwei Sichtweisen der Situation und nicht nur unsere Rekonstruktion aufgrund der Beweislage, die ziemlich übel für Sie aussieht.

TV: Da ich bezweifle, dass Sie mir alles glauben würden, was ich Ihnen erzähle, hätte es da einen Sinn, Ihnen etwas zu sagen? Ich könnte behaupten, ich hätte den ganzen Tag bei einem Skatturnier verbracht. Aber was würde das schon bringen?

BW: Wir könnten Ihre Angaben überprüfen. Falls sie wahr wären, müssten wir uns die Beweismittel noch einmal ansehen.

TV: Hm, danke für die Erklärung, Lieutenant. Bis heute hatte ich keine Ahnung, was das Wort Alibi wirklich bedeutet.

BW: Kannten Sie Angela Lamond?

TV: Haben Sie eine Familie, Sheriff? Frau und Kinder?

DT: Soll das eine Drohung sein?

TV: Pure Neugierde. Ich bin hier sicher hinter Schloss und Riegel verwahrt. Wohl kaum eine Position, in der man Drohungen ausstoßen kann. Also: Haben Sie eine?

BW: Bleiben wir bei den Ereignissen vom Fünfzehnten.

TV: Ich möchte lieber über etwas anderes reden.

Es gibt noch mehr, aber ich überfliege es nur. Der Verdächtige gibt nichts preis. Stattdessen weicht er jeder Frage zum Verbrechen aus und schweift gelegentlich zu anderen Themen ab: Geschichte, Sport, Religion. Das, was nötig ist, habe ich erfasst. Ich kenne den Fall und habe ein Gefühl für den Verdächtigen bekommen. Alles andere kommt später.

2

Es ist sechs Uhr am nächsten Morgen. Gähnend gehe ich die Treppe zu meinem Wagen hinunter. Der Tag ist kühl und hält noch die frische, unverdorbene Luft bereit, die mit der Morgendämmerung kommt. Ich rutsche hinter das Lenkrad, stelle meine Reisetasche auf den Boden vor dem Beifahrersitz und schalte die Wegfahrsperre aus, die ich nachträglich habe einbauen lassen, weil mein Wagen viel zu alt ist, um standardmäßig mit so etwas ausgestattet zu sein. Als der Motor anspringt, lege ich die Hände aufs Lenkrad. Zum millionsten Mal überlege ich mir, dass ich eine Verkörperung des Anachronismus fahre.

Der Wagen, der in nördlicher Richtung auf die Brücke über den Charles River zuhält, ist eine Stingray Corvette, Baujahr 1969. Unter dem blassen Metallicblau ihrer Karosserie verbirgt sich ein Achtzylindermotor, der an die vierhundert Pferdestärken entfesseln kann. Wenn ich einen Psychiater hätte, würde er sagen, ich hätte es nötig, irgendetwas zu kompensieren.

Mag sein. Die Corvette erfordert viel Pflege und Wartung und schluckt viel Geld. In mancherlei Hinsicht entschädigt sie für das Nichtvorhandensein einer Familie.

Wie meine Kleiderwahl und mein persönliches Auftreten steht auch sie für einen vollständigen Bruch mit dem FBI. Agenten sollen jederzeit elegant und vorzeigbar sein und einen eher unauffälligen Wagen fahren. Mit meinem Ausscheiden warf ich auch das Äußere der Männer vom Bureau ab, und als ich bei einer Versteigerung von Liebhaberstücken zufällig auf die Corvette stieß, konnte ich einfach nicht widerstehen.

Ich donnere zu den Klängen der Stereoanlage über die Fernstraße 95. In Massachusetts und New Hampshire führt die Betonfahrbahn stur geradeaus nach Norden, um sich dann in Maine von der Bilderbuchküste zu entfernen, die sich bereits allmählich mit Touristen füllt.

Winter's End bekommt nie viele Besucher ab. Normalerweise verlaufen sich dort ein paar Wanderer, Schneemobilfahrer, eingefleischte Angler oder Jäger, aber keine Touristenhorden wie in den Ferienparadiesen an der Küste. Na ja, der Osten des Bezirks Aroostook bietet ja auch kaum Abwechslung: nichts als Wälder, kaltes Wetter und Kartoffelfarmen.

Seit meinem Studienbeginn am College im Süden unten bin ich nicht mehr in meiner Heimatstadt gewesen. Ich würde gern wissen, ob ich noch irgendwem ein Begriff bin. Nicht zuletzt würde mich interessieren, ob sich viele an meine Eltern erinnern – mein Dad war immerhin Anwalt und Mitglied der freiwilligen Feuerwehr, meine Mutter Kindergartenhelferin – und wer davon wiederum seinerzeit von dem Unfall gehört hat. Meine Eltern waren damals schon als Rentner nach Florida gezogen. Sie führten ihr beschauliches Leben in der Sonne seit bereits zwei Jahren, als ich sie besuchte. Einmal fuhr ich mit ihnen in die Stadt, als mein Wagen von einer gestohlenen Limousine gerammt und platt gewalzt wurde. Der Fahrer wurde nie gefasst. Mit 31 Jahren beerdigte ich meine Eltern. Sechs Wochen danach erlitt ich einen Nervenzusammenbruch, der mich als Agent des FBI erledigte.

Ich empfand die Arbeit beim FBI als ungemein hektisch, es war ein einziger Dampfkessel. In meiner auf Mordfälle und Bandenkriminalität spezialisierten Abteilung riskierte man bei fast jedem Einsatz sein Leben. Vielleicht bin ich aber auch nicht besonders belastbar. Vielleicht war der Tod meiner Eltern einfach der Tropfen, der das Fass zum Überlaufen brachte.

Eines Oktobermorgens erlitt ich einen vollständigen physischen und psychischen Zusammenbruch. Seit Monaten schon war ich immer irrationaler geworden. Ich schlief und aß nicht mehr richtig, trank zu viel Kaffee und rauchte fast ununterbrochen. Eine Reihe von Anfällen mit Zwangsvorstellungen hatte ich bereits hinter mir. Zum Glück war nie jemand in der Nähe gewesen, der das mitbekam. Wenn ich es tatsächlich mal schaffte zu schlafen, bekam ich grässliche Albträume, in denen ich die Opfer der Täter sah, die wir zu stellen versuchten: Mord, Qualen und Folter wie in einem nächtlichen Horrorfilm. Schließlich wurde mir das alles einfach zu viel.

Danach fand ich mich in einer Klinik in Kansas City wieder. Die erste Zeit war ein einziger Nebel aus Psychopharmaka gegen Depressionen und Psychosen. Nach einer Weile wurden all diese Medikamente abgesetzt, und ich durfte nach Hause, wo eine nicht ganz so intensive Therapie folgte. Als ich gerade anfing, mir Gedanken über meine Zukunft zu machen, kam Rob, den ich in meiner Anfangszeit als FBI-Agent in Atlanta kennen gelernt hatte, und bot mir einen Job in seiner Privatdetektei in Boston an. Die leichteste Entscheidung meines ganzen Lebens.

Der Motor brummt vor sich hin, während ich mich an diesem Samstagnachmittag gemächlich dem Ortszentrum von Houlton nähere. Gut gepflegte Ziegelhäuser mit einem leicht ausgebleichten Anstrich, wie es das Klima hier zwangsläufig mit sich bringt. Die Leute sind frühlingshaft und frühsommerlich gekleidet: bunte Farben und leichtere Stoffe.

Ich biege in die Military Street ab und halte auf ein rotes Ziegelgebäude zu, das das Oberlandesgericht beherbergt. Einen Steinwurf davon entfernt sind in einem ähnlichen Haus das Gefängnis des Aroostook County und die untergeordnete Gerichtsbehörde untergebracht. Ich lenke die Corvette auf den Parkplatz des Oberlandesgerichts und halte neben einem Jeep Grand Cherokee mit dem sechszackigen Stern des Sheriff's Department an der Seitentür. Nicht weit davon entfernt steht auch ein blau-weißer Einsatzwagen der staatlichen Polizei. Ich klettere aus meinem Auto, das hier so fehl am Platze wirkt wie ein Skigeschäft auf einer Pazifikinsel, und zwänge mich in meine Lederjacke.

Ich stoße die Tür zum Gerichtsgebäude auf. Drinnen weist mich ein Holzschild an der Wand zum Sheriff's Department im zweiten Stock. Oben führen zwei offen stehende Türen in ein kleines, aber aufgeräumtes Zimmer, das voll gestellt ist mit mehreren Schreibtischen, jeder mit Computer, Ablagekörben und allen möglichen persönlichen Sachen. Ein hinter einer Holztheke postierter Mann im Uniformhemd sieht bei meinem Eintreten auf. Außer ihm gibt es nur noch einen Deputy, der den leuchtenden Monitor vor sich anstarrt. Ansonsten ist der Raum leer. Am anderen Ende sind zwei geschlossene Türen.

„Was kann ich für Sie tun, Sir?", fragt der Empfangsmensch.

„Mein Name ist Alex Rourke. Ich will zu Sheriff Townsend."

Der Mann nickt, als habe er meine Antwort schon geahnt, und deutet auf die linke Tür. „Der Chef ist in seinem Büro. Marschieren Sie einfach durch."

„Danke", sage ich.

„Alex!", ruft Dale, als ich in sein Büro trete. Er sieht nicht ganz so aus, wie ich ihn mir bei unseren Telefongesprächen vorgestellt habe. Seine raue Stimme ließ mich auf Vollbart schließen – er hat einen Schnauzer. Und auf einen Schmerbauch, der sich allerdings tatsächlich bei dem bald Vierzigjährigen abzeichnet. Sein dunkles Haar wird am Hinterkopf allmählich schütter, um seine Augen bilden sich Falten, und seine Wangen verraten erste Anzeichen von Schlaffheit. Die Ähnlichkeit mit seinem Vater ist verblüffend.

Wir teilen einen Moment, den alle Menschen erfahren, wenn sie jemanden zum ersten Mal seit langem wiedersehen: schauen, beobachten, erinnern.

„Schön, dich zu sehen, Dale. Es ist viel zu lange her."

„Ich freue mich genauso. Du siehst gut aus. Gute Fahrt gehabt?"

„Ging schon", sage ich. „Aber ich könnte einen Kaffee vertragen." Ich nehme Platz, während Dale in den Dienstraum hinausgeht. „Hat es in der Story eures Freundes was Neues gegeben, seit du mir die Abschriften geschickt hast?", frage ich ihn, als er mit zwei Kaffeebechern zurückkehrt.

Er schüttelt den Kopf. „Nein. Er tischt uns jedes Mal dasselbe auf.

Immer noch kein Name. Hast du schon mal mit so was zu tun gehabt?"

„Ja, aber nach ein paar Stunden haben sie alle nachgegeben. Die meisten versuchen nur zu verbergen, dass sie schon mal gesessen haben. Aber wir haben ohnehin längst ihre Fingerabdrücke in der Datei." Ich trinke einen großen Schluck schwarzen Kaffee. „Ist der Typ schon dem Richter vorgeführt worden?"

„Ja", brummt Dale. „Vorgestern war die Anhörung. Der Richter hat ihm wegen Missachtung der Würde des Gerichts Knast aufgebrummt, weil er seinen Namen partout nicht nennen wollte."

„Er hat das auch vor Gericht verweigert?"

„Das gleiche Spielchen. Sie legen fürs Erste keinen Termin für den Prozess fest. Damit geben sie uns die Chance herauszufinden, wer er ist."

Ich nicke. „Wo habt ihr mich eigentlich untergebracht? Ich würde gern meine Sachen abstellen, ehe ich mit dem Mann rede."

Dale sieht mich etwas verlegen an. „Na ja, ich hab mir gedacht, dass du vielleicht Lust hättest, wieder mal die alte Stadt zu sehen. Darum hab ich dir ein Zimmer in der „Crowhurst Lodge" in Winter's End besorgt statt irgendwo hier in Houlton. Mit dem Auto ist es weniger als eine Stunde entfernt. Ich lebe dort auch noch."

„Das ist okay." Ich spüle den Rest meines Kaffees hinunter. „Dann wollen wir uns mal euren geheimnisvollen Mann vornehmen."

HINTER der Spionglasscheibe beobachte ich, wie zwei mit der Dienstuniform für Gefängniswärter bekleidete Deputys den Untersuchungshäftling ins Verhörzimmer eskortieren und an den Tisch setzen. Zwar habe ich mir die Schwarz-Weiß-Kopien der Aufnahmen von ihm aus der Verbrecherkartei angeschaut, doch es ist etwas ganz anderes, einen Verdächtigen in Fleisch und Blut vor sich zu sehen. Ungepflegtes, glattes schwarzes Haar. Wachsame ovale Augen von einem derart tiefen Blau, dass man sie beinahe als schwarz bezeichnen könnte. Schmale Nase und dünne Lippen. Er ist vier, fünf Zentimeter kleiner als ich, und trotz des orangefarbenen Gefängnisoveralls kann ich sehen, dass er muskulös gebaut ist. Mitte bis Ende zwanzig, schätze ich. Er bewegt sich ohne jede Spur von Feindseligkeit seinen Wärtern gegenüber und nickt sogar, als sie ihn zum Stuhl führen. Dann setzt er sich einfach darauf und starrt in der Manier eines Zen-Meisters die Wand an.

Der Mann sieht auf, als ich die Tür zum Verhörzimmer öffne und mit einer weiteren Tasse Kaffee und einem Ordner eintrete. Ich gehe zu dem

Stuhl ihm gegenüber, schalte den Kassettenrekorder ein und weise mich als Deputy Alex Rourke aus.

Dann fange ich an. „Nun, John … Irgendwie klingt das blöd: John X. Gibt es nicht irgendwas Persönlicheres, womit ich Sie ansprechen könnte? Ich bitte Sie ja nicht um Ihren wirklichen Namen, wenn Sie ihn mir nicht sagen wollen."

Der Typ mustert mich gelassen. Dabei hält er den Kopf leicht schief, als wäre ich eine Laborratte, deren Faxen er interessant findet. Dunkelblaue Augen ruhen auf mir, als könnten sie meine Gedanken lesen.

„Wenn Ihnen das lieber ist, Deputy, können Sie mich Nicholas nennen." Um seine Lippen spielt ein mattes Lächeln. „Das ist natürlich nicht mein wahrer Name."

„Natürlich nicht. Und Sie brauchen mich nicht Deputy zu nennen. Mr Rourke, Alex – was Ihnen lieber ist." Ich zünde mir eine Marlboro an und nehme einen Zug, um ihm die Möglichkeit einer Antwort zu geben, doch er bleibt ruhig und unbeweglich. Seine Augen erforschen weiter die meinen. „Wie finden Sie es in diesem Gefängnis? Es ist renoviert worden, seit ich es zuletzt gesehen habe. Hat sich wohl zu seinem Vorteil verändert. Die Farbe war damals ziemlich trist."

„Ich könnte mir schlimmere Orte vorstellen."

Die Augen starren mich weiter an. Ich ändere meine Taktik.

„Es wird hart für Sie", sage ich, „ganz allein an einem Ort wie dem hier festzusitzen. Keine Angehörigen, mit denen man sprechen könnte, keine Freunde. Ich darf annehmen, dass Sie kein Einheimischer sind?"

„Sie dürfen annehmen, was immer Sie wollen, Mr Rourke."

„Gibt es eine Person, die wir für Sie erreichen sollen? Sie einfach wissen lassen, dass Sie unversehrt sind? Und sei es auch nur, um Ihr Zeitungsabo zu kündigen?"

John X – Nicholas – lächelt erneut matt. „Ich bin kein großer Zeitungsleser. Ich halte mich lieber an weniger sensationslüsterne Themen. Die sind anregender."

„Nun, man sollte immer versuchen, seinen Horizont zu erweitern." Ich trinke den Kaffee in meinem Styroporbecher aus. „Studieren Sie Geschichte?"

„Nein, nicht unbedingt."

„Sie wissen aber, wie es zur Gründung von Winter's End kam."

„Wie ich sehe, hat sich einer von den Männern des Sheriffs alle Mühe gegeben, unsere früheren Gespräche abzutippen."

Ich nicke, als ob das eine Selbstverständlichkeit wäre. „Natürlich. Ich wäre doch nicht gekommen, ohne eine Ahnung davon zu haben, was mich erwartet."

„Und was haben Sie … erwartet?" Obwohl sein Ton ruhig und fest ist, hält Nicholas vor dem letzten Wort kurz inne. Damit lässt er Verachtung erkennen.

„Einen offenkundig intelligenten Mann, der aus irgendeinem Grund am Schauplatz eines Mordes geblieben ist, bis ihn die Polizisten gefunden haben. In diesem Bezirk gibt es rund fünftausend Kilometer öffentliche Straßen, und die Bezirkspolizei hat drei Streifenwagen. Ein merkwürdiger Zufall, dass Dale ausgerechnet in dieser Stunde daherkam."

„Wollen Sie behaupten, ich hätte den Zeitpunkt bewusst so gewählt?"

Die Augen fixieren mich noch immer, doch ich starre zurück. „Ich sage überhaupt nichts im Besonderen. Vielleicht hatten Sie einfach nur Pech. Vielleicht wollten Sie ertappt werden, damit die Leute Ihre Tat bestaunen können."

„Und was haben Sie der Lektüre der Abschriften noch entnommen, Mr Rourke?"

„Nichts Bestimmtes." Ich weiche der Frage aus. „Aber wenn es Ihnen nichts ausmacht, würde ich gern erfahren, warum Sie in der Nacht von Angela Lamonds Tod mitten auf der Straße gestanden haben."

„Darauf habe ich doch schon eine Antwort gegeben."

„Ja: Warten. Aber worauf?"

„Halten Sie mich für einen Mörder?"

„Um das herauszufinden, bin ich den ganzen Weg hierher gefahren."

„Ah ja, wie ist Boston so, Mr Rourke?" Nicholas beugt sich etwas vor, die einzige Bewegung, die ihm bisher anzusehen gewesen ist, seit er sich gesetzt hat. Aus einem Grund, der mir nicht klar ist, bringt mich diese Veränderung aus dem Konzept. „Oder sollte es Agent Rourke heißen?", setzt Nicholas nach. „Sagen Sie, warum haben Sie das FBI verlassen?"

Die Frage bringt mich durcheinander, doch ich gebe mir Mühe, mir das nicht anmerken zu lassen. „Sie wissen, dass ich beim FBI war? Was wissen Sie sonst noch über mich?"

„Warum haben Sie es verlassen, Agent Rourke?"

Ich nehme einen langen Zug von meiner Zigarette. Die erfolgreichsten Vernehmungen beruhen auf Vertrauen. Straftäter öffnen sich einem Verhörer, weil sie ihr Handeln vor ihm rechtfertigen wollen, weil er ein Mensch ist, dem sie trauen. Vertrauen ist der Angelhaken und das Geständnis die Beute.

„Gesundheitliche Gründe“, antworte ich. „Und dann hat mir jemand, den ich vom FBI her kannte, einen Job im privaten Bereich angeboten.“

„Gesundheitliche Gründe?“ Inzwischen hat Nicholas wieder seine ursprüngliche Haltung eingenommen. Das spöttische Lächeln hat sich festgesetzt. Die Krone eines weißen Eckzahns ist durch die Lücke zwischen seinen Lippen sichtbar.

„Stress. Zu viele Fälle, nicht genügend Zeit. Ich hatte einen Nervenzusammenbruch.“ Ich drücke die Zigarette aus. „Ich habe eine Zeit lang in einer Klinik verbracht.“

„Man hätte meinen sollen, dass das FBI einen während der Ausbildung auf die Folgen dieses Jobs vorbereitet.“

„Das tut es auch, aber jeder kann mal durchdrehen.“

„Wie wahr.“

Ich spüre ein Sichöffnen. „Ist Ihnen jemals etwas dieser Art zugestoßen, Nicholas?“

„Nicht als solches, nein.“ Seine Stimme wird noch leiser, sie ist kaum mehr als ein Flüstern. „Vor langer Zeit war ich mal nahe dran.“ Nicholas sieht nicht mehr mich an, sondern weit zurück in die Vergangenheit.

„Was ist geschehen?“ Meine Stimme ist genauso leise wie seine.

„Ich spürte, wie ich wegdriftete. Dann habe ich eine Entscheidung getroffen, mir ein Ziel gesetzt. Alles ist wieder klar geworden.“

„Was haben Sie beschlossen?“

Nicholas scheint sich aus seiner Träumerei zu reißen. „Das ist persönlich, Mr Rourke. Abgesehen davon bezweifle ich, dass Sie es verstehen würden.“

„Sie könnten mich auf die Probe stellen.“

„Das glaube ich nicht.“

Das erscheint mir als geeigneter Zeitpunkt für eine Pause. „Möchten Sie einen Kaffee, Nicholas?“, frage ich ihn. „Ich hole mir noch eine Tasse.“

„Nein, danke.“

„Auch gut.“ Ich stehe auf und verlasse das Verhörzimmer.

Als Erstes steuere ich den Kaffeeautomaten an und lasse eine Tasse voll laufen. Dann gehe ich in den abgedunkelten Beobachtungsraum, wo Dale immer noch hinter der Spionglasscheibe sitzt und den Verdächtigen nicht aus den Augen lässt. „Wie ist das im Vergleich zu euren vorherigen Plaudereien?“, will ich wissen.

„Gut. Ich bin beeindruckt.“

„Lass die Fotos von ihm an sämtliche Nervenkliniken im ganzen Nordosten des Landes schicken. Eine mögliche Psychose könnte einen Ansatz bieten, ihn zu identifizieren."

„Wird gemacht."

Ich kehre ins Verhörzimmer zurück und setze mich wieder. „Kannten Sie Angela Lamond, Nicholas?", frage ich.

„Was gab es da zu kennen?" Inzwischen hat sein Gesicht wieder die zenartige Fassade angenommen.

„Sie war eine vierzigjährige Krankenschwester, die ihr ganzes Leben in Winter's End verbracht hat. Sie war eine elegante, attraktive Frau ohne festen Freund, aber mit einem großen Freundeskreis und ohne Feinde. Sie war nicht reich und bot, soweit wir das wissen, niemandem einen Grund, sie zu hassen. Und doch hat sie jemand verschleppt, entkleidet und mitten in der Nacht auf einer Landstraße erstochen."

Das süffisante Lächeln erfährt eine flüchtige Erneuerung. „Jemand, der, wie ich annehme, Ihrer Meinung nach ich war."

„Ich möchte nur begreifen, warum es geschehen ist. Und ich bin sicher, dass ihre Familie denselben Wunsch hat."

„Warum wollen Sie es begreifen?"

„Dem Seelenfrieden zuliebe. Und je besser wir das Ganze verstehen, desto eher können wir so etwas in Zukunft verhindern."

Nicholas' Miene bleibt unbewegt, als er mich einen Moment lang schweigend anstarrt. Schließlich sagt er: *„Eripere vitam nemo non homini potest, at nemo mortem; mille ad hanc aditus patent."* Da ich ihn verständnislos anschaue, übersetzt er es. „Das Leben eines Menschen kann jeder beenden, seinen Tod verhindern jedoch nicht; zu ihm führen tausend Türen."

„Was zitieren Sie da?"

„Seneca. Gehe ich recht in der Annahme, dass an Ihrem College keine klassische Philologie angeboten wurde, Mr Rourke? Kriminologie und Jura, nicht wahr?"

Ich bleibe stumm.

„Und an der Highschool, habe ich den Verdacht, waren Sie zu sehr damit beschäftigt, den Mädchen nachzustellen. Sie gehören nicht gerade zu der Sorte Mensch, die ihre ganze Zeit in der Bibliothek verbringt."

„Stimmt."

Nicholas lächelt mich an wie ein nachsichtiger Vater sein Kind. „Ich fühle mich müde, Mr Rourke. Könnten wir vielleicht später weitermachen?"

Kurz erwäge ich, ihn zum Bleiben zu zwingen, bis er meine Fragen beantwortet hat. Doch ein Gefühl sagt mir, dass ihn zu verärgern mir die Arbeit bestimmt nicht erleichtern würde. Außerdem kann ich die Pause dazu nutzen herauszufinden, woher er so viel über mich weiß.

„Klar“, sage ich. „Machen wir für heute Schluss.“

Ich spreche die Zeit auf Band und schalte das Gerät aus. Danach rufe ich die zwei Deputys, damit sie Nicholas wieder in seine Zelle führen. Auf dem Weg zur Tür dreht er sich noch einmal zu mir um. „Sie wollten wissen, worauf ich gewartet habe“, sagt er. „Ich habe auf Sie gewartet, Mr Rourke. Auf Sie.“

3

Die Sonne gleitet den in der Ferne liegenden Hügeln der Appalachen entgegen, als ich eine mit zwei kleinen Blumensträußen gekennzeichnete Stelle an der Route 11 erreiche. Ich bringe die Corvette am Straßenrand zum Stehen und steige aus. Dale wirft die Tür seines Jeeps zu und führt mich ein kurzes Stück zur nach Norden führenden Fahrspur.

„Hier“, sagt er. „Sie lag mit dem Körper auf der Seite, der Kopf zeigte nach Norden.“

„Ich muss die Stelle überprüfen“, erkläre ich, „und dann die Strecke abschreiten, auf der Angela nach der Arbeit heimgegangen wäre. Außerdem möchte ich mir ihr Haus anschauen und alle Einzelheiten aus ihrem Lebenslauf wissen, die ihr habt.“

„Hältst du das für wichtig?“

Ich gehe in die Hocke und berühre den Asphalt mit den Händen. „Man soll immer versuchen, das Opfer kennen zu lernen, Dale.“

„Apropos, unser Verdächtiger scheint ja viel über dich zu wissen. Was, glaubst du, meint er damit: Er habe auf dich gewartet?“

„Das weiß ich nicht.“

Dales Mantel raschelt laut. Er hat die frierenden Hände in die Taschen gesteckt. „Er klingt hochgebildet“, brummt er. „Meinst du, wir sollten uns mal bei den Colleges und Unis umhören, ob ihn dort jemand erkennt?“

Ich zucke mit den Schultern. „Du kannst es ja versuchen, aber ich glaube nicht, dass es was bringt. Zum einen wäre von einem Studenten unter tausenden die Rede, und abgesehen davon ist er meiner

Meinung nach gar nicht hochgebildet. Mir kommt er allenfalls belesen vor."

„Was bringt dich darauf?"

„Seine Art zu reden." Ich richte mich auf und ziehe eine Zusammenfassung des Berichts über die Untersuchung am Tatort aus der Tasche. „Er zitiert alles Mögliche und kehrt den Gebildeten heraus, aber dahinter steckt nichts Systematisches. Es ist, als würde jemand Poesie vorlesen, ohne ihren Rhythmus zu erfassen."

Dale nickt zögerlich.

Ich werfe einen Blick auf die Polizeifotos, die aus einer ausreichend großen Entfernung gemacht wurden, um den ganzen Körper zu erfassen. Dann lasse ich den Blick über die Fahrbahn, die schmalen Straßengräben auf beiden Seiten und die Felder wandern. „Du sagst, im Gras hätte es keine Spuren gegeben?"

„Nein."

Die hüfthohen Halme, die das ehemalige Farmland längs der Straße überwuchern, sind jetzt geknickt und zertrampelt, nachdem die Spurensicherer das Gebiet um den Fundort herum Zentimeter für Zentimeter abgesucht haben. Der Waldrand, der das rechteckige Grasland umschließt, zeichnet sich in der Ferne als dunkle Linie ab.

„Warum hat er gerade diese Stelle ausgesucht?", frage ich. „Das ist entweder eine absolut idiotische Wahl oder aber unheimlich raffiniert, und uns ist nur was entgangen. Sag mal, hat das, was das Opfer unter den Fingernägeln kleben hatte, zu irgendwas geführt?"

„Nein. Woran hattest du gedacht?"

„Wenn er nicht durch die Felder gekommen ist", sage ich, „dann muss er die Straße genommen haben. Bei dem Verkehr hier konnte er sich nicht offen zeigen. Falls er sie durch den Straßengraben hergebracht hat, hätte er sie und sich bei jedem näher kommenden Fahrzeug flach hinlegen können. Aber dann hätte sie Kies und Schlamm zwischen den Zehen gehabt. Hat die Gerichtsmedizinerin die Zehen untersucht?"

„Keine Ahnung."

„Na gut. Ich frage sie morgen. Nehmen wir uns jetzt Angelas Heimweg vor. Fahr aber langsam – ich möchte mir den Stadtwald genauer anschauen."

Der dünne Gürtel aus Kiefern und Birken, der Winter's End von den offenen Feldern trennt, bietet keinen Hinweis darauf, dass er als Deckung für einen Mord hätte benutzt werden können. Er ist eher eine Landschaft für Spaziergänge mit Hunden.

Dann lasse ich den Wald hinter mir und fahre vorbei an Häusern aus roten Ziegeln und weiß getünchtem Holz. Ausladende Rasenflächen, Wagen mit Vierradantrieb auf den Auffahrten. In den Augen eines Touristen wäre das nichts als eins von den Zuckerbäckerstädtchen in Maine. Ich dagegen kann abblätternde Farbe unter den Dachsparren sehen, lose Bretter und Vorhänge, die gewaschen gehörten. Winter's End ist nur eine gewöhnliche Stadt mit gewöhnlichen Einwohnern und gewöhnlichen Problemen.

Gewöhnlich auch deswegen, weil es so vertraut ist. Ich war 17 Jahre lang weg, und doch kommt es mir so vor, als hätte sich nichts verändert. Straßennamen und Gebäude wecken erstaunlich starke Erinnerungen. Die Skinner Street, in der Rhona Garde während unserer Zeit an der Highschool lebte. Als wir zum ersten Mal miteinander schliefen, als ihre Eltern gerade nicht da waren – für uns beide bedeutete es die Entjungferung –, waren das wohl die fünf unheimlichsten Minuten meines Lebens. Der Lebensmittelladen, in dem ich meinen ersten Teilzeitjob fand, der mir den Weg zum College pflastern half. Ich schiebe die Erinnerungen beiseite und parke vor der Arztpraxis in der Main Street. Die Sprechstunde ist bereits vorüber und die Tür verschlossen. Während Dale aus seinem Pick-up klettert und sich die Jacke glatt streicht, zünde ich mir eine Zigarette an.

Ich wende mich nach Süden, gehe langsam die Main Street hinunter. Die erste Querstraße nach der Arztpraxis ist die Carver Street. Ich biege rechts in sie ab. „War das ihr Weg?", frage ich Dale.

„Unseres Wissens, ja."

Die Carver Street ist eine hübsche, gewundene Straße mit schmucken roten Ziegelhäusern an beiden Seiten, geziert von gepflegten kleinen Vorgärten. Die Fenster sind größtenteils geschlossen, und die Vorhänge, die sie einrahmen, verleihen den Gebäuden einen Anstrich von düsterer Weltabgewandtheit. Doch egal, wo wir vorübergehen, stets beschleicht mich das Gefühl, jemand beobachte uns von drinnen. Ruckartiges Ziehen an Vorhängen. Schatten, die aus meinen Augenwinkeln huschen.

Nach etwa zwei Minuten zu Fuß kreuzt die Carver die Altmayer Street. Dies war früher die Wohngegend für die besser betuchten Bürger der Stadt. Das Haus, in dem Angela lebte, kommt gleich ein paar Nummern nach der Kreuzung. Ihr Gehalt kann nicht allzu schlecht gewesen sein, wenn sie sich so etwas leisten konnte. Vor der mit einem Polizeiband versiegelten Veranda liegt eine Hand voll Blumensträuße. Dale bückt sich unter der Absperrung hindurch und schließt die Tür auf. Ich folge ihm.

Im Flur stecken am Spiegelrahmen Notizen, größtenteils irgendwelche Termine oder Telefonnummern von Freunden. Hinter der Tür sind zwei Mäntel an Haken aufgehängt. Die Wohnzimmermöbel sind gut gepflegt, zeigen aber erste Spuren von Verschleiß. Ein Fernseher, die Fernbedienung auf dem Couchtisch, eine Fernsehzeitung auf dem Sofa. Stereoanlage und ein Stapel CDs.

Die Küche an der Rückseite des Hauses ist aufgeräumt, auch wenn in der Spüle noch die Kaffeetasse und die Müslischale vom Frühstück stehen. Im oberen Stockwerk bietet sich ein ähnliches Bild wie unten. Das Bett ist ungemacht, und auf einem Stuhl liegen noch zwei Kleidungsstücke. Auf der Frisierkommode steht eine verwelkte Rose in einer Glasvase. „Geschenk von einem Verehrer?“, will ich wissen.

„Sie hatte keinen Freund“, antwortet Dale. „Die Spurensicherung hat die Rose nach Fasern und Fingerabdrücken untersucht, aber außer einem Teilabdruck ihres linken Daumens an einem der Blätter ist nichts dabei herausgekommen. Ich schätze, dass sie sie selbst gekauft hat.“

„Hm, wird wohl so gewesen sein.“

Eine Schuhschachtel im Wandschrank enthält Zeugnisse, Beschäftigungsnachweise und Dankschreiben von Patienten. Die Insignien eines Lebens, das vorbei ist. Ich will sie wieder zurücklegen, als mir plötzlich eine Idee kommt. Ich fange an, die gebündelten Dokumente durchzublättern.

„Ich möchte wissen, ob Angela jemals irgendwo gearbeitet hat, wo auch geisteskranke Patienten untergebracht waren“, sage ich. „Falls Nicholas sich tatsächlich noch als übergeschnappt herausstellt.“

„Das bezweifle ich – solche Anstalten haben wir hier nicht. Soviel ich weiß, hat sie vor dem Wechsel in die Praxis als Krankenschwester im Waisenhaus gearbeitet.“

Ich halte abrupt inne. „Im St Valentine’s? Gleich hinter dem Stadtrand?“

„Genau“, brummt Dale. „Nach einem Brand ist es vor ungefähr sechs Jahren geschlossen worden.“

„Nach meiner Zeit“, meine ich mit einem Blick über die Schulter. „Als ich klein war, hat mein Dad das Heim hin und wieder besucht und ein paar von den Kindern Geschenke mitgebracht. Ich habe ihn manchmal begleitet. Von einem Feuer habe ich nie gehört.“

„Die Personalwohnungen sind eines Nachts bis auf die Grundmauern abgebrannt. Dabei gab es auch drei Tote, darunter der Direktor. Weil die Versicherung nicht gezahlt hat, musste das Heim geschlossen werden. Wenn ich es recht bedenke, müsste sich dein Dad an den Löscharbeiten beteiligt haben."

Achselzuckend lege ich die Dokumente an Ort und Stelle zurück. „Das ist nun mal die Aufgabe der freiwilligen Feuerwehr, Dale. Gibt es Aufzeichnungen über die Kinder, die dort lebten?"

Dale schüttelt den Kopf. „Alles in Rauch aufgegangen. Im Archiv des Bezirks könnten aber noch Kopien liegen. Hältst du es für möglich, dass Nicholas mal im St Valentine's gelebt hat?"

„Vielleicht. Einen Besuch ist es jedenfalls wert."

Wir gehen wieder die Treppe hinunter. Auf der Veranda bleibe ich stehen und warte, bis Dale zugeschlossen hat. Die Schatten des Abends werden allmählich tiefer.

„Also, was meinst du?", fragt Dale erwartungsvoll.

„Nichts Konkretes", antworte ich. „Für mich ist immer noch kein klarer Grund zu erkennen, warum jemand Angela den Tod wünschen sollte. Also weiterhin keine Hinweise auf Nicholas' Motiv." Mein Blick schweift über die Straße. „Aber es gibt noch was anderes."

„Was?"

„Was, wenn Nicholas einen Komplizen hatte, einen Einheimischen, der ihm half?", frage ich, während wir zu unseren Autos zurückgehen.

Dale runzelt die Stirn. „Ist das eine bloße Hypothese oder etwas, was ich ernsthaft überprüfen soll?"

„Eine Hypothese. Was haben wir denn?" Ich beginne, es an den Fingern abzuzählen. „Eine Frau verschwindet während eines Ganges, der höchstens fünf Minuten gedauert hätte. Die Frau ist fünf Stunden lang, in denen sie nackt ausgezogen wird, spurlos verschwunden. Dann taucht sie, immer noch nackt, fast sechs Kilometer außerhalb der Stadt auf der Landstraße wieder auf, und wir sind uns ziemlich sicher, dass sie nicht über die Straße oder die Felder dorthin gelangt ist. Unser Verdächtiger hat keinen Wagen, von dem wir wüssten, also muss er sie zu Fuß mitten in einem Wohngebiet überfallen haben. Dann bringt er sie irgendwohin und beraubt sie ihrer Kleidung. Niemand bekommt etwas davon mit. Dann bringt er sie zu einer befahrenen Landstraße, ohne von irgendjemand gesehen zu werden."

„An welcher Stelle kommt dann der Komplize ins Spiel?"

„Nehmen wir mal an, dass Angela auf dem Heimweg ist, als ein Bewohner der Carver oder der Altmayer Street sie anspricht. Er fragt sie, ob sie ihm bei irgendwas helfen kann. Sie geht rein, der Typ und Nicholas überwältigen sie, entkleiden sie und halten sie stundenlang im Haus fest. Dann bringen sie sie in die Garage, wuchten sie in den Wagen des Komplizen und fahren zum Highway. Der Komplize hilft Nicholas, sie auszuladen, wendet und fährt in die Stadt zurück."

Darüber denkt Dale kurz nach, dann meint er kopfschüttelnd: „Und wenn sie jemand in so ein Haus hätte gehen sehen? Nein, das wäre zu riskant. Außerdem hätten wir an ihrem Körper Faserspuren von den Autositzen festgestellt."

„Plastikfolie. Menschenskind, man kann sie angezogen lassen, sie erst an der Stelle, wo ihr sie gefunden habt, entkleiden und dann mit den Sachen im Auto wegfahren. Das mit dem Haus ist heikler, aber ich könnte mir vorstellen, dass der Komplize sie in sein Auto hat einsteigen lassen, statt sie zu sich in sein Haus zu rufen. Er könnte sich einen Abschnitt der Straße ausgesucht haben, von dem man weiß, dass einen dort so gut wie niemand sieht."

„Das stimmt. Allerdings hat sich niemand auffällig verhalten, als wir am Morgen danach von Haus zu Haus gegangen sind." Dale hält einen Moment lang inne. „Und wenn Nicholas einem der Anwohner das Auto gestohlen und Angela damit verschleppt hätte?"

„Dann wäre euch ein Autodiebstahl gemeldet worden."

„Nicht, wenn er sie bewusstlos hätte liegen lassen und es in dieser Zeit zurückgebracht hätte."

Jetzt bin ich derjenige, der den Kopf schüttelt. „Das wäre genauso riskant, nein, riskanter, als sie zu sich in sein Haus zu rufen. Jedermann hätte ihn beim Stehlen oder Zurückbringen des Wagens sehen können. Und dazu hätte er das Opfer so lange unbeaufsichtigt liegen lassen müssen. Was, wenn Angelas Leiche gerade in dieser Zeit gefunden worden wäre?"

„Von mir aus, dann geht das vielleicht nicht ganz auf. Lassen wir das offen, bis du morgen wieder mit Nicholas gesprochen hast. Womöglich verplappert er sich ja. Ach, bevor ich es vergesse, Laura möchte dich morgen zum Abendessen einladen."

„Danke, ich komme gern."

„Weißt du noch, wo die Crowhurst Lodge ist?"

Ich grinse, während er in seinen Jeep steigt. „So sehr hat sich die Stadt nicht verändert. Bis morgen."

Ich nehme mir vor, mich im Hotel anzumelden und meinen Wagen dort zu lassen, ehe ich irgendwo eine Kleinigkeit esse. Die Abenddämmerung ist hereingebrochen. Den ohnehin nicht regen Verkehr machen fast ausschließlich Pendler aus, die eilig und entschlossen fahren, als hätten sie Angst, bei Einbruch der Nacht noch unterwegs zu sein. Dasselbe gilt für die Fußgänger, die mit gesenktem Kopf dahinhasten.

Plötzlich ruft mich jemand: „Alex! Alex Rourke!"

Ich drehe mich um und sehe mich einem Burschen mit kurzem dunklem Haar, Brille und Ansatz zum Doppelkinn gegenüber. Mich beschleicht das Gefühl, dass ich ihn kennen müsste. „Ja?", frage ich.

„Cochrane, Matt Cochrane. Wir waren zusammen an der Highschool."

„Himmel, ja! Wie geht's dir?" Die Erinnerungen kehren langsamer zurück, als meine Stimme verrät. Cochrane. Cochrane. Ein klebriger, etwas streberhafter Junge, der in Mathematik besser war als ich. Erbte immer die abgetragenen Sachen seiner älteren Geschwister. Nicht auffällig genug, um als Zielscheibe von Spott zu dienen, nicht lustig genug, um viele Freunde zu haben.

„Gut, gut. Ich bin Buchhalter. In Ashlang oben."

Schau an. „Ja? Gute Stelle?"

„Bin zufrieden." Ein Hauch von Stolz in seiner Stimme. Ohne es beabsichtigt zu haben, treiben wir auf einmal das Wer-hat-mehr-vorzuzeigen-Spiel, in das alte Bekannte so gern verfallen. „Ich hab gehört, dass du Cop geworden bist."

„FBI. Vor drei Jahren habe ich dann auf selbstständig umgesattelt." Ich bemühe mich, das möglichst normal und beiläufig klingen zu lassen.

„Bist du jetzt wegen des Falls der ermordeten Krankenschwester hier? Schlimme Sache."

„Dale Townsend hat mich geholt. Die Zeitung hier muss ja voll davon sein. Ich kann mich nicht erinnern, je von einem Mord in dieser Stadt gehört zu haben."

Matt nickt. Dann verändert sich sein Gesichtsausdruck. Ihm ist etwas anderes eingefallen. „Was hast du heute Abend vor?"

„Ich muss mich noch im Hotel anmelden und dann was essen. Ansonsten habe ich keine Pläne. Höchstens ein paar Sachen aufschreiben."

„Hättest du Lust, mit meiner Frau und mir einen heben zu gehen? Du erinnerst dich doch noch an Rhona. Als wir in der Schule waren, war ihr Nachname Garde."

Eins zu null für ihn. So was. Matt, der Buchhalter, der es nie geschafft hat, dem Kaff, in dem wir aufgewachsen sind, zu entkommen, und doch ist er der Mann, der meine erste Freundin geheiratet hat.

„Prima“, sage ich. „Wann und wo?“

„Um halb neun in der ‚Sawmill‘?“

„Gern. Bis dann.“

Matt verabschiedet sich mit einem Winken, und ich steuere auf meinen Wagen zu. Im Gehen zünde ich mir eine weitere Zigarette an, um den Geschmack der Niederlage zu vertreiben. Ich frage mich, ob Matt und Rhona Kinder haben. Dann nimmt mich meine wohltuende Corvette auf, und der Geruch von Motorenöl und Leder vertreibt trübe Gedanken. Ich fahre zum Hotel.

Die Crowhurst Lodge ist praktisch seit ihrem Bestehen Hotel und Pension in einem. Das Gebäude wurde 1920 im neogotischen Stil mit hohen Fenstern und hübschem Stuck in den Simsen und Nischen errichtet. Seine weiße Kalksteinfassade glüht förmlich im Zwielicht der Dämmerung.

Die offen stehende, mit doppelter Milchglasscheibe versehene äußere Tür führt in einen kleinen Vorraum, dessen Wände mit Plakaten und Flugblättern, die teilweise historischen Charakter haben, behängt sind. Am Ende des Vorraums befindet sich eine massive Holztür mit einem gusseisernen Klopfer in Gestalt eines knurrenden … was auch immer. Ich stoße die Tür auf und trete in ein in warmes Licht getauchtes Foyer, das dieselben neogotischen Elemente aufweist wie die Fassade.

„Ja?“, fragt ein älterer Herr mit zerschlissener Strickjacke, der nun aus dem Durchgang hinter dem Empfangspult hervortritt.

„Mein Name ist Alex Rourke. Sheriff Townsend hat ein Zimmer für mich gebucht.“

„Hm.“ Der Mann schlägt ein Gästebuch auf, das nicht jünger aussieht als er selbst, und durchblättert es. Er findet die letzten Einträge und gleitet mit dem Finger daran hinunter. „Mr Rourke, ja. Zimmer vierzehn, immer die Treppe hinauf. Wenn Sie sich hier bitte eintragen möchten. Haben Sie noch weiteres Gepäck dabei?“

„Nein“, antworte ich, während ich meine Unterschrift leiste. „Ist das Zimmer ganz oben?“

„Erste Tür rechts.“ Er reicht mir einen Anhänger mit zwei Schlüsseln, von denen einer dem Aussehen nach in die Haustür passen dürfte. „Frühstück ist zwischen sieben und neun.“

Ich bedanke mich und mache mich auf den Weg zu meinem Zimmer. Im Haus herrscht Totenstille. Ich schließe meine Tür auf und trete in ein kleines, doch gepflegtes und sauberes Zimmer mit Einzelbett, Fernsehapparat, Frisierkommode und begehbarem Schrank. Auf dem Nachttisch steht ein Telefon. Eine kleine Tür führt in das mit Dusche und Toilette ausgestattete Bad.

Ich benutze sogleich das Telefon und bestelle eine Pizza – die Nummer des einzigen Lieferanten in der Stadt stand im Vorraum unten. Danach dusche ich mich schnell und ziehe mich um. Kaum habe ich den Fernseher angeschaltet, summt eine Klingel. Der Bursche, der die Pizza bringt, denke ich und schaue zum Fenster hinaus. Tatsächlich steht sein Fahrrad gegen das Haus gelehnt. Ich will mich gerade abwenden, als ich im Schatten der Bäume, die um den kleinen Parkplatz herum wachsen, eine Gestalt zu bemerken glaube. Es ist zu dunkel, um irgendwelche Züge auszumachen. Ich sehe nur eine Silhouette und ein Schimmern, das von einem Gesicht ausgehen könnte. Die Gestalt verrät keine Regung, solange ich sie anstarre. Dann blinzle ich, und sie ist verschwunden.

Ich gehe nach unten, um mein Essen zu holen. Der Geruch von geschmolzenem Käse und Basilikum steigt mir aus der warmen Schachtel in meiner Hand in die Nase. Bis auf das Fahrrad des Jungen von der Pizzeria und meine Corvette ist der Parkplatz leer. Auch im Hotel herrscht Stille. Es sieht so aus, als wäre ich hier der einzige Gast.

Nachdem ich die Pizza gegessen habe, schlüpfe ich in meine Jacke und mache mich auf den Weg zur Sawmill, einer der zwei Kneipen der Stadt. Winter's End ist nicht totenstill, aber es herrscht eine spannungsgeladene Ruhe, eine Atmosphäre, die noch verstärkt wird durch das Rauschen der Bäume um den Parkplatz und das undeutliche Murmeln von Fernsehapparaten, die hinter all den beleuchteten Fenstern in den Wohnstraßen abseits der Main Street ein blau flimmerndes Licht verbreiten. Das Leben findet heute Abend hinter geschlossenen Türen statt.

Dann schiebe ich mich durch die Tür der Sawmill in die an diesem Samstagabend gut besuchte Kneipe. Von hinten mischt sich das schwache Klacken der Billardkugeln in die gedämpfte Musik aus der Jukebox. Leute unterhalten sich, man pflegt seine Kontakte. Normalität. Matt sitzt an einem Tisch bei der Wand, ihm gegenüber mit dem Rücken zu mir eine Frau. Schulterlanges schwarzes Haar und ein lilafarbener Pullover sind das Einzige, was ich erkennen kann. Matt winkt mir, und ich gehe zu ihnen hinüber.

„Alex!“, ruft er, als ich den Tisch erreiche. „Du und Rhona kennt euch natürlich. Siehst du“ – er wendet sich zu Rhona um –, „er hat sich kein bisschen verändert, wie ich's dir gesagt habe.“

„Wie geht's dir, Alex?“, fragt sie. „Es ist ja schon lange her.“

„Zu lange.“

„Die Drinks gebe ich aus“, verkündet Matt. „Was soll ich holen?“

„Ein Bier, bitte.“

„Cola Rum“, sagt Rhona.

Matt geht zur Theke, was mir die Möglichkeit gibt, meine frühere Freundin in Augenschein zu nehmen. Das Älterwerden hat ihr nicht geschadet. Die Ansätze zu Lachfalten um ihre Augen sind die einzigen Spuren, die die Jahre bei ihr hinterlassen haben. Ihre sich zart über den braunen Augen wölbenden Brauen sind immer noch schön. Nur haben diese Augen jetzt etwas leicht Flaches, irgendwie Erloschenes an sich, vielleicht Resignation. Ich kenne sie noch als freche junge Frau, die was auf die Beine stellen konnte, vielleicht ein bisschen zu selbstsicher, immer mit einer ätzenden Abfuhr zur Hand, wenn sie meinte, dass man sie verdient hatte. Verblüffend sanft hinter der zur Schau gestellten Fassade.

„Und wie ist es dir so ergangen?“, frage ich. „Matt scheint sein Leben ja ganz gut hingekriegt zu haben.“

Sie nickt. „Das hat er. Ich selbst unterrichte Englisch an der Grundschule. Wohin bist du nach der Highschool gegangen?“

„Ans College. Danach zum FBI. Jetzt arbeite ich in Boston unten für einen alten Kumpel aus der Zeit beim Bureau.“

„Wie geht es deinen Eltern? Ich habe sie nicht mehr gesehen, seit ein paar Leute hier eine Abschiedsparty für sie gegeben haben.“

„Tot. Autounfall vor dreieinhalb Jahren.“

„Oh, Alex!“, seufzt sie. „Das tut mir Leid.“

„Denk dir nichts. Das ist ja schon so lange her.“

In diesem Moment kehrt Matt mit den Drinks zurück. Er selbst trinkt ein Zeug, das wie Whiskey Sour aussieht. „So, so“, sagt er, „habt ihr euch schon auf den neuesten Stand gebracht?“

„Rhona ist also Lehrerin geworden“, sage ich grinsend. „Wer hätte das kommen sehen?“

Wir lachen. „Ich frage mich nur, wie sie das hinkriegt, wenn Seth so weit ist und in die Schule kommt“, sagt Matt.

„Seth?“

„Unser Junge.“ Rhona wirft Matt einen beinahe verschämten Blick zu, als würde sie gerade ein von beiden gehütetes Geheimnis preisgeben. „Er wird bald fünf. Und du, Alex? Bist du verheiratet? Kinder? Familie?“

„Ich hatte mal einen Kater."

Wir schmunzeln. Ich bemerke, dass beide jetzt ein bisschen befangen sind, aus Unsicherheit, ob das für mich ein schmerzhaftes Thema ist. Ich kippe einen großen Schluck hinunter und beschließe, mich mehr darüber auszulassen. „Er hieß Rusty. Ist vor eineinhalb Jahren von einem Lastwagen überfahren worden."

Was kann ich ihnen sonst noch sagen? Dass ich in meiner Zeit beim Bureau nie eine längere Beziehung aufgebaut habe? Dass ich selbst dann, wenn mir das gelungen wäre, keine Kinder gewollt hätte? Ich wollte ihnen nicht nur das bisschen Zeit geben, das neben meiner Arbeit noch übrig blieb. Seit meinem Weggang habe ich noch keine ernsthaften Bemühungen unternommen, eine Familie zu gründen, weil ich mir nicht sicher bin, ob eine vernünftige Frau einen gescheiterten FBI-Agenten als Vater ihrer Kinder haben will.

„Wo lebt ihr jetzt?", frage ich, um das Thema zu wechseln.

„In der Spruce Street, nicht weit von der Bibliothek. Wir haben in unserem Haus so viel Platz, dass wir gar nicht wissen, was wir damit anfangen sollen. Rhona meint, wir könnten uns noch ein, zwei Kinder zulegen, einfach um das Haus voll zu kriegen."

„Ach, Matt, hör auf damit!", ruft sie und gibt ihm neckisch einen Klaps auf den Arm.

„Klingt nett", antworte ich ihm und meine es auch so – größtenteils. Ich rauche die Zigarette zu Ende. „Ich selbst lebe in einer Schuhschachtel mit Bett. Aber immerhin habe ich einen für Anwohner reservierten Parkplatz. Darum ist es gar nicht mal so schlecht."

„Was für ein Auto fährst du jetzt?"

Ich mache eine Kunstpause. Vielleicht, überlege ich, wird bei diesem Spiel des Sich-auf-den-neuesten-Stand-Bringens eine letzte Runde gespielt, die noch gewonnen werden kann. „Eine 69er Stingray Corvette."

Rhona lacht. „Du hast schon immer auf edle Schlitten gestanden, Alex. Die Antwort von Maine auf Don Johnson."

„Na ja, falls man mich einst wegen irgendwas in Erinnerung behält, dann ist das ein Image, mit dem ich leben kann", grinse ich und trinke mein Bier aus. „Ich bin dran. Dasselbe noch mal?"

Ich hole eine zweite Runde Drinks vom Tresen.

„Matt hat mir erzählt, dass du hier für das Sheriff's Department arbeitest", sagt Rhona, als ich mich wieder setze. „Das hat sicher mit der ermordeten Frau zu tun."

„Stimmt. Dale Townsend hat mich um Mithilfe gebeten."

Rhona nippt an ihrer Cola mit Rum. „Das muss ja entsetzlich für die arme Angela gewesen sein! Hat der Mann, den sie verhaftet haben, sich darüber ausgelassen, warum er das getan hat?“

„Das darf ich nicht sagen. Ihr wisst ja, wie das mit den Ermittlungen der Polizei ist.“ Ich zünde mir eine Zigarette an. „Wie viele von unseren alten Klassenkameraden sind eigentlich noch in der Stadt?“

„Ein paar schon noch“, meint Matt. „Jimbo ist Automechaniker, Brooke hat Tristan Maitland geheiratet – sie haben jetzt zwei Kinder. Und Grant gehört die Pizzeria. Es sind noch mehr, aber im Moment fallen mir ihre Namen nicht ein.“

Rhona will gerade die eine oder andere Erinnerung hinzufügen, als sich eine Hand fest auf meine Schulter legt und eine Stimme hinter mir sagt: „Sie sind also Alex Rourke. Dale hat mir schon gesagt, dass Sie zu uns kommen.“

Ich drehe mich um und sehe mich einem blassen Mann Ende vierzig gegenüber. Braunes, mit Grau durchwirktes Haar, das von seiner Stirnglatze aus säuberlich nach hinten gekämmt ist. Anzug, aber keine Krawatte. Der feste Händedruck eines Mannes, der gern den harten Burschen herauskehrt. Seine Augen bewegen sich in einem fort, prüfen, schätzen ab. „Byron Saville, der Bürgermeister hier“, stellt er sich vor. „Wie ich sehe, treffen Sie alte Freunde wieder.“

„Stimmt. Kennen Sie Matt und Rhona Cochrane?“

Saville nickt. „Klar. Wie läuft der Fall?“

„Na ja, ich bin erst seit heute damit befasst. Aber ich bin ziemlich zuversichtlich, dass ich alles binnen ein paar Tagen hinkriege.“

„Das ist gut, Alex, sehr gut. Der Mord hat die ganze Stadt aufgescheucht. Je eher wir das hinter uns bringen, umso besser. Wenn Sie etwas brauchen, melden Sie sich einfach bei mir, und ich werde sehen, was ich machen kann.“ Er reicht mir seine Visitenkarte. „Schönen Abend noch.“

„Auf Wiedersehen, Herr Bürgermeister.“

Saville stolziert davon, als fiele es ihm schwer, mit seinem aufgeblasenen Ego nicht abzuheben. Ein großer Mann in einer kleinen Stadt. „Neuigkeiten machen hier ja schnell die Runde“, murmele ich meinen früheren Klassenkameraden zu.

„Angelas Tod wirbelt eben viel Staub auf“, meint Matt. „Niemand kann fassen, dass einem Menschen wie ihr so etwas zustoßen konnte. Sie war immer so ruhig. Ganz anders als die anderen aus den höheren Schulklassen, als wir klein waren. Wusstest du, dass Scott Robson sie mal auf die Probe stellen wollte und sie und zwei von ihren Freundinnen dazu gebracht hat, mit ihm nach der Dämmerung in den Mason Woods rauszugehen? Seine Geistergeschichten haben sie derart verschreckt, dass er sie und die anderen heimfahren musste."

„Nein, das weiß ich nicht mehr. Aber Scott ist mir noch ein Begriff." Ein Blödmann, wenn ich mich richtig erinnere, auch wenn meine Meinung über ihn damals von der Ablehnung und Furcht, die Kinder älteren Jugendlichen gegenüber empfinden, getrübt gewesen sein mag.

Auch Mason Woods, ein berüchtigter Wald östlich der Stadt, habe ich nicht vergessen. Jedes Kind, das in Winter's End aufwächst, bekommt die verschiedensten mit seinem dichten Unterholz verbundenen Geistergeschichten zu hören. Ein Massaker, das französische Soldaten im 18. Jahrhundert unter einem dort ansässigen Indianerstamm angerichtet haben; ein gelynchter Trapper und seine Frau, die Selbstmord beging, als sie seine Leiche fand. Dazu der blaue Axtmann, der Geist eines Indianers, der angeblich unentwegt durch den Wald pirschte, stets auf der Jagd nach einem französischen Offizier, um den Mord an seiner Familie zu rächen. Sein Schatten, hieß es, erschiene immer des Nachts, wenn der Himmel im Mondlicht eher tiefblau statt schwarz aussah, und würde jeden töten, der seinen Weg kreuzte.

Meine Aufmerksamkeit kehrt zur Sawmill zurück. Ich merke, dass das Gespräch verebbt ist. Matt und Rhona sitzen verlegen da, nippen an ihren Drinks. Schließlich gelingt es Rhona, die Funkstille zu beenden. „Wie lange, glaubst du, bleibst du hier?"

„Mindestens noch einen Tag, wahrscheinlich länger", antworte ich. „Dale hat mich für morgen Abend zum Dinner eingeladen."

„Wusstest du, dass Chris zur Küstenwache gegangen ist?"

„Ja. Dale hat es mir vor einem Jahr oder so erzählt, als ich zuletzt für ihn gearbeitet habe."

„Ich habe gar nicht mitgekriegt, dass du da warst."

„Das war ich auch nicht. Wir haben das telefonisch erledigt."

Wieder tritt Stille ein. Dann sieht Matt mit bedeutungsvollem Blick auf die Uhr. „Es ist spät. Wir sollten langsam gehen. Es war schön, dich wiederzusehen, Alex. Wir müssen unbedingt in Verbindung bleiben."

„Klar", sage ich. Wir beide wissen, dass das Blödsinn ist. Ich gebe ihm trotzdem meine Visitenkarte. „Es war schön, euch beide zu treffen."

Rhona beugt sich herüber und küsst mich auf die Wange. „Pass auf dich auf, Alex", murmelt sie. Dann stehen sie und ihr Mann auf und gehen.

Während ich austrinke, sinniere ich darüber, wie wenig sich manche Menschen mit den Jahren verändern. Es hat eine Stunde gedauert, um 17 Jahre abzuhandeln. Irgendwie empfinde ich das als deprimierend.

Ich trete hinaus in die kalte, mondlose Nacht. Verkehr gibt es so gut wie nicht. Die Stadt ist noch stiller als vorhin, als hätten sich die Leute sicher in ihren Häusern eingeigelt und würden bei leise gedrehtem Fernseher nur im Flüsterton miteinander reden. Eine Brise, die ich nicht spüre, erzeugt an den über der Straße aufgespannten Telefondrähten gespenstische Töne. Ich sehe auf die Uhr: 21.40 Uhr. Genau die Zeit, um die Dale Angelas Leiche entdeckt hat.

Mit den eingebildeten Dämonen der Nacht als einziger Begleitung gehe ich zurück zum Hotel. Eine Bewegung im Dunkeln: nur eine pirschende Katze. Schritte wie die meinen, aber leiser und hohler: Jemand geht auf demselben Weg wie ich, nur zu weit hinter mir, als dass ich ihn sehen könnte. Es ist eine von den Nächten, in denen das abergläubische Unterbewusstsein mit dem übrigen Gehirn um die Vormacht kämpft und sogar eine Siegeschance hat. In denen ich beinahe eine einsame, tote, nach Rache schreiende Stimme wie einen in der Ferne heulenden Wolf hören kann.

Ich halte mir vor, dass ich nicht so kindisch sein soll, schlage den Kragen hoch und beschleunige meine Schritte.

Die Crowhurst Lodge liegt in Dunkelheit gehüllt. Nicht einmal ein kleines Licht gibt es, das einen an der Vordertür empfängt. Die Kalksteinfassade des Hotels erweckt auf einmal einen kränklichen Eindruck. Im zweiten Anlauf schaffe ich es, den Schlüssel ins Loch zu stecken. Gleich darauf finde ich mich in fast vollständiger Dunkelheit im Vorraum wieder. Beim Weitergehen bin ich auf mein Gedächtnis angewiesen. Ich vermeide es, über Hindernisse zu stolpern. Meine Hand gleitet über die zähnefletschende Grimasse des alten Klopfers, und der eiserne Kopf dient mir als Griff, mit dessen Hilfe ich die Tür aufstoße.

Eine über dem Pult in eine Fassung geschraubte einzelne Birne, kaum stärker als eine Kerze, beleuchtet den Empfangsbereich. Ihr schwaches Glühen und meine inzwischen gut auf die Dunkelheit eingestellte Sehkraft geleiten mich zur Treppe und nach oben zu meinem Zimmer. Die plötzliche grelle Helligkeit beim Einschalten des Lichts empfinde ich als ungemein erleichternd.

Ich lege meine Jacke aufs Bett, schalte den Fernseher ein und spritze mir etwas Wasser ins Gesicht. Über eine Stunde lang zappe ich durch alle möglichen Sender, ehe ich das Licht lösche und ins Bett falle.

Schlaf finde ich nicht.

Ausschlaggebend ist eine Kombination verschiedener Faktoren, aber zusammen belaufen sie sich auf eine schiere Ewigkeit des Wachseins. Ich befinde mich in einer ungewohnten Umgebung; meine Urtriebe beißen sich an den neuartigen Gerüchen des Hauses fest und erhöhen meine Alarmbereitschaft. Unter den Bäumen draußen herrscht ein ständiges Flüstern, das laut genug ist, um gehört zu werden, und nicht regelmäßig genug, um mich in den Schlaf zu lullen. Ich wälze mich auf dem Bett hin und her, spiele Gespräche im Kopf durch – das Verhör mit Nicholas vom Nachmittag, die Fragen, die ich ihm morgen stellen will.

Ich erinnere mich, bei meinem letzten Blick auf die Nachttischuhr 4.15 Uhr aufleuchten gesehen zu haben. Schließlich umfängt mich der Schlaf.

4

Sieben Uhr. Das Kreischen des Weckers zerrt mich aus einer surrealen Traumwelt, an die ich mich kaum noch erinnern kann. Irgendwas mit schneebedeckten Bäumen, aber die Einzelheiten verblassen schnell. Vielleicht war es ein Rückfall in meine Kindheit; als Heranwachsender hatte ich einen regelmäßig wiederkehrenden Albtraum vom Winter. Vielleicht stellt der heutige ein erstes Anzeichen von Schlafstörungen dar, mit denen ich von jeher Probleme habe, vielleicht auch nicht. Egal, wie oft er mich befiel, dieser Traum reichte stets aus, um mich mitten in der Nacht zu wecken. Ich saß dann, die Arme um die Knie geschlungen, im Bett und kämpfte darum, den Kopf so weit klar zu bekommen, dass ich wieder einschlafen konnte. Es klappte in den seltensten Fällen.

Der Albtraum begann jedes Mal mit etwas ganz anderem. Wenn ich zum Beispiel ein Soldat in einem exotischen Land war, bemerkte ich irgendwann in dem Dschungel, durch den ich marschierte, Schnee auf den Blättern. Ziemlich bald bedeckten Raureif und eine fingerdicke Schneeschicht das Laub, und ich schleppte mich durch beißenden Frost. Ein eisiger Wind peitschte mir Graupel ins Gesicht. Irgendwann hörte ich schließlich eine Stimme hinter mir. „Du hast gesagt, wir müssten längst in Sicherheit sein!“, hielt sie mir vor. Wenn ich mich dann umdrehte, bekam ich einen Mann mit verfilztem Bart und in Fetzen von seinem Körper hängenden Fellen zu sehen. Sein Gesicht wirkte stets blass, seine

Haut wund, und seine Augen waren ausdruckslos und kalt. Hinter ihm tauchte eine lange Reihe von verfallenen Gepäckwagen auf, allesamt alte Holzfuhrwerke, daneben dünne, ausgemergelte Gestalten, und sie alle starrten mich an. „Wir hätten nie auf diesem Weg gehen dürfen", knurrte der Mann, mir immer näher kommend. Seine Züge verhärteten sich. „Du bist schuld an allem! Deinetwegen sterben wir jetzt!"

Dem kalten, toten Starren der zerlumpten Gestalten und der Wut des Bärtigen konnte ich nicht länger standhalten. Ich drehte mich um und jagte blind in den Wald davon, stürmte durch Schnee und Eis. Dicht hinter mir hörte ich den Bärtigen durchs Unterholz brechen. In der Regel war ich mit dieser panischen Flucht nicht sehr weit gekommen, ehe ich mich in irgendetwas verfing und kopfüber in den Schnee stürzte. Kaltes Grauen raubte mir den Atem, und mit zum Bersten pochendem Herzen wachte ich auf.

Wenn ich denselben Traum auch in der letzten Nacht hatte, hat er mich zumindest nicht geweckt. Wie ein Zombie tapse ich ins Bad, dusche und rasiere mich. Ich steige in die Kleider – langsam und robotermäßig. Dann gehe ich die Treppe hinunter, um ein Frühstück zu ergattern.

Das Gebäude ist jetzt heller, sogar luftig. Nach wie vor gibt es keinerlei Hinweise auf andere Gäste außer mir, auch wenn vom Durchgang beim Empfangspult der Geruch von warmem Essen herüberweht. Kein Zeichen von dem alten Mann, den ich gestern gesehen habe. Im Speisezimmer enthält ein an der Seite angeordnetes Büfett eine überraschend reichlich sortierte Auswahl fürs Frühstück, und alles auf vorgewärmten Tellern, wenngleich die jeweilige Menge mich in dem Glauben bestärkt, dass ich der einzige Gast bin. Ich hole mir etwas Müsli und Orangensaft, danach lade ich mir einen Teller mit Gebratenem voll und nehme eine große Kanne Kaffee mit.

Gesättigt verlasse ich den Speiseraum und gehe durch das Foyer. Draußen scheint die Sonne, wenngleich der Himmel mit kleinen Kumuluswolken gesprenkelt ist. Als mein Wagen die Kiesauffahrt verlässt und mit dem gewohnten beruhigenden Brummen auf die Straße biegt, bemerke ich ein dunkelhaariges Mädchen. Sie ist jung – vielleicht 17 oder 18 –, ihr Haar ist kurz und gepflegt, ihre Kleidung bunt. Das Mädchen sieht zu, wie die Corvette vorbeifährt und starrt ihr weiter nach, so lange, bis sie im Rückspiegel zu einem winzigen Fleck schrumpft. Wohl nur eine Landpomeranze, die einen Wagen aus der großen Stadt angafft.

Es liegt wohl an meiner Müdigkeit, jedenfalls fahre ich ziemlich langsam zwischen den Feldern hindurch, vorbei am Fundort und in Richtung Houlton wieder in den Wald hinein. Dort schlängelt sich linker Hand nach wenigen hundert Metern ein überwucherter und bald nicht mehr als solcher erkennbarer Weg zwischen Reihen tot aussehender brauner Baumstümpfe und dichtem, verfilztem Unterholz hindurch. Am Ende dieses Weges ist in einer Entfernung von vielleicht 800 Metern die Silhouette eines Gebäudes auszumachen; das ehemalige Wade House und spätere St-Valentine's-Waisenhaus. Ich frage mich, ob Dale und die Spezialisten der staatlichen Polizei hier überhaupt ermittelt haben, und nehme mir vor, ihn zu fragen.

In Houlton angekommen, stelle ich meinen Wagen wieder auf dem Parkplatz vor dem weiß getünchten Oberlandesgericht ab und gehe zu Fuß zum Houlton Regional Hospital, um Dr. Gemma Larson zu sprechen, die Gerichtsmedizinerin, die die Autopsie an Angela Lamonds Leiche durchgeführt hat.

Die Leichenhalle befindet sich im Inneren des Krankenhauses, weit abgeschieden von den Bereichen, die von Patienten aufgesucht werden. Von lebenden zumindest. Durch eine doppelte Aluminiumtür betrete ich ein mit zwei Schreibtischen, Computerterminals, Schließfächern und einem Kaffeeautomaten ausgestattetes Büro. Durch eine zweite Tür geht es in einen großen, hell erleuchteten Raum. Dort befindet sich an der einen Längswand die übliche Kühlkammer mit ihren Bahren, die alle mit einem Namen und einer Nummer gekennzeichnet sind. Gegenüber stehen drei Untersuchungstische. Durch eines der Fenster, das auf die eigentliche Leichenhalle hinausgeht, kann ich verfolgen, wie eine blonde Frau im weißen Kittel die Anlieferung einer Neuaufnahme in ihre Kühlkammer beaufsichtigt. Ich poche zweimal sanft gegen die Glasscheibe, worauf sie sich umdreht und mich hereinwinkt.

Ich wahre ein paar Schritte Abstand, als zwei Assistenten die Leiche eines älteren Mannes in eine von den Kühlkammern legen. Sobald sie ihre Bahre fortgekarrt haben, dreht sich Dr. Larson zu mir um. Sie hat hohe Wangenknochen, Augen, so ebenmäßig wie Jade, und zu einem Pferdeschwanz gebundenes blondes Haar. Sie ist groß, schlank und hübsch und hat anmutige, elfenhafte Züge. Ich schätze sie etwa drei, vier Jahre jünger als mich.

„Sie müssen Mr Rourke sein", sagt sie. Ihr Blick mustert mich ähnlich schnell wie vorhin ich sie. Sie reicht mir die Hand. „Ich bin Gemma Larson."

„Nennen Sie mich Alex, Dr. Larson."

„Gemma." Sie schenkt mir ein fröhliches Lächeln. „Wie kann ich Ihnen helfen?"

„Angela Lamond, das Mordopfer von neulich. Wurden auch unter ihren Zehennägeln wie unter den Fingernägeln Schmutzreste entfernt, als Sie sie auf dem Tisch hatten? Mir ist klar, dass solche Dinge nicht gerade an der Tagesordnung sind."

Sie starrt mich einen Moment lang an, dann sagt sie: „Ich bin mir nicht sicher. Kommen Sie doch mit in mein Büro, dann sehe ich mir meine Aufzeichnungen an."

Ich folge ihr zu einem der Computer im Vorraum. „Bei der Untersuchung habe ich auch die Zehennägel überprüft", erklärt sie nach einem kurzen Blick auf den Bildschirm. „Zwei mit Teer vermengte Kieselsteinchen, die fast mit Sicherheit von der Straße stammen, aber sonst nichts. Es ist möglich, dass andere Reste vom Regen weggewaschen worden sind."

Ich nicke. „Wiesen ihre Sohlen irgendwelche Einkerbungen auf, wie sie entstanden wären, wenn sie barfuß auf der Straße gegangen wäre?"

„In meinen Aufzeichnungen steht nichts dazu, aber den Füßen galt ohnehin nicht mein Hauptinteresse." Gemma zieht eine Augenbraue hoch. Ihre Stirn wölbt sich leicht. „Bei Wasser auf der Straße hätte es jedenfalls Falten an der Haut geben können, wie man sie vom Duschen oder Baden bekommt. Ich könnte das noch mal überprüfen. Es könnten tatsächlich noch kleine Einkerbungen da sein, falls sich Steinchen in die Haut gegraben haben."

„Wie sieht es mit Giftspuren im Blut aus?", frage ich mit einem verlegenen Auflachen. „Verzeihen Sie mir mein formelles Getue. Ich habe letzte Nacht nicht so gut geschlafen. Normalerweise bin ich viel umgänglicher."

Gemma lässt wieder ihr Lächeln aufblitzen, dann wandert ihr Blick zum Computer. „Das macht nichts. Ich habe auch solche Tage. Das Labor in Augusta hat ihr Blut analysiert, aber der vorläufige Befund sieht nicht so aus, als ob da etwas außerhalb des Normalen wäre."

„Ach, Mist! Wieder eine schöne Theorie, die durchs Fenster davonflattert."

Sie sieht vom Bildschirm auf. „Sie können mir ja Ihre Telefonnummer geben. Sobald ich mir die Füße noch mal vorgenommen habe, rufe ich Sie an."

„Arbeiten Sie oft am Sonntag?"

Achselzuckend streicht sie eine lose Haarsträhne nach hinten. „Meine

Schichten sind unterschiedlich, aber das kommt schon mal vor, wenn im Krankenhaus viel los ist."

„Ärgerlich, nicht wahr?"

„Ich weiß nicht; manchmal geht es eben nicht anders." Ihr Blick begegnet dem meinen, sie wendet sich schnell wieder ab. „Egal, wollten Sie mir nicht Ihre Telefonnummer geben?"

„Klar. Aber wissen Sie was? Wenn ich auch Ihre Nummer habe, kann ich Sie erreichen, falls mir was Neues einfällt."

Wir tauschen hastig hingekritzelte Nummern aus. „Wenn Sie versuchen, mich zu erreichen, und mein Handy abgeschaltet ist, führe ich gerade ein Verhör", sage ich, als ich die Nummer sicher in meiner Tasche verstaut habe. „Sie können dann eine Nachricht hinterlassen oder mich um einen Rückruf bitten."

„Okay. Ich rufe Sie später an."

Ich grinse sie an. „Das wäre prima, danke. Fürs Erste dann also tschüs!"

Sie winkt und lächelt erneut. „Auf Wiedersehen!"

Auf dem Weg zum Gefängnis höre ich eine leise Stimme in meinem Hinterkopf mich darauf hinweisen, dass auf ihrem Schreibtisch keine gerahmten Fotos standen und dass an ihrer Hand kein Ehering prangte. Allerdings stehen im Moment wirklich wichtigere Dinge an.

Nicholas wartet bereits im Verhörzimmer, als ich durch die Tür trete. „Mr Rourke", begrüßt er mich. „Wie schön, Sie wiederzusehen."

„Guten Morgen, Nicholas." Ich lasse mich auf den Stuhl ihm gegenüber sinken und schalte den Kassettenrekorder ein, dann spule ich die Identifikationsprozedur herunter und verlese seine Rechte.

„Wie war die Rückkehr nach Winter's End?"

„Wie kommen Sie darauf, dass ich wieder dort war?"

Er gestattet sich ein kleines Lächeln, das seine erstarrten Züge lockert. „Sie sind den ganzen Weg hierher gekommen, ohne Ihre Heimatstadt zu besuchen? Das glaube ich nicht."

„Zufälligerweise war ich tatsächlich dort. Ich habe mir die Stelle angesehen, wo Sie verhaftet wurden. Und jetzt frage ich mich, von wo Sie gekommen sind. Süden oder Norden?"

„Woher wissen Sie, dass ich nicht aus dem Osten oder Westen gekommen bin?"

„Die Polizei hat keine Spuren gefunden, die durch die Felder geführt haben. Wie hätten Sie es vermeiden können, dort Spuren zu hinterlassen?"

„Ich verlasse mich darauf, dass Sie das herausfinden, Mr Rourke. Glauben Sie mir ruhig, wenn ich Ihnen sage, dass mit einer Enthüllung des Ganzen überhaupt nichts gewonnen ist."

Ich betrachte den Mann mir gegenüber einen Moment lang schweigend. Seine Fähigkeit, leblos wie eine Statue dazusitzen, kann einen schier zur Raserei bringen. Ich habe keine Ahnung, was er damit meint, dass er sich auf mich verlässt. Fürs Erste beschließe ich, darüber hinwegzugehen, und sage: „Ich habe einige Nachforschungen angestellt, kann aber immer noch nicht nachvollziehen, warum Angela als Opfer ausgewählt wurde. In der Annahme, dass sie ausgewählt wurde."

„Sind Sie jemals angeln gegangen, Mr Rourke?"

Ich zucke mit den Schultern. „Ein-, zweimal."

„Hat es Ihnen Ihr Vater beigebracht? Wo waren Sie?"

„Am Claye Lake. Warum?"

Nicholas scheint die Frage zu ignorieren. Sein Blick begegnet dem meinen, und er sagt leise: „Claye Lake. Ein Wochenendhäuschen, etwa dreißig Meter vom Wasser entfernt. Bäume, wohin man sieht, bis zum Ufer. Ein kleiner Junge zusammen mit seinem Vater, der ihn vergöttert. Nettes Bild." Die Ahnung einer Gefühlsregung huscht über sein Gesicht. Um seine Mundwinkel geht ein kurzes Zucken. „Hat Ihnen Ihr Vater erklärt, warum es verschiedene Arten von Angeln gibt, mit verschiedenen Sorten von Ködern und verschiedenen Techniken?"

Ich warte einen Moment. Seine Beschreibung des Häuschens, zu dem mein Vater immer zum Angeln fuhr und in dem ich als Kind ein paarmal sein durfte, ist verblüffend genau. Aber dann denke ich mir, dass Bäume bis zum Wasser hinunter und Häuschen in dieser Gegend gang und gäbe sind. „Eigentlich nein", antworte ich.

„Dann lassen Sie mich ein anderes Beispiel benutzen. Glauben Sie an Gott, Mr Rourke?"

Ich schüttle den Kopf. „Eigentlich nicht, Nicholas. Ich habe nie wirklich einen Sinn darin gesehen. Ein süßes Leben im Jenseits wäre schon was, worauf man sich freuen könnte, aber ich mache lieber aus dem, was ich jetzt habe, das Beste."

„Es fällt mir schwer, mir einen Polizisten vorzustellen, der im Gedanken an himmlische Gerechtigkeit keinen Trost findet, wenn ein Schurke das Gericht als freier Mann verlässt."

„Ein hübscher Gedanke, aber ich ziehe es von jeher vor, auf dieser Welt das Urteil richtig hinzukriegen."

Nicholas lächelt. „Ich bewundere Sie für Ihren Glauben an das Bemühen der Menschheit um Gerechtigkeit."

„Sie ziehen also die göttliche Vergeltung vor?"

Nicholas stößt ein trockenes Lachen aus. „Ich habe nie ein Wort über göttliche Vergeltung gesagt. Das ist eine grundverkehrte Sichtweise. Bisweilen machen sich die Menschen mit ihren Taten zu Dienern des Teufels. Wenn Gott ihnen nicht verzeihen will, wird irgendwann der Teufel kommen und seine Ernte einbringen."

„Was soll das heißen?"

„Nehmen wir beispielsweise an, ich hätte einen Mord begangen und wäre damit davongekommen. Eines Tages werde ich dann von einem Auto überfahren und sterbe. Meine geliehene Zeit ist abgelaufen."

„Ist Angela Lamond mit einem Verbrechen davongekommen, von dem niemand wusste? Lebte sie von geliehener Zeit?"

Nicholas lächelt. „Solange Sie die Antwort darauf nicht selbst wissen, kann ich Ihnen leider nicht helfen."

„Nun, ich habe mir ihre Geschichte angeschaut, aber es ist keine Schandtat zu entdecken, derentwegen ihre Zeit nur geborgt gewesen wäre." Nun bin ich derjenige, der lächelt. „Und selbst wenn, bezweifle ich, dass sie sich an jemand Wichtigem schuldig gemacht hätte."

Einen Moment lang tritt Schweigen ein. Als Nicholas antwortet, bleibt sein Gesicht reglos, aber sein Ton ist anders, noch kontrollierter. Ob er wütend ist oder innerlich lacht, kann ich nicht beurteilen. „Vielleicht; Wichtigkeit ist relativ. Aber Sie sind nicht in der Lage, das zu wissen." Er entspannt sich wieder. „Vertrauen Sie mir da ruhig."

„Ich möchte Ihnen gern vertrauen, Nicholas, aber im Augenblick verstehe ich eben nicht, was geschehen ist. In meinen Augen sieht es nach einem willkürlichen Mord aus, begangen von einem Verrückten, der es nötig hatte, seine Wut an jemandem auszulassen. Einen größeren Zusammenhang kann ich einfach nicht entdecken. Vielleicht können Sie ihn mir zeigen."

„Ich habe Ihnen schon erklärt, dass ich das nicht tun werde. Aber glauben Sie mir, Mr Rourke, wenn ich Ihnen sage, dass Sie bis zu Ihrer Rückkehr nach Boston wissen werden, aus welchem Grund die Schwester gestorben ist."

„Heißt das, dass Sie sie getötet haben?"

„Das heißt, dass ich weiß, warum sie gestorben ist. Und Sie werden es auch erfahren."

Das Versprechen klingt so beiläufig, als hätte er gerade angekündigt, er wolle die nächste Runde Drinks holen. Normalerweise würde ich in einer solchen Situation dazu übergehen, meinen Verdächtigen in die Enge zu treiben, ihn zu einem Geständnis zu provozieren. Aber ich habe nicht das Gefühl, dass er kurz vor einem Zusammenbruch steht, auch wenn er sich jetzt nicht mehr so ausweichend zeigt. Ein Gefühl im Bauch rät mir dazu, mich fürs Erste darauf einzulassen.

Ich wechsle den Ansatz. „Sie haben gesagt, dass Sie an Gott glauben, Nicholas. Folgen Sie einer bestimmten Glaubensrichtung oder Kirche?"

„Warum fragen Sie das?"

„Wir können versuchen, den Leuten im Gefängnis die Möglichkeit zu geben, ihre Religion auszuüben. Sind Sie Christ?"

Nicholas lächelt mich an. „Ich bin kein Christ, Mr Rourke. Auch kein Moslem, Jude, Buddhist oder sonst etwas dieser Art. Aber ich bin ein großer Bewunderer von Gottes Sinn für Humor. Selbst wenn seine Scherze bisweilen ein bisschen grausam sind. Haben Sie in der Schule etwas über Charles Ryland erfahren?"

„Ich habe im Unterricht nie besonders gut aufgepasst."

„Er war ein wohlhabender Geschäftsmann, der ein Jahr damit verbrachte, eine neue Kirche für Ihre Heimatstadt zu errichten, als die Einwohner mehr oder weniger damit fertig waren, Farmland aus dem Wald zu hacken. Am Höhepunkt der ersten Predigt in der Kirche schlug ein Blitz in das Gebäude ein, und Ryland, der Priester und achtzehn andere kamen in den Flammen um."

„Sie glauben also an Gott und den Teufel. Und Sie glauben, dass Angela Lamond nun – hm – in den Feuern der Hölle schmort?"

„Die ‚Feuer' der Hölle sind hier wirklich nicht angemessen, Mr Rourke. Wissen Sie, wo die Bibel verfasst wurde? Am östlichen Mittelmeer. Ein heißes Klima. Wüsten, Sandstürme, Dürre. Geißeln der Hitze. Ich vermute, dass diese Assoziation von daher rührt. In unserem Teil der Welt würde ich eher sagen, dass ‚eisige Weiten' es besser treffen würde."

„Und dort ist Angela Lamond jetzt?"

„Ja."

„Was hat sie getan, um das zu verdienen?"

Nicholas seufzt. „Sie wiederholen sich, Mr Rourke."

„Das liegt daran, dass ich wohl meine Zeit verschwende", entgegne ich. Möglicherweise hat seine Art zu seufzen den Ausschlag für meine Reaktion gegeben. Vielleicht kotzt mich dieser Blödsinn, den er da verzapft, aber auch nur allmählich an. „Hoffentlich nehmen Sie irgendwann so viel Vernunft an, dass Sie kapieren, dass Sie nur dann eine Chance haben, dem Gefängnis zu entgehen, wenn Sie mir Ihre Seite der Ereignisse darstellen. Warum hören Sie nicht auf, das Arschloch zu spielen, und erzählen mir etwas Nützliches?"

„Hüten Sie Ihre Zunge, Mr Rourke. Ihre Eltern haben Sie doch sicher nicht dazu erzogen, andere Leute unflätig zu beschimpfen."

„Ganz offensichtlich kannten Sie meine Eltern nicht, Nicholas. Wenn sie sauer waren, konnten sie fluchen wie Droschkenkutscher."

Er lächelt, als hätte ich etwas Lustiges gesagt. „Und sind Sie sauer?"

„Klugscheißer, die meinen, mich belehren zu müssen, bringen mich immer auf die Palme. Warum helfen Sie mir also nicht weiter?"

„Das habe ich doch schon, Mr Rourke. Sie wissen es nur noch nicht. Kommen Sie morgen wieder oder vielleicht heute noch mal irgendwann später. In dem Maße, in dem Sie sich klarer über Ihr Ziel werden, werde ich Ihnen mehr von dem Weg beleuchten."

Ich überlege kurz, dann nicke ich. „Okay, Nicholas. Bis später. Hoffentlich können Sie dann anfangen, mit mir zu reden."

Ich fordere die draußen wartenden Polizisten auf, den Verdächtigen in seine Zelle zurückzuführen, dann mache ich mich auf die Suche nach Dale. Er ist in seinem Büro. Als ich anklopfe, unterhält er sich gerade mit einem anderen Mann in Uniform.

„Alex Rourke", stellt er vor, „und das ist Owen Marsh, mein Stellvertreter. Solange ich mich auf den Fall Lamond konzentriere, übernimmt er für mich die meisten meiner Verwaltungsaufgaben."

„Owen", sage ich und reiche ihm die Hand.

„Mr Rourke", antwortet er, nickt dann Dale zu und geht.

„Wie macht sich denn unser Mann?", erkundigt sich Dale.

„Allmählich kriege ich das Gefühl, dass es vorangeht, aber am Ziel bin ich noch lange nicht. Auf der Herfahrt habe ich übrigens das St Valentine's gesehen", fahre ich fort, um das Gespräch auf das Thema zu lenken, das mein eigentliches Anliegen ist. „Hat man bei der Untersuchung des Fundorts auch dort nach Spuren gefahndet?"

Dale denkt einen Augenblick darüber nach, dann schüttelt er den Kopf. „Es gab keinen Hinweis, der uns hätte vermuten lassen, dass das wichtig wäre. Also sind wir auch nicht hingegangen. Warum?"

„Mir ist aufgefallen, dass die Abzweigung zu dem alten Haus nur fünfhundert Meter hinter dem Tatort liegt, und der Weg selbst ist höchstens achthundert Meter lang. Bisher sind wir davon ausgegangen, dass der Mann Angela von der Stadt dorthin gebracht hat. Was, wenn er aus der anderen Richtung gekommen ist, aus dem Süden? Dann wäre er noch nicht auf dem Highway gewesen, als der Lastwagen vorbeifuhr."

„Möchtest du hingehen?"

„Ja. Nur um mich zu vergewissern."

Dale nickt. Kurz bemerke ich etwas in seinen Augen, die Ahnung eines flüchtigen Gedankens oder eines Gefühls, die gleich wieder verflogen ist. „Soll ich dich begleiten?"

„Ist wohl nicht nötig. Ich kann ja die Dienstmarke vorzeigen, falls mich jemand fragt, was ich da treibe. Wenn ich was finde, rufe ich dich an. Ansonsten sehen wir uns heute Abend beim Dinner. Wo wohnt ihr überhaupt?"

„Francis Street, Nummer vierzehn. Komm so zwischen halb sieben und sieben."

„Okay, Dale. Bis nachher."

Ich habe das Gebäude kaum verlassen, als mein Handy piepst. „Alex", meldet sich eine Frauenstimme, „hier Gemma Larson vom Krankenhaus. Ich habe soeben noch einmal Angela Lamonds Füße unter die Lupe genommen."

„*Hi,* Gemma. Was haben Sie gefunden?"

„Ein paar kleine Flächen abgewetzter Haut. Ich würde sagen, dass sie barfuß auf der Straße gelaufen ist."

„Spuren von Steinen oder Staub waren nicht mehr zu sehen, oder?"

„Nein, so viel Glück hatten wir nicht, leider."

„Man kann nun mal nicht alles kriegen. Vielen Dank, Gemma, dass Sie sich so schnell gemeldet haben. Ich rühre mich, sobald ich auf was Neues stoße."

„Gern geschehen. Tschüs fürs Erste!"

„Tschüs!"

Ich atme langsam aus, dann lasse ich mich in mein Auto gleiten und lenke es in Richtung Winter's End.

DAS GEMENGE aus Kies und Sand auf der Auffahrt zum St-Valentine's-Waisenhaus knirscht unter meinen Reifen, als ich die Corvette den Hügel hinauf in Richtung des wuchtigen Gebäudes lenke. Zwischen den Steinen setzen sich allmählich Gras und Unkraut fest – der Wald macht sich daran, sich das Land zurückzuholen, das vor Jahren aus ihm herausgeschnitten worden ist. Die Bäume stehen in voller Frühlingspracht, und über der Auffahrt wölbt sich ein grünes Dach aus Birken- und Eschenblättern. Hundert Meter vor der herrenlosen Ruine stoße ich auf ein gusseisernes Tor, das in den verfallenen Überresten einer Mauer hängt, die das gesamte Anwesen zu umgeben scheint. Das teils rostige Tor steht gähnend weit offen, sodass ich den Wagen ohne weiteres auf dem Bereich abstellen kann, der ehedem vermutlich als Parkplatz diente. Über das wuchernde Gras erheben sich zwei blühende Kirschbäume. Es sieht so aus, als hätte es sich hier früher einmal gut leben lassen.

Ich steige aus dem Wagen, und eine Besonderheit lenkt sofort meine ganze Aufmerksamkeit auf sich: Spuren von Reifenpaaren, die auf dem Parkplatz Gras platt gewalzt haben. Ich erwäge, Dale anzurufen und Kriminaltechniker anzufordern, aber weil die Spur an sich noch nichts zu bedeuten hat, verschiebe ich das bis nach der Inspektion des Hauses.

Ich überprüfe vorsichtshalber meine Pistole, schiebe den Bolzenschneider unter den Gürtel, nehme Fotokamera und Blitz an mich und nähere mich dem Gebäude.

Vor mir türmt sich das St Valentine's auf, ein vierstöckiger roter Ziegelbau mit Aluminiumverkleidung. Mehrere Fenster sind geborsten. Eine Kette und ein Schloss, die früher den Eingang sicherten, sind aufgestemmt worden, die Türklinken darunter fehlen, doch mir fällt auf, dass im Laub und Unkraut auf der Treppe keinerlei Hinweise auf gewaltsames Eindringen zu sehen sind. Ich lasse die Tür so, wie ich sie vorgefunden habe, schalte meine Taschenlampe an und klettere durch das nächste Fenster hinein.

Seit meinem letzten Besuch hat sich einiges verändert. Nach meinen Erinnerungsfragmenten war das St Valentine's immer eine saubere, wenngleich auch sterile und spartanische Anstalt. Jetzt riecht das Haus nach altem Sägemehl und Jahren des Leerstehens. Vom Wind hereingewehtes Laub liegt unter dem Fenster auf den modernden Teppichfliesen und mischt sich mit den Abfällen, die man nach der Schließung des Waisenhauses zurückgelassen hat – zwei Plastiktüten, ein weggeworfener Teddybär. Irgendwo tief im Inneren der düsteren Ruine höre ich etwas über den Boden tapsen. Ich bewege mich durch den Raum und weiter ins Innere, um nach Spuren eines kürzlichen Eindringens zu suchen. Das ganze Gebäude stößt ein Seufzen aus, sobald eine Brise durch seine zerborstenen Fenster fährt; man könnte meinen, es schlafe und atme in tiefen, langsamen Zügen.

Der größte Teil des Hauptgebäudes war offensichtlich für die hier lebenden Kinder gedacht. Ich gehe durch eine Reihe von Schlafsälen, wo die meisten Betten noch weitgehend intakt scheinen. Ein Speisesaal und die Küche, Duschen und ein Raum, der nach Klassenzimmer aussieht.

Dann stoße ich auf etwas, was ich von meinen wenigen Besuchen im St Valentine's als Spielzimmer in Erinnerung habe. Jetzt ist es bis auf ein paar über den Boden verstreute Trümmer eines Spielzeugroboters leer. Schränke. Ein Lehrerzimmer. Im obersten Stock finde ich ein kleines Büro, in dem jetzt leere Aktenschränke und Blechschubladen kreuz und quer durcheinander liegen.

Im Erdgeschoss hat Ruß an den Wänden des zu den einstigen Dienstwohnungen führenden Korridors eigenartige Muster hinterlassen. Die Tür am hinteren Ende ist zu. Ich stoße sie auf und befinde mich in dem alten Flügel, der für das Personal reserviert war. Von hier führen Gänge nach links, rechts und geradeaus, deren Wände ebenfalls geschwärzt und aufgeworfen sind. Da, wo einst die Decke war, verlaufen noch verkohlte Holzbalken im Zickzack, und durch die Löcher kann ich den Himmel ausmachen. Nachdem ich ein paar Meter in die Überreste dieses Anbaus vorgedrungen bin, ist es mir allenfalls möglich, seine ursprüngliche Form anhand der Länge der verstreut herumliegenden Balken und verkohlten Trümmer zu erraten. Seit langem hat nichts mehr die verschlammte Asche auf seinem Boden aufgewirbelt; und nun ziehen meine Füße eine einsame Spur durch den verrußten Schutt.

Den Keller nehme ich mir als Letztes vor. Er ist zum größten Teil mit Wasch- und Bügelgeräten voll gestellt. In einer Ecke ist ein großer Gasboiler angebracht, tot und verstaubt. Hinter ihm lockt mich eine schief in ihren Angeln hängende Stahltür. Ich stoße sie ganz auf und lasse den Lichtschein meiner Taschenlampe über einen kleinen Korridor mit je zwei Türen links und rechts wandern. Dieser Teil ist eindeutig erst nachträglich angebaut worden. Die Türen weisen Stahlschlösser auf, die nicht minder massiv sind als sie selbst – wie Gefängniszellen. Die Luft ist abgestanden und kalt.

Ich kehre ins Freie zurück, um zu überprüfen, wo die Reifenspuren enden. Hinter dem Gebäude stoße ich erneut auf den Zwillingsabdruck im Gras: Er führt fort von der Mauer in Richtung des Waldrandes im Norden. Dort, wo die Spuren in einem Gestrüpp von dürren braunen Zweigen verschwinden, sticht mir zwischen den Blättern ein glitzernder Gegenstand in die Augen. Ein herzförmiges Medaillon, das auf Kopfhöhe um einen Zweig geschlungen herabhängt. So verlockend es sein mag, es an mich zu nehmen, begnüge ich mich mit einem letzten Blick auf die Bäume, dann laufe ich zu meinem Wagen zurück und rufe mit dem Handy beim Sheriff's Department an.

ALS DREI Stunden später der Wagen mit den von der staatlichen Polizei zur Verfügung gestellten Spurenfahndern wieder die Auffahrt hinunterfährt, liegt das Medaillon in einer Plastiktüte verstaut in meiner Jackentasche. Es muss einmal zwei Fotos enthalten haben. Eins fehlt, das andere zeigt eine schlanke junge Frau mit dunklem Haar, die schüchtern in die Kamera lächelt. Ich kenne sie nicht, aber ich beabsichtige, das Medaillon Angelas Freundinnen und Kolleginnen zu zeigen; es kann ja sein, dass jemand es wieder erkennt.

Ich werfe einen letzten Blick auf das St Valentine's, dann lasse ich den Motor an, und während ich mich der Stadt nähere, kehrt allmählich meine Müdigkeit vom Morgen zurück. Heute am Sonntag sind die Straßen beinahe verlassen. Als ich zum Hotel fahren will, kommt mir ein Gedanke, und ich biege in die Verger Street ab. Dort steht knapp fünfzig Meter weiter ein Häuschen, das das Museum von Winter's End beherbergt. Ich stelle den Wagen ab und gehe über den vom Zahn der Zeit angenagten Bürgersteig auf das Museum zu.

Eine alte Frau hinter einem Pult sieht auf, als die Tür hinter meinem Rücken zufällt. „Für Erwachsene ein Dollar." Erst jetzt mustert sie mich eingehender. „So früh im Jahr kriegen wir hier nicht viele Touristen."

„Ich hatte nicht damit gerechnet, dass Sie offen haben, schon gar nicht heute. Ich hab's auf gut Glück versucht."

„Es ist eben Frühling. Die Saison hat gerade angefangen. Sind Sie von außerhalb?"

Ich krame nach Geld. „Ich bin ein Einheimischer, der gerade erst zurückgekommen ist. War in meiner Kindheit einmal bei einem Klassenausflug hier."

„Ein Einheimischer, hm? Was führt Sie hierher?"

„Sheriff's Department."

Die Frau mustert mich von neuem. „Alex Rourke, richtig?" Und als sie meinen erstaunten Gesichtsausdruck bemerkt, fügt sie hinzu: „Neuigkeiten machen schnell die Runde, sogar bis zu mir. Kann mich aber nicht an Sie erinnern. Ihre Eltern sind mir allerdings schon ein Begriff. Gute Menschen. So, Sie sind also gekommen, um Erinnerungen aufzufrischen? Ich kann mir aber kaum vorstellen, dass die Polizei für Geschichte viel Verwendung hat."

„Trotzdem bin ich dienstlich hier. Jemand hat etwas aus der Geschichte der Stadt erwähnt, und da habe ich mir gedacht, ich gehe der Sache mal nach. Sagen Sie, würden Sie sich noch daran erinnern, wenn Sie Besuch von einem Weißen so um die Mitte zwanzig gehabt hätten?

Schlank, nicht ganz so groß wie ich, kurzes schwarzes Haar, dunkelblaue Augen. Wahrscheinlich allein."

Die Frau überlegt einen Moment lang, dann schüttelt sie den Kopf. „Wir haben nicht viele Besucher, die allein kommen, und wenn, dann sind es meistens ältere Männer, die die ‚Atmosphäre' der Gegend schnuppern wollen."

„Na gut, es war sowieso nur ein Versuch auf gut Glück."

„Wenn Ihnen noch was anderes einfällt, dann rufen Sie einfach. Ansonsten viel Spaß."

Ich bedanke mich und schlendere davon, um mir die kleine Sammlung von Glasvitrinen und gerahmten Fotos anzuschauen, die die drei Räume des Museums füllen. Den Mittelpunkt des ersten bildet das Modell eines Planwagentrecks.

Einem an der Vitrine angebrachten Schild entnehme ich: *Der Ursprung unserer Gemeinschaft geht auf den Treck von hundert Siedlern zurück, die in den reichen Wäldern am St John River ein Plätzchen zu finden hofften, wo sie in Frieden Holz fällen und Pelztiere jagen konnten. Ihre Führer waren Samuel Parnell und Nathan Laroche von dem Sägewerk Milling and Mining Co.*

Laut den sich daran anschließenden Anmerkungen hielt eine Kette von Missgeschicken die Siedler auf, sodass sie beim Einsetzen des Winters immer noch ein gutes Stück südlich von ihrem Ziel entfernt waren.

Unsere Vorfahren schlugen ein Lager auf und versuchten, darin das Ende der Frostmonate abzuwarten, heißt es auf dem nächsten Schild neben einem von Motten zerfressenen Paar Handschuhen. *Doch bald setzten den Siedlern Schnee und Eis stark zu. Das Schrumpfen ihrer Vorräte und der drohende Kältetod zwangen sie, zurück nach Süden zu ziehen. Als sie dann im folgenden Jahr – 1806 – die ersten Anzeichen von Tauwetter bemerkten, hielten sie an dem Flecken Erde an, aus dem Winter's End werden sollte. Mittlerweile hatten Parnell und Laroche nur noch sechzig Leute dabei.*

Eine weitere Vitrine in der Ecke enthält zwei Anzüge aus dieser Zeit, eine alte Landkarte und ein Modell der Stadt, wie sie am Anfang aussah. Die etwa sechzig verbliebenen Siedler scheinen recht fleißig gewesen zu sein; jedenfalls machten sie sich flugs daran, den Wald zu roden, im Westen der heutigen Stadt ein Sägewerk zu bauen und für sich selbst Häuser sowie eine kleine, dem heiligen Franziskus geweihte Kapelle zu errichten. In der nächsten Vitrine entdecke ich neben einem weiteren Anzug eine Muskete und den Hinweis, dass die Entdeckung eines Skeletts mit verrottenden Resten indianischer Kleidung und einer daneben liegenden Muskete damals zu Gerüchten über ein Massaker an einheimischen Stämmen durch französische oder britische Truppen geführt haben soll.

Es freut mich, eine Bestätigung dafür zu finden, dass die Gruselgeschichten, die ich als Kind hörte, irgendwie auf Wirklichkeit beruhen. Ich lese weiter: *Charles Ryland nährte diese Gerüchte zusätzlich, als er beim Roden eines Teils seines Landes ein Jahre zuvor abgebranntes und wieder nachgewachsenes Waldstück entdeckte, in dem Knochen verstreut auf dem Boden lagen.*

Ryland muss der Mann gewesen sein, auf den sich Nicholas in unserem ersten Gespräch bezogen hat. In einer Ecke hängt ein kleines Porträt von ihm. Ein pausbäckiger Bursche mit buschigen Koteletten und eng beieinander stehenden Augen. Er entschied offenbar 1815, dass der Ryland Hill, der Ort, wo die Knochen ausgegraben worden waren, sich prächtig für eine Kirche eignen würde. Im Frühling des folgenden Jahres wurde die Chapel of St Valentine vollendet. An einem Aprilabend wurde der erste Gottesdienst in der frisch geweihten Kirche mitten während eines Gewitters gehalten. Am Höhepunkt der Predigt wurde die Kirche vom Blitz getroffen und ging in Flammen auf. Zwanzig Menschen verbrannten, darunter Ryland und der Priester.

Das Pech – oder Gottes Sinn für Humor, wie Nicholas das genannt hatte – hat mit Rylands Tod kein Ende gefunden. In den nächsten zwei Jahren waren die Winter besonders grimmig, und im Dezember 1818 brannte das L-&-P-Sägewerk bis auf die Grundmauern nieder. Samuel Parnell und ein halbes Dutzend Arbeiter konnten sich nicht mehr retten. Böse Zungen behaupteten, das sei das Werk Laroches gewesen, der beabsichtigt hätte, die Kontrolle über das damals florierende Unternehmen zu gewinnen. Andere meinten, auf der Stadt laste ein Fluch. Laroche selbst starb 1821 als einsamer, verbitterter Geizhals.

1827 hielt ganz Winter's End den Atem an, als der Bostoner Geschäftsmann Gabriel Wade Rylands Ländereien kaufte. Er riss Rylands verfallenes Wohnhaus ab und errichtete auf dem Hügel oben, wo die Kapelle stand, ein viel größeres neues Gebäude. Danach kam es zu keinen unheimlichen Ereignissen mehr.

Den nächsten Raum bringe ich im Schnelldurchgang hinter mich. Mich interessieren vor allem Informationen über das Haus, aus dem später das St Valentine's wurde. Im letzten Raum schließlich werde ich fündig. Demnach zog die Familie Wade in den Sechzigerjahren aus, aber das Haus wurde erst ein Jahr nach meiner Geburt an den Träger des Waisenhauses verkauft. Es ist auch ein Foto vom damaligen Personal dabei. Henry Garner, Direktor. Sarah Decker, Nachtaufsicht. Dorian Blythe, Tagesaufsicht. Deborah Pierce, Krankenschwester. Von den Besuchen zusammen mit meinem Vater her, bei denen wir Spielsachen für die Kinder mitbrachten, erinnere ich mich vage an Garner.

Über das Feuer, das zur Schließung des Heims führte, gibt es eine ganze Menge Material: Zeitungsausschnitte, Fotos, Interviews. Der Brand brach mitten in der Nacht aus und bemächtigte sich schnell der Personalwohnungen, aber es konnten sich alle retten außer Garner und zwei Arbeitern. Als die freiwillige Feuerwehr aus der Stadt eintraf, konnte sie nur noch den Schaden begrenzen und verhindern, dass die Flammen auf die übrigen Teile des Gebäudes übergriffen. Mein Vater hatte in dieser Nacht ebenfalls Bereitschaftsdienst. Ich entdecke ihn auf ein paar Fotos.

Die Überreste der Verstorbenen ließen sich nicht eindeutig identifizieren. Der abschließende Befund der polizeilichen Ermittlungen lautete auf Brandstiftung, auch wenn nie jemand beschuldigt wurde. Da sich die Versicherung auf ein Schlupfloch in der Police berief und sich weigerte, den Schaden zu bezahlen, wurde das St Valentine's für immer geschlossen.

„Was gefunden?“, reißt mich die Stimme der alten Frau jäh aus meinen Gedanken.

„Ja, danke.“ Ich wende mich zu ihr um. „Mehr, als ich erwartet hatte.“

Sie tippt auf die Vitrine vor mir. „Auf diesem Land soll ein Fluch lasten“, meint sie beiläufig. „Egal, was sie dort gebaut haben, nie ist was Gutes dabei herausgekommen.“

„Zwei Brände in zweihundert Jahren bedeuten in meinen Augen noch keinen Fluch“, meine ich.

Sie zuckt mit den Schultern. „Das sind ja auch bloß Legenden. Ich hab keine Ahnung, ob was Wahres dran ist. Und es ist mir auch ziemlich egal, solange Leute kommen, die sie noch hören wollen. Meistens sind das Kinder.“ Sie stößt ein trockenes, rasselndes Lachen aus. „Wahrscheinlich habe ich sie auch Ihnen und Ihren Klassenkameraden erzählt, als Sie hier waren.“

„Damals haben Sie damit Albträume bei mir ausgelöst. Hoffentlich gelingt Ihnen das jetzt nicht wieder.“ Ich strebe zur Tür, bemühe mich aber, nicht unhöflich zu wirken. „Na ja, vielen Dank für Ihre Auskunft. Sie war höchst erhellend.“

„Hauptsache, Sie empfehlen dieses Haus Ihren Freunden!“, ruft sie mir nach und lacht erneut.

Die Fahrt zur Crowhurst Lodge dauert im langsam voranschreitenden Abend fünf Minuten. Die von Wald bedeckten Hügel rings um die Stadt liegen schon im Schatten. Kurz vor der Auffahrt zum Hotel sehe ich das Mädchen wieder, das mich am Morgen beim Aufbruch beobachtet hat. Sie steht am Straßenrand und starrt mich durchdringend an, als ich an ihr vorbeifahre und gleich darauf abbiege.

Im abnehmenden Licht beginnt das Hotel bereits wieder leicht zu glühen. Innen ist die Luft abgestanden und leblos wie in einer lange vergessenen Gruft. Wieder in meinem Zimmer, lasse ich mich aufs Bett fallen mit der Absicht, mich ein Stündchen aufs Ohr zu legen, ehe ich mich auf den Weg zu Dale mache. Stattdessen bleibe ich hellwach und verbringe eine geschlagene Stunde damit, unablässig das Medaillon anzustarren und meine Gedanken schweifen zu lassen. Das Gesicht der Frau, deren Foto darin eingeschlossen ist, taucht quälend unerreichbar vor mir auf. Ich sinniere darüber, wer sie ist oder war. Mein müdes Bewusstsein vermengt ihre Erscheinung mit Visionen von klirrender Kälte, dem Bild, wie ich in Schnee versinke, und mit dem Gefühl von Eis, das sich in meine Haut schneidet.

DAS GESICHT der Frau geistert immer noch durch die Gänge meines Bewusstseins, als Laura Townsend die Tür zu dem Haus öffnet, das sie mit ihrem Mann bewohnt.

„Du musst Alex sein“, sagt sie und tritt beiseite, um mich hereinzulassen. „Ich weiß nicht, ob du dich von der Highschool her an mich erinnerst. Ich war eine Klasse über dir.“

Ich lächle sie höflich an. In den Tiefen meiner Erinnerung rührt sich vage etwas. „Laura Redfern?“

„Genau. Dale!“, ruft sie in die Richtung des Wohnzimmers, „Alex ist da!“

„Wie lange seid ihr schon verheiratet?“

„Seit zwölf Jahren, und ich versuche immer noch, ihn zu zivilisieren.“

Ich grinse, wie immer etwas verlegen angesichts des heimischen Glücks anderer. „Eine solche Aufgabe wäre nicht unbedingt meine Sache.“

„He, Alex!“ Endlich taucht jetzt auch Dale aus den Tiefen des Hauses auf. „Willst du ein Bier?“

Jeder mit einer Flasche in der Hand, gehen wir weiter ins Esszimmer, wo wir, soweit wir können, Laura beim Tischdecken helfen. Währenddessen berichte ich Dale in Kurzform von meinem Gang ins Krankenhaus und den Ergebnissen der Spurensicherung.

„Keine verwertbaren Abdrücke?“, fragt Dale, als ich geendet habe.

„Immerhin können sie sagen, dass Fußabdrücke von zwei verschiedenen Personen vorliegen, die von Norden her zum Gebäude, um es herum und dann nach Westen führen. Eine Person, die Nicholas gewesen sein könnte, ist womöglich zur Eingangstür vorgedrungen und hat das Schloss aufgebrochen, aber Gewissheit haben wir nicht. Die Kollegen konnten keine eindeutig identifizierbaren Abdrücke finden, die sich einem bestimmten Schuh zuweisen lassen.“

„Was ist mit dem Medaillon?“

„Keine Fingerabdrücke, keine Haare, keine Fasern. Das Mädchen in seinem Inneren kenne ich auch nicht.“

In diesem Moment erscheint Laura und trägt eine dampfende Kasserole mit gebackenem Fisch und Kartoffeln auf. Damit findet unser Gespräch fürs Erste ein Ende. Ich verzichte beim Essen darauf, mit Dale über Berufliches zu reden. Stattdessen lasse ich seine Frau die üblichen Fragen abhaken – habe ich eine Familie, wie ist Boston so, bin ich schon irgendwelchen Freunden von früher über den Weg gelaufen – und gebe meine üblichen Antworten. Nachdem der vorzügliche Auflauf weggeräumt und der Schokoladencremekuchen ebenfalls bewältigt ist, ziehe ich das Medaillon aus der Tasche. Ohne es aus der Plastiktüte zu nehmen, stemme ich den Verschluss mit dem Daumennagel auf und zeige meinen Gastgebern das Bild.

„Nein“, erklärt Laura nach kurzem Überlegen. „Ich kenne sie nicht.“

Auch Dale schüttelt den Kopf. „Kann auch nichts damit anfangen, Alex. Hast du vor, Nicholas darüber zu befragen?“

„Ja. Vorher werde ich mich aber bei den Leuten, die Angela kannten, erkundigen, ob sie ein Medaillon wie dieses hatte.“ Ich unterdrücke ein Gähnen.

„Du siehst müde aus“, bemerkt Laura.

„Ich hab nicht gut geschlafen. Hoffentlich habe ich heute Nacht mehr Glück. Sagt mal, kennt ihr vielleicht ein Mädchen von etwa siebzehn, achtzehn Jahren, mit kurzem dunklem Haar, nicht sehr groß? Schlank, blass und dunkles Make-up.“

„Könnte nach Sophic Donehan klingen“, brummt Dale. „Warum?“

„Ich habe sie zweimal in der Nähe des Hotels gesehen. Sie starrt mich jedes Mal an.“

„Sie ist ein verwahrlostes Kind“, erklärt Laura. „Sophies Mom hat sich vor ungefähr sechs Jahren umgebracht. Mit einer Überdosis Schlaftabletten. Warum sie das getan hat, haben sie nie rausgefunden, und Sophies Vater ist seitdem nur noch ein Schatten seiner selbst.“

„Vor sechs Jahren, hm?“, murmle ich. „Das war doch um die Zeit, in der das St Valentine's abgebrannt ist.“

„Ich habe die eine oder andere Geschichte gehört, dass sie Touristen aus anderen Staaten bedrängt haben soll, sie mitzunehmen“, schaltet sich Dale ein. „Vielleicht hält sie dich für eine mögliche Fahrkarte aus dieser Stadt raus.“

„Großartig. Eine verwilderte Halbwüchsige als Souvenir hat mir gerade noch gefehlt.“

Unter allgemeinem Schmunzeln plätschert das Gespräch weiter. Ab ungefähr halb elf lässt sich die Müdigkeit nicht länger unterdrücken, und ich verabschiede mich. Ich verlasse Dales warmes, ordentliches Haus und mache mich mit dem Seufzen des Windes in den Bäumen zu Fuß auf den Weg durch die verlassenen Straßen zum fahlen Glühen des Hotels.

ICH GEHE durch die Stadt. Es ist mitten in der Nacht. Ich weiß weder die genaue Uhrzeit, noch wie lange ich schon umherstreife, nachdem ich nicht schlafen konnte. Der Mond ist jedenfalls schon aufgegangen, er wirft einen silbernen Schimmer auf die durch die Straßen treibenden Nebelschwaden. In Winter's End herrscht vollkommene Stille. Selbst der Windhauch und das entfernte Rauschen der Bäume sind erstorben.

Ich habe keine Ahnung, was ich hier draußen tue. Alles liegt im Dunst. Ich kann mich nicht einmal erinnern, das Hotel verlassen zu haben.

Dann erfasse ich aus dem Augenwinkel eine Bewegung. Hinter verkümmerten Bäumen ist blass und schemenhaft die weiß getünchte Steinmauer einer Kirche wahrnehmbar. Als ich hinübersehe, wird das niedrige Tor vor dem zu ihrem Portal führenden Weg mit einem Klicken geschlossen. Ich frage mich, wer so spät noch unterwegs sein könnte. Bilder von Nicholas' hypothetischem Komplizen, wie er mich in eine Falle lockt, wirbeln durch meinen Kopf. Ihnen folgen noch verwegenere Szenarien: weitere Morde, neue Täter, Dämonen menschlichen Unterbewusstseins, die sich mit keiner noch so vernünftigen Betrachtungsweise verscheuchen lassen.

Nichts lauert hinter dem Tor, als es hinter mir zufällt. Vor mir erhebt sich die kleine Kirche mit ihrem Spitzturm im Nebel. Als ich mich über den unter meinen Sohlen knirschenden Kiesweg zwischen geschnitzten Cherubinen, Kruzifixen und Grabsteinen vorantaste, bemerke ich weiter vorne eine Frauengestalt, einen silhouettenhaften Schatten im fahlen Mondlicht. Sie wendet kurz den Kopf zu mir um und tritt hinter ein Gewirr von Grabsteinen. Aus irgendeinem Grund bin ich mir sicher, dass sie die Frau aus dem Medaillon ist.

Bei einem mausoleumartigen Gebilde wende ich mich nach links, und plötzlich ist sie unmittelbar vor mir. In ein verfallendes Leichentuch gehüllte, kalte Arme greifen nach mir. Sie lächelt. Ihre Mundwinkel sind nach oben gebogen, doch die Augen blicklos und tot. Hände greifen nach meinen Füßen, durch die Schuhsohlen spüre ich das Kratzen ihrer Nägel. Ein tastendes Etwas findet ein Hosenbein und das Fleisch darunter. Vom Schienbein aus schießen Schmerzen durch meinen Körper.

Ich drehe mich um und jage davon, verfolgt von einem Kreischen, so grässlich wie das Heulen läufiger Katzen. Hinaus zum Tor, hinein in die Stadt mit ihren Straßen und Häusern, die ich in meiner Angst und Müdigkeit nur verschwommen sehe.

Schließlich triumphiert die Erschöpfung über die Panik, und ich breche, um Luft ringend, auf dem Bürgersteig zusammen. Die Welt dreht sich, alles verschwimmt, dann wird mir endgültig schwarz vor den Augen.

5

Ich wache im Bett auf, der Kopf ein Wirrwarr aus Gedanken und Erinnerungen. Das Herz dröhnt mir in den Ohren. Meine Kehle ist trocken, aber ich schwitze aus allen Poren, und das Kissen unter meinem Kopf ist feucht. Ich sehe auf den Wecker. 2.30 Uhr, und ich bin hellwach. Ich gehe ins Bad, fülle ein Glas mit Wasser, kippe es in einem Zug hinunter und kehre mit einem zweiten ins Zimmer zurück. Dort setze ich mich auf die Bettkante und warte, bis Körper und Geist sich entspannen.

So sitze ich, immer wieder am Wasser nippend, eine halbe Stunde da. Als ich mich schließlich wieder müde fühle, versuche ich erneut einzuschlafen. Es klappt nicht. Aus drei Uhr wird vier Uhr, und ich spüre, wie sich ein Punkt aus hellem Licht hinter meinen Augen entwickelt, eine heranrückende Migräne. Im Badezimmer finde ich zwei uralte Paracetamol auf dem Regal und schlucke sie in der frommen Hoffnung, dass sie etwas bewirken. Sie helfen nicht – wie immer.

Fünf Uhr geht über in sechs Uhr, in sieben Uhr. Zwei weitere Stunden, in denen ich dagelegen und stumpf meine Umgebung angestarrt habe, während die Migräne meine zunehmend verschwommene Sicht zerstückelt. Ich stelle mich kurz unter die Dusche, wobei ich die Augen geschlossen und den Kopf so regungslos wie nur möglich halte, dann ziehe ich mich an und trotte die Treppe hinunter.

Im leeren Speisesaal der Crowhurst Lodge nehme ich ein weiteres einsames Frühstück ein, doch meine müden Sinne sind nicht in der Lage, irgendetwas davon zu genießen. Danach gehe ich zu Fuß in die Stadt. Meine erste Anlaufstelle ist das Martha's Garden, der Imbiss, in dem Angela immer zu Mittag aß. Es ist ein recht angenehmes Restaurant, schlicht und bescheiden. Ich bestelle Kaffee und frage die Bedienungen, ob sie Angela kannten oder ob sie jemals das Medaillon gesehen haben. Und nicht zuletzt will ich wissen, ob ihnen die darin abgebildete Frau ein Begriff ist. Das ist nicht der Fall.

Die Arztpraxis von Doktor Vallence ist gerade erst geöffnet worden, als ich dort eintreffe. Ich zeige der Arzthelferin meine Dienstmarke und erkläre ihr, dass ich für das Sheriff's Department arbeite.

„Ach, dann sind Sie der Mann, der Angelas Tod untersucht!“, ruft sie, während ihre Augen meinen abgespannten Gesichtsausdruck registrieren. „Ich bin Jennifer. Ich bin … war Angelas Kollegin.“

Ich zeige ihr das Medaillon. „Haben Sie jemals Angela das hier tragen sehen?“

„Nein, das habe ich noch nie gesehen.“

„Und die Frau im Deckel? Erkennen Sie die?“

„Nein, tut mir Leid.“

„Schon gut. Ist Dr. Vallence zu sprechen?“

Ein Summton, und sie teilt dem Arzt über die Sprechanlage mit, dass ich da bin. Er fordert sie auf, mich zu ihm zu schicken.

Nathan Vallence hat weißes Haar, ein faltiges Gesicht und eine lange Nase. „Guten Morgen, Deputy Rourke“, sagt er mit kultiviert klingender, doch leicht zittriger Stimme. „Wie kann ich Ihnen helfen?“

„Ich untersuche den Tod von Angela Lamond“, erkläre ich, während ich seinem Schreibtisch gegenüber Platz nehme. „Mich würde interessieren, ob Sie dieses Medaillon als ihres erkennen.“

„Ich hatte den Eindruck, der Täter wäre bereits verhaftet“, erklärt er, während er das Andenken aus verbeultem Gold flüchtig anschaut. „Nein, etwas wie das hier habe ich Angela nie tragen sehen.“

„Erkennen Sie die Frau im Inneren?“

Er schaut erneut hin, schluckt einmal, dann schiebt er, ruckartig den Kopf schüttelnd, das Medaillon zurück. „Nein, leider nicht."

„War hier mal jemand, der einen Grund hatte, Angela zu hassen? Behandeln Sie auch geistige Krankheiten oder etwas in dieser Richtung?"

„Selten und nie gravierende Fälle. Die überweise ich normalerweise nach Houlton, wo man besser für derlei Dinge ausgestattet ist. Ob sich nun Angela unter den Patienten Feinde geschaffen hat …" Vallence schüttelt den Kopf. „Nicht, soweit ich mich erinnere."

Ich wuchte mich achselzuckend aus dem Stuhl. „Danke für Ihre Geduld, Doktor. Melden Sie sich doch bitte, wenn Ihnen irgendetwas einfällt."

Ich wende mich zum Gehen, als Vallence mir hastig nachruft: „Deputy Rourke, Sie sehen nicht gut aus, wenn ich das so sagen darf. Kann ich Ihnen vielleicht in meiner Eigenschaft als Arzt weiterhelfen?"

„Zufälligerweise, ja", antworte ich, erleichtert über das Angebot. Ich setze mich wieder. „Schlaflosigkeit – ich habe gelegentlich Anfälle, für die mir mein Arzt in Boston Medikamente gibt. Dazu ist nun auch noch eine Migräne mit rasenden Kopfschmerzen gekommen, und ich habe meine Tabletten daheim vergessen."

„Wenn Sie mir den Namen und die Telefonnummer Ihres Hausarztes geben, kann ich ihn anrufen und sehen, was sich für Sie tun lässt."

Ich rattere Dr. Hansens Telefonnummer herunter. Vallence ruft ihn sogleich an, und die zwei führen ein kurzes Gespräch. Dann kritzelt er etwas auf ein Rezeptformular.

Ich bedanke mich und reiche ihm meine Visitenkarte. „Rufen Sie mich an, wenn es was Neues gibt. Das hier ist meine Handynummer."

Fünfzehn Minuten später verlasse ich die Apotheke mit zwei Tablettenschachteln. Die erste enthält Ergotaminpillen für meine Kopfschmerzen, von denen jede halbe Stunde eine geschluckt werden soll, bis die Migräne abgeklungen ist. In der zweiten ist Lorazepam für mein Schlafproblem.

Auf dem Rückweg zum Hotel, wo mein Wagen geparkt ist, schlucke ich die erste von sechs Migränetabletten. Dann breche ich südwärts nach Houlton auf. Als ich durch die Stadt fahre, sehe ich in einer Seitenstraße die St-Francis-Kirche auftauchen. Während mein Traum das Gebäude selbst durchaus richtig dargestellt hat, ist der Friedhof darum herum kleiner und viel schlichter.

„Himmel, Alex", stöhnt Dale, als ich auf dem Parkplatz hinter dem

Gerichtsgebäude aus meinem Auto klettere, „du siehst ja aus wie eine wandelnde Leiche!"

„Danke, Dale", antworte ich. „Deine Anteilnahme tut richtig gut."

„Ich meine es ernst. Du brütest doch nicht irgendeinen Infekt aus, oder?"

Ich schüttele den Kopf. „Nur schon wieder so eine fürchterliche Nacht. Und dazu habe ich heute Morgen auch noch Migräne gekriegt. Dr. Vallence hat mir Tabletten gegen beides gegeben."

„Bist du sicher, dass du in dieser Verfassung mit Nicholas sprechen willst? Wir können ihn auch morgen nach dem Medaillon fragen, wenn du willst."

„Nein, etwas Kaffee, und ich bin wieder auf dem Damm." Ich wechsle das Thema. „Ich habe Angelas Bekannte auf das Medaillon angesprochen. Sie kennen die Frau auf dem Foto auch nicht."

Dale legt die Stirn nachdenklich in Falten. „Dann war es vielleicht wirklich nur purer Zufall, dass es dort hing."

„Das glaube ich nicht. Soll ich dir sagen, wie mir das Ganze vorkommt? Wie ein ganz großer Fall, bei dem alles von A bis Z inszeniert ist. Alles, was wir bisher über das Verbrechen in Erfahrung bringen konnten, wirkt wie bis ins Letzte ausgetüftelt. Wir haben den Verdächtigen nur deshalb, weil er einfach geblieben ist und sich hat verhaften lassen. Wir stellen Untersuchungen an und finden Spuren, die zum Haus führen. Jemand hat das Schloss aufgebrochen, damit es so aussieht, als sei er reingegangen, aber tatsächlich hat er sich diese Mühe überhaupt nicht gemacht. Jemand hängt dort, wo er aus dem Wald rauskommt, ein Schmuckstück auf." Ich halte kurz inne. „Es ist wie eine Schnitzeljagd: Wir folgen den Zeichen, wissen aber nicht, wohin wir geführt werden."

Dale zuckt nur stumm die Schultern, als ich zu dem sterilen, unfreundlichen Verhörraum gehe, in dem Nicholas auf mich wartet. Würde ich nicht mit eigenen Augen sehen, wie ihn die Polizisten jedes Mal wieder abführen, könnte ich fast glauben, er hätte sich nie von seinem Stuhl fortgerührt.

Sobald wir die üblichen vorgeschriebenen Nettigkeiten hinter uns haben, lege ich los. „Guten Morgen, Nicholas. Wie geht es Ihnen?"

Er begegnet ruhig meinem Blick. „Mir geht es gut, Mr Rourke. Aber Sie sehen etwas mitgenommen aus. Hoffentlich nichts Ansteckendes."

„Schlafmangel. Manchmal kann ich nicht schlafen, wenn mich was nervt."

„Und was ist die Ursache Ihres kleinen Problems, Mr Rourke?“, fragt Nicholas. Seine Stimme ist etwas höher, sein Ton beinahe belustigt.

Ich zünde mir eine Zigarette an. „Sie. Ich kann mir nicht erklären, warum Sie uns keinen Namen nennen wollen, es sei denn, Sie sind vorbestraft. Außerdem ist es mir ein Rätsel, was Sie mitten in der Nacht auf einem Highway mit einer Leiche getrieben haben.“

„Sie müssen doch eine Theorie haben.“

„Mir stellt sich das so dar, als hätten Sie Angela Lamond verschleppt und sie gezwungen, durch den Wald zum alten St-Valentine’s-Waisenhaus und dann wieder zurück zur Straße zu laufen. Und dann haben Sie sie umgebracht.“ Ich blase den Rauch den Lampen über uns entgegen. „Jedenfalls deutet alles darauf hin, auch wenn mir nicht einleuchtet, warum jemand wie Sie so etwas tun würde. Vielleicht täusche ich mich ja. Vielleicht haben Sie nur einen Spaziergang oder so was unternommen und sind dann über die Leiche und die Messer gestolpert. Aber wenn Sie mir nicht irgendwas sagen, könnte ich mir vorstellen, dass Sie wegen Mordes eingesperrt werden.“

Nicholas’ Augen verraten nicht das geringste Flackern.

„Ich habe gestern einen Bummel zum St Valentine’s gemacht, Nicholas.“

„Wirklich?“ Seine Augen sind noch dunkler und leerer als sonst.

Ich ziehe die Plastiktüte aus der Tasche und lege sie auf den Tisch. „Dieses Medaillon. Ich habe es am Waldrand gefunden. Kennen Sie die Frau auf dem Foto?“

Nicholas lächelt. „Ja, ich weiß, wer die Frau ist.“

„Wer?“

„Ich sage ‚ist‘, schätze aber, dass ‚war‘ angemessener wäre. Sie war ein Opfer, Mr Rourke. Ein Opfer.“

Ich zünde eine Marlboro an. „Eins von den Ihren?“

Nicholas tut auf einmal etwas völlig Unerwartetes: Er lacht, lange und laut. Schließlich beruhigt er sich wieder. Er wischt sich die Augen und sieht mich an. „Ach, Verzeihung, Mr Rourke. Sie hätten auf meiner Seite des Tischs sitzen müssen, um zu begreifen, wie lustig diese Frage war. Nein, keins von den meinen.“

„Was ist dann mit ihr geschehen?“

Die leere Maske kehrt zurück, und Nicholas wechselt das Thema: „Erzählen Sie mir ein bisschen von Ihrer Kindheit, Mr Rourke. Der Junge aus der Kleinstadt, der als Mörderjäger beim FBI gelandet ist, interessiert mich.“

„Das Medaillon, Nicholas“, mahne ich in einem Versuch, ihn festzunageln.

„Sohn eines Anwalts und einer Teilzeitlehrerin, nicht wahr? Gehörte Daddy nicht der freiwilligen Feuerwehr von Winter’s End an?“

Mein erster Impuls ist, ihn zu fragen, woher er das weiß, doch ich verkneife es mir. Nicht die Konzentration verlieren, am Ball bleiben. „Meine Mom war keine Lehrerin, sie half im Kindergarten aus. Ja, und?“

„Kindheitserlebnisse prägen uns für den Rest unseres Lebens, Mr Rourke. Grundlegende Psychologie. Hatte Ihr Vater brenzlige Situationen bei Einsätzen zu überstehen? Belastungen in der Kindheit könnten Sie anfälliger für Belastungen als Erwachsener gemacht haben.“

Ich drücke meine Zigarette aus. „Nein, nichts in dieser Art.“

„Und wo sind Mom und Dad jetzt?“

Jäh läuft mir die Galle über. Vielleicht liegt es an seinem Tonfall, vielleicht nur an meiner Müdigkeit, jedenfalls bin ich einen kurzen Moment lang versucht, sein Klugscheißergesicht auf den Tisch zu knallen, bis ihm Blut aus dem Mund fließt. Vor drei Jahren, unmittelbar vor meinem Zusammenbruch, hätte ich das vielleicht auch getan. Heute beschränke ich mich auf einen bösen Blick und unterdrücke meinen Zorn. „Das geht Sie einen Scheißdreck an, Nick“, entgegne ich mit beherrschter Stimme.

„Es tut mir Leid, wenn ich Sie da an einer wunden Stelle getroffen habe“, sagt er, doch für mich steht fest, dass das nicht stimmt. „Aber Sie täuschen sich: Es geht mich sehr wohl etwas an, insofern als meine Neugierde jetzt erst richtig geweckt ist. Was ist aus Ihren Eltern geworden?“

In meiner Erinnerung höre ich den Höllenlärm der Limousine, als sie von rechts auf mich zurast, und einen Sekundenbruchteil später den ohrenbetäubenden Zusammenprall. Rings um mich regnet es Glas, während mein Wagen weiterschlittert und auf der Seite liegen bleibt. Noch weiß ich es nicht, aber die Beifahrertür ist zerfetzt und nach innen gerammt worden. Etwas, vielleicht Blut, spritzt über mein Gesicht.

„Sie sind tot“, sage ich. „Sie sind vor drei Jahren gestorben.“

Entweder hat er etwas an meiner Antwort entdeckt, was ihn befriedigt, oder seine Abschweifung ist beendet, jedenfalls seufzt er, und seine Anspannung lässt nach. „Die Frau im Medaillon war Opfer eines Verbrechens, das lange ungesühnt geblieben war“, erklärt er mir. Sein Ton ist jetzt anders, direkt und konzentriert, als würden wir uns erst jetzt dem eigentlichen Thema zuwenden. „Wie wir schon einmal erörtert haben, kommt der Teufel bisweilen selbst, um seine Ernte einzufahren. Das hat er in diesem Fall getan. Was ihr zugestoßen ist, werden Sie in keinen Polizeiunterlagen finden, Mr Rourke."

„Was hat sie dann mit Angela Lamonds Tod zu tun?"

„In einigen Religionen ist der Glaube verwurzelt, dass alle unsere Taten auf zahllose unmerklich winzige Weisen miteinander verwoben sind. Der Teufel hat sich Miss Lamond geholt. Er handelt nie ohne Grund."

„Was bedeutet dann dieses Zeichen? Haben Sie das Medaillon dort angebracht?"

„Dazu möchte ich nichts sagen."

„Haben Sie also?"

Nicholas bleibt stumm. Seine Körpersprache – er lehnt sich in seinem Stuhl zurück – legt den Schluss nahe, dass er das Verhör für heute als beendet betrachtet. An anderen Tagen würde ich versuchen, ihn unter Druck zu setzen, doch dazu bin ich zu müde. So lasse ich ihn abführen.

Ich trete aus dem Verhörraum und erkundige mich nach Dale. Wie an den Tagen zuvor hat er, verborgen hinter der Spionglasscheibe, alles vom Nachbarraum aus beobachtet.

„Was hältst du jetzt davon?", will er wissen.

Ich zucke mit den Schultern. „Anscheinend glaubt Nicholas, er hätte einen Grund dafür gehabt, Angela umzubringen. Und ich bekomme so langsam den Eindruck, dass er bereit wäre auszupacken, wenn wir nur hinter diesen Grund kommen. Lass uns eine Kopie vom Foto im Medaillon machen und im ganzen Staat veröffentlichen. Irgendjemand müsste diese Frau doch erkennen. Und es wäre ratsam, sich die Unterlagen der Arztpraxis in der Stadt zu besorgen, um zu sehen, welche Todesfälle es in der Zeit gegeben hat, in der Angela dort beschäftigt war. Möglicherweise ist diese Frau gestorben, nachdem sie dort zur Behandlung war, und Nicholas gibt dem Personal die Schuld. Und versuch doch, Aufzeichnungen über Eltern auszugraben, denen die Behörden ihre Kinder weggenommen und ins St Valentine's gesteckt haben. Vielleicht war sie eine zur Erziehung von Kindern nicht geeignete Mutter oder so was."

„Genauso gut könnte diese Frau bei einem Unfall mit Fahrerflucht das Leben verloren haben, Alex."

„Kein schlechter Gedanke. Erkundigen wir uns doch bei der staatlichen Polizei nach tödlichen Unfällen in den letzten Jahren. Parallel dazu kann ich mir die Unterlagen anschauen, die wir hier haben. Ihr Gesicht könnte durchaus irgendwo dazwischen zu finden sein." Dale will schon hinauseilen, aber ich halte ihn zurück. „Sag mal, glaubst du, dass einer von den Wärtern mit Nicholas gesprochen hat?“

Er sieht mich verwirrt an. „Was meinst du damit?“

„Ich frage mich eben, wie es kommt, dass er so viel über mich weiß. Was er so über mich sagt, kommt der Wahrheit teilweise ziemlich nahe.“

„Ich bezweifle, dass wir hier im Strafvollzug Leute haben, die ihm übermäßig viel über dich verraten könnten. Vorausgesetzt, sie hätten überhaupt mit einem der Insassen geplaudert. Was sie nie tun würden.“

Die Mittagspause und der frühe Nachmittag kriechen dahin, während ich mich durch alte Unfallmeldungen wühle. Fotos von Wracks, Führerscheine, Opferbeschreibungen, Auflistungen von Verletzungen – nirgends ist die Frau aus dem Medaillon dabei.

Es wird halb vier, und ich trete den Rückweg nach Winter's End an. Ich fühle mich merkwürdig leicht im Kopf, als ob ich bekifft wäre oder unter einer Gehirnerschütterung litte. Mir ist nicht klar, ob das von allgemeiner Müdigkeit herrührt oder eine Nebenwirkung der Migränetabletten von heute Morgen ist. Ich konzentriere mich, so gut ich kann, auf die Straße.

Weil ich einen Muntermacher gut gebrauchen kann, gönne ich mir eine Pause im Martha's Garden und bestelle einen Kaffee. Ein älterer Typ mit dichtem weißem Haar und Bart tritt ein und setzt sich neben mich. Mit seiner karierten roten Jacke und seiner abgetragenen Bluejeans sieht er aus wie ein in die Jahre gekommener Holzfäller oder ein Countrysänger. Irgendwie kommt er mir bekannt vor.

„He“, sagt er, während er bei der Kellnerin mit einer Handbewegung Kaffee bestellt, „bist du nicht Alex Rourke?“

„Der bin ich.“

„Ben Anderson.“ Er streckt die Hand aus, und ich drücke sie. „Als ich dich zuletzt gesehen habe, warst du noch an der Highschool.“

„Sie waren ein Freund von meinem Vater?“

„Aber klar doch. Als ich noch um einiges jünger war, bin ich viel mit ihm, Josh und zwei, drei anderen angeln gegangen.“

„So langsam dämmert es mir. Sie haben uns ein paarmal am Thanksgivingtag besucht.“

„Stimmt. Ich hab deinem Dad geholfen, eine neue Veranda zu bauen, als du klein warst.“

„Ach ja, jetzt, wo Sie's sagen, fällt es mir wieder ein. Haben Sie gehört, was meinen Eltern zugestoßen ist?“

Ben nickt. „Schrecklich! Sie waren gute Menschen, alle beide. Wo ich gerade dran denke, sie haben ein paar Sachen bei mir gelassen, als sie weggezogen sind. Zwei Kisten, wahrscheinlich ist bloß Krempel drin. Wenn du willst, kannst du sie holen."

„Gern."

Er trinkt seinen Kaffee aus und kramt in der Jackentasche nach Kleingeld. „Ich nehm dich am besten im Auto mit, dann kannst du sie gleich haben."

„Aber nur, wenn es Ihnen nichts ausmacht."

Wir gehen gemeinsam hinaus. „Ich bin Rentner, Junge. Da hab ich's nicht mehr so eilig. Sag, was treibst du so dieser Tage?"

„Haben Sie nicht davon gehört? So, wie sich der Klatsch hier verbreitet, dürften Sie da so ziemlich der Einzige sein. Im Augenblick arbeite ich für das Sheriff's Department am Lamond-Mord. Normalerweise bin ich Privatdetektiv unten in Boston."

„Ich bekomme jetzt nicht mehr viel Klatsch mit", brummt Ben. „Den größten Teil meiner Zeit verbringe ich damit, meine alte Kiste auszubessern" – er deutet auf ein zerbeultes, doch sichtlich gut gepflegtes Wohnmobil am Straßenrand –, „oder mit Angeln. Wenn man mein Alter erreicht, hätte man eigentlich jede Zeit zum Tratschen, aber man kümmert sich nicht drum, weil es einen nichts angeht."

Ich grinse. „Ich dachte, ihr älteren Burschen tut nichts, als vor dem Haus zu sitzen und euch den Mund über alle und jeden zu zerreißen."

„Ich nicht, Junge. Ich bleibe hübsch für mich."

Zu Bens Haus führt ein Schotterweg, der vom nördlichen Ende der Altmayer Street abzweigt. Als wir davor anhalten und aus dem Wagen klettern, bemerke ich ein an der Türklinke baumelndes, handgemaltes Schild mit der Aufschrift: BIN ZUM ANGELN. Kopfschüttelnd sehe ich zu, wie Ben aufsperrt. An jedem größeren Ort, wo es nicht ganz so beschaulich zugeht wie in Winter's End, könnte die Nachricht genauso gut lauten: HAUS LEER. EINBRECHER, BEDIENT EUCH!

Drinnen herrscht die bei den meisten eingefleischten Junggesellen übliche Pseudoordnung. Wir gehen gleich weiter nach oben. An der obersten Stufe der Treppe zum Speicher angelangt, schaltet Ben mit einem Zug an einer Schnur das Licht an und verkündet: „Hier irgendwo sind sie."

Schatten stieben in wilder Flucht davon und verkriechen sich in die Ecken des Raumes. Und während wir in Bens Sammlung von altem Plunder nach Dads Besitztümern stöbern, warten die Nager, hinter herumstehenden Tüten und Kisten verschanzt, die Gelegenheit ab, den Speicher wieder für sich in Beschlag zu nehmen.

Schließlich kramt Ben zwei ziemlich angestaubte Pappkartons hervor. Unwillkürlich wird es mir eng in der Brust, als ich die Deckel berühre. Einerseits hat mich die Neugierde gepackt, was wohl darin ruhen mag, doch zugleich ertappe ich mich bei der Frage, ob ich sie wirklich öffnen soll. Was sie enthalten, ist immerhin persönlich. Dann werfe ich mir Dummheit vor und schleife sie zur offen stehenden Dachluke, wo das Licht besser ist.

Im ersten Karton, dem schwereren, sind vergilbte Jahrbücher von der Highschool, eine Sammlung zerknitterter Dokumente aus der Anwaltskanzlei meines Dads und einige Bücher über Fliegenfischen. Als ich den zweiten Karton öffne, wirbelt mir noch mehr Staub entgegen. In ihm finde ich zwei alte Fotoalben mit immer wieder leeren Stellen, wo einmal Lieblingsbilder meiner Eltern klebten, die sie später herausgenommen haben, sowie ein mit einem Faden zusammengebundenes Bündel loser Fotos. Aus reiner Neugierde blättere ich kurz durch die moderig riechenden Alben. Familienfotos, teilweise Schnappschüsse von Leuten, die ich nicht kenne, und zwei, drei Aufnahmen von Ausflügen, die nach Angelwochenenden aussehen.

Ich habe schöne Erinnerungen an meine eigenen Tage am Claye Lake, wo ich mit meinem Dad war. Nach all den Jahren habe ich noch immer meinen ersten Ausflug mit ihm deutlich vor Augen.

Ich betrachte das schimmernde Wasser, wie es unter meinen Füßen plätschert. Glitzernde Funken zerstäuben mit jeder kleinen Welle, die an der verwitterten Holzmole leckt. Die Kühltasche, an die ich mich lehne, fühlt sich rau an.

„Dir wird doch nicht langweilig, oder?"

Ich hebe den Kopf und sehe meinen Vater an. Seine Miene verrät die Sorge, sein sechsjähriger Sohn könne schon nach nur einem Tag des gemeinsamen Angelausflugs die Nase voll haben. „Ich fühle mich prima", erwidere ich und hebe zum Beweis die Rute. „Ich hab bloß ins Wasser geschaut."

Er grinst mich an. „Hypnotisch, was? Der See gefällt mir immer besonders in der Sonne. So entspannend."

„Hm."

„Es ist schön, für eine Weile von allem weg zu sein."

„Warum kommt Mom nicht mit?", frage ich.

Dad lächelt. „Für sie ist es genauso ein Urlaub wie für mich. Aber sag, du und ich zur Abwechslung mal ganz allein, gefällt dir das etwa nicht?"

„Doch. Glaubst du, wir können uns unser Essen fangen?"

„Wenn nicht, dann macht das auch nichts. Ich hab uns ein paar Steaks mitgenommen.“ Er beugt sich wie ein Verschwörer zu mir herüber. „Aber sag Mom nichts. Sie meint, ich soll besser auf das achten, was ich esse.“

Ich erwidere sein Lächeln, wo wir jetzt doch ein Geheimnis teilen. „Bestimmt nicht, Dad.“

„Fass doch mal bitte hinter dich, und gib mir ein Bier.“

Ich lege die Rute auf die Holzplanken und stehe auf, um die Kühltasche zu öffnen. Der Verschluss ist für meine kleinen Hände etwas zu fest, und als er endlich aufgeht, geschieht das mit einem derart plötzlichen Ruck, dass ich nach hinten kippe. Einen Moment taumle ich, versuche verzweifelt, das Gleichgewicht wiederzuerlangen, stürze dann aber doch rückwärts ins Wasser.

Kälte. Plötzlich ein gewaltiger Druck und ein Donnern in meinen Ohren. Dann stoßen meine Füße gegen den steinernen Grund des Sees, und ich kann stehen, wenn auch etwas unsicher, weil mir das Wasser unangenehm gegen die Brust klatscht und meine durchnässten Kleider mich auf einmal viel schwerer machen. Ich schaue zur Mole hinauf, wo sich mein Dad mit vor Sorge verzerrtem Gesicht weit vorbeugt.

„Alex! Alles in Ordnung mit dir?“ Er gibt sich Mühe, nicht zu schreien.

„Ja.“ Ich nicke. Das nasse Haar klebt mir an der Stirn.

Einen Moment lang bleibt er noch so stehen und sieht mich an, bis er unvermittelt ein Lachen unterdrückt. Doch als er bemerkt, wie ich ihn in kindlicher Empörung anfunkle, entschuldigt er sich sofort: „Sei mir nicht böse, Alex. Es ist nur … Du hättest dein Gesicht sehen sollen.“ Schon wieder muss er kichern. „Sei mir nicht böse“, wiederholt er, und um seine Augen bilden sich Falten.

Ich tue, was die meisten Kinder in meiner Lage tun würden. Ich spritze eine Ladung Wasser zu meinem Vater hinauf. Er wirft in gespielter Panik beide Arme hoch, und ich schicke noch eine Fuhre hinterher. Laut lachend springt Dad in voller Montur zu mir in den See, und nun geht unsere Wasserschlacht richtig los.

Am Abend essen wir, in dicke Pullover gehüllt, an einem Lagerfeuer Steaks. Danach schlafe ich gegen meinen Vater geschmiegt auf dem Sofa ein. So habe ich es zumindest in Erinnerung behalten. So möchte ich es in Erinnerung behalten.

Jahre später. Ich sitze in meiner Collegebude, den Telefonhörer gegen das Ohr geklemmt. Am anderen Ende der Leitung will mein Dad wissen, ob ich in den Sommerferien heimkomme. Er zeigt sich sehr höflich; vor meinem Auszug hatten wir unaufhörlich Streit über meine berufliche Zukunft. Ich bin danach nicht mehr nach Hause gefahren.

„Es tut mir Leid, Dad“, sage ich ihm. „Kurt hat Howard und mich nach Rochester ins Haus seiner Tante eingeladen. Wir wollen eine Zeit lang in ihrem Restaurant Geld verdienen und den ganzen Sommer zusammenbleiben.“

„Du kommst überhaupt nicht nach Hause?“

Die Antwort ist nein. Wir verstehen uns nicht schlecht, aber im Augenblick möchte ich lieber bei meinen Freunden sein, statt in den Norden zurückzukehren. „Vielleicht … ich weiß nicht. Es kommt darauf an, wie es so läuft.“

„Na gut, ruf mich an, wenn du es schaffst, deine Mom und mich zu besuchen. Und wenn nicht, melde dich einfach so, und sei es bloß, um uns wissen zu lassen, wie es dir geht.“

„Klar, Dad.“

Eine Pause tritt ein. Dann sagt mein Dad: „Ich bin immer noch stolz auf dich, egal, was du tust. Du bist mein einziger Sohn.“

In diesem Sommer bin ich nicht heimgefahren. Ich bin nie wieder heimgefahren. Meine Eltern haben mich dann am Thanksgivingtag besucht und ein Jahr danach noch einmal. Als ich sie das nächste Mal besuchte, waren sie schon nach Miami gezogen.

Vorsichtig klappe ich die Kartons zu, und wir bugsieren sie aus dem Speicher und die Treppe hinunter zu Bens wartendem Wohnmobil. Wieder in der Stadt, hilft mir Ben dabei, die Kartons in meine Corvette zu laden. Als wir fertig sind, tritt er einen Schritt zurück und wischt sich den Staub von den Händen.

„Danke“, sage ich. „Ich hab’s nie geschafft, nach dem Unfall die Sachen meiner Eltern zu sichten. Diese hier werde ich mir gründlich anschauen.“

„Gern geschehen, Junge. War ja nur ein Gefallen für alte Freunde. Was anderes – falls du Zeit hast und nichts vorhast: Ich gehe für ein paar Tage am McLean River angeln. Kurz hinter Ashland führt ein Feldweg von der Route 11 weg. Dort wird drei, vier Kilometer weiter unten mein Wagen stehen. Wenn du Lust kriegst, dich mal ’ne Weile zu entspannen, schau einfach vorbei.“

„Das wäre schön“, meine ich. „Und wenn ich dazu komme, mache ich das auch. Ich habe nicht mehr geangelt, seit mein Dad mich zum Claye Lake mitgenommen hat.“

Ein merkwürdiger Ausdruck huscht über Bens Augen. Vielleicht Traurigkeit. Er kritzelt etwas auf die Rückseite eines Papierfetzens. „Das ist meine Telefonnummer. Ruf mich an, wenn du meinen Wagen nicht findest. Es war schön, dich wiederzusehen, Alex. Pass auf dich auf."

„Sie auch."

Ben steigt wieder in sein Wohnmobil und fährt nordwärts davon. Ich bin gerade im Begriff, in meinen eigenen Wagen einzusteigen, als ich eine Stimme meinen Namen rufen höre. Ich drehe mich um und erkenne Bürgermeister Saville, der auf mich zueilt.

„Mr Rourke", sagt er, etwas außer Atem. „Wie läuft's so?"

„Okay, denke ich. Was kann ich für Sie tun, Herr Bürgermeister?"

Saville klatscht sich das Haar an den Hinterkopf. „Ich bin auf dem Weg zu einem Treffen mit einigen von den Geschäftsleuten hier in der Stadt. Es wäre eine gute Sache, wenn ich sie wegen des Mordes beruhigen könnte. Sie wissen schon, ihnen sagen, dass der Fall so gut wie aufgeklärt ist und bald vergessen sein wird. Sagen Sie, haben Sie vielleicht Zeit, mit ihnen zu sprechen?"

Ich denke an mein Zimmer in der Crowhurst Lodge. Eigentlich will ich nur noch ins Hotel zurück und schlafen. „Im Augenblick bin ich hundemüde", murmele ich. „Vielleicht morgen oder ein andermal …"

„Ich wäre Ihnen wirklich dankbar, wenn Sie das schaffen würden, einfach um ihnen klar zu machen, dass wir alles im Griff haben", drängt er. Seine Augen verraten einen Hauch von Verzweiflung – anscheinend stellt die früher so sichere Wiederwahl nun doch eher eine Herausforderung dar. Kaltblütiger Mord hat in einem Nest wie Winter's End doch weitaus mehr Bedeutung als in einer Großstadt.

„Na gut", brumme ich, „aber nur eine halbe Stunde."

In der Sawmill ist es ruhig, die Jukebox ist abgestellt. Von den führenden Geschäftsleuten der Stadt hat sich weniger als ein Dutzend um zwei Tische in der hinteren Ecke versammelt. Ansonsten ist das Restaurant leer. Saville führt mich zu ihnen und stellt sie mir vor. Einer holt mir ein Bier, ein anderer fragt: „Wie sieht's aus, seid ihr nicht bald fertig, damit bei uns wieder Ruhe einkehren kann?"

Ich lächle, nicke, beruhige. Ja, wir haben den Verdächtigen auf frischer Tat ertappt. Ja, er wird für lange Zeit ins Gefängnis wandern. Nein, ich bezweifle, dass sich das auf die Zahl der Touristen auswirken wird.

Bald geht man zu anderen Problemen über, und nach einer Weile nutze ich eine Pause in der Diskussion dazu, Saville etwas zur Seite zu nehmen und ihm auf gut Glück ein paar Fragen zu stellen; vielleicht kann er mir ja etwas Nützliches verraten.

„Haben Sie Henry Garner gekannt?“, erkundige ich mich.

Er nickt. „Ja, ich kannte ihn schon eine Reihe von Jahren vor dem Feuer; er war kein Einheimischer. Damals war ich natürlich noch ein Jugendlicher.“

„Für einen, der ein Kinderheim führt, muss er ziemlich jung gewesen sein. Was für ein Mensch war er so?“

„Ordentlich, würde man das wohl nennen“, brummt er nach kurzem Nachdenken. „Er wollte immer alles hübsch und sauber haben, egal, ob bei Geschäftsabschlüssen oder beim Mittagessen.“

„Also ein ganz schön strenger Bursche?“

Saville nickt. „Ich erinnere mich, wie er mal wegen einer Reparaturrechnung für das St Valentine’s vor Gericht gegangen ist. Am Ende hat die Firma nachgegeben und er seinen Willen durchgesetzt.“

„War er auch mit den Kindern so streng?“, frage ich – ein Angriff aus heiterem Himmel.

„Keine Ahnung“, antwortet Saville, bevor er überhaupt nachdenken kann. Danach hält er einen Moment lang inne. „Ein paar davon sind gelegentlich ausgebüxt. Andererseits ist es wohl so, dass Kinder in so einer Situation von Haus aus bestimmte Probleme haben. Ich bezweifle, dass er sich Widerstand bieten ließ. Nein, so kam er mir bestimmt nicht vor.“

„Hinweise auf einen Skandal um das St Valentine’s hat es nie gegeben, oder?“

„Nie.“ Er zuckt die Schultern. „Leider kann ich Ihnen da nicht mehr Hilfe bieten. Hat das mit dem zu tun, was Sie gestern im St Valentine’s gefunden haben?“

„Mehr oder weniger“, antworte ich. „Es geht mir nur um etwas Hintergrundwissen, mehr nicht. Diese Frau kennen Sie nicht zufällig, oder?“

Ich zeige ihm das Medaillon. Die Stirn in Falten gelegt, starrt er es an. Schließlich schüttelt er den Kopf. „Wohl eher nicht. Bedauere.“

Nach ungefähr weiteren zehn Minuten entschuldige ich mich und trete den Rückzug an. Die Stützen der Gesellschaft murmeln ein Abschiedswort, und ich gehe die Straße hinunter zu meiner Corvette.

Unter dem bedeckten grauen Himmel bietet sich die Crowhurst Lodge in einem schmutzigen Weiß dar. Ich gehe durch das verlassene Hotel zu meinem Zimmer hinauf, ziehe mich gleich aus und nehme zwei von den Beruhigungspillen, die ich am Morgen gekauft habe. Dann lege ich mich aufs Bett und lausche dem gedämpften Rauschen des Windes in den Bäumen am Rand des Parkplatzes. Fünfzehn Minuten später bin ich weggetreten.

GEDÄMPFTE Stimmen von der Lobby unten reißen mich aus einem himmlischen Schlaf. Ich zwinkere benommen, greife nach der Uhr und stelle fest, dass es zwei Uhr in der Früh ist. Einen Moment lang liege ich da in der Hoffnung, dass die Geräusche wieder verebben. Doch ich hoffe vergebens. Schließlich krieche ich aus dem Bett, zwänge mich in Hemd, Hose und Schuhe und gehe nachsehen, wer diese Geräusche verursacht.

Die Treppe ist nicht beleuchtet, und ich kann um die Ränder einer Tür am anderen Ende des Flurs ein helles Licht sehen. Von dort kommt der Lärm.

Ich bin mehr als ein bisschen verdattert, als auf mein Klopfen hin Rhona Cochrane, gehüllt in ein schwarzes Abendkleid, die Tür öffnet. Hinter ihr stehen Matt, Dale, Laura, Dr. Vallence, Jennifer, der Apotheker und noch andere, sie alle mit Drinks in der Hand und für eine Dinnerparty gekleidet. An der Wand hinter ihnen hängen Porträts von Angela Lamond und der Frau im Medaillon.

„Alex!“, ruft Rhona und zieht mich hinein. „Wir hatten schon befürchtet, du würdest es nicht mehr schaffen. Es ist gleich Zeit.“

„Zeit?“

Dr. Vallence drückt mir einen Martini in die willenlose Hand. „Geborgte Zeit“, sagt er, mich über seine Nase hinweg musternd.

„Geborgt?“

„Das ist doch der Grund, warum wir alle hier sind.“

So vehement ich mich dagegen stemme, die Bewegungen der Leute um mich herum wirbeln mich immer weiter in den Raum hinein. Mitten in ein Wirrwarr aus Gesichtern aus der Stadt, von denen fast jedes zu erkennen ist.

„Willst du eine Zigarette?“, will Rhona wissen. Hinter ihr erkenne ich Sophie Donehan, die jetzt ein smaragdgrünes Samtkleid anhat und mit Maskara dunkle Ringe um die Augen aufgetragen hat. Während mir Rhona einen Glimmstängel anbietet, blitzt mich Sophie über Rhonas Schulter hinweg in rasender Eifersucht an.

„Wir können solange auf den Balkon gehen", meint Rhona. „Die anderen rufen uns schon, wenn es Zeit ist."

Rhona steht so nahe bei mir, dass ich ihren heißen Körper spüren kann. Ihr zu einem Bubikopf geschnittenes Haar fällt ihr hinter die Ohren, als sie mir das Gesicht entgegenreckt. Als der Kuss kommt, verblüfft mich seine Gewalt. Ihre Zunge wirbelt um die meine und drückt dagegen, als tanze sie Tango.

Ich reiße mich los. „Das ist doch alles verrückt!", rufe ich.

Ich drängle mich durch die Menge zur Wand mit den Porträts durch. Dort steht Gemma Larson und starrt die Gemälde mit dem Gebaren einer Kunstkritikerin an. „Was machen Sie denn hier?", frage ich sie. „Sie sind doch gar nicht aus Winter's End. Warum sollte dann Ihre Zeit vorüber sein?"

„Das ist sie auch nicht", antwortet sie mit einem anmutigen Lächeln. „Ich bin nur hier, um die Maße der Leute hier fürs Leichenschauhaus zu nehmen."

Jetzt erst merke ich, dass sie nicht wie die anderen gekleidet ist, sondern ihren Laborkittel trägt. Im nächsten Augenblick ertönt ein Klopfen an der Tür.

Mit einem „Pst" bringt Rhona die Leute zum Schweigen, die nun mit ihrem Glas in der Hand gebannt verfolgen, wie sie zur Tür geht und sie öffnet. Dann klatscht sie entzückt in die Hände, und die anderen brechen in Jubel aus, als sie Nicholas von der Hüfte aufwärts nackt und mit zwei Messern in den Händen dastehen sehen.

„Hallo, alle zusammen", sagt er. „Es ist Zeit. Ich bin hier, um mir meine Seelen zu holen."

Im anhaltenden Jubel beginnt er mit dem Töten. Rhona ist die Erste, die umfällt, dann die rundliche Gestalt von Saville. Danach kann ich keine einzelnen Opfer mehr erkennen. Ich drehe mich um und renne los. Zwei Fenstertüren am Ende des Raumes gehen auf eine Terrasse, die zu dem Grundstück des heutigen St-Valentine's-Kinderheim führt. Weil ich hinter mir jemanden höre, jage ich weiter, durchs Gras und in den Wald hinein. Dornen zerkratzen mich, Zweige peitschen auf mich ein, doch ich tauche unbeirrt in dieses Gewirr aus Unterholz ein. Die Schritte kommen immer näher, holen mich unerbittlich ein, so verzweifelt ich auch versuche zu entkommen.

Piep. Piep. Piep. Der Wecker, der mich aus dem Wald und zurück in die erwachende Welt holt.

6

Es ist kurz nach acht Uhr. Trotz meiner verwirrrenden Träume prächtig erholt, beende ich ein weiteres einsames Frühstück im Speisesaal der Crowhurst Lodge. Meine Brust fühlt sich an, als würde darin etwas brennen, fast so wie eine schlimme Magenverstimmung, doch ich ignoriere den Schmerz.

Der Tag draußen ist grau und stürmisch. Als ich auf meinen Wagen zusteuere, zerren Windstöße an meinen Kleidern. Beim Anblick eines unter den Scheibenwischer meiner Corvette gesteckten, zusammengefalteten Zettels halte ich inne. Ich lasse die Augen über den Parkplatz schweifen, halte Ausschau nach einer Bewegung. Fehlanzeige.

Ich nehme den Zettel in die Hand. *Treffen Sie mich um fünf Uhr im Martha's* steht darauf. *Ich kann Ihnen helfen.*

Die Schrift ist eng und säuberlich, die gerundeten Buchstaben lassen auf eine Frauenhand schließen. Spontan fällt mir Sophie Donehan ein. Allerdings ist das eher eine vage Vermutung, weil ich eben weiß, dass sie mich von Beginn an beobachtet hat.

Dann piepst mein Handy.

„Spar dir fürs Erste die Fahrt nach Houlton", teilt Dale mir mit. „Es ist hier in der Stadt was passiert."

„Was?"

„Im Mason Woods ist am Grund des Black Ravine eine Leiche gefunden worden. Ein Mann, der mit seinem Hund spazieren war, hat am Ufer Knochen über das Wasser ragen sehen."

„Irgendein Zusammenhang mit unserem Fall?"

„Lässt sich noch nicht beurteilen. Offiziell sind die Überreste noch nicht identifiziert worden. Inoffiziell sieht es nach Henry Garner aus, der zur Zeit des Brandes Direktor des St Valentine's war. Seine Brieftasche lag daneben. Wenn du zum alten Picknickplatz fährst, kann ich Andy dorthin schicken, damit er dich zu uns führt."

Nach der Main Street halte ich mich links in Richtung östliche Stadtgrenze. Dort verlasse ich die Straße und folge einem Feldweg in den Wald hinein. Zur Picknickstelle muss ich einen Kilometer weit zwischen Bäumen hindurchfahren, die trotz ihrer frischen Frühlingstriebe merkwürdig düster wirken. Schließlich teilt sich der Weg in zwei Arme, die dann in einem Park- und Wendebereich enden. An der Gabelung wartet ein Deputy auf mich, der mir mit ausgestrecktem Arm den Weg zu einer Stelle weist, an der bereits zwei Jeeps des Sheriff's Department, ein Bus der Spezialisten von der staatlichen Polizei und ein Kombi stehen.

„Hallo“, begrüßt mich der Deputy. „Ich bin Andy Miller. Der Sheriff ist dort drüben.“

Ich folge ihm durchs Unterholz. Durch eine Lücke im Laub erspähe ich eine weitere Lichtung. In ihrer Mitte steht ein roter Wagen; ich bin mir nicht ganz sicher, was für eine Marke es ist, glaube aber, das Logo von Toyota zu erkennen. Ich nehme an, dass er dem Mann mit dem Hund gehört.

Etwa dreihundert Meter weiter dringen Stimmen an mein Ohr. Gemma, Dale und ein zweiter Mann in Polizeiuniform stehen am mit Laub bedeckten Rand des Steilufers des Black Ravine, einem Abgrund von gut sieben Meter Tiefe. Unten plätschert der Fluss, der die Schlucht gegraben hat, fröhlich vor sich hin. Drei Spezialisten von der Spurensicherung kauern am Fuß des gegenüberliegenden Steilufers. Sorgfältig Proben sammelnd, nähert sich das Trio dem bedauernswerten Mr Garner und schafft ihn schließlich von der Felswand fort.

„Was haben sie bisher gefunden?“, sind die ersten Worte, die ich an Dale richte.

„Morgen, Alex“, brummt Dale. „Sehr wenig außer Hinweisen auf seine Identität. Der Fels ist an seinem Fundament vom Wasser unterspült worden, und die Leiche wurde genau unter den Überhang gestopft. Lag hinter einem Wall aus Steinen und Erde. Der muss ziemlich fest gewesen sein, wenn er dem Fluss sogar bei Hochwasser standgehalten hat.“ Dale grinst mich verschmitzt an. „Wir sind hier nicht weit vom Territorium des blauen Axtmannes entfernt. Du glaubst doch nicht, dass er hier vielleicht die Hand im Spiel hatte?“

Ich erwidere sein Lächeln. „Das bezweifle ich. So was ist nicht unbedingt seine Art.“ Ich blicke in die Schlucht hinunter. „Jetzt aber mal im Ernst: Ist das eindeutig Mord?“

Gemma nickt. Jetzt erst fällt mir auf, wie hübsch ihr Haar so früh am Morgen aussieht, wenn es feucht und leicht zerzaust ist. „Ich werde mehr wissen, wenn ich die Obduktion durchgeführt habe, aber so, wie er daliegt, kann das unmöglich ein Unfall gewesen sein.“

„Sonst noch was? Wie ist die Leiche gefunden worden?“

„Offenbar ist ein Teil von dem Schutt um ihn herum weggerutscht und hat einen Arm freigegeben“, antwortet Gemma.

„Die Spurenfahnder haben ein paar Beweisstücke gesichert, die uns vielleicht weiterbringen“, ergänzt Dale. „Allerdings nichts, womit wir im Moment was anfangen können. Ich schaue sie mir später genauer an.“

„Wir haben es also mit einem Mord von vor sechs, sieben Jahren zu tun“, brumme ich verdrießlich. „Wozu bin ich dann hier?“

„Alle dachten, Garner hätte bei dem Feuer im St Valentine’s zusammen mit zwei anderen das Leben verloren. Wir hatten zwar die Überreste von Opfern gefunden, konnten sie aber nicht eindeutig identifizieren. Wir nahmen nur an, dass es so geschehen war. Wenn das da unten nun Garner ist“ – Dale deutet auf den Abgrund –, „dann heißt das, dass wir uns getäuscht haben. Jemand hat ihn ermordet und anschließend das Feuer gelegt, um die Spuren zu verwischen. Angela Lamond hat ebenfalls im Waisenhaus gearbeitet, und dein Nicholas X hat sie umgebracht. Was, wenn er schon darin Übung hatte?“

„Das Feuer im St Valentine’s war Brandstiftung, richtig?“

Dale nickt. „Das haben die Ermittler so gesehen. Nur haben wir nie jemanden dingfest gemacht. Sheriff Kennedy war ein Freund von Garner. Wir mussten für ihn jeden überprüfen, der zur Tatzeit in einem Umkreis von fünfzig Kilometern hätte sein können. Die Sache hat ihn furchtbar aufgeregt.“

„Und du glaubst, dass Nicholas dahinter steckte? Ich selbst sehe keinen Zusammenhang.“ Meine Verärgerung nimmt zu und mit ihr das Brennen in der Gegend meines Herzens.

„Es ist bloß eine Theorie, Alex.“

„Ich will nur nicht, dass du jetzt versuchst, das alles Nicholas anzuhängen, einfach um dir nicht einen weiteren ungelösten Mord in deinem Zuständigkeitsbereich nachsagen zu lassen.“

„Deine Unterstellungen gefallen mir kein bisschen, Alex“, knurrt er.

Mein Missmut will einfach nicht nachlassen, auch wenn ich spüre, dass er das sollte. „Du weißt ja, wie das bei Cops so geht. Man hat zwei Morde; man hat einen Mörder. Wenn er den einen begangen hat, warum nicht alle beide? Das ist das Ergebnis, das es allen Seiten am leichtesten macht.“

„Red nicht wie so ein Klugscheißer daher, Alex.“ Dale schüttelt drohend den Zeigefinger. „Vergiss nicht, es war deine Theorie, dass zwischen Nick und dem St Valentine’s ein Zusammenhang bestehen könnte.“

Seufzend reibe ich mir mit beiden Händen das Gesicht. „Es tut mir

Leid, Dale. Du kannst nichts dafür. Es ist nur so, dass ich seit zwei Tagen nicht gerade in Bestform bin."

„Ich weiß ja." Er bläst die Wangen auf und lässt alle Luft entweichen. „Ich schaue mal nach, was Andy macht. Nicht dass er am Ende von irgendwelchen Schaulustigen überrollt wird, während wir noch ermitteln. Wir sehen uns nachher bei den Autos."

Ich nicke stumm. Er dreht sich um und wühlt sich durch das Gestrüpp in den Wald zurück. Nun wendet Gemma den Blick vom Fluss, zu dem sie während meines Streits mit Dale unbehaglich hinuntergestarrt hat, und sieht mich an. „Sobald ich wieder in Houlton bin, nehme ich an den Überresten die Autopsie vor. Die Identifizierung dürfte aber etwas länger dauern."

Ich halte ihrem Blick stand. „Schon irgendwelche Vorstellungen, was geschehen sein könnte? Ich weiß ja nicht, wie genau Sie sich die Leiche anschauen konnten."

„Leider nicht genau genug, um schon Anhaltspunkte zu gewinnen. Ich weiß allerdings, dass die Kriminaltechniker vermuten, jemand hätte sich womöglich an der Beerdigungsstätte zu schaffen gemacht. Sie haben den Teilabdruck einer Schuhsohle, der jetzt noch im Sheriff's Department überprüft werden muss. In meinen Augen sieht das nicht nach einem Joggingschuh aus, sondern eher nach etwas, was man zu einem Anzug oder sonstigen feinen Sachen trägt."

„Ich wusste gar nicht, dass Sie nicht nur Pathologin, sondern auch Fährtenleserin sind", grinse ich.

„Sie sagen so furchtbar nette Sachen", erwidert sie mit einem leisen Lachen.

„Na ja, so richtig gut bin ich nie darin gewesen, einer Dame ein klassisches Kompliment zu machen", gebe ich zu.

„Sie können ja vielleicht heute Abend bei einem Dinner welche ausprobieren. Das heißt, wenn Sie Lust haben." Bei diesen Worten weicht die morgendliche Blässe ihrer Wangen einem jähen Rosa.

Ich lächle, doch das ist nur ein Versuch zu kaschieren, dass mir meine Nerven auf einmal einen Streich spielen. „Wollen Sie mich zu einem Rendezvous einladen?"

„Äh … ja." Gemma spielt mit ihren Fingern und hat die Augen abgewendet. „Ich meine, ich weiß nicht mal, ob Sie verheiratet sind oder so oder ob Sie überhaupt Lust haben, aber …"

„Ich bin weder verheiratet noch sonst was. Und ja, ich hätte große Lust, mit Ihnen essen zu gehen."

„Können Sie dann um acht bei mir vorbeikommen?“ Sie kritzelt ihre Adresse auf ein Stück Papier und gibt es mir. „In der Straße, in der ich wohne, gibt es ein nettes kleines Restaurant.“

„Okay, ja. Um acht. Großartig. Dann bis heute Abend.“

Als ich zurück in Richtung der Bäume stapfe und mich den Einsatzwagen nähere, bekomme ich mit, dass Dale und Andy Miller alle Hände voll damit zu tun haben, ein paar Spaziergänger sowie eine Frau mit weiten, irren Augen abzuwimmeln. Ich will gerade in meinen Wagen einsteigen, als die Frau mit den aufgerissenen Augen auf einmal loskreischt: „Das ist der Fluch des Teufels! Er ist gekommen, um dich zu holen! Er ist gekommen, um uns alle zu holen!“

Ich starre sie einen Moment lang an, sehe ihre struppigen dunklen Locken und die an den Seiten herabhängenden, zu Fäusten geballten Hände. „Das ist der Teufel!“, heult sie erneut. Ich schüttle nur stumm den Kopf und lasse mich hinters Steuer sinken.

Das Land ist ruhig, ja beängstigend still, während ich in Richtung Süden kutschiere. In der Gegend um Winter’s End herum ist eine Atmosphäre entstanden, als brüte die Natur. Der Himmel wirkt dunkler, die Wolken sind dicker und bedrohlicher.

Nach unserer Ankunft in Dales Büro stellt Dale eine Tasse dampfenden Kaffee vor mich auf den Schreibtisch. „Wie viel weißt du über das Feuer?“, fragt er mich.

„Nur das, was du mir gesagt hast und was ich im Museum gesehen habe. Brandstiftung, drei Totgeglaubte, keine Leichen gefunden, die identifiziert werden konnten, keine Verhaftungen.“

„Ja, das ist so ziemlich alles. Danach hat sich allerdings noch ein bisschen was getan. Nur hielten wir das damals nicht für so wichtig. Ein paar Leute in der Stadt haben verrückte Briefe bekommen, anonyme Drohungen, nichts Besonderes. Wir dachten, dahinter würden irgendwelche Übergeschnappte stecken, die nach solchen Verbrechen ja immer aus ihren Löchern kriechen.“

„Wer waren die Empfänger der Briefe?“

„Ich erinnere mich, dass Sheriff Kennedy einen gekriegt hat“, grinst Dale. „Er hat ihn hier im Büro vor meinen Augen geöffnet. Hat ihn gelesen, zusammengeknüllt und in den Papierkorb geworfen. ‚Hab keine Zeit für durchgeknallte Deppen‘, hat er gesagt. Und wenn mich mein Gedächtnis nicht täuscht, haben der Rathaussekretär und Dr. Vallence auch solche Briefe bekommen. Aber Akten haben wir nicht darüber angelegt, glaube ich.“

„Habt ihr je rausgefunden, wer sie geschrieben hat?“

„Nein. Sie enthielten ja nichts, was den Verdacht begründet hätte, dass der Verfasser mehr wusste als das, was in den Zeitungen stand. Ich habe auch nie gehört, dass den Empfängern was zugestoßen sein soll.“ Ein Klopfen an der Tür unterbricht Dale. Ein Deputy kommt herein und legt einen Ordner auf den Schreibtisch.

„Vorläufige Auswertung der Indizien am Fundort“, meldet er.

„Danke, Jack. Möchtest du sie dir anschauen, Alex?“

Ich schlage den Ordner auf. Als Erstes sticht mir eine Serie von Hochglanzfotos ins Auge, die die Spurenfahnder heute Morgen am Fuß des Black Ravine aufgenommen haben. Auf einem Bild ragen Hand- und Unterarmknochen aus einer Mischung von Geröll und festgebackenem Schlamm, die den Rest des Skeletts eingehüllt hatte. Ein Teil dieser Schlammhülle liegt umgedreht daneben. Ich starre das Bild einen Augenblick lang an, dann reiche ich es Dale.

„Schau dir das mal an“, murmele ich. „Was siehst du?“

„Nichts Besonderes“, erwidert Dale nach kurzem Betrachten. „Was ist das?“

„Schau dir den Lehm an, der von der Hand heruntergefallen ist. Achte auf den Schnitt. Er ist abgesehen von den Stellen, wo die Steine waren, ganz sauber. In meinen Augen ist das mit einer Schaufel gemacht worden. Jemand hat den Toten ausgegraben.“

UM HALB zwei gibt uns Gemma Larson die vorläufigen Ergebnisse ihrer Untersuchung der Überreste des Toten durch.

„Die Knie und Handgelenke des Opfers waren jeweils gebrochen“, strömt Gemmas Stimme aus dem Telefonhörer. „Außerdem weist eine Aufprallstelle an der Schädelbasis zwei feine Risse auf. Kein Schlag, der ihn hätte töten können, aber auf alle Fälle schwer genug, um ihn zu betäuben. Wir haben auch einen ersten Vergleich des Gebisses mit einem Zahnabdruck von Henry Garner vorgenommen. Es sieht ganz so aus, als würden sie übereinstimmen.“

„Wie sieht es mit der Todesursache aus?“, fragt Dale.

„Sein Zungenbein ist unversehrt, sodass Erwürgen wohl ausgeschlossen werden kann. Direkt unterhalb des Solarplexus sind an der Rippe zwei Kratzspuren. Ich werde es genauer wissen, wenn die forensischen Pathologen in Augusta die Knochen untersucht haben. Trotzdem schätze ich, dass er aller Wahrscheinlichkeit nach erstochen wurde.“

„Der Arm lag frei“, setze ich nach. „Wie sauber war er? War Moos dran, oder sprach sonst etwas dafür, dass er eine gewisse Zeit lang Luft und Wetter ausgesetzt war?“

„An den Knochen hing Lehm, aber kein Grün.“

Ich nicke. „Dann ist er vermutlich frisch aus der Erde gebuddelt worden. Danke.“

„Ja, danke, Dr. Larson“, sagt Dale.

„Gern geschehen. Ich gebe Ihnen Bescheid, sobald ich mehr weiß.“

Die Leitung wird unterbrochen. „Was hältst du eigentlich von der ganzen Garner-Sache?“, fragt Dale.

Ich antworte nicht sogleich. Zuerst spiele ich mehrere Szenarien im Kopf durch. „Warum, meinst du, bricht man einem Menschen Arme und Beine?“

„Um ihm wehzutun. Es ist, als ob man jemandem die Kniescheiben zertrümmert, weil er einem Geld schuldet.“

„Oder um ihn an der Flucht zu hindern. Er bleibt hilf- und wehrlos liegen, sodass man ihm die schlimmsten Dinge antun kann, wie ihn einsperren oder foltern. Wenn Garners Mörder nur seinen Tod gewollt hätte, dann hätte er ihm die Kehle aufgeschlitzt und seine Leiche einfach dem Feuer überlassen, bis nur noch Asche übrig war. Stattdessen hat er ihn misshandelt und erst zugestochen, als er fertig war.“

„Eine persönliche Angelegenheit?“

„Oder der Mörder ist ein richtiger Geisteskranker“, meine ich achselzuckend. „Aber da das Versteck für die Leiche offenbar mit Bedacht ausgewählt wurde, halte ich das eher für eine persönliche Sache. Der Brand diente demnach nur dazu, die Verschleppung zu verschleiern.“

Dale unterbricht mich: „Es sei denn, die Motive des Mörders hatten etwas mit dem Personal im St Valentine’s zu tun.“

„Sicher. Wie auch immer, wir haben einen umsichtigen, methodisch vorgehenden Täter, der aus rein persönlichen Gründen handelt und gerissen genug ist, um sich nicht erwischen zu lassen. Physisch ist er so stark, dass er jemandem die Knochen brechen und ihn am Ende erstechen kann.“ Ich trinke einen großen Schluck Kaffee. „Wenn Nicholas nicht selbst derjenige war, der Garner umgebracht hat, würde ich sagen, dass wir jemanden von ähnlicher Geistesverfassung suchen.“

Dale bedenkt mich mit einem matten Grinsen. „Demnach habe ich dich heute früh also doch für meine Sichtweise gewonnen. Aber aus welchem Grund hat der Mörder die Leiche ausgegraben?“

„Falls es überhaupt der Mörder war, ich meine, wer weiß das schon.

Falls nicht, könnte es womöglich ein Komplize gewesen sein, der seine Anweisungen ausgeführt hat."

Dale schiebt ein Papier zu mir herüber. „Ich habe eine Liste von Garners Bekannten gemacht, größtenteils Leute, an die ich mich noch erinnern konnte."

Es sind nicht viele Namen: Rathaussekretär Joshua Stern, Ian Rourke, Dr. Vallence, Earl Baker.

Ich sehe zu Dale auf. „Ian Rourke? Es hat nicht viel Sinn, meinen Dad in die Liste aufzunehmen, wo er doch seit etwas mehr als drei Jahren tot ist."

„Ich habe ja nur ein paar Gedanken hingekritzelt. Stern wird auch nicht mehr helfen. Er ist vor vier Jahren bei einem Autounfall ums Leben gekommen. Das habe ich nachgeprüft."

„Und Baker?"

„Er führt ein Bauunternehmen. Hat hier in der Gegend einige Aufträge ausgeführt. Er und Garner sind oft zusammen wandern gegangen. Keine Ahnung, wo er jetzt steckt."

„Garner hatte keine Familie?"

„Nicht hier oben", brummt Dale. „Er stammte nicht aus der Gegend und war unverheiratet. Ob es uns nach dem Feuer gelungen ist, irgendwelche nahen Verwandten zu erreichen, weiß ich nicht mehr. Aber falls doch und wir sie heute noch mal auftreiben könnten, wäre es wenig wahrscheinlich, dass einer davon von jemandem wüsste, der seinen Tod gewünscht haben könnte."

„Was ist mit den übrigen Mitarbeitern in der Verwaltung des Heims? Ich habe im Museum Fotos von ..." – ich halte inne und krame im Gedächtnis nach den Namen – „Sarah Decker, einer gewissen Pierce und Dorian Blythe gesehen. Wo sind sie jetzt?"

Dale zuckt mit den Schultern. „Keine Ahnung. Dürften nach der Schließung des St Valentine's weggezogen sein. Ich gehe der Sache nach."

Ich trinke meinen Kaffee aus. „Schon klar. Und während du schaust, ob du noch jemanden auftreiben kannst, rede ich ein Wörtchen mit Nicholas. Mal sehen, ob er was über Garner oder den Brand weiß."

„Hallo, Mr Rourke", begrüßt mich Nicholas, sobald jeder seine vertraute Position im Verhörraum eingenommen hat. „Ich weiß nicht, was Sie gestern hatten, aber Sie sehen erholt aus. Ihre Augen scheinen mir allerdings noch etwas blutunterlaufen zu sein."

„Danke für die Aufmunterung. Erzählen Sie mir doch noch mal von der ursprünglichen St-Valentine's-Kirche auf dem Ryland Hill."

„Ich hätte nicht gedacht, dass Sie sich für Geschichte interessieren." Nicholas' Stimme lässt keinen Sarkasmus erkennen.

„Vielleicht finde ich daran so langsam Geschmack."

„Die Kirche wurde während der ersten Predigt dort vom Blitz getroffen. Zwanzig Menschen starben, und das Gebäude brannte bis auf die Grundmauern nieder."

Ich beuge mich leicht vor. „Und jetzt erzählen Sie mir vom zweiten St Valentine's."

Nicholas lächelt. „Was soll daran sein?"

„Dort hat es auch ein Feuer gegeben, in dem Menschen gestorben sind."

„Wie kommen Sie darauf, dass ich etwas darüber weiß?"

Ich fixiere ihn mit meinem Blick. „Sie waren dort. Sie haben das hier" – ich ziehe das Medaillon aus der Jackentasche und lege es auf den Tisch – „im Wäldchen hinter dem Haus zurückgelassen. Verraten Sie mir also, was dort geschehen ist, das so wichtig war, dass Sie ein Zeichen so anbrachten, dass wir es finden konnten."

Das Lächeln bleibt, wird aber, sofern sich etwas daran ändert, ein bisschen herablassender. „Es hat dort, wie Sie gesagt haben, vor Jahren einen Brand gegeben. Gehörte Ihr Vater zu den Leuten, die zum Löschen geholt wurden, Mr Rourke?"

„Was würde das ändern, wenn er dabei gewesen wäre?"

„Also war er dort." Das Lächeln wird breiter, als freue sich Nicholas über einen Witz, dessen Pointe ich nicht verstanden habe. „Haben Sie je etwas über die Schwierigkeiten erzählt bekommen, die sie hatten, alle zu evakuieren? Vielleicht war das der Grund, warum Menschen gestorben sind."

„Ich habe nie gehört, dass man mit der Evakuierung des Gebäudes Schwierigkeiten hatte."

„Sie haben nicht mit den richtigen Leuten gesprochen." Nicholas lehnt sich etwas zurück, so als mache er es sich bequem. „Sie waren doch im St Valentine's, Mr Rourke. Was haben Sie dort gesehen?"

„Korridore, Zimmer. Viel Schimmel. Viel verkohlten Schutt."

„Haben Sie die zugesperrten Türen gesehen?" Die Frage kommt wie aus der Pistole geschossen.

„Ja."

„Und woran fühlten Sie sich erinnert?"

„An Zellen. Sie wollen doch nicht behaupten …"

„Wurden Sie je bei einer Missetat ertappt und ohne Abendessen in Ihr Zimmer geschickt?"

Eine ganze Weile sitze ich nur da und mustere schweigend sein Gesicht. „Sie unterstellen wohl", fahre ich fort, „dass das Personal Kinder regelmäßig einsperrte, wenn sie nicht gehorchten. Ich will diese Möglichkeit gern in Betracht ziehen, aber woher wissen Sie das?"

„Viele Leute könnten darüber Bescheid wissen, wenn sie nachdächten, Mr Rourke. Und in jedem Fall die Heimkinder und das Personal."

„Kennen Sie ehemalige Mitarbeiter?"

„Gibt es denn Anhaltspunkte, die das nahe legen würden?" Wie ein Politiker, der eine Frage mit einer Gegenfrage beantwortet.

„Sie scheinen viel über das Heim und Winter's End als Ganzes zu wissen." Ich beuge mich vor. „Sind Sie je Henry Garner, dem Heimdirektor, begegnet?"

Nicholas' Blick verrät mir, dass ihn die Frage alles andere als überrascht. „Laut den Geschichten, die man so hört, ist er im Feuer ums Leben gekommen, Mr Rourke."

„Seine Überreste sind heute Morgen im Black Ravine gefunden worden. Jemand hatte ihn ermordet und seine Leiche versteckt. Er ist nicht im Feuer ums Leben gekommen, Nicholas. Wissen Sie etwas darüber?"

Das Lächeln des Tatverdächtigen kehrt zurück. Über seine Züge kriecht ein selbstgefälliger Ausdruck. „Der Tod ist ja eine so persönliche Angelegenheit. Unsere jeweiligen Meinungen über das Ableben einer bestimmten Person unterscheiden sich je nach Stimmung."

„Und wie stehen Sie dazu?"

„Was empfanden Sie, als Sie erfuhren, dass Ihre Eltern tot waren, Mr Rourke?"

Jäh steigt rasende Wut in mir hoch. „Das geht Sie einen Dreck an! Bleiben Sie beim Thema, Nicholas."

„Als Sie den Kopf über das Lenkrad hoben, wussten Sie da, dass ihr Dasein beendet war, oder hegten Sie noch irgendeine Hoffnung, sie hätten vielleicht überlebt? Hassten Sie den Fahrer des Wagens, der mit dem Ihren zusammengestoßen war, oder hassten Sie sich selbst?"

Der von mir geschleuderte Aschenbecher prallt von der Wand zurück, und es regnet grauen Staub herab. Nur meiner Ausbildung ist es zu verdanken, dass ich nicht über den Tisch springe und auf Nicholas' feixende Visage eindresche. Stattdessen stürme ich in den Korridor hinaus. Die zwei Deputys beobachten mich, stellen aber keine Fragen.

Ich atme erst mal zwei, drei Minuten durch und hole mir eine Cola vom Automaten am anderen Ende des Korridors. Als ich mich beruhigt habe, kehre ich in den Verhörraum und zu Nicholas zurück.

„Konzentrieren wir uns wieder auf das Thema“, sage ich, als ich ihm wieder gegenübersitze. „Kannten Sie Garner, ja oder nein? Hatten Sie etwas mit dem Brand im St Valentine’s zu tun, ja oder nein? Hatten Sie einen Grund, Mitglieder des Personals zu hassen, also Leute wie Garner oder Angela Lamond, ja oder nein?“

„Garner, die Krankenschwester und Konsorten haben ihre Stellung missbraucht, Mr Rourke. Sehr viele Leute hatten einen Grund, sie zu hassen.“ Nicholas grinst, doch seine Augen bleiben kalt. „Der Teufel hat sie sich geholt, als ihre Zeit abgelaufen war, so wie er es mit den anderen gemacht hat, die es gleichermaßen verdient haben. Sie hatten Glück, dass Ihre Kindheit so war, wie sie war, Mr Rourke. Sie waren nie das Opfer solcher Leute.“

„Aber Sie schon?“

Er schmunzelt. „Immer noch auf der Suche nach einem Motiv, Mr Rourke? So wie Sie Ihren Köder mal hierhin, mal dorthin auswerfen, erinnern Sie mich an den kleinen Jungen, der sich unter dem wachsamen Auge seines geliebten Vaters am Claye Lake mit dem Fischefangen abmüht.“

„Lassen Sie den Blödsinn, und beantworten Sie meine Fragen, Nicholas!“, stoße ich hervor. „Sagen Sie mir, was am Fünfzehnten geschehen ist. Wohin haben Sie Angela gebracht, nachdem Sie sie von der Straße verschleppt hatten? Gibt es irgendwo im Mason Woods eine Stelle, wo wir ihre verschwundenen Kleider finden können?“

„Das Ganze wird allmählich anstrengend, Mr Rourke.“

„Von mir aus, aber wenn ich nicht bald Antworten bekomme, scheiße ich auf diesen Fall und gehe nach Boston zurück. Sie kommen wegen Mordes ins Gefängnis, und für das Ergebnis unserer Ermittlungen interessiert sich kein Schwein mehr. Wollen Sie es so?“

Seufzend schüttelt Nicholas den Kopf. „Ich kann Ihre Frustration verstehen, aber da müssen Sie eben durch. Ich werde nicht zulassen, dass Sie gerade jetzt aufhören.“

Ich stelle die Frage, obwohl ich die Antwort schon ahne: „Was meinen Sie damit?“

„Alles, was hier geschehen ist, konnte sich nur ereignen, weil ich es so wollte. Ich werde verhaftet, verweigere aber die Aussage, womit ich das Sheriff’s Department zwinge, Hilfe von außen zu holen. Sie waren auf Verhöre schwieriger Verdächtiger spezialisiert und sind ein Freund von Dale Townsend. Sie haben sogar schon mal mit ihm zusammengearbeitet. An wen außer Ihnen würde er sich da sonst wenden? Sie finden das Kinderheim und die Spuren und Zeichen, die ich mit so großer Sorgfalt zurückgelassen habe. Sie sehen im Gebäude nach, Sie folgen meinen Fußabdrücken, Sie finden das Medaillon, das ich für Sie zurückgelassen habe.“ Seine Stimme nimmt stetig an Intensität zu. „Ich habe Ihnen ja schon gesagt, dass ich auf Sie gewartet habe. Denn das habe ich. Jetzt sind Sie da und gehen nirgendwohin, solange ich nicht fertig bin. Es geschieht selten, dass ein Mensch für alles Unrecht, das er erlitten hat, Vergeltung üben und diejenigen bestrafen kann, die ihm das Leben gestohlen haben, das ihm eigentlich zugestanden hätte.“

Sein Blick bohrt sich in den meinen. Inzwischen bin ich mir fast sicher, einem Irren gegenüberzusitzen. „Ist das der Grund, warum Sie hier sind, Nicholas?“, frage ich. „Die Leute bestrafen, die Ihr Leben ruiniert haben?“

„Das ist nicht das Thema, Mr Rourke. Erinnern Sie sich noch, wie ich Ihnen gesagt habe, dass die Taten von Menschen sie bisweilen zu Dienern des Teufels machen und er irgendwann persönlich kommt, um sie zu holen?“

Ich nicke. Mein Mund ist merkwürdig trocken.

„Das ist das Thema hier. An Ihrer Stelle würde ich gut auf mich achten, Mr Rourke. Kaum einem ist es vergönnt, mit dem Teufel Geschäfte zu machen, ohne seine Seele zu verlieren.“

Das Schweigen, das sich nun im Raum ausbreitet, wird vom leisen Surren des Kassettenrekorders untermalt. Wir sitzen da und starren einander an, während ich zu ergründen suche, was sich hinter dieser Maske, die Nicholas der Welt bietet, abspielen mag. Ist er nach Winter’s End gekommen, um sich zu rächen? Hält er sich für den Teufel oder nur für ein Werkzeug des Teufels? Beides scheint möglich. Schließlich breche ich die Stille. „Warum sollte ich auf mich achten? Was habe ich getan?“

„Wenn Sie die Antwort darauf nicht selbst finden, ich werde es nicht für Sie tun.“ Nicholas bedenkt mich mit einem wölfischen Grinsen. „In der Kirche erhält man die Absolution nur, wenn man seine Sünden gebeichtet hat.“

Ich erwidere sein Grinsen. „Angesichts der Sünden, die Sie sich selbst eingestehen müssen, ist es wirklich interessant, Sie über Beichten reden zu hören. Du sollst nicht töten, Nicholas. Aber genau das haben Sie Angela Lamond und möglicherweise auch Henry Garner angetan.“

Er schüttelt sanft den Kopf. „Ich habe die Krankenschwester nicht getötet. Sie war bereits tot."

Der Ausdruck seiner Augen verrät mir, dass seinem Leugnen ein unausgesprochenes ‚Sie wusste es nur nicht' zugrunde liegt. Trotzdem versuche ich, ihn dazu zu bringen, es laut zu sagen. „Wirklich?"

„In mancher Hinsicht gleicht ihr Schicksal dem der Frau im Medaillon. Auch sie wurde nicht getötet."

„Wer war sie, Nicholas? Eine Einheimische? Wie hieß sie?"

„Wenn Sie das wissen wollen, müssen Sie es selbst herausfinden." Erneut seufzt er, und seine Haltung verrät mir, dass das Verhör, was ihn betrifft, beendet ist. Ich bedauere es nicht, das Zimmer zu verlassen. So spreche ich die Uhrzeit auf Band und warte nur noch, bis ihn die Deputys in seine Zelle zurückbringen.

Es war ein heißer Tag in Florida. Ich war für eine Woche zu meinen Eltern nach Miami gekommen, um mal auszuspannen. Ich war überarbeitet und hatte Unterstützung dringend nötig, jemanden, mit dem ich reden konnte. So hatte ich mir eine Woche freigenommen und war der Sonne entgegengefahren, zu den einzigen Menschen, von denen ich glaubte, dass sie mich verstehen würden.

Nun war ich seit drei Tagen bei ihnen und fuhr meine Eltern zu einem kleinen Restaurant am Meer, in dem sie jeden Mittwoch essen gingen. Mein Dad saß neben mir auf dem Beifahrersitz, und wir tauschten Fachsimpeleien über das Team der Red Sox aus. Trotz des schwachen Verkehrs war eine beträchtliche Zahl von Leuten unterwegs, dem Aussehen nach größtenteils Touristen. Von der Hitze und dem Sonnenlicht beinahe betäubt, hatten sie alle dieselbe langsame, lässige Art zu bummeln.

Ich glaube, genau an Letzterem merkte ich, dass etwas nicht stimmte. Als ich mich bei Grün einer der vielen Kreuzungen näherte, sah ich auf einmal, dass fast alle Passanten auf dem Bürgersteig rechts von mir den Kopf zur nächsten Querstraße reckten. Sie schienen mitten im Gehen erstarrt zu sein und irgendetwas zu beobachten.

Als ich an der Ampel in die Kreuzung hineinfuhr, hörte ich plötzlich das Heulen eines auf Hochtouren aufgedrehten Motors, das vorher von der Häuserzeile am Straßenrand gedämpft worden war. Ich schaute nach rechts.

Von da an wird meine Erinnerung etwas wirr. Ich sah einen Wagen mit quietschenden Reifen über die Kreuzung auf mich zuschießen und erinnere mich noch, wie ich auf die Bremse trat. Ich wurde herumgewirbelt wie ein Matador von einem tobenden Stier. Aufgefangen wurde ich nur noch vom Sicherheitsgurt. Dann bohrten sich überall scharfe Splitter, wahrscheinlich Glas, in mein Fleisch. Als sich mein Wagen unter der Wucht des Zusammenpralls drehte und ich die Welt plötzlich schräg sah, weil die Reifen auf der Beifahrerseite sich von der Straße lösten, blies sich der Airbag auf und drückte mir einen Moment lang die Luft ab. Als Nächstes spürte ich, wie die Tür auf meiner Seite bebte und nachgab. Sie war auf der Straße aufgeprallt, und das Auto blieb auf der Seite liegen. Etwas Flüssiges tropfte über meine Haut. Ich schaute zur Seite – nein: nach oben – und sah meinen Vater schlaff in seinem Sitz hängen. Über sein Gesicht rann Blut. Die Tür auf seiner Seite war zerfetzt.

Später sagten mir die Polizisten, dass sich von den Zeugen, die sie befragt hatten, keiner erinnern konnte, den Fahrer des anderen Wagens gesehen zu haben. Nun, das war so etwas wie „Situationsblindheit", ein Phänomen, mit dem ich selbst vertraut war. Sie erklärten mir außerdem, dass die gestohlene Limousine innen zusätzlich mit einem Polster verkleidet war, und wollten wissen, ob ich Feinde hatte, die mich vielleicht hätten töten wollen. In meinem Schock ratterte ich eine Reihe von Namen herunter – wer nur lange genug beim FBI arbeitet, macht sich garantiert Feinde. Von denen, die mir spontan einfielen, saßen allerdings die meisten im Gefängnis.

Zu guter Letzt kam die Polizei zu dem Schluss, dass der Fahrer vielleicht beabsichtigt hatte, jemand anders zu rammen, und das Auto zum eigenen Schutz ausgepolstert hatte. Tragischer Unfall; Zusammenstoß mit jemandem, der im Begriff gewesen war, ein Verbrechen zu begehen. Damals akzeptierte ich diese Theorie einfach.

Von da an sah ich keine Möglichkeit mehr, dem Unvermeidlichen zu entkommen. Mein Leben als FBI-Agent ging an diesem Tag zu Ende, auch wenn es noch sechs Monate dauerte, bis ich den völligen Zusammenbruch erlitt.

„Was meinst du nun?", fragt Dale. Wir sitzen in seinem Büro. Er lehnt sich in seinem Stuhl zurück, während ich mir eine Zigarette anstecke, froh, das Gefängnis hinter mir gelassen zu haben.

„Ich denke, dass Nicholas einen gewaltigen Groll sowohl gegen Garner als auch gegen Lamond hegte. Er hat davon geredet, dass sie ihre Stellung missbraucht hätten und bestimmte Leute ihm das Leben gestohlen hätten, das er eigentlich hätte führen sollen. Beide Opfer arbeiteten im Kinderheim, und Nicholas ist ganz gewiss mit diesem Haus vertraut."

„Ein verbitterter ehemaliger Insasse?"

„Es würde zu allem, was wir bis jetzt haben, passen."

„Und du könntest ihn dir als den Burschen vorstellen, der das St Valentine's abgefackelt und Garner umgebracht hat?"

„Allerdings. Das ist vor sechs Jahren geschehen, wonach sein Alter zwischen zwanzig und vierundzwanzig liegen dürfte."

„Jung genug, um in der Zeit in dem Heim gelebt zu haben, in der Angela dort arbeitete", bemerkt Dale mit einem nachdenklichen Nicken. „Dann wäre aber noch die Frage offen, wer Garners Leiche ausgegraben hat und warum. Laut dem Bericht der Spurensicherung stammt der Teilabdruck, den wir am Fuß des Steilufers gefunden haben, von einem Männerschuh mit der Größe 44. Mit den Schuhen des Burschen, der die Leiche gefunden hat, gab es keine Übereinstimmung. Das heißt, vermutlich hat sie der Gräber hinterlassen."

„Sehr schön, trotzdem wissen wir immer noch nicht, warum er dort war." Ich halte lange genug inne, um meine Zigarette zu Ende zu rauchen. „Hat Nicholas seit seiner Inhaftierung Post erhalten oder abgeschickt?"

„Weder noch. Hat nicht mal telefoniert. Glaubst du etwa, er hatte draußen einen Helfer?"

„Vielleicht." Ich nehme die Liste mit Garners Kontakten in die Hand. „Ich werde mit Dr. Vallence und diesem Baker sprechen. Mal sehen, ob die was wissen", sage ich. „Hast du schon den Rest der Heimverwaltung aufspüren können?"

„Noch nicht. Charlie arbeitet aber daran."

Ich stecke die Liste zusammen mit einer Kopie des Fotos von Nicholas ein und erhebe mich. „Ich rufe dich an, wenn ich fertig bin."

„Alles klar. Ach, Alex!", ruft mir Dale nach. „Lass dir das mit Nicholas nicht unter die Haut gehen. Er ist es nicht wert, dass man sich seinetwegen aufregt."

Ich nicke kurz, dann ziehe ich die Bürotür hinter mir zu.

ALS ICH nordwärts nach Castle Hill fahre, wo Earl Baker wohnt, geht das stürmische graue Wetter in einen Platzregen über. Vom schwer verhangenen Himmel prasselt es so heftig herab, dass die Scheibenwischer im Akkord arbeiten müssen.

Ich biege sogleich auf die Auffahrt zur Pulver Street Nummer 12 ein, ohne mir vorher die Mühe zu machen, anzuhalten und nachzusehen, ob der dunkle Schatten, der da im Dunkeln vor mir aufragt, das richtige Haus ist. Als Baker, ein dicklicher Mann in den frühen Fünfzigern, die Tür öffnet, bin ich noch dabei, die Nässe im Schutz der überdachten Veranda abzuschütteln.

„Kann ich was für Sie tun?“ Baker muss die Stimme heben, um gegen das Prasseln anzukommen.

Ich lasse die Dienstmarke in meiner linken Hand aufblitzen. „Polizei. Ich würde gern einen Augenblick mit Ihnen sprechen. Drinnen, wenn möglich“, füge ich hinzu.

„Worum geht's?“, fragt Baker, sobald er mich in sein angesichts des Hundewetters mehr als behagliches Wohnzimmer geführt hat.

„Es geht um Henry Garner“, erkläre ich. „Ich weiß nicht, ob Sie davon gehört haben, aber seine Überreste wurden heute Morgen ein gutes Stück vom ehemaligen St-Valentine's-Waisenhaus entdeckt.“

„Ich hab im Radio gehört, dass sie eine Leiche gefunden haben.“

„Nun, ich müsste Ihnen die eine oder andere Frage stellen, wenn Sie nichts dagegen haben.“

„Gern.“

Ich will gerade loslegen, als eine Frau durch die Tür rechts hinter ihm hereinkommt und ihn fragt: „Earl, wer ist bei dir?“

„Deputy Alex Rourke, Ma'am“, stelle ich mich vor.

Earl dreht sich zu der Frau um, die nun auf uns zutritt. Sie ist ungefähr in seinem Alter, schmaler gebaut als er, leger gekleidet und hat rötlich braun gefärbtes Haar. „Er ist wegen Henrys Tod gekommen“, erklärt Earl und wendet sich wieder mir zu.

„Deborah Pierce“, sagt sie und reicht mir ihre kalte, klamme Hand. Ich erkenne den Namen – sie war nach der Eröffnung des St Valentine's dort Krankenschwester. „Das ist ja schon so lange her. Was ist passiert?“

„Sie haben seine Leiche gefunden, Deb. So wie es klingt, ist er gar nicht bei dem Brand gestorben.“

„Kannten Sie beide Garner gut?“

„Viele Jahre lang“, bestätigt Earl.

„Er war ja ein so netter Mann!“, seufzt Deborah. „Ich konnte es gar nicht fassen, als es hieß, er sei bei dem Brand ums Leben gekommen.“

„Sie haben in dem Heim gearbeitet. Waren Sie dort auch in der Nacht des Feuers?“

Sie schüttelt den Kopf. „Nein. Da war ich schon seit gut zehn, zwölf Jahren nicht mehr im Dienst.“

Ich wende mich wieder Earl zu. „Und Sie, Mr Baker? Waren Sie dabei?“

„Nein, ich war nie bei Henry angestellt. Aber ich war hin und wieder im St Valentine’s, mal um ihn zu besuchen, mal um dort zu arbeiten. Ich hatte ja eine Baufirma.“

„Wissen Sie von jemandem, der, aus welchem Grund auch immer, einen Groll gegen ihn hegte?“

Da beide den Kopf schütteln, ziehe ich das Medaillon und das Foto von Nicholas aus der Tasche. „Was ist mit diesen zwei Personen? Können Sie mit einem von den Bildern was anfangen?“

Sie betrachten das in die Cellophantüte gewickelte Schmuckstück in meiner Hand. Meine Augen folgen den ihren, bereit, etwaige Reaktionen zu beobachten. Doch ich werde enttäuscht. „Ich bedauere, Deputy Rourke“, murmelt Earl.

„Ich weiß nicht“, sagt Deborah nachdenklich. Dann sieht sie sich das Medaillon noch einmal genauer an. „Irgendwie kommt sie mir vielleicht doch bekannt vor. Wie jemand, den ich früher gelegentlich in der Stadt gesehen habe, oder so.“

Ich hake sofort nach: „In Winter’s End? In der Zeit, als Sie im Heim arbeiteten?“

„Kann sein. Vielleicht täusche ich mich aber. Es ist ja schon so lange her.“

„Und der Mann?“

Sie schürzt die Lippen. „Ich weiß nicht. Es besteht vielleicht …“

„Ja?“

„Nein“, sagt sie schließlich kopfschüttelnd. „Nein, ich erkenne ihn nicht. Einen Moment lang dachte ich, seine Augen sähen irgendwie vertraut aus, aber ich kann ihn nirgendwo einordnen.“

Immerhin etwas, wenn auch nicht viel. Ich stecke die Fotos wieder ein. „Noch was, das St Valentine’s stand in dem Ruf, sehr streng zu sein. Wurden dort Ihres Wissens Kinder für ungezogenes Verhalten eingesperrt? Wir haben zwei Geschichten gehört, wonach das regelmäßig der Fall war, und mir selbst sind dort mehrere Räume aufgefallen, die so aussehen, als wären sie womöglich für solche Zwecke benutzt worden.“

Earl und Deborah sehen einander an, und jetzt, unvermittelt, findet er statt – der verstohlene Blickwechsel. Ihre Lider zucken, als tauschten sie unausgesprochene Gedanken aus. Ich sehe es und brauche gar nicht mehr ihre Bestätigung, um zu wissen, dass Nicholas die Wahrheit gesagt hat. Das Personal sperrte damals unartige Kinder in Zellen, die vermutlich eigens von Baker gebaut worden waren.

Deborah wendet den Blick von mir. „Nein, nicht dass ich wüsste."

„Na ja, das waren nur Gerüchte, die ich gehört habe. Danke Ihnen beiden für Ihre Hilfe."

Baker begleitet mich noch zur Tür. „Was für eine Theorie haben Sie zu Henrys Tod? Verfolgt die Polizei schon Spuren?"

„Es ist noch etwas zu früh für eine Stellungnahme", antworte ich ihm. Was mich dazu verleitet, noch eins draufzusetzen, weiß ich nicht mehr. Jedenfalls sehe ich Earl mit festem, beinahe wissendem Blick in die Augen, als ich es sage. Ich mag nun mal keine Leute, die Kinder misshandeln. „Zurzeit stufen wir sehr vieles als verdächtig ein."

Baker, zur Statue erstarrt, bleibt im Türrahmen stehen, neben sich Deborah, die sich an seine Schulter gehängt hat – mit ihren unsteten, wässrigen Augen die Verkörperung eines schuldbeladenen Gewissens.

Wieder allein in meinem Wagen, läuft mein Gehirn auf Hochtouren. Falls die Frau im Medaillon in Winter's End gelebt hat, und sei das auch schon gut zwanzig Jahre her, muss sich doch jemand an sie erinnern. Ich nehme mir vor, Vallence erneut nach ihr zu befragen und mein Glück auch mit den älteren Leuten in der Stadt zu versuchen.

Bei meinem Eintreffen in Winter's End ist es schon recht spät, aber ich halte, einem Impuls folgend, vor der St-Francis-Kirche an. Wie ich schon gestern registriert habe, ist der Friedhof klein, kaum mehr als eine winzige Rasenfläche mit zwei einsam wirkenden Bäumen darauf und einem Kiesweg zwischen den Gräbern hindurch. Das Kirchenportal steht einen Spaltbreit offen.

Das Medaillon, das sich die linke Tasche mit meiner Hand teilt, scheint mit jedem über den Kies knirschenden Schritt heißer zu werden. Ich will das schon meiner Körperwärme zuschreiben, als vor meinen Augen jäh alles verschwimmt und ich auf dem Friedhof wieder eine Frau sehe. Schwarzes Haar, blasses Gesicht und jetzt ohne den Schutz von Dunkelheit, die sie verbirgt. Ich erkenne, dass sie die Frau vom Foto ist, und immer noch ist sie in das verfaulende Leichentuch gehüllt. Diesmal weist sie nach Süden und starrt mich mit flehenden Augen an. Ich drehe mich um und schaue, sehe aber nur Häuser und dahinter die Baumwipfel des an die Stadt grenzenden Waldes.

Als ich mich wieder zu der Frau umwende, ist sie verschwunden. In mir spannen sich sämtliche Nerven an; durch meinen Körper geht ein

Zittern, das nicht von der Kälte herrührt. Ich beschleunige meine Schritte, beunruhigt von der Tatsache, dass ich Visionen habe. Ich kenne Halluzinationen, und zwar aus der Zeit meines Nervenzusammenbruchs, wenn die an der Wurzel meines Bewusstseins nagende Angst in einer plötzlichen Explosion zur Oberfläche durchbrach.

Beim Portal angekommen, halte ich inne. Irgendetwas in mir widerstrebt es auf einmal, über die Schwelle zu treten. Du bist doch kein Gläubiger, halte ich mir vor. Was tust du hier? Auch wenn ich keine Antwort darauf weiß, stoße ich das Tor auf und gehe hinein.

Abgesehen von mir scheint hier nur noch eine einzige Person zu sein, die in einer Bankreihe weit vorne kniet. Ich gehe leise den Gang entlang. Im Näherkommen erkenne ich das verfilzte Haar und die abgewetzten Kleider der knienden Frau wieder. Ich habe sie erst heute Morgen im Wald gesehen. Als sie meine Schritte hört, dreht sie sich zu mir um und sagt, ohne ihre Hände voneinander zu lösen: „Du bist also gekommen. Ich warne sie alle, aber keiner achtet darauf."

„Was meinen Sie damit?"

„Du bist gekommen, um für die Vergebung deiner Schuld zu beten."

Ich lasse das so stehen. Ein Gefühl sagt mir, dass sie auf Widerspruch übel reagieren würde. „Was haben Sie heute Morgen damit sagen wollen, dass das, was Garner zugestoßen ist, das Werk des Teufels sei?"

Die Augen der Frau scheinen nicht auf mich gerichtet zu sein. Mit leiser Stimme antwortet sie: „Der Teufel ist uns holen gekommen. Diese Stadt ist mit Blut getränkt, aber die einzige Belohnung, die er für unsere Sünden bereithält, ist die ewige Verdammnis."

Ihre Worte sind denen von Nicholas verblüffend ähnlich. „Was genau ist hier geschehen?"

„Sie haben dieses Haus auf den Leichen der Erschlagenen errichtet. Sie haben Ränke geschmiedet, und sie haben für den Teufel gearbeitet."

Anscheinend bezieht sie sich auf die frühen Jahre der Stadt. „Sind das denn nicht alte Geschichten?", frage ich.

„Nicht alles", erwidert die Verrückte. „Er hat diese Stadt verflucht. Er hat sich die Frau geholt, die auf dem Highway gestorben ist. So, wie er sich auch die anderen geholt hat."

Ich ziehe das Medaillon heraus, das sich merkwürdig warm anfühlt, und zeige es der Frau. „Wissen Sie, wer das auf dem Bild ist?"

Die Frau fährt mit einem Finger über die Cellophanhülle, die das Foto schützt. „Armes Ding" ist alles, was sie sagt.

„Was meinen Sie damit?"

„Das solltest du eigentlich wissen, oder wenn doch nicht, dann solltest du nicht mich fragen. Bete jetzt."

„Ich bin kein Gläubiger." Ich drehe mich um und strebe zum Portal. Die Frau macht keine Anstalten, mir nachzueilen, aber sie ist noch nicht fertig.

„Unterwirf dich Gottes Gnade!", ruft sie mir hinterher. „Wenn du das nicht tust, holt dich der Teufel!"

Ich sehe auf das Medaillon hinab. „Das wird er nicht", entgegne ich. „Er braucht mich hier."

ICH ERREICHE das Martha's Garden eine Viertelstunde vor dem Rendezvous mit der unbekannten Person, die die mysteriöse Nachricht verfasst hat. Dankbar für das nach meinem Erlebnis bei der Kirche so beruhigend gewöhnliche Treiben von Menschen um mich herum, setze ich mich auf einen Barhocker und bestelle einen Kaffee. Um Punkt fünf Uhr kommt Sophie Donehan herein. Sie trägt eine dunkelgrüne Bluse und eine enge Hose, die ein kleines bisschen heller ist als ihr kurz geschnittenes schwarzes Haar. Die dunklen Tuschestriche um ihre Augen lassen sie so aussehen, wie ich mich fühle. Nachdem sie sich einen Kaffee bestellt hat, geht sie, den Blick unablässig auf mich gerichtet, zu einem Tisch beim Fenster. Ich nehme meine Tasse und folge ihr.

„Hast du die Nachricht geschrieben?", frage ich und nehme ihr gegenüber Platz.

Sie nickt, um mich dann mit Augen von der Farbe dunkler Schokolade zu fixieren. „War Ihnen bekannt, dass sie, Sie wissen schon, die Tote, früher im Kinderheim im Wald gearbeitet hat?"

„Ja, das wusste ich. Was ist damit?"

„Wissen Sie, wie die dort waren?" Sophie spuckt das „Die" in einem Ton heraus, den mancher Priester in einer Predigt gegen die schwarze Magie verwenden würde.

„Es tut mir Leid, aber niemand hat viel darüber gesagt."

„Sie alle wissen es!", zischt sie. „Sie tun so, als wären sie ahnungslos, aber sie wissen es!"

„Was wissen sie?"

Der emotionale Thermostat des Mädchens sinkt um ein paar Striche, und Sophies Miene beruhigt sich etwas. Gleichwohl brennt sich ihr Blick weiter in den meinen, hart und durchdringend. „Wenn ich es Ihnen sage, helfen Sie mir dann?"

Ich trinke einen großen Schluck Kaffee, um unser Gespräch noch etwas mehr zu verlangsamen. „Helfen soll ich dir, aber wie?“, frage ich, sobald die Tasse wieder auf dem Tisch steht.

„Bringen Sie mich hier raus. Nehmen Sie mich mit nach Boston. Ich habe Geld. Ich kann mir dort eine Wohnung und einen Job suchen.“

„Und deine Eltern würden mich wahrscheinlich wegen Entführung verklagen, wenn ich das täte. Warum kannst du nicht mit ihnen darüber sprechen?“

„Meine Mum ist tot. Bleibt also nur noch mein Dad. Aber sie waren sowieso nicht meine Eltern!“ Erneut quillt mit jedem Wort Hass aus ihr. „Jedenfalls nicht meine richtigen.“

„Warum versuchst du nicht einfach, deine richtigen Eltern zu finden?“

„Ich will meine richtigen Eltern nicht finden. Ich hoffe, sie verrotten in der Hölle!“ Das Zischen ist wieder da, und soweit ich das beurteilen kann, ist ihr Zorn auf ihre leiblichen und die Stiefeltern echt und heftig. Ihre blasse Haut unter dem Make-up ist jetzt gerötet. „Und ich hasse dieses Kaff und alle, die hier wohnen!“

Meine Stimme bleibt sanft und gleichmäßig. Ich hoffe, Sophie beruhigen zu können. „Warum?“

„Mein Stiefvater kümmert sich nicht um mich, und ich kümmere mich nicht um ihn. Die meisten Abende sitzt er vor dem Fernseher und trinkt. Wenn er überhaupt was zu mir sagt, dann schreit er bloß immer und verlangt, dass ich ihm das Essen oder sonst was mache. Ich hab die Schnauze voll!“

„Also gut, ich werde es mir überlegen“, seufze ich. Ist das wirklich ehrlich gemeint, oder nehme ich einfach den Mund etwas zu voll? „Aber nur, wenn du ehrlich zu mir bist“, setze ich nach.

Sie zögert, als müsse sie sich erst noch entscheiden, ob sie mir trauen kann. Schließlich fragt sie: „Haben Sie Kinder?“

„Nein. Dazu bin ich nie gekommen.“

„Hm. Aber Sie wissen, dass Eltern ihre Kinder lieben sollten, richtig? Meine richtigen Eltern sind wohl gestorben oder so was. Sonst hätten sie mich nämlich bestimmt nie in so einem Kaff zurückgelassen.“

„Du warst im St Valentine’s? Was war so schlimm daran?“

„Ich bin mit fünf oder sechs rausgekommen. So ungefähr in dem Alter.“ So wie sie das sagt, klingt es, als wäre sie auf Bewährung aus dem Gefängnis entlassen worden. „Aber es hat eine Ewigkeit gedauert, bis ich kapiert habe, dass ich woanders lebe. Da ist nämlich alles so ähnlich abgelaufen wie dort. Wir durften nie das Gelände verlassen. Und aus dem Bau haben sie uns immer nur im Sommer gelassen. Können Sie sich das vorstellen? Ich denke, es wäre noch schlimmer gewesen, wenn ich älter gewesen wäre."

„Was meinst du damit?"

„Wenn einer von den Größeren was angestellt hat, hat er entweder Prügel gekriegt, oder sie haben ihn stunden-, manchmal sogar tagelang in den Keller gesperrt. Sie mussten alle möglichen Arbeiten verrichten. Ich erinnere mich an einen Jungen, den eine von den Köchinnen mit dem Schöpflöffel geschlagen hat, nur weil er beim Servieren ein bisschen Soße verschüttet hatte."

„Erinnerst du dich auch an die Namen der Kinder dort? Vor allem der älteren?" Es ist eine Frage auf gut Glück, aber vielleicht weiß sie etwas über den Jungen zu berichten, den wir später Nicholas getauft haben. Doch ich habe Pech.

„Eigentlich nicht. Ein paar, die in meinem Alter waren, fallen mir noch ein, aber das ist alles."

„Und das Personal? Waren die Angestellten noch für andere Sachen berüchtigt? Kannst du dich an irgendwelche Namen erinnern?"

Um ihre Lippen spielt ein berechnendes Lächeln. „Sie wollen was über die tote Frau erfahren, richtig? Es tut mir Leid, aber ich erinnere mich kaum an sie, außer dass die meisten Kinder nur zu ihr gegangen sind, wenn sie sich wehgetan hatten."

„Und niemand hat je gemeldet, was im St Valentine's los war? Man hätte es schließen können."

„Nein, niemand. Ich nehme an, dass es den Angestellten so gepasst hat. Wenn das Heim heute noch offen wäre, hätte ich wohl irgendwem von den Zuständen dort erzählt, und dann wäre die Sache aufgeflogen. Aber es ist ja zugemacht worden. Wer immer es angezündet hat, hat allen anderen die Mühe erspart."

Dass meine nächste Frage ein heikles Thema berühren wird, weiß ich bereits, aber meine Neugierde ist stärker als die Bedenken. „Sophie, Sheriff Townsend hat mir gesagt, dass deine Stiefmutter vor sechs Jahren gestorben ist, also ungefähr in der Zeit, in der das St Valentine's geschlossen wurde. Was ist geschehen? Aber wenn du nicht darüber reden willst, kann ich das gut verstehen."

„Das geht schon in Ordnung", meint sie achselzuckend. „Sie ist mir egal, und ich habe keine Ahnung, warum sie das getan hat, keine richtige wenigstens. Die meiste Zeit war sie ziemlich angespannt, und ihr Mann ist immer schon eine Kanaille gewesen. Eines Tages bin ich von der Schule heimgekommen und hab sie tot auf der Couch gefunden mit einer leeren Flasche Schlaftabletten neben ihr auf dem Tisch. Seitdem hängt mein Stiefvater an der Flasche."

Ich gebe der Kellnerin mit einem Winken zu verstehen, dass sie uns nachschenken soll.

„Ich mach dir einen Vorschlag", sage ich, sobald frischer Kaffee vor uns steht. „Wenn ich hier fertig bin und alles erledigt ist und du immer noch von Winter's End wegwillst, kannst du mitkommen. Aber denke sorgfältig darüber nach. Das Zuhause zu verlassen ist keine Kleinigkeit, und ein Neuanfang mag zwar großartig klingen, aber auch damit ist nicht alles eitel Sonnenschein. Einverstanden?"

„Einverstanden."

„Hier ist meine Visitenkarte. Wenn du mich erreichen willst, hast du meine Telcfonnummer."

Sie wirft einen Blick auf den dunkelblauen Aufdruck. „Danke, Alex." Bevor sie meinen Vornamen ausspricht, zögert sie einen Moment. Kurz sieht es so aus, als liege ihr noch etwas auf der Zunge, doch dann verkneift sie es sich. Stattdessen steht sie mit einem knappen „Auf Wiedersehen" auf und eilt zur Tür.

ALS DER Motor meiner Corvette sich ausgebrummt hat, sehe ich auf die Uhr. Fünf vor acht. Mist. Zu früh. Von allen Zeiten, zu einer Verabredung zu erscheinen, die unmöglichste. Damit wirkt man nur übereifrig und zwingt die andere Person zu überstürzter Eile. Unter anderen Umständen ließe sich das ohne weiteres ausbügeln. Ich bräuchte nur fünf Minuten in meinem Auto sitzen zu bleiben. Leider stehe ich in einer ruhigen Wohnstraße, und die Corvette ist nicht gerade eine Tarnkappe auf Rädern. Ich nehme die Blumen, die ich unterwegs gekauft habe, und gebe mir beim Aussteigen alle Mühe, ruhig und entspannt zu atmen. Das ist ja wie damals bei den Schülerbällen!

Gemma kommt binnen weniger Sekunden nach dem Klingeln an die Tür. Zu einem knielangen, engen schwarzen Rock trägt sie ein weites rotes Oberteil und sieht einfach umwerfend aus. Ihr offenes blondes Haar ist über die Schultern drapiert wie goldene Zuckerwatte. Ihr strahlendes Lächeln ist schön, verrät aber eine Nervosität, die die meine widerspiegelt. Dass wir beide dieses Gefühl teilen, verraten wir mit den ersten Worten so deutlich, dass wir gleich etwas lockerer werden; wir haben unsere erste Gemeinsamkeit entdeckt.

„Wie entzückend!", ruft sie, als ich ihr einigermaßen unbeholfen die

Blumen überreiche. Sie stellt sie in eine Vase im Gang, dann schnappt sie sich eine knapp geschnittene Jacke aus braunem Samt und ihre Handtasche.

„Hoffentlich lassen sie mich ins Restaurant“, meine ich mit einer Geste auf meine unter den Umständen so elegant wie mögliche, doch immer noch recht legere Kleidung. „Meine nächste Krawatte ist ein paar hundert Kilometer von hier entfernt.“

Ich grinse, und sie lacht. Es ist ein fröhlicher, leiser, perlender Klang – da steht für mich fest, dass es ein wunderbarer Abend wird.

Wir bummeln, jeder mit verkrampften Händen, durch die Innenstadt und reden über nichts Besonderes. Das Restaurant, das Gemma ausgesucht hat, ist ein kleines Etablissement mit viel dunklem Holz und bietet eine gute, doch ganz und gar nicht überteuerte Küche.

Wir sitzen in einem ruhigen Eckchen, und Gemma erzählt von ihrer Kindheit in Bangor, der größten Stadt im Norden von Maine. Ich erfahre von ihrer älteren Schwester Alice, die nach Baltimore gezogen ist, als Gemma gerade ihr Medizinstudium abschloss, und ihrem jüngeren Bruder Ryan, der in einer Bank in Augusta arbeitet, von ihrer Zeit als Studentin, ihrer ersten Berufserfahrung als Praktikantin in einem pathologischen Labor, ihrem Werdegang bis zu ihrer jetzigen Stelle als Gerichtsmedizinerin in Teilzeitarbeit. Ich erfahre, dass sie Freunde in der Stadt hat, aber die meisten Abende zu Hause verbringt.

Ich wiederum versuche, sie nicht mit Einzelheiten aus meinem kläglichen Leben zu langweilen. Dennoch decke ich so ziemlich alles ab, das Gute wie das Schlechte, verweile aber nirgendwo lange. Ich krame Anekdoten aus meinen eigenen Studententagen hervor, danach noch mehr aus der Zeit beim FBI und den Jahren danach. Ich erkläre ihr, dass es mir bei der Wahl des Autos weniger darum ging, ein Macho-Image zu pflegen, als vielmehr meine Freude am Lächerlichen zu demonstrieren. Sie lacht bei den Scherzen und geht auf die ernsten Sachen ein. Ich glaube, dass sie mich mag. Und das ist gut, denn ich mag sie ganz bestimmt.

Die Stunden vergehen, ohne dass wir es merken, und bald ist es Zeit, zu zahlen und zu gehen. Arm in Arm bummeln wir immer noch redend, lachend und glücklich heim. Vor ihrem Haus fragt sie mich, ob ich mit reinkommen möchte.

„Das würde ich gerne“, sage ich, „aber nie bei der ersten Verabredung. Das mag altmodisch sein, aber ich will einer Frau lieber Zeit lassen, dann kann sie bei unserem nächsten Treffen entscheiden, ob ich wirklich was für sie bin oder eher nicht.“

Ich lächle, doch mir ist klar, dass das die letzte Probe ist. Wenn ihr das nicht passt, weiß ich, dass es mit uns nie klappen wird.

Gemma erwidert einfach mein Lächeln und tritt näher heran. „Wenn das so ist, hast du für morgen Abend schon was vor?" Ihre Stimme ist fröhlich, ihre grünen Augen leuchten.

Ich lege die Hände an ihre Hüften, sie die ihren an meine, und wir küssen uns lange und zärtlich. Ihre Lippen so kühl wie Samt, ihr Atem so süß wie Zimt. Ich spüre ihre Haare an der Wange und die Wärme ihres Körpers.

Als wir uns voneinander lösen, flüstert sie mir „Gute Nacht" ins Ohr. Dann geht sie ins Haus. Wie ein verliebter Junge bleibe ich noch einen Moment auf der Schwelle stehen, ehe ich zurück zu meinem Wagen schlendere. Wieder hinter dem Steuer, strahle ich auf einmal übers ganze Gesicht, ich bin glücklich, wie ich es schon lange nicht mehr war.

Während der langen dunklen Heimfahrt summe ich die ganze Zeit vor mich hin, ja trällere regelrecht. Aus dem grauen Tag ist eine sternenlose Nacht geworden, und auf dem größten Teil der Strecke sind die zwei sich in die Dunkelheit hinaus ergießenden Scheinwerfer der Corvette die einzige Beleuchtung. So, wie die Reifen in stetem Rhythmus über die winzigen Unebenheiten im Asphalt rumpeln, hat die feuchte Fahrbahn beinahe etwas Hypnotisches an sich. Das Gefühl, einen leeren Kopf zu haben, schleicht sich heran, als würde mir Helium in den Schädel gepumpt. Euphorie, Schläfrigkeit oder etwas ganz und gar anderes.

Ich presche an den leeren Feldern zwischen dem St Valentine's und Winter's End vorbei und freue mich schon auf mein Zimmer. Selbst der Gedanke an die Crowhurst Lodge und ihre fahle Bösartigkeit ist mir jetzt willkommen. Plötzlich sehe ich vor mir etwas im Lichtkegel der Scheinwerfer und trete sofort auf die Bremse.

Erst als das Quietschen der Reifen verhallt ist, bin ich in der Lage, die Szene zu erfassen. Ein Mann, von der Hüfte aufwärts nackt. In jeder Faust hält er ein Messer. Nicholas! Vor ihm steht schluchzend, eine Hand fest an den Mund gepresst, eine nackte Frau – Angela Lamond. Phantomregen, durchsichtig im Lichtschein, tanzt bei beiden auf der Haut.

Die Trugbilder stehen vor der Corvette, ohne meine Gegenwart zu registrieren. Beim Betrachten dieser Szene spüre ich den scharfen Lichtpunkt hinter meinen Augen, der eine nahende Migräne ankündigt. Trotzdem verlasse ich den Wagen, um mir ein genaueres Bild zu machen. Ich höre Nicholas mit leiser, ruhiger Stimme reden.

„Du verstehst, warum es sein muss. Normalerweise würde ich so etwas nie selbst tun, aber es kommt mir darauf an, dass du als meine Botschafterin handelst."

„Bitte", flüstert Angela. „Bitte."

„Du musst gewusst haben, welchen Lohn du für deine Taten zu erwarten hast", fährt Nicholas fort. Ein Blitz, der nur für die zwei Gestalten in dem spektralen Schauspiel vor mir eine Rolle spielt, zuckt über ihre Haut und flackert in Angelas Augen. Nicholas dreht sie sanft mit dem Rücken zu sich und schlingt den Arm um sie. Erneut zuckt ein Blitz herunter. Im selben Moment schnellen die Messer in seinen Händen vor, und Angela sinkt zu Boden.

Ich habe genug. Ich löse mich aus meiner Erstarrung, drehe mich um und stolpere in meinen Wagen zurück. Mit zitternden Fingern lasse ich den Motor an. Ich trete das Gaspedal bis zum Boden durch und gehe nicht vom Gas, ehe ich die Stadt erreicht habe.

Das Einzige, woran ich jetzt denken kann, ist, dass ich Visionen habe. Schon wieder. Verzweifelt wünsche ich mir, das liege an Übermüdung oder an etwas, was mir der Kellner im Restaurant in den Wein gemischt hat. Mit jeder Kopfbewegung jagt ein Kribbeln mein Genick hinunter, das meine Angst, ich könnte wahnsinnig werden, noch steigert.

Der Parkplatz der Crowhurst Lodge ist dunkel und leer. In der Tasche nach dem Schlüssel wühlend, schlurfe ich zum Vordereingang. Der antike Türklopfer hat ein spöttisches Grinsen aufgesetzt. Ich renne durchs Foyer und vorbei am Empfangspult mit der matt glühenden Birne. In meinem Zimmer schalte ich jedes Licht an, das ich finden kann.

Bevor ich mir Hals und Gesicht mit kaltem Wasser bespritze, werfe ich eine meiner Migränetabletten ein. Ich habe rasende Kopfschmerzen und wild durcheinander wirbelnde Strudel vor den Augen, die die Sicht verzerren. Ich nehme eine zweite Kapsel, sitze da, sehe fern, versuche erneut, mich zu entspannen. Dann eine dritte. Und eine vierte. Ich schlucke meine zwei Sedativa für heute Abend und zwänge mich aus der Jacke und den übrigen Kleidern, vergewissere mich aber, dass mein Colt in Griffweite neben dem Bett liegt.

Ich schlafe bei dem Gemurmel der Stimmen aus dem Fernseher ein.

EIN TRAUMLOSER Schlaf wird durch das unablässige Piepsen des Weckers beendet. Mich friert; ich stelle fest, dass ich auf der Decke liege. Ich habe Kopfschmerzen, aber sie fühlen sich eher an wie ein Kater als etwas Ernstes. Ich reibe mir die Augen und werfe vorsichtshalber noch eine Tablette ein. Dann taste ich mich zum Fenster hinüber und spähe durch die Lücke zwischen den Vorhängen. Was für eine Welt erwartet mich dort draußen? Eine wache oder eine schlafende, eine Traumlandschaft oder ein Albtraum? Hat sich etwas geändert?

Nein. Draußen ist es ein ganz gewöhnlicher Tag. Die Wolken sind wieder da, träge verhängen sie den Himmel. Doch wenigstens suchen mich keine Phantome oder sonderbaren Visionen mehr heim.

Ich dusche und ziehe mich an. Vor dem Gehen überprüfe ich mein Äußeres im Spiegel. Gut sehe ich nicht aus: Haut zu bleich, Augen blutunterlaufen und rot umrandet, auf grauem Kinn sprießende Bartstoppeln. Ich beschließe, mich heute nicht mit dem Frühstück abzugeben. Noch so einem Morgen in diesem einsamen Speiseraum kann ich mich einfach nicht stellen. Ich stapfe die Treppe hinunter und zu meinem Wagen und brause davon.

Um 8.15 Uhr, zehn Kilometer südlich der Stadt, schrillt mein Handy.

„Alex, Dale hier. Ich versuche schon die ganze Zeit, dich zu erreichen."

„Tut mir Leid", murmele ich. „Ich hatte das Handy abgestellt. Was ist los?"

„Nicholas ist ausgebrochen!"

7

Auf dem Weg nach Houlton passiere ich zwei Polizeisperren. Die erste ist an der Fernstraße 95. Sie wird gebildet von einem Trupp blau und weiß gekleideter Cops der staatlichen Polizei, die es ernst zu meinen scheinen, denn sie sind alle schwer bewaffnet. Die zweite Sperre ist innerhalb des Stadtgebiets nicht weit von der Zufahrt zur Fernstraße errichtet worden. Als der Beamte, der bei mir ans Fenster geklopft hat, meine Dienstmarke sieht, winkt er mich gleich durch.

Auf dem Parkplatz des Gerichtsgebäudes wimmelt es von Einsatzfahrzeugen, kreuz und quer abgestellten Zivilautos und Reportern. Ich finde ein Fleckchen weit entfernt vom Medienrummel, atme erst mal tief durch und nehme dann den Weg zum Eingang in Angriff. Ich habe Glück. Von den draußen versammelten Fernseh-, Radio- und Zeitungsleuten scheint niemand zu wissen, wer ich bin.

Mit Beinen, die sich schon bleiern anfühlen, bevor ich den ersten

Stock erreicht habe, schaffe ich es die Treppe hinauf zu den Büros des Sheriff's Department. Neben zwei Deputys, die regelmäßig Dienst tun, sind auch zwei Teilzeitbeamte als Verstärkung bei der Großfahndung herangezogen worden. Um eine auf dem Schreibtisch in der Mitte des Büros ausgebreitete große Karte von Maine stehen Dale, Chief Deputy Owen Marsh, ein Mann im Jackett eines Lieutenants sowie zwei Burschen in der Uniform der staatlichen Polizei und führen eine lebhafte Besprechung.

„Alex!“, ruft Dale mir entgegen. „Komm und lass dich auf den neuesten Stand bringen!“ Er deutet auf den Lieutenant. „Bruce Watts. Er hat die ersten Verhöre mit Nick geführt, ehe ich dich geholt habe. Die anderen zwei sind Lieutenant Matheson und Sergeant Austin, alle beide Kollegen von der staatlichen Polizei.“ Während die drei mir zunicken, sieht mir Dale zum ersten Mal ins Gesicht. „Himmel, Alex! Du siehst aber übel aus! Haben die Pillen nicht gewirkt?“

Ich schüttle den Kopf. „Doch, doch, sie wirken schon. Ich hatte nur so eine komische Nacht, das ist alles. Was habt ihr bislang unternommen?“

Matheson zeigt auf die Landkarte. „Binnen einer Stunde nach dem Alarm haben wir an den Landstraßen um die Stadt Straßensperren errichtet. Wir haben den Grenzschutz und den Sicherheitsdienst am Flughafen von Houlton alarmiert und die Beschreibung des Tatverdächtigen an sämtliche Polizeidienststellen im Staat übermittelt. Die Polizei von Houlton führt eine Fahndung in der Stadt durch, falls er sich noch hier aufhalten sollte. Wir haben, so schnell wir konnten, Fährtenleser geholt; allerdings war die Spur nicht wirklich klar, und gleich außerhalb des Gefängnisses haben wir sie ganz verloren. Vielleicht ist er in einen Wagen gestiegen. Im Moment lassen wir die Außenbezirke der Stadt von einer Hundestaffel absuchen.“

„Das ist so ziemlich alles, was wir ohne konkrete Anhaltspunkte tun können“, fügt Watts hinzu. „Autodiebstähle sind uns seit seiner Flucht nicht gemeldet worden. Wenn er also in einem Fahrzeug sitzt, hat er es entweder gestohlen, ohne dass es bisher vermisst wurde, oder er hatte von vornherein eins draußen stehen. Wie auch immer, wir wissen nicht, wonach wir fahnden sollen.“

Ich reibe mir das Kinn. „Wie ist er rausgekommen?“

„Unmittelbar bevor die Lichter gestern Abend gelöscht wurden, hat er einen von den Deputys überwältigt und ihm die Uniform abgenommen“, klärt mich Dale auf. „Dann hat er Feueralarm ausgelöst und das allgemeine Durcheinander für seine Flucht genutzt. Was passiert ist, haben die anderen erst gemerkt, als sie Personal und Häftlinge einzeln abgezählt haben. Da war er aber längst über alle Berge."

„Wie leicht wäre es, so etwas zu planen?", frage ich.

Owen Marsh zuckt mit den Schultern. „Im Gefängnis unseres Bezirks sind maximale Sicherheitsvorkehrungen nicht unbedingt vorgesehen. Insassen mit Strafen von mehr als neun Monaten nehmen wir nicht, und darum ist es vom Personal her nur auf die Sorte von Häftlingen eingerichtet, von denen wenig Gefahr ausgeht. Wenn er also den Grundriss des Gebäudes kannte und über die Maßnahmen bei Feueralarm Bescheid wusste, hätte sich das durchaus planen lassen."

„Und er hatte mehrere Tage lang reichlich Gelegenheit, das Gefängnis kennen zu lernen", knurre ich. Dass Nick so problemlos entkommen konnte, verärgert mich zutiefst. „Es würde mich nicht wundern, wenn ihm ein Wärter im Tausch gegen ein paar Biere Grundrisspläne gegeben hätte."

„He, wir können genauso wenig dafür wie alle anderen!", protestiert Owen im Ton verletzten Stolzes.

„Ihr könnt nichts dafür? Immerhin seid ihr für das Gefängnis zuständig. Ich weiß nicht, wer derjenige war, der einen des Mordes beschuldigten Insassen bei Feueralarm unbehelligt ins Freie spazieren ließ, aber wenn es für Dummheit Geld gäbe, wäre er steinreich!" Weil ich mich jetzt nicht in einen Streit verwickeln lassen will, wende ich den Blick von Owen ab.

Als sich sein Stellvertreter am Kaffeeautomaten Nachschub holt, nutzt Dale die Unterbrechung, um das Thema zu wechseln. „Glaubst du, dass er seine Flucht von Anfang an geplant hat?"

„Warum nicht? So wie du Gift drauf nehmen kannst, dass er alles andere geplant hat." Mit einem verächtlichen Blick auf die Landkarte fahre ich fort. „Wenn er schlau genug war, um alles andere hinzukriegen, dann war er auch schlau genug, um einen Wagen vor dem Gefängnis stehen zu haben. Nehmen Sie's mir nicht übel, Lieutenant Matheson, aber mit Ihren Straßensperren werden Sie ihn nicht einfangen. Er ist längst verschwunden."

Der Mann von der staatlichen Polizei starrt mich finster an. „Das werden wir ja sehen!", stößt er schließlich hervor. Dann beugt er sich wieder über die Landkarte. „In Kürze wird eine Helikopterstaffel das Land um die Stadt herum absuchen. Ich denke, fürs Erste kehren wir in unsere Einsatzzentrale zurück. Dort werden wir dann erfahren, was dabei herauskommt. Sheriff." Er nickt Dale zu und zieht ab, gefolgt von Sergeant Austin.

„Fehlt dir auch bestimmt nichts?", fragt Dale besorgt. „Du warst Owen und dem Lieutenant gegenüber ja ziemlich unverblümt."

„Mir geht's gut. Ich bin nur etwas angespannt."

„Meinst du wirklich, Nick ist auf und davon?"

An meinem inneren Auge zieht die halb verbrannte Ruine des St Valentine's vorbei, der dunkle Wald von Mason Woods, und mit ihm kehrt das kaum zu erkennende Gesicht der Frau im Medaillon zurück.

„Nein, Dale, ich glaube nicht, dass er über alle Berge ist, auch wenn ich davon ausgehe, dass er die Stadt hinter sich gelassen hat. Er ist hierher gekommen, um bestimmte Leute für ihre ‚Sünden' zu bestrafen, und nach dem, was er mir gesagt hat, ist er noch nicht damit fertig." Die weiten Waldgebiete kommen mir in den Sinn und mit ihnen all die darin verstreuten leeren Jagd- und Fischerhütten. Nicholas ist die sprichwörtliche Nadel im Heuhaufen.

„Hast du eine Vorstellung davon, wen er noch ‚bestrafen' will, ehe er fertig ist?"

„Eigentlich nicht. Niemand, der mir spontan einfallen würde. Es ist nicht gerade hilfreich, dass wir so wenig über ihn wissen."

„Bruce", sagt Dale, „sieh zu, dass du es so einrichten kannst, dass immer einer unserer Wagen in Rufnähe von Winter's End bleibt. Falls er dort ist und etwas versucht, möchte ich sicherstellen, dass wir schnell reagieren können."

Der Lieutenant nickt und gibt die Anordnung sofort an einen der Deputys weiter.

Dale wendet sich an den Chief Deputy. „Owen, halt doch bitte die Pressefritzen draußen im Zaum, wenn die Kollegen von der Stadtpolizei Houlton uns die Ergebnisse ihrer Fahndung durchgeben."

„Geht in Ordnung", bestätigt Dales Stellvertreter vom anderen Ende des Raums. „Wann sollen sie uns denn melden, wie sie vorangekommen sind?"

Dale zuckt mit den Schultern. „Gib ihnen noch eine Stunde oder so." Er wendet sich wieder mir zu. „Nick war ja anscheinend mächtig an dir interessiert. Glaubst du, dass du auf seiner Liste stehst?"

„Nein", sage ich, „zumindest nicht von vornherein. Er mag mich nicht, das nehme ich stark an, aber irgendwie bin ich so was wie sein Beichtvater. Wenn er noch etwas vorhat, um seine Angelegenheit hier abzuschließen, würde es mich nicht überraschen, wenn er mit mir darüber reden wollte. Aber weil er meine Telefonnummer nicht weiß, dürfte es ihm schwer fallen, mich zu erreichen."

„Immerhin weiß er, dass du in Winter's End abgestiegen bist", brummt Dale.

„Er weiß aber nicht, wo."

„Es gibt in der Stadt nur ein Hotel, Alex."

„Hat doch keinen Sinn, mir deswegen jetzt graue Haare wachsen zu lassen", murmle ich achselzuckend. „Ich kann selbst auf mich aufpassen."

„Klar." Dale bläst beide Wangen auf und lässt die Luft langsam entweichen. Dann kehrt er zur Landkarte zurück. „Möchtest du dich an der Fahndung nach Nick beteiligen?"

„Wenn ich herausfinde, warum er hergekommen ist, dämmert mir vielleicht, wer er ist und wo er sich versteckt. Ich möchte weiter die Spur mit Garner, dem Kinderheim und der Frau im Medaillon verfolgen. Außerdem bin ich noch nicht dazu gekommen, Dr. Vallence noch mal zu befragen; das will ich heute Nachmittag machen. Hast du Glück gehabt und andere Mitarbeiter des St Valentine's aufgetrieben? Ich habe gestern mit Deborah Pierce gesprochen."

„Noch nicht, Alex. Wir bleiben am Ball, aber solange hier die Hölle los ist, können wir alles andere höchstens nebenbei betreiben."

„Schon klar, Dale. Ich werde mich mal eine Weile mit den Aufzeichnungen über Garner und das St Valentine's befassen."

„Gut, aber sag mir Bescheid, bevor du nach Winter's End zurückfährst. Kann ja sein, dass sich was tut. Sobald nicht mehr alle bei der Fahndung eingesetzt werden, kann ich mehr für dich tun."

„Danke, Dale." Ich gehe zur Tür.

„Schon in Ordnung. Und, Alex!", ruft er mir nach. „Übertreib's mal nicht mit den Pillen. Es bringt nichts, wenn einem wegen so was sämtliche Sicherungen durchbrennen."

ICH VERBRINGE mehrere Stunden damit, Akten zu wälzen und in den Unterlagen der Polizei irgendetwas zu suchen, was für Nicholas' Fall relevant sein könnte. Wann immer ich auf etwas Interessantes stoße, drucke ich es aus oder kopiere es – Pflichtlektüre für meine Mußestunden. Es ist schon nach ein Uhr, als ich die Büroräume verlasse. Wegen Nicholas' Ausbruch bleibt mir nichts zu tun, als das neu erworbene Material zu sichten und zu warten, bis die staatliche Polizei auf eine Spur stößt. Und weil nichts Dringendes ansteht, beschließe ich, einfach im

Krankenhaus vorbeizuschauen und persönlich mit Gemma zu sprechen.

Ein Knurren aus meiner Magengegend erinnert mich daran, dass ich seit gestern Abend nichts mehr gegessen habe. Ich kaufe mir ein Sandwich in einer Bar am Market Square und verschlinge meinen Imbiss auf dem Weg zum Krankenhaus. Dort marschiere ich zum Aufzug und fahre in den Keller. An der Pathologie angekommen, klopfe ich einmal an und strecke den Kopf durch die Tür. Gemma sitzt mit einer Tasse Kaffee und einem ausgedruckten Bogen vor sich am Schreibtisch. Als sie mich bemerkt, sieht sie lächelnd auf.

„Hallo", sage ich und trete ein. „Ich störe doch hoffentlich nicht?"

„Wir haben nicht oft was Dringendes hier unten", meint sie.

„Hast du schon von dem Ausbruch gehört?"

„Im Radio", antwortet Gemma achselzuckend. Offenbar beunruhigt es sie nicht weiter, dass Nicholas frei herumläuft. Sie wechselt das Thema: „Ich habe soeben mit dem Labor der Pathologie in Augusta telefoniert."

„Was Interessantes?"

Sie schüttelt den Kopf. „Nichts außer dem, was wir bereits wissen. Die Überreste sind wohl die von Garner, und er wurde wahrscheinlich erstochen. Aber das ist nicht der einzige Grund, warum du gekommen bist, hm?"

„Beileibe nicht. Ich hab mir gedacht, ich will mich vergewissern, dass das mit heute Abend noch gilt." Und grinsend füge ich hinzu: „Außerdem wollte ich dich bei der Arbeit sehen. Diese grünen Arztkittel machen mich ungemein an."

Gemma stößt ein helles, klares Lachen aus. „Das werde ich mir merken. Treffen wir uns um dieselbe Zeit wie gestern bei mir?"

„Gern. Gehen wir irgendwohin, wo es schön ist?"

„Ich dachte, ich könnte vielleicht versuchen, daheim was zu kochen."

„Klingt wunderbar!", rufe ich. „Ich bin um acht bei dir." Ich beuge mich vor und küsse sie, einmal, zweimal. „Eines Tages werde ich mich revanchieren. Das bedeutet natürlich, dass ich vorher erst noch kochen lernen muss."

Erneut lacht sie auf und deutet ein Winken an, während ich durch die Tür verschwinde.

ICH FAHRE nach Winter's End zurück. Die staatliche Polizei ist immer noch mit großer Streitmacht auf der Fernstraße präsent. Sie und der übrige Verkehr kümmern mich allerdings kaum; viel mehr beschäftigt mich die Frage, welche potenziellen Komplizen Nick hatte, immer unter der Voraussetzung, dass es ein Helfershelfer war, der Garners Leiche ausgegraben hat. Und warum hat er nur den Arm befreit?

Wer immer Garners Grabesruhe gestört hat, hat nicht mehr als den Arm ausgegraben, weil er gar nicht wusste, dass er eine Leiche aus der Erde holte. Dieses Szenario ist für mich das einzige, das Sinn ergibt. Wenn ich mich nicht täusche, ist Nicks Komplize kein Mörder, sondern ein viel gewöhnlicherer Mensch. Ich jage weiter nach Winter's End und fühle mich jetzt weitaus wacher als den ganzen bisherigen Tag über.

Kaum habe ich den Wagen in der Main Street geparkt, klettere ich ins Freie und laufe über die Fahrbahn zur Arztpraxis. Als ich vor Dr. Vallences Praxis stehe, stoße ich auf eine innen an der Glastür befestigte Mitteilung: *Praxis heute wegen Krankheit geschlossen. In dringenden Fällen wenden Sie sich bitte unter der Nummer 435-6323 an den Notarztdienst von Ashland.*

Ich spähe durch das Glas, doch der Raum dahinter ist dunkel und leer. Wieder in meiner Corvette, suche ich unter meinen Notizen Dr. Vallences Privatadresse.

Wie sich bald herausstellt, lebt er nur wenige Straßen von meinem früheren Zuhause entfernt. Die Auffahrt ist leer. Ich klingle einmal, zweimal, ein drittes Mal – nichts. Ich gebe auf und schlendere zu meinem Wagen zurück.

Dann piepst das Handy. Ich kenne die Nummer, die auf dem Display aufleuchtet, nicht. „Hallo?"

„Mr Rourke, wie geht es Ihnen?" Nicholas' Stimme! – Etwas gedämpft durch die Verbindung, aber nicht zu verkennen.

„Mir geht es gut, Nicholas", sage ich. Mein Herz hämmert auf einmal, fast erwarte ich, ihn an der Straßenecke zu sehen. „Woher haben Sie meine Nummer?"

„Sie steht auf Ihren Visitenkarten. Sehr rücksichtsvoll von Ihnen."

Ein dunkelblauer Pick-up überquert die Kreuzung am anderen Ende der Straße. In meine Richtung biegt er nicht ab. Mit größter Anstrengung bewahre ich Ruhe und halte meine Paranoia im Zaum. Bleib bloß rational, sieh dich um, halt ihn am Reden. Hoffe bei Gott, dass er hier nicht irgendwo mit einem Jagdgewehr in der Hand hinter einem geparkten Wagen wartet.

„Danke", sage ich. „Freut mich, wenn ich zu Diensten sein kann. Sie haben vermutlich etwas, was Sie mir sagen wollen."

„Vielleicht wollte ich nur hören, wie es Ihnen so geht."

Die Fenster an der gegenüberliegenden Straßenseite sind entweder leer oder von Gardinen verhüllt. Ich sage mir, dass vereinzelte Bewegungen am Rand meines Gesichtsfeldes von einem Zucken meiner Lider herrühren.

„Warum setzen wir uns nicht auf einen Drink zusammen? Wir könnten über alles reden, wonach Ihnen gerade ist." Ein uralter Trick, aber ich versuche es trotzdem damit.

„Sie suchen noch immer nach einem Ansatz, Mr Rourke? Sie haben doch sicher was Besseres auf Lager."

„Wer sagt, dass ich nicht einfach versuche, Sie in ein langes Gespräch zu verwickeln, damit die Polizei Ihren Anschluss aufspüren kann?"

Nicholas lacht auf. „Es gibt keine Polizisten, die uns belauschen. Bis Sie meine Stimme gehört haben, bestand kein Grund zu der Annahme, dass ich Ihre Nummer weiß."

Die Straße scheint leer zu sein, aber ich werde nicht ruhiger. Ich fühle mich wie auf einem Präsentierteller. Trotz allem widerstehe ich dem Drang, mich in den Wagen zu retten. Ich gebe mir alle Mühe, nicht angespannt zu wirken. „Da Sie nun schon meine Nummer haben, möchten Sie sicher etwas Sinnvolles damit anfangen, sonst langweile ich mich noch und schalte aus."

„Haben die Ihnen schon gesagt, wie Garner gestorben ist?"

„Erstochen."

„Erstochen?", fährt Nicholas fort. „Wie wahr. Und ich nehme an, dass die anderen Spuren inzwischen unkenntlich geworden sind."

„Heißt das, dass Sie ihn ermordet haben?"

„Letzten Endes, ja." Er hält inne. Vermutlich genießt er die Situation, zumal er weiß, dass das Gespräch nicht aufgenommen wird. „Ich empfand es als eine hübsche Ironie des Schicksals, dass der Weg, den ich mit der Lamond gewählt habe, so nahe an seinem Grab vorbeiführte."

„Wie ist es Ihnen gelungen zu verhindern, dass wir bei Angelas Untersuchung Laubreste finden konnten?"

„Bevor wir den Wagen verließen, hat sie sich ausgezogen. Dann habe ich ihre Hände, Füße und Haare mit Plastiktüten umwickelt und den Rest ihres Körpers mit einer Plane verhüllt. Dasselbe habe ich auch mit meinen Schuhen gemacht. Sobald wir die Auffahrt zum St Valentine's verließen und den Highway erreichten, habe ich das ganze Zeug entsorgt." Er legt eine Kunstpause ein. „Mich wundert, dass Sie es nicht gefunden haben. Na ja, Garner hat schließlich auch niemand gefunden. Erinnern Sie sich an ihn? Als Junge haben Sie das Heim besucht."

„Vage. Ich war ja nur zwei-, dreimal dort. Wer hat seine Leiche ausgegraben?“

Nicholas ignoriert meine Frage. „Erinnern Sie sich, wie Garner mit Ihrem Vater gesprochen hat?“

„Wer hat ihn ausgegraben?“, wiederhole ich.

„Wir sind nicht mehr im Verhörraum, Mr Rourke.“

Ich wechsle kurzerhand die Taktik. „Sie erstaunen mich, Nicholas. Normalerweise sind es primitive Mörder, die so was tun: die Polizei anrufen, um zu prahlen. Haben Sie auch an alle möglichen Leute Briefe abgeschickt, nachdem Sie das St Valentine’s in Brand gesetzt hatten?“

„Wozu hätte ich das tun sollen?“

„Um ihnen Angst einzuflößen. Um sich wichtiger zu machen, als Sie in Wirklichkeit sind.“

„Es betrübt mich zu hören, dass Sie eine derart schlechte Meinung von mir haben, Mr Rourke.“ Seine Stimme klingt nicht überrascht. „Trotzdem kann ich nicht behaupten, dass ich etwas anderes erwartet habe.“.

„Weil ich weiß, dass Sie ein Geistesgestörter sind?“

„Wegen dem, was Sie sind. Wegen Ihrer Vergangenheit. Wegen all dem, was Sie mir angetan haben. Wegen all dem, was wir gemeinsam haben.“

„Wir haben nichts gemeinsam, Nicholas.“

„Sind Sie da so sicher?“

Ein Klicken, und die Leitung ist tot. Ich stehe weiter allein in einer stillen Straße. In meinem Bewusstsein hallen die Worte des Mörders nach.

Einen Moment lang rühre ich mich nicht, dann sehe ich auf dem Display nach, von welchem Anschluss aus Nick angerufen hat, und wähle Dales Nummer. „Ich habe soeben mit Nicholas gesprochen“, melde ich ihm, sobald er abgenommen hat. „Kannst du die Nummer bis zum Eigentümer des Geräts zurückverfolgen lassen?“

„Himmel, Alex, wie ist er an deine Nummer gekommen?“

„Er behauptet, er habe sie auf meiner Visitenkarte gesehen. Kannst du sie zurückverfolgen lassen?“

„Es wird eine Weile dauern. Bis dahin wird er längst über alle Berge sein.“

„Schon, aber es gibt uns einen Anhaltspunkt über seinen Bewegungsradius“, brumme ich und rattere die Ziffern, die auf meinem Display gespeichert sind, herunter. „Zumindest werden wir erfahren, ob er auf der Flucht ist.“

„Klar. Ich gebe dir Bescheid, sobald wir eine Antwort kriegen.“

„Schön. Und sieh zu, dass du weitere Anrufe von diesem Anschluss aus zu irgendeiner anderen Stelle umleiten lässt. Es wäre mir absolut nicht recht, wenn er in der Lage wäre, mich einfach anzurufen, wann immer ihn der Teufel reitet.“

„Mache ich“, verspricht Dale.

Ich schalte das Telefon aus und zünde mir eine Zigarette an. Nicholas hat erwähnt, Angela Lamond an dem Tag, an dem er sie verschleppt hat, durch den Wald geschleift zu haben. Nun, ein Spaziergang an der frischen Luft wäre jetzt vielleicht genau das Richtige.

Oder vielleicht auch nicht, falls er sich im Wald verbirgt. Diese Möglichkeit beunruhigt mich allerdings nicht so sehr wie der Anruf. Nicks Stimme zu hören hat mich völlig verblüfft.

Ich werfe einen letzten Blick auf die leere Straße, dann klettere ich in die Corvette. Wenige Minuten später biege ich auf den schlammigen Feldweg ab, der in die Tiefen des Mason Woods mit seinem dunklen, dichten Unterholz eintaucht. An der erstbesten Parkmöglichkeit halte ich an und bleibe vollkommen regungslos sitzen, während der Nachhall des Motors verklingt und ganz abstirbt. Es ist durchaus möglich, dass Nicholas hier draußen wartet und hofft, dass ich komme. Schließlich vergewissere ich mich, dass ich die Pistole eingesteckt habe – man kann ja nie wissen –, und steige aus.

Im Wald herrscht völlige Stille. Kein Lüftchen, das durch die Baumwipfel fährt; die Vögel, Insekten und sämtliches Wild scheinen geflohen oder zum Verstummen gebracht worden zu sein. Die Geräusche, die meine Füße verursachen, als ich durch das Laub auf den Black Ravine zustapfe, sind die einzigen Laute, die Unruhe in die tote Luft bringen.

Als ich den Abhang erreiche, durchbricht das Rauschen des Flusses jäh die Totenstille und dröhnt mir nun umso brutaler in den Ohren. Der graue Himmel wiederum tut nichts dazu, die bedrückende Atmosphäre des Waldes zu lindern. Unten, dort, wo Garner gefunden wurde, hängen verlorene Faserreste des Absperrbandes der Polizei an der Felswand.

Plötzlich raschelt es laut in den Laubbäumen über mir, eine Bewegung. Ich reiße den Colt aus dem Holster und wirbele herum. Mein Blut dröhnt. Ein Kreischen wie von einem sterbenden Tier, dann schießt ein kohlschwarzes Etwas, eine große Krähe oder ein Rabe, aus den Bäumen und steigt mit stetigen Flügelschlägen in den Himmel.

Erneut senkt sich Stille über den Wald, und ich warte, mit flachen Zügen atmend, die Kante des Steilufers mit den Augen absuchend. Die Pistole in meiner Hand fühlt sich nutzlos und störend an. Ein, zwei Minuten verstreichen, ohne dass es weitere Störungen gibt, und meine Anspannung lässt nach.

Ich wende mich von der Klippe ab und gehe in Richtung der nahe gelegenen Parkmöglichkeiten. Wie gestern schon fällt mir wieder zwischen den Bäumen der rote Toyota auf. Rein mechanisch prüfe ich nach, ob sich meine Pistole schnell ziehen lässt, dann bahne ich mir durch das Gestrüpp einen Weg zu dem Wagen.

Als ich an seinem Heck aus dem Unterholz auftauche, vermag ich kein Lebenszeichen darin zu erkennen. Zwischen dem Seitenspiegel und der Karosserie hat eine Spinne ihr Netz gesponnen. Ich spähe durch die Fenster, in der Bereitschaft, beim ersten Zeichen von Gefahr in Deckung zu springen.

Leer. Durch das verschmutzte Glas kann ich auf dem Rücksitz eine alte Decke und eine Wölbung darunter ausmachen. Nichts, was groß genug wäre, um von einem Menschen zu stammen. Die Form ist unregelmäßig.

Die Tür ist nicht verschlossen. Nach einem hastigen Blick um mich öffne ich sie. Ich greife hinein, packe die Decke am Rand, schlage sie zurück und enthülle, was sich darunter verbirgt. Stoff. Weiß. Ein schwerer Baumwollkittel im Stil einer Uniform. Ein Namensschild aus dunkelblauem Plastik. A. LAMOND. KRANKENSCHWESTER.

BIS ZUM Eintreffen der Spurensicherung vergehen über sechzig Minuten, und eine weitere halbe Stunde, bis die Männer so weit sind, sich an die penible Durchsuchung des Toyota und der unmittelbaren Umgebung zu machen. Laut Polizeimeldung wurde der Wagen in Augusta wenige Tage vor Angela Lamonds Ermordung gestohlen. Als ich endlich zur Main Street zurückkehre und mir in einem Laden Zigaretten besorge, wird der Himmel bereits schnell dunkel. Die Zeit wird kaum noch reichen, um mich für mein Rendezvous herzurichten, ehe ich wieder nach Houlton fahre. Das Studium der Akten wird warten müssen.

Beim Verlassen des Ladens laufe ich einem Reporter der *Bangor Daily News* über den Weg.

„Mr Rourke!“ Er springt beinahe an mir hoch wie ein Terrier an seinem Herrchen. „Kann ich mit Ihnen reden?“

„Klar. Schießen Sie los. Aber machen Sie’s bitte kurz.“

„Der geflohene Gefangene, dieser ‚Nicholas' … Sehen Sie eine Möglichkeit, dass er an die Stelle zurückkehrt, wo er verhaftet wurde?"

„Was hätte er davon?"

Der Reporter zuckt mit den Schultern. „Wenn er Angela Lamond ermordet hat und auch Henry Garner auf sein Konto geht, besteht dann nicht die Gefahr, dass er noch andere Opfer hier in der Gegend im Visier hat?"

Ich schließe die Wagentür auf. „Das müssen Sie ihn schon selbst fragen oder einen Hellseher. Sie stellen mir Fragen, die ich nicht beantworten kann."

„Das ist schon klar, Mr Rourke", räumt er ein, während ich die Tür öffne. „Nur noch eins. Wir interessieren uns auch für die menschlichen Aspekte dieser Sache. Wie wirkt sich die Untersuchung auf Sie aus?"

„Was meinen Sie damit?"

Er zuckt die Schultern. „Soviel ich weiß, hat der Stress bei der Arbeit bei Ihnen schon mal zu Problemen geführt", sagt er. „Wie steht es denn diesmal damit?"

„Hören Sie auf damit", knurre ich und lasse mich hinters Steuer sinken. Mich juckt es schon in den Fäusten, doch ich halte mir vor, dass er nichts gesagt hat, das eine Bestrafung wert wäre. „Das geht Sie einen feuchten Kehricht an."

„Also bitte, Mr Rourke! Genau das sind die Seiten an einer Story, die die Öffentlichkeit so liebt."

„Kann schon sein, aber darauf gebe ich einen Dreck. Jetzt scheren Sie sich zum Teufel!"

Was ich gesagt habe, scheint ihn nicht zu schockieren. Er fragt lediglich: „Soll das eine Drohung sein, Mr Rourke?"

Ohne weiter auf ihn zu achten, schließe ich die Tür. Am liebsten hätte ich mir jedoch in den Hintern getreten, dass ich derart aus der Haut gefahren bin. Mehr Trara, als es die Sache wert ist, schimpfe ich vor mich hin, während ich den Zündschlüssel drehe und mich zur Crowhurst Lodge auf den Weg mache.

ES WIRD acht Uhr, und ich bin noch überreizter als ohnehin schon. Einen ersichtlichen Grund dafür gibt es nicht, doch die Empfindung hält sich trotzdem hartnäckig – das Gefühl, dass jede Faser meines Körpers aufs Äußerste gespannt ist. Ich kann nur hoffen, dass der Abend mit Gemma genügen wird, um diese Sinneswahrnehmungen zu bannen.

Wie gestern ist der Klingelton noch nicht richtig verhallt, als Gemma bereits die Tür öffnet. Heute Abend trägt sie eine Baumwollbluse und eine enge blaue Hose, die beide ihre gertenschlanke Figur betonen. Sie begrüßt mich mit einem Kuss, hängt meine Jacke auf und führt mich dann in die Wohnung.

Ich folge Gemma in die Küche, wo ich die Flasche Wein, die ich mitgebracht habe, neben einer großen Salatschüssel auf die Arbeitsfläche stelle.

„Woher wusstest du, dass heute roter Wein angesagt ist?", fragt sie, während sie sich über etwas beugt, das im Backofen vor sich hin dampft. An ihr vorbei weht Rosmarin- und Knoblauchduft zu mir herüber.

„Na ja, reine Glückssache. Was hast du denn da im Ofen?"

„Italienischen Lammbraten. Du magst doch Lamm, oder?"

„Und wie!", rufe ich. „Und es riecht großartig!"

Wir schenken uns jeder ein Glas Wein ein und plaudern über Gott und die Welt, so wie wir gestern aufgehört haben. Unvermittelt fällt mir auf, dass sie auf dem Abtropfbrett eine Kaffeetasse mit dem Vereinswappen der Patriots stehen hat. „Ich wusste gar nicht, dass du ein Footballfan bist", murmele ich.

„Ach, die da? Nein, bin ich auch nicht. Sie war nur ein Geschenk. Und du?"

„Ich hatte vor zwei, drei Jahren mal einen Fall zu erledigen, in den auch ein Spieler von ihnen verwickelt war. Das hat mir immerhin ein paar Freikarten eingebracht. Allerdings finde ich es einen entsetzlichen Sport."

In diesem Moment reicht mir Gemma zwei Teller. Dabei wirft sie mir einen eigenartigen Blick zu. Vielleicht hat sie mein heftiger Ton gestört.

„Trotzdem", meint sie, „muss das doch ein netter Fall gewesen sein. Hohes Prestige, die Helden von Boston sozusagen."

„Ich scheiß aufs Prestige! Allein schon diese Idioten von Reportern!" Ich schildere ihr meine Begegnung mit dem Mann von den *Bangor Daily News* und die Andeutungen, die er gemacht hat. Beim bloßen Gedanken daran wallt Hitze in mir auf, und sämtliche Gliedmaßen beginnen zu kribbeln. Ich spüre, wie sich der Druck in mir aufstaut. „Er hat mir praktisch auf den Kopf zugesagt, ich würde unter der Anspannung kaputtgehen. Dieser Scheißkerl!"

„Das ist eben sein Beruf. Und so wie sich das anhört, hat er ja nicht viel gesagt."

„Hm, das mag sein, aber in dem Moment hat es nach viel mehr geklungen. Dieses Arschloch!"

Gemma zuckt hilflos mit den Schultern. Mein plötzlicher Stimmungsumschwung scheint sie etwas zu verwirren. „Wahrscheinlich hat er sich gar nichts dabei gedacht."

„Ich glaube nicht, dass diese Leute kapieren, wie so was ist!", fauche ich Gemma an und bin nicht fähig, meine Wut zu beherrschen. „Ich rede stundenlang mit einem Übergeschnappten. Seit meiner Ankunft hier tue ich in meiner Freizeit nichts anderes, als Polizeiprotokolle zu lesen. Zu allem Überfluss löst sich dieser Wahnsinnige vor aller Augen in Luft auf, und die Leute schauen mich an, als ob das meine Schuld wäre. Oder sie versuchen mir gleich einzureden, dass ich am Durchdrehen bin. Wenn sie mich einfach in Ruhe ließen, würde es mir blendend gehen!"

„Sie sind doch nur besorgt. Und du siehst tatsächlich ein bisschen …"

„Ein bisschen was? Fängst du jetzt auch damit an? Dale liegt mir schon die ganze Zeit damit in den Ohren, dass ich die Medikamente weglassen soll. Als ob er eine Ahnung hätte, worüber er redet!"

Ein Ausdruck von Verunsicherung schleicht sich in ihren Blick. „Was ist los mit dir, Alex? Ich habe nur gesagt, dass ich mir Sorgen um dich mache. Es tut mir Leid, wenn dich das stört."

„Sorgen um mich? Wozu? Glaubst du etwa auch, dass mit mir was nicht stimmt? Ist es das vielleicht? Sag bloß, du bist auf ihrer Seite!"

„Na ja", erwidert Gemma. „Du solltest dich mal reden hören!"

„Passt dir etwa nicht, was ich sage?"

„Nicht die Art und Weise, wie du es sagst!" Sie blinzelt mehrmals. Falls mir aufgefallen ist, wie sehr ich sie verstöre, kümmert es mich nicht.

„Und wie sollte ich es dann deiner Meinung nach sagen, hm? Los schon, raus mit der Sprache!", knurre ich.

„Alex, hör auf!"

„Aufhören soll ich? Tja, warum nicht? Ich lass dich gleich in Ruhe. Dann brauchst du mich nicht mehr zu nerven. Ich hab die Schnauze voll von eurer schmalztriefenden Anteilnahme! Danke für diesen wunderbaren Scheißabend! Noch ein schönes Leben wünsch ich dir!"

Damit stürme ich hinaus. Zurück bleibt eine erschütterte Frau mit Tränen in den Augen, die ich, wie ich im Grunde meines Herzens bereits weiß, zutiefst verletzt habe. Als ich das Ende der Auffahrt erreiche, ist mein Wutanfall wieder vorbei. Ich lehne mich gegen den Wagen und lasse den Kopf auf das Dach sinken. Bereits jetzt zermartere ich mir das Hirn, was zum Henker da über mich gekommen sein mag. Ich sollte zurückgehen und mich entschuldigen. Würde sie mir glauben? Würde ich damit nicht alles noch schlimmer machen?

Beim Einsteigen fällt mir auf, dass ich meine Jacke bei Gemma vergessen habe. Nun, wahrscheinlich habe ich nichts Besseres verdient, als eine Weile in Hemdsärmeln zu frösteln. Ich werfe einen letzten Blick auf das Haus, dann drehe ich den Zündschlüssel um und fahre davon.

8

Als ich schließlich in mein Bett falle, stellt sich der Schlaf rasch ein, doch er ist ein unregelmäßiger und bruchstückhafter Besucher, unterbrochen von quälendem Wachliegen. Während einer der allzu kurzen Phasen des Wegtretens sehe ich mich in einem der Korridore des St Valentine's stehen. Das Echo von Kinderstimmen hallt matt von den Wänden wider, ein hohes, schrilles Kichern und Lachen. Ich gehe den Korridor entlang bis zu einer offenen Tür. Dahinter knien in dem verstaubten Überbleibsel des Spielzimmers zwei Jungen auf dem Boden, in eine Art Spiel vertieft. Obwohl ich sie fast erreicht habe, kann ich immer noch kein Wort verstehen, weil das Echo ihre Stimmen zu einem einzigen Klangbrei verzerrt.

Ich trete ganz nahe heran. Einer der Jungen hält zwei Miniaturmesser in den Händen, der andere eine Spielzeugpistole. Zwischen ihnen befindet sich ein Stapel Fotos. Eine nach der anderen drehen sie die Aufnahmen um und versuchen, jeweils als Erster die darauf abgebildete Person zu erschießen oder zu erstechen. Es sind Schwarz-Weiß-Fotos, und ich bücke mich danach und nehme eins in die Hand.

Es zeigt mich. Die Jungen sehen auf, und unsere Blicke begegnen sich. Einer hat dieselbe tiefblaue Iris wie Nicholas, der andere dieselben Augen wie ich.

Der Junge mit der Pistole zielt auf mich. „Peng!"

Das Kind mit den blauen Augen rammt mir lächelnd seine Messer in den Bauch.

ALS ICH die Augen aufschlage, stelle ich fest, dass die Nacht lange genug dahingekrochen ist – immerhin halb sechs. Der Himmel draußen hellt allmählich auf. Ich fühle mich müde, aber nicht im Geringsten schläfrig. Ich dusche, putze mir die Zähne und setze mich mit einem Glas Wasser ein, zwei Stunden lang vor den Fernseher.

Im Speisezimmer genehmige ich mir schließlich ein weiteres einsames Frühstück. Beim Verlassen des Hotels reibe ich mir abwechselnd die müden Augen und das steife Genick. Ich werfe die Corvette an und fahre zur Arztpraxis, finde jedoch nur die gleiche Mitteilung wie gestern an der Tür. Ich wähle Vallences Privatnummer, bekomme aber nur den Anrufbeantworter. So bleibt mir gar nichts anderes übrig, als noch einmal den Weg zu seinem Haus anzutreten.

Das Gebäude ist gegenüber gestern vollkommen unverändert. Ich klingle zweimal, ehe ich weiter zum Wohnzimmerfenster gehe und hineinspähe. Bis auf die rhythmischen Bewegungen einer Pendeluhr auf dem Kaminsims rührt sich nichts. Auf dem Tisch mache ich eine Kaffeetasse und ein zur Hälfte gegessenes Sandwich aus.

Um zum hinteren Teil des Gebäudes zu gelangen, muss ich durch ein eisernes Gartentor gehen, das in den Angeln quietscht, als ich es aufstoße. Ich klopfe an die Hintertür und ans Küchenfenster, doch weder damit noch mit dem wiederholten Rufen von Vallences Namen ernte ich eine Reaktion. Ich kehre zur Vordertür zurück und versuche es dort noch einmal. Wieder nichts. So drücke ich die Klinke. Offen.

„Dr. Vallence!“, schreie ich. „Polizei! Ist jemand da?“

Stille. Meine Finger tasten instinktiv nach der Pistole, aber ich lasse die Waffe im Holster. Es hat keinen Sinn, Vallence Todesangst einzujagen, falls er doch da ist und nur wegen einer Grippe das Bett hütet.

Ich trete in den mit einem cremefarbenen Teppich ausgelegten Flur. Die Wohnzimmertür befindet sich am Fuß der Treppe, und dorthin steuere ich als Erstes. Kein Lebenszeichen im Wohnzimmer, aber ich berühre die Kaffeetasse auf dem Tisch, um festzustellen, ob sie eventuell noch etwas Wärme behalten hat. Das ist nicht der Fall. Ich gehe weiter in die Küche, die sehr ordentlich ist, dann kehre ich in der Manier eines Einbrechers auf Zehenspitzen zur Treppe zurück.

Ich erreiche das obere Stockwerk. Am anderen Ende des kurzen Absatzes ist die Badezimmertür. Sie steht offen. Links befinden sich zwei weitere Türen, beide angelehnt. Die erste führt in ein leeres Schlafzimmer, die zweite in einen Raum, der Vallence anscheinend als Büro dient. Zwei schwarze Bücherschränke aus Holz, ein Regal mit allem möglichen persönlichen Krempel, und dann gibt es noch einen Schreibtisch, bedeckt von Dokumenten, einem Computer und den sterblichen Resten des seligen Dr. Vallence, mit dem Gesicht nach unten in dem getrockneten Überbleibsel einer Blutlache. Ich muss ihm nicht den Puls fühlen, um seinen Tod festzustellen – er sieht nicht so aus, als wäre es eben erst geschehen. Ich wähle Dales Nummer.

„Alex, gerade wollte ich dich anrufen“, sagt er. „Wir haben mithilfe der Telefongesellschaft ermitteln können, aus welcher Gegend Nick dich angerufen hat.“

„Großartig, Dale. Ich hab hier eine Leiche vor mir.“

Ich höre, wie mit einem Zischen Luft eingesogen wird. Hastig werfe ich einen Blick über die Schulter, falls dieser Laut nicht aus dem Telefon gekommen sein sollte. Ich bin allein.

„Wer?“, fragt Dale.

„Dr. Vallence. Ich bin gerade in seinem Haus. Es sieht ganz so aus, als hätte ihm jemand die Kehle durchgeschnitten.“

„Da könntest du richtig liegen. Die Telefongesellschaft hat ermittelt, dass Nicholas dich aus Vallences Haus angerufen hat. Gibt es im Haus noch irgendein Zeichen von ihm?“

„Außer der Leiche, meinst du?“ Ich denke an das Gespräch mit Nick zurück, als ich in einem unterbewussten Verfolgungswahn in sämtliche Richtungen gespäht habe. Und die ganze Zeit hatte er mich vermutlich von Vallences Fenster aus beobachtet, während die Leiche des Arztes im Büro oben langsam kalt wurde.

„Das Haus scheint leer zu sein“, erkläre ich Dale. In meinem tiefsten Inneren frage ich mich jedoch, ob ich wirklich daran glaube. „Und ich bin bislang auf nichts gestoßen, das darauf schließen ließe, dass Nick nach dem Anruf noch mal zurückgekehrt ist.“

„Okay, bleib dort. Ich schicke gleich eine Einheit zu dir. Die Spurensicherung dürfte in einer Stunde eintreffen.“

Beim Auflegen ziehen mich auf einmal die Papiere auf dem Schreibtisch in ihren Bann. Obwohl es auf den ersten Blick so aussieht, als wären sie das Letzte gewesen, womit sich Vallence beschäftigte, so fällt mir doch auf, dass der Text von meiner Seite aus zu lesen ist, nicht von seiner. Ich will wissen, warum dieses unscheinbare Zeichen auf diese Weise arrangiert wurde, und trete näher heran.

Es sind Unfallberichte mit dem Emblem des St Valentine’s, unterschrieben von Dr. Vallence. Persönliche Aufzeichnungen oder Unterlagen, die von Nicholas gestohlen wurden, als er das Kinderheim in Brand setzte. Dazu Dokumente, die nach Rezepten, ausgestellt vom Doktor, aussehen – vermutlich seine Kopien der Originale, die dann beim Apotheker gelandet sind. Und schließlich Auszüge für mindestens zwei unter Vallences Namen geführte Konten.

Von der Vordertür ruft eine Stimme: „Deputy Rourke? Sergeant Elliott! Ich bin jetzt da!“

„Ich komme gleich zu Ihnen!“, antworte ich.

Als ich mich vom Schreibtisch entfernen will, sticht mir ein Foto auf dem Regal dahinter ins Auge. Es zeigt Dr. Vallence, wie er irgendwo in einem Wald neben einem kleinen Mann mit schütterem Haar und Henry Garner steht. Alle drei tragen Freizeitkleidung, Pullover und Jacken, die vor gut dreißig Jahren modern waren, und schauen mit einem breiten Grinsen in die Kamera. Garner und der Kleine halten stolz einen Fisch hoch, dem Anschein nach ein ziemlich schwerer Bursche. Auf einem unten am Rahmen angebrachten Schildchen steht: *Die Bande am Claye Lake – Joshs Prachtkerl.*

Der kleine Mann kommt mir von irgendwoher bekannt vor. Ich nehme mir vor, eine Kopie anzufertigen, wenn die Spurenfahnder den Tatort abgegrast haben.

Draußen wartet ein Jeep des Sheriff's Department, gegen den sich ein fülliger Bursche mit den Schulterstreifen eines Sergeanten lehnt. „Wie sieht's aus?“, fragt er, als ich mich ihm nähere.

„Das Opfer ist oben in seinem Büro. Wahrscheinlich wurde ihm die Kehle aufgeschlitzt. Haben Sie hinter dem Haus nachgeschaut?“

„Jack ist dort und hat die Lage voll im Griff.“

Ich gehe weiter zur Corvette und durchblättere auf der Suche nach dem Gesicht des kleinen Mannes die Polizeiakten über Garner, die ich gestern kopiert habe. Ich muss gut zwei Minuten lang wühlen, aber schließlich stoße ich bei einem verwackelten Einzelbild aus einer zehn Jahre alten Zeitung auf einen ähnlich aussehenden, aber älteren Mann. Der Text darunter weist ihn als Joshua Stern, Rathaussekretär in Winter's End, aus.

„Ich fahre jetzt ins Sheriff's Department von Houlton“, erkläre ich Sergeant Elliott, sobald ich wieder draußen bin. „Dort muss ich was im Büro überprüfen. Falls ich hier noch gebraucht werden sollte, Dale hat meine Nummer.“

Auf dem Rückweg fahre ich so schnell, wie ich es verantworten kann. Während der gesamten Fahrt geht mir das Foto in Vallences Büro nicht aus dem Kopf. Jeder der Männer darauf ist jetzt tot, zwei ermordet, und Stern hat bei einem Autounfall das Leben verloren. Wenn es denn ein Unfall war. Um Gewissheit zu erlangen, muss ich mehr über Stern erfahren.

Zurück im Polizeiarchiv, finde ich unter den aufbewahrten Berichten die vier Jahre alte Akte über das Unglück, das Joshua Stern das Leben gekostet hat. Sie enthält eine weit schärfere Aufnahme, auf der dieser Mann leicht als derjenige auf Vallences Foto zu erkennen ist.

Auf dem Heimweg von einem Treffen mit alten Freunden in Presque Isle war Sterns Wagen auf der schneebedeckten Straße ins Schlittern geraten, eine Böschung hinuntergestürzt und unten gegen einen Baum geprallt. Die offizielle Todesursache lautete auf Zertrümmerung des Schädels. Auf technische Fehler am Auto selbst wies nichts hin, woraus die Ermittler schlossen, dass Stern vermutlich am Steuer eingeschlafen war. Tod auf der Straße – in den Wintermonaten absolut nichts Außergewöhnliches. Aber ich kann mir ein anderes Szenario vorstellen. Vor meinem geistigen Auge sehe ich Stern in der eisigen Dunkelheit heimfahren. Seine Scheinwerfer erfassen am Straßenrand einen scheinbar wegen einer Panne liegen gebliebenen Wagen, dessen Fahrer ihn anhält. Er bleibt stehen, und der Fahrer schlägt ihm den Schädel ein. Dann klemmt er Sterns Fuß auf dem Gaspedal fest und befördert das Auto über die Böschung. In dem Szenario, dessen Bilder ich wieder und wieder vor meinem geistigen Auge vorüberziehen lasse, ist der Fahrer, der Stern anhält, Nicholas.

„DALE, hier ist Alex. Wie sieht es bei Vallence aus?"

„Die Spurensicherung stellt immer noch das Haus auf den Kopf, aber die Gerichtsmedizinerin ist inzwischen fertig. Sieht so aus, als hätte ihn ein einziger Schnitt in den Hals getötet. Um das Haus herum haben sie einige eindeutige Fußabdrücke von mindestens zwei Personen ermittelt. Dazu gibt es noch ein paar andere brauchbare Dinge, unter anderem seine Schuhe."

„Was ist damit?"

„Die Sohle von Vallences rechtem Schuh stimmt mit dem Abdruck überein, den wir an der Stelle, wo Garner ausgegraben wurde, gefunden haben. In seiner Garage ist ein Spaten, an dem noch Lehm klebt. Wir werden ihn analysieren lassen; dann wissen wir, ob er von dort ist."

„Vallence war also Nicholas' Komplize?" Ich klemme mein Handy zwischen Schulter und Kinn fest, um über den Schreibtisch, an dem ich sitze, zu greifen und meine Kaffeetasse heranzuziehen. „Ich schätze, dass das der Grund ist, warum sein Wagen nicht vor dem Haus stand."

„Das sehe ich auch so. Die Schlüssel fehlen übrigens. Ich habe eine öffentliche Fahndung nach dem Wagen veranlasst. Vielleicht fällt es den Kollegen von der staatlichen Polizei dann leichter, ihn zu finden."

„Noch kein Glück gehabt?"

„Leider nein. Aber es gibt noch mehr. Vallence hatte ein paar Fotos und noch andere Gegenstände von Angela Lamond in seinem Schlafzimmer. Sieht so aus, als hätten sie ein heimliches Techtelmechtel gehabt."

„Der Käufer von Angelas Rose, hm? Aber wozu die Geheimniskrämerei?"

„Keine Ahnung. Vielleicht war es ihnen einfach lieber so. Es könnte auch sein, dass Nick sie nur umgebracht hat, um den Doktor unter Druck zu setzen." Ich höre am anderen Ende der Leitung den Wind pfeifen. Offenbar ist Dale ins Freie gegangen. „Sag mal, hast du die Unterlagen auf seinem Schreibtisch gesehen, als du im Haus warst?", fragt er.

„Ich habe einen Blick darauf geworfen. So wie sie angeordnet waren, sah es ganz so aus, als ob sie eigens für uns hingelegt worden wären."

„Stimmt, das habe ich mir auch gedacht. Teilweise hochinteressantes Zeug. Allem Anschein nach hat der Doktor bestimmten Leuten auf Rezept Rauschgift verschafft – natürlich nicht umsonst. Er hatte ein paar Stammkunden. So viele, dass es ihm ein hübsches Zusatzeinkommen einbrachte. Der Doktor hat auch vom St Valentine's Geld erhalten. Möglicherweise als Gegenleistung dafür, dass er geflissentlich übersah, wie einige der Kinder dort misshandelt wurden."

„Wenn Nick darüber Bescheid wusste, könnte er Vallence dazu erpresst haben, ihm zu helfen. Sonst noch was?"

Dale zögert, und ich höre, wie er sekundenlang den Atem anhält. „Allerdings", sagt er schließlich. „Aber das solltest du besser von Dr. Larson erfahren."

Nachdem Dale aufgelegt hat, fasse ich mir ein Herz und fahre zu Gemma ins Krankenhaus, um den Versuch zu machen, mich für meinen Ausraster am Abend zuvor zu entschuldigen. Zu meiner Erleichterung ist Gemma allein in ihrem Büro unten. Ich klopfe und trete ein. Sie sieht, ohne zu lächeln, auf; ihre grünen Augen sind unergründlich.

„Hallo", murmle ich kleinlaut. „Können wir reden?"

„Ich hatte schon befürchtet, du wärst nicht dazu bereit", antwortet sie. In ihrem Ton vermag ich keine Spur eines Vorwurfs zu entdecken. Ein gutes Zeichen – zumindest hoffe ich das.

„Oh, doch, doch." Die Nervosität beflügelt meine Sprache. „Was ich gestern getan habe und die Worte, die ich gesagt habe, das tut mir alles schrecklich Leid. Seitdem lässt mir das einfach keine Ruhe, weil ich dich verletzt habe und etwas versaut habe, was sonst ein wunderschöner Abend mit einer Frau geworden wäre, für die ich viel empfinde." Ich fahre mir mit den Fingern durch die Haare. „Ich weiß, dass du mich jetzt für einen Blödmann halten musst", fahre ich fort, „aber ich wollte dir sagen, wie elend ich mich fühle, und dich bitten, mir eine zweite Chance zu geben."

Eine Weile, die mir wie eine Stunde vorkommt, sitzt Gemma schweigend da, den Blick unablässig auf den meinen geheftet. Dann entspannt sich ihre Miene. „Ich halte dich nicht für einen Blödmann, Alex", erwidert sie. „Jedenfalls noch nicht."

Erleichterung flutet durch meinen ganzen Körper.

„Und ich glaube zu wissen, was gestern über dich gekommen ist. Du nimmst seit Ewigkeiten Tabletten gegen Schlaflosigkeit, richtig?"

„Seit Jahren, ja. Immer wieder mal."

Sie hält die Flasche mit den Pillen hoch, die ich in der Jackentasche vergessen hatte. Die Jacke selbst liegt auf einem Tisch in der Ecke. „Und du hast dich bei diesen hier an die Anweisungen gehalten?"

„Zwei pro Nacht, so wie es auf dem Beipackzettel steht." Allmählich keimt in mir ein Verdacht. „Dr. Vallence hat sie mir nach einem Telefongespräch mit meinem Hausarzt in Boston verschrieben."

Gemma kommt um den Schreibtisch herum zu mir und sieht mir in die Augen, als untersuche sie mich. „Und wie fühlst du dich jetzt?"

„Okay, denke ich. Stimmt was mit den Tabletten nicht? Ich meine, immerhin zeigen sie die gewünschte Wirkung: Ich kann schlafen."

„Beim Lesen von Dr. Vallences Aufzeichnungen haben die Leute vom Sheriff's Department heute Vormittag auf einer der Kopien seiner Rezepte deinen Namen entdeckt." Sie bricht unvermittelt den Blickkontakt ab. „Auf die Rückseite hatte er eine Notiz gekritzelt, aus der hervorgeht, dass er den Apotheker aufgefordert hat, dir heimlich ein anderes Mittel zu geben, als auf der Verschreibung steht. Ich habe den Beamten gesagt, dass ich noch deine Jacke mit den Tabletten in der Tasche habe, und Sheriff Townsend hat das Krankenhauslabor gebeten, sie zu überprüfen."

Sie richtet den Blick wieder auf mich. „Das, was du bekommen hast, heißt in Wahrheit Triazolam. Es wird für die Behandlung von Schlaflosigkeit verwendet, kann aber starke Nebenwirkungen haben, vor allem dann, wenn man doppelt so viel wie die normale Dosis einnimmt."

„Doppelt so viel? Was für Nebenwirkungen?"

„Psychotisches Verhalten. Gesteigerte Reizbarkeit. Laut dem Etikett auf der Flasche handelt es sich hier um verhältnismäßig schwache Lorazepamtabletten, von denen man tatsächlich zwei pro Nacht nehmen kann. Nur sind das da drin die anderen Pillen, sodass du doppelt so viel wie zulässig von etwas geschluckt hast, was ungleich stärker ist."

„Klingt nicht gerade gut", brumme ich.

Gemma nickt. „Allerdings. Jemand wollte dich dazu bringen, eine Überdosis zu schlucken, entweder in der Absicht, dich zu töten oder als Polizist unbrauchbar zu machen. Du kannst von Glück reden, dass du keine schlimmeren Nebenwirkungen gespürt hast als das, was ich gestern Abend gesehen habe."

„Na ja, ich hatte einige ziemlich merkwürdige Träume."

„Träume?"

„Und ein, zwei Halluzinationen. Ich dachte schon, der nächste Nervenzusammenbruch würde sich ankündigen." Ich sehe Gemma mit einem verlegenen Lächeln an.

Ihre Augen weiten sich etwas. „Halluzinationen?"

„Nichts Schlimmes, ehrlich. Hör mal, ich bin doch auf dem Weg der Besserung, oder? Ich meine, dieses Zeug legt einem nicht das Gehirn auf Eis oder zerstört die Leber oder so was?"

Sie lächelt, worauf die Grübchen unter ihren Wangen sichtbar werden. „Du wirst es überleben."

„Schön. Und du hältst mich nicht für einen Idioten?"

„Nein", sagt Gemma, „das tue ich nicht."

Ich lächle nun auch. „Es ist eine echte Erleichterung, dich das sagen zu hören. Es ist hier auch so kompliziert genug, ohne das einzige Gute kaputtzumachen, das für mich aus dem ganzen Kuddelmuddel herausgekommen ist. Du … äh …"

„Ja?"

Irgendwie verschämt fahre ich fort. „Du hast heute Abend nicht zufällig Zeit, oder? Sonst könnten wir es vielleicht noch mal mit einer Verabredung versuchen."

Gemma antwortet mit einem Kuss, eher einer sanften Berührung, die lange auf meinen Lippen verweilt, ein Gefühl von etwas Hauchzartem, Süßem. Als wir uns schließlich voneinander lösen, fragt sie: „Wieder um acht Uhr?"

„Ich würde dich nicht bitten, an zwei Abenden nacheinander für uns zu kochen."

„Wir können ja eine Pizza bestellen."

ICH FAHRE nach Winter's End zurück in der Absicht, mich ein, zwei Stunden aufs Ohr zu legen, bevor ich mich für den Besuch bei Gemma fertig mache. Als ich vor dem Hotel anhalte, lasse ich die Hände noch einen Moment lang auf dem Lenkrad liegen. Mein müdes Bewusstsein muss noch all das verarbeiten, was heute über mich hereingebrochen ist. Als ich dann durch die innere Tür eintrete, ist das Foyer so leer wie eh und je. Allerdings überrascht es mich, die Tür zu meinem Zimmer unversperrt vorzufinden. Aber vielleicht treffe ich jetzt jemanden an, wer auch immer das sein mag, der oder die hier als Reinigungskraft gilt.

Der Fernseher ist an; es läuft irgendein Musikkanal, und Sophie liegt, gegen das Kopfteil gelehnt, mit angezogenen Beinen auf dem Bett, die Fernbedienung in der Hand.

„Hallo", sagt sie, ohne sich zu mir umzudrehen. „Ich hab dem Typ am Empfang gesagt, ich sei eine Freundin von Ihnen, und er hat mich reingelassen."

„Ich habe hier seit meiner Ankunft niemanden gesehen. Da musst du ganz schön Glück gehabt haben." Ich will eigentlich gar nicht misstrauisch wirken, aber das lässt sich nicht vermeiden.

„Na gut, ich hab ins Gästebuch geschaut und mir dann den Schlüssel genommen, der hinter dem Pult hing", räumt sie ein.

„Womit nur noch die Frage bleibt, warum du gekommen bist."

„Ich hab das mit dem Doktor und dem Typ, den sie im Mason Woods gefunden haben, gehört."

Ich nicke langsam. „Und?"

„Ich denke, dass das, was ich weiß, Ihnen vielleicht helfen kann. Sonst wäre ich nicht hier."

„Okay, entschuldige bitte." Ich hocke mich aufs Ende der Matratze.

Sophie streckt die Beine aus, weil ihre Knie sonst mein Gesicht verdecken würden. „Mir ist noch was über dieses Heim dort eingefallen. Was Typisches, wissen Sie? Es war, kurz bevor ich von dort weg bin. Ich war in einem von den Schlafsälen, die in der Nähe der Büros lagen." Ihre Augen haben den abwesenden Ausdruck des Rückblickens in die Vergangenheit angenommen. „Es war Nacht, aber ich konnte nicht schlafen, weil ich eine Erkältung hatte. Ich hörte einen Mann schreien, aber es war gedämpft, als ob eine schwere Tür oder was anderes dazwischen gewesen wäre. Dann hat es noch eine Stimme gegeben, die nicht so laut war und die widersprochen hat. Ich bin aus dem Bett gekrochen und hab die Tür einen Spaltbreit aufgemacht, um in den Flur hinauszuschauen. Ich erinnere mich, dass in einem der Zimmer weiter unten Licht an war, und dann habe ich die Stimmen deutlicher gehört. Ein Mann hat geschrien, ich glaube, er hat einen von den älteren Jungen zur Schnecke gemacht. Was der ihm geantwortet hat, habe ich nicht verstanden. Der Mann ist lauter geworden, und der Junge hat noch mal was gesagt, mit ganz, ganz leiser Stimme, und es ist still geworden. Danach ist das Heulen losgegangen. Es hat und hat nicht aufgehört, mit Schluchzen und allem, bis ich irgendwann eingeschlafen bin. Ein solches Geräusch vergisst man einfach nicht, vor allem nicht in einem so großen, alten Haus."

„Was hat das mit diesem Fall zu tun?", frage ich.

„Sie wollten wissen, ob mir noch was zu den älteren Jungen einfällt", antwortet Sophie achselzuckend. „Wie auch immer, am nächsten Tag war das Büro der Krankenschwester die ganze Zeit geschlossen, weil sie jemanden behandeln musste. Und ich habe nichts gegen meine Erkältung bekommen."

Das ist anscheinend alles. „Danke für deine Beobachtung, Sophie", sage ich. „Wenn dir noch was einfällt, ruf mich einfach an."

„Gern." Sophie lässt die Füße auf den Boden gleiten und schlüpft wieder in ihre Schuhe. Ich begleite sie zur Tür. „Danke fürs Zuhören", sagt sie im Hinausgehen. „Die meisten hier in der Gegend halten mich bloß für verrückt." Sie reckt mir das Gesicht entgegen und pflanzt mir einen Kuss mitten auf die Lippen, ehe sie sich mit einem verschmitzten Lächeln umdreht und mir noch einmal winkt.

Kopfschüttelnd schließe ich die Tür. Dann falle ich dankbar aufs Bett, um mir eine wohlverdiente Ruhepause zu gönnen. Träge ziehe ich die Schachteln mit den Sachen heran, die mein Dad bei Ben Anderson zurückgelassen hatte. Das Foto aus Vallences Büro hatte mich an etwas erinnert, und das Einzige, von dem ich mir jetzt Aufklärung verspreche, ist der Packen Bilder in der Hinterlassenschaft meines Vaters.

Ich entknote den vergilbten Faden, der sie zusammenhält, und breite sie vor mir aus, um nach irgendetwas Auffälligem zu suchen. Nach etwa zwei Minuten ziehe ich zwei Fotos aus dem Haufen heraus und betrachte sie eingehend.

Das erste interessiert mich, weil ich die Person darauf nicht erkenne. Ein kleiner Junge, wahrscheinlich nicht älter als sechs Jahre, der unsicher in die Kamera starrt. Die zweite Aufnahme bannt mein Interesse, weil sie meinen Vater zeigt. Genauer gesagt, sie zeigt ihn in Freizeitkleidung mit einer Baumreihe und einem silbern schimmernden See im Hintergrund. Das Foto gleicht aufs Haar demjenigen in Vallences Büro.

Neben meinem Dad stehen Henry Garner und der Arzt selbst. Auf die Rückseite ist etwas mit Bleistift geschrieben worden: *Claye Lake. Joshs großer Fang (war mit dem Knipsen dran).*

Beim Betrachten der Gesichter dieser Männer bekomme ich jäh eine Gänsehaut. Sie alle sind jetzt tot, zwei von ihnen beinahe mit Sicherheit von Nick ermordet. Und was ist mit dem dritten, meinem Dad? Ist das etwa der Grund, warum Nick sich so gut über ihn und die Umstände seines Todes informiert zeigte?

Bevor ich alles wieder verstaue, nehme ich die letzten zwei Gegenstände aus der Schachtel und finde zuunterst einen einzelnen Bogen Papier, der mit der Zeit gelb und brüchig geworden ist. Den Briefkopf bilden der Name und das Logo des St Valentine's.

> Einige von Matthews Lehrern haben sich über sein Benehmen beschwert. Zwar ist er nicht ausgesprochen renitent, doch sie berichten mir, dass er sich mehrmals geweigert hat, seine Hausaufgaben zu machen, und im Unterricht wenig oder gar nicht aufpasst.
>
> Womöglich werden wir ihn an eine andere Schule versetzen müssen. Unser Personal tut sein Möglichstes, um ihm Disziplin beizubringen, und behält ihn weiter im Auge, falls sein Verhalten ein Symptom von etwas Ernsterem sein sollte.

Die Mitteilung ist mit „Henry" unterzeichnet. Ich habe keine Ahnung, was sie unter den persönlichen Gegenständen meines Vaters zu suchen hat. Vielleicht arbeitete er hin und wieder als Anwalt für das St Valentine's. Vallences Anglerfoto tanzt unentwegt vor meinen müden Augen. Garner, tot am Grund des Black Ravine. Stern, in den Trümmern seines Wagens. Vallence, in seinem Büro vornübergekippt. Mein Vater, mit aus der Stirn rinnendem Blut auf dem Beifahrersitz neben mir. Und die Frau im Medaillon …

Die Frau im Medaillon war Opfer eines Verbrechens, das lange ungesühnt geblieben war … Was haben diese Männer ihr angetan? Sie umgebracht?

Ich verwerfe diesen Verdacht in dem Moment, in dem er mich befällt. Mein Vater war so weit davon entfernt, einen Mord zu begehen, wie man es nur sein kann. Er hatte seine Schwächen wie jeder andere auch, aber er war kein Verbrecher.

Viel habe ich nicht in den Händen. Ich muss herausfinden, wer die Frau im Medaillon war, und dafür benötige ich Nicholas. Ich versuche es mit der Handynummer, von der aus er mich angerufen hat, doch eine automatische Nachricht meldet nur, dass dieses Gerät abgeschaltet ist.

Ich liege auf dem Bett. Über das Foto von den vier Männern schiebt sich das Bild der namenlosen Frau. Sie schwebt vorbei, ihre Augen weit und voller Vertrauen, ihr Lächeln breit, doch auch unsicher. Ein Gesicht, das jetzt einen Hauch von Vertrautheit hat. Die Wangenknochen – vielleicht – oder die Nase. Die Form der Augen.

Eine Ähnlichkeit, die so ausgeprägt ist, dass ich fast an Blutsverwandtschaft glaube, und zwar mit dem Jungen, dessen Bild mein Vater in Bens Speicher zurückgelassen hat.

EIN WEITERER Abend, ein weiterer Blick auf die Uhr, einmal mehr auf die Klingel gedrückt. Meine Hände, die vor Nervosität feucht sind, umklammern einen Blumenstrauß und eine weitere Flasche Wein.

Diesmal lässt mich Gemma etwas länger warten, bis sie aufmacht. Sie trägt ein enges schwarzes Oberteil, das sich deutlich von ihrem blonden Haar abhebt, und einen dazu passenden Rock. Sie lächelt und lässt mich herein.

Wie versprochen, bestellen wir eine Pizza. Auf dem Sofa liegend, Gemma an mich geschmiegt, schauen wir uns „Hannibal" an und essen dazu die Pizza und trinken Wein. Mittendrin verlieren wir das Interesse an dem Film und beschäftigen uns nur noch miteinander. Langsam und sanft lieben wir uns in einem zärtlichen, doch leidenschaftlichen Ineinanderverschmelzen. Später tun wir das noch einmal, diesmal unter ihrer herrlich frisch riechenden Decke. Gemma schlummert vor mir ein, und eine Weile betrachte ich sie, wie sie ruhig gegen mich gepresst daliegt, spüre durch ihre warme Brust, wie mein Herz im Einklang mit dem ihren schlägt.

Ich habe schon immer geglaubt, dass sich das wahre Gesicht der Menschheit dann offenbart, wenn wir schlafen. Unsere Sorgen und Ängste des Tages verschwinden, und unsere Züge werden weicher, denn wir finden die Art von Frieden, die uns bei Tageslicht nur selten vergönnt ist. Wie Gemma mit ihrem zerzausten Haar auf einer Wange liegt und um ihre Lippen ein vages Lächeln spielt, ist sie vielleicht der schönste Anblick, den ich je gesehen habe.

In dieser Nacht falle ich in einen natürlichen, gesegnet tiefen und traumlosen Schlaf, etwas, was ich seit meiner Rückkehr nach Winter's End nicht mehr erleben durfte.

DER TAG bricht an, und zum ersten Mal seit einer – wie es mir scheint – Ewigkeit brauche ich mich nicht einem einsamen Frühstück in den widerhallenden Räumlichkeiten der Crowhurst Lodge zu stellen. Ich fühle mich entspannt und glücklich und schwelge in der neu entdeckten Freude menschlicher Gesellschaft. Gemma und ich verabschieden uns in der Auffahrt; jeder hat seiner eigenen Wege zu gehen. Der Kuss, den wir teilen, ist lang und tief.

Bei meiner Ankunft im Büro treffe ich Dale zusammen mit Lieutenant Matheson an. Dale deutet auf einen Stoß Papiere vor sich auf dem Schreibtisch. „Das ist der Stand der Dinge“, erklärt er, an mich gewandt. „Die Fotos, die wir bei Vallence gefunden haben, gehörten Nicholas. Der Tod ist vor zwei Tagen irgendwann zwischen zwei und vier Uhr nachmittags eingetreten, also der Zeitraum, in dem Nick dich vom Haus des Doktors aus angerufen hat. Vallence wurde mit einem einzigen Schnitt durch die Kehle getötet, mit einer Klinge, die wir noch nicht gefunden haben. Auf dem Schreibtisch lagen drei Nachrichten, alle von Kurierdiensten ausgeliefert. Eine warnte ihn davor, dass sich jemand nach dem St Valentine's erkundigen oder ihm ein Medaillon mit dem Foto einer Frau zeigen könnte, und forderte ihn dazu auf, ‚Maßnahmen zu ergreifen‘ – wie ich das sehe, kommt an dieser Stelle dein gefälschtes Rezept ins Spiel, Alex. Der Befehl wurde mit folgender Drohung bekräftigt: ‚Halten Sie sich nur vor Augen, was ich mit Ihrer Freundin gemacht habe, falls Sie von meiner Aufrichtigkeit nicht überzeugt sind.‘ Mit der zweiten Nachricht hat er Vallence befohlen, in der fraglichen Nacht Garners Grab aufzubuddeln, allerdings hat er ihn nicht davor gewarnt, was ihn dort erwartet. Und in der letzten hat er ihn aufgefordert, seinen Wagen einen halben Häuserblock vom Gefängnis entfernt in Houlton abzustellen und ohne Auto heimzufahren. Auf allen dreien haben wir Nicks Fingerabdrücke gefunden.“ Dale holt Luft und seufzt. „Leider fehlt von Nick weiterhin jede Spur. Das Gute ist immerhin, dass wir jetzt eine genauere Vorstellung davon haben, wie er Angela verschleppt hat. Der gestohlene Wagen, den Alex im Wald entdeckt hat, ist, was Modell und Farbe betrifft, mit dem einer Nachbarin aus der Carver Street identisch. Dass es nicht derselbe war, konnte Angela erst merken, als Nick nahe genug herangefahren war und sie überwältigte.“

„Wer war denn diese Verrückte im Wald draußen, als wir Garner gefunden hatten?“, erkundige ich mich.

Dale zieht eine Augenbraue hoch. „Ach, das war nur Ellie Naylor. Die ist harmlos. Warum?“

„Ich bin ihr noch mal in der St-Francis-Kirche über den Weg gelaufen. Sie ist mir mit dem gleichen Blödsinn vom ‚Werk des Teufels‘ gekommen wie Nick in den Verhören, und sie schien die Frau im Medaillon zu kennen.“

Dale zuckt mit den Schultern. „Bestimmt nichts als verrücktes Gerede.“

„Wie ist es so weit mit ihr gekommen?“

„Sie ist Sophie Donehans Tante. Nach dem Selbstmord ihrer Schwester ist sie durchgedreht. Wie gesagt, sie ist harmlos.“

Ich seufze. Dale mag ja Recht haben, aber überzeugt hat er mich nicht.

„Noch andere Vorschläge?“, fragt Dale.

„Wie wär’s mit einer Auflistung möglicher weiterer Opfer?“, meine ich.

Matheson zuckt mit den Schultern. „Er würde doch sicher nur töten, um seine Spuren zu verwischen, oder wenn jemand versuchen würde, ihn daran zu hindern, ein Auto zu klauen oder so.“

Dale sieht mich fragend an. „Nein“, sage ich kopfschüttelnd, „er ist hierher gekommen, um etwas Bestimmtes zu erledigen. Was, das weiß ich noch nicht, aber er hat es genau ausgetüftelt. Bei Garners Ermordung ist er so raffiniert vorgegangen, dass niemand etwas davon mitbekam. Ich halte es für durchaus möglich, dass er danach wieder getötet hat, nur dass es jedes Mal nach einem Unfall aussah. Dass er sich diesmal hat schnappen lassen, war Absicht. So jemand zeigt sich nicht, es sei denn, er geht davon aus, dass ihn das nicht daran hindern wird, sein Vorhaben zu Ende zu führen.“

„Wer, glaubst du, waren seine früheren Opfer, Alex?“

„Joshua Stern, der Rathaussekretär, und ...“ – ich zögere kurz, noch nicht wirklich bereit, mich dieser Möglichkeit zu stellen – „und mein Vater.“

Dale zieht die Augenbrauen hoch. „Du glaubst, dass er deine Eltern ermordet hat?“

„Er hatte es auf meinen Dad abgesehen. Meine Mom war vermutlich nur eine Dreingabe.“ Im selben Moment wird mir klar, was ich da gesagt habe. „Mein Gott, ich fühle mich schrecklich, wenn ich solche Worte dafür verwende!“

Jetzt begreife ich, warum Polizisten sich nach Möglichkeit nicht in Fälle verwickeln lassen sollten, in denen sie selbst Betroffene sind. Nicht, weil der Rachedurst zu gewaltig wäre – obwohl ich natürlich sehen will, wie Nick zur Strecke gebracht wird, falls er meine Eltern tatsächlich umgebracht hat –, sondern weil es einem dann umso schwerer fällt, wie ein Polizist zu denken.

Dale scheint zu verstehen. Als wäre nichts gewesen, fährt er fort: „Stern ist bei einem Autounfall ums Leben gekommen."

„Und mein Dad bei einem Zusammenstoß mit Fahrerflucht. Beide waren Freunde von Vallence und Garner. Die vier sind viel zusammen angeln gegangen."

„Hat es um diese Zeit denn noch andere Todesfälle gegeben, die damit zusammenhängen könnten?", will Matheson wissen.

„Da müsste ich im Archiv nachschauen", meint Dale. „Wenn ich mich richtig erinnere, ist Stern in dem Jahr gestorben, in dem Bob Kennedy, mein Vorgänger, den Herzinfarkt hatte. Der kannte Winter's End ziemlich gut. Hatte eine Hütte am Aroostook River. Aber sonst fällt mir niemand ein."

„Sheriff Kennedy, hm? Hat er nach dem Brand im St Valentine's nicht auch solche komischen Briefe gekriegt?", frage ich.

Dale zuckt mit den Schultern. „Schon, aber das war ein, zwei Jahre vor seinem Tod. Bei ihm gab es kein Anzeichen von krummen Machenschaften. Der Mann hatte eben ein schwaches Herz, sonst nichts."

Hinten im Einsatzraum ruft ein Beamter laut Dales Namen. „Ich hab einen Förster an der Leitung, Chef!", schreit er. Sein Gesicht verrät Aufregung. „Er sagt, er hätte vor der McWirren-Jagdhütte am Purser Lake einen Wagen gesehen, auf den die Beschreibung des gesuchten passt!"

Es ist eine halbe Stunde später, Regen setzt gerade wieder ein, als ich auf einem Waldweg aus dem Auto steige. Die Erde zwischen den düsteren, dicken Baumstämmen ist dunkel und schwer, die Schatten sind in der Trübnis des Tages umso finsterer. Der Weg folgt noch etwa zweihundert Meter einem sanften Höhenzug, ehe er westwärts zum See und zur McWirren-Hütte hinabführt.

Ich schlage den Kragen gegen den nun mit vermehrter Kraft fallenden kalten Regen hoch und gehe zu Dale, seinen zwei Deputys und den vier Männern von der staatlichen Polizei hinüber, die alle vor einem Einsatzwagen stehen. Dale redet mit einem jüngeren Kollegen von der staatlichen Behörde, anscheinend demjenigen, der hier als Erster eingetroffen ist.

„Wo zum Teufel ist der Förster?", fragt er. „Hat er nicht gesagt, dass er uns hier treffen will?"

Der jüngere Polizist zuckt mit den Schultern. „Hat er, aber jetzt ist er nicht da. Sie glauben doch nicht, dass er beim Blockhaus ist?"

„Vielleicht, aber ich sehe auch keine Spur von seinem Jeep."

„Was ist los?", frage ich Dale.

„Der Förster hat doch versprochen, dass er an Ort und Stelle bleiben und uns Bescheid geben will, wenn jemand vorbeikommt. Na ja, wahrscheinlich müssen wir dann eben ohne seine Information zum Blockhaus runtergehen." Dale hebt die Stimme etwas, damit ihn jeder hören kann. „Es ist nicht auszuschließen, dass unser Mann eine Geisel bei sich hat, falls er dort unten ist. Schießt nicht, solange ihr nicht absolut sicher seid, worauf ihr zielt. Gehen wir."

Ich ziehe meine Pistole aus der Jacke und entsichere sie. „Mir gefällt nicht, dass der Förster auf einmal verschollen ist", raune ich.

„Mir genauso wenig. Vielleicht ist er bloß nervös geworden und abgehauen."

„Hoffentlich."

Wir verstummen wieder. Das Rauschen des prasselnden Regens ist der einzige Laut, der uns auf dem Weg durch den immer tiefer werdenden Matsch begleitet, bis der Pfad einen Knick nach links macht.

Die McWirren-Jagdhütte, ein großes Blockhaus von der Sorte, wie sie gern als Urlaubsunterkunft an Familien vermietet wird, erhebt sich düster am Fuß des Hügels, einen Katzensprung vom Wasser des Purser Lake entfernt.

„Kein Wagen davor", brummt Dale. „Vielleicht hinter dem Haus."

„Und immer noch kein Zeichen von dem Förster."

Wir schwärmen aus, je drei von uns zu jeder Seite. Der daumendicke Teppich aus Kiefernnadeln, der den Boden bedeckt, dämpft unsere Schritte.

Als ich die letzte Baumreihe erreiche, stelle ich fest, dass die Hütte selbst nach der Winterpause noch zu schlafen scheint: Die Fenster sind hinter schweren Läden verborgen, und vor ihr deckt ein dünner Teppich aus Zweigen und altem Laub die Erde zu. Falls in jüngster Zeit irgendwelche Fahrzeuge hier gewesen sind, müssen ihre Spuren meisterhaft verwischt worden sein.

Ich werfe Dale einen Blick zu, während unser Trupp nun aus den Bäumen tritt und sich mit gesicherten Waffen vorsichtig dem Gebäude nähert.

Ich stecke meine Pistole wieder ins Holster. „Er ist nicht da, Dale."

„Woher nimmst du deine Sicherheit?"

„Schau dir doch die Hütte an." Zwei Männer von der staatlichen Polizei prüfen jetzt die Vordertür, die sich als zugesperrt erweist. „Hier ist seit Ewigkeiten niemand mehr gewesen. Das war ein Schlag ins Wasser." Ich drehe mich abrupt um und beginne, allein wieder die Anhöhe hinaufzustapfen.

„Und der Förster?", ruft Dale mir nach. „Was ist mit dem passiert?"

Ich bleibe stehen und blicke über die Schulter zurück. „Woher zum Teufel soll ich das wissen? Das war ein blöder Witz, oder vielleicht hat uns Nicholas an der Nase herumgeführt. Ich gehe schon mal zum Wagen zurück. Wenn ich mich getäuscht habe und ihr doch noch was findet, könnt ihr mich ja rufen."

Ich stiefle grimmig durch den Schlamm bergauf zu der Stelle, wo meine Corvette völlig deplatziert zwischen all den Einsatzwagen steht. Zwei Deputys haben es sich in ihrem Jeep bequem gemacht.

„Was Neues?", will einer wissen.

„Noch nicht. Das Haus sieht ziemlich verlassen aus."

Ich plumpse in die Corvette und lasse die Füße mit den schlammbedeckten Stiefeln zur Tür hinaushängen, während ich mir einen Glimmstängel anstecke.

Plötzlich meldet sich das Funkgerät im Jeep mit einem Rauschen, und einer der Deputys ruft mich zu sich. „Das sollten Sie besser selbst hören."

„Was ist denn?"

„Deputy Traynor drüben in Winter's End", meldet sich eine Stimme am anderen Ende der Leitung. „Ich bin zur St-Francis-Kirche gerufen worden, weil jemand die Verwüstung von Gräbern auf dem Friedhof angezeigt hat."

„Hm."

„Tatsächlich war es nur ein Grabstein, der umgestürzt worden ist, aber mittendrauf lag eine Nachricht, die an Deputy Alex Rourke vom Sheriff's Department gerichtet ist."

Meine Fingerspitzen beginnen zu kribbeln. „Das bin ich. Wer hat angerufen und den Vorfall gemeldet? Haben Sie eine Beschreibung des Vandalen?"

„Eine Frau, die gegenüber dem Friedhof wohnt, hat vor etwa einer halben Stunde angerufen. Sie hat ihn nicht richtig sehen können, aber sie sagte, es wäre ein Bursche mit dunklem Haar und Alltagskleidung gewesen. Er ist dann in einem roten Pick-up davongefahren. Soll ich die Nachricht öffnen?"

„Nein, nein. Es könnte eine Briefbombe oder so was sein. Ich bin in etwa einer halben Stunde da."

Ich trage den Deputys auf, Dale Bescheid zu sagen, dann springe ich in die Corvette und nehme bis Winter's End kein einziges Mal den Fuß vom Gaspedal.

Es tut mir so schrecklich Leid, Sie verpasst zu haben, Mr Rourke. Genießen Sie die Jagd, oder setzt Ihnen der Druck allmählich zu? Wie ich annehme, wissen Sie inzwischen über den Arzt und seine Machenschaften beim Austausch Ihrer Tabletten Bescheid. Mir war nicht ganz klar, was er sich einfallen lassen würde, aber ich muss zugeben, dass ich seine Bemühungen bewundere.

Haben Sie kein Mitleid mit ihm. Der Mann war Abschaum, ein Verbrecher, auch wenn seine übelste Gräueltat nicht in den Dokumenten stand, die ich für Sie hinterlassen habe.

Wissen Sie, wie das ist, wenn einem ein geliebter Mensch weggenommen wird? Ich spreche jetzt nicht von Ihren Eltern; selbst wenn dieser Zusammenprall mit der Limousine sie nicht erledigt hätte, hätte ihnen das Alter bald den Garaus gemacht. Nein, ich spreche von jemandem, der einem Menschen wahrhaftig nahe ist, für den man alles tun würde, um ihn zu schützen. Wissen Sie, wie man sich fühlt, wenn so ein Mensch stirbt?

Wissen Sie, wie man sich fühlt, wenn so ein Mensch vom eigenen Fleisch und Blut getötet wird?

Ich sehe von dem Zettel auf und gehe jeden Satz noch einmal im Geiste durch, suche nach Bedeutungen, Unterstellungen, Schlussfolgerungen. Deputy Traynor steht neben mir vor der offenen Tür seines Jeeps.

„Stecken Sie den Brief und den Umschlag in eine Tüte!", fordere ich ihn auf. „Wo haben Sie ihn gefunden?"

„In der Nähe vom rechten Rand des Friedhofs ist ein umgestürzter Grabstein. Sie können ihn nicht verfehlen."

Ich gehe durch das Tor und weiter ins vor Nässe triefende Gras des Friedhofs. Im östlichen Teil entdecke ich den geschändeten Grabstein. Als ich ihn erreiche, pfeift mir jäh eine Windbö um die Ohren, zerrt an meinen Kleidern und peitscht mir eiskalten Regen gegen die Haut. Ich beuge mich über die Inschrift:

JOANNA THORNE
VON DEN PRÜFUNGEN DES LEBENS ENDLICH BEFREIT
RUHE IN FRIEDEN

Der blassgrüne Stein ist mit Moos und Flechten überwachsen. Nicht nur daraus, sondern auch aus dem Fehlen jeglicher frischen Blumen schließe ich, dass Joanna schon eine ganze Weile keinen Besuch mehr hatte. Was hat Nick ausgerechnet auf ihren Grabstein gebracht?

Unentwegt hat unterdessen ein Teil meines Bewussteins Nicks Worte hin und her gewendet, jetzt bleibt es auf einmal beim letzten Abschnitt des Briefs hängen. Ich drehe mich abrupt um, laufe zum Jeep zurück und ziehe den Bogen, der inzwischen sicher in der Tüte für Beweismittel ruht, noch einmal heraus und lese ihn erneut.

Mit pochendem Herzen greife ich zum Handy. „Dale, Alex hier."

„Wir haben in der Hütte nichts gefunden, und es ist uns auch nicht gelungen, den Förster aufzuspüren …"

„Ja, es war wohl Nick, der uns aufs Land rausgescheucht hat, während er hier bei der St-Francis-Kirche war. Jetzt muss ich dich um zweierlei bitten, Dale."

„Klar doch, Alex. Klingt ja sehr dringend."

„Ist es auch. Bitte stell zwei Leute fürs Krankenhaus ab, damit sie auf Gemma aufpassen. Wir werden uns einen sicheren Ort für sie einfallen lassen müssen, wo sie eine Weile bleiben kann."

„Hat Nick sie bedroht?"

„Ja, vielleicht." Ich denke an die Sätze im Brief, das ganze Zeug über den geliebten Menschen klingt in meinen Ohren nach Drohung.

„Okay, ich gebe das gleich an die Kollegen von der Polizeiwache Houlton weiter. In wenigen Minuten werden zwei Beamte in Uniform bei ihr sein. Und was war das Zweite, das du von mir wolltest?"

„Joanna Thorne. Sie ist vor einundzwanzig Jahren gestorben und liegt hier in Winter's End begraben. Kannst du mir Informationen über sie besorgen: Wer sie war, wie sie gestorben ist, diese Art von Dingen eben?"

„Kein Problem."

Ich will das Gerät schon ausschalten, als mir noch etwas einfällt. „Ach, Dale, es tut mir Leid, dass ich heute Morgen ein wenig griesgrämig war. Anscheinend setzt es mir zu, dass wir ihn immer noch nicht erwischt haben."

„Vergiss es, Alex", brummt Dale. „Wir sind alle manchmal so. Aber wenn du willst, lasse ich dich mal den Verkehr regeln, wenn es hier ruhiger zugeht. Dann kannst du deinen Frust an den Autofahrern abreagieren."

„Verlockend, aber ich sehe lieber zu, dass wir den Scheißkerl einfangen."

JOANNA THORNE. Geboren vor 53 Jahren in Bangor. Wurde nach dem College Sekretärin in einer Anwaltskanzlei in Houlton. Auf den ersten Blick werte ich das als Verbindungsglied zwischen ihr und meinem Vater sowie dem Rest aus dem Kreis seiner verstorbenen Freunde, aber bei näherem Hinsehen stellt sich heraus, dass das eine konkurrierende Kanzlei war. Sie kündigte und zog in eine kleine Wohnung über einem Bekleidungsgeschäft in Winter's End. Nahm eine Reihe gering bezahlter Jobs in der Stadt an – Verkäuferin, Putzfrau, Küchenhelferin –, bis sie Alkoholikerin wurde. In einer Januarnacht schließlich kippte sie bewusstlos auf der Straße um und erfror. Sie heiratete nie, hatte jedoch von einem Unbekannten ein Kind, einen Jungen mit dem Namen Matthew, der etwa neun Monate vor ihrem Umzug nach Winter's End auf die Welt kam. Nach ihrem Tod wurde er ein Mündel des Staats, und man steckte ihn ins St-Valentine's-Waisenhaus. Sonstige Aufzeichnungen über seinen Weggang vom Heim müssen bei dem Brand zerstört worden sein.

Sind sie das wirklich? Ich denke an die Nachricht, die ich in der Hinterlassenschaft meines Vaters über einen Jungen namens Matthew gefunden habe. Könnte das derselbe sein, und falls ja, was hatte mein Vater mit seinem Aufenthalt im St Valentine's zu tun? Möglich ist auch, dass seine Kanzlei juristisch mit Matthew befasst war, als er in die Obhut des Heims gegeben wurde, oder dass er den Jungen bei seinen Besuchen dort einfach in sein Herz schloss. Es gibt aber auch andere Möglichkeiten, weitaus dunklere, die wie Haie in der Düsternis unter der Oberfläche meiner Gedanken lauern.

Aus den dürftigen Informationen, die es über Joanna gibt, kann ich nicht ableiten, warum sich ihr Leben nach der Geburt ihres Sohnes so dramatisch veränderte. Matthew dürfte inzwischen so alt sein, wie wir Nicholas schätzen. Seine Vertrautheit mit der Umgebung, dem Brand des St Valentine's und seine Wahl des Grabsteins als Depot für den Brief an mich würden allesamt Sinn ergeben, wenn Nick und Matthew Thorne identisch wären. Aber warum sollte er dann das Grab seiner Mutter schänden?

„Ich störe doch nicht, oder?“

Gemma tritt leise über die Schwelle des Archivs im Sheriff's Department, auf ihrem Gesicht die Ahnung eines Lächelns und verhaltene Sorge.

Ich stehe auf und sage mit dem schönsten Lächeln, das ich hinkriege: „Nein, ich habe nur nachgedacht, das ist alles.“

Sie tritt nahe heran, als wolle sie mir einen Kuss geben, doch stattdessen fixiert sie mich mit ernsten Augen und fragt: „Alex, warum werde ich auf Schritt und Tritt von zwei Polizisten eskortiert?“

Mir fällt auf die Schnelle keine schonende Formulierung ein. „Weil die Gefahr besteht, dass Nicholas über dich Bescheid weiß und versuchen könnte, na ja, mich zu treffen, indem er dir etwas antut.“

„Oh!“ Sie blinzelt mehrmals und senkt den Blick.

„Er hat dich nicht direkt bedroht“, versuche ich meine Worte etwas abzumildern, „aber er hat davon geredet, wie es ist, wenn man einen geliebten Menschen verliert, und da wollte ich dich keiner Gefahr aussetzen. Darum der Begleitschutz.“

Ich erzähle ihr vom Inhalt des Briefs.

„Wie ist es, wenn ich heimgehe?“, fragt sie. „Oder zur Arbeit? Soll ich für eine Weile woandershin fahren?“

„Bei der Arbeit dürftest du in Sicherheit sein. Dort könnte er wohl kaum etwas machen, ohne dabei gesehen zu werden. Daheim zu bleiben ist gefährlich. Er könnte in der Zeit, in der du nicht dort bist, einbrechen und sich verbergen. Dale hat deshalb ein leer stehendes Zimmer im Gerichtsgebäude hergerichtet. Für ein, zwei Tage sollte es einigermaßen Komfort bieten. Er hat sogar versprochen, dass das Sheriff's Department die Kosten fürs Frühstück übernimmt, wenn du es von dem kleinen Café ein paar Häuser weiter bringen lässt.“

Sie lächelt kurz und fragt: „Glaubst du, dass es bis zum Wochenanfang vorbei ist?“

Vor meinem geistigen Auge habe ich immer noch das Bild von Nick, wie er uns auf eine falsche Fährte gelockt hat, um ungestört ein Grab zu schänden. „Ja, vielleicht. Da ist aber noch das eine oder andere, das ich vorher klären muss.“

In dieser Nacht sitze ich im abgedunkelten Richterzimmer im Gerichtsgebäude, von der Couch mir gegenüber höre ich Gemmas regelmäßige Atemzüge, während ich zum wiederholten Mal alles, was ich gehört habe, an mir vorüberziehen lasse. Nicholas' ruhige, beherrschte Tonlage mischt sich mit hinein und wird übertönt von Dr. Vallences älterer Stimme, Earl Bakers Lügen, der Frau im Museum.

Wenn Nick Matthew Thorne wäre, ein verbitterter ehemaliger Insasse des St Valentine's, könnte ich verstehen, warum er möglicherweise Garner in der Nacht des Feuers umgebracht hat. Sollte Vallence der Führung des Heims geholfen haben, die dort verübte Kindesmisshandlung zu vertuschen, könnte ich ebenfalls nachvollziehen, warum er den Doktor erst durch Erpressung zu seinem Helfer gemacht und dann ermordet hat. Aber was ist mit Joshua Stern und meinem Vater? Hat er Stern ermordet und das dann wie einen Unfall hingedreht? War er tatsächlich der Fahrer des Wagens, der meine Eltern in Miami getötet hat? Ich wünschte, ich wüsste, warum jemand an meinem Vater Rache üben wollte.

Was verbindet Stern und meinen Vater mit Matthew Thorne? Um das zu erfahren, müsste ich jemanden fragen, der meinen Dad kannte, und zwar gut.

DIE SONNE mag zwar aufgegangen sein, aber durch die dicke dunkelgraue Wolkenbank, die sich hier in der Nähe des McLean River über dem Wald auftürmt, kann ich sie nicht sehen. Meine Uhr sagt mir, dass es an diesem freudlosen Samstagmorgen kurz nach neun ist. Mit Gemma im Schlepptau wühle ich mich durch das dichte, mit Laub bewachsene Unterholz.

Zwanzig Minuten nachdem wir die Corvette neben Ben Andersons zerbeultem Wohnmobil abgestellt haben, stehen wir an einem flachen Ufer aus Stein und schwerem Lehm am Scheitel einer der weit geschwungenen Biegungen des dunklen Flusses. Ein gutes Stück stromabwärts kann ich Ben mitten im Wasser ausmachen, wie er gekonnt seine Angelschnur auswirft.

„He, Junge!“, ruft er mir zu, als wir nahe genug herangekommen sind. „Du hast ’ne Freundin mitgebracht, wie ich sehe.“

„Ben Anderson, Gemma Larson“, stelle ich vor.

„Sehr erfreut. Habt ihr Lust, mit mir zu angeln?“

„Leider nein. Und Sie? Schon Glück gehabt?“

Er schüttelt den Kopf. „Heute noch nicht. Hatte keine Zeit, ein Gefühl fürs Wasser zu bekommen, rauszufinden, wo die Fische sind. Was führt dich hierher?“

„Sie und mein Dad waren doch gute Freunde, nicht wahr?“

Mit einem Zischen saust die Leine in einem Bogen übers Wasser. „Ja, das waren wir“, brummt Ben, den Blick auf die Leine gerichtet.

„Erinnern Sie sich, ihn je von einer Frau namens Joanna Thorne reden gehört zu haben?“

Ben wendet sich mir zu und mustert mich. „Warum erkundigst du dich nach ihr? Nützt doch nichts, jetzt die Vergangenheit auszugraben, Junge.“

„Ich glaube, dass der Mann, den ich suche, womöglich ihr Sohn ist. Ich habe den Verdacht, dass er sowohl bei dem Tod meines Vaters als auch dem von Joshua Stern die Hände im Spiel hatte, und wir wissen bereits, dass er Henry Garner und Dr. Vallence ermordet hat. Irgendwie steht auch Joanna Thorne damit in Zusammenhang, aber nur jemand wie Sie, der sie alle kannte, kann mir da jetzt noch Klarheit verschaffen."

Ben bleibt einen Moment lang stocksteif stehen, ein weiterer Fels im Fluss. Schließlich watet er zum Ufer zurück. „Gehen wir zum Wagen", murmelt er. „Über solche Dinge redet man besser in einer gemütlicheren Umgebung."

Das Innere seines Wohnmobils ist besser in Schuss als das Äußere. Während Ben in der Kochnische herumhantiert und Kaffee macht, setzen Gemma und ich uns an einen Tisch, über den eine mit fliegenden Gänsen bedruckte beigefarbene Decke gebreitet ist. Schließlich taucht er mit drei dampfenden Tassen auf und nimmt uns gegenüber Platz.

„Was willst du über Joanna wissen?", fragt er.

„Wie sie die vier Männer kennen gelernt hat. Alles, was dazu geführt haben könnte, dass ihr Sohn Morde begeht. Ich weiß, dass er nach ihrem Tod im St Valentine's aufgewachsen ist, aber damit ist noch nicht erklärt, warum er Stern oder meinen Vater umgebracht hat." Nach einer Pause füge ich hinzu: „Wenn er sie denn umgebracht hat."

Ben nickt. „Als Erstes musst du etwas wissen: Dein Dad hat deine Mom geliebt. Er hat sie wirklich geliebt. Aber er hatte auch seine Schwächen."

„Und Joanna war eine davon?"

„Er hatte eine Affäre mit ihr. Vor vielleicht fünfundzwanzig, dreißig Jahren. Hat nicht lange gedauert, verstehst du. Ein paar von uns wussten Bescheid – Josh, Nathan, Henry, ich und noch ein, zwei andere. Ich selbst hatte nicht viel damit zu tun, aber ich weiß, dass andere ihn gedeckt haben. Sie haben gesagt, sie würden zusammen zu dem Häuschen rausfahren, das sie für die Wochenenden fürs Fischen gemietet hatten. Und während er und Joanna das Haus für sich hatten, sind sie selbst zwei Tage lang irgendwo anders abgetaucht. Das Ganze hat vielleicht zwei Monate gedauert, glaube ich, dann hat er Schluss gemacht."

Die Vorstellung, dass mein Vater vor all den Jahren meine Mutter betrogen hat, hinterlässt in mir ein hohles, etwas bedrückendes Gefühl. „Und das war's dann?", frage ich.

„Nicht ganz", sagt Ben in einem beinahe um Nachsicht bittenden Ton. „Kurz nachdem es aus war, hat sie sich wieder bei ihm gemeldet und gesagt, dass sie schwanger ist, und zwar von ihm. Schätze, dass ihr Sohn demnach dein Halbbruder ist."

9

In meiner Brust tut sich ein Loch auf, und meine Sinne beginnen, dort hindurch ins Nichts zu stürzen. Alles, was man über seinen Werdegang zu wissen glaubte, die Kindheit – Herrgott, sogar das ganze Leben! – fällt da hinein, und nichts ist übrig geblieben, das es ersetzen könnte. Man glaubt, damit klarzukommen, Alex Rourke zu sein – einziges Kind, keine lebenden Verwandten. Aber das kann man nicht länger, weil es nicht mehr zutrifft. Ich habe einen Bruder.

Nicht nur das, sondern ich habe einen Bruder, der ein Mörder ist. Einen Bruder, der durchaus meine Mom und meinen – seinen – unseren Dad umgebracht haben könnte.

„Was hat er getan?", frage ich und nehme ein paar Schlucke von meinem Kaffee, um das trockene Gefühl in der Kehle zu lindern.

„Er wollte nichts mehr mit ihr zu tun haben. Wollte wohl seine Familie nicht zerstören, nicht, wo er doch selbst ein Kind hatte."

„Was der Grund ist, warum sie von Houlton nach Winter's End gezogen ist", sage ich leise. „Sie hat versucht, in seiner Nähe zu bleiben."

„Ich hab sie hin und wieder in der Stadt gesehen. Ich hab versucht, ihr kleine Gefälligkeiten zu erweisen, soweit ich konnte – großzügiges Trinkgeld, als sie kellnerte, diese Art von Dingen eben. Und im Winter hab ich vor ihrer Haustür Schnee geschaufelt. Dann sind ihr wohl die Jobs allmählich ausgegangen, und ich hab sie kaum noch gesehen."

„Und sie hat zur Flasche gegriffen."

„Wenn du es sagst", meint Ben achselzuckend. „Ich hab sie einfach nach einer Weile nicht mehr gesehen. Aber ich hab von Josh gehört, wie das war, als sie gestorben ist. Dein Dad hatte ihm erzählt, dass sie bei ihm zu Hause war. Brauchte verzweifelt Geld. Er dachte, dass sie ihn bloß erpressen wollte oder so was. Jedenfalls hat er ihr gesagt, dass sie ihn in Ruhe lassen soll, und hat ihr die Tür vor der Nase zugeknallt. Zwei Tage später war sie tot." Ben hält inne und seufzt. „Sie hatte keine Angehörigen, und darum ist für den Jungen nur das Kinderheim geblieben. Er dürfte damals so fünf, sechs Jahre alt gewesen sein. Dein Dad wollte sicherstellen, dass es keine Dokumente über die Identität des Vaters gab, und hat darum Josh, der ja der Rathaussekretär war, gebeten, dafür zu sorgen, dass sein Name nirgendwo erwähnt wird. Nathan und Henry haben ihr Wissen für sich behalten, aber ich könnte mir vorstellen, dass einer von ihnen vielleicht mal was zu Bob Kennedy gesagt hat, weil der nicht allzu gründlich untersucht hat, was sie an den letzten Abenden vor ihrem Tod gemacht hatte."

Ich wende die warme Tasse in meinen Händen hin und her. „Als ich klein war, hat mein Dad das St Valentine's oft besucht", sinniere ich leise, die alten Erinnerungen in einem neuen Licht betrachtend. „Er hat regelmäßig Spielsachen und alles mögliche Zeug für die Kinder mitgebracht. Ich dachte immer, er wolle den weniger glücklichen Kindern einfach eine Freude machen. Aber er hat es getan, weil er einen Sohn dort hatte, nicht?"

„Wahrscheinlich. Dein Dad war ein guter Mensch", antwortet Ben nicht minder leise. „Er wollte dafür sorgen, dass es dem Jungen an nichts fehlte. Aber er wollte auch deine Mom und dich wegen diesem einen Fehler, den er gemacht hatte, nicht verlieren."

„Ich habe ihn ein paarmal begleitet", fahre ich fort. „Ich habe mit einigen von den Kindern gespielt. Ich könnte mit meinem Bruder zusammen gewesen sein, aber er hat es mir nie gesagt."

„Er hat versucht, es hinzukriegen, so gut er eben konnte."

Ich denke an das, was aus Nick – Matthew – geworden ist. An seine Worte. *Wissen Sie, wie das ist, wenn einem ein geliebter Mensch weggenommen wird? Wissen Sie, wie man sich fühlt, wenn so ein Mensch vom eigenen Fleisch und Blut getötet wird?* Er hat meinem Vater die Schuld am Tod seiner Mutter gegeben. Er hat die anderen gehasst, weil sie geholfen haben, die Vergangenheit unter den Teppich zu kehren, und weil er im St Valentine's schlecht behandelt wurde. Er hat mir gesagt, er sei zurückgekehrt, um mich hierher zu holen. Warum? Weil ich das Leben führte, das ihm verwehrt war?

Eine schiere Ewigkeit lang sitze ich schweigend da und starre mit leerem Blick in die ferne Vergangenheit. Vielleicht hat Ben Recht, und mein Vater versuchte wirklich, die Dinge so gut wie möglich hinzubiegen. Doch nach Joannas Tod konnte er seinem Kind, selbst wenn es unehelich war, nicht einfach den Rücken kehren. Jedenfalls würde ich es gerne so sehen.

Gemma legt mir die Hand auf den Arm, und nach einer Weile fragt sie: „Ist alles in Ordnung mit dir, Alex?"

„Schwer, das jetzt zu verdauen", seufzt Ben am anderen Ende des Tischs. „Manche Dinge lässt man am besten ruhen. Mir wäre das am liebsten gewesen."

„DALE, Alex hier. Gibt's was Neues?" Ich habe meine Corvette vor einer Tankstelle nicht weit von Smyrna Mills geparkt, nachdem ich Gemma am Gerichtsgebäude in Houlton abgesetzt habe. Ich muss an einen ruhigen Ort gehen, wo ich den Kopf freibekommen kann, und es gibt nur einen, der mir dafür einfällt. Der Ort, wo das alles anfing und wo mein Dad versuchte, es zu beenden. Gemma ist nicht gerade glücklich darüber, aber sie versteht es. Vorher aber, sage ich mir, sollte ich mich mal kurz melden.

„*Hi*, Alex." Dale zögert. „Alles in Ordnung?"

Ich starre durch die Windschutzscheibe, ohne die Augen auf etwas Bestimmtes zu richten. „Ja, alles in Ordnung. Hast du was Neues über Matthew Thorne?"

„So langsam kriegen wir eine hübsche Lebensgeschichte um ihn herum zusammen. Die Banken waren ziemlich hilfsbereit." Ich höre, wie am anderen Ende der Leitung Papier gewendet wird. „Matthew Thorne. Sechsundzwanzig. Wir sind noch dabei, seiner frühen Schullaufbahn nachzuspüren, aber allem Anschein nach ist er auf kein College gegangen. Die erste Stelle trat er im Alter von sechzehn an. Meistens Nullachtfünfzehn-Jobs: Verkäufer, Auslieferungsfahrer, aber dann wird es interessanter."

„Ja?"

„Arbeitete vier Monate lang bei einem Schlosser in Milwaukee, im Anschluss daran bei einer Abrissfirma in Detroit. Danach ist er nach Atlanta gedüst, wo er in einer Autoschredderanlage gejobt hat, und von dort weiter nach New Jersey, wo er was in einer Bibliothek gefunden hat. Das alles war in der Zeit vor dem Feuer im St Valentine's – und er kann immerhin schon Schlösser aufbrechen und Gebäude abreißen. Weiß Gott, was er da noch alles gelernt hat."

„Was weiter?"

„Über die Zeit um das Feuer war nichts zu erfahren. Sechs Monate später taucht er in einem Warenversand mit Sitz in Pennsylvania auf und verkauft Restbestände der Armee an Möchtegernsoldaten. Eine kurze Zeit als Bergführer in Nevada, und dann war er Bibliothekar in einem College im Staat New York. Dann gibt es wieder eine Unterbrechung, aber laut seinen Kreditkartenauszügen scheint er ein paar Wochen lang in zwei Motels weiter oben im Norden abgestiegen zu sein."

„In der Zeit, in der Joshua Stern gestorben ist, richtig?"

„Richtig", bestätigt Dale, um jäh innezuhalten. Als die Leitung länger stumm bleibt, stelle ich die unvermeidliche Frage.

„Wo war er, als meine Eltern getötet wurden?"

„In Miami. Arbeitete dort als Automechaniker."

„Himmelherrgott!"

Dale äußert sich nicht dazu, sondern fährt mit seiner Liste fort. „Danach geht er wieder auf Wanderschaft. Verkäufer in einem Warenhaus in Virginia, Barkeeper in Kansas City. Alles Kurzzeitjobs."

Ich kneife die Augen zu, einmal, zweimal. „Kansas City? Wann?"

„Etwa ein halbes Jahr nach dem Tod deiner Eltern. Ist dort ein paar Wochen geblieben."

„Himmelherrgott! Ich war dort damals im Krankenhaus." Meine Gedanken überschlagen sich. Ich versuche zu erfassen, wie lange Nick – Matthew – mir schon nachstellt und seine Rachepläne verfolgt.

„Können wir irgendwas für dich tun?"

„Nicht im Moment. Ich brauche nur etwas Zeit."

„Klar, Alex." Erneut Pause. „Die Jungs haben gesagt, dass du und Dr. Larson heute Morgen irgendwohin gefahren seid. Hat sich bei deinen Recherchen was Neues ergeben?"

„Ich sag's dir später", verspreche ich und lege auf. „Vielleicht."

DER STEINIGE Pfad, der sich zum Claye Lake windet. Unter stahlgrauem Himmel bringe ich die Corvette zum Stehen und verbringe einen Augenblick damit, durch die Bäume – größtenteils Birken und Kiefern – nach vorne zu schauen, wo das silbrige Wasser eines den Hügel hinunterstürzenden Baches aufblitzt. Das Häuschen verbirgt sich irgendwo hinter dem Kamm des Hügels.

Ich bin mir nicht sicher, warum ich hier bin. Vielleicht irgendein halb ausgegorener Gedanke an einen Besuch bei dem Gespenst meiner Kindheit an einer ihrer symbolischen Schlüsselstellen. Der Blick von diesem Pfad gehört zu den Erinnerungen, die ich in mir aufbewahrt habe, seitdem ich ihn zum ersten Mal genossen habe, als ich mich unbändig darauf freute, hier oben ein Wochenende mit meinem Dad zu verbringen.

Kindheitserlebnisse prägen uns für den Rest unseres Lebens, Mr Rourke. Nicholas' Worte im Verhörraum damals. Ein Schauder jagt durch meinen Körper. Gleichzeitig kehren noch andere Dinge zurück, die er mir gesagt hat.

Claye Lake. Ein Wochenendhäuschen etwa dreißig Meter vom Wasser entfernt. Bäume, wohin man sieht.

Sie erinnern mich an den kleinen Jungen, der sich unter dem wach-

samen Auge seines geliebten Vaters am Claye Lake mit dem Fischefangen abmüht.

Der Claye Lake, wohin mein Vater Joanna zu ihren geheimen Stelldicheins brachte. Wo Matthew, jetzt Nicholas, wahrscheinlich gezeugt wurde. Wo die Lügen begannen.

Sie war ein Opfer, Mr Rourke. Ein Opfer.

Ist das das Versteck, wo er den Mord an Angela Lamond vorbereitet hat? Einen Moment lang überlege ich, ob ich Dale anrufen und ihm meinen Verdacht mitteilen soll. Doch ich weiß nicht, ob er bereit wäre, aufgrund einer bloßen Vermutung einen Trupp zur Verstärkung so weit rauszuschicken, noch dazu nach unserem gestrigen Schlag ins Wasser. Und schließlich will ein Teil von mir Dale gar nicht dabeihaben, falls Nick in dem Häuschen ist. Das ist mein Revier, und wenn hier etwas geschieht, will ich es mit niemandem teilen, ganz als ob ich das dem Andenken meines Vaters schuldete. Ich ziehe das Handy aus der Tasche und schalte es ab.

Nachdem ich meine Pistole überprüft und mich vergewissert habe, dass ich ein Reservemagazin dabeihabe, öffne ich die Tür und trete in den Regen hinaus. Jäh spüre ich dieselbe Aufregung wie bei meinem allerersten Besuch. Halb geduckt in der Manier eines Jägers, schleiche ich mit der Pistole in der Hand den Hügel hinauf zu dem Häuschen.

Noch immer hinter den durchnässten, mit Moos bewachsenen Bäumen verborgen, erklimme ich den Kamm. Vor mir, jenseits des granitfarbenen Wassers des Claye Lake, verschwindet der Brightwell Mountain in den Wolken. Am anderen Ende des Pfades, etwa dreißig Meter vor dem Ufer, erhebt sich das Häuschen mit seinen massiven, wetterfesten Brettern auf Stein. Daneben stehen ein Gefährt, das wie Dr. Vallences alternder Honda aussieht, und ein dunkelroter Pick-up. Durch die Fenster strömt Licht nach draußen.

Ich packe meine Pistole mit festerem Griff und renne, so leise ich nur kann, über den schmalen offenen Streifen zwischen dem Waldrand und dem Pick-up. Als ich hinter dem Honda in Deckung bin, wage ich einen schnellen Blick auf die Hütte und haste dann weiter in den Schutz der Mauer unter einem der kleinen Fenster.

In geduckter Haltung husche ich zum hinteren Teil der Hütte. Zwischen den Bäumen zeigt sich keinerlei Bewegung, und der Holzsteg, der etwa zehn Meter in den See hineinreicht, scheint ebenfalls verlassen.

Zurück nach vorne. Vorsichtig spähe ich über den unteren Fensterrand ins Innere. Keine Spur von Nicholas. Ich versuche mein Glück mit der Tür. Nicht verschlossen. Lautlos stoße ich sie auf und trete ein.

Zu meiner Rechten das Wohnzimmer. Es erstreckt sich bis zur westlichen Seitenwand. Über dem Kaminsims hat jemand Papierstücke an die Wand geklebt, vielleicht so etwas wie Pläne oder Aufzeichnungen. Am anderen Ende des Raums läuft ein Fernseher, allerdings ohne Ton. Zu meiner Linken erkenne ich die Tür, die meiner Erinnerung nach in die Küche führt. Etwas weiter dahinter ist eine andere; sie ist angelehnt. Durch sie geht es in einen kleinen Flur und von dort in die Schlafzimmer im hinteren Teil. Abgesehen vom aufs Dach prasselnden Regen herrscht im ganzen Haus Stille.

Als Erstes sehe ich in der Küche nach. Ich stoße die Tür auf und springe durch die Öffnung, so wie es mir vor langer Zeit antrainiert wurde, die Pistole im Anschlag, und drehe mich vorsichtig, um auch die Ecke hinter mir zu erfassen. Die Tür am anderen Ende der langen Küche steht offen. Sie führt zum Esszimmer und zur Speisekammer. Die Küche selbst verrät Anzeichen, dass sie seit einiger Zeit benutzt wird: sauberes Geschirr auf dem Abtropfbrett, Essensvorräte auf der Arbeitsfläche.

Ich dringe weiter ins Esszimmer vor. Wie die Speisekammer an der Seite ist es leer, weist aber ebenfalls Spuren eines Bewohners auf. Auf dem Fußabstreifer vor der Hintertür steht ein Paar schlammbedeckter Stiefel.

Ich kehre ins Wohnzimmer zurück, in der Absicht, mir als Nächstes die Schlafzimmer vorzunehmen, als unvermittelt eine Stimme die Stille durchbricht. „Schon erstaunlich, was man in diesen Gewässern fangen kann, wenn man nur geduldig genug ist."

Nicholas. Seine Stimme hat einen leicht rauen, metallischen Klang und scheint vom anderen Ende des Wohnzimmers zu kommen. Ein Lautsprecher, nehme ich an.

„Hallo, Nicholas!", rufe ich. „Oder soll ich dich Matthew nennen?"

„Endlich hast du es geschafft, hinter die Wahrheit zu kommen, Bruder. Ich habe mich schon gefragt, wie lange du noch brauchst."

Ein kalter Schauer, der nichts mit meinen durchnässten Kleidern zu tun hat, kriecht über mich hinweg, als ich die Papierstücke an der Wand zum ersten Mal richtig sehen kann. Fotos, Zeitungsausschnitte, maschine- und handgeschriebene Aufzeichnungen. Das Schwarz-Weiß-Porträt aus dem Jahrbuch meiner Highschool prangt neben einem Artikel aus der Zeitung meines Colleges über Baseball. Darunter hängt mein Foto von der Abschlusszeugnisübergabe. Weiter hinten sind einige verwackelte Fotos von mir aus der Zeit beim FBI verstreut. Ganz oben zieren Ausdrucke aus der Website der Privatdetektei Robin Garrett und Teilhaber die Sammlung. Fast mein gesamtes Leben ist an diese Wand gepflastert worden, die Zielscheibe eines Besessenen. Ich schlucke schwer. Ich habe das Gefühl, mein ganzes Leben ist wie ein Museumsstück in einem Schaukasten ausgestellt worden.

„Woher wusstest du, dass ich kommen würde?"

Ein trockenes Lachen. „Lächeln, Bruderherz. Du bist in ‚Versteckte Kamera'."

Ich richte den Blick auf das, was ich für einen Fernseher gehalten habe. Tatsächlich ist es ein an eine Kamera angeschlossener Bildschirm. Daneben steht das Telefon. Das Licht neben der Taste für „Hörer" leuchtet rot auf. Von dort kommt Nicholas' Stimme. Der Bildschirm zeigt meine Corvette im Regen. Er muss mit seinem Handy in dem Häuschen angerufen haben, als er mich kommen sah. Und er hat nichts getan, als zu warten, bis ich sein Nest mit meiner darin wie eine Jagdtrophäe ausgestellten Lebensgeschichte gefunden habe.

Als ich vom Bildschirm aufsehe, bemerke ich zwei Schwarz-Weiß-Fotos, die das Herz von Nicks Collage bilden. Das erste zeigt eine Nahaufnahme der Grabsteine meiner Eltern. Das zweite zeigt eine überschaubare, in Schwarz gekleidete kleine Gruppe, die meisten Gesichter von der Kamera abgewandt. Ein Priester in schwarzer Robe liest eine Passage aus dem in Leder gebundenen Buch in seiner Hand. Und neben ihm stehe ich, den Blick vorbei an meinen ineinander verknoteten Händen auf zwei identische Särge gesenkt, auf denen jeweils ein einziges Blumengebinde liegt.

„Du magst der Sohn meines Vaters sein, Matthew", sage ich und starre die Fotos an, bis ich nichts anderes mehr sehe, „aber du bist weit davon entfernt, mein Bruder zu sein."

Vielleicht ist es der Luftzug, als die Tür zu den Schlafzimmern aufgeht, vielleicht ist es das gedämpfte Geräusch eines Schritts auf dem Teppich, jedenfalls höre ich eine Bewegung hinter mir.

Ich fahre herum, aber nicht schnell genug für Nicks Fausthieb gegen meinen Kiefer. Ich taumle zur Wand zurück, spüre, wie ein paar Zähne wackeln und mein Mund sich mit Blut füllt. Bevor ich mich wehren kann, setzt Nick einen Magenschwinger nach, der mir alle Luft raubt und mich zu Boden schickt.

„Ich hätte dich schon längst töten können, Alex", sagt er und rammt mir den Fuß in die Rippen. „Ich habe daran gedacht, dich in Miami zu erledigen, als du noch bewusstlos in deinem zertrümmerten Wagen im Sicherheitsgurt gehangen hast."

„Warum hast du's nicht getan?", keuche ich. Blut tropft über mein Kinn. Nick zugeben zu hören, dass er meine Eltern ermordet hat, und zugleich die Bilder von ihrer Beerdigung zu sehen bringt all den Schmerz und die Wut zurück, die mich vor drei Jahren überwältigt haben. Irgendwie habe ich es geschafft, die Pistole nicht loszulassen, doch ich bringe nicht die Kraft auf, sie zu heben.

„Ich habe beschlossen, mehr über dich in Erfahrung zu bringen, den Bruder, den ich nie kannte und der das Leben hatte, das mir zugestanden hätte."

„Ich habe deine Mom nicht umgebracht, Matthew", sage ich. „Und ich wusste nicht mal von deiner Existenz."

„Die Sünden der Väter, Alex." Nick setzt zum nächsten Tritt gegen meine Rippen an, doch reflexartig bringe ich die Knie hoch, sodass mein Schienbein alles abfängt.

„Du hättest ihn nicht umbringen müssen, du Schwein!"

„Nein, aber damals ist mir keine passende Alternative eingefallen. Außerdem hatte ich da schon die anderen erledigt. Nur bei Vallence dachte ich mir, dass er mir vielleicht noch nützen würde, vor allem als mir klar wurde, was ich mit dir tun wollte."

Er wendet sich von mir ab und schlendert zur Collage an der Wand. Am Kaminsims sehe ich in seiner Reichweite den Griff einer hinter die Wanduhr geklemmten Pistole.

„Das ist dein Leben hier an dieser Wand, Alex. Highschool, FBI, Therapie, dein Rückzug in die Privatdetektei. Deine Eltern."

Ich schaffe es, mich trotz der Schmerzen an meinen Rippen auf die Knie zu wälzen. „Ja?"

„Deine Karriere hat nach deinem Zusammenbruch einen Knick bekommen, nicht wahr? Du hast keine Familie – außer mir natürlich – und wenig Freunde. Deine Vergangenheit konnte ich dir nicht kaputtmachen, aber ich konnte ein paar alte Geheimnisse ausgraben, die alles beflecken werden." Er grinst. „Der Ruf unseres Vaters als Pfeiler der Gemeinschaft wird dahin sein, sobald sie alle wissen, was er getan hat."

Mich mit dem Rücken an der Wand abstützend, komme ich auf die Füße. „Blödsinn, Matthew! Du bist verhaftet!" Ich halte den Colt mit beiden Händen, um genauer zielen zu können. „Hände auf den ..."

„Meine Mutter, eine unschuldige Frau, ist wegen deines Vaters gestorben. Jahrelang musste ich den Missbrauch durch Garner und seinesgleichen über mich ergehen lassen, und schuld daran ist er zusammen mit all den Leuten, die ihn gedeckt haben. Hast du eine Ahnung, wie das ist?", schreit er jäh. „Aber ich bin noch nicht fertig mit dir. Eins musst du noch für mich tun."

„Halt's Maul, und leg deine gottverdammten Hände auf den Kopf, bevor ich dir eine Kugel durchjage!"

Lächelnd tritt er einen kleinen Schritt auf mich zu. „Genau, das ist es. Tu's, Alex. Bring mich um. Ich will, dass du das tust. Es ist niemand da, der dich sieht."

„Wovon zum Teufel redest du da?"

„Ich will, dass du ein Mörder wirst, ein gescheiterter Bulle, der aus reiner Mordlust einen unbewaffneten Verdächtigen erschießt. Ich werde alles zerstören, was dir noch geblieben ist." Er hebt die Stimme zu einem gleichermaßen stolzen wie verletzten Ton. „Endlich wirst du dich all dem stellen müssen, was ich getan habe. Kein Leben, das es wert ist, dass man ein Wort darüber verliert. Für immer gefangen in der Frage, was alles hätte sein können. Ich weiß nicht, ob ich dich von dort, wo ich sein werde, beobachten kann, aber wenn nicht, dann können wir immerhin unsere Erfahrungen in der Hölle austauschen."

„Halt dein Scheißmaul, und leg die Hände auf den Kopf!"

„Ich habe deine Mom und deinen Dad getötet, Alex. Du würdest nicht glauben, wie viel Planung ich da hineinstecken musste, um ganz sicher zu sein, dass ich an dieser Kreuzung mit der richtigen Geschwindigkeit in dein Auto rase, um sie beide zu erledigen. Ich musste sogar einem kleinen Jungen Geld geben, damit er mich anrief, als du nur noch zwei Blocks entfernt warst."

Der Puls hämmert mir in den Ohren, ein Dröhnen, das leider nicht laut genug ist, um seine Stimme zu übertönen. Die Pistole fühlt sich in meinen Händen heiß und schwer an. Der Abzugshahn scheint sich unter meinem Finger wie von selbst zu spannen. Ich vermag kaum zu atmen. Nick zu töten erscheint so einfach. Dann höre ich von irgendwoher eine Stimme, die meines Vaters. Was er sagt, kann ich nicht verstehen, doch der gleichmäßige, ruhige, besänftigende Tonfall ist eindeutig seiner. Ein Erinnerungsfetzen vielleicht, Segmente, die wie Irrgänger durch mein geschundenes Gehirn geistern.

Nick lächelt. „Es ist ein Jammer, dass du weder Frau noch Kinder hattest, die ich als Nächste hätte abservieren können. Natürlich habe ich jetzt die Chance, das nachzuholen." Er zieht ein verwackeltes Foto von Gemma, wie sie unter Polizeischutz ins Gerichtsgebäude geht, aus der

Tasche und heftet es zu den anderen an die Wand. „Ich mag sie, Alex. Ich glaube, sie bringe ich als Nächste um."

Ich blinzle und schlucke mit ausgetrockneter Kehle, dann korrigiere ich die Haltung meiner Pistole und verstärke den Griff. Nicks Lächeln wird noch breiter. Ich atme tief ein. „Vielleicht habe ich mehr von meinem Vater in mir als du", knurre ich durch meine ausgedörrten, klebrigen Lippen. „Vielleicht ist es was anderes, jedenfalls gibt es Unterschiede zwischen uns. Ich bin kein Mörder. Ich nehme dich fest."

In einem blutroten Wirbel kommt das Zimmer wieder in Sicht, als ich ausatme. Nicks Lächeln erstirbt und verzerrt sich zur Grimasse. Er hat begriffen, dass ich es ernst meine. „Vielleicht hast du Recht", sagt er. „Vielleicht bist du kein Mörder. Aber ich schon!"

Damit wirbelt er zum Kaminsims herum und packt seine Pistole. Ich kann das dunkle Loch ihres Laufs sehen, der zu mir herüberschwenkt. Der Hass im Gesicht meines Halbbruders ist deutlich zu erkennen, als ich abdrücke, einmal, zweimal. Blut sickert aus seiner Stirn und der Brust, breitet sich aus. Einen Moment lang scheint er in der Luft zu hängen, festgefroren in einem Sekundenbruchteil, bevor seine Muskeln versagen und die Schwerkraft das ihre tut. Er gleitet zu Boden; die Pistole fällt nutzlos an seiner Seite herab.

Ich lasse einen langen, zittrigen Atemzug entweichen und zucke angesichts der Schmerzen zusammen, die mir von den gebrochenen Rippen in die Brust schießen. Ich werfe einen letzten Blick auf Matthew Thorne, dann schlurfe ich zur Tür.

Draußen ziehe ich mein Handy aus der Tasche, schalte es ein und rufe Dale an.

„Alex!", ruft er bereits beim Abnehmen. „Wo bist du? Ich hab versucht, dich anzurufen, bin aber nicht durchgekommen."

„In dem Häuschen am Claye Lake. Nick ist hier."

„Wir sind schon auf dem Weg. Weiß er, dass du da bist?"

„Ja, nein, das ist egal."

Ich stecke das Handy ein und setze mich vor dem Häuschen auf den Boden. Ich fühle mich leer, ausgepumpt. Habe ich das Richtige getan? Hätte ich ihn in die Schulter oder sonst wohin treffen und dann entwaffnen können? Ich lehne den Kopf gegen die Mauer und lasse mir den Regen ins Gesicht spritzen.

Kaum ein Moment scheint vergangen, als Dales Jeep die Hügelkuppe überquert und mit leuchtenden Scheinwerfern auf mich zurollt. Dale springt, gefolgt von einem Deputy, heraus. Beide Männer nehmen ihre Gewehre an sich.

„Alex! Alles in Ordnung mit dir?", ruft Dale, sobald er mich erreicht hat. Unterdessen rennt der Deputy an ihm vorbei zur Tür.

„Ich lebe" ist alles, was ich hervorbringe.

10

Dale fährt mich ins Krankenhaus von Houlton. Vorher habe ich Deputy Miller den Schlüssel zu meiner Corvette anvertraut und ihn versprechen lassen, dass er sie heil zum Gerichtsgebäude bringen wird. Im Jeep verbringe ich die meiste Zeit damit, schweigend durch das Fenster hinauszustarren.

Als wir uns der Auffahrt zur Fernstraße 95 nähern, versucht Dale, mich aus meiner Versunkenheit zu holen. „Er war ein Mörder, Alex", sagt er. „Ob er tatsächlich dein Bruder war oder nicht, ist doch völlig egal. Du hast richtig gehandelt."

„Ja, stimmt wohl", antworte ich, die Augen auf die entgegenkommenden Autos gerichtet. Ich sehe zu Dale hin. „Warum, glaubst du, sind aus Nick und mir so grundverschiedene Menschen geworden? Er war zerfressen von einem Zorn über Dinge, von denen ich nie auch nur das Geringste gewusst habe. Ich kann mir auch nicht vorstellen, dass ich jemals so werden könnte. Dabei kamen wir aus demselben Ort und hatten den gleichen Ursprung. Das kapiere ich einfach nicht."

Dale zuckt die Achseln. „Da fragst du den Falschen. Sei einfach dankbar dafür, dass ihr verschieden seid."

„Hm, da hast du wohl Recht."

WÄHREND meine Verletzungen im Krankenhaus verarztet werden, kommt mich Gemma besuchen. Sie sagt nicht viel – wahrscheinlich weiß sie, dass ich schon reden werde, wenn mir danach ist –, sondern hält nur meine Hand ganz fest und schmiegt den Kopf an meine Schulter.

Die wenigen Worte, die sie mit mir spricht, sind leise und voller Zärtlichkeit. Sie schafft es, mich aus meiner Melancholie zu reißen.

Dale schaut wenig später vorbei, um zu sehen, ob ich in der Lage bin, die nach einer Schießerei mit Todesfolge üblichen Fragen der Staatsanwaltschaft zu beantworten und ihre Fragebogen auszufüllen. Ich sage ihm, dass ich das morgen machen werde, was ihn zufrieden zu stellen scheint. Ja, er wirkt auch sonst überaus vergnügt. Wie ich das sehe, liegt das daran, dass er den Fall Lamond ohne die Hilfe anderer Polizeibehörden klären konnte. Sein Ansehen muss im County gehörig gestiegen sein, und ich verüble ihm seinen Erfolg nicht.

Gemma fährt mich heim, und ich schlafe fast schon in dem Moment ein, in dem ich unter die Decke schlüpfe.

Am nächsten Morgen fahre ich nach Winter's End zurück, um meine Sachen zu holen, was mir das ausgesprochene Vergnügen verschafft, aus der Crowhurst Lodge abzureisen. Draußen haben sich die Wolken verzogen, und die Sonne scheint. Die Bäume an den Rändern des Parkplatzes leuchten in einem lebendigen, gesunden Grün. Ich steuere den Wagen zum Highway und biege in südlicher Richtung ab. Winter's End kommt mir fröhlicher, vielleicht auch etwas geschäftiger vor. Ob das wirklich stimmt oder ob ich es nur mit anderen Augen sehe, kann ich nicht endgültig beurteilen.

Auf ungefähr halbem Weg durch die Stadt sehe ich, mit im Sonnenlicht glänzendem schwarzem Haar, Sophie Donehan die Main Street hinuntergehen. Ich halte neben ihr an und kurbele das Fenster hinunter.

„Hallo", sagt sie, ihr Lächeln ist ein nach oben geschwungener Bogen aus dunklem Lippenstift.

„Hallo. Wenn du immer noch entschlossen bist, hier rauszukommen: Ich fahre wahrscheinlich am Wochenende."

„Ja, ich hab schon gehört, dass jetzt alles geklärt ist. Es heißt, dass Sie einen Mann erschossen haben."

Ich nicke. „Stimmt. Mir ist nur nicht klar, ob ich froh darüber bin. Also, wie sieht's aus? Möchtest du weg von hier oder nicht?"

„Ach, ich denke, ich bleibe noch bis zur Abschlussprüfung und zu den Sommerferien. Im Herbst fange ich dann am College an."

„Ja? Wo?"

Sophie lässt ein verschmitztes Lächeln aufblitzen. „In Boston. Wahrscheinlich werde ich Sie also noch mal sehen, Alex."

Sie drückt mir ein Küsschen auf die Wange und geht mit einem Blick zurück und einem Winken über die Schulter weiter. Ich lasse den Motor wieder an und setze die Fahrt fort.

ICH VERBRINGE eine Woche damit, den nach den Schüssen auf Nicholas nötigen Papierkrieg zu erledigen und zu verfolgen, wie Dale die letzten offenen Fragen zu dem Fall abschließt. Am Dienstag meldet die staatliche Polizei die Verhaftung von Arthur Tilley, dem Apotheker aus der Stadt, der in Vallences Auftrag mein Rezept gefälscht hat. Im Verhör gesteht er nicht nur den Austausch der Medikamente, sondern auch die Zusammenarbeit mit Vallence im Drogenhandel, seine eigene Morphiumsucht, kurz: alles. Ich nehme an, dass er sogar gestanden hätte, John F. Kennedy ermordet zu haben, wenn man ihn nur danach gefragt hätte.

Auch die Bemühungen der Behörden, die übrigen leitenden Mitarbeiter des St Valentine's aufzuspüren, tragen teilweise Früchte. Sarah Decker taucht unter dem Nachnamen ihres Mannes als Sarah Weir in einer Vermisstenanzeige auf, die dieser vor knapp vier Jahren erstattet hat. Dorian Blythes Schicksal allerdings bleibt ein Rätsel. Vielleicht täusche ich mich, aber ich könnte mir vorstellen, dass die Überreste beider Frauen irgendwo auf dem Grund eines Sees liegen. Zwei ehemalige Insassen des St Valentine's haben sich gemeldet, nachdem die Story in den Medien rausgekommen ist, und haben ihre Version über das Leben dort verbreitet. Dale schafft es, den Zeitungen vorzuenthalten, dass Matthew mein Halbbruder ist, und niemand behelligt mich mit Fragen.

Während der gesamten Woche lebe ich bei Gemma in Houlton, eine Lösung, die wir beide als überraschend angenehm empfinden und die es uns erlaubt, von Tag zu Tag mehr übereinander zu erfahren. Die Tage sind großartig, die Abende wunderschön und die Nächte, abgesehen von Unannehmlichkeiten mit meinen gebrochenen Rippen, aufregend. Unsere Zeit zusammen ist bei weitem die glücklichste, solange ich zurückdenken kann.

An meinem letzten Tag in Houlton verstaue ich gegen Mittag schweren Herzens meine Reisetasche in der Corvette. Gemma und ich umarmen uns lange und innig. Die Farben ihrer Augen, ihr fröhliches Lächeln und ihren warmen Körper habe ich schon sicher in meiner Erinnerung verwahrt und werde davon zehren, bis wir uns wiedersehen. Nicht die beste aller Lösungen, aber immerhin etwas.

Ich klettere in den Wagen und lasse den Motor an. Auf dem Weg nach Westen ertappe ich mich hin und wieder dabei, wie ich über Joanna Thorne und die andere Familie sinniere, die andere Vergangenheit, die ich beinahe gehabt hätte.

Noch einmal fahre ich den steinigen Weg zum Claye Lake hinauf, diesmal bei strahlender Frühlingssonne. An der Tür des Häuschens hängen Polizeisiegel, doch sie vermögen nicht von der Schönheit dieses Ortes abzulenken. Der Wald um das Häuschen herum ist durchdrungen von dem Geruch frischen Harzes und alten, gesunden Holzes. Von den Ästen und Zweigen klingt der Gesang der Vögel.

Ich gehe hinter das Haus zum Steg. Mit einer Dose vom Lieblingsbier meines Vaters in der Hand setze ich mich auf die verwitterten Holzplanken und schaue auf den silbrig blau schimmernden See hinaus. Eine gute Stunde lang unterhalte ich mich in Gedanken mit ihm, genauso wie früher, als wir zusammen hier draußen saßen, redeten, Bier tranken und zusahen, wie die Welt älter wurde. Wir reden über nichts Weltbewegendes, Sachen zwischen Vater und Sohn eben, aber danach fühle ich mich besser.

Als ich bereit bin zu gehen, ziehe ich das Medaillon aus der Jacke und betrachte es ein letztes Mal. Dann hole ich weit aus und schleudere es, so weit ich kann, in den See hinaus. In hohem Bogen fliegt das winzige Stück aus in der Sonne glitzerndem, zerkratztem Gold davon, bis es auf dem Wasser aufschlägt, verschwindet und die Vergangenheit mitnimmt.

Jetzt verabschiede ich mich von meinem Dad und gehe.

Foto: Roderick Field

„Alles entwickelte sich aus der schaurigen Anfangsszene."

Der in England lebende John Rickards schirmt sein Privatleben sorgfältig ab, Reader's Digest gegenüber war er jedoch bereit, etwas über seinen Weg zum Romanautor zu erzählen.

„Ich begann mit dem Schreiben, als ich an der Universität Umwelttechnik studierte. Was genau der Auslöser war, weiß ich nicht mehr. Vermutlich ist das Schreiben für einen Menschen mit einer überbordenden Fantasie und der Fähigkeit, schnell zu tippen, einfach die passende Art, seinen Lebensunterhalt zu verdienen. Nach dem Examen habe ich sofort Arbeit als Journalist gefunden und für Zeitschriften in England, im Fernen Osten und in den USA gearbeitet.

Der Roman *Die Tote im Regen* entwickelte sich weitgehend aus seiner Anfangsszene. Der schaurige Anblick im strömenden Regen auf der nächtlichen Landstraße stand mir deutlich vor Augen, und ich überlegte, was die Polizei wohl machen würde, wenn der Verdächtige jede Aussage verweigerte. Ich fragte mich: Wer ist er? Warum ist er am Tatort? Warum will er nichts sagen? Daraus ergaben sich alle anderen Ideen. Die Kunst bestand natürlich darin, zu jeder der Fragen eine Reihe von möglichen Antworten zu entwickeln, durch deren Gewirr Alex, der Ermittler, zum Kern der Geschichte vorstoßen muss.

Meinen zweiten Roman mit dem Titel *Touch of Ghosts* habe ich soeben fertiggestellt. Er spielt in einer verschneiten Stadt im Norden, wo es früh dunkel wird und mehrere Menschen spurlos verschwinden."

Hörst du mich, Venus?

Torey Hayden

Die Geschichte
eines in Schweigen
und Einsamkeit
gefangenen Mädchens –
und ihrer Lehrerin,
die sich beharrlich weigert,
einfach aufzugeben

Kapitel 1

Als ich sie zum ersten Mal sah, saß sie auf einer Mauer, die den Pausenhof an der Westseite begrenzt. Sie lehnte sich lässig nach hinten, hatte das eine Bein ausgestreckt, das andere angezogen, das dunkle, volle Haar fiel ihr über Nacken und Schultern, ihre Augen waren geschlossen, das Gesicht hielt sie der Sonne zugewandt. Diese Haltung erinnerte irgendwie an den Charme verblichener Hollywoodschönheiten, und deshalb fiel sie mir auch auf. Denn sie konnte höchstens sechs oder sieben sein.

Ich ging an ihr vorbei auf den Schuleingang zu. Bob Christianson, der Schulleiter, hatte mich vom Sekretariat aus erkannt und kam mir entgegen. „He!", rief er herzlich. „Schön, dass du da bist. Ich freu mich riesig auf unsre Zusammenarbeit. Wir werden eine Menge Spaß haben in diesem Jahr, was meinst du?"

Angesichts dieser Begeisterung musste ich lachen. Bob und ich hatten viel zusammen erlebt. Als ich noch mit den Anfangsschwierigkeiten in meinem neuen Beruf zu kämpfen hatte, gab er mir eine meiner ersten Stellen. Er leitete damals ein Forschungsprojekt über Lernbehinderung, und seine laute, ungezwungene Hippie-Mentalität, mit der er den ihm anvertrauten lern- und verhaltensgestörten Kindern begegnete, hatte für eine Menge Unruhe in der eher konservativen Stadt gesorgt. Bob hatte mir damals das nötige Quantum an Mut und Orientierung vermittelt. Hartnäckig lehnte er es aber ab, mir irgendeinen Lehrsatz aus meiner Ausbildung abzunehmen. In der Folge machte ich einige turbulente bis chaotische Jahre durch, in denen ich lernte, mich zu behaupten, und – ganz nebenbei – meinen eigenen Unterrichtsstil entwickelte.

Seither war für uns beide eine ereignisreiche Zeit vergangen. Ich hatte in anderen Schulen, in anderen Gegenden und sogar in anderen Ländern gearbeitet. Ich erweiterte meine Kenntnisse und Qualifikationen auf den Gebieten der Klinischen Psychologie und Forschung ebenso wie der Sonderpädagogik. Bob war am Ort geblieben, und wir hatten nur sporadisch

Kontakt zueinander. Daher entdeckte ich mit besonderer Überraschung und Freude, dass Bob jetzt der Leiter der Schule war, an die ich versetzt wurde.

„Warte ab, bis du dein Klassenzimmer siehst“, sagte Bob, während wir die Treppe hinaufstiegen. „Sobald ich erfahren habe, dass du an unsre Schule kommst, habe ich mir überlegt, wo du wirklich gut arbeiten kannst. Der Förderbereich kriegt doch meistens ab, was keiner sonst haben will.“ Unterdessen stiegen wir bereits die zweite Treppe hinauf.

Bobs Schule war zusammengekleistert aus einem alten Backsteinklotz von 1910 und einem Erweiterungsbau aus Fertigbauteilen, der in den Sechzigerjahren erforderlich geworden war, um die Früchte des Babybooms aufzunehmen. Ich erhielt einen Raum im obersten Stock des Altbaus, und Bob hatte nicht zu viel versprochen. Es gab viel Platz, große Fenster, frisch gestrichene gelbe Wände und eine garderobenartige Nische, in der Mäntel, Jacken und andere Dinge der Schüler untergebracht werden konnten. Der Nachteil war, dass mich mehrere Treppen und Korridore vom Speisesaal und vom Schulsekretariat trennten.

„Kennst du Julie schon?“, fragte Bob, als wir zwischen den kleinen Tischen und Stühlen umhergingen. „Sie wird dich halbtags als pädagogische Hilfskraft unterstützen. Julie gefällt dir bestimmt. Sie ist jetzt seit drei Jahren bei uns. Morgens betreut sie Casey Muldrow, einen Jungen mit Gehirnlähmung, aber am Nachmittag steht sie ganz zu deiner Verfügung.“

Während Bob redete, ging ich weiter durch den Raum und sah mich um. Ich blieb stehen, um einen Blick aus dem Fenster zu werfen. Dieses Mädchen saß immer noch auf der Mauer. Ich betrachtete sie. Sie schien einsam zu sein. Sie war das einzige Kind weit und breit, das sich an diesem letzten Tag der Sommerferien im Pausenhof aufhielt.

„Ich mache deine Schülerliste heute Nachmittag fertig. Du hast fünf Kinder täglich, etwa fünfzehn weitere kommen unregelmäßig, je nachdem, wie viel Förderunterricht sie benötigen. Na, was meinst du?“

Ich lächelte und nickte. „Klingt prima.“

Ich versuchte gerade, einen kleinen Aktenschrank zur Seite zu rücken, als Julie hereinkam.

„Warten Sie, ich helfe Ihnen“, sagte sie gut aufgelegt und packte auf der anderen Seite an. Wir schoben ihn in die Ecke. „Bob sagte mir, dass Sie sich bereits in die Arbeit hier oben gestürzt haben. Kommen Sie gut zurecht?“

„Ja, danke“, antwortete ich.

Sie war hübsch und feingliedrig, hatte einen blassen, frischen Teint und klare grüne Augen. Ihr langes rotblondes Haar trug sie in einem niedlichen Pferdeschwanz. Sie sah aus wie ein 14-jähriges Schulmädchen.

„Ich freue mich auf unsere Arbeit“, sagte sie. „Ich betreue jetzt Casey Muldrow, seit er hier an der Schule ist. Der Kleine ist voll in Ordnung, aber ich bin froh, dass ich mal etwas anderes tun kann.“

„Wenn Sie etwas anderes suchen, haben Sie's wohl gefunden“, sagte ich lächelnd. Ich hob einen Blumenständer hoch, ließ das Schwergewicht aber sofort wieder zu Boden krachen. „Das wollte ich dort drüben zwischen die Fenster stellen. Könnten Sie mir noch mal helfen?“

Da sah ich das Mädchen wieder. Sie saß immer noch auf der Mauer, aber jetzt stand eine Frau unter ihr und redete mit ihr.

„Dieses kleine Mädchen sitzt seit etwa vier Stunden auf dieser Mauer“, sagte ich.

Julie sah aus dem Fenster. „Ach ja, das ist Venus Fox. Und das ist ihre Mauer. Sie sitzt immer dort.“

„Wie kommt sie denn auf die Mauer rauf? Die ist doch mindestens einsachtzig hoch.“

„Das Gör ist so 'ne Art Spiderman. Die klettert wie eine Spinne überall rauf und rüber.“

„Ist das ihre Mutter da unten?“, wollte ich wissen.

„Nein, das ist Wanda, ihre Schwester. Wanda ist geistig zurückgeblieben.“

„Als Schwester ist sie aber alt im Vergleich zu dem Mädchen.“

Julie zuckte mit den Schultern. „Sie ist so um die zwanzig. In der Highschool war sie im Förderunterricht. Aber dann ist sie zu alt geworden, und jetzt scheint sie die meiste Zeit damit zu verbringen, bei Venus rumzuhängen.“

„Und Venus verbringt die meiste Zeit auf einer Mauer. Diese Familie scheint ja vielversprechend zu sein.“

Julie zog verschwörerisch eine Augenbraue nach oben. „Es sind insgesamt neun Kinder. Die meisten von verschiedenen Vätern. Und ich glaube, jedes von ihnen war irgendwann einmal in der Sonderschule.“

„Venus auch?“

„Bestimmt. Sie hat's auch am nötigsten.“ Julie grinste. „Aber das werden Sie ja bald selbst feststellen. Venus kommt in Ihre Klasse.“

„Was bedeutet ‚sie hat's auch am nötigsten‘?“, fragte ich.

„Vor allem, weil sie nicht spricht.“

Ich verdrehte die Augen. „So ein Zufall!" Als Julie mich verständnislos anschaute, fügte ich hinzu: „Selbst gewählte Stummheit ist mein Spezialgebiet."

„Also dieses Kind ist stumm wie ein Fisch."

„Nicht hier bei mir."

„Nein, nein, Sie verstehen mich nicht", erwiderte Julie. „Venus spricht nicht. Sie spricht nie. Sie sagt keinen Ton. Nirgends. Zu niemand."

„Nicht hier bei mir."

Julie lächelte freundlich, aber ein bisschen belustigt. „Hochmut kommt vor dem Fall."

Ich überflog die Namen der Schülerliste und stieß auf einen, den ich gut kannte. Billy Gomez. Er war ein kleiner neunjähriger Junge aus einer Familie lateinamerikanischer Herkunft, mit einem wilden schwarzen Haarschopf und einer Vorliebe für grellfarbige T-Shirts. Er war sehr kräftig, geschmeidig wie ein Wiesel und dazu äußerst aggressiv. Unberechenbare Wutausbrüche und ein mehr als vorlautes Mundwerk hatten ihm bereits zwei Schulverweise eingebracht. Im Vorjahr hatte ich sowohl mit ihm wie mit seinem Lehrer intensiv gearbeitet, allerdings ohne nennenswerten Erfolg. Billy war eine Schimpfkanone und ein tobsüchtiger Raufbold geblieben.

Die drei anderen Jungen kannte ich nicht. Die Fünfte auf der Liste war Venus.

Als ich am nächsten Morgen in die Schule kam, saß Venus wieder auf der Mauer. „Hallo, Venus", sagte ich im Vorübergehen.

Keine Antwort. Sie drehte sich nicht einmal nach mir um.

Ich blieb stehen und schaute zu ihr hinauf. „Venus?"

Nicht die kleinste Regung in ihrem Gesicht deutete darauf hin, dass sie merkte, dass jemand sie ansprach.

„Ich bin deine neue Lehrerin. Möchtest du mit mir reingehen?"

Da sie überhaupt nicht reagierte, war mein erster Gedanke, dass sie völlig gehörlos sein könnte. Ich nahm mir vor nachzufragen, ob ihr Hörvermögen schon getestet worden war. Nach ein paar Minuten gab ich schließlich auf und ging allein ins Schulgebäude.

Der erste Schüler, der den Raum betrat, war Billy. „Ach nein! Nicht du schon wieder!", schrie er und schlug sich mit der Handfläche an die Stirn. „Ich will nicht hier bleiben. Ich will dich nicht!"

„*Hi,* Billy. Schön, dich zu sehen", sagte ich. „Und stell dir vor, du bist der Erste überhaupt. Also hast du die freie Wahl, welchen Tisch du nehmen willst."

„Dann nehm ich einen im Speisesaal." Er rannte zur Tür.

„He!" Ich packte ihn am Kragen. „Nicht jeden Tisch. Einen hier drinnen."

Billy knallte seine Sachen auf den nächstbesten Tisch. „Ich will gar keinen von diesen Tischen", sagte er mit wuterstickter Stimme. „Ich will nur raus hier, verdammte Scheiße noch mal."

Ich legte einen Finger an die Lippen. „Nicht solche Ausdrücke, okay? Du bist der Älteste in der Klasse. Ich möchte, dass du für die anderen ein Vorbild bist."

In diesem Augenblick kam Bob zur Tür herein und schob zwei kleine Jungen in den Raum. Beide hatten so knallrotes Haar, wie ich es noch nie gesehen hatte. Es hing ihnen glatt in ihre schmalen Gesichter, die mit großen Sommersprossen übersät waren.

„Das ist Shane", sagte Bob und drückte die Schulter des Jungen zu seiner Rechten. „Und das ist Zane."

Shane und Zane? Warum tun Eltern ihren Kindern so was an?

Es waren eineiige Zwillinge, und sie waren wie Clowns angezogen: Polyesterhosen, gestreifte Hemden und, so unglaublich es auch klingt, eine Fliege am Kragen.

Billy war über ihr Erscheinen so verblüfft wie ich selbst. „Sind das Dalmatiner?", fragte er ungläubig.

Ehe ich antworten konnte, erschien eine schwarze Matrone, die einen schlanken Jungen vor sich herschob. „Das hier ist Jesse", erklärte sie.

Bob trat beiseite, und die Frau stieß den Jungen in den Raum. „Benimm dich, deiner Oma zuliebe!" Sie küsste ihn geräuschvoll auf die Backe. Der Junge zuckte zurück. Dann stampfte sie durch die Tür und verschwand.

„Komm", sagte ich, „willst du dich hierhin setzen?"

Der Junge ließ seine Sachen fallen, dass es krachte.

„Nein, nich hier! Nich hier! Du sitzt nich hier!", schrie Billy. „Kein schwarzes Schrumpfgesicht sitzt hier, wo ich sitz."

„Willst du Streit oder was?", entgegnete Jesse und ballte die Fäuste.

Die Jungen stürzten aufeinander los und rissen sich zu Boden. Ich sprang dazu, packte Billy am Kragen und stieß Jesse beiseite.

Bob grinste ziemlich schadenfroh. „Wie ich sehe, hast du alles unter Kontrolle. Dann lasse ich dich jetzt weitermachen", sagte er und verschwand.

„Ich sitz nich neben dem. Der spinnt", sagte Billy und nahm seine

Sachen vom Tisch. „Lieber sitz ich neben den Dalmatinern. Kommt her, Jungs. Das ist unser Tisch. Der Schrumpfkopf soll alleine sitzen."

Ich fasste Billy an der Schulter. „Jetzt sag ich dir was. Ich will, dass jeder allein sitzt. Ein Schüler pro Tisch. Du sitzt hier. Zane? Bist du Zane? Du sitzt hier. Jesse, du sitzt da. Und Shane da drüben. Gut, das sind eure Tische. Und eure Stühle. Merkt euch das, denn ich verlange, dass eure Hintern auf diesen Stühlen kleben, bis ihr die Erlaubnis bekommt, woandershin zu gehen."

„Kleben?", rief Billy und sprang auf. „Wo ist der Kleb?" Er war bereits am Bücherregal und wühlte dann in einem Korb herum.

„Setz dich, Billy!"

Mit einem breiten Grinsen im Gesicht setzte er sich. „Jeder kriegt 'nen ganzen Tisch für sich? *Wow.*" Er strich mit der Hand über die Tischfläche. „Echt cool."

„Sind wir nur vier in der Klasse?", wollte Jesse wissen.

Da fiel mir auf, dass Venus fehlte. Es hatte schon lange geläutet, aber sie war nicht im Klassenzimmer erschienen. Ich ging zum Fenster und sah hinunter. Venus saß immer noch auf der Mauer, aber Wanda stand unter ihr und streckte ihr die Arme entgegen. Vorsichtig hob sie sie herunter. Dann gingen beide auf das Schulhaus zu.

Wanda begleitete ihre Schwester bis ins Klassenzimmer. Wanda war ziemlich hässlich und dick, hatte entsetzliche Pickel und struppiges Haar. Sie hatte lauter zerknitterte Sachen an, die ihr gar nicht passten und übel rochen.

„Hallo", sagte ich.

„Sie komm jetzt rein", sagte Wanda freundlich. „Komm, Goldkind. Zeit für Schule."

Venus sah mich offen an, starrte mir direkt in die Augen. Ich lächelte ihr zu. Sie lächelte nicht zurück. Sie starrte mich nur an.

„Komm", sagte ich und streckte ihr meine Hand entgegen. „Soll ich dir deinen Tisch zeigen?"

„Sie sprech nich", sagte Wanda.

Ich hielt meine Hand ausgestreckt und sagte zu Venus: „Komm, Kleine. Wir gehen zu deinem Platz."

„Geh, Goldkind", flüsterte Wanda, legte ihre Hand auf den Rücken von Venus und schob sie sanft in den Raum.

„Tschüs, Wanda", sagte ich. „Danke, dass du sie hergebracht hast."

„Tschüs, Goldkind", sagte Wanda. Sie drehte sich um und schlurfte zur Tür hinaus.

„Goldkind“ war nicht gerade ein Beiname, der mir zu Venus eingefallen wäre. Ihre dunkle Haut war mit einer verkrusteten Schmutzschicht bedeckt, das lange Haar hing in verfilzten Locken herunter. Ihre Kleidung war zu groß und vorne voller Essensflecken. Und wie ihre Schwester roch sie übel.

„So, Kleine, du kannst dich hier auf diesen Stuhl setzen.“

„Wieso setzt du sie zu diesem Dalmatiner an ’nen Tisch?“, fragte Billy. „Wieso setzt du sie nich zu dem schwarzen Schrumpfkopf? Du solltest alle schwarzen Kids an einen Tisch setzen.“

„Wir teilen die Kinder hier nicht nach der Hautfarbe ein, Billy. Also hör bitte damit auf“, erwiderte ich. „Ich möchte auch, dass du aufhörst, Dalmatiner zu sagen. Er heißt Zane.“

„Ich heiße Shane“, sagte der Junge ärgerlich. „Und du halt’s Maul, Blödmann!“

„Ich zeig dir, wer hier blöd ist!“, schrie Billy wütend. „Soll ich dir die Lichter auspusten?“

Ehe ich eingreifen konnte, hatte sich Billy auf Shane gestürzt. Shane warf sich ihm entgegen und rief: „*Yeah!* Ich schlag dir die Birne ein!“

„Yeah!“, schrie Zane mit. „Ich auch!“

Und ich dachte, mein Gott, ja, wir würden eine Menge Spaß haben in diesem Jahr.

ICH WAR froh, als Julie um ein Uhr erschien. Der ganze Vormittag hatte aus endlosen Box- und Ringkämpfen bestanden. Shane und Zane waren in die Förderklasse eingewiesen worden, weil man bei ihnen FAS, das fötale Alkoholsyndrom, diagnostiziert hatte, das durch Alkoholmissbrauch der Mutter während der Schwangerschaft verursacht wird. An beiden Zwillingen waren die charakteristischen Folgen festgestellt worden: magersüchtiges Aussehen, IQ an der Schwachsinnsgrenze, schwere Verhaltensstörungen, vor allem Hyperaktivität und Aufmerksamkeitsdefizit. Mit ihrem zwanghaften Verhalten, ihren Clownsgesichtern und ihrem verrückten Aufzug wirkten sie, als wären sie einem skurrilen Horrorfilm entsprungen.

Jesse, der acht war, litt am Tourette-Syndrom, das verschiedene Ticks bewirkte, wie zum Beispiel verstärktes Blinzeln, ruckartige Kopfbewegungen und ständiges Schniefen, ohne dass ihm die Nase lief. Außerdem hatte er einen Ordnungsfimmel, strich alles glatt und richtete Stifte und Radiergummi immer parallel zueinander auf seinem Tisch aus. Doch unter der Oberfläche des pingeligen Kindes versteckte sich ein harter

Kern, eine fordernde Instanz: Die Dinge hatten so und nicht anders zu geschehen. Tod und Verderben jedem, der anderer Meinung war!

Im Vergleich zu diesen drei Jungen erschien Billy eher harmlos. Er war einfach nur aggressiv und konnte seine große Klappe nie halten.

Um Venus konnte ich mich den ganzen Vormittag so gut wie gar nicht kümmern, weil ich immer wieder damit beschäftigt war, die raufenden Jungen zu trennen. Das schien ihr aber auch nichts auszumachen. Eigentlich schien sie gar nicht anwesend, nicht einmal lebendig zu sein. Sie saß bloß auf ihrem Stuhl und starrte vor sich hin.

Sobald Julie da war, musste sie die Streithähne in Schach halten, während ich mich um Venus kümmerte. Ich wollte ausloten, was es mit ihrer Stummheit auf sich hatte. Ich war mir nicht im Klaren, ob es sich um ein zeitweiliges Verhalten handelte, das sie steuern konnte, oder ob es ein schwerwiegendes physisches oder psychisches Problem war, das sie am Sprechen hinderte. Aber ich wusste aus Erfahrung, dass ich eingreifen musste, wenn es einen psychischen Hintergrund gab, damit unser Verhältnis nicht auf Schweigen gründete.

„Komm mit mir“, sagte ich und ging in den hinteren Teil des Raums.

Venus sah mich offen und direkt an, rührte sich aber nicht. Diesen Blickkontakt wertete ich als gutes Zeichen.

„Komm. Komm hierher. Ich will, dass du etwas mit mir machst.“

Venus sah mich immer noch an, rührte sich aber weiterhin nicht.

Ich ging zu ihrem Tisch zurück. „Komm mit. Wir arbeiten jetzt zusammen.“ Ich ergriff ihren Ellbogen, zog sie vom Stuhl hoch und führte sie so in den hinteren Teil des Raums. „Setz dich hierhin.“ Ich deutete auf einen Stuhl.

Venus blieb stehen. Ich legte ihr eine Hand auf den Kopf und drückte nach unten, bis sie sich setzte. Ich zog mir einen Stuhl heran, setzte mich ihr gegenüber und schob ihr eine Schachtel Farbstifte und ein Blatt Papier hin.

„Ich erzähle dir jetzt was ganz Besonderes“, sagte ich. „Ein Geheimnis.“ Ich flüsterte in meinem geheimnisvollsten Flüsterton. „Ich war nicht immer Lehrerin. Weißt du, was ich vorher gemacht habe? Ich habe mit Kindern gearbeitet, denen es sehr schwer gefallen ist, in der Schule zu sprechen. Genau wie dir! Ich sollte ihnen helfen zu sprechen.“ Ich lächelte sie an. „Was hältst du davon? Würdest du gern zu sprechen anfangen?“

Venus schaute mir immer noch ins Gesicht, aber ihr Blick war erstaunlich verschleiert. Ich konnte mir nicht im Geringsten vorstellen, was sie wohl dachte. Falls sie überhaupt etwas dachte.

„Es ist sehr wichtig, dass wir in der Klasse miteinander reden. Wenn wir reden, teilen wir den anderen mit, was wir fühlen und denken. Anders würden sie es nie erfahren. Wir müssen es ihnen also sagen. Auf diese Weise verstehen die Menschen sich gegenseitig. Und so lösen wir Probleme und erhalten Hilfe, wenn wir welche benötigen. Deshalb ist das Sprechen so wichtig. Ich weiß, dass es schwierig ist zu sprechen, wenn man daran gewöhnt ist zu schweigen. Es macht Angst. Das verstehe ich. In unserem Klassenzimmer hier darf man Angst haben."

Falls Venus Angst hatte, ließ sie es sich nicht anmerken. Sie starrte mir weiter unverhohlen ins Gesicht. Ich hob das Papierblatt hoch. „Ich möchte, dass du etwas für mich malst. Zeichne mir ein Haus."

Keine Reaktion. Wir saßen da und starrten uns an.

„Schau. Soll ich dir helfen? Ich zeichne den Boden." Ich nahm einen grünen Farbstift und zog eine Linie quer über den unteren Teil des Papiers. „So. Kannst du jetzt ein Haus zeichnen?"

Venus sah nicht nach unten. Ich fasste ihren Kopf und drückte ihn sanft in die richtige Richtung, sodass sie das Papier sehen konnte. Und ich deutete darauf.

Nichts. Sicher wusste sie, was ein Haus war. Sie war sieben. Aber vielleicht war sie geistig zurückgeblieben wie ihre Schwester. Vielleicht war es zu viel von ihr verlangt, ein Haus zu zeichnen.

„Komm. Nimm einen Stift in die Hand." Ich musste ihre Hand hochheben, den Stift hineinlegen, die Hand darum schließen und sie wieder auf den Tisch legen. Sie hielt den Stift fest, aber ihre Hand sackte auf den Tisch wie ein lebloser Klumpen Fleisch.

„Das klappt also nicht", sagte ich. „Dann wollen wir mal was anderes probieren."

Ich stand auf, holte ein Kinderbuch, rückte meinen Stuhl neben ihren, setzte mich und öffnete das Buch. Es war ein Bilderlexikon, und die Seite, die ich geöffnet hatte, war voll bunter Illustrationen von kleinen Tieren, die Auto fuhren und alle möglichen anderen Dinge taten. „Schauen wir uns diese Bilder an. Siehst du? Die fahren alle mit dem Bus. Was für Tiere sind das? Mäuse, stimmt's? Und da ist ein Polizeiauto, und, schau nur, einer der Polizisten ist ein Löwe. Was für ein Tier ist der andere Polizist?"

Sie starrte zu mir auf.

„Da, schau hin." Ich bog ihren Kopf nach unten, sodass sie ins Buch sehen konnte. „Was ist das für ein Tier? Was ist der andere für ein Tier?"

Keine Antwort. Kein Ton. Keine Bewegung.

Ich machte noch ein paar Minuten weiter, formulierte die Frage immer wieder neu, gab schließlich auch die Antwort selbst.

Krach! Ich knallte meine Hand flach auf den Tisch, laut und plötzlich. Es war eine raue Methode, die schon oft gewirkt hatte. Ich hoffte, ich würde damit Venus über die erste Hürde hinweghelfen, wie es mir bei anderen Kindern gelungen war. Und ich wollte wissen, ob ich überhaupt einmal eine Reaktion von ihr erleben würde, ob sie aufspringen würde, zusammenzucken oder wenigstens blinzeln.

Venus hob einfach den Kopf und sah mich an. „Hörst du das?“, fragte ich. „Wenn ich mit der Hand auf den Tisch schlage?“ Ich schlug erneut mit der flachen Hand auf den Tisch. „Hörst du das?“

„Natürlich!“, rief Billy von der anderen Seite des Klassenzimmers. „Wollen Sie uns allen Angst einjagen oder was?“

Venus saß reglos da.

Ich nahm das Buch wieder zur Hand und blätterte darin. „Lass uns noch was anderes probieren. Soll ich dir eine Geschichte vorlesen?“

Sie starrte mich an.

„Also, hör mal, ich hab eine viel bessere Idee. Wir machen jetzt große Pause, okay?“

Auch darauf reagierte sie in keiner Weise.

„ALSO jetzt mal im Ernst“, sagte ich und schenkte mir im Lehrerzimmer eine Tasse Kaffee ein. „Was ist los mit Venus Fox?“ Ich nahm Bob ins Visier.

Bob nippte an seinem Kaffeebecher. „Ich warte darauf, dass du mir das erzählen kannst.“

„Ich arbeite noch daran herauszufinden, ob sie überhaupt lebendig ist.“

„Die ist ganz schön lebendig“, erwiderte Bob.

„Trotzdem, ich muss erst einmal annehmen, dass sie taub ist“, erklärte ich. „Ist sie deswegen schon untersucht worden?“

„Man hat sie letztes Jahr zu einem HNO-Spezialisten im Krankenhaus geschickt“, antwortete Bob. „Unter anderem haben sie gemessen, ob ihr Gehirn auf Geräusche oder Laute reagiert.“

„Und?“, wollte ich wissen.

„Sie scheint gut zu hören.“

Ich war etwas bestürzt. Nach der bisherigen Arbeit mit Venus war ich so überzeugt davon, dass ihre Probleme von einem schweren Hörschaden herrührten, dass ich schon dachte, ich hätte die Lösung: Man brauchte sie nur einen Hörtest machen zu lassen und dann in eine Gehörlosenschule zu schicken.

Eine Kollegin namens Sarah mischte sich ein. „Meiner Ansicht nach müssen wir uns bei Venus darauf einstellen, dass sie nicht viel hier oben hat." Sarah tippte sich an die Schläfe. „Venus sieht einen mit diesem leeren Blick an, weil sie im Grunde leer ist. Das liegt in der Familie. Es ist bei allen Fox-Kindern so."

Bob seufzte. „Ich hoffe, dass das nicht der Fall ist."

Von draußen drang lauter werdender Lärm vom Pausenhof herein. Einige Lehrer traten ans Fenster, um nachzusehen, was los war. Das brauchte ich nicht, denn ich wusste sofort, dass meine Schützlinge an dem Aufruhr beteiligt waren. Verhaltensgestörte Kinder sind unter anderem daran zu erkennen, dass sie hemmungslos schreien. Gewöhnlich schreien oder kreischen Kinder vor Ärger oder Freude, solange sie klein sind. Mit sechs bis sieben sind sie aber so weit sozialisiert, dass sie keine Verzweiflungsschreie mehr in den höchsten Tönen ausstoßen. Ich hetzte aus dem Zimmer und auf den Pausenhof hinaus.

Am hinteren Ende, unter den Ahornbäumen, waren zwei Aufsichtslehrerinnen dabei, Kinder auseinander zu bringen. Ich erkannte Billys knallbuntes T-Shirt in dem Durcheinander und rannte los. Erst beim Näherkommen sah ich auch Shane und – weil die Lehrerinnen immer noch dabei waren, die Kämpfenden zu trennen – schließlich auch das dritte Kind. Es war Venus!

Venus schien nur noch aus wirbelnden Armen und Beinen zu bestehen, die Billy treffen sollten. Noch bestürzender war aber die Tatsache, dass der Lärm hauptsächlich von ihr ausging. Es war ein gespenstisch anmutender Heulton, der so laut und durchdringend war, dass er mir in den Ohren wehtat.

Sie schrie und zappelte weiter, bis sie sich aus dem Griff der Erwachsenen befreit hatte, um sich wutentbrannt auf Billy zu stürzen, der bereits aus der Nase blutete. Die andere Lehrerin hielt Billy und Shane fest. Aber Billy riss sich los, als er Venus kommen sah, und rannte weg. Venus war ihm dicht auf den Fersen.

Ich nahm die Verfolgung der beiden auf. Ebenso wie Julie, Bob und ein anderer Lehrer, die ebenfalls auf den Pausenhof geeilt waren. Wir rannten einer hinter dem anderen her und alle hinter Venus, die hinter Billy herrannte. Als Billy an der Mauer am Rand des Hofs angekommen war, trommelte Venus mit den Fäusten wütend auf ihn ein. Gleichzeitig war ihr aber nicht entgangen, dass wir es auf sie abgesehen hatten. Denn ich war nicht ganz in Reichweite angekommen, als sie schon auf und über die Mauer sprang und verschwunden war.

Spiderman, echt, dachte ich. Nicht gerade elegant hievte ich mich auf die Mauer und sprang auf der anderen Seite hinunter. Julie, Bob und der andere Lehrer blieben zurück und kümmerten sich um den arg gebeutelten Billy. Venus hatte den Vorteil, dass sie wusste, wohin sie rannte, aber ich hatte die längeren Beine. Noch vor der nächsten Seitenstraße hatte ich sie eingeholt und bekam ein Stück ihrer Kleidung zu fassen. „Stopp! Sofort!"

Sie versuchte sich loszureißen, aber ich hatte den Stoff fest im Griff und packte dann mit der anderen Hand ihren Arm. Venus hatte aufgeschlagene Knie, sonst sah man ihr aber nichts von dem Kampf mit Billy an.

Sie beobachtete mich genau, und in ihrem Blick lagen mehr Ausdruck und Lebendigkeit, als ich je bei ihr gesehen hatte.

„So regeln wir keinen Streit in meiner Klasse", sagte ich. „Und jetzt gehen wir zurück in die Schule."

Sie stemmte sich gegen mich.

„Hör zu, wir gehen zurück zur Schule. Der Unterricht geht weiter, und du gehörst dorthin."

Venus war nicht bereit dazu. Mir schien keine andere Wahl zu bleiben, als sie hochzuheben und zu tragen. Sobald sie merkte, was ich vorhatte, schlug sie wieder wie wild um sich, boxte mich und trat mich mit den Füßen. So kamen wir nur langsam voran. Endlich kam mir Bob zu Hilfe. Als er sah, wie ich mich herumquälte, kam er angerannt und packte Venus am anderen Arm. Wir eskortierten sie zurück ins Schulhaus. Venus protestierte mit ihrem durchdringenden Geschrei.

Endlich erreichten wir das Gebäude und mühten uns die Treppen nach oben zu meinem Klassenzimmer. „War vielleicht doch keine so gute Idee, dich ganz da oben unterzubringen", sagte Bob keuchend.

Im Klassenzimmer schob ich Venus durch den Raum und zog mit dem Fuß einen Stuhl heran, der als „Ruhestuhl" dienen sollte. Ich drückte sie auf den Stuhl und sagte: „Du sitzt jetzt hier."

Sie schrie und wehrte sich. Ich hielt sie auf den Stuhl gedrückt.

„Du bleibst hier sitzen, bis du dich wieder beruhigt hast und nicht mehr um dich schlägst."

Ganz vorsichtig löste ich meinen Griff, immer darauf gefasst, dass sie jeden Augenblick aufspringen und zur Tür rennen würde, aber sie verfiel sofort in Schweigen und Bewegungslosigkeit. „In diesem Raum verletzen wir niemand. Auch nicht uns selbst", erklärte ich. „Das ist eine Klassenregel."

„Das sind zwei Regeln!", rief Billy von seinem Tisch herüber.

„Es ist eine Regel, Billy", erwiderte ich. „Die Regel lautet: Wir tun niemand weh." Ich wandte mich wieder Venus zu, die auf dem Ruhestuhl sitzen geblieben war. „Ich stelle den Wecker auf fünf Minuten", sagte ich. „Wenn er klingelt, kannst du wieder zu uns kommen." Ich stellte den Wecker auf ein Regal in ihrer Nähe und entfernte mich langsam. Venus rührte sich nicht. Als der Wecker klingelte, verharrte sie immer noch reglos.

„Du kannst jetzt aufstehen", sagte ich von dem Tisch aus, an dem ich mit Jesse gerade arbeitete.

Keine Reaktion.

Ich entschuldigte mich bei Jesse und ging zu ihr hinüber. „Das ist der Ruhestuhl. Sobald man sich beruhigt hat, braucht man nicht mehr auf ihm zu sitzen. Jetzt komm und fang auch mit dem Ton an. Wir machen kleine Übertöpfe. Hast du das schon einmal gemacht?"

Venus sah mich mit dem Ausdruck völligen Unverständnisses an.

Ich fasste sie unter dem Ellbogen und ermutigte sie zum Aufstehen. Dann führte ich sie an den Tisch, an dem alle anderen mit Ton modellierten. „Setz dich hierhin!"

Sie blieb stehen. Ich drückte sie sacht auf die Schultern, bis sie sich auf den Stuhl setzte. Dann nahm ich einen Klumpen Ton und zeigte ihn ihr. „Siehst du, das ist Ton. Und schau mal, wie Jesse damit arbeitet. Du musst nur deine Daumen in den Ton drücken."

Ihr Blick wanderte nicht einmal zum Ton. Er blieb auf mich gerichtet, als ob sie nichts gehört hätte.

Der Rest des Tages verging, und Venus zeigte keine einzige Reaktion.

SCHLIESSLICH klingelte es zum Schulschluss. Ich eilte zu den Aktenschränken im Schulsekretariat und holte die Akte über Venus heraus.

Die Lektüre war deprimierend. Sie war das jüngste von neun Kindern, die von drei verschiedenen Vätern stammten. Der Vater der vier ältesten, zu denen Wanda gehörte, war wegen schwerer Körperverletzung zu einer Gefängnisstrafe verurteilt worden. Nach seiner Freilassung hatte er eine Bank überfallen und war wieder ins Gefängnis gewandert. Danach kam er noch einmal auf freien Fuß, wurde aber wegen Drogenhandels erneut inhaftiert und starb schließlich im Gefängnis. Der zweite Mann war der Vater der nächstältesten Kinder. Er war wegen Misshandlung von drei Kindern verurteilt worden, und nach seiner Freilassung hatte man ihn wegen Grausamkeiten an Tieren angeklagt. Der dritte Mann war der Vater von drei Kindern, zu denen auch Venus zählte. Er wurde mehrfach bestraft wegen Einbruchs und anderer Verbrechen, die mit seinen Drogen- und Alkoholproblemen in Zusammenhang standen. Außerdem wurde er wegen pädophiler Aktivitäten angeklagt. Er war zurzeit auf freiem Fuß, aber der Umgang mit den Kindern war ihm verboten.

Die Mutter von Venus war lange Zeit als Prostituierte tätig gewesen und hatte zahlreiche erfolglose Entziehungskuren wegen Drogen- und Alkoholsucht hinter sich. Sie lebte jetzt mit sieben ihrer neun Kinder zusammen, die alle Sonderschulen besuchten. Ihr Ältester, der zwei Jahre älter als Wanda war, saß gerade im Gefängnis. Ihr 15 Jahre alter Sohn war im Jugendarrest. Ihre 17-jährige Tochter hatte im letzten Jahr im Polizeigewahrsam einen Schlaganfall erlitten und war jetzt hirngeschädigt.

In der Akte stand sehr wenig über Venus selbst. Sie war den Behörden zum ersten Mal aufgefallen, als sie fünf wurde und in den Kindergarten aufgenommen werden sollte. In den Berichten aus dieser Zeit wurde festgehalten, dass sie praktisch immer stumm war und auf nichts reagierte. Außer auf dem Hof und wenn sie provoziert oder bedroht wurde. Dann schien Venus fast übermenschliche Kräfte mobilisieren zu können, schrie, schimpfte und schlug wild um sich. Es wäre grotesk und lachhaft gewesen, sich die Verwandlung eines stummen, unauffälligen siebenjährigen Mädchens in eine bösartige kleine Kampfmaschine vorzustellen – wenn ich es nicht selbst erlebt hätte.

Ich klappte den Aktenordner zu.

Kapitel 2

Am nächsten Morgen erwartete mich Billy bereits in meinem Klassenzimmer. „Was ist los?“, fragte ich überrascht. „Es ist erst zehn nach acht.“

„Ich musste früh los. Später fährt kein Bus mehr.“

„Warum bist du dann nicht auf dem Pausenhof draußen?“, fragte ich. „Es klingelt doch erst um halb neun.“

„Das Scheißmädchen is da draußen.“

Ich legte einen Finger an die Lippen. „Denk daran, du bist der Älteste hier. Ich muss mich darauf verlassen können, dass du den anderen ein gutes Vorbild bist.“

„Is mir egal. Die is da draußen, und ich riskier nix. Die is doch ein Psychopath oder so was. Wie im Horrorfilm is die."

„Gut. Heute Morgen kannst du drin bleiben. Aber das ist eine Ausnahme, Billy. Nach der Schulordnung müssen alle draußen bleiben, bis es klingelt."

Billy ließ sich in einer dramatischen Geste flach auf seinen Tisch fallen und stöhnte herzergreifend. „Ich hasse diese Schule. Warum durfte ich nich an meiner alten Schule bleiben? Da is mein Bruder. Der hätt nie zugelassen, dass mich so eine Irre vertrimmt."

„Wenn du hier gut mitarbeitest, Billy, und wenn du dein Mundwerk und deine Launen besser kontrollierst, kannst du vielleicht in deine alte Schule zurück."

„Echt? Is das alles, was ich tun muss?" Er sagte das so überrascht und erfreut, als ob ihn noch nie zuvor jemand auf sein Verhalten aufmerksam gemacht hätte. „Das kann ich locker."

„Das wäre ja toll. Ich wäre sehr stolz auf dich. Im Augenblick wäre ich aber schon zufrieden, wenn du von diesem Tisch aufstehen und deinen Stuhl benutzen würdest."

Billy war mit einem Satz auf den Füßen, schnappte seinen Stuhl und schwang ihn über dem Kopf. „Schon passiert. Aber wozu soll ich ihn denn benutzen?"

ALS NÄCHSTER kam an diesem Morgen Jesse in Begleitung einer Schulbusfahrerin, die ihn am Kragen hielt.

„Dieser Junge fährt nicht mehr lang in meinem Bus", sagte sie gereizt.

„Was ist passiert?"

„Er hat einer Erstklässlerin ein Bein gestellt, als sie einstieg. Kaum hatte sie sich hochgerappelt, schubste er sie wieder hin. Ich sagte, hör auf, Mister, sonst gehst du zu Fuß. Was er dann sagte, will ich gar nicht wiederholen. Als ich ihn hier reinbrachte, hab ich ihm klar gemacht, dass ich ihm das Leben zur Hölle mache, wenn sich das nicht ändert."

Ich nickte. „Okay, Jesse, setz dich da drüben hin."

Shane und Zane stürmten herein.

„O Mann, die verdammten Dalmatiner sind wieder da!", rief Billy.

Shane legte nicht einmal seine Sachen ab, sondern rannte durchs Zimmer und schlug Billy seine Vesperbox auf den Kopf, dass es knallte. Billy jaulte auf.

Zane unterstützte seinen Bruder und trat Billy mit den Schuhen. Jesse sprang von seinem Stuhl auf, um sich auch einzumischen. Die Busfahrerin verzichtete auf weitere Beschwerden und trat eilig den Rückzug an.

Ehe ich eingreifen konnte, bildeten die vier Jungen bereits ein Knäuel aus wirbelnden Armen und Beinen. Ihr Geschrei war ohrenbetäubend. Ich schrie genauso laut wie sie und packte einen der Zwillinge am Bein und zog ihn heraus. Ich zog ihm die Schuhe aus, damit er damit niemand mehr wehtun konnte, und drückte ihn auf einen Stuhl. „Bleib bloß da sitzen!"

Als Nächsten bekam ich Billy zu fassen. Er schrie vor Schmerz und Wut. Auch ihn stieß ich auf einen Stuhl. „Zieh deine Schuhe aus!"

Dann ergriff ich den anderen Zwilling. Ich zog ihm die Schuhe aus und kickte einen nach dem anderen außer Reichweite. Dann drückte ich ihn auf einen Stuhl.

Als Letzter war Jesse dran. Er war derart in Rage, dass mir nichts anderes übrig zu bleiben schien, als ihn auf den Boden zu drücken, bis er sich beruhigt hatte. Als er dann aufhörte, um sich zu schlagen, zog ich auch ihm die Schuhe aus.

„Hört mal zu, ihr vier", sagte ich, während ich aufstand. Drei der Jungen saßen auf Stühlen etwa im Halbkreis, Jesse saß noch auf dem Fußboden. „Ab sofort ist das Tragen von Schuhen in diesem Raum ein Vorrecht und kein Recht mehr."

„Was meinst 'n damit?", fragte Billy.

„Ich meine, dass Schuhe nicht zum Treten da sind. Bis jeder weiß, wie man sich benimmt, wenn man Schuhe anhat, sind Schuhe nicht mehr erlaubt."

„Du hast selbst Schuhe an", sagte Billy.

„Ja, weil ich niemand damit trete. Aber bis ihr mir beweist, dass ihr dieses Vorrecht verdient, weil ihr niemand mehr tretet, so lange zieht ihr die Schuhe an der Tür aus, wenn ihr reinkommt. Und ihr zieht sie erst wieder an, wenn ihr geht."

„Das kannst du aber nicht machen", sagte Jesse. Das Zucken in seinem Gesicht hatte begonnen, und dieser Tick machte es schwierig, ihn zu verstehen.

„Schaut her", sagte ich. Ich nahm eine große Plastikkiste und sammelte darin die Schuhe ein, die ich zuvor weggeworfen hatte.

„Das sag ich meiner Mama!", rief Zane. „Sie macht, dass du sie zurückgeben musst!"

„Ich gebe sie euch zurück, wenn ihr nach Hause geht. Sie bleiben hier in dieser Kiste." Ich stellte die Kiste auf einen hohen Schrank.

Als Nächstes zog ich mir einen Stuhl heran und setzte mich. Jetzt saßen wir alle, die Jungen waren mehr oder weniger wütend. Eine Minute verging. Eine weitere, dann noch eine.

„Wie lange sollen wir hier sitzen?“, fragte Shane.

„Bis sich jeder beruhigt hat.“

„Ich hab mich schon beruhigt“, sagte er.

„Ich hab mich nie aufgeregt“, sagte Billy. „Das war der da drüben. Der hat alles vermasselt. Wenn du jemand bestrafen willst, dann bestraf doch den schwarzen Schrumpfkopf.“

„Ich hab dich nie geschlagen!“, wehrte sich Jesse. „Der hat angefangen.“ Er zeigte auf Shane.

„Ihr seid doch alle Scheißer“, murmelte Billy. „Wär ich doch bloß nicht in dieser Klasse.“

„Ja, ich auch“, sagte Jesse.

„Ich auch“, stimmte Shane ihm zu.

„Und ich“, sagte Zane.

„Na also. Wenigstens sind sich alle einmal einig“, sagte ich.

„Du bist ein Teil von allen, aber du bist nicht einig!“, rief Billy.

„Ehrlich gesagt bin ich im Augenblick nicht besonders scharf auf diese Klasse.“

Billy zog die Augenbrauen hoch, und ein Ausdruck von echtem Erstaunen ging über sein Gesicht. „Aber du musst in dieser Klasse sein. Es ist doch deine Klasse.“

„Stimmt. Aber es ist auch eure“, sagte ich. „Ich mag das, was gerade passiert, genauso wenig wie ihr. Was sollen wir also tun, damit es anders wird?“

Die Jungen schienen verblüfft.

„Was ist mit dem Mädchen?“, fragte Jesse.

Das war das erste Mal an diesem Morgen, dass ich an Venus dachte. Sie war nicht im Klassenzimmer. Ich erhob mich und spähte aus dem Fenster. Wie konnte es anders sein? Venus saß auf ihrer Mauer.

Mir war klar, dass ich nicht hinausgehen konnte, um sie zu holen. Ich traute mich ja nicht, den Jungen den Rücken zuzukehren. Ich konnte nur hoffen, dass jemand im Sekretariat sie entdecken und von ihrer Mauer holen würde. Ich ging zu unserem Halbkreis zurück und setzte mich.

„Also“, begann ich, „was sollen wir tun, damit es hier im Klassenzimmer besser läuft? Ich will nicht, dass es jeden Tag endlose Streitereien und Raufereien gibt. Also, wie können wir das ändern?“

„Diesen schwarzen Schrumpfkopf rausschmeißen“, sagte Billy.

„Dich rausschmeißen, Blödmann“, erwiderte Jesse.

„Alle rausschmeißen“, fügte Shane hinzu. „Alles in die Luft sprengen.“

Nachdem ich so zehn Minuten versucht hatte, mit meinem Unterricht zu beginnen, öffnete sich die Tür, und Wanda erschien, mit Venus im Schlepptau.

„Die muss die Schuhe ausziehen!“, kreischte Billy. „Zieh deine Schuhe aus, Schizo! Keine Schuhe mehr erlaubt. Befehl vom Lehrer.“

Wanda schaute sich verängstigt um, Venus blickte ausdruckslos nirgendwohin.

Ich ging zur Tür. „Komm rein, Kleines. Und vielen Dank, Wanda, dass du sie raufgebracht hast.“

„Sie will nich Schule kommen“, entgegnete Wanda.

„Ich auch nich!“, schrie Billy. „Das ist ein Gefängnis hier drin.“

„Mann, kannst du nicht mal’s Maul halten, Blödmann?“

Diese Frage lag mir auch auf der Zunge.

DIESER Morgen war eine einzige Katastrophe. Es schien keine Möglichkeit zu geben, Raufereien zwischen den Jungen zu vermeiden. Sie verbrachten die gesamte Zeit vor der großen Pause auf Ruhestühlen.

Venus wiederholte ihre Vorstellung vom Vortag. Sie saß bewegungslos da, starrte und schenkte den Jungen keinerlei Aufmerksamkeit.

Als die Glocke zur großen Pause klingelte, sprangen die vier Jungen auf und rannten zur Tür. Dort erst merkten sie, dass sie keine Schuhe anhatten. Ich hob die Kiste mit den Schuhen vom Schrank herunter und reichte Shane seine Turnschuhe.

„Kann sie nicht binden“, gestand er.

Ich sah mich nach Billy um. „Bitte, binde Shane die Schuhe.“

„Hä?“

„Der rührt meine Schuhe nicht an!“, brüllte Shane.

„Und du, Jesse, bindest die Schuhe für Zane.“

„Keine Spur!“

„Dann kommt wohl keiner von euch in die Pause“, sagte ich und stellte die Kiste wieder auf den Schrank.

Das Protestgeschrei war groß.

„Nichts zu machen. Niemand geht raus, ohne dass Zanes und Shanes Schuhe geschnürt sind.“

„Bind du sie. Du bist die Lehrerin.“

„Nein. Ich helfe Venus beim Schuheanziehen. Wenn ihr eine Lösung habt, lasst es mich wissen.“ Ich holte Venus’ Schuhe aus der Kiste.

„Ohne Schuhe rausgehen“, schlug Shane vor.

„Nein, tut mir Leid, das ist nicht möglich."

„Oh, Scheiße", sagte Billy. „Dann gib mir die verdammten Schuhe."

Ich legte einen Finger an die Lippen und zeigte dann auf die Wanduhr, wo die Pausenzeit sichtbar verrann.

„Okay. Gib mir halt die verflixten Schuhe", sagte Billy. „Komm her, Stinker, damit ich dir deine blöden Schuhe binden kann."

Ich holte Shanes Schuhe aus der Kiste und reichte sie Billy. Dann holte ich Zanes Schuhe heraus. „Jesse?"

Mit einem tiefen Seufzer nahm Jesse die Schuhe entgegen.

Niedergeschlagen gingen die Jungen schließlich in die verbleibenden sechs Minuten der großen Pause.

Zu Beginn der nächsten Stunde sammelte ich alle Schuhe wieder ein und legte sie in unsere Schuhkiste, die ich auf dem Schrank deponierte. Da ich jetzt wusste, dass eine Arbeit in der Gruppe mit ihnen noch nicht durchführbar war, ließ ich die Kinder ihre Arbeitsmappen vorbereiten. Da ich immer Kinder mit einem unterschiedlichen Wissensstand unterrichtet hatte, ließ ich jeden Schüler die Arbeitsblätter eines Tages in seiner Arbeitsmappe ablegen. Bei Beginn des Unterrichts verteilte ich die Mappen an die Schüler. Während sie ihre Aufgaben machten, ging ich herum und half, wo es nötig war.

Ich erklärte den Kindern das System und händigte ihnen die Mappen aus. Um die augenblickliche Disziplin nicht zu gefährden, schlug ich ihnen gleich eine Aufgabe vor. Sie sollten auf das Deckblatt ihren Namen und Dinge, die ihnen gefielen, malen, damit ich wusste, wem welche Mappe gehörte. Die Jungen machten sich voller Eifer an die Erledigung dieser Aufgabe.

Venus aber blieb unbewegt sitzen. Ich ging an ihren Tisch und kniete mich neben ihren Stuhl. „Hast du verstanden, was du tun sollst?"

Ein leerer Blick war die Antwort.

Was war nur los mit diesem Kind? Wenn sie hören konnte, war sie dann hirngeschädigt? Hörte sie etwas, konnte es aber nicht verarbeiten? Oder konnte sie das, was sie hörte und verarbeitete, nicht in Handlungen umsetzen?

„Wir beide machen jetzt eine ganz andere Arbeit", sagte ich.

Ich stellte einen Stuhl neben den ihren, nahm einen roten Farbstift und gab ihn ihr in die Hand. Sie machte keine Anstalten, ihn zu ergreifen. Der Stift fiel auf den Tisch.

„Probier's noch mal, Venus." Ich nahm den Farbstift wieder auf. „Halt ihn in der Hand. So." Ich öffnete ihre Hand und legte ihr den Stift hinein.

Dann schloss ich meine Finger um ihre und zog eine senkrechte Linie auf dem Papier, das vor ihr lag.

„Kannst du das allein machen?“, fragte ich.

Venus ließ den Stift auf den Tisch fallen. Sie saß da und rührte sich nicht. Ich beugte mich zu ihr vor. „Wach auf da drinnen!“, sagte ich laut.

„Huah! Was macht ihr da drüben?“, rief Billy und drehte sich nach uns um.

„Ich rede mit Venus.“

„Dann schrei doch nicht so. Sie sitzt ja vor dir.“

„Ich versuche zu erreichen, dass sie mich bemerkt.“

„Mich bemerkt sie!“ Billy sprang von seinem Stuhl auf und lief zu uns herüber. Vor Venus begann er „Ah! Ah! Ah!“ zu schreien und wie ein Affe auf und ab zu hüpfen. „Schau mal, Schizogirl! Ah! Ah! Ah!“

Darauf reagierte Venus in Sekundenschnelle. Sie setzte geradewegs über den Tisch zur Verfolgung von Billy an, der erschrocken aufschrie und davonrannte. Die Aufregung steckte die anderen Jungen an, die ebenfalls aufsprangen. Jesse, der immer auf Revanche aus war, sah seine Chance und stellte Billy ein Bein. Dann stürzte er sich auf ihn und schlug auf ihn ein. Schließlich warf sich Venus auf die beiden, riss Jesse das Hemd aus der Hose und biss ihn ins Ohr.

Ärgerlich zog ich die Teile dieses Kampfknäuels auseinander und ließ sie auf Ruhestühlen Platz nehmen.

Der Rest der Woche verging in ständigem Chaos. Ich verbrachte mehr Zeit mit Schadensbegrenzung als mit Unterricht. Julie hatte mich darauf aufmerksam gemacht, dass wir vier lebhafte Jungs mit Cowboynamen in der Klasse hatten. Das amüsierte mich, und ich beschloss, diesen Umstand für meine Bemühungen zu nutzen, eine Gruppenidentität zu schaffen. Ich beschloss, dass wir eine Cowboybande sein würden. Wir würden uns einen Namen für die Bande, Verhaltensregeln und einige spaßige Aktionen ausdenken, über die sich unsere „Bandenzugehörigkeit“ definieren würde. Damit wäre die Grundlage für ein positives Gruppengefühl geschaffen. Leider erklärte den Kindern niemand, dass dies der Zweck der Übung war.

Ich bemerkte meinen Fehler sehr schnell. Zu einer Cowboybande gehörten eben auch Revolver und Gewehre sowie eine Menge Schießereien und Machogebaren dazu. Jesse kam als Erster darauf. Wir würden eine Bande Gesetzloser sein, sagte er strahlend. Ich erklärte, dass das nicht der Sinn der Sache sei. So mussten sich die Jungen etwas Neues für unsere Bande ausdenken. Sie entschieden sich dafür, die Chipmunk-Bande zu werden, was mir schon komisch vorkam, weil sie sich mit den Chipmunks, den Backenhörnchen, so lammfromme Namenspatrone ausgesucht hatten. Jedenfalls gefiel es ihnen sehr, Regeln aufzustellen, die ein guter Chipmunk befolgen musste. Billy war Feuer und Flamme. Er wollte, dass die Mitgliedschaft in der Bande durch ein Gelübde und einen geheimen Handschlag besiegelt würde. Dann schlug Jesse vor, es solle ein Geheimbund werden und wir sollten uns gegenseitig mit Geheimzeichen als Chipmunks zu erkennen geben. Am Ende dieser Woche hätten wir es – geheimbündlerisch gesehen – mit jeder Freimaurerloge aufgenommen.

Bei alledem blieb Venus in ihrer eigenen Welt versunken, bewegungslos und ohne Reaktion. Dennoch versuchte ich, sie mit einzubeziehen. Wenn wir unsere Stühle im Kreis aufstellten, um etwas zu besprechen, sorgte ich immer dafür, dass Venus dabei war. Auch wenn das bedeutete, dass man immer ihren Stuhl und sie selbst herbringen musste. Nachmittags, wenn Julie sich um die Jungen kümmerte, bemühte ich mich, eine Zeit lang ausschließlich mit Venus zu verbringen. An einem dieser Tage türmte ich vor ihr Bauklötzchen zu einem Turm auf. Es war die schiere Einladung, ihn umzustoßen. Ich wollte wissen, ob sie ihn umstoßen konnte. Sie tat es nicht. Sie tat gar nichts. Ich hob ihre Hand und stieß ihn damit um. Dann baute ich den Turm halb wieder auf und legte ein Klötzchen in ihre Hand, um zu sehen, ob sie es obendrauf legen konnte. Nichts geschah. Ihre Hand blieb liegen, das Klötzchen lose zwischen ihren Fingern. Ich baute den Turm. Und stieß ihn um. Immer wieder. Und jedes Mal hob ich die Hand von Venus, um den Stoß auszuführen. Sie blieb völlig unbeteiligt und schien nicht einmal gelangweilt vom immer gleichen Spiel.

LANGSAM musste ich einsehen, dass ich mich in Julie getäuscht hatte. Ihre kleine Statur, ihr niedliches Gesicht ließen sie jung und naiv erscheinen. Und so hatte ich angenommen, dass ich ihre Beschützerin und ihr Vorbild auf dem Weg zur kompetenten Erzieherin werden könnte. Aber schon nach der ersten Woche zeigten sich die ersten Risse in diesem Fantasiegebilde.

Zum Beispiel holte Shane am Mittwoch das Goldfischglas vom Fenstersims, um es zu seinem Tisch zu tragen. Das hatte er schon zwei- oder dreimal versucht. Ich hatte es jedes Mal verhindert und ihm erklärt, dass es verboten war, das Goldfischglas herumzutragen, weil es schwer und unhandlich war und ein schlimmer Unfall damit passieren konnte. Diesmal hatte ich nicht bemerkt, wie er es genommen hatte, und das Unglück war geschehen. Das Wasser schwappte über, er erschrak und ließ das Glas fallen. Wasser, Glasscherben und Goldfische waren überall auf dem Boden. Shane brüllte los.

Julie war in seiner Nähe. Sie lächelte, kniete nieder und legte die Arme um ihn. „Ach, du Armer. Hast du dich erschreckt?“, sagte sie. „Wein nicht. Es war bloß ein Missgeschick.“ Sie holte ein Tuch heraus und trocknete seine Tränen.

Ich fühlte mich unwohl, als ich ihr zuhörte. Mich hatte sofort der Ärger gepackt. Und ich hätte zu ihm gesagt – wahrscheinlich in einem unfreundlicheren Ton –, dass so etwas passieren musste, wenn man das Goldfischglas herumtrug, und dass es deshalb verboten war. Und ich hätte mir von ihm helfen lassen, das Wasser aufzuwischen und die armen Fische einzusammeln. Julies Reaktion war viel „humaner“.

Es gab also ein Problem mit Julie. Ihr Mitgefühl wirkte fast krankhaft auf mich. Nichts, was die Jungen anstellten, konnte sie aus der Fassung bringen. Wenn sich einer wirklich schrecklich danebenbenahm, konnte sie in ruhigem, gleichmäßigem Ton sagen: „Das war nicht wohl überlegt.“ Oder: „Ich bin sicher, das wolltest du nicht. Es ist wohl aus Versehen passiert, stimmt's?“ Und dabei sah der kleine Teufel ihr direkt ins Gesicht. Genauso verhielt sie sich Venus gegenüber. Venus reagierte zwar nicht stärker auf Julie als auf mich, aber das war schon in Ordnung. „Ich bin sicher, dass sie Zeit braucht, um sich einzugewöhnen“, sagte Julie immer. „Sie muss mit einem lauten und umtriebigen Umfeld zurechtkommen. Ich glaube, wenn wir sie ihrem eigenen Rhythmus überlassen, wird sie sich besser fühlen und uns genügend vertrauen, um sich selbst einbringen zu wollen. Wir sollten nichts erzwingen.“

Julies Verhalten gegenüber Venus erschien irgendwie logisch. Das konnte ich einsehen. Aber ich war nicht damit einverstanden. Ich war keine Person, die auf Abwarten und Teetrinken eingestellt war. Ich war eine Macherin, und mein Erfolg beruhte vor allem darauf, dass ich mich wie ein Terrier in eine Aufgabe verbiss, bis ich erreicht hatte, was ich wollte. Venus wie ein Stück Holz dasitzen zu lassen war etwas, wogegen meine ganze Persönlichkeit rebellierte.

Nach all den Misserfolgen mit Venus beschloss ich, eine ganz simple Methode zu wählen. Und so kam ich am Montagmorgen mit einer Tüte Smarties in die Klasse. Zwar wusste ich um die Fragwürdigkeit einer Vorgehensweise, bei der Süßigkeiten als Belohnung für erwünschtes Verhalten eingesetzt wurden, aber in diesem Fall heiligte der Zweck die Mittel.

Als Julie am Montagnachmittag in die Klasse kam, wies ich sie an, die Jungen zu beaufsichtigen, während ich mich zu Venus setzte. Ich saß ihr gegenüber, hielt die Tüte mit den Smarties hoch und wedelte damit vor ihrer Nase herum. „Weißt du, was da drin ist?"

„Ich weiß, was drin ist!", rief Billy von der anderen Seite des Raums. Daraufhin schauten alle Jungen herüber.

„Na gut. Wenn du deine Arbeit fertig hast, bekommst du welche wie Venus", sagte ich. „Aber nur, wenn du die Aufgaben in deiner Mappe erledigt hast."

Julie half den Jungen, sich wieder auf die eigene Arbeit zu konzentrieren. Ich langte über den Tisch und drehte Venus' Gesicht so, dass sie mich ansah. Ich schüttelte die Tüte wieder. „Weißt du, was das ist?" Ich hatte gehofft, dass in ihren Augen ein Funken aufglimmen würde, aber nichts dergleichen war zu sehen. „Smarties. Magst du Smarties?"

Als wieder keine Reaktion kam, öffnete ich die Tüte und schüttete einige bunte Smarties auf den Tisch. Auch das bewirkte nichts. Sie starrte mir weiter ins Gesicht.

Ich ergriff ein Smartie mit zwei Fingern und schob es ihr zwischen die Lippen. Ich ging sehr behutsam vor, weil ich sie nicht erschrecken wollte. So hing das bunte Ding halb aus ihrem Mund.

„Hohoho!", schrie Billy hämisch. „Schaut mal Schizo an! Sie weiß nich mal, wie man Smarties isst. Ist was Süßes, Dummkopf! Kannst du essen. Gib mir welche, Lehrerin. Dann zeig ich's ihr." Ehe ich antworten konnte, kam Billy schon quer durch den Raum angaloppiert. Er schnappte sich die Smarties, die auf unserem Tisch zwischen Venus und mir lagen. „Ich mag die da. Hier, Girlie, siehst du?", sagte er frohlockend und schob sich eine Hand voll in den Mund. „Man isst sie. So: Mmm, miamm, mampf!" Mit offenem Mund führte er ein großes Schaukauen vor.

Billy hatte Venus gar nicht berührt, aber in seinem Verhalten musste etwas Bedrohliches für sie gewesen sein, denn urplötzlich explodierte sie. Sie stieß einen langen, durchdringenden Schrei aus und sprang vom Stuhl auf. Mit den Händen an Billys Kehle, riss sie ihn um und warf sich auf ihn. Angebissene Smartie-Teile flogen in alle Richtungen. Billy kämpfte sich frei, richtete sich vom Boden auf und rannte entsetzt davon. Venus sprang auf die Füße und setzte ihm nach.

Julie und ich verfolgten beide. Die Zwillinge schlossen sich schreiend und johlend der wilden Jagd an.

„Sie bringt mich um! Sie bringt mich um!", jammerte Billy.

„Billy, hör auf wegzurennen. Komm hierher. Du machst alles nur noch schlimmer."

„Ne, ne! Ich bleib nich stehn!"

Das Getöse im Klassenzimmer hätte jeden Düsenflieger übertönt.

Endlich bekam Julie Billy zu fassen. Venus stürzte sich auf die beiden, aber ich packte sie, hielt sie von hinten umklammert und zog sie weg.

Ihre Reaktion darauf war heftig. Sie wehrte sich gegen meine Umklammerung, warf sich vor und zurück und kickte rabiat gegen meine Beine. Um sie in eine sitzende Haltung zu zwingen, ließ ich mich auf die Knie nieder. Aber obwohl ich viel größer und schwerer als Venus war, musste ich meine ganze Kraft aufbieten, um sie festzuhalten.

„Hilf mir, Julie!", rief ich.

Julie ließ die verängstigten Jungen am Fenster stehen und kam zu mir und der wild schlagenden und strampelnden Venus herüber.

„Ich will, dass sie aufhört zu treten. Halt ihre Beine fest."

Julie langte sehr vorsichtig danach. „Du musst schon etwas beherzter zupacken", sagte ich, vor Anstrengung ächzend.

Julie machte einen weiteren zögerlichen Versuch.

„Hilf mir endlich. Ich kann sie nicht mehr lange halten. Pack einfach ihre Beine! Sitz drauf, wenn's sein muss. Dieses Treten muss aufhören."

Julie gelang es, Venus' Beine zu ergreifen. Sie lehnte sich darauf und drückte sie gegen den Boden. Venus schrie noch lauter und wehrte sich noch verbissener.

„Beruhige dich", flüsterte ich ihr ins Ohr. Sie kreischte auf. „Beruhige dich, Venus. Wenn du aufhörst zu schreien, lass ich los."

„Ich kann das nicht", stöhnte Julie.

„Halt jetzt einfach durch. Dann schaffen wir's."

„Ich tu ihr weh."

„Nein, das tust du nicht. Du machst das genau richtig. Halt ihre Beine weiter am Boden."

„Es widerstrebt mir aber, Torey."

„Mach nur. Bitte. Noch ein bisschen."

Während dieses Wortwechsels schrie Venus unaufhörlich weiter.

„Komm, Kleine", sagte ich ganz nah an Venus' Ohr. „Jetzt komm schon. Beruhige dich. Ruhig, ganz ruhig. Dann lasse ich los."

Aber die Entscheidung blieb nicht mir überlassen. „Torey, ich kann das einfach nicht machen", sagte Julie. „Ich weiß, dass ich ihr wehtu. Und ich habe kein gutes Gefühl dabei." Sie ließ los, stand auf und trat ein paar Schritte zurück.

Mehr brauchte Venus nicht, um sich loszureißen. Mit einem Satz sprang sie auf die Füße, war schon an der Tür und draußen und weg.

Einen langen Augenblick starrte ich ihr wie betäubt nach. Ich sah schnell nach den Jungen und Julie. „Kümmre dich um sie", sagte ich zu ihr. Dann rannte ich selbst zur Tür hinaus.

Ich hatte panische Angst, weil Venus in diesem Zustand abgehauen war. Keuchend rannte ich die Treppe hinunter bis ins Erdgeschoss und stieß die Tür zum Schulhof auf. Venus war auf ihrer Mauer. Sie saß nicht in ihrer üblichen lässigen Hollywoodstar-Haltung, sondern zusammengekauert und zum Sprung bereit. Unter ihr stand Wanda.

Ich näherte mich vorsichtig und voller Angst, dass Venus springen könnte, wenn sie mich zu nahe kommen sah. Was mir in diesem Moment am meisten auffiel, war ihr Misstrauen. Venus hatte nicht wieder abgeschaltet. Sie beobachtete mich genau, was nicht ungewöhnlich war, aber sie hatte nicht ihren leeren Blick. Sie schien nicht wütend zu sein.

„Hallo, Wanda", sagte ich.

Wanda hielt eine Plastikpuppe in einer Decke in den Armen. Sie lächelte breit. „Goldkind."

Ich wusste nicht, ob sie die Puppe oder Venus meinte, die im Augenblick nicht gerade wie ein Goldkind aussah. Venus verharrte in ihrer Hockstellung, Hände und Füße auf der Mauer, als ob sie mich im nächsten Augenblick anspringen würde. Mit ihrem zerzausten Haar und ihrem angespannten und ziemlich wilden Gesichtsausdruck erinnerte sie mich an eine Zeichnung, die ich einmal gesehen hatte und die ein Neandertalerkind darstellte, das über einem erlegten Beutetier kauerte.

„Venus ist verärgert", sagte ich zu Wanda. „Glaubst du, sie kommt von der Mauer runter, wenn du sie darum bittest?"

Wanda sah zu ihrer Schwester hinauf, dann sagte sie: „Sie nich kommt Schule."

„Sie kam heute in die Schule. Sie ist jetzt verärgert, weil wir eine Auseinandersetzung hatten. Aber das kommt doch manchmal vor, nicht? Manchmal sind wir verschiedener Meinung. Aber niemand ist wütend. Und ich möchte gern, dass Venus ins Klassenzimmer zurückkommt."

Wanda wandte ihre Aufmerksamkeit wieder ihrer Puppe zu. Sie drückte sie zärtlich und bettete sie an ihre Brust.

„Venus?", sagte ich. „Kommst du bitte herunter?"

Venus blieb, wie sie war: angespannt, wachsam, stumm.

„Sie nich geht Schule", warf Wanda ein.

Ich sah die Ältere an, musste aber erkennen, dass sie mit ihrer Puppe sprach. Wenigstens hatte ich den Eindruck. Sie hob die Puppe hoch, drückte sie fest an sich und drehte sie dann ungeschickt. Dadurch rutschte die Puppe aus ihrer Decke und fiel zu Boden.

„Oh je!“, rief Wanda.

In einem Reflex beugte ich mich hinunter, um die Puppe aufzuheben. Als ich mich wieder aufgerichtet hatte, war Venus hinter der anderen Seite der Mauer verschwunden.

„O Gott“, sagte ich zu Wanda. „Sie ist weg.“

„Goldkind geht Hause“, erwiderte Wanda und lächelte strahlend.

Venus weiter hinterherzujagen schien sinnlos. Sie jetzt ins Klassenzimmer zurückbringen zu wollen hätte alles nur schlimmer gemacht. Daher ließ ich Wanda ihrer Schwester hinterhergehen und kehrte in die Schule zurück.

Julies Bemühungen, die aufgebrachten Jungen zu beruhigen, waren größtenteils fehlgeschlagen. Als ich ins Klassenzimmer trat, rannten die Kinder immer noch chaotisch durcheinander. Ich war so frustriert, dass Venus weggerannt war, und ärgerlich über Julies Rolle dabei, dass ich nicht die Ruhe hatte, mit den anderen klarzukommen. Daher dachte ich, dass wir etwas zum allseitigen Stressabbau unternehmen sollten.

„Kommt, wir machen Musik“, sagte ich und holte die Kiste mit den Zimbeln, Triangeln und Tamburinen, da ich dieses Mal das Gefühl hatte, dass ich gerne auf etwas draufschlagen würde.

Der restliche Tag verging ohne besondere Anstrengung. Es herrschte allerdings eine Stimmung, als ob alle über rohe Eier balancierten. Die Jungen benahmen sich auffällig gut. Sie saßen auf ihren Stühlen und horchten aufmerksam zu, um die richtige Stelle für ihren Einsatz nicht zu verpassen. So wurde dem ziemlich einfältigen Liedchen über einen verliebten mexikanischen Kater namens Señor Gatos ein ernster Vortrag zuteil, der eher zu einem Requiem gepasst hätte.

Als die Glocke geläutet hatte und die Jungen nach Hause verabschiedet waren, ging ich ins Klassenzimmer zurück, in dem Julie noch sauber machte. „Hör mal, es tut mir wirklich sehr, sehr Leid“, sagte sie, ehe ich zu Wort kam. „Ich konnte Venus einfach nicht länger so halten, Torey. Sie war so außer sich.“

„Ich weiß, dass es schien, als ob ich ihr zu viel Gewalt antäte, aber das tat ich nicht“, erklärte ich. „Sie war völlig außer Rand und Band. Unsere Aufgabe als Betreuer ist es, Ordnung zu schaffen, wo Chaos ist. Das war Chaos!“

Julie sah mich stumm an.

Ich wollte mich jetzt nicht verteidigen müssen. Aber hier schien es um eine Machtfrage zu gehen. Venus hatte scheinbar die Kontrolle über sich selbst verloren, doch ich hatte das Gefühl, dass sie auf einer tieferen Ebene ihre Verantwortungslosigkeit und ihre Gewalttätigkeit benutzte, um ihr Umfeld zu beherrschen. Warum diese Verhaltensweisen auch auftraten, es blieb die Tatsache, dass sie unangebracht waren. Und es lag in meiner Verantwortung, ihr Hilfe anzubieten, wie sie daraus etwas Nützlicheres machen konnte. Leider musste ich ihr zur Erreichung dieses Ziels erst einmal meinen Willen aufzwingen.

Julie senkte den Kopf. „Es tut mir Leid, Torey. Ich weiß, ich hab dich im Stich gelassen. Aber ich hatte solche Angst, dass wir sie verletzen könnten. Sie kämpfte so wild."

„Wir haben Gewalt angewendet, aber wir haben es kontrolliert getan. Wir haben sie also nicht verletzt. Sie hatte diese Kontrolle nicht. Deshalb brauchte ich dich, um ihre Beine festzuhalten. Ich wollte nämlich nicht, dass sie sich selbst verletzt. Oder jemand anders."

Julie antwortete nicht sofort, aber ich sah, wie sich ihre Gesichtszüge verhärteten. „Ich weiß, dass du das nicht gerne hören wirst", sagte sie schließlich, „aber meiner Meinung nach ist deine Vorgehensweise nicht richtig."

„Was sollten wir deiner Meinung nach tun?"

„Ich weiß nicht. Nur das nicht. Wir machen ihr solche Angst."

„Ja, ich glaube auch, dass wir ihr Angst machen. Aber ich muss die Grenzen setzen, nicht die Kinder. Bis jetzt hat Venus diese Verhaltensweisen eingesetzt, um ihr Umfeld zu beherrschen. Das hat ihr kein besonders glückliches Leben beschert. Meine Aufgabe ist es, ihr zu helfen, damit sie andere Wege findet, wie man etwas erreichen kann. Diese Aufgabe kann ich erst erfüllen, wenn ich die Kontrolle über die Situation habe. Auch wenn ich mir dabei die Hände schmutzig machen muss."

„Warum kannst du ihr nicht Zeit geben, bis sie sich in unserer Klasse eingewöhnt hat? Wir sind jetzt erst in der zweiten Unterrichtswoche, Torey. Die meisten unserer Kinder hier kennen Gewalttätigkeit aus der eigenen Familie. Mit welchem Recht kannst du im Klassenzimmer Gewalt gegen sie anwenden?"

„Ich bin nicht der Meinung, dass ich Gewalt angewendet habe. Ich habe nur Grenzen gesetzt."

Julie seufzte. „Okay. Du hast all die Berufserfahrung. Ich bin nur eine Hilfskraft. Und trotzdem fühle ich mich nicht wohl mit dieser Art von Erziehung. Die Familiensituation dieses Mädchens ist ein Albtraum. Ich kann nicht glauben, dass wir das Recht haben, sie auch hier Schreckenssituationen erleben zu lassen. Das dürfte nie geschehen."

„Ich denke nicht, dass man das als Schreckenssituation bezeichnen kann, aber ich verstehe, was du meinst." Ich machte eine Pause. „Ich möchte nur noch eins sagen: In Zukunft wäre es besser, wenn du mir rechtzeitig sagst, dass du etwas nicht tun willst – anstatt auf halbem Wege aufzugeben. Damit käme auch ich besser zurecht."

„Es tut mir wirklich Leid, Torey. Das ist eine Prinzipienfrage. Ich hoffe, dass du das verstehst."

DAS SCHLIMME daran war, dass ich es verstand. Und im Innersten meines Herzens gab ich Julie ja Recht. In einer idealen Welt dürften Leute in meiner Position nie Kindern wie Venus ihren Willen aufzwingen. Allerdings gäbe es in einer idealen Welt keine Kinder wie Venus. Bevor aber in der realen Welt Venus oder den Jungen geholfen werden konnte, mussten Grenzen gesetzt werden, innerhalb deren ein sicheres Terrain für ein gesundes Wachstum geschaffen werden konnte. Diese Kinder brauchten die Sicherheit, dass ich stärker war als ihre zwanghaften Impulse oder Schreckensgefühle. Dass ich mich nicht abschotten würde, aufgeben würde, sie verlassen würde, wenn ich mit diesen Dingen konfrontiert wurde, mit denen sie selbst nicht fertig wurden. Nur im Vertrauen auf diese Sicherheit konnten sie eine Veränderung wagen.

Die Einsicht in die Notwendigkeit und die tatsächliche Ausführung von bestimmten Handlungen sind aber immer zwei verschiedene Dinge. Außerdem gilt es stets, die unsichtbare Trennlinie zwischen berechtigter und übertriebener Gewaltanwendung zu beachten. Ebenso die Tatsache, dass jedes Kind anders und jede Situation eine andere ist. Es gibt keine Formel zur Lösung aller Probleme.

Kapitel 3

Venus kam am nächsten Morgen nicht zur Schule. In der großen Pause ging ich ins Sekretariat hinunter und rief bei ihr zu Hause an.

„Haaallo?", sagte eine belegte, schläfrig klingende Stimme.

Ich erklärte, wer ich war und warum ich anrief. Ob Venus da sei?

„Hä? Was? Keine Ahnung", erwiderte die Stimme. Dann wurde aufgelegt.

Ich rief noch einmal an. Dieselbe träge Stimme meldete sich. Ich konnte nicht einmal erkennen, ob es ein Mann oder eine Frau war. Ich erklärte noch einmal, dass ich Venus' Lehrerin und beunruhigt sei, weil Venus nicht zur Schule gekommen sei. „Spreche ich mit der Mutter von Venus?“, fragte ich nach.

Die Person am Telefon konnte keine klaren Aussagen machen. Wahrscheinlich war sie betrunken. Die Anrufe hatten mich nicht weitergebracht. Also beschloss ich, nach Schulschluss bei Venus zu Hause vorbeizuschauen. Ich wollte mich durch Augenschein davon überzeugen, dass es ihr gut ging. Außerdem wollte ich dem oder der Erziehungsberechtigten ganz klar machen, dass Venus, außer wenn sie krank war, die Schule besuchen musste. Schulpflicht stand im Gesetz.

Julie kam mit. Venus wohnte mit ihrer Familie nur ein paar hundert Meter von der Schule entfernt, in einer der schäbigen Nebenstraßen zwischen der Bahnlinie und dem Schlachthof. Das Viertel hatte einen schlechten Ruf, hier herrschten Gewalt- und Drogenkriminalität.

Venus' Familie wohnte nicht in einem Haus, sondern in einem Wohnwagen, der auf einem ungenutzten Grundstück abgestellt war. Er war alt und fest mit Beton untermauert. Die Fliegengittertür stand offen, und im Eingang saß ein Mann. Ich parkte den Wagen, und wir stiegen aus.

Der Mann war hager und schmächtig. Sein mausbraunes Haar war struppig, sein Gesicht unrasiert, und dichtes Brusthaar stand aus seinem offenen Hemd. Er rauchte eine Zigarette und beobachtete uns, als wir näher kamen.

„Hallo. Ich bin die Lehrerin von Venus.“

„Oh, hallooo“, sagte er mit einem anzüglichen Unterton, sodass ich froh war, dass Julie hinter mir stand.

„Ist Venus da?“

„Schon möglich. Wollen Sie sich setzen?“

„Ist sie da oder nicht?“

Er zuckte unverschämt langsam die Schultern. „Nehm's an.“

„Venus ist heute nicht zur Schule gekommen. Ich mache mir Sorgen ihretwegen. Sie muss jeden Tag in die Schule gehen, außer wenn sie krank ist. Ist sie da?“

„Warum? Wollen Sie sie sehen?“, fragte er. Aber ehe ich antworten konnte, rief er über die Schulter in den Wagen: „Teri? Da will jemand was wegen Venus. Teri?“

Eine Frau, die vielleicht Ende dreißig war, erschien in der Tür hinter ihm. Sie hatte schulterlanges Haar, das ordentlich in kleine Zöpfe geflochten war, und sie sah aus, als sei sie gerade erst aufgestanden, obwohl es halb vier Uhr am Nachmittag war. Sie blinzelte in die Spätsommersonne. „Wer sind Sie?"

Ich erklärte noch einmal, wer ich war und warum ich da war.

„Oh, Scheiße", sagte die Frau schläfrig. „Wanda?", rief sie über die Schulter. „Wanda? Hast du Venus heute nicht zur Schule gebracht?"

Wanda erschien unsicher im Türrahmen. Die Frau blaffte sie an: „Du Döskopf! Warum hast du sie heute nicht in die Schule gebracht?"

„Goldkind", antwortete Wanda und lächelte sanft.

„*Yeah,* dir geb ich dein Goldkind bald mal. Warum hast du sie nicht in die Schule gebracht?"

„Sie nich geh Schule", antwortete Wanda klagend.

„Doch, sie geht Schule, du Riesenschwachkopf. Wie oft muss man dir das noch sagen? Du bist doch zu nichts zu gebrauchen." Die Frau hob den Arm, als wolle sie Wanda schlagen. Sie tat es aber nicht, und Wanda verdrückte sich. Die Frau drehte sich wieder mir zu. „Hören Sie. Tut mir Leid. Kommt nicht wieder vor."

„Sind Sie die Mutter von Venus?"

„Ja."

„Könnte ich kurz mit Ihnen über Venus sprechen?"

„Warum? Was hat sie angestellt?"

„Sie hat nichts angestellt. Ich hoffte nur, Sie könnten mir etwas über Ihre Tochter erzählen. Könnten wir uns ein bisschen unterhalten?"

Die Frau strich sich müde übers Gesicht und trat zur Seite. „Okay. Kommen Sie rein, wenn Sie wollen."

Ich stieg vorsichtig an dem Mann, der immer noch im Eingang saß, vorbei in den Wohnwagen. Julie, die einen Rock trug, presste ihn gegen ihre Beine, als sie sich an ihm vorbeidrückte.

Drinnen lagen zwei Mädchen und ein Junge im Teenageralter auf irgendwelchen Couchmöbeln vor dem Fernseher. Hinten stand ein Tisch mit Sitzbänken auf allen Seiten. Wanda saß auf einer Bank. Sie tat nichts, außer auf ihre Hände zu starren.

„Raus hier, Bande", sagte die Frau. „Und macht den verdammten Fernseher aus. Das hab ich euch schon vor 'ner halben Stunde gesagt."

„Halt's Maul, du alte Vettel", sagte der Junge. Er war etwa zwölf.

Die Frau trat ziemlich unfreundlich gegen sein Bein. „Mach schon."

Er murmelte verärgert etwas vor sich hin, stand auf und ging hinaus.

Teri stieß einen Seufzer der Entmutigung aus und ließ sich auf die Couch fallen. Mit einer Handbewegung lud sie Julie und mich ein, uns zu setzen. „Erzählen Sie mir nicht, dass es Probleme gibt", sagte sie träge, „weil – ich kann nichts machen. Hab schon zu viele Probleme. Schauen Sie sich bloß um.“

Ich fühlte, dass sie in diesem Punkt die Wahrheit sagte, und empfand Mitleid mit ihr. „Ist Venus hier?“, fragte ich.

„Keine Ahnung“, sagte Teri.

„Meinen Sie, wir könnten nach ihr suchen?“, fragte ich. „Ich würde Venus gern sehen.“

Teri sah sich im Wohnwagen um, als ob sie das Kind vielleicht übersehen hätte. Dann schaute sie nach hinten zu Wanda. „Wanda? Wo ist Venus?“

Wanda erhob sich schwerfällig und watschelte in einen der Räume im hintersten Teil des Wohnwagens. Einige Minuten vergingen in erwartungsvoller Stille. Teri zündete sich eine Zigarette an und nahm langsam einen tiefen Zug.

Als Wanda aus dem Raum wieder auftauchte, hielt sie etwas in ihren Armen. Es war ihre Puppe, die in eine große Decke eingewickelt war. Sie kam näher, lächelte mich schüchtern an und wiegte die Puppe. „Goldkind“, sagte sie.

„Wanda!“, schrie Teri aufgebracht, als sie die Puppe erkannte. „Venus, hab ich gesagt, du Idiotin. Du solltest Venus holen, nicht deine Puppe.“

Aber Wanda holte Venus nicht. Und es gelang uns nicht, Venus zu sehen. Wanda watschelte mit ihrer Puppe in einen anderen Teil des Wohnwagens und kam nicht mehr zurück.

VENUS erschien am nächsten Tag, als ob nichts gewesen wäre.

Ich beschloss, die Klasse nun mit einer gemeinsamen Übung bekannt zu machen, die ich bislang mit allen meinen Klassen durchgeführt hatte. Sie war vor vielen Jahren, als ich als pädagogische Hilfskraft während des Studiums arbeitete, aus Verzweiflung in einer verregneten großen Pause entstanden. Die Kinder konnten nicht hinaus zum Spielen und waren so voll aufgestauter Energie, dass ich beschloss, sie zu einer Reise in der Fantasie einzuladen. Wir setzten uns alle im Kreis auf den Boden und schlossen die Augen. Dann sagte ich ihnen, sie sollten nach innen blicken und sich eine Tiefsee-Taucherglocke vorstellen, denn ich würde sie auf eine abenteuerliche Reise unter Wasser mitnehmen.

Die Kinder mussten sich erst ein Bild von der Taucherglocke machen und sich vorstellen, wie sie aussah, wie sie sich anfühlte, wie sie roch. Dann folgte die Tauchfahrt in die Tiefe. Dabei sahen wir uns um, und ich fragte verschiedene Schüler, was sie sahen. Wir tummelten uns etwa 15 Minuten tief unten im Meer. Als wir schließlich wieder im Klassenzimmer auftauchten, waren die Kinder begeistert. Wir malten Bilder von unserer Tauchfahrt, die wir an die Wand im Korridor hängten, und wir redeten noch lange später davon.

Von da an machte ich regelmäßig Fantasiereisen. Es war eine besonders hilfreiche Übung für hyperaktive Kinder, die oft nur mit großer Mühe zu Ruhe und Konzentration finden. Wenn wir zusammen auf dem Boden saßen und unsere Augen geschlossen hatten, gelang es ihnen anscheinend gut, andere Eindrücke auszuschalten und sich zu konzentrieren.

Auch für meine Chipmunk-Bande schien mir eine Fantasiereise eine nützliche Übung zu sein. Ich hatte das Gefühl, dass vor allem Jesse davon profitieren würde. Weil er am Tourette-Syndrom litt, zuckte er und verkrampfte sich unwillkürlich und gab ganz überraschende Geräusche von sich. Unter anderem jaulte er öfter so auf, dass es wie ein erschrockenes Bellen klang. Die anderen akzeptierten seine zwanghaften Ticks, die sich aber dennoch störend auswirkten. Weil Jesses Ticks sich unter Stress verstärkten, hoffte ich, dass die Fantasiereise ihm in solchen Situationen Entspannung bringen würde.

Auch Billy, hoffte ich, würde sie helfen. Mit ihm wollte ich hauptsächlich erreichen, dass er einen Sinn für seine Gedanken entwickelte, bevor er etwas unternahm. Denn im Augenblick war Billy pure Aktion und musste dann immer zusehen, wie er mit den Folgen zurechtkam. Fantasiereisen schienen mir für ihn besonders geeignet, dass er seine Gedanken entdecken konnte als etwas, was er selbst produzierte und kontrollieren konnte.

Nach der Vormittagspause am Montag verkündete ich: „Alle Bandenmitglieder herhören! Wir machen heute etwas anderes. Kommt bitte hierher, und setzt euch im Kreis auf den Boden."

Das sorgte für Aufregung. Obwohl diese Gruppe recht unkontrolliert und oft chaotisch war, waren die Jungen sehr begeisterungsfähig. Deshalb machte es Spaß, mit ihnen zu arbeiten, solange sie sich gerade nicht gegenseitig umbringen wollten.

„Setzt euch bitte hin, und zwar so, dass ihr bequem sitzt. Shane, behalte deine Hände bei dir, bitte. Venus, setz dich." Ich musste wieder aufstehen und Venus zum Hinsitzen anleiten. „Sind alle so weit? Gut, dann gehen wir jetzt auf eine Reise. Und weil wir Backenhörnchen sind, sollten wir, glaube ich, in den Wald reisen. Kann's losgehen?"

Alle Jungen nickten.

„Schließt jetzt die Augen. Nicht zudrücken, einfach zumachen.“ Ich schloss ebenfalls die Augen. „Wir sind jetzt unterwegs. Wir wandern auf den Wald zu. Könnt ihr ihn sehen?“ Ich öffnete kurz die Augen, um mich zu vergewissern, dass alle mitmachten. „Lass die Augen zu, Shane. Schaut einfach in euch hinein. Da ist der Wald. Seht ihr die Bäume?“

„Yeah!“, rief Billy begeistert.

„Guckt mal genau hin, ob ihr erkennen könnt, was für Bäume da stehen.“

„Kiefern!“, meldete Billy sofort.

„Du siehst Kiefern. Sehen alle anderen auch Kiefern? Oder sieht jemand was anderes in seinem Wald?“

„Ich seh die mit den großen, flachen Blättern“, sagte Shane.

„Gut. Kiefern und Bäume mit großen, flachen Blättern. Also Bäume, die ihre Blätter verlieren. Die nennen wir Laubbäume. Schaut euch eure Bäume genau an. Was für Bäume sind in eurem Wald?“

„Ich sehe Bäume mit Blättern und Kiefern“, sagte Jesse.

„Sind es große Bäume?“, fragte ich. „Haben sie dicke Stämme? Seht euch um. Gibt es auch junge Bäume im Wald?“

„Meine sind riesig!“, rief Billy.

„Kannst du einen berühren, Billy? Die anderen auch. Geht zu einem Baum hin, und versucht ihn mit den Armen zu umfassen. Fühlt mal die Rinde mit euren Fingern. Und legt auch das Gesicht gegen den Baum. Spürt, wie sich das anfühlt.“

Ich öffnete wieder die Augen. Alle Jungen streckten die Hände in die Luft und tasteten nach den Bäumen in ihrer Fantasie. Ich spähte zu Venus hinüber. Auch sie hielt die Augen geschlossen. Ihre Finger lagen ausgespreizt auf ihren Knien und zuckten leicht, als ob sie ihren eigenen Fantasiebaum betastete.

„Meiner hat ’ne knorrige Rinde!“, schrie Billy unerwartet laut.

„Leise, Billy“, sagte ich. „Du verscheuchst sonst die Tiere im Wald.“

„Ja, meiner auch“, sagte Jesse. „Ich spür sie an meiner Backe.“

„Ich kann meinen riechen!“, rief Billy, immer noch zu laut.

„Ruhe, Mann. Billy, du verscheuchst doch die Tiere“, sagte Jesse.

„Oh, schaut nur“, sagte ich. „Dort drüben bewegt sich was hinter den Bäumen. Was ist das? Könnt ihr es auch sehen? Schaut es euch genau an.“

„Ein Hirsch!“, brüllte Billy.

„Du blöder Pisser!“, schrie Jesse. „Kannst du nicht das Maul halten. Du hast den Hirsch verscheucht!“

Und ehe ich merkte, was er vorhatte, schlug Jesse Billy auf den Mund.

Mit diesem Schlag wurden wir ziemlich unsanft aus unserer Fantasiereise geweckt. Auch für Billy kam er so unerwartet, dass er in Tränen ausbrach. Jesse sprang auf und stampfte davon, zuckend und jaulend. Zane und Shane waren auch bereits auf den Füßen und riefen beide: „Das ist unfair! Sie haben alles kaputtgemacht. Sie müssen auf den Ruhestuhl!"

Billy tat mir Leid. Ich wusste, dass er nichts kaputtmachen wollte. Er hatte die Reise voll genossen und hatte wie üblich die Kontrolle verloren. Ich nahm ihn kurz in die Arme. Was Jesse getan hatte, konnte ich nicht dulden, ich wollte ihn aber auch nicht bestrafen. Er war ebenfalls ganz in der Fantasiereise gefangen gewesen. Ich ging zu ihm hin, legte den Arm um seine Schultern und sagte, dass es mir Leid tue, dass Billy das getan habe. Ich verstünde auch seinen Ärger darüber, aber ich müsse ihn zum millionsten Mal daran erinnern, dass Schlagen nicht erlaubt sei, ob er sich das endlich merken könne?

Shane und Zane waren ein Bild des Unglücks.

„Können wir das noch mal machen? Das war unfair. Sie haben's kaputtgemacht. Bitte, können wir das noch mal machen?", sagte Zane.

„Ja, das machen wir. Aber nicht jetzt", antwortete ich. „Morgen."

Ich sah mich nach Venus um. Sie saß immer noch mit verschränkten Beinen auf dem Boden und hatte immer noch die Augen geschlossen. Ich betrachtete sie. Warum war sie so? Hatte ihr Gehirn einfach nicht registriert, dass wir aufgehört hatten? Oder wollte es das gar nicht registrieren? Oder war es einfach Protest?

Ich ging zu ihr hinüber und hockte mich vor sie hin. „Venus?"

Keine Reaktion.

„Öffne die Augen, Venus. Wir haben die Fantasiereise beendet."

Langsam öffnete sie die Augen. Ich lächelte. „Du bist ein wenig länger als wir anderen im Wald geblieben."

Sie sah mich an. Ihr Gesichtsausdruck war so rätselhaft, als säße vor mir ein Kind von einem anderen Stern.

AM MITTWOCH geriet Billy in der Mittagspause in eine Rauferei mit einem Kind aus einer anderen Klasse und wurde ins Büro des Schulleiters gebracht. Bob hielt ihm die zu erwartende Standpauke, und dann musste er auf einem der „Strafstühle" vor dem Büro im Korridor sitzen. Billy war erbost. Er konnte nicht einsehen, was seine Schuld an dem Streit gewesen sein könnte. Als er ins Klassenzimmer zurückkam, war sein

Gesicht immer noch rot vor Wut, und er war kurz davor, über diese Ungerechtigkeit in Tränen auszubrechen.

Zum Glück konnte Julie die Aufsicht über die anderen Kinder übernehmen, damit ich mit Billy allein auf den Gang hinausgehen konnte. Mein Gefühl sagte mir, dass er Verständnis brauchte und in den Arm genommen werden musste, dann würde er auch weinen können. Aber das wollte ich ihm vor den anderen ersparen.

Als wir ins Klassenzimmer zurückkehrten, kämpfte Julie mit dem Chaos. Shane und Zane stritten sich darüber, wer den Kassettenrekorder zuerst benutzen durfte, und Jesse bellte vor Aufregung. Ich bemerkte, dass Venus nicht an ihrem Tisch saß. „Wo ist Venus?“, fragte ich.

Julie schien wirklich überfordert, als sie sich hastig umsah. „Ich glaube, sie ist auf die Toilette gegangen. Sie war hier. Ich bin sicher, dass sie hier war.“

Ich lief ans Fenster. Da saß Venus in Glamourpose auf ihrer Mauer. Ich hatte keine Ahnung, ob sie überhaupt nach der Mittagspause hereingekommen war. „Das können wir nicht zulassen“, sagte ich. „Ich gehe und hole sie.“

„Nein“, sagte Julie mit ungewöhnlicher Heftigkeit. „Ich gehe und hole sie.“

Ich konnte die unausgesprochene Bitte heraushören, sie nicht schon wieder mit den Kindern allein zu lassen. Es wurde mir immer bewusster, dass ich ein wenig zu viel von Julie erwartete. Sie hatte zwar Schulerfahrung, aber sie war keine Lehrerin und wollte auch keine sein.

Während Julie hinunterging, um Venus von ihrer Mauer zu locken, schickte ich alle anderen an ihre Arbeit. Nach zehn Minuten trat ich ans Fenster und sah Julie, die dort unten immer noch mit Venus redete, die sie gar nicht zu beachten schien. Nach zwanzig Minuten kehrte Julie endlich zurück. Sie sagte kein Wort, die Niederlage stand ihr ins Gesicht geschrieben.

„Ich gehe und hole sie“, sagte ich. „Jeder von euch arbeitet in seiner Mappe weiter. Wenn’s Probleme gibt, Julie, ruf Bob herauf.“ Ich glaube, ich wusste, dass ich selbst nicht so bald zurückkommen würde.

Ich ging über den leeren Pausenhof auf die Stelle zu, wo Venus auf der Mauer saß. „Venus, es ist jetzt Unterricht. Wenn du die Glocke läuten hörst, ist es Zeit zum Reingehen.“

Keine Reaktion. Sie saß in ihrer Glamourpose unbeweglich da.

„Venus, hörst du mich? Es ist Zeit reinzugehen.“

Ich wusste, dass ich mich jetzt unbedingt durchsetzen musste. Indem ich selbst auf den Hof gekommen war, um sie zu holen, hatte ich mich in ihr Spiel einbinden lassen. Die einzige Möglichkeit, mein Spiel daraus zu machen, bestand darin, sie ins Klassenzimmer mitzubringen. Allerdings saß sie auf einer 1,80 Meter hohen Mauer, und es war keine angenehme Aufgabe, sie von dort herunterzuholen. Wenn ich nach ihr griff und sie verfehlte oder nicht richtig zu fassen bekam, würde sie auf die andere Seite springen und abhauen, wie sie es schon einmal getan hatte. Verletzen wollte ich weder sie noch mich selbst.

Mit einem Satz sprang ich plötzlich hoch und packte einen Fuß mit einer Hand und ihr Kleid mit der anderen. Das hatte sie nicht erwartet. Ich riss sie schnell aus dem Gleichgewicht, und sie fiel von der Mauer in meine Arme.

Da wurde Venus wieder lebendig. Sie schrie, als ob es ihr ans Leben ginge, und wehrte sich wie wild gegen meine Umklammerung. Aber ich hielt sie fest. An den Fenstern der Schule erschienen Lehrer und Schüler.

Ich schlang die Arme fest um Venus und ließ mich auf den Boden sinken, um sie daran zu hindern, nach mir zu treten, denn auf dem Hof hatte sie natürlich ihre Schuhe an. Sie trat und schrie und kämpfte weiter.

Bob kam aus dem Schulhaus angerannt. „Brauchst du Hilfe?“

„Halt ihre Beine fest. Ich will nur, dass sie aufhört zu toben.“

Bob packte Venus’ Beine und drückte sie auf den Asphalt.

„Beruhige dich“, sagte ich ihr sanft ins Ohr.

Venus schrie und wehrte sich noch mehr. Sie hasste es besonders, dass Bob ihre Beine festhielt, und kämpfte mit aller Kraft darum, diese wieder freizubekommen.

„Beruhige dich“, wiederholte ich. „Ich lass dich los, wenn du dich beruhigt hast.“

Sie fuhr fort, sich wild zu wehren und durchdringend hohe Verzweiflungsschreie auszustoßen. Minuten vergingen so. Es kostete mich große Mühe, sie festzuhalten. Bob drückte verbissen ihre Beine an den Boden. Meine Arme taten bereits weh. Um wie viel schlimmer musste es für das Kind sein. Gleichzeitig redete ich, fast flüsternd, immer weiter: „Beruhige dich. Ruhig. Nur ruhig. Wenn du dich beruhigst, lass ich los.“ Wieder und wieder dieselben Worte.

Die Zeit, die wir auf dem Hof verbrachten, hatte sich zu einer kleinen Ewigkeit ausgedehnt. Ich hatte keine Ahnung, wie lange wir schon da waren.

Aber ich musste diese Sache jetzt durchstehen, nachdem Venus sich bereits einmal hatte freikämpfen können, als Julie sie losgelassen hatte.

Es war ein Machtkampf, und ich musste ihn gewinnen, wenn ich wollte, dass Venus mein Spiel spielte.

Venus wurde heiser vom Schreien.

„Beruhige dich“, sagte ich zum hundertsten Mal.

Und plötzlich schrie sie: „Lass los!“

Bob und ich sahen uns verblüfft an.

„Beruhige dich. Ich lass dich los, wenn du ruhig bleibst.“

„Nein! Nein! Nein!“

„Doch. Kein Geschrei mehr. Sprich leise.“

„Nein! Lass los!“

Sieh mal an, sie kann also sprechen!, dachte ich.

Es dauerte etwa zwanzig Minuten, bis Venus sich langsam beruhigte. Sie war zu erschöpft und hatte fast keine Stimme mehr. Ihre Muskeln zitterten unter meinem Griff. Meine allerdings auch.

„Lass los!“, schrie sie ein letztes Mal.

„Leise“, erwiderte ich.

„Lass los“, sagte sie mit leiser, tränenerstickter Stimme.

Ich ließ los, löste meinen Klammergriff und stand auf. Bob gab ihre Beine frei. Ich zog sie hoch, hielt sie aber am Handgelenk fest, falls sie ausreißen wollte.

Venus weinte. Jetzt waren es die Tränen eines Kindes. Ich kniete mich auf den Asphalt und nahm sie in die Arme. Sie weinte und weinte.

Schließlich hob ich sie hoch und trug sie ins Schulgebäude. Ich ging ins Lehrerzimmer, das, wie ich gehofft hatte, leer war. Ich schloss die Tür hinter uns, dann setzte ich sie ab.

„Komm, setz dich hierhin“, sagte ich und führte sie zum Sofa. Ich zog ein paar Münzen aus meiner Tasche und ging zum Getränkeautomaten. „Ich kann mir vorstellen, dass du jetzt durstig bist. Möchtest du eine Cola?“

Venus beobachtete mich. Ich hatte den Eindruck, dass sie ganz leicht genickt hatte. Also warf ich Geld ein, zog die Cola-Dose heraus und öffnete sie. „Hier.“

Zum ersten Mal reagierte Venus aus eigenem Antrieb. Sie streckte die Hand aus, nahm die Dose entgegen und trank in tiefen Zügen.

„Da haben wir was durchgemacht, hm?“, sagte ich und setzte mich ihr gegenüber. „Du bist bestimmt fix und fertig. Ich auch.“

Sie sah mich ganz genau an.

„Das sollte nicht mehr vorkommen, okay? Wenn die Glocke läutet, kommst du bitte rein. Es ist besser so. Ich hab das nicht gern gemacht, weißt du.“

Venus senkte den Blick. Sie sah die Cola-Dose lange an. Dann stellte sie sie auf den Couchtisch. Dabei wirkte sie wie ein ganz normales Kind. Dann setzte sie sich wieder zurück, und der Schatten legte sich über sie. Ich konnte zusehen, wie es geschah. Venus wurde wieder leer und starr.

SO DRAMATISCH und ermüdend der Tag auch verlaufen war, an diesem Abend ging ich in gehobener Stimmung nach Hause. Venus konnte tatsächlich sprechen! Jetzt ging es „nur“ noch darum, wie wir sie aus ihrer Isolation holen und erreichen konnten, dass sie mit uns Verbindung aufnahm. Dieses Wie war entscheidend.

Es beschäftigte mich den ganzen Abend. Ich schaute in meinen Unterrichtsmaterialien nach, blätterte in Büchern und Aktenordnern, um Anregungen zu finden. Am Ende beschloss ich, Venus vorzulesen. Während des Unterrichts konnte ich mich nicht ausschließlich mit ihr beschäftigen. Ich musste es zusätzlich machen. Wichtig schien mir, dass wir einen engen Kontakt haben sollten. Ich schaute meine Bücherregale nach Kinderbüchern durch und wählte einige aus. Dann fiel mir ein Comic in die Hand: „She-Ra, Princess of Power“ („She Ra, Prinzessin der Macht“). Diese She-Ra war die Schwester von He-Man, beides Comicfiguren nach der Vorlage von „The Masters of Universe“. Diese Figuren wurden in den Achtzigerjahren erfolgreich als Spielzeug vermarktet.

Für mich persönlich war He-Man zwar eine farblose, simple Imitation der alten Comichelden wie Superman und Batman, aber trotzdem einigermaßen sympathisch und anständig. She-Ra gegenüber war ich viel ablehnender eingestellt. Hier war die Marketingmasche noch plumper gewesen, mit deren Hilfe nun auch die kleinen Mädchen abkassiert werden sollten, nachdem He-Man bereits bei den Jungen Kasse gemacht hatte. She-Ra war das exakte weibliche Abziehbild ihres Bruders He-Man, inklusive Geheimidentität, Erzfeinden und übernatürlichen Kräften in Form eines magischen Schwertes.

Ich öffnete den Comic und blätterte darin. Nostalgische Gefühle stiegen in mir hoch, als ich diese Gestalten nach so vielen Jahren wiedersah. Vielleicht waren es also sentimentale Erinnerungen, die mich bewegten, den Comic zu den Büchern zu legen, die ich Venus mitbringen wollte.

JESSE schien eine anstrengende Periode durchzumachen. Seine Zuckungen und eigenartigen Laute hatten sich in den letzten Tagen verstärkt und störten den Unterricht. Julie und ich waren einen Nachmittag damit beschäftigt, alle wieder zu beruhigen.

Nach der Pause wollten wir kochen. Das war ebenfalls etwas, was ich gerne mit meinen Klassen machte. Denn dabei konnte man gleichzeitig Rechnen und Lesen üben ebenso wie Geduld, und die fehlte ja den meisten meiner Schüler. Kochen machte eigentlich allen Kindern Spaß. Das Lernen ging hier viel freier und angenehmer vonstatten, und Essen motiviert immer. Mit dieser Bande wollte ich natürlich nichts Kompliziertes riskieren, deswegen backte ich ein paar kleine runde Rührkuchen zu Hause und brachte sie mit in die Schule. Die Schüler sollten sie nur mit Zuckerguss überziehen und dekorieren. Dann wollten wir uns alle Ergebnisse anschauen und sie natürlich auch essen.

Zane zertrümmerte einen Kuchen aus Wut darüber, dass der Guss nicht so geriet, wie er beabsichtigt hatte. Und Jesse schmetterte einen Billy ins Gesicht, worauf sie sich im Kampf auf dem Boden wälzten. Julie war die Betreuung von Venus zugeteilt, und das bedeutete das übliche Geduldsspiel. Venus musste an den Tisch geführt werden, ihre eine Hand musste unterstützt werden, um den Kuchen zu halten, ihre andere, um den Guss aufzutragen.

Wir überstanden das Kochen, und am Ende dieses Nachmittags war ich zufrieden. Trotz aller Aufregungen hatte ich meinem Gefühl nach immer das Heft in der Hand gehabt.

Kapitel 4

Die Katastrophe ereignete sich zwei Tage später. Es geschah während der Mittagspause, und ich war zu dieser Zeit nicht in der Schule, weil ich an der kleinen Geburtstagsfeier einer befreundeten Lehrerin an einer Nachbarschule teilnahm. Ich war nur dreißig Minuten von meiner 45-minütigen Pause weg. Beim Einbiegen auf den Parkplatz bemerkte ich sofort den Krankenwagen und den riesigen Menschenauflauf auf dem Schulhof. Als ich ausstieg und eine Menge Leute auf mich zustürzten, war schon klar, dass eins „meiner“ Kinder beteiligt war, und es war nicht schwer zu erraten, dass es sich wohl um Venus handelte.

Anscheinend hatte sie wieder einen Tobsuchtsanfall bekommen und war einem kleinen Erstklässler hinterhergerannt. Er wollte auf die Kletterstangen flüchten, Venus war ihm dicht auf den Fersen. In seiner Hast verfehlte er eine Stange, stürzte ab, brach sich einen Arm und schlug sich den Kopf auf.

So optimistisch und langmütig sich Bob sonst auch gab, in diesem

Fall kam seine Entscheidung schnell und schmerzlich wie ein Peitschenschlag. „Dieses Mädchen verlässt sofort die Schule!“, schrie er. „Wir können das nicht mehr verantworten. Sie ist eine Gefahr für die anderen. Ich will nicht abwarten, bis sie jemanden umgebracht hat.“

Die Pausenaufsicht war in Panik. Der Lehrer des verletzten Jungen schrie mich wütend an, als ob dieser Vorfall nur durch meine Abwesenheit in der Pause verursacht worden und ich persönlich dafür verantwortlich wäre. Ich hätte sie überwachen müssen, brüllte er.

Venus war ins Schulsekretariat gebracht worden. Ich konnte ihre Schreie bis auf den Hof hören. Ich ging an der Menge vorbei auf die Schule zu, als Bob mich am Arm fasste.

„Kümmre dich nicht mehr drum“, sagte er. „Lass sie. Geh in deinen Klassenraum hinauf.“

„Was soll das heißen?“

„Sie kommt nicht mehr in deine Klasse zurück. Sie verlässt die Schule. Wir haben bereits ihre Mutter angerufen. Geh hinauf, und kümmre dich um die anderen Kinder.“

„Aber –“

Er schüttelte den Kopf. „Die Grenze ist überschritten. Sie kann Hausbetreuung bekommen oder … Ich weiß nicht. Und es ist mir, ehrlich gesagt, auch egal. Solange sie hier nicht mehr auftaucht.“

ICH WAR unter Schock. Es war so schnell passiert. Vor der Mittagspause gehörte Venus noch zu unserer Klasse. Nach der Pause war sie von der Schule verwiesen.

Die Jungen waren fassungslos. „Mann, was hab ich dir gesagt?“, rief Billy, als ich das Klassenzimmer betrat. „Schizo bringt noch einen um, hab ich gesagt, ha! Hab Recht gehabt.“

„Billy, setz dich, bitte“, erwiderte ich. „Jeder begibt sich auf seinen Platz.“

„Und was passiert jetzt?“, fragte Jesse.

„Ja, hört her, Jungs“, sagte ich. „Kommt mit euren Stühlen rüber, und stellt sie im Kreis auf. Ich nehme an, dass ihr euch viele Gedanken macht über das, was da draußen passiert ist. Wir wollen gemeinsam darüber reden, okay?“

Sie machten bereitwillig mit und stellten ihre Stühle in der Mitte des Raums im Halbkreis auf. Das hatten wir noch nie probiert, und es klappte, ohne dass einer ein Durcheinander auslöste.

„Also“, begann ich, „was gerade passiert ist, ist sehr beängstigend.“

„Nein! Das ist stark!“, rief Billy. „Schizogirl killt Erstklassenbaby! Wumm! Päng!“

„Halt die Klappe!“, schrie Jesse und war in Sekundenschnelle aufgesprungen, hatte sich auf Billy gestürzt, ihn zu Boden gerissen und schlug auf ihn ein. „Halt’s Maul, halt’s Maul, halt’s Maul, du Wasserkopf!“

Julie sah mich an. Sie hatte aufgegeben. Und ich muss zugeben, dass mir im Moment auch nicht mehr viel einfiel.

„Jungs?“ Ich hatte keine Lust, von meinem Stuhl aufzustehen. „Jungs?“

Die zwei kabbelten sich noch eine Minute länger auf dem Boden, aber mein Nichteingreifen schien sie sehr zu verwirren. Sie zögerten. Jesse sah fragend zu mir herüber, dann stand er auf. „Ich wollte nur, dass er die Klappe hält.“

„Ja, ich weiß, wie dir zumute ist“, sagte ich. „Aber so macht man das nicht.“

Billy war sauer. „Sie müssen mich beschützen“, schniefte er. „Sie dürfen nich zulassen, dass so ’n schwarzes Kid mich schlägt.“

„Sie muss dir für immer die Klappe verbieten“, gab Jesse zurück.

„Setzt euch. Billy, setz dich auf deinen Platz, und sei still. Und du auch, Jesse.“

Beide gehorchten. Und wann würde der nächste Ausbruch folgen? In einer halben Minute?

„Wer hat gesehen, was auf dem Pausenhof passiert ist?“ Ich fixierte Jesse. „Hast du’s gesehen, Jesse?“

Er nickte. „Dieses Mädchen –“

„Sie hat einen Namen, Jesse. Wir wollen sie bei ihrem Namen –“

„Ist doch egal“, redete Billy dazwischen, „die kommt sowieso nich wieder. Ich hab Mr Christianson gehört. Der sagt, sie muss immer zu Haus bleiben. Ich war letztes Jahr auch zu Haus. Das nervt. Weil, du kannst nix anderes tun als zu Haus bleiben, echt.“

„Jesse?“, sagte ich.

Er zuckte mit den Schultern. „Sie lief auf dem Pausenhof herum. Mit so einem bösen Gesicht. Dann kommt der Junge und hat sie wohl geschubst. Keine Ahnung. Hab ich nicht gesehen. Und dann jagt sie ihn, bis er auf die Kletterstangen rauf ist. Und da hat sie ihn runtergezogen. Sie hat getan, was sie immer tut, Kids fertig machen.“

„Also, ich bin froh, dass sie weg is“, sagte Billy mit Nachdruck. „Sie war eine Irre, auch wenn du sagst, sie war keine. Ich hab sie nich in unsrer Klasse gemocht.“

„Würde es dir gefallen, wenn andere so von dir sprechen, Billy, wenn du hier weggehen müsstest?“, fragte ich.

„Na, wenn ich schizo wär wie sie, wär’s mir egal. Sie war schlecht, Lehrerin. Du hast immer gemeint, sie ist normal, aber du bist kein Kind. Wenn du ein Kind wärst, hättst du gewusst, dass sie schlecht war.“

Nach dem Unterricht räumte ich mein persönliches Fach auf und stieß auf die Kinderbücher und den She-Ra-Comic, die ich für Venus mitgebracht hatte. Aus der Traum, dachte ich. Ich war traurig darüber, dass es zu Ende war, ehe es richtig begonnen hatte. Ich stellte die beiden Bücher zu den Vorlesebüchern für die anderen Kinder ins Regal. Wozu sollte ich den Comic jetzt noch behalten? Das war doch altes Zeug, das kein Kind mehr interessierte. Ich warf ihn in den Papierkorb neben meinem Schreibtisch.

DIE SCHULE ging weiter – ohne Venus.

Wir hatten jetzt schon acht Wochen Unterricht hinter uns. Ich ging mit Nachdruck daran, diese kleinen Banditen endlich zu einer Gruppe zusammenzuschmieden. Ich war der Meinung, dass ein Zusammengehörigkeitsgefühl unerlässlich war, wenn man mit dieser Art von Kindern erfolgreich arbeiten wollte. Für viele von ihnen war es die erste Erfahrung, dass sie irgendwo dazugehören und Teil eines positiven Gruppenganzen sein konnten. Sobald sie einmal dieses Zusammengehörigkeitsgefühl entwickelt hatten, verbesserten sich sowohl das Verhalten wie das Selbstwertgefühl der Kinder stärker, als ich allein es hätte zustande bringen können.

Acht Wochen waren üblicherweise mehr als genug, um eine Klasse zusammenzuschweißen. In diesem Zeitrahmen gewöhnten sich die Kinder an mich und an die Grenzen, die ich setzte, an die Art der Aufgaben, die ich stellte, und an die Position, die jeder in der Gruppe einnahm. In dieser Gruppe jedoch waren die Mangelerscheinungen noch immer im Vordergrund: Schuhverbot, weit voneinander entfernte Tische, unvorhersehbare, gewalttätige Auseinandersetzungen.

In der Woche vor Allerheiligen besuchte uns der Schulpsychologe Ben Avery. Im Rahmen einer Schulamtsuntersuchung machte er Leistungs- und Intelligenztests im Sonderpädagogikbereich, also auch in meiner Klasse. Ben war vier Tage bei uns und führte mit allen Kindern nacheinander die Einzeltests durch.

An den ersten beiden Tagen waren Shane und Zane dran. Die Ergebnisse waren leider so schlecht, wie ich erwartet hatte. Shane erreichte einen IQ von 71, und Zane erreichte 69, beides Werte an der Grenze zur Einstufung als „geistig zurückgeblieben". Beide hatten erhebliche Leseschwierigkeiten. Ben diskutierte mit mir darüber, ob sie nicht in einer Klasse für leicht geistig behinderte Kinder besser aufgehoben wären. Allerdings wäre damit das Problem ihrer Verhaltensstörungen nicht gelöst. Ich kam zu der Überzeugung, dass sie besser in meiner Klasse blieben.

Am nächsten Tag war Jesse dran, der besser abschnitt, als ich angenommen hatte. Er erreichte insgesamt einen IQ-Wert von 109 und lag damit voll im Durchschnitt. Seine Leistung im Lesetest entsprach allerdings nur dem unteren Niveau eines Erstklässlers. Ben und ich diskutierten an diesem Nachmittag lange die Folgen, die Jesses Tourette-Syndrom auf seine schulischen Leistungen haben konnte. Ich wollte erreichen, dass seine Leistungen besser mit seinen tatsächlichen Fähigkeiten übereinstimmten.

Wie üblich schoss Billy bei den Tests den Vogel ab.

„Das glaubst du nicht", sagte Ben, als er am nächsten Tag nach Schulschluss in mein Klassenzimmer kam. Julie und ich saßen auf einem der Tische und waren mit der Unterrichtsplanung beschäftigt. Wir sahen beide auf. Ben warf uns Billys IQ-Test wie ein Frisbee zu. Ich fing das Blatt mit beiden Händen auf und legte es auf den Tisch.

Ausdrucksfähigkeit: 145, Leistungsfähigkeit: 142, IQ insgesamt: 142.

„Das ist ein Scherz", sagte ich.

„Das kann doch nicht unser Billy sein", sagte auch Julie. „Ich glaube nicht, dass er je ein Aufgabenblatt vollständig bearbeitet hat, seit er hier ist."

„Dieser Junge verbirgt seine wahren Talente", bemerkte Ben.

DIE TAGE und Wochen vergingen. Der November brachte graue Tage und kalte stürmische Winde.

Venus war nie ganz aus meinen Gedanken verschwunden. Ich sah immer wieder prüfend zur Mauer im Pausenhof und erwartete – oder hoffte – fast, sie dort zu sehen. Aber aus der Realität war sie ganz verschwunden, als wäre sie immer ein Trugbild gewesen, das ich gesehen hatte.

Zwei ihrer Brüder besuchten noch unsere Schule. Sie erhielten beide intensiven Lernhilfeunterricht, und deshalb hielt ich mich im Lehrerzimmer auf, wenn die Lernhilfelehrerin Mary McKenna da war. Sie war freundlich, aber für Fragen bezüglich Venus nicht besonders empfänglich. Wenn sich Bob im Raum aufhielt, war ich zu befangen, um etwas herauszubekommen. Er kapierte sofort, was ich vorhatte.

„Mary betreut Venus nicht“, erklärte mir Bob im Gang, nachdem er einmal meine Fragerei mitbekommen hatte.

„Nein, ich weiß, ich wollte nur –“

„Venus hat einen Sonderlehrer für die Hausbetreuung vom Bezirk acht.“

Ich nickte. „Ich war nur neugierig, wie's ihr geht. Und ob ihre Brüder was von ihr erzählt haben … Also, hast du irgendwas Neues gehört?“

Bob schüttelte den Kopf. Dann klopfte er mir aufmunternd auf die Schulter. „Schau, wir wären mit ihr doch nie wirklich weitergekommen. Man kann eben nicht alles ändern. Und wenn dir was ganz aus der Hand gerät, musst du davon ausgehen, dass es am besten so war.“

Diese Ironie entlockte mir nur ein dünnes Lächeln. „Vor einigen Jahren hat sich das noch ganz anders angehört.“

Bob wusste, dass ich auf unsere gemeinsame Vergangenheit voller idealistischer Vorstellungen anspielte, als es für uns keine hoffnungslosen Kinder gab. „Willst du damit sagen, dass ich erwachsen geworden bin?“, fragte er. „Dann sage ich, ja, Torey, das bin ich. Ich hab genug Erfahrungen gesammelt, um zu wissen, dass man die einen gewinnt und die anderen verliert. Und man muss denen weiterhelfen, die man gewinnt, und leider die loslassen, die man verliert.“

Dagegen konnte ich nicht einmal etwas sagen. Auch ich hatte vielen Kindern nicht helfen können, sehr vielen sogar. Und trotzdem gefiel es mir nicht, wenn ich dazu gezwungen wurde, welche aufzugeben, die ich selbst noch nicht aufgegeben hatte.

Unser Gespräch war ins Stocken geraten. Bob wandte sich um und marschierte in Richtung seines Büros zurück.

„Goldkind“, murmelte ich.

„Hä?“

„Goldkind. So nennt Wanda sie immer. Goldkind. Dabei hat Venus wirklich nichts Goldiges an sich. Aber Wanda nennt sie Goldkind.“

„Na ja, für Wanda ist sie das wahrscheinlich auch“, erwiderte Bob. Er zögerte einen Moment. „Du weißt doch, wie es wirklich ist, oder? Es steht nicht in den Akten, aber es ist wahr. Zumindest sagen das die Leute vom Jugendamt.“

„Was denn?“

„Teri ist nicht die Mutter von Venus. Wanda ist ihre Mutter. Der letzte Kerl von Teri, den sie vor diesem schmierigen Typ hatte, mit dem sie jetzt zusammen ist, der hat Wanda ein Kind gemacht.“

„O Gott.“ Eine schreckliche Erklärung für vieles.

Bob schürzte die Lippen. „Dieser Kerl wurde nicht mal verknackt dafür, dass er eine Dreizehnjährige geschwängert hat. Der hat sich einfach aus dem Staub gemacht.“ Er schnaubte, aber es klang mutlos. „Goldkind. Echt.“

In meinem Kopf wirbelte es, als ich in mein Klassenzimmer zurückging. Jetzt wurde vieles verständlich. Wenn Venus das Kind von Wanda war, was war geschehen, wenn Wanda mit der Versorgung des Säuglings und Kleinkinds allein gelassen worden war? Selbst wenn ihr IQ nicht davon betroffen war, in welcher Umgebung war Venus aufgewachsen? Ich erinnerte mich, wie Wanda ihre Puppe behandelte, sie einmal liebevoll drückte, einmal unvorsichtig hielt, sie fallen ließ, liegen ließ und vergaß, wenn sie durch etwas anderes abgelenkt wurde. War Venus in ihrer frühen Kindheit genauso behandelt worden? Vergessen in einer Wiege liegend, bis Wanda sich irgendwann wieder an sie erinnerte? Hatte sie so lange geschrien, bis sie nicht mehr konnte und nur noch still dalag, wie die Babys in den Waisenhäusern der Dritten Welt? Hatte der einzige Kontakt mit anderen Familienmitgliedern darin bestanden, dass sie geschlagen wurde, um Ruhe zu geben? Hatte sie dadurch gelernt, dass Angriff die beste Verteidigung war? Und verteidigte sich Venus deshalb heute selbst, noch ehe sie angegriffen wurde?

Alles Mutmaßungen. Aber solche Vermutungen fügten sich jetzt wie einzelne Stücke zu einem schrecklichen großen Puzzlebild zusammen.

INZWISCHEN war es nicht mehr zu leugnen, dass ich mit meinen üblichen Methoden aus dieser Bande keine zusammengehörige Gruppe bilden konnte. Alle Jungen in meiner Klasse litten nach wie vor unter Hyperaktivität. Sie waren undiszipliniert und aggressiv.

Jesse war der Einzige in der Klasse, der über eine annähernd normale Konzentrationsfähigkeit verfügte. Aber seine Ticks störten seine Lernansätze empfindlich. Hintergrundgeräusche machten es ihm noch schwerer, Wörter richtig zu verstehen, und er verwechselte oft solche, die ähnlich klangen. Deshalb war Lernen für ihn in unserer Runde wirklich ein harter Kampf.

Und da war noch Billy. Nachdem die Testergebnisse klar gezeigt hatten, dass Billy eigentlich begabt war, hatte ich eine große Anstrengung unternommen, um ihn im Unterricht zu integrieren. Aber Billy wollte nicht auf seinem Hintern sitzen bleiben. Billy wollte nicht arbeiten. Alles, was Billy wollte, war reden. Und raufen.

Zu alledem kamen meine andauernden Probleme mit Julie. Wenn es so etwas wie Nachgiebigkeitsfanatiker gibt, könnte Julie als Paradebeispiel dienen. Sie war der Meinung, dass Kinder nur geliebt, ermutigt und belohnt werden sollten, und alles, was sie sonst so anstellten, sollte einfach ignoriert werden. Es kam mir fast so vor, als teilte ich das Klassenzimmer mit einer militanten Pazifistin.

Nach zwölf Wochen mühsamer Arbeit ohne erkennbare Verbesserung im Verhalten der Jungen beschloss ich, dass ich eine klare Arbeitsmethode benötigte. Verhaltensänderung kann in manchen Fällen trainiert werden, hier schien ein solches Training am Platz zu sein. Ich bereitete ein Programm vor, mit dem ich Ordnung ins Chaos bringen wollte.

Zu Hause nahm ich vier weiße Kartonbogen und zeichnete mithilfe von Millimeterpapier jeweils eine Verkehrsampel darauf. Auf jede Ampel schrieb ich den Namen eines Jungen, und in den Feldern für die Ampelfarben brachte ich Stifte an, an die ich die Farbkreise hängen konnte. Einen ganzen Stapel dieser Kreise schnitt ich aus Karteikarten aus, in den drei Farben Rot, Gelb und Grün. Und schließlich fertigte ich eine große Tabelle an, in deren Kopfzeile ich die Wochentage eintrug.

Am nächsten Morgen erklärte ich der Klasse, was in Zukunft geschehen würde. Die Ampel von jedem Jungen würde zu Anfang des Unterrichts Grün zeigen. Wenn ich einen wegen seines Verhaltens verwarnen musste, würde ich den grünen Kreis wegnehmen und eine gelbe Scheibe hinhängen. Wenn ich einen auf den Ruhestuhl schicken musste, würde ich die gelbe für die Dauer der Ruhezeit gegen eine rote Scheibe austauschen. Dann heftete ich die Tabelle an unsere Pinnwand und hielt ein Päckchen mit Stickersternen hoch. Jedem Jungen teilte ich eine bestimmte Sternfarbe zu. Wer in Zukunft eine Arbeit durchgehend bei Grün erledigte, der bekam einen Stern in seiner Farbe, den er auf den Tag der Wochentabelle kleben durfte. Wenn einer fünf Sterne erreichte, also einen ganzen Tag „im grünen Bereich" verbrachte, erhielt er einen Schokoriegel. Wenn wir fünfzig Sterne insgesamt zusammenbekamen, würden wir ein kleines Fest feiern.

Die Jungen jubelten, als sie die Süßigkeiten sahen. Billy meinte, dass es eine „suuuper guuute" Idee sei. Jesse sah ein wenig verwirrt aus. Shane und Zane kannten ihre Sternfarben, sodass ich hoffte, dass sie auch bald den Rest kapieren würden.

In der ersten Woche hatte ich nur Stress – vor allem mit der praktischen Durchführung des Programms. Ich musste ständig die farbigen Scheiben mit mir herumtragen und sofort zu den Ampeln eilen, wenn einer sein Verhalten änderte. Und ich vergaß ständig, Stickersterne auszuteilen, und bemerkte bald, dass ich sehr genau darauf achten musste, wer seine Aufgaben ganz im grünen Bereich erledigte. Denn Shane und Zane vergaßen oft, was gerade geschah, einschließlich ihres Anspruchs auf Sterne, während Billy andauernd versuchte, das System auszutricksen, um welche zu ergattern.

Es lief nicht perfekt. Es gab keine schlagartigen Verhaltensänderungen. Wir veranstalteten am Freitag kein Fest, wie ich gehofft hatte. Tatsächlich hatte ich in fünf Tagen nur zwei Schokoriegel verteilt, beide an Jesse. Aber ganz langsam schienen die Jungen ein klein wenig Aufmerksamkeit für ihr Verhalten zu entwickeln. Dadurch, dass so konkrete Zeichen für die Notwendigkeit von Disziplin vorhanden waren, schien sich etwas zu verändern, und wir kamen unserem Ziel, eine Gruppe zu werden, einige Millimeter näher.

Kapitel 5

Mitte Dezember schaute Bob früh am Morgen in meinem Klassenzimmer vorbei. Ich saß an meinem Schreibtisch und sah die Mappen der Kinder durch, als er hereinkam.

„Du kennst doch Venus?“, begann er. „Ich glaube, wir bekommen sie zurück.“

Ich freute mich, als ich diese Neuigkeit hörte. „Wirklich? Was hat sich geändert?“

„Die Familie macht schwere Zeiten durch. Einer der älteren Söhne wurde wegen Drogendealerei verhaftet. Anscheinend hat er die Geschäfte zu Hause betrieben, und man fragt sich jetzt, ob nicht welche von seinen Geschwistern in die Sache verwickelt sind. Das Schulamt hat mich angerufen und mir mitgeteilt, dass das Jugendamt der Auffassung sei, dass Venus besser nicht den ganzen Tag zu Hause verbringe. Sie machen sich Sorgen wegen Danny, diesem Kerl, der bei ihnen lebt und sich angeblich um die Kinder kümmert. Da Teri nachts arbeitet, ist er mit Wanda und Venus zusammen und mit denen, die sonst noch da sind. Es gibt zwar keine Beweise, dass er im Drogengeschäft mit drinsteckt, aber dem Jugendamt wäre es lieber, wenn wir Venus bei uns eine Alternative zur Hausbetreuung bieten könnten.“

„Ja, ich freue mich, dass Venus zurückkommt. Aber wie kriegen wir ihre Gewalttätigkeit auf dem Schulhof in den Griff?“

„Das Schulamt kann eine Aufsicht für die Mittagspause stellen. Das ist immer noch billiger als Hausbetreuung und sollte für diese Zeit genügen. In den anderen Pausen müssen wir uns selbst um sie kümmern."

So SCHNELL, wie sie verschwunden war, kehrte Venus zurück. Am folgenden Montag, zwei Wochen vor den Weihnachtsferien, führte Bob sie ins Klassenzimmer.

„Oh nein! Schizo ist wieder da!", rief Billy theatralisch.

In Sekundenschnelle zog ich eine gelbe Scheibe aus meiner Blusentasche und schwenkte sie mahnend in der Luft.

„Unfair!", kreischte Billy. „Die Schule hat noch gar nich begonnen."

„Dann halt jetzt den Mund", sagte ich und wedelte weiter mit der Scheibe.

Venus sah vernachlässigter aus, als ich sie in Erinnerung hatte.

Die Gummibänder, die früher ihre Zöpfe zurückgehalten hatten, verschwanden jetzt in Dreadlocks, in denen viele Brotkrümel hingen und Marmeladereste klebten. Die Kleider, die sie anhatte – schwarze Hose und rotes gemustertes Strickoberteil –, waren offensichtlich nicht ihre eigenen. Sie waren verwaschen und zerknittert und zwei bis drei Nummern zu groß für ihren dünnen Körper. Ihre Füße steckten in zwei verschiedenen Socken und in rosa Plastikschuhen, die an den Seiten aufgeplatzt waren.

„Hallo, Venus! Ich freu mich, dass du wieder da bist. Dein Tisch steht noch für dich da." Ich führte sie an ihren alten Platz hinter Zane.

Venus setzte sich und starrte mir nach, als ich mit dem Rechenunterricht begann. Sie öffnete ihre Mappe nicht. Sie senkte nicht einmal den Kopf. Es hatte sich nicht viel geändert.

„Bekommt sie auch 'ne Ampel?", wollte Billy wissen. „Sie sollte Rot kriegen, weil sie nix tut. Ich krieg Rot, wenn ich nix tu."

Ich hielt ihm eine gelbe Scheibe entgegen. Wir schwiegen lange.

Billy starrte mich wütend an. „Unfair, es is unfair", murmelte er. „Ich darf nix mehr sagen. Die reine Diktatur hier."

„Du kannst es Diktatur nennen, wenn du willst. Aber so funktioniert es nun mal. Und jetzt wollen wir sehen, ob du die ganze Zeit im grünen Bereich bleiben kannst, okay?"

Ich setzte mich neben Venus. Ich hatte keine Ahnung, wie weit sie im Rechnen war. Aus einer Schachtel mit farbigen geometrischen Körpern aus Holz nahm ich einen blauen Zylinder, einen roten Würfel und einen grünen Kegel heraus und legte sie auf den Tisch. Daneben legte ich drei

Karten mit den entsprechenden Bildern darauf. „Kannst du mir zeigen, welches farbige Holzstück zu dieser Karte passt?"

Keine Reaktion.

„Das da passt, schau. Roter Würfel. Rotes Bild." Ich nahm den Würfel und legte ihn auf die Karte. „Und welches Stück gehört zu dieser Karte?"

Keine Reaktion.

„Das da. Schau her. Es ist blau. Und das Bild ist blau. Und die Formen sind gleich. Siehst du?" Ich nahm den Zylinder und stellte ihn auf die Karte. „Und jetzt das letzte Stück. Kannst du mir die passende Karte zeigen?"

Keine so schwierige Frage, aber Venus antwortete nicht.

DAS SCHULAMT hatte eine Aufsichtsperson bestellt, die Venus in der Mittagspause begleiten sollte. Ich teilte Bob mit, dass Julie und ich sie in den beiden anderen zwanzigminütigen Pausen beaufsichtigen würden. Das bedeutete natürlich, dass wir selbst auf je eine Pause verzichten mussten. Ich hoffte, dass das nicht immer so bleiben würde.

Julie übernahm vormittags die große Pause, ich nachmittags. Meistens gab es keine Probleme. Venus knurrte manchmal ein Kind an. Dann schritten wir ein, erinnerten die anderen daran, dass man ihr nicht zu nahe kommen sollte, und erinnerten Venus daran, dass sie nicht knurren sollte. In der Regel blieb sie weg von den anderen Kindern und lehnte sich gegen ihre Wand am Rand des Pausenhofes.

Am dritten Tag hatte ich einen anderen Plan. Als es zur Nachmittagspause klingelte, sagte ich zu Venus: „Wir bleiben hier."

Sie sah mich mit leerem Blick an.

Ich half den Jungen, Schuhe und Jacken anzuziehen, damit sie hinausstürmen konnten. Dann ging ich zu Venus zurück. Sie hatte sich nicht vom Fleck gerührt.

„Zwanzig Minuten sind nicht sehr lange. Ich hab mir gedacht, dass wir eine Geschichte lesen, statt rauszugehen." Ich nahm Arnold Lobels „Frosch und Kröte sind Freunde" aus dem Regal. Es war ein einfaches Kinderbuch mit einer Reihe rührender humorvoller Geschichten über die sprichwörtlichen Freunde Frosch und Kröte.

„Komm, wir setzen uns hin, und ich les dir daraus vor. Ich wette, dass du diese Geschichten noch nicht gehört hast."

Venus starrte mich nur an.

„Na komm." Ich legte ihr meine Hand in den Rücken und schob sie in die Leseecke hinüber. Ich setzte mich auf den Teppich. „Setz dich."

Sie blieb stehen.

„Na komm." Ich umfasste sie und hob sie auf meinen Schoß. Einen Arm ließ ich um sie gelegt und drückte sie eng an mich. Mit der freien Hand hielt ich das Buch und begann zu lesen. Ich hatte nie zuvor versucht, Venus in so innigem Kontakt auf meinem Schoß zu halten. Sie saß ganz steif da, wie eine Gliederpuppe. Ich hatte nicht den Eindruck, dass sie wegrennen würde, wenn ich losließe, aber sie schien es auch nicht besonders zu genießen. Dann schoss es mir durch den Kopf, dass ihr wahrscheinlich noch nie jemand auf diese Art und Weise vorgelesen hatte. Unglaublich, aber leider sehr wahrscheinlich.

Das Vorlesen dauerte nicht einmal zehn Minuten. Um die Stimmung nicht zu stören, wollte ich nicht aufstehen, um ein neues Buch zu holen. Ich öffnete „Frosch und Kröte" wieder. Es gab eine besonders lustige Geschichte, in der es dem Frosch nicht gut geht und die Kröte alles Mögliche versucht, um sich etwas Aufheiterndes für ihn auszudenken. Die meisten Kinder finden das äußerst komisch. Deshalb las ich die Geschichte erneut, diesmal mit zusätzlichen Geräuschen.

„Ist der Frosch nicht lustig?", sagte ich. „Schau, er stellt sich auf den Kopf, damit ihm eine Geschichte einfällt. So ein Dummkopf, was?"

Keine Reaktion.

„Und was macht er hier? Er leert sich ein Glas Wasser über den Kopf. Glaubst du, das hilft ihm, sich eine Geschichte für die Kröte auszudenken?"

Keine Reaktion.

„Nein, glaub ich auch nicht. Er kriegt bloß nasse Haare davon. Aber was macht er denn jetzt? Der dumme Frosch! Er schlägt den Kopf gegen die Wand, damit endlich eine Geschichte rauskommt. Würdest du das auch so machen?"

Keine Reaktion. Die Glocke läutete zum Pausenende.

„Ach, schon vorbei. Die Jungen kommen jeden Augenblick zurück. Aber uns hat's Spaß gemacht, stimmt's?", sagte ich, als ich sie von meinem Schoß hob und auf den Boden stellte.

MEINE Arbeit mit Venus erhielt jetzt ein neues Muster. Ich musste annehmen, dass Venus als Wandas Tochter völlig vernachlässigt worden war, sodass sie kaum zwischenmenschlichen Kontakt erlebt hatte. Deshalb schuf ich ein Programm von stimulierenden Ereignissen, die sie nicht ignorieren konnte, selbst wenn sie äußerlich nicht darauf reagierte.

Sie sollten sich immer in derselben Art und zur selben Zeit wiederholen, sodass Venus genau wusste, was sie erwartete.

Vor jeder, wirklich jeder Unterrichtsstunde machte ich mit ihr dieselbe Grundübung, die darin bestand, dass sie ihre Schultern, Hüften, Knie, Zehenspitzen und so weiter berühren musste. Die Jungen ließ ich mitmachen. Sie genossen die fünf Minuten, in denen sie sich frei bewegen durften. Es gefiel ihnen, dass sich die Übung jede Stunde wiederholte und dass ich jeweils einen von ihnen auswählte, mit dem ich die Übung in derselben Weise machte wie mit Venus. Aber das konnte ich nur nachmittags machen, wenn Julie da war, um die Übung mit Venus zu machen. Denn Venus machte sie nicht ein einziges Mal selbst.

Ich bemühte mich, Kontakt und Berührung in die gesamte Arbeit mit ihr zu integrieren. Um Venus aus ihrem starren Zustand „aufzuwecken“, wollte ich alle ihre erreichbaren Sinne ansprechen.

Außerdem setzte ich das Vorlesen fort. Und zwar immer in der Nachmittagspause. Nachdem wir drei Bücher mit Geschichten von Frosch und Kröte durchgemacht hatten, wählte ich als nächstes „Frances“ von Russell Hoban. Hier wird von einem sympathischen Mädchen in Gestalt eines kleinen Dachses erzählt. Diese Geschichten sind länger und komplexer. Ich las langsam, wiederholte jedes Kapitel und sprach mit Venus über alle Einzelheiten der Erzählung. Da ich noch nie ein Kind erlebt hatte, das sich nicht mit Frances identifizieren konnte, hoffte ich, dass der Zauber auch bei Venus wirken würde.

Etwa zur gleichen Zeit tauchte in der Klasse das Singen auf als Folge eines dieser spontanen Einfälle, zu denen man vor allem Glück braucht.

Was Musik angeht, gehöre ich nicht zu den Talentiertesten. Ich kann einen Ton halten und eine Melodie singen, aber beim richtigen Takt hapert es schon, und bei den Liedtexten wird es katastrophal. Trotzdem kam mir die Idee, dass Musik einen weiteren wichtigen Anreiz für Venus liefern könnte – und eine weitere Chance für die Jungen, Dampf abzulassen.

Und so beschloss ich im Dezember, dass wir Musik in unseren Tagesablauf integrieren würden. Wir begannen mit Liedern wie „If You're Happy and You Know It“ und „B-I-N-G-O“. Letzteres liebten die Jungen, weil es darin ziemlich laut zugeht. Ich nahm ein paar Oldies dazu, wie „High Hopes“, „In the Cool, Cool of the Evening“, „Little Arrows“ und „Swinging on a Star“, weil sie gute Laune machten – und vor allem, weil ich die Texte noch auswendig konnte!

Das Singen klappte von Anfang an sehr gut. Wir sangen, jedes Mal wenn es einer geschafft hatte, eine Arbeitsperiode lang im grünen Bereich zu bleiben. Ich merkte, dass die Musik den Wechsel von einer Aktivität zur anderen hervorragend unterstützte. Deshalb stimmte ich ein Lied an, ehe es in die Mittagspause ging, und so weiter. Noch besser dazu geeignet, Spannungen abzubauen, erwies sich Musik, wenn sich zum Beispiel ein Streit anbahnte. Wenn ich sagte: „Lasst uns ein Lied singen", wollten fast immer alle mitmachen, und die Stimmung änderte sich sofort. Bald sangen wir so oft, dass man sich schon wie in einer Operette vorkam.

Nur Venus nahm nie am Singen teil, obwohl Julie oder ich sie oft als „Tanzpartner" aufforderten, wenn wir uns zur Musik noch bewegten. Aber sie ignorierte uns auch nicht. Ich sah sie oft, wie sie die Jungen genau beobachtete, die vertraute Wörter sangen, sich dazu bewegten und Grimassen schnitten. Venus war übrigens nicht die Einzige, die uns beobachtete und zuhörte. Einmal entließ ich die Jungen in die Mittagspause. Wir hatten gerade „Little Arrows" gesungen, ein simples kleines Liebeslied, das die Jungen mochten, weil sie dabei die Pfeilbewegungen mimen konnten. Als ich dann die Tür öffnete, stimmten sie noch einmal den Refrain an: „Kleine Pfeile in den Kleidern / Kleine Pfeile in dein'm Haar / Wer verliebt ist, find't die kleinen / Pfeile überall." Damit verschwanden sie im Treppenhaus, um mit den anderen Klassen zum Essen zu gehen.

Pamela unterrichtete die dritte Klasse im Raum nebenan. Sie stand in der Tür und schüttelte amüsiert den Kopf, als unsere Blicke sich begegneten. „Ihr seid vielleicht eine lustige Bande, sag mal."

„Na ja, es ist nur, um die Meute im Zaum zu halten."

„Nein. Ich hör euch doch andauernd, Torey. Ihr singt ja die ganze Zeit."

„Tut mir Leid", sagte ich, „ich hoffe, wir sind nicht zu laut."

„Nein, nein, ich find es großartig. Bloß meine Bande würde mich für verrückt erklären, wenn ich dauernd mit ihnen singen wollte. Aber deine Jungen ... die sind immer so Feuer und Flamme. Ich glaube, du hast Glück mit so einer glücklichen Klasse."

Ich lächelte überrascht. So hatte ich es noch nie gesehen. Das Glück hatte sich bei uns eingeschlichen, ohne dass wir es richtig bemerkt hatten ...

AUF UNSERE eigene Art begannen wir endlich eine Klasse zu werden. Es war wichtig für die Jungen, dass wir sangen. Wir hatten Spaß dabei. Und sie hatten das Bedürfnis dazuzugehören. Es verschaffte uns ein Zusammengehörigkeitsgefühl, eine Gruppenidentität. Wir waren nun die Klasse, in der immer gesungen wurde. Dummerweise wurde dadurch ein anderes Problem akzentuiert: die anhaltende Meinungsverschiedenheit zwischen Julie und mir. In diesem Fall deshalb, weil Julie sich hartnäckig weigerte, bei der in ihren Augen doofen Singerei mitzumachen. Zuerst sagte sie, sie könne nicht singen. Ich lachte darüber und witzelte, dass ich schließlich auch keine Maria Callas sei. Wir hatten bloß Spaß an der Sache. Dann verlieh Julie ihrer Ablehnung mehr Nachdruck und erklärte, dass ihr Singen zuwider sei und ganz besonders in der Gruppe. Als Kind hätten sie die anderen gehänselt, weil sie nicht singen konnte, und daher sei sie beim Thema Singen heute noch empfindlich.

Das konnte ich verstehen, und ich wollte nicht, dass sie sich dabei schlecht fühlte. Daher akzeptierte ich ihre Weigerung. Die Jungen sahen das anders, und sie ärgerten sie deswegen. Ich musste ihre Partei ergreifen: „Das macht nichts", sagte ich. „In dieser Klasse lassen wir jeden über solche Dinge selbst entscheiden." Aber in dieser Klasse machte es eben doch etwas aus. Das Singen war gleichbedeutend mit „zu uns gehören wollen". Singen verband uns. Als Julie sich weigerte, beim Singen mitzumachen, geriet sie in die Rolle eines Außenseiters.

Ich war sehr besorgt. Zum einen mochte ich die untergründige Spannung im Raum nicht, wenn wir beide da waren. Und ich konnte den Gedanken schlecht ertragen, dass ich mich bei der nächsten Schwierigkeit nicht auf Julies Unterstützung verlassen könnte.

Unsere Differenzen erreichten am letzten Tag vor den Weihnachtsferien ihren Höhepunkt. Als Billy an diesem Morgen den Raum betrat, hielt er etwas im Arm, was in knallbuntes Papier eingewickelt war. „Das is für dich, Lehrerin. Ich hab's selbst gekauft."

„Wie aufmerksam von dir, Billy", sagte ich und legte das Geschenk auf meinen Schreibtisch. „Vielen Dank. Ich freue mich schon drauf, es aufzumachen."

„Mach's gleich auf."

„Glaubst du nicht, dass ich bis Weihnachten warten sollte?"

„Nein! Ich möcht, dass du siehst, was es is."

Die anderen Kinder kamen nach und nach herein und scharten sich um meinen Schreibtisch. Lächelnd streifte ich das Geschenkband ab. Das Päckchen war so mit Klebeband umwickelt, dass ich die Schere brauchte, um es öffnen zu können. Zum Vorschein kam die dreißig Zentimeter hohe Figur einer grauen Katze aus gebranntem und glasiertem Ton. „Wie schön, Billy. Vielen herzlichen Dank."

Billy grinste von einem Ohr zum anderen. „Ich hab's selbst gekauft. Mit meinem eignen Geld. Und weißt du, wie viel's gekostet hat? Einen Dollar und neunundneunzig Cents. Im Dollarladen hab ich's gekauft. Dort kostet sonst alles einen Dollar. Aber das war eins der teuren Geschenke."

„Wirklich, Billy? Vielen Dank. Ich mag Katzen sehr, und ich freue mich, so eine hübsche Katzenfigur zu haben. Wenn ich nach Hause komme, suche ich einen schönen Platz dafür."

„*Yeah,* das hab ich gedacht", sagte er. Er nahm die Katzenfigur in die Hand und streichelte sie liebevoll. „Ich hab gedacht, die Lehrerin mag das." Er sah mich an. „Hab ich wirklich gedacht. Weil ich an dich gedacht hab."

Ich beugte mich vor und umarmte ihn. „Du bist ein sehr liebenswürdiger Junge, Billy."

Er strahlte vor Zufriedenheit und drückte mich ebenfalls.

Ich stellte die Katzenfigur auf meinen Schreibtisch und begann mit dem Unterricht. Unsere Klasse sollte am Nachmittag eine Weihnachtsfeier haben, was Unheil ahnen ließ, weil die gewohnte Routine gestört würde. Shane und Zane schienen besonders unruhig, obwohl ich mich am Vormittag sehr intensiv mit ihnen beschäftigt hatte und die Zeit mit einigen einfacheren Tätigkeiten gut aufgeteilt hatte. In der Mittagspause kamen die Leckereien. Jesses Großmutter brachte Kuchen. Die Mutter von Shane und Zane kam mit Weihnachtsgebäck vorbei. Dann half mir Julie beim Richten der Festtafel. Als Shane und Zane die leckeren Sachen entdeckt hatten, gerieten sie ganz aus dem Häuschen.

Der erste Aufruhr entstand, noch ehe die Glocke geläutet hatte.

„Guckt mal, was Shane gemacht hat!", rief Jesse.

Ich drehte mich um und sah Shane, der einen dicken Filzstift, einen roten Marker, in der Hand hielt. Damit hatte er die Haut auf seiner linken Hand und den ganzen Ärmel seines Hemdes bis zur Schulter angemalt.

„Ach, Junge", sagte Julie mit freundlicher Stimme, „hast du ganz vergessen, dass man mit Markern aufs Papier malt und nicht auf sich selbst? Komm mit, Shane. Wir werden das jetzt abwaschen."

Ich begann mit dem Nachmittagsunterricht, während Julie Shanes Hand abwusch. Am Waschbecken waren nicht genug Papierhandtücher. Sie ging zum Schrank, um ein neues Paket zu holen. Shane spritzte mit Wasser, indem er mit der flachen Hand ins Waschbecken schlug. Er sah dabei zu mir her und ließ mich nicht mehr aus den Augen, weil er wusste, dass ich ihn beobachtete. Dann hielt er den Finger unter den Wasserhahn. Wasser spritzte überallhin.

Als Julie sich umdrehte, entdeckte sie die Bescherung. „Oh je“, sagte sie ruhig. „Wasser auf dem Boden. Da kann jemand ausrutschen. Komm, nehmen wir die Tücher und wischen's auf.“

Sie nahm Papiertücher und beugte sich über die Wasserlachen. Shane nahm nur die Tücher. Da sie für einen Papiertuchhalter gedacht waren, waren sie ineinander gefaltet, sodass man mit einem Tuch den Anfang des nächsten hochzog. Er probierte das in schnellstem Tempo aus, mit dem Ergebnis, dass die Tücher in alle Richtungen davonflogen.

Als Julie das bemerkte, erhob sie sich. „Tücher sind zum Wischen da, Shane“, sagte sie und reichte ihm ein Tuch. „Komm, hilf bitte.“ Sie kniete sich wieder hin, um fertig zu wischen.

Auch diese Aufforderung erreichte Shane nicht wirklich. Er schlug ihr lieber mit dem Tuch auf den Kopf. Es tat natürlich nicht weh. Er hörte aber auch nicht auf damit.

„Tücher sind zum Wischen da, Shane. Hilfst du bitte?“

Als Shane immer noch weitermachte, stand sie auf und nahm ihn bei der Hand. „Komm und setz dich an deinen Tisch. Hier liegt deine Mappe. Schauen wir mal, ob da ein hübsches Bild vom Nikolaus ist, das du anmalen kannst.“

Ich hatte das alles mit angeschaut und mich ständig gefragt, wie ich reagiert hätte.

Ganz sicher hätte ich lauter gesprochen, nicht geschrien. Aber ich hätte mit Lautstärke und Wortwahl klar gemacht, dass das Geschmiere, das Herumspritzen und -werfen im Klassenzimmer nicht erlaubt sind. Ich hätte dafür gesorgt, dass er aufgewischt hätte. Wenn er nicht gewollt hätte, hätte ich ihn so lange auf dem Ruhestuhl schmoren lassen, bis er bereit gewesen wäre, die Schweinerei wegzumachen.

Der Nachmittag verlief immer chaotischer. Jesse war überspannt und hatte seine Ticks überhaupt nicht mehr im Griff. Und wenn er nicht bellte, zuckte und grimassierte, prügelte er sich. Shane und Zane legten einen albtraumhaften Aktivismus an den Tag. Shane versuchte mit einem Schreibblock ein Fenster zum Gang einzuschlagen. Zane machte die Hose auf und pinkelte auf meinen Stuhl. Dass Venus keinerlei Ärger machte, lag daran, dass sie an diesem Tag gar nicht da war.

Der Höhepunkt unserer halbstündigen Weihnachtsfeier war der Auftritt von Sankt Nikolaus, alias Bob. Er besuchte jede Klasse in der Schule und verteilte Geschenke aus einem großen Sack. Der Lions Club sponserte unsere Klasse in diesem Schuljahr und hatte auch Geschenke für die Kinder bereitgestellt.

Ich begrüßte den Nikolaus, Shane und Zane waren beide aufgestanden und rannten herum. Shane schoss auf meinen Schreibtisch zu und ergriff die graue Katzenfigur, die Billy mir geschenkt hatte.

„Stell das zurück, du kleiner Pisser! Das gehört dir nich!“, schrie Billy und sprang ebenfalls auf.

Der Nikolaus stellte seinen Sack ab und packte Billy am Arm.

„‚Jingle bells, Jingle bells‘“, begann ich zu singen.

Der Nikolaus stimmte ein, sang kräftig mit und hielt Billy immer noch fest. Billy begann ebenfalls zu singen, schielte allerdings weiter zu Shane hinüber. Jesse tat es ihm nach. Julie nahm Shane die Figur aus der Hand und stellte sie auf meinen Schreibtisch zurück.

Ich klatschte jetzt in die Hände, sang weiter, ging zu Zane, klatschte weiter, er klatschte mit, dann klatschte schließlich auch Shane in die Hände. Ich ging und klatschte und sang „Jingle Bells“, bis alle, einschließlich Sankt Nikolaus, im Raum herumgingen, klatschend und singend. Wir versammelten uns alle in der Leseecke, wo wir das Lied beendeten und wo sich die Kinder auf dem Teppich niederließen.

Der Nikolaus verteilte die Geschenke aus seinem Sack, und die Jungen stießen vor Aufregung Freudenrufe aus, als sie sie auspackten. Dann verteilten Julie und ich Gebäck, Kuchen und Punsch. Der Nikolaus zog einen kleinen Stuhl heran, setzte sich und las den Kindern „Die Nacht vor Weihnachten“ vor, während sie aßen und tranken.

Als der Nikolaus gegangen war, waren es nur noch fünf Minuten bis zum Läuten. Ich beschloss, früher Schluss zu machen. Die Kinder sollten sich anziehen, und wir würden die restliche Zeit auf dem Hof verbringen.

Ich drehte mich herum und sah im selben Augenblick, wie Shane wieder die graue Katze ergriff. Er hatte nichts Böses vor. Er wollte sie ansehen oder mir etwas zeigen, denn er ging auf mich zu. Der Schnürsenkel an seinem linken Schuh war offen. Er trat darauf und stolperte. Erstürzte nicht, aber die Katzenfigur fiel aus seinen Händen auf den Boden und zersprang in tausend Stücke.

Billy brach in Tränen aus. Er wurde nicht wütend und aggressiv, sein Gesicht verzog sich, und er heulte jämmerlich. Er tat mir von Herzen Leid.

Shane war so erschrocken von dem, was er angerichtet hatte, dass er auch zu heulen anfing. Sofort war Julie bei ihm und nahm ihn in den Arm. „Hast du dich erschreckt? Es war doch nur ein Missgeschick. Nun wein doch nicht, mein Kleiner. Das ist doch nicht so schlimm. So was kommt schon mal vor."

Da konnte ich mich nicht mehr beherrschen. „Allerdings ist das schlimm! Das hat Billy gekauft. Von seinem Geld. Als Geschenk für mich. Es ist schlimm, dass es jetzt kaputt ist."

Shane merkte, dass ich sehr wütend war, und begann noch lauter zu heulen.

Billy unterstützte mich. „Du blödes Arschloch! Du hast meine Katze kaputtgemacht. Dich mach ich auch kaputt!"

Das brachte mich zur Vernunft. „Nein, das tust du nicht", sagte ich und legte ihm die Hand auf die Schulter. „Es tut mir wirklich Leid, was passiert ist, aber ich will nicht, dass du deswegen Dummheiten machst. Zieh deine Jacke an, damit du auf den Hof runtergehen kannst." Ich blickte Shane an. „Ich will, dass du auf dem Ruhestuhl sitzt."

„Das wollte ich nicht", schluchzte Shane.

„Das glaub ich dir. Aber du hättest die Figur gar nicht anrühren dürfen. Sie gehörte nicht dir."

Er sagte nichts mehr, ging zu dem Stuhl hinüber und setzte sich.

„Ich bleib bei ihm, bis es läutet", sagte Julie.

Ich nickte, drehte mich um und ging mit den anderen Kindern auf den Hof hinunter.

Ehrlich gesagt, war mir selbst zum Weinen zumute. Nachdem die Kinder nach Hause gegangen waren, kehrte ich ins Klassenzimmer zurück. Julie räumte auf.

„Setz dich", sagte ich. „Wir müssen darüber reden."

Julie setzte sich mir gegenüber an den Tisch.

„Ich weiß, wir haben verschiedene Ansichten. Das kann ich akzeptieren", sagte ich. „Aber was du hier machst, wie eben mit Shane, das ist so etwas wie eine Gefühlslüge. Du bist nicht ehrlich in der Situation."

„Wie meinst du das?" Es klang etwas abwehrend.

„Ich meine, dass du dich ihm gegenüber gleich verhältst, egal, ob er mit Wasser spritzt, Papiertücher rumwirft oder sich hinsetzt und seine Aufgaben macht. Du redest in derselben liebevollen, friedlichen Art. Du kannst doch nicht in jeder Situation liebevolle und friedliche Gefühle haben. Zumindest dann nicht, wenn er dich mit dem Papiertuch auf den Kopf schlägt, statt den Boden aufzuwischen."

„Doch, das tue ich", erwiderte sie ruhig. „Weil man es von mir erwartet. Das erwartet man von uns."

„Nicht in jedem Augenblick. Weil das nämlich nicht ehrlich ist.

Niemand ist immer liebevoll und friedliebend. Manchmal ist man gelangweilt, wütend oder müde, und das alles gehört auch zu uns. Es ist zwar wichtig, dass man diese Gefühle beherrscht, damit man niemand damit verletzt. Das bedeutet aber nicht, dass man so tun soll, als gäbe es sie gar nicht. Sonst lernen die Kinder auch nie, wie man negative Gefühle im Zaum hält. Stattdessen denken sie, dass wir anders als sie sind. Ewig gut gelaunte Leute sind nicht real."

Julie seufzte. „Du bist der einzige Mensch, der mir je das Gefühl gegeben hat, dass gute Laune eine schlechte Sache ist."

„Das geht noch etwas tiefer", sagte ich. „Ich weiß, dass es wichtig ist, den anderen zu akzeptieren und zu tolerieren, damit er sich gut fühlt. Aber wahr bleibt: Wenn man Kindern nicht bewusst beibringt, was gut und was schlecht ist, lernen sie's auch nicht. Man muss ihnen Wege zeigen, wie sie sich besser verhalten können. Das wird ihnen schließlich und endlich helfen, glücklichere und erfülltere Menschen zu werden."

„Das ist deine Meinung", erwiderte Julie.

„Ja, und es ist auch meine Meinung, dass auf diese Weise die Selbstachtung wächst. Wir fühlen uns besser, wenn wir uns so verhalten, dass andere positiv auf uns reagieren, und wenn wir ein Gefühl für Selbstbeherrschung haben. Selbstachtung wird nicht von Menschen vermittelt, die uns nur gute Dinge über uns erzählen. Selbstachtung kommt daher, dass wir unser Leben im Griff haben, dass wir uns beherrschen. Und wie sollen Kinder das erreichen, wenn man ihnen nicht hilft, die Verhaltensweisen zu lernen, die dafür wichtig sind?"

„Aber wie können wir wissen, welche das sind?", entgegnete Julie. „Ich fühle mich nicht wohl, wenn ich Werturteile abgeben soll. Werte sollten in der Kirche vermittelt werden. Nicht in der Schule. In die Schule kommen Kinder aus verschiedenen Kulturen, ethnischen Gruppen, Religionen und sozialen Schichten. Wir können keine Werturteile fällen für andere, deren Leben von unserem ganz verschieden ist."

„Es gibt aber gemeinsame Grundwerte", sagte ich. „Die haben nichts mit der Hautfarbe, der Sprache, der Intelligenz oder dem Haushaltsnettoeinkommen zu tun. Menschliche Grundwerte. Wie zum Beispiel, dass jeder Mensch bestimmte Rechte hat. Wann immer man ihm diese wegnimmt, ist das falsch."

Julie nickte zaghaft. „Ja, gut", sagte sie, „das finde ich auch."

„Shane hat das Geschenk an sich genommen, das Billy mir gemacht hat. Und er hat es fallen lassen. Dann sagst du: ‚Shane, das macht doch nichts. Es war ein Missgeschick.' Das stimmt. Es war ein Missgeschick.

Aber es war trotzdem falsch, was er gemacht hat. Die Figur gehörte ihm nicht. Er wurde sogar schon einmal aus demselben Grund verwarnt. Wenn man es dabei belässt zu sagen, dass es nur ein Missgeschick war, mag das vielleicht gut sein für seine Gefühle, für die Entwicklung seiner moralischen Fähigkeiten aber ist es schlecht. Dass die Figur jetzt kaputt ist, hat mein Recht an ihr zerstört, ich hab sie nämlich nicht mehr. Und Billys Recht wurde ebenso zerstört. Es war sein Geschenk, mit seinem Geld und Herzblut bezahlt. Nur weil es keine böse Absicht von Shane war, ist es noch lange nicht richtig, dass er Billy so verletzt hat."

„Aber wenn wir Shane ausgeschimpft hätten und was weiß ich, dann wäre die Figur davon auch nicht wieder ganz geworden. Warum sollten wir sein Selbstwertgefühl auch noch beschädigen? Dieser kleine Kerl hat eh schon einen Haufen Probleme. Es ist aus Versehen passiert. Warum sollte er sich deswegen unbedingt schlecht fühlen?"

„Weil es falsch war."

„Das glaub ich nicht", sagte sie.

„Und weil das, was du gemacht hast, emotional unehrlich war."

„Nicht für mich."

Wir schwiegen beide. Ich sah sie über den Tisch hinweg an. Schließlich zuckte sie die Schultern und stand auf. „Tut mir Leid, Torey. Ich wollte, ich könnte deiner Meinung sein. Weil ich weiß, dass du denkst, dass das wichtig ist. Aber es geht nicht. Ich bin nicht deiner Meinung."

Es wurde Januar, und ich las Venus während der Nachmittagspausen weiter vor. Ich benutzte nach wie vor dieselben Bücher aus der Frosch-und-Kröte-Reihe und der Frances-Serie, weil ich dachte, dass die Vertrautheit damit Venus weiterhelfen könnte. Es gab immer noch wenig Anhaltspunkte dafür, in welchem Maße ihr Verstand überhaupt funktionierte. Mit denselben Büchern schien die Chance größer, dass sie die Geschichten verstehen und schätzen würde. Außerdem waren sie alle lustig. Ich konnte also auf ein Lächeln hoffen, wenn sie einmal so weit war, die Ereignisse im Buch vorauszusehen. Das wäre ein Durchbruch.

Tatsächlich stand ich kurz davor, obwohl die Anzeichen sehr vage waren. Zum Beispiel hielt sie sich jetzt zu Beginn der Pause etwas abseits. Sie ging zwar nicht von allein in die Leseecke, ließ sich aber auch nicht mehr von den anderen zur Tür schieben. Und sie hielt ständig Blickkontakt mit mir und beobachtete jede meiner Bewegungen. Und wenn ich mich der Leseecke zuwandte, drehte sie sich in die gleiche Richtung, wartete allerdings immer noch darauf, dass ich sie dorthin führte.

Mitte Januar schien mir der Zeitpunkt gekommen, die nächste Kommunikationsstufe mit ihr zu erklimmen. Statt wie bisher ein Buch aus dem Regal zu nehmen, nahm ich diesmal zwei. Eines von Frosch und Kröte und eines aus der Frances-Serie. Ich hielt sie ihr hin. „Welche Geschichte sollen wir heute lesen?"

Venus sah mich an.

„Du darfst wählen. Das hier? Oder das da?"

Keine Reaktion. Ich hockte mich vor sie hin und legte die Bücher auf meine Knie. „Komm mal runter", sagte ich ruhig.

Überraschenderweise hockte sie sich mir gegenüber hin.

„Welches Buch sollen wir lesen? Das mit Frances? Oder sollen wir ‚Frosch und Kröte sind ein Paar' lesen?"

Keine Reaktion.

Ich wartete. Eine Minute, zwei Minuten vergingen. Ich sah, wie ihr Arm sich bewegte. Ganz, ganz langsam. Sie hob nicht einmal die Hand vom Knie, aber ihr Arm bog sich nach oben.

„Das da?", sagte ich und hielt das Frances-Buch hoch. „Möchtest du das da?"

Ihr Blick traf meinen Blick.

Ich nickte erfreut. „Also gut. Das mag ich auch."

Dieses Spiel wiederholte sich nun jeden Tag, wenn ich ihr die Wahl zwischen mehreren Büchern ließ. Ich fragte sie jedes Mal, welches Buch sie wollte. Und ich wartete jedes Mal, bis sie endlich, endlich reagierte durch eine Bewegung des Kopfes oder eines Arms, eine winzige Bewegung, die ich als Antwort verstehen konnte.

Und dann kam … der erste Durchbruch. Wir hatten die lange Auswahlprozedur hinter uns, die uns immer viel Zeit von den zwanzig Minuten Pause wegnahm, die wir zum Vorlesen hatten. Heute hatte es fast sieben Minuten gedauert, ehe wir „Frances und ihre besten Freunde" ausgewählt hatten. Ich setzte mich, um anzufangen.

Wie es unsere Gewohnheit geworden war, hob ich Venus auf meinen Schoß. Das war meiner Meinung nach ein wichtiger Teil des Ganzen. Ich versuchte bei allem, was wir taten, ihre Aufmerksamkeit durch Berührungen zu erregen.

Ich hielt sie einen Augenblick fest, nahm sie kurz in den Arm, und oft fuhr ich beim Vorlesen mit meiner freien Hand ihren Unterarm auf und ab. Ich ging davon aus, dass diese regelmäßige rhythmische Bewegung heilsam auf ein gestörtes Gehirn wirken würde.

Außer der Tatsache, dass unsere Vorlesezeit knapp bemessen war, wurde ich dadurch vom Lesen abgelenkt, dass einige Kinder anscheinend vom Pausenhof aus Schneebälle gegen Fenster der Schule warfen. Ich stützte mich mit meiner freien Hand auf dem Boden ab und erhob mich – und Venus auf meinem Schoß – so weit, dass ich gerade zum Fenster hinausblicken konnte. Aber ich sah nicht genug, murmelte etwas von „unartigen Kindern“ und setzte mich wieder, um weiterzulesen.

Nach einigen Minuten spürte ich, völlig unerwartet, Venus' Hand auf meinem Handgelenk. Als ich aufgestanden war, um aus dem Fenster zu schauen, hatte ich mich mit meiner freien Hand abgestützt. Jetzt griff sie ganz vorsichtig nach dieser Hand, hob sie hoch und legte sie wieder auf ihren anderen Arm.

„Magst du das?“, fragte ich ruhig. „Magst du, dass ich den Arm um dich lege, während ich vorlese?“

Ein kaum erkennbares Nicken war die Reaktion.

„Gut, mach ich“, sagte ich und fuhr mit dem Lesen fort.

Das war alles. Mehr Interaktion gab es an diesem Tag nicht. Aber ich hätte nicht zufriedener sein können.

Und so begann es. Nach fast fünf Monaten Unterricht zeigte Venus die ersten Ansätze von Reaktionen.

Als ich sie am nächsten Tag zwischen zwei verschiedenen Büchern auswählen ließ, zögerte sie noch, hob dann aber langsam die rechte Hand ein paar Zentimeter von ihrem Körper weg und streckte den Zeigefinger ganz leicht nach vorne. Auf welches Buch sie zeigte, konnte man zwar nicht erkennen, aber zum ersten Mal war klar, dass sie auf etwas zeigte.

„Das da?“, fragte ich und hielt das Frosch-und-Kröte-Buch hoch.

Ein fast unsichtbares Nicken war die Antwort.

So ging es etwa eine Woche weiter. Nach ungefähr zehn Tagen machten wir wieder einen Schritt nach vorn.

„Das Buch hier?“, fragte ich, nachdem sie den Zeigefinger bewegt hatte.

Es folgte eine lange Pause ohne ihr fast unsichtbares Nicken.

Ich wartete. Keine Reaktion. „Das Buch hier?“, fragte ich noch mal.

Ganz, ganz langsam hob sie die Hand und beugte sich leicht vor, um auf das andere Buch zu tippen.

„Ach, du möchtest die Frances-Geschichte? Ja, natürlich, dann les ich die.“

Venus nickte. Dann kam sie ganz von selbst auf meinen Schoß.

Kapitel 6

Seit Venus Anfang Dezember zurückgekommen war, hatte sie sich auf dem Schulhof besser im Griff. Das hing zum Teil damit zusammen, dass sie immer beaufsichtigt wurde. Es schien aber auch generell weniger Probleme mit ihr zu geben. Bis Anfang Februar kam es zu keinem ernsthaften Zwischenfall.

Dann schien Venus einfach einen sehr schlechten Tag zu haben. In der Mittagspause war ich im Lehrerzimmer, als Venus' vertrauter Schrei vom Schulhof her durchs Fenster drang. Ich stand auf, schaute hinaus und sah, wie sich eine Menge Schüler auf der gegenüberliegenden Seite zusammenscharte. Ich konnte keine Einzelheiten erkennen und beschloss hinauszugehen.

Bob war schon da, als ich hinkam. Niemand wusste genau, was Venus so wütend gemacht hatte. Sie hatte sich über ein Mädchen aus der dritten Klasse aufgeregt und dieses über den Pausenhof verfolgt. Das Mädchen war die Rutsche hinaufgeklettert, und Venus hatte es an einem Bein gepackt und herunterzuziehen versucht. Das war ihr nicht gelungen. Ihre Bewacherin und zwei Aufsichtslehrer hatten sich auf sie gestürzt. Die Drittklässlerin schrie jedoch weiter wie am Spieß, und Venus schrie noch lauter. Sie kämpfte wie eine Furie und versuchte den Griffen der drei Erwachsenen zu entkommen.

Meine größte Sorge war in diesem Augenblick aber nicht Venus selbst, sondern dass jemand vorschlagen würde, sie wieder unter Hausbetreuung zu stellen. Ich dachte daher nur daran, sie erst einmal vom Schulhof zu holen.

„Ich nehme sie mit nach oben", sagte ich, als ich die Gruppe erreichte.

Energisch fasste ich Venus unter den Armen und schulterte sie wie einen Sack Kartoffeln. Ich weiß nicht, ob meine schnelle Bewegung oder ihre Lage bewirkte, dass sie sofort aufhörte, um sich zu schlagen. Sie schrie noch sehr laut, aber sie kämpfte nicht mehr. Ich hielt sie gut fest und eilte mit ihr ins Schulgebäude.

Keuchend stapfte ich die Treppe hinauf und fluchte stumm auf jeder Stufe, dass mein Klassenzimmer ganz oben lag. Dort angekommen, öffnete ich die Tür zu unserem Raum und setzte sie ab.

Sie schluchzte noch immer, und es klang wie erstickte Schreie.

Ich brauchte einen Augenblick, um zu Atem zu kommen. Zuerst

wollte ich sie auf den Ruhestuhl setzen. Aber stattdessen kniete ich mich hin, um sie auf gleicher Augenhöhe anzusehen. „Heute hast du wirklich einen schlechten Tag, oder?"

Venus schaute mich aus tränenverschleierten Augen an. Ihr Blick war nicht so ausdruckslos wie gewöhnlich. Dennoch konnte ich nicht den Eindruck gewinnen, dass sie mir antworten würde.

„Ich weiß, dass die anderen Kinder dich manchmal sehr wütend machen. Aber es ist wichtig, dass du solche Gefühle anders ausdrückst. Ich möchte, dass du in meiner Klasse bleibst. Wenn du nicht anders reagierst, wird Mr Christianson dich wieder in die Hausbetreuung zurückschicken. Dann musst du wieder dauernd zu Hause bleiben."

Ein flüchtiger Ausdruck belebte ihr Gesicht. Gerade so lange, dass ich sicher sein konnte, dass meine Worte angekommen waren. Sie wollte nicht in die Hausbetreuung zurück.

„War etwas nicht in Ordnung, bevor du heute zur Schule gegangen bist?", fragte ich.

Sie hatte aufgehört zu heulen, aber ihre dunklen Augen waren immer noch voller Tränen.

Ich nahm ein Taschentuch und beugte mich vor, um ihr die tränennassen Wangen abzuwischen. Sie zuckte etwas zurück. „Ich tu dir nicht weh. Schau, du wirst dich gleich besser fühlen."

Venus ließ mich nicht aus den Augen, als ich das Tuch wieder hob und ihr sanft das Gesicht damit abwischte. Ich legte ihr die andere Hand auf die Schulter und lächelte. „Du möchtest lieber hier bleiben, stimmt's? Hier bei uns. Du möchtest nicht mehr zurück in die Hausbetreuung. Möchtest du lieber in die Schule gehen?"

Sie nickte. Sehr, sehr schwach. Aber es war tatsächlich ein Nicken, eine Geste der Zustimmung.

Mein Lächeln verstärkte sich. „Weißt du, was passieren würde, wenn du nicht in die Schule gehen würdest?", fragte ich mit einem leicht spöttischen Unterton.

Keine Reaktion. Aber sie ließ den Blick nicht von mir.

„Dann wirst du vielleicht ein störrischer Maulesel, wenn du groß bist!" Ich lachte. Dann begann ich eines der Lieblingslieder der Klasse anzustimmen: „Ein Maulesel ist ein komisches Tier / Hat solche langen Ohren hier." Ich wedelte mit meinen am Kopf angelegten Händen. „Er schlägt und kickt und tritt / Weil alles, was er hört / Den Maulesel nur stört."

Plötzlich reagierte Venus heftig. Ihre Augen wurden ganz groß vor Erstaunen.

Ich richtete mich auf und nahm ihre Hände in meine. „Komm, stell dich da drauf. Setz deine Füße auf meine. Wir tanzen jetzt."

Das hatte Venus ganz bestimmt nicht erwartet. Sie sah erschrocken zu mir auf, dann sah sie auf ihre Füße. Ich beugte mich hinunter und hob einen ihrer Füße auf meinen Schuh. Dann richtete ich mich wieder auf und hielt ihre Hände fest. „Stell deinen anderen Fuß auf meinen anderen Schuh."

Vorsichtig hob Venus ihren anderen Fuß und trat auf meinen Schuh.

Ich sang weiter und begann mich und sie tanzend durch den Raum zu bewegen.

Es hatte etwas Unwirkliches, wie ich durch diesen Raum tanzte, mit Venus auf meinen Schuhen und ein Lied trällernd.

Ich sang alle Strophen des Liedes, und wir tanzten weiter. Ich sang es noch einmal. Wir tanzten immer wieder durch den ganzen Raum. Anfangs hatte ich ihre Hände in meinen gehalten. Aber mit der Zeit nahm ich ihre Linke in meine Rechte, und mit meiner linken Hand drückte ich sie eng an mich, sodass ich mich leichter bewegen konnte. Ich war eine furchtbar schlechte Tänzerin, und wir gerieten hierhin und dahin, ohne Takt und Rhythmus. Aber das machte nichts. Wenn ich runtersah, sah Venus zu mir herauf. Und sie lächelte.

Plötzlich ging das Licht an. „Was macht ihr da?"

Ich hielt sofort an und drehte mich um. Julie stand in der Tür.

„Es ist fast eins", sagte sie und zeigte auf die Uhr, als ob sie bemerkt hätte, dass sie etwas sehr Intimes gestört hatte, und als müsse sie ihre Anwesenheit entschuldigen.

Ich lächelte. „Wir haben getanzt."

„Das hab ich gesehen. Und ich dachte, ihr seid hier oben wegen des Ruhestuhls." Julie lächelte verschmitzt. „Hier oben weiß man einfach nie, was als Nächstes auf dem Spielplan steht, oder?" Sie lächelte Venus an, als sie vorbeiging.

Aber ihr Lächeln kam nicht mehr an. Venus hatte sich bereits wieder in ihr reaktionsloses Schweigen zurückgezogen.

In der Nachmittagspause nahm Julie die Kinder mit nach draußen, und ich ging in die Leseecke. Venus kam von selbst mit, wie sie es seit einigen Tagen tat.

„Möchtest du ein Buch holen?", fragte ich. Bei meiner Frage blieb Venus abrupt am Rand des Teppichs stehen.

„Du holst heute ein Buch", sagte ich. Die Bücher, die wir immer benutzten, lagen auf dem kleinen Regal, wo sie sie leicht erreichen konnte.

Keine Reaktion. Ich wartete.

Venus kam ein bisschen näher. Wir waren noch knapp einen Meter entfernt, als sie losging. Sie machte winzige Schritte, aber nicht in Richtung Bücherregal, sondern auf mich zu.

Wir hatten nur zwanzig Minuten Pause, und wir verbrachten zehn davon mit dieser endlos langsamen Überquerung des Teppichs. Ich spürte keine Ungeduld, sondern stand nur da und wartete.

Inzwischen war Venus bei mir angekommen. Sie sah zu mir auf. Dann hob sie sehr vorsichtig einen Fuß. Er hing dreißig, vierzig Sekunden in der Luft, ehe sie ihn langsam auf meinen Schuh setzte.

„Ach“, sagte ich, als ich mit einem Mal verstand, was sie wollte, „du möchtest wieder tanzen?“

Sie sah mich immer noch an und nickte kurz und schnell.

Also tanzten wir. Ich sang „Swinging on a Star“ und schwenkte sie auf meinen Schuhen durch den Raum. Sie presste ihr Gesicht so fest gegen meinen Pullover, dass ich ihren warmen Atem hindurch spüren konnte.

ALS ES am nächsten Tag zur Vormittagspause geläutet hatte, schnappten sich die Jungen ihre Jacken, und ich beaufsichtigte sie, bis sie polternd die Treppe hinuntergerannt waren. Als ich die Tür zum Klassenzimmer schließen wollte, um selbst ins Lehrerzimmer zu gehen, sah ich Venus, die immer noch im Klassenzimmer stand.

„Ja, hallo. Jetzt ist Pause!“, rief ich ihr von der Tür her zu.

Sie kam auf mich zu.

„Schnell, schnell! Zieh deine Jacke an. Julie wird schon auf dich warten.“

Venus blieb stehen. Sie sah zu mir auf, ihr Blick war erwartungsvoll.

Ich lächelte freundlich. „Du hast es heute gar nicht eilig, wie ich sehe.“

Sie hob vorsichtig einen Fuß und setzte ihn leicht auf meinen Schuh.

Ich lächelte. „Du möchtest heute nicht auf den Pausenhof gehen. Du willst tanzen.“

Ein ganz leichtes Nicken.

„Verstehe. Hm. Kannst du das auch sagen?“, fragte ich. „Kannst du sagen: ‚Ich will tanzen‘?“

Sie schwieg und beobachtete mich dabei immer noch.

„Tanzen“, murmelte sie, und es war kaum ein Flüstern, nicht viel mehr als ein Hauch.

Und wir tanzten.

SCHON in den ersten Monaten des Schuljahres hatte Venus ziemlich oft gefehlt. Seit sie nach der Hausbetreuung wieder den Unterricht besuchte, fehlte sie regelmäßig einen oder mehrere Tage jede Woche. Ich hatte mehrmals nach Erklärungen dafür gesucht und war immer auf dieselben zwei Entschuldigungen gestoßen: Entweder war sie krank, oder Wanda hatte vergessen, sie herzubringen.

Trotz der Anfänge einer Beziehung zwischen uns in der Zeit, die wir beide allein verbrachten, verharrte sie im Unterricht in ihrer teilnahmslosen Haltung. Wenn sich niemand unmittelbar um sie kümmerte, saß sie bloß da. Ihre Mappe lag ungeöffnet vor ihr. Ihr Stift blieb unberührt liegen.

Ich versuchte es so einzurichten, dass ich mich mindestens eine Stunde pro Schultag zu ihr setzte, sie direkt ansprach und mich um die Erarbeitung einer kleinen Aufgabe mit ihr bemühte. Wenn sie jegliche Zusammenarbeit verweigerte, setzte ich meine Bemühungen fünf Minuten fort, ehe ich abbrach und mit den anderen Kindern weitermachte.

Julies Meinung nach sollte man Venus immer noch in Ruhe lassen, bis sie sich besser an uns gewöhnt habe. Wenn sie sich in unserer Mitte besser fühle, werde sie von selbst beginnen, auf uns zu reagieren. Das ging mir entschieden zu weit. Angesichts der Tatsache, dass Venus seit einem halben Jahr keine Anzeichen zeigte, dass „sie sich besser fühlte", wollte ich sie nicht weiter in Ruhe lassen. Aber weil sie anfing, einige spontane Regungen und Handlungen in unserer Zeit zu zweit zu zeigen, konnte ich mit ihrer sonstigen Untätigkeit wenigstens vorläufig leben.

Nach dem Tanzerlebnis, das sich an den drei, vier folgenden Tagen wiederholte, erzielte ich einen viel größeren Fortschritt.

Die anderen Kinder waren schon in Julies Begleitung in die Nachmittagspause hinausgestürmt, während Venus an der Tür stehen geblieben war. Ich wollte herausfinden, ob wir die Dinge ein wenig voranbringen konnten. Deshalb ging ich in die Leseecke hinüber und ließ Venus allein an der Tür stehen.

„Na, komm", sagte ich. Das hatte ich bisher noch nie getan. Sonst hatte ich sie immer in die Leseecke geführt. „Soll ich vorlesen?"

Venus schaute mich nur an.

„Wir können auch tanzen, wenn du möchtest. Komm einfach her."

Venus zögerte. Ich tat so, als mache das gar nichts. „Vielleicht willst du heute mal was anderes zum Vorlesen auswählen? Wir können aber auch eine Frances-Geschichte oder eine von Frosch und Kröte lesen."

Die Minuten gingen vorbei. Ich redete in einem freundlichen Ton weiter. Venus stand an der Tür. Sie hatte nicht ihren üblichen ausdruckslosen Blick. Wie sie sich leicht nach vorne neigte und den Raum beobachtete, konnte man darauf schließen, dass sie tatsächlich die Möglichkeit erwog, das Klassenzimmer allein zu durchqueren. Für jede andere Siebenjährige wäre das nicht der Rede wert gewesen – Venus sah man die Anstrengung der Entscheidung im Gesicht an.

Während ich mit ihr sprach, nahm ich Bücher aus dem Regal, die dort kunterbunt durcheinander lagen.

Sehr, sehr langsam streckte Venus einen Fuß nach vorn. Er hing einen Moment in der Luft, ehe sie ihn vor sich auf dem Boden aufsetzte. Dann machte sie mit dem anderen Fuß dasselbe.

Ich schwatzte weiter, nahm Bücher aus dem Regal und sortierte sie wieder ein und tat so, als bemerkte ich ihr Näherkommen gar nicht. Es blieben nur noch fünf Minuten, bis die anderen aus der Pause zurückkommen würden. Venus brauchte volle 15 Minuten, um den Raum zu durchqueren. Aber sie schaffte es. Endlich stand sie neben mir.

„Wir haben jetzt nicht mehr viel Zeit zum Vorlesen", sagte ich. „Aber ein bisschen schon noch. Was soll ich lesen? Frosch und Kröte?"

Venus senkte den Blick und sah sich im Regal um. Nichts geschah. Dann streckte sie, ganz im Gegensatz zu dem langsamen Durchqueren des Raums, ziemlich schnell die Hand vor und ergriff einen She-Ra-Comic von einem Stapel im Regal. Sie sah sich nach mir um.

Diesen Comic hatte ich doch schon in den Papierkorb geworfen. Ich hatte nicht bemerkt, dass ihn jemand ins Regal zurückgelegt hatte.

„Das soll ich vorlesen?"

Venus nickte ganz leicht.

Ich kniete mich neben sie. „Komm her." Ich zog sie an mich und nahm sie in die Arme. „Heute bleibt uns kaum noch Zeit. Deshalb können wir das Buch nur kurz durchblättern. Morgen lese ich's dir vor, ja?"

Ich blätterte die Seiten um und erklärte, was in der Geschichte passierte. „Das ist Adora. Sie ist in Wirklichkeit She-Ra. Das ist ihre Geheimidentität. Niemand sonst weiß das. Schau, hier ist Spirit, ihr Pferd. Und was passiert auf dieser Seite?" Ich zeigte auf die Abbildung. „Adora benutzt ihre magische Kraft, um sich in She-Ra zu verwandeln. Siehst du? Sie hält ihr Zauberschwert hoch und sagt: ‚Grayskull zu Ehren! Ich bin She-Ra!'" Ich sah Venus an. „Das wäre nicht schlecht, was? Wenn man solche Zauberkräfte hätte. Kannst du das nachmachen?"

Venus starrte mich an.

Ich stand auf. „Guck mal, sie dreht sich so herum und hält das Zauberschwert hoch." Ich ergriff ein in der Nähe stehendes Tafellineal und reckte es in die Luft. „Dann sagt sie: ‚Grayskull zu Ehren!'" Ich vollführte eine theatralische Drehung. ‚„Ich bin She-Ra!'"

„Was du nicht sagst."

Ich fuhr herum und ließ das Holzlineal fallen. Julie stand in der Tür. Sie lachte. Ich musste auch lachen. Venus erstarrte.

AM NÄCHSTEN Tag kam Venus nicht in die Schule.

In der Woche davor hatte ich mich bei Bob beklagt, dass es mit Wanda als Venus' Begleiterin nicht klappte. Er hatte mit Teri gesprochen und mir versichert, die Sache sei geregelt. Diese Woche wieder dasselbe Theater. Wanda hatte es vergessen. Und ich war sicher, dass es in der kommenden Woche nicht anders sein würde.

Ich schlug vor, dass wir das Jugendamt einschalteten. Dazu erklärte mir Bob, dass sich das Jugendamt aufgrund meiner bisherigen Beschwerden schon eingeschaltet habe. Das Jugendamt habe ihm versichert, dass sie das Menschenmögliche täten, dass diese Familie aber neun Kinder habe, die allesamt Problemfälle seien, und so gesehen, müsse man Schulschwänzen eben in Kauf nehmen.

Venus erschien sehr oft in schlechter körperlicher Verfassung. Sie hatte ständig eine laufende Nase, Bläschenausschlag, eitrige Flechten. Ich schaute nach Anzeichen von Misshandlung, aber das war schwer festzustellen, da sie immer langärmlige T-Shirts und Tops, oft mehrere übereinander, und lange Hosen trug. Der Ausschlag deutete auch mehr auf ein schwaches Immunsystem und mangelhafte Hygiene hin. Früher war ich bei anderen Kindern viel aktiver geworden, hatte Seife besorgt und selbst Hand angelegt beim Waschen und Haaremachen und hatte mich um kostenlose Kleidung aus Kleiderspenden gekümmert. Jetzt waren solche Aktivitäten aus Furcht vor Kindesmissbrauch durch Erzieher und vor den entsprechenden Rechtsfolgen nicht mehr gern gesehen. Bei Venus hätte ich sowieso Bedenken gehabt. Wenn ein Kind so große Barrieren hatte, wenn es nur einen Raum durchqueren sollte, schien es unangebracht, so weit in seine Intimsphäre einzugreifen.

Trotzdem störte mich ihr Fehlen. Wir mühten uns zwei, drei Tage, um winzige Fortschritte zu erzielen, dann war sie wieder weg. Dann kam das Wochenende, und danach konnten wir praktisch wieder von vorn anfangen. Wanda nach Venus zu fragen war eines der frustrierendsten Unterfangen, die ich kannte. Und so beschloss ich schließlich, Teri noch einen Besuch abzustatten.

An einem Freitagnachmittag fuhr ich nach dem Unterricht zu ihrem

Wohnwagen. Gerade an diesem Tag hatte Venus wieder gefehlt, sodass ich einen guten Grund für einen Besuch hatte.

In der Woche davor hatte es geschneit, und die Temperaturen waren deutlich unter Null gefallen. Teri begrüßte mich an der Tür und bat mich herein. Was mir sofort auffiel, war die unangenehme Kälte, die im Wohnwagen herrschte. Einige der Kinder saßen vor dem Fernseher. Zwei hatten Handschuhe an, zwei andere hockten unter einer löchrigen blauen Decke.

„Die Heizung schafft's nicht so gut", sagte Teri. „Is ziemlich kalt hier drin. Ich hoff, es stört Sie nicht." Die Müdigkeit lag wie ein dicker, schwerer Schleier auf ihrem Gesicht.

Wir setzten uns an den Tisch, und ich erklärte, dass ich gekommen sei, weil ich mir Sorgen über das häufige Fehlen von Venus machte. „Ich weiß, dass Wanda sie zur Schule begleiten soll. Aber das scheint nicht so gut zu klappen. Wanda scheint zu oft nicht daran zu denken."

„Na ja, ich arbeite Nachtschicht im Supermarkt. Ich komm dort erst morgens um acht weg. Deshalb bin ich nich rechtzeitig zu Hause, um zu gucken, dass Venus losgeht."

„Wer ist denn sonst hier?"

„Normal Danny."

„Ist er die ganze Nacht über hier?"

„Manchmal. Manchmal macht er aber auch Nachtschicht. Er ist an der Pforte in 'nem Krankenhaus. Aber Wanda is da. Und die anderen Kinder. Sind alt genug, um nach Venus zu gucken."

„Die anderen müssten auch darauf achten, dass sie in die Schule geht. Das ist wichtig für Venus. Sie ist in vielem weit zurück. Und ich kann ihr nur helfen, wenn ich jeden Tag mit ihr arbeiten kann."

Teri fuhr sich mit den Händen übers Gesicht. „Alle meine Kinder sind zurückgeblieben. Der eine mehr, der andre weniger. Nicht nur Venus. Alle meine Kinder brauchen, dass man nach ihnen sieht."

Ich nickte. „Ja. Ich kann mir vorstellen, wie Ihnen zumute ist. Aber Venus ist in meiner Klasse. Und ich kann ihr nur helfen, wenn sie regelmäßig in die Schule kommt."

In diesem Augenblick öffnete sich die Wohnwagentür, und Danny erschien. Er sah mich sehr misstrauisch an, kam herüber und baute sich neben mir auf. „Ich wusste nix, dass jemand kommt", sagte er zu Teri.

„Das hier ist die Lehrerin von Venus von der Schule."

„Egal, wer das ist. Du hast nie nix gesagt zu mir, dass jemand kommt." Er sah zu mir runter. „Warum kommen Sie her?"

„Ich bin gekommen, weil man darüber reden muss, dass Venus so oft in der Schule fehlt."

„Sie geht in die Schule", bemerkte Danny bloß.

„Aber nicht regelmäßig", sagte ich so ruhig und sachlich wie möglich.

Er zog seinen Mantel aus. „Du hast mir nix gesagt, dass jemand kommt", wiederholte er plötzlich, an Teri gewandt.

Ich spürte seine unterschwellige Wut. Das hier war nicht in Ordnung. Es passte ihm nicht, dass hier drinnen etwas geschah, was er nicht angeordnet hatte. Und so beeilte ich mich klarzustellen, dass die Initiative für meinen Besuch von mir ausgegangen war und nicht von Teri.

Er ließ sich nicht leicht von seinem Verdacht abbringen. „Das hast du gemacht, weil du gewusst hast, dass ich heut Nachmittag nich da bin. Das hast du hinter meinem Rücken gemacht."

Teri schüttelte den Kopf. „Das hab ich nicht. Sie kam einfach vorbei."

„Hören Sie zu", sagte ich, „der Besuch war meine Idee. Ich bestand sogar darauf. Es geht darum, dass Venus zu oft in der Schule fehlt. Sie muss regelmäßig kommen. Sonst schreitet jemand vom Schulamt ein und verhängt eine Geldstrafe für Schulschwänzen. Ich denke, das will keiner von uns."

„Na, das kannst du ja mal versuchen. Schick deinen Deppen vom Amt hierher", sagte Danny zu mir.

„Ich bin nur wegen Venus hier", betonte ich.

„Scheiß auf Venus", erwiderte er. „Kümmert mich 'n Dreck. Und du kommst hier nich rein, wenn ich nich da bin. Is das klar? Und jetzt hau ab!"

Ich blieb sitzen. Mir war zwar eher nach Abhauen zumute, aber ich zwang mich, sitzen zu bleiben. „Kann ich Venus sehen?", fragte ich.

Danny kniff die Augen zusammen.

„Sie war heute nicht in der Schule. Kann ich sie sehen?"

„Sie is krank", erwiderte Danny. „Erkältung."

„Kann ich sie trotzdem sehen?"

Danny verdrehte die Augen. „Nein, du kannst sie nich sehen. Du gehst jetzt. Hau ab!"

Ich blieb sitzen, wünschte aber immer mehr, ich hätte Julie mitgebracht, denn ich war nur halb so tapfer, wie ich mir den Anschein zu geben versuchte. Irgendetwas machte mir Sorge. Je stärker seine Ablehnung wurde, mich Venus sehen zu lassen, umso mehr wuchs meine Sorge.

„Na los", sagte er, trat näher und stieß gegen meine Schulter.

Endlich stand Teri auf und sagte mit ihrer müden Stimme: „Ich hol sie her."

„Setz dich hin!“, befahl Danny. „Ich hol sie verdammt selber hierher.“

Er verschwand im Gang des Wohnwagens. Man hörte seine wütende Stimme, undeutliche Geräusche, und dann erschien er wieder im Gang und schob Venus vor sich her. Sie war barfuß und hatte einen roten Flanellbademantel an. Als sie mich erkannte, schaute sie mich aus großen Augen überrascht an.

„Da, zufrieden jetzt?“ Danny schob sie bis zum Tisch.

Ich konnte mich nicht gegen den Eindruck wehren, dass sie unter dem Bademantel nichts anhatte. Es war vier Uhr nachmittags, normalerweise nicht die Zeit, zu der Kinder baden. Und es war richtig kalt in diesem Wohnwagen. Vielleicht trug sie ein kurzes Nachthemd, das ich nicht sehen konnte, aber mein Gefühl sagte mir, dass sie unter dem Mantel nackt war.

„Hallo, Venus. Ich hab mir Sorgen gemacht, weil du heute nicht in der Schule warst.“

Sie starrte mich an. Aber es war nicht ihr ausdrucksloses Starren, das ich von der Schule kannte. Es war eher, als ob sie eine unfassbare, unwirkliche Erscheinung sähe und nicht wüsste, ob sie sich darüber freuen oder erschrecken sollte.

„Ich hoffe, du kommst morgen wieder“, fuhr ich fort. „Ich hab dich vermisst.“

„Okay. Zufrieden?“, fragte Danny.

Ich nickte leicht.

„Verschwinde wieder“, sagte er zu Venus und schubste sie.

Sie bewegte sich nicht. Sie stand da und starrte mich an.

„Geh!“ Er gab ihr einen Stoß gegen die Schulter.

Venus drehte sich um und verschwand im Gang des Wohnwagens.

AM NÄCHSTEN Tag kam Wanda die Treppe zum Klassenzimmer heraufgeschnauft, und Venus trottete hinter ihr her.

„Goldkind kommt Schule heute“, sagte Wanda.

„Ja, gut so. Danke, dass du sie gebracht hast, Wanda“, sagte ich.

„Goldkind geht Schule.“

In ihrem sackartigen Kleid und der schäbigen Herrentweedjacke starrte Wanda mich flehentlich an. Ich bemerkte, dass sie trotz der Kälte keine Handschuhe trug, keinen Schal und keine Mütze. Sie drehte ihre Hände weiter ineinander. Ich hatte plötzlich den Eindruck, dass sie auf ihre Art ausdrückte, dass sie auch gern zur Schule gehen wollte. Wer kümmerte sich eigentlich um Wanda? Streifte sie ziellos herum, ohne irgendeine Beschäftigung? Außer vielleicht zu Dannys Diensten. Eine widerliche Vorstellung. „Es täte deinen Händen ganz gut, wenn du Handschuhe anhättest, Wanda“, sagte ich. „Hast du welche?“

Wanda starrte mich an.

„Ich kann mal in der Kleiderspendenkiste nachschauen. Sollen wir mal gucken, ob welche für dich dabei sind? Ehe du nach Hause gehst?“

Ich führte Venus an ihren Tisch und ging dann mit Wanda hinunter ins Schulsekretariat.

„Wer ist jetzt zu Hause, Wanda?“, fragte ich. „Ist Danny da?“

„Wanda geht Hause“, antwortete sie.

„Wenn du Venus hergebracht hast, gehst du dann nach Hause?“ Ich war nicht sicher, was sie sagen wollte. „Ist Danny da?“

„Mag nicht Danny“, murmelte sie.

„Warum denn nicht?“ Ich hatte die Kleiderkiste von ihrem Platz auf einem Schrank heruntergeholt und begann nach Handschuhen zu suchen, die Wanda passen könnten. Aber ich fand kein passendes Paar.

„Mag Danny nicht, Danny sagt: ‚Schlaf in Badezimmer.‘“

„Schlaf im Badezimmer?“, wiederholte ich und sah sie an. „Schläfst du im Badezimmer?“

„Goldkind.“

„Also Venus?“

„Kalt. Hände kalt.“ Sie hielt ihre Hände an die Ohren. „Macht kalt. Mag nicht Danny. Will nicht Hause.“

„Ich verstehe.“ Ich verstand gar nichts. Ich wusste nicht, worüber Wanda redete, außer dass es nichts Gutes bedeutete. Dass es womöglich bedeutete, dass sie oder Venus oder beide misshandelt wurden. „Ich werde sehen, was ich tun kann. Okay? Vielleicht kannst du ein bisschen hier bleiben. Ich bin sicher, dass das gehen wird.“

„Nein!“ Sie schien sehr erschrocken. „Nicht geht Schule.“

„Ja, ja. Schon gut. Probier mal.“ Ich half ihr, zwei verschiedene Handschuhe anzuziehen, einen schwarzen und einen braunen. „Die halten deine Hände warm.“

„Geht jetzt. Nicht geht Schule.“

„In Ordnung.“ Ich ging zur Tür mit ihr, blieb dann aber stehen. „Warte mal. Möchtest du einen Krapfen, Wanda?“ Ich zeigte auf die Schale mit Krapfen, die neben der Kaffeemaschine stand. „Nimm dir einen Krapfen, Wanda.“

Sie nahm zwei, und auf ihrem Gesicht erschien ein breites, strahlendes Lächeln.

Am liebsten hätte ich gleich mit Bob über all das geredet. Was Wanda gesagt hatte, gefiel mir gar nicht. Aber es war bereits neun Uhr, sodass ich mich beeilen musste, ins Klassenzimmer zu kommen.

Ich beobachtete Venus den ganzen Vormittag über. Sie war, ganz wie sonst auch, völlig abwesend. Sie tat nach wie vor nichts außer dasitzen. Wir hatten bereits Februar, und sie hatte überhaupt keinen Lernfortschritt gemacht. Das entmutigte mich schon. Der einzige Fortschritt bisher hatte darin bestanden, dass ich sie nach langem Drängen dazu bringen konnte, allein das Klassenzimmer zu durchqueren. Was war das schon für ein Fortschritt? Und nun dieser schreckliche Verdacht, dass bei ihr zu Hause etwas sehr Schlimmes geschah. Ich fühlte mich nicht oft ausgepowert und am Ende, aber jetzt war es wirklich so weit.

In der Vormittagspause suchte ich Bob im Lehrerzimmer auf. Wir gingen auf den Gang hinaus, um zu reden.

„Ich habe gestern Abend bei Venus' Mutter vorbeigeschaut, um mit ihr darüber zu reden, dass Venus so oft fehlt. Dieser Typ, dieser Danny, war da. Ich wollte Venus sehen. Ich war jetzt schon zum zweiten Mal dort und habe sie nie gesehen. Angeblich war sie krank und ist deswegen nicht in die Schule gekommen. Jedenfalls hat er sie diesmal geholt. Aber sie hatte kaum was an. Einen Bademantel und wahrscheinlich nichts drunter. Vielleicht hatte sie ein kurzes Nachthemd an, oder sie hat sich gerade umgezogen. Ich weiß es nicht. Dann kommt Wanda heute Morgen und erzählt, dass Venus im Badezimmer schlafen muss. Jedenfalls habe ich das verstanden, du weißt ja, wie Wanda spricht. Mir ist klar, dass das alles keine Beweise für Kindesmisshandlung sind, aber ich habe ein sehr schlechtes Gefühl."

„Ich bin nicht sicher, ob wir etwas unternehmen können", sagte Bob.

„Können wir uns mit dem Jugendamt zusammentun? Sag ihnen, dass ich Bedenken habe. Möglich, dass sie selbst Bedenken haben, und es geht nur noch darum, Beweise zu finden?"

„Ich glaube, dass sie bereits Bedenken haben, ja. Es hat Missbrauch durch frühere Stiefväter gegeben. Man hat also ein Auge auf die Familie. Beim Amt wissen sie auch, dass in dem Wohnwagen gedealt wird. Sie müssen aber noch Beweise finden. Wir können uns nicht in das Leben von Leuten einmischen, wenn wir nur einen Verdacht haben."

Ich seufzte. „Ich wünschte, wir könnten diesen Danny unter irgendeinem Vorwand da rauskriegen. Der Kerl macht mich krank."

Bob ließ die Schultern sinken. „Ich ruf noch mal beim Jugendamt an."

In der Nachmittagspause legte ich es nicht darauf an, dass Venus wieder allein durchs Klassenzimmer ging. Stattdessen blieb ich mit ihr an der Tür, bis die anderen Kinder draußen waren, und dann führte ich sie in die Leseecke. „Was sollen wir lesen?“, fragte ich.

Venus zögerte. Dann hob sie die rechte Hand und zeigte mit einer fahrigen Bewegung auf den She-Ra-Comic. Sie sah zu mir auf.

„She-Ra? Okay. Schauen wir mal, was mit She-Ra passiert.“

Ich nahm den Comic und setzte mich auf den Teppich. Dann zog ich sie auf meinen Schoß und begann vorzulesen.

Hörte Venus mir zu? Verstand sie, was ich vorlas? Das konnte ich nicht herausfinden. Sie saß in der immer gleichen ruhigen, steifen Haltung da. Ich machte sie auf die verschiedenen Figuren aufmerksam. Ich kommentierte ihr eigenartiges Verhalten und ihre Beziehungen untereinander. Dann kam endlich der dramatische Augenblick, in dem die gewöhnliche Alltagsfigur Adora ihr Zauberschwert zog und emporreckte und sich in die Superheldin She-Ra verwandelte.

„Siehst du, wie sie das macht?“, sagte ich und fuhr mit dem Finger über die Bilder. „Möchtest du das auch können? Ein Zauberschwert ziehen und in eine Superheldin verwandelt werden? Und dann alle Bösen mit deinem Zauberschwert aus dem Weg räumen?“

Venus lehnte sich ein wenig vor und sah sich die Bilder genau an.

„Sollen wir das mal spielen?“, fragte ich. „Einfach mal ausprobieren, ob wir damit etwas anfangen können?“

Ich hob sie von meinem Schoß und ging zur Tafel, wo das lange Holzlineal stand. Ich nahm den Stab mit in die Leseecke. „Glaubst du, es klappt, wenn ich mich drehe und ‚Grayskull zu Ehren!‘ und ‚Ich werde She-Ra!‘ sage?“ Venus hatte die Augen weit aufgerissen. Ich lachte und reckte das Holzlineal hoch. „Soll ich versuchen, mich in She-Ra zu verwandeln?“

Und da nickte sie. Ganz leicht nur, aber es war ein Nicken.

Ich hielt das Lineal in der Luft und drehte mich schnell herum. „Grayskull zu Ehren! Ich bin She-Ra!“

Ich sah auf Venus hinunter. „Hat’s geklappt? Bin ich She-Ra geworden?“

Sie schüttelte kaum merklich den Kopf. Und sie lächelte. Sie hatte den Scherz verstanden.

„Und was ist mit dir?“, fragte ich. „Ich wette, du kannst dich in She-Ra verwandeln, wenn du es versuchen willst. Was meinst du?“

Sie schüttelte noch unmerklicher den Kopf.

„Nein. Du glaubst nicht, dass du dich verwandeln wirst?“, erwiderte ich in übertriebener Überraschung. „Na, komm. Zeig’s mir mal. Beweis mir, dass du nicht She-Ra bist. Ich glaube nämlich, dass Venus die Geheimidentität von She-Ra ist.“

Jetzt schüttelte Venus mit Nachdruck den Kopf. „Nicht“, sagte sie sehr leise.

„Du bist’s nicht? Aaach, ich glaube dir nicht.“ Ich hielt ihr das Lineal hin. „Beweis es mir.“

Wir waren eine Zeit lang still. Schließlich bewegte sie äußerst langsam den Arm und streckte die Hand aus. Ich gab ihr das Holzlineal. Sie lächelte.

Venus nahm das Lineal und hielt es empor. Sie hielt es nicht hoch, hatte aber den Griff fest umklammert. Sie schloss die Augen und drehte sich einmal ganz herum. Ihre Bewegungen waren langsam und ruckartig, aber sie schaffte es. Ihr kleines Gesicht war vor Konzentration angespannt. Sie hielt inne, öffnete die Augen und sah mich an.

Ich breitete die Arme aus in einer Geste der Verwunderung. „He, Powerprinzessin. Das bist ja du!“

Und Venus lachte laut auf.

Kapitel 7

Im Laufe des Monats Februar erhielt ich endlich, was ich angestrebt hatte: eine richtige Gruppe. Das strenge Verhaltensänderungsprogramm hatte seine gewünschte Wirkung erzielt, indem es die Kinder auf bestimmte Verhaltensweisen ausrichtete und ihre unkontrollierten Aktionen reduzierte. Ich leitete die Klasse nach wie vor durch den Einsatz der Ampelfarbenscheiben. Obwohl ich eigentlich gar nicht für so strenge Methoden bin, musste ich nämlich einsehen, dass die Jungen sehr viel Sicherheit durch die Vertrautheit mit diesem System erlangt hatten.

Das Singen verhinderte, dass das sehr strukturierte Programm zu rigide wurde. Musikausübung möchte ich unser Singen nicht gerade nennen, obwohl Jesse und Billy recht musikalisch waren. Dafür machten wir oft eigene Liedtexte und erfanden manchmal auch eine eigene Melodie. Das Vergnügen an dieser Singerei, die manchmal völlig spontan entstand, zauberte jedem von uns ein Lächeln auf die Lippen.

Obwohl die Jungen immer noch zu schrecklichen Raufereien aufgelegt und sehr impulsiv waren, hatten sie eine gewisse gegenseitige Rücksichtnahme entwickelt. Vor allem Billy hatte eine Art brüderliche Fürsorge für Shane und Zane ausgebildet. Er sprach meistens von den „beiden Kleinen“, und wenn alle in die Pause gingen, sagte er zum Beispiel zu mir: „Mach dir keine Sorgen. Ich pass auf die beiden Kleinen auf.“

Zwischen Billy und Jesse entstand sogar eine Freundschaft, aber sie hatten es nicht leicht miteinander. Das lag zum Teil an ihren unterschiedlichen Charakteren. Billy war sehr laut, sehr überschwänglich und sehr dominierend. Jesse dagegen war ein Leisetreter. Er war nicht besonders schüchtern oder ruhig, aber für ihn sah alles immer ein bisschen düster aus. Und er machte Billy ständig Vorhaltungen, er solle doch Ruhe geben, die Klappe halten oder mit seinen Faxen aufhören.

Und außerdem bestand zwischen beiden eine Rivalität, die vor allem von Jesse ausging. Er hatte die schwächeren Anlagen und fühlte sich immer im Wettstreit mit Billy. Er strengte sich sehr an, um mitzuhalten und Billy zu übertrumpfen, wo es nur ging. Und das gelang ihm eigentlich nur im musikalischen Bereich. Hier war er der König. Er konnte sich am besten von allen Kindern die Liedtexte merken. Er wusste am besten, wie die Melodie ging. Er konnte locker Melodien auf dem mickrig kleinen Xylophon spielen, dem einzigen Musikinstrument, das wir in der Klasse hatten. Und wenn er sang oder spielte, schienen seine Ticks zu verschwinden. Ich gewöhnte mich daran, dass er, jedes Mal wenn er sich von Billy bedroht fühlte, ein Lied singen oder spielen wollte.

Venus blieb das fast unsichtbare Mitglied der Klasse. Keiner der Jungen nahm mit ihr Kontakt auf. Alle verhielten sich meistens so, als wäre sie gar nicht da. Trotzdem hatte sie auch Fortschritte gemacht und ihre Aggression besser unter Kontrolle.

Um diese neu errungene Gruppenstabilität zu würdigen, feierten wir am 8. Februar die Schuhparty. Es war ein Freitag, und eigentlich sollte da die übliche Party stattfinden, mit der alle geehrt wurden, die diese Woche über ihre Ampeln „im grünen Bereich“ behalten hatten. Unter „Party“ darf man sich hier kein großartiges Fest vorstellen. Da diese Gruppe keine unstrukturierten Situationen aushalten konnte, ohne dass alles im Chaos endete, machte es keinen Sinn, ein ausgelassenes Fest zu feiern. Unsere Partys bestanden daher darin, dass wir etwas Schönes zu essen machten und es dann aßen.

Am Montag dieser Woche sagte ich der Klasse jedoch, dass wir diesmal etwas Besonderes machen würden. Statt einer Freitagsparty würden wir eine Zeremonie feiern! Ich erklärte, dass ich den Eindruck hätte, dass wir nach so vielen Monaten jetzt den Punkt erreicht hätten, wo alle in der Klasse die Schuhe anbehalten könnten. Alles hänge jetzt aber davon ab, dass alle die ganze Woche über „im grünen Bereich" bleiben würden und dass es zu keiner einzigen Rauferei kommen würde.

Die Jungen nahmen diese Ankündigung sehr ernst. So ernst, dass Jesse, der sich auch sonst gern als Klassenpolizist aufspielte, alle mit ständigen Ermahnungen belästigte.

Um dem Tag eine besondere Note zu geben, bestellte ich einen großen Blechkuchen. Er war mit einem Backenhörnchen, mit der Aufschrift HAPPY SHOE PARTY sowie mit allen Vornamen der Kinder verziert. Er kam in der Mittagspause, und von da an war von nichts anderem mehr die Rede.

Vorgewarnt durch das Chaos bei unserer Weihnachtsfeier, patrouillierten Julie und ich dauernd an den Tischen vorbei und hatten die Hände voller gelber und roter Scheiben, zur Erinnerung an unsere Abmachung. Tatsächlich schafften wir es bis zum Beginn der Feier, ohne eine einzige davon austeilen zu müssen. In der Mittagspause hatte ich noch die Zeit gefunden, jedes Paar Schuhe mit einem Geschenkband zu umwickeln, an dem eine kleine Medaille hing, auf der 1. PREIS stand. Das war zwar nicht ganz passend, aber etwas anderes hatte ich im Materialienschrank des Lehrerzimmers am Abend zuvor nicht auftreiben können.

Die Zeremonie begann damit, dass ich alle Kinder sich an ihre Tische setzen ließ. Dann holte ich die Schuhkiste vom Schrank herunter. Das erste Paar Schuhe, das ich herausnahm, gehörte Zane. Ich hielt es hoch und zeigte allen das Band und die Medaille. „Es freut mich, Zane, dass ich heute die Ehre habe, dir deine Schuhe zusammen mit dieser Medaille für gutes Benehmen überreichen zu dürfen." Ich redete so feierlich, wie ich konnte.

Zane grinste von einem Ohr zum anderen und kam zu mir. Ich heftete ihm den 1. Preis an sein Hemd und gab ihm dann seine Schuhe. Ich musste ihm helfen, weil er sie immer noch nicht selbst binden konnte. Als er sie anhatte, hielt er sie einen nach dem anderen hoch, als ob noch keiner von uns jemals Schuhe gesehen hätte. Alle klatschten frenetisch Beifall.

Das nächste Paar Schuhe gehörte Jesse. Ich wiederholte die Zeremonie.

Das dritte Paar war das von Venus. Ich hielt sie hoch und zeigte das Band und die Medaille, wie ich es bei den Schuhen der Jungen gemacht hatte. „Es freut mich, Venus, dass ich heute die Ehre habe, dir deine Schuhe überreichen zu dürfen", sagte ich.

Alle Jungen drehten sich nach ihr um. Sie sah mich an. Als ich die Schuhe hochgehalten hatte, hatte es zuerst so ausgesehen, als würde sie tatsächlich aufstehen. Aber dann hatten sich die Jungen nach ihr umgedreht.

„Gib sie ihr einfach", sagte Billy. „Die steht nich auf und holt sie sich nich."

Ich ging zu ihrem Tisch. „Soll ich dir helfen, sie anzuziehen?", fragte ich.

Sie hob ihren Fuß vom Boden, nur ganz wenig, aber sie tat es ohne Aufforderung. Ich zog ihr die Schuhe an.

„Und was ist mit deiner Medaille für gutes Benehmen?" Ich hatte mich wieder aufgerichtet und stand neben ihrem Tisch. Ich hielt die Medaille in der Hand.

Völlig unerwarteterweise schob Venus wie jedes andere Kind ihren Stuhl zurück und stand auf.

„Wow!", rief Billy, als ob sie ein wahres Kunststück vollbracht hätte.

Ich steckte ihr die Medaille an. „Sollen wir ihr gutes Benehmen bei der Schuhübergabe nicht auch mit Beifall bedenken?", fragte ich.

Alle klatschten wie wild. Venus blieb noch einen Augenblick stehen, dann setzte sie sich wieder. Ich glaube, es war sogar der Anflug von einem Lächeln auf ihren Lippen.

AN DIESEM Wochenende entdeckte ich auf einem Flohmarkt ein She-Ra-Zeichentrickvideo.

Als ich am Montagmittag gegessen hatte, blieb noch eine halbe Stunde Pause bis zum Beginn des Nachmittagsunterrichts. Ich machte mich auf die Suche nach Venus.

Sie lehnte an ihrer Mauer. Ich hockte mich vor sie hin. „Willst du mit reinkommen? Ich hab was ganz Besonderes für dich."

Sie sah mich an.

Ich lächelte. „Rate mal, was es ist. Ein She-Ra-Zeichentrickfilm. Auf Video." Ich stand auf und nahm ihre Hand. „Komm, gehen wir rein und schauen uns das Video an." Sie ließ sich gerne führen.

Weil wir das Video anschauen wollten, machte ich das Licht im Klassenzimmer nicht an. Ich zog den fahrbaren Untersatz hervor, auf dem der Monitor und der Videorekorder standen. „Wir schieben ihn dort drüben hin. Dann können wir uns auf die Kissen in der Leseecke setzen." Das tat ich auch. Venus blieb an der Tür stehen.

„Jetzt komm", sagte ich. Ich ging zu ihr und führte sie in die Leseecke. Ich stellte den Videorekorder an und setzte mich hin. Dann zog ich Venus auf meinen Schoß und legte die Arme um sie.

Die Geschichte war recht einfach gestrickt, und auch hier war der Höhepunkt jene Szene, als Adora sich in She-Ra verwandelte. Das Ereignis wurde von einer triumphalen Musik und einer glitzernden Lichtkaskade begleitet. Ich fühlte, wie Venus sich an den Hosenbeinen meiner Jeans festkrallte. Wie gebannt beugte sie sich nach vorn.

Auf dem Videoband war noch ein zweiter Film, aber wir hatten keine Zeit mehr, ihn anzuschauen. Ich stand auf und schaltete die Geräte aus.

„Das war gut, hm? Hat es dir gefallen?“, fragte ich.

Venus nickte sehr zaghaft.

„Hier, nimm“, sagte ich und reichte ihr das große Holzlineal. „Sollen wir noch mal die Verwandlung in She-Ra üben? Du drehst dich und hältst das Schwert. Und ich singe diese tolle Melodie. Okay?“

Ohne lang zu zögern, hielt Venus das Lineal empor und begann sich zu drehen. Ich übernahm den Gesangsteil: „She-Ra! She-Ra!“

„Ja, das ist schon gut. Du hast bloß vergessen ‚Grayskull zu Ehren!‘ zu sagen. Sonst klappt’s nicht, glaube ich.“

Venus hielt das Lineal wieder empor und drehte sich langsam. Ich sah, dass sie den Mund aufmachte, aber ich konnte keinen Ton hören.

„Na, das probieren wir gleich noch mal. Ich denke, es muss lauter sein. So etwa: ‚Grayskull zu Ehren!‘“, rief ich.

Venus machte große Augen. „Grayskull zu Ehren!“, hauchte sie.

„He! Ja! Das war’s schon fast. Kannst du’s noch ein bisschen lauter sagen?“

„Grayskull zu Ehren!“, flüsterte sie.

„Ganz gut. Geht’s noch lauter?“

„Grayskull zu Ehren!“, sagte sie in fast normaler Lautstärke.

„Schon besser. Aber noch ’ne Idee lauter.“

„Grayskull zu Ehren!“, sagte sie mit ganz normaler Stimme.

„Prima! Du bist großartig! Du kannst es doch. Und jetzt noch die Bewegung dazu. Hier. Halt das Schwert hoch. Dreh dich. Und vergiss die Wörter nicht. Dann wollen wir doch mal sehen, wie du dich in die Powerprinzessin verwandelst.“

Venus hielt das Holzlineal hoch und drehte sich. Ich sang: „She-Ra! She-Ra!“

Eine Pause entstand … Sie zog sich in die Länge … Sie drohte zum Schweigen zu werden. Plötzlich sagte sie mit klarer Stimme: „Grayskull zu Ehren!“

„Wow! Yeah!“ Ich klatschte mir mit den Händen auf die Wangen. „Du bist tatsächlich die Powerprinzessin. Wie sie leibt und lebt!“ Ich streckte die Arme aus, zog sie an mich und knuddelte sie. Venus lachte glucksend vor Glück.

WIR BEIDE verbrachten die nächsten Mittagspausen damit, das Video anzuschauen. Nachdem Venus begriffen hatte, was wir tun würden, kam sie gerne mit. Sie wagte es zwar noch nicht, ganz offen über den Pausenhof zu mir zu kommen. Dafür hielt sie sich aber in der Nähe des Schuleingangs auf und wartete dort auf mich. Ich glaube, ich freute mich auf unsere Treffen nach dem Mittagessen genauso sehr wie sie. Da ich spürte, dass wir uns an der Schwelle zu einem Durchbruch befanden, verwendete ich in meiner Freizeit viele Gedanken darauf, wie ich weitere Reaktionen von ihr bewirken könnte. Ich grübelte aber auch darüber nach, was der Grund dafür sein könnte, dass sie so extrem wenig auf ihre Umwelt reagierte. Vor allem, da sie ja offensichtlich reden konnte.

Allerdings hatte ich noch immer keine spontane Äußerung von ihr gehört. Venus redete jetzt gelegentlich, wenn wir beide allein waren – oder vielmehr gab sie Laute von sich, die ja oder nein bedeuteten, oder sie wiederholte etwas, was ich ihr vorgesagt hatte. Daraus konnte ich aber noch nicht ableiten, bis zu welchem Grad sie die Sprache beherrschte. Das Gespenst, dass sie geistig zurückgeblieben sein könnte, lauerte immer noch hinter unseren Aktivitäten.

Trotz meines Besuchs bei ihrer Mutter und des Gesprächs mit ihr und Danny kam Venus immer noch nicht regelmäßig zur Schule. Das empfand ich als äußerst störend. Ganz gleich, wie gut alles gelaufen war, ehe sie fehlte, nach jeder Abwesenheit stellte ich unvermeidlich einen gewissen Rückschritt fest. Wenn sie allein durch den Raum gegangen war, am nächsten Tag aber fehlte, waren wir am folgenden Schultag damit beschäftigt, dasselbe wieder zu üben.

„Wir müssen etwas gegen dieses Schulschwänzen unternehmen“, sagte ich zu Bob.

Erneut unternahm Bob Versuche, etwas zu ändern. Er informierte den Beamten vom Schulamt, der mit den Eltern über das Schulschwänzen reden sollte. Er informierte das Jugendamt zum zigmillionsten Mal. Er alarmierte sogar die Polizei, die eine Beamtin hinschickte. Wir wurden allerdings nicht darüber informiert, dass sie Venus nicht zu sehen bekam. Überhaupt schien es mit der Kommunikation nie zu klappen. So erfuhren wir nicht, dass der Mann vom Schulamt zwar dort gewesen war, aber niemand angetroffen hatte. Wir erfuhren auch nicht, dass das Jugendamt eine Beamtin an ihrem letzten Arbeitstag hingeschickt hatte, die über ihren Besuch keinen der üblichen Berichte mehr ablieferte, ehe sie aus dem Job schied. Die richtigen Schritte wurden also unternommen, nur erfuhren wir nie, dass sie ergebnislos geblieben waren.

She-Ra-Zeichentrickfilme wurden schon lange nicht mehr im Fernsehen gezeigt. Aber es gelang mir, auf Flohmärkten ein halbes Dutzend She-Ra-Videos zu erstehen.

Venus und ich hatten es uns angewöhnt, die Trickfilme in der Mittagspause anzuschauen. Sie half mir jetzt immer, die Geräte durch den Raum zu schieben, und dann legte sie selbstständig die Kassette ein, ehe sie sich zu mir in die kissengepolsterte Leseecke setzte. Am liebsten saß sie auf meinem Schoß, und oft legte sie meine Arme eng um sich, wenn ich es nicht selbst schnell genug getan hatte.

In der Nachmittagspause machten wir Rollenspiele. Venus war natürlich immer She-Ra. Mit dem großen Tafellineal als Zauberschwert verwandelte sie sich ein halbes Dutzend Mal innerhalb der zwanzig Minuten in die Powerprinzessin. Wir spielten dann einfache Szenen. Ihre Lieblingsszene war die, in der ich den bösen Catra mimte, der sich auf der anderen Seite des Bücherregals anschlich und Böses im Schilde führte.

„Achtung, ich komme! Ich werde She-Ra vernichten. Mmmrrrauuu! Dann gehört Etheria miiiiir allein“, deklamierte ich, während ich mich bedrohlich auf dem Boden schlängelte.

Venus war entzückt. Sie schwang das Holzlineal und lachte und kreischte. Nach den ersten paar Malen fand sie den Mut, mich zu verfolgen. Sie gab ihre Deckung nicht so weit auf, dass sie hätte rennen können, aber sie schaffte es, schnell durch den Raum zu gehen, um mich mit ihrem Stock zu erwischen.

Ich versuchte nicht, diese Situationen pädagogisch-didaktisch umzumünzen. Ich wollte lediglich eine Beziehung zu Venus aufbauen und erreichen, dass sie sich hier gut und sicher fühlte und Spaß hatte.

Leider zeigte sie praktisch nichts von ihrem freieren Verhalten auch im Unterricht. Dort blieb sie wie gewohnt das verschlossene, kontaktunfähige Wesen inmitten der anderen Kinder. Nur gelegentlich konnte ich sie dazu bringen, sich selbst zu bewegen, und äußerst selten nickte und lächelte sie, wenn auch sehr verhalten. Meistens saß sie unbeweglich und teilnahmslos wie immer da.

Um dies zu ändern, überlegte ich mir, dass ich vielleicht She-Ra in den Unterricht mit einbeziehen könnte.

Ich hatte den Kindern nach der Mittagspause ein altes Lieblingsbuch vorgelesen, „Die Schatzinsel" von Robert L. Stevenson. Ich las das Buch in jeder Klasse, weil sich herausstellte, dass alle Kinder in jeder Altersstufe von den Piraten und der Schatzsuche so fasziniert waren, dass sich daraus viele Aktivitäten im Unterricht entwickeln ließen. In dieser Klasse beschlossen wir, eine richtig schöne Piratenschatzkiste herzustellen. Ich hatte einen großen Karton voll leuchtend bunter Plastikplättchen mitgebracht, die als Juwelen dienen konnten. Außerdem gab es eine Auswahl an farbigen Metall- und Plastikfolien und anderen glänzenden Materialien, aus denen man tolle Schätze für die Kiste herstellen konnte. Die Jungen waren mit Begeisterung bei der Sache. Venus saß natürlich unbeteiligt daneben. Als alle Jungen ihre Beschäftigung hatten, suchte ich ein langes Stück Pappkarton aus und brachte es an Venus' Tisch hinüber.

„Weißt du, was ich mir überlegt habe?", sagte ich, als ich einen Stuhl herrückte und mich zu ihr setzte. „Ich denke, dass du statt der Schatzkiste ein richtiges Zauberschwert brauchst. Was meinst du? Das Holzlineal war für den Anfang schon okay, aber jetzt sollten wir ein richtiges haben, hm?"

Venus machte große Augen.

„Wir können diese Pappe nehmen, ich helfe dir, den Umriss von einem Schwert zu zeichnen, und dann schneiden wir es aus. Du kannst dann hübsche Juwelen draufkleben. Was hältst du davon?"

Venus' Gesicht erhellte sich. Sie nickte ganz langsam.

Ich zeichnete, so gut ich konnte, ein Schwert auf die Pappe und schnitt es aus. Dann holte ich Silberfolie und zeigte Venus, wie man sie über die Klinge spannte und festklebte, damit sie schön silbern glänzte. Sie wollte es zuerst nicht probieren. Ich saß neben ihr und führte ihre Hand, um die Folie auf der Pappe glatt zu streichen.

Im Lauf des Nachmittags beteiligte sich Venus mehr. Sie wählte buntes Packpapier für den Griff aus, und ich half ihr, es festzukleben. Dann wählte sie sorgfältig „Juwelen" aus den Plastikplättchen aus, die ich auf ihren Tisch gelegt hatte, und klebte sie auf das Schwert.

Ich stand auf und ging zu den Jungen, um mir ihre Arbeiten anzuschauen. Venus machte weiter. Sie wirkte unnahbar, saß über ihren Tisch gekrümmt, und ihre Bewegungen waren eckig und verkrampft. Sie schien sich ungeheuer konzentrieren zu müssen, als ob sie an dem kostbarsten Meisterwerk arbeitete. Und tatsächlich brachte sie auch eins zustande, als sie zuerst den Griff und dann die Klinge mit Plastikteilchen, Pailletten und Glitzerstaub in einem geschmackvollen Muster verzierte.

Nach wie vor waren She-Ra und ihre Welt das Terrain, auf dem ich mich mit Venus gemeinsam bewegen konnte. Den Trickfilm sah sie immer wieder begeistert an. Jetzt konnten wir in unsere Rollenspiele das neue Zauberschwert übernehmen, das wir am Vortag zum Trocknen auf ein Schränkchen an der hinteren Wand gelegt hatten. Venus zögerte keinen Moment. Sie bewegte sich schnell und gelenkig und war vor mir dort, um das Schwert zu ergreifen und hochzuheben.

„Super! Sieh dir das an! Kannst du zaubern?", sagte ich. „Jetzt zeig mal, wie du dich in She-Ra verwandelst."

Das Schwert nach oben gerichtet in der Hand, schloss Venus die Augen und wirbelte herum. „Grayskull zu Ehren!", rief sie laut.

„Hey! Das klappt ja perfekt!", sagte ich.

Venus ließ das Schwert zur Probe durch die Luft sausen.

„Komm mal mit", sagte ich und zog sie zu dem Ganzkörperspiegel in unserer Garderobenecke. „Siehst du?" Ich hatte sie vor mich hingestellt, ein kleines Mädchen mit trockenen Haaren und schmutziger Haut, in abgetragenen und schlecht sitzenden Kleidungsstücken.

„Bist du nicht schön?", sagte ich und lächelte ihrem Spiegelbild zu. „Dieses Schwert hat dich genauso stark gemacht wie She-Ra, findest du nicht?"

Ihre Augen funkelten. Langsam erschien ein Lächeln auf ihren Lippen. Sie nickte.

„Ich schaue in diesen Spiegel, und ich sehe eine Person, die wirklich eine Powerprinzessin ist", fuhr ich fort. Ich kniete hin und legte die Arme um sie.

Venus ließ ihr Spiegelbild nicht aus den Augen. Sie nickte wieder.

„Weißt du, an was ich grad gedacht hab?", fragte ich kumpelhaft. „Ich hab mir überlegt, dass du doch heute Nachmittag She-Ra bleiben könntest. Wenn die anderen Kinder da sind. Hm?" Ich hoffte, dass sie so den Mut finden würde, mit den anderen zu reden und sich am Unterricht zu beteiligen.

Der Ausdruck in ihren Augen veränderte sich leicht. Ihre Freude wurde von dunklen Befürchtungen überschattet.

„Du könntest das Schwert auf deinem Tisch liegen lassen. Willst du's versuchen? Von jetzt an bis zur Pause? So lange könntest du die Powerprinzessin bleiben."

Venus hatte noch immer ihren Blick auf ihr Spiegelbild gerichtet.

Ohne dass sie sich rührte, ohne dass sie ein Wort sagte, wich die Freude aus ihr.

„Möchtest du das nicht?", fragte ich. „Dann musst du auch nicht."

Sie schüttelte den Kopf und sagte: „Nein."

„Und warum nicht?" Wir blickten immer noch in den Spiegel und sprachen mit unseren Spiegelbildern.

„Ich will nicht", sagte Venus sehr leise.

„Schon gut. Es war nur ein Vorschlag. Du musst nicht."

Sie sah mich im Spiegel an. In ihren dunklen Augen war keine Freude mehr zu sehen.

„Macht es dir Angst?", fragte ich.

Sie nickte.

„Fürchtest du dich vor den Jungen? Ich weiß, dass sie laut sind. Aber sie wollen dir nichts tun. Du bist hier drin sicher. Da sorge ich dafür."

Sie schüttelte den Kopf. Eine kleine Pause entstand. „Ich bin nicht wirklich She-Ra", sagte sie schließlich. „Es ist nur ein Spiel."

„Ich verstehe", sagte ich und nickte. „Ja, du hast Recht."

„Deshalb hab ich Angst."

„She-Ra ist nur ein Comic", bestätigte ich. „Aber das, was da passiert mit ihr – dass sie stark ist und Dinge tut, die gut sind –, das ist echt. Und das hast du in dir. Hier drinnen." Ich tippte gegen ihre Brust. „Wenn wir mit dem Schwert so tun als ob, dann lassen wir das alles raus. In dir drinnen bist du stark und kannst Dinge tun, die gut sind, wie She-Ra."

Venus schüttelte den Kopf.

„Doch, doch. Du hast viel Gutes in dir, Venus."

Venus schüttelte heftiger den Kopf. „Nein."

„Da bin ich anderer Meinung als du. Ich kann nämlich sehen, was du in dir hast. Und Wanda kann das auch, stimmt's? Deshalb nennt sie dich Goldkind."

„Nein. Das sagt sie nur, weil das Behinderte sagen."

Ich sah sie an. „Wer hat dir das beigebracht? Das ist nicht wahr."

Sie ließ das Zauberschwert fallen und auf dem Boden liegen. Ihre Augen verschleierten sich. Der leere Blick kehrte zurück.

Ich sah auf das Pappschwert hinunter. Was war geschehen? Was hatte ich, ohne es zu wollen, zerstört? Ich wusste es nicht.

Das war meine erste richtige Unterhaltung mit Venus gewesen. Es wurde mir erst richtig klar, als es vorüber war.

Einerseits war ich überrascht. Jetzt hatte ich die Antwort auf viele Fragen. Zum Beispiel, dass sie wirklich normal sprechen konnte. Der Verdacht, dass sie geistig zurückgeblieben sein könnte, war damit nicht ganz aus der Welt, aber diese Unterhaltung hatte nichts Untypisches für eine Siebenjährige. Das war eine wichtige, grundlegende Information. Andererseits bedrückte mich diese Unterhaltung, weil sie mir deutlich machte, dass Venus ein unglückliches kleines Mädchen war.

Und natürlich fehlte sie am nächsten Tag wieder.

VON ALLEN meinen Schülern machte Billy die erfreulichsten Fortschritte. Da seine Fähigkeiten und Kenntnisse in keiner Weise seinen offensichtlichen Anlagen entsprochen hatten, hatte ich ihm verschiedene Anstöße liefern müssen. Zum Beispiel hatten Julie und ich Lernprogramme auf Kassette aufgenommen und ihm zur Verfügung gestellt, damit er an umfangreicheren Projekten arbeiten konnte. Ich lieh ihm auch den Kassettenrekorder, damit er damit Leute interviewen konnte, statt sich ihre Antworten aufschreiben zu müssen.

Unser Ampelsystem brachte für Billy den eigentlichen Wendepunkt. Dieses stark strukturierte Programm zur Verhaltensänderung schien ihm den nötigen Halt für die Entwicklung von Selbstdisziplin zu bieten. Die Entdeckung, dass er während einer zwanzigminütigen Unterrichtseinheit auf seinem Stuhl sitzen bleiben konnte, bewirkte erstaunliche Fortschritte seiner Lese-, Schreib- und Rechenkünste. Und diese Fortschritte brachten wiederum ihre eigenen Belohnungen mit sich. Es gab Dinge, die ihn interessierten. Aber Billy war eben Billy und hatte nicht die üblichen Interessen neun Jahre alter Jungen.

Eines Tages brachte er einen wunderschönen Bildband über Tulpen mit in die Schule. Er enthielt hervorragende Illustrationen von Tulpen, einschließlich Schnitten von Knospen und Blüten. Die faszinierten ihn. Daraufhin brachte ich ihm ähnliche Bücher von mir zu Hause mit. Ich hatte Biologie als Wahlfach studiert und erklärte Billy anhand eines Botanikbuches, wie wir auf dem College Blumen seziert und die Schnitte dann gezeichnet hatten, wie wir ein Berichtsheft geführt hatten, in dem alles protokolliert und in Zeichnungen und Tabellen festgehalten wurde, was wir getan und gesehen hatten. Das machte großen Eindruck auf ihn, und er wollte es nachmachen. Julie brachte ihm eine Lilie mit, die von einem Blumenarrangement in der Kirche übrig geblieben war. Mit bemerkenswerter Konzentration sezierte Billy die Blume und machte Zeichnungen von allem, was er dabei entdeckte.

Aufgrund dieser positiven Entwicklung kam ich zu dem Schluss, dass

Billy nach diesem Schuljahr in eine reguläre Klasse wechseln konnte, sofern dort genügend Disziplin garantiert war. Um ihn auf den Wechsel vorzubereiten, entschieden Bob und ich, ihn einen halben Tag in eine Regelschule zu schicken. Er wurde bald zehn und gehörte altersgemäß in die vierte Klasse. Seine schulischen Leistungen waren eher auf dem Niveau der dritten Klasse, aber da er älter und begabter war, würde er zwischen Drittklässlern sehr wahrscheinlich bald unterfordert sein und die Lust verlieren. Ich schaute mich also um und fand in einer Nachbarschule eine Klasse für hochbegabte Kinder. Ich kannte die Lehrerin flüchtig und wusste, dass sie ihre Schüler an zwei Nachmittagen Projektarbeiten entsprechend eigenen Interessen machen ließ. Vielleicht könnte Billy den Unterricht in dieser Klasse an diesen beiden Nachmittagen besuchen?

Bob schüttelte den Kopf und wunderte sich, wie man auf so eine verrückte Idee kommen konnte. Ein Kind, das kaum lesen und schreiben konnte, in eine Klasse mit Gleichaltrigen zu stecken, die ihren Altersgenossen womöglich um Jahre voraus waren! Und trotzdem gefiel diese Idee auch ihm, und er stellte den Kontakt zu der Lehrerin her. Wir trafen uns. Dann kam sie in meine Klasse und war von Billy fasziniert. Sie wollte ihn gerne zweimal pro Woche in ihrer Klasse dabeihaben.

Immer mal wieder klappt etwas wirklich. So wie in diesem Fall. Mit seinem Tulpenbuch und seinem Berichtsheft bewaffnet, marschierte Billy am ersten Nachmittag tapfer los. Der Wechsel funktionierte wie geschmiert. Billy kam an den zwei Nachmittagen in der Woche glänzend zurecht. Ich hörte, dass er ein bisschen wild sei, sehr spontan eben, wie es seine Art war. Aber er schlug niemand, bekam keine Wutanfälle, fluchte nicht, benutzte keine unflätigen Ausdrücke. Carol Sprang, die Lehrerin, gab ihren Schülern zwar jede Freiheit bei der Wahl ihrer Projektthemen, sonst aber pflegte sie einen sehr disziplinierten Unterrichtsstil und legte Wert auf Ordnung und gute Mitarbeit. Alles Dinge, die Billys Bedürfnissen sehr entgegenkamen. Nach jedem „Auswärtseinsatz" kam er ein bisschen glücklicher und zufriedener zurück. Ich hatte das Gefühl, als könnte ich zusehen, wie cr von Mal zu Mal reifer wurde.

Sehr bald war die andere Klasse für Billy ebenfalls „seine" Klasse. Er zog keine der anderen vor. Er war gerne bei uns, mochte aber auch die andere Klasse und die Freunde, die er dort gewann. Als es März wurde und in der anderen Schule ein Schulfest angekündigt und vorbereitet wurde, redete Billy nur noch darüber.

„Wisst ihr was? Meine Klasse hat einen Stand auf dem Schulfest", erzählte er. „Wir machen das Eierschalenratespiel. Man bezahlt ’nen Vierteldollar und darf raten, wo das ganze Ei ist. Die meisten Eierschalen sind nämlich nur halb. Sie stecken alle in einem großen Tablett voller Sand. Man sieht sie nur halb, man weiß also nich, welches das ganze Ei is. Es is nämlich nur eins. Man zahlt das Geld und zeigt auf irgendeins. Und wenn man’s nich errät, gewinnt man trotzdem einen Preis. Man kriegt so einen kleinen Schokoriegel. Aber wenn man das ganze Ei erwischt, kriegt man einen großen Preis.“

„Und was ist das?“, wollte Jesse wissen.

Billy zuckte die Schultern. „Keine Ahnung. Hat man uns nich gesagt. Wahrscheinlich was Gutes. Und wisst ihr noch was? Ich arbeite an unserem Stand. Hat Frau Sprang gesagt.“

„Und warum haben wir kein Schulfest hier?“, fragte Jesse.

In diesem Augenblick kam Shane angerannt. Er spielte an diesem Nachmittag den Clown. Er hatte eine alte Zipfelmütze auf, die er sich bis zu den Augen heruntergezogen hatte.

„Ja, he, ich weiß, was unsere Klasse für ’nen Stand machen könnte“, prustete Billy heraus. „Zwillingeraten. Rat mal, wer wer is. Zane oder Shane?“ Er lachte. „Na, Jungs, kommt ihr auch? Nächsten Freitagabend. Ich lass euch mal umsonst mitspielen.“

Das gefiel Jesse. „Klar, Mann. Ich sag meiner Oma, dass sie mich hinbringt. Du musst mir nur sagen, wo diese Schule ist, und ich bin da. Und wahrscheinlich gewinn ich euren großen Preis. Ich bin nämlich gut bei Ratespielen.“

VENUS erschien auch am nächsten Montagmorgen nicht zum Unterricht. Ich war wütend. Aber ich konnte mich nicht weiter darum kümmern, da ich mich mit den anderen Kindern beschäftigen musste.

Nach der Vormittagspause mussten die Jungen ihre Arbeitsmappen herausnehmen und Rechenaufgaben lösen. Es war zwanzig vor elf, und ich half gerade Zane beim Zählen, als es heftig an die Tür klopfte. Ich ging hin und öffnete.

Draußen auf dem Flur stand Wanda. Sie war völlig unmöglich angezogen. Obwohl es schon Mitte März war, lagen die Temperaturen draußen noch unter dem Gefrierpunkt, und wir hatten immer noch Schnee. Wanda trug einen altmodischen Hausanzug aus Baumwolle und eine Strickjacke darüber. Keinen Mantel, keine Kopfbedeckung, keine Handschuhe. Ihr Füße steckten in weichen rosa Pantoffeln. Und bei Venus sah es noch schlimmer aus. Sie hatte einen Mantel an. Doch darunter trug sie ein T-Shirt aus Polyester, das etwa drei Nummern zu groß war, und etwas, was aussah wie eine Flanellschlafanzughose für Jungen. Das war alles, abgesehen von einem Paar Überschuhen.

„Sie kommt Schule", sagte Wanda. „Goldkind kommt heute."

„Ja, danke, Wanda. Aber ihr seid spät dran. Habt ihr verschlafen?"

Wanda sah mich voller Unverständnis an. „Goldkind kommt Schule."

„Wo sind deine Handschuhe?"

Wanda besah sich ihre Hände. „Keine Handschuh."

„Ich hab dir Handschuhe gegeben, als du letztes Mal hier warst."

„Keine Handschuh."

Ich gab seufzend auf. „Okay. Danke, dass du Venus hergebracht hast. Tschüs, Wanda." Ich legte Venus eine Hand auf den Rücken und führte sie zu unserer Garderobe für die Straßenkleider. „So, jetzt ziehen wir deinen Mantel aus."

Keine Reaktion.

„Kannst du mir mal helfen? Streck deine Arme aus, bitte."

Sie tat nichts. Ich fluchte im Stillen, als ich ihren Arm hochhob, um ihr den Mantel auszuziehen. Es war wieder passiert. Ich hatte kleine Fortschritte mit ihr gemacht. Dann hatte sie gefehlt. Und jetzt war alles wieder weg. Es war hoffnungslos.

Ich kniete mich hin. „Die Überschuhe ziehen wir auch aus."

Ich musste ihren Fuß anheben, um ihr den Überschuh ausziehen zu können. Das ging dann leicht, denn sie war barfuß.

„Aber Venus. Du hast ja zu Hause gar keine Schuhe angezogen." Ich sah zu ihr auf. „Was ist denn passiert? Hat Wanda dir deine Sachen zum Anziehen hingelegt?"

Ich bemerkte, dass ich mir das erste Mal Gedanken darüber machte, wie sie sich morgens für die Schule richtete. Wenn sie zu Hause ebenso wenig reagierte wie in der Schule, musste sie jemand anziehen, weil sie das dann auch nicht allein konnte. Meistens kam sie in einigermaßen tragbaren Kleidern an. Das heißt, sie zog sich entweder selbst an, oder jemand legte die Sachen für Wanda zurecht, die sie dann anzog. Oder Teri zog sie an. Wie auch immer, an diesem Morgen hatte es nicht geklappt.

„Ich glaube, du musst die Stiefel anlassen", sagte ich. „Es ist zu kalt, um im Klassenzimmer barfuß zu gehen."

BEIM Mittagessen erzählte ich Bob, in welchem Aufzug Venus eineinhalb Stunden zu spät zum Unterricht gekommen war. Und fragte, wie es mit dem Jugendamt stehe. Und ob die zuständige Beamtin wegen des

Schulschwänzens ermittelt habe. Ich war total frustriert. Ich sagte, dass wir jetzt, Ende März, nicht nur kaum Fortschritte mit Venus zu verzeichnen hätten, ich wisse noch nicht einmal, welches Problem hinter ihren Schwierigkeiten stecke. Ich hatte auch keine Ahnung von ihren Kenntnissen, Fähigkeiten und Leistungsmöglichkeiten. Ich wusste nichts. Wie kam es, dass ich dieses Kind fast täglich sah und immer noch nichts von ihm wusste? Es musste etwas für Venus geschehen.

Bob war so frustriert wie ich. Er erzählte, er habe wegen Venus mit dem Jugendamt erneut Kontakt aufgenommen. Die Beamtin sagte ihm, dass sie die Familie wegen etwas anderem aufgesucht habe. Sie hatte Venus nicht gesehen, aber sie hatte mit Teri über ihr häufiges Fehlen gesprochen. „Viel mehr erreichen wir über das Jugendamt wohl nicht", murmelte Bob.

Er sagte, letzten Endes sei das alles ein „Armutsproblem" und, so traurig es auch sei, mehr als das, was getan wurde, könne unter den gegebenen Umständen gar nicht getan werden. Außer dem Schulschwänzen gebe es keinen konkreten Beweis für einen Gesetzesbruch. Nur unfähige Eltern und einen Haufen Dinge, die nicht passieren dürften. Aber in der realen Welt passierten sie eben trotzdem. Weil die Gesellschaft noch keinen effektiven Umgang entwickelt habe mit Leuten, die überfordert seien durch zu viele Kinder und zu wenig Geld, und keine Lösungen gefunden habe für die Anforderungen an heutige Familien, in denen es nicht selten Erwachsene gebe, die wenig Interesse daran hätten, sich um Kinder zu kümmern, die nicht ihre eigenen seien.

ALS ICH nach dem Mittagessen auf den Hof hinausgehen wollte, wartete Venus draußen. Ich öffnete die Tür und ließ sie herein. Sie kam sofort und schlurfte neben mir in ihren Überschuhen die Treppe hinauf.

Oben im Klassenzimmer holte ich ein She-Ra-Video und hielt es ihr hin. Venus war an der Tür stehen geblieben. Sie sah abwechselnd mich und die Kassette an.

„Willst du sie einlegen?", fragte ich.

Keine Reaktion.

„Komm rüber."

Sie bewegte sich immer noch nicht. Ich ging zu ihr hin, kniete vor ihr nieder und legte eine Hand auf ihren Arm. „Was ist los?"

Sie sah mich an.

Ich streckte die Hand aus, um ihr Gesicht zu streicheln. Sie zuckte ein bisschen zurück. „Ich habe das Gefühl, dass irgendwas nicht stimmt. Kannst du mir sagen, was passiert ist?"

Plötzlich hatte sie Tränen in den Augen, und sie rollten ihr über die Wangen, ehe ich begriffen hatte, was geschah.

„Komm, meine Kleine. Was hast du denn?“ Ich drückte sie an mich.

Da stieß sie einen gewaltigen lauten Schluchzer aus.

„Ach, du arme Kleine, komm, komm, komm“, sagte ich. Ich setzte mich direkt neben der Tür auf den Boden, hob Venus auf meinen Schoß und nahm sie fest in die Arme.

Venus' Weinen war mehr ein Schluchzen. Es war laut und klang nicht besonders angenehm. So hörte ich sie zum ersten Mal weinen. Bisher hatte sie nur aus Wut geheult, wenn wir sie bei einem ihrer Anfälle festgehalten hatten.

„Was hast du denn, mein Herz? Geht's dir so schlecht?“

Sie antwortete nicht. Sie schluchzte weiter.

Dann läutete die Schulglocke. Wir saßen immer noch auf dem Boden neben der Tür. In den Fluren und im Treppenhaus hörte man die Kinder vom Hof hereinkommen. Venus machte sich steif und entwand sich meinen Armen. Sie fuhr sich mit dem Handrücken über Augen und Nase. Ihr Gesicht wurde verschlossen. Es war eine erstaunliche Verwandlung. Die Tränen waren auch schon verschwunden. Ein dunkler Schatten legte sich über ihre Augen. Als die Jungen dann durch die Tür hereindrängten, sah Venus aus, als sei nichts gewesen.

Kapitel 8

Am nächsten Morgen fehlte Venus. Diesmal wartete ich nicht ab, bis ich mit jemand darüber sprechen konnte. Sobald ich Mittagspause hatte, fuhr ich mit dem Auto zu ihr nach Hause.

Als ich an dem Wohnwagen ankam, lungerten zwei Kinder an dem schmalen Eingang und rauchten Zigaretten. Eines war die 16 Jahre alte Schwester von Venus, das andere kannte ich nicht.

„Hallo, ich bin die Lehrerin von Venus. Ist deine Mama da?“

„Nö“, antwortete die Schwester und machte einen tiefen Zug an ihrer Zigarette.

„Wo ist sie?“, fragte ich.

„Weg, nehm ich an. Sie is nich hier.“

„Kann ich Venus sehen?“

„Musst du den Freund von Mama fragen. Er passt auf die Kleinen auf.“

„Okay. Und wo ist er?“, fragte ich.

„Danny!“, schrie sie so laut, dass ich vor Überraschung einen Schritt zurück machte.

Kurz darauf erschien Danny am Eingang, aber er öffnete die Fliegengittertür nicht. Seine Augenlider hingen herunter, anscheinend hatte er gerade geschlafen.

„Was is los?“, fragte er, als ob er mich noch nie gesehen hätte.

„Ich komme wegen Venus. Ich bin ihre Lehrerin. Sie ist nicht in die Schule gekommen. Sie ist schulpflichtig.“

„Man hat gesagt, dass sie wieder Hausbetreuung bekommt. Dass wir sie nich zur Schule schicken sollen“, antwortete er.

Erschrocken versuchte ich sein Gesicht durch das Fliegengitter hindurch auszumachen. „Davon weiß ich überhaupt nichts.“

„Hat das Jugendamt gesagt. Sie soll Hausbetreuung bekommen.“

„Das Jugendamt würde so etwas nicht anordnen, ohne es vorher mit uns zu besprechen. Und ich weiß nichts davon. Und warum sollte das Amt überhaupt Hausbetreuung anordnen?“

„Schule scheint zu teuer.“

„Hausbetreuung ist viel teurer“, erwiderte ich.

Er zuckte die Schultern. „Frag mich nich. Das haben die gesagt. All die Helfer wegen ihr kosten zu viel, deshalb sollen wir sie nich in die Schule schicken. Eine Lehrerin kommt her.“

„Das kann nicht stimmen.“

Er zuckte mit den Schultern. „Na, dann red doch selbst mit ihnen. Wir machen nur, was man uns gesagt hat.“ Er trat vom Eingang zurück und machte mir die Tür vor der Nase zu. Ich war wie vor den Kopf geschlagen. Auf der Fahrt zurück zur Schule konnte ich mir vor lauter Verblüffung immer noch keinen Reim auf das alles machen. Konnte das Jugendamt so etwas anordnen? Sicher nicht, ohne Bobs Meinung zu hören. Und sicher würde Bob nicht zustimmen, ohne mit mir geredet zu haben.

Gleich nach Schulschluss ging ich in Bobs Büro hinunter. Ich erzählte ihm, was Danny über Venus' neuerliche Hausbetreuung gesagt hatte.

Bob schaute mich erstaunt an. „Hausbetreuung? Nicht dass ich wüsste. Das würde das Amt nicht machen, ohne mit uns zu reden. Ich weiß nicht, wer ihm das gesagt hat, aber es ist falsch.“

„Das Jugendamt könnte so etwas gar nicht anordnen, oder?“, fragte ich. „Ohne unsere Stellungnahme.“

„Ich kann mir gar nicht vorstellen, dass sie es wollten. Hat er einen Grund genannt?“

Ich schüttelte den Kopf.

„Das ist schon seltsam“, sagte Bob. „Hausbetreuung ist eine pädagogische Entscheidung. Selbst wenn das Jugendamt sie anordnen wollte oder wenn es sich um einen Notfall handeln würde, würde man zuerst mit uns sprechen oder uns zumindest gleichzeitig mit den Eltern informieren.“

„Bist du ganz sicher?“, fragte ich nach. „Der Mann klang nämlich so sicher. Und wir erleben doch ständig, dass die rechte Hand nicht weiß, was die linke tut. Das Jugendamt … die Polizei … Bist du wirklich absolut sicher?“

„Ja, Torey, das bin ich“, sagte Bob. „Und ich mag diesen Kerl nicht. Der hat doch immer eine Story auf Lager.“

AM NÄCHSTEN Morgen war Venus schon in der Schule, als ich ankam. Ich sah sie in der kühlen Morgenluft an ihrer Mauer lehnen und ging zu ihr hin.

„Guten Morgen. Du bist heute bald dran. Möchtest du mit mir reingehen?“

Sie sah mich aus dunklen tiefen Augen an, sagte aber nichts.

„Komm“, sagte ich und streckte meine Hand aus.

Keine Reaktion.

Ich wartete noch einen Augenblick, drehte mich dann um und ging auf das Schulgebäude zu.

Sie folgte mir zum Eingang. Ich öffnete die Tür. Wir gingen gemeinsam hinein und stiegen stumm ins Klassenzimmer hinauf.

„Wie geht es dir heute Morgen?“, fragte ich, als ich den Schlüssel herausholte und den Raum aufschloss. „Ich habe dich gestern vermisst.“

Sie sah mir ins Gesicht.

Im Klassenzimmer zog Venus ihren Mantel aus und hängte ihn an die Garderobe. Sie war richtig angezogen, wenn auch ihre Sachen zerknittert und abgetragen waren.

„Ich war gestern bei dir zu Hause, um nach dir zu sehen. Hast du das mitbekommen?“

Sie schüttelte den Kopf.

„Danny sagte, dass du wieder Hausbetreuung bekommst.“ Ich zog meinen Schreibtischstuhl heran und setzte mich.

Venus ließ mich nicht aus den Augen, während ich redete. Und als ich sie wieder ansah, bemerkte ich, dass sich ihre Augen mit Tränen füllten.

„Ist irgendwas nicht in Ordnung?“, fragte ich. „Ich glaube, dass irgendwas zu Hause für dich nicht gut ist.“

Ihr Gesicht verzog sich zu einer Grimasse, und sie begann zu weinen.

„Komm. Komm her, meine Kleine.“ Ich hob sie auf meinen Schoß.

Venus weinte mit denselben heftigen Schluchzern wie das letzte Mal.

„Kannst du mir erzählen, was nicht in Ordnung ist?“

Sie antwortete nicht.

Meine Vorahnungen wurden immer schwärzer. „Es ist wichtig, dass du mit mir redest, Venus“, sagte ich sanft. „Erinnerst du dich, wie wir einmal geredet haben? Das war gut. Es hat geholfen. Es ist wichtig, dass du mir erzählst, was passiert ist, damit ich dir helfen kann. Kannst du mir sagen, was nicht in Ordnung ist?“

Sie weinte weiter.

Wie sollte ich sie zum Reden bewegen? Ich musste sehr vorsichtig sein, welche Fragen ich stellte, wenn sie von sich aus nichts erzählen wollte. Denn wenn es sich um eine Straftat handelte, konnte ich die Aufklärung gesetzwidrig beeinflussen, indem ich die falschen Fragen stellte. Ich kannte zwei Fälle, in denen die Täter freigesprochen wurden, weil ihren Opfern suggestive Fragen von Psychologen oder Polizisten gestellt worden waren.

„Manchmal sind die Verhältnisse zu Hause nicht so, wie sie sein sollten“, sagte ich ruhig. „Wenn so etwas geschieht, ist es sehr wichtig, dass man Erwachsenen davon erzählt, denen man vertrauen kann. Manchmal sind es sehr große Probleme, die man allein nicht mehr lösen kann. Manchmal sind das Probleme mit Mama oder Papa. Oder Stiefpapas. Oder dem Freund von Mama. Wenn das geschieht, ist es am besten, einem anderen Erwachsenen davon zu erzählen. Einem, wo man sicher ist. Wie bei mir. Oder bei Mr Christianson. Damit wir dir helfen können, die Probleme zu lösen.“

Venus wischte sich mit dem Hemdsärmel die Tränen vom Gesicht.

„Manchmal sagen Leute, dass du nichts verraten sollst, dass es ein Geheimnis ist. Aber das stimmt nicht. Die einzigen Geheimnisse, die man nicht verraten soll, sind solche, die Spaß machen. Zum Beispiel, was du jemand zum Geburtstag schenken willst. Aber wenn dir jemand sagt, du sollst etwas Schlechtes nicht verraten, musst du dich nicht dran halten.“

Venus blieb ruhig sitzen und lehnte ihren Kopf an meine Brust.

„Und manchmal sagen solche Leute sogar, du sollst nichts verraten, sonst würden sie dir was Schlimmes antun. Sie würden dir wehtun. Aber das sagen sie nur, um dir Angst einzujagen. Sie haben schon etwas Schlimmes getan, und sie haben Angst, dass man es herausfindet und sie dafür bestraft. So ein Geheimnis musst du nicht für dich behalten. Wenn dich jemand dazu zwingen möchte, solltest du es einem Erwachsenen erzählen, dem du vertrauen kannst und der dir helfen kann."

Zu alldem sagte Venus kein Wort.

WIE SCHON so oft in den letzten Tagen ging ich hinunter in Bobs Büro.

„Wie ich sehe, ist Venus wieder da", sagte er.

„Ich fühle mich wirklich unwohl mit dieser Geschichte. Warum hat uns dieser Typ etwas von erneuter Hausbetreuung erzählt, wenn es nicht stimmt?", fragte ich. „Mein Gefühl sagt mir, dass er was zu verheimlichen hat."

„Wahrscheinlich. Die Frage ist nur, was?", erwiderte Bob. „Er ist ein schäbiger Charakter, der wohl zu allem Möglichen fähig ist."

„Nein, ich denke, dass das eben mit Venus zu tun hat. Also, das Gesetz sagt, wenn Verdacht auf Kindesmisshandlung besteht, müssen wir das melden. Ich meine, dass wir jetzt offiziell etwas unternehmen sollten."

„Hat Venus dir etwas erzählt?"

„Na ja, nein ..." Ich erzählte von ihren ganz unüblichen Weinanfällen. „Das steht für mich im Zusammenhang mit ihrem Fehlen, mit den seltsamen Erklärungen von diesem Danny und damit, dass sie neulich überhaupt nicht richtig angezogen war. Ich denke, dass etwas mit ihr geschieht, was Schuld hat, dass sie überhaupt nicht in die Schule kommen kann."

Bob dachte nach. Schließlich schüttelte er langsam den Kopf. „Ich glaube, das reicht nicht, um eine Anzeige zu erstatten, Torey. Ein Verdacht ist kein Beweis. Wir brauchen Narben, blaue Flecken oder Aussagen von Venus selbst. So ziemlich alles, was ich tun kann, ist, das Jugendamt von deinem Verdacht zu unterrichten. Wieder einmal."

MITTEN in diesen dramatischen Verwicklungen um Venus begann ich für meine Schüler die Empfehlungen für das nächste Schuljahr auszuarbeiten. Bei Billy war ich sicher, dass er wieder die Regelschule besuchen konnte. Er benötigte allerdings noch viel Unterstützung beim Lernen. Wir waren nicht der Ansicht, dass er ganz in die Hochbegabtenklasse wechseln konnte. Deshalb entschieden wir uns schließlich dafür, ihn in die reguläre fünfte Klasse und zusätzlich in Förderkurse zu mir zu schicken. Außerdem würde er weiter zwei Nachmittage in der Woche die Hochbegabtenklasse besuchen. Damit verbanden wir die Hoffnung, dass er eines Tages dort seinen passenden Platz ganztags finden würde.

Auch Jesse hatte im Laufe des Jahres sehr gute Fortschritte gemacht. Er tendierte immer noch dazu, „den Steuerknüppel zu verlieren", wie Billy immer Jesses Ausrasten bezeichnete. Aber seine Fähigkeit wuchs, sich zu beruhigen und zu lernen, wie er sich elegant aus einer Situation zurückziehen konnte, bis er sich wieder in der Gewalt hatte.

Mit seinen Ticks, die ihm das Tourette-Syndrom bescherte, hatte Jesse noch sehr zu kämpfen, und im Lesen und Rechnen hatte er sich ständig verbessert, lag aber immer noch eine Klassenstufe hinter seinen Altersgenossen. Ich hielt es für besser, wenn er noch ein Jahr einen gewissen Schutzraum genießen konnte. Deshalb beschlossen wir, ihn auch an unserer Schule zu behalten. Er sollte jeweils morgens und nachmittags die Hälfte des Unterrichts in der regulären vierten Klasse besuchen. In der anderen Hälfte sollte er weiter bei mir Förderunterricht erhalten.

So blieben mir nur die Zwillinge ganz erhalten. Ich mochte Shane und Zane. In manchen Augenblicken waren sie richtig liebenswürdige kleine Jungen, da beide sehr anhänglich waren und gut bei anderen ankommen wollten. Sie konnten sich nur nicht länger als eine Minute auf etwas konzentrieren, sodass man sie ständig beaufsichtigen und zur Arbeit anhalten musste. Sie hatten das strenge Ampelprogramm verstanden, aber es musste ständig strikt praktiziert werden, damit sie bei der Sache blieben. Schon bei der geringsten Abweichung mussten sie die Regeln neu lernen, als ob es etwas ganz Neues für sie wäre. Bei beiden Zwillingen hielten wir den Versuch für unrealistisch, sie irgendwie in Regelklassen unterzubringen. Es wurde also beschlossen, dass sie bei mir im Förderunterricht bleiben sollten.

Und Venus? Bob und ich kamen nicht dazu, uns Gedanken über ihre Zukunft zu machen. Wir hatten genügend Probleme mit ihrer Gegenwart.

MIT EINER massiven Kaltfront von Norden her meldete sich der Winter mit aller Macht zurück. Die Temperaturen fielen bis auf minus 20 Grad. Und auch der Schnee fiel und fiel. Unter einer sechzig Zentimeter hohen weißen Decke begraben, kam alles Leben zum Stillstand.

Der Schneesturm kam am Donnerstag. Am Freitag blieb die Schule geschlossen, weil niemand durchgekommen wäre. Am Samstag begann das Freischaufeln. Am Sonntag kam der zweite Sturm, allerdings war es nicht mehr so kalt. Und so fiel statt Schnee gefrierender Regen, der sich blitzschnell in Eis verwandelte.

So etwas hatte ich noch nie gesehen. Die Schneewehen vor meiner Tür hatten einen Überzug wie aus Kandiszucker. Aber weiter als bis zur Tür konnte ich gar keine Erkundungen unternehmen, denn das Eis hatte alles bedeckt. Es lag in dicken Schichten auf den Gehwegen und Straßen. Gehen war praktisch unmöglich geworden. Fahren viel zu gefährlich. Eine unwirkliche Stille senkte sich über die Stadt, als zum zweiten Mal innerhalb von drei Tagen alles Leben zum Stillstand kam.

Die Schule blieb am Montag und Dienstag weiter geschlossen. Manche Stadtteile blieben bis Mittwoch ohne Strom, als wir uns vorsichtig wieder in die Schule trauten. Natürlich fehlten viele. Zum Beispiel Julie. Und auch Venus, was nicht so sehr überraschte. Nach jeden Schulferien war sie regelmäßig erst am Tag nach dem Schulbeginn erschienen.

Billy erzählte wie üblich begeistert von seinen Erlebnissen. „Rate mal, was wir gemacht ham, Lehrerin! Wir waren Schlittenfahren. Nur ham wir die Schlitten selbst gemacht, weil nich genug da waren. Für meine Brüder und mich und die Kids in der Nachbarschaft. Ham wir sie eben selbst gemacht. Aus Pappkarton. Und weißt du was? So ’n Schlitten is genauso gut wie ’n gekaufter. Echt. Wenn ich’s dir sage."

„Billy, der kann nicht so gut sein wie ’n gekaufter", meckerte Jesse. „Warum würden denn die Leute Geld ausgeben für was, was sie genauso gut umsonst kriegen könnten?"

„Also, der is genauso gut", wehrte sich Billy. „Weil ich genauso viel Spaß hatte. Mit einem einzigen Schlitten da muss man sich abwechseln. Also zehn Kids für einen Schlitten. Aber wir ham jeder sich einen eigenen Schlitten gemacht. Aus Pappe. Dann konnten wir jeder die ganze Zeit fahrn. Und das war toll!"

„Halt die Klappe!", sagte Jesse und beugte sich in seinem Stuhl vor.

„Ja, aber ich hab Recht."

„Du gibst doch nur an", knurrte Jesse. „Du bist ein Riesenangeber. Und du denkst, du weißt alles."

„Jesse", mahnte ich.

„Sag doch was zu ihm", konterte Jesse. „Der spinnt doch immer."

„Billy, auf deinen Stuhl", sagte ich.

Billy konnte sich diese Gelegenheit nicht entgehen lassen und sprang mit einem Satz auf seinen Stuhl. „So richtig, Lehrerin? Und was soll ich hier machen?", krähte er und hüpfte auf dem Stuhl herum.

Ich griff nach den farbigen Scheiben und schwenkte sie drohend. Doch die Drohung kam zu spät für Jesse. Er stürzte sich auf Billy und boxte ihn gegen die Schulter. Es war kein harter Schlag, aber er genügte, um Billy das Gleichgewicht verlieren und vom Stuhl stürzen zu lassen.

Das war der Auslöser für Shane, sich in die Rauferei einzumischen. Er sprang über seinen Tisch und kickte Billy gegen die Beine.

„He!“, rief ich. „Was ist denn heute in euch gefahren?“ Ich zog Shane weg und setzte ihn auf den nächsten Ruhestuhl. „Was soll diese Rauferei? Das hatten wir ja ewig nicht mehr. Jesse, setz dich auf den Ruhestuhl da drüben!“

Billy jaulte, ohne dass ich sagen konnte, ob er das vor Schmerz, Überraschung oder verletztem Stolz tat. Ich legte die Arme um ihn und drückte ihn fest.

„Das war ein bisschen dumm, hm? So auf dem Stuhl rumzuhüpfen.“

„Das war nicht meine Schuld“, sagte er und schluchzte etwas zu dramatisch. „Ich wär nich runtergefalln, wenn er mich nich geschlagen hätte. Der hätt mich killen können.“

„Ja, Gott sei Dank hat er das nicht getan. Jetzt setz dich aber auf deinen Stuhl. Und bleib sitzen. Du hast genügend zu tun.“

Ich sah mich nach den anderen um.

Zane saß auf seinem Stuhl. „Ich bin brav“, sagte er fröhlich.

Jesse schlurfte zu seinem Tisch und setzte sich auf seinen Stuhl.

Ich ging zu ihm hin und kniete mich neben ihn. „Es scheint dir nicht so gut zu gehen. Ist was passiert, bevor du in die Schule gekommen bist?“

„Nein.“

Seine Ticks bezeugten, dass er sehr angespannt war. Sein Kopf zuckte hin und her.

„Das war aber wie früher, als ihr euch andauernd geklopft habt, du und Billy. Wenn ich dich so wütend sehe, denke ich, dass es einen Grund dafür gibt.“

„Nein.“

Ich wartete ruhig neben seinem Stuhl.

„Ich musste die ganze Zeit im Haus bleiben“, murmelte er.

„Während des Schneesturms?“, fragte ich.

Er nickte. „Meine Oma ließ mich nicht raus. Zu gefährlich, hat sie gesagt.“

„Das war sicher nervig. Vor allem, wenn du andere Kinder gesehen hast, die draußen spielten.“

Jesse nickte. „Ich durfte gar nie raus. Sie sagte: ‚Vielleicht kriegst du einen Anfall und stürzt auf dem Eis.‘ Und ich sagte: ‚Ich krieg schon keinen.‘ Aber sie sagte: ‚Dieser Junge in Illinois ist auf dem Eis ausgerutscht, hat sich den Kopf aufgeschlagen, und jetzt ist er tot.‘ Ich musste einfach die ganze Zeit drinbleiben.“

„Das hat dir sicher sehr gestunken. Und dann wurdest du wütend, als du gehört hast, was für einen Spaß Billy hatte. Ist es vielleicht das, was heute Morgen passiert ist?“, fragte ich.

Jesse zuckte mit den Schultern.

„O Mann, tut mir Leid, was du da erzählst, Mann“, sagte Billy. „Die ganze Zeit? Das nervt ja tödlich, Jesse. Kein Wunder, dass du durchdrehst. Wär ich auch durchgedreht. Wahrscheinlich hätt ich ein Loch in die Wand geboxt, so durchgedreht wär ich.“

„Jetzt gibst du schon wieder an“, maulte Jesse.

Ich stand auf und legte ihm eine Hand auf die Schulter. „Ich glaube nicht, dass er angibt, Jesse. Er fühlt mit dir. Und das will er dir zeigen.“

„*Yeah.* Weil ich dein Freund bin. Ich versuch, dein Freund zu sein. Wenn du aufhörst, mich zu boxen“, sagte Billy.

„Na, dann hättest du zu mir kommen können und mich rausholen. Wenn du echt mein Freund wärst, hättest du das gemacht.“

„Das konnte ich nich. Wir konnten nich mit dem Auto fahrn“, sagte Billy.

„Du hättest mich aber anrufen können.“

„Du hättest mich anrufen können. Du hättest mir erzählen können, wie's dir geht. Dann hätte vielleicht meine Mama mit deiner Oma reden können oder so. Es ist doch nicht meine Schuld.“

Es entstand eine kleinen Pause. Dann sagte Billy: „Tut mir Leid, dass du eingesperrt warst. Ich hab an dich gedacht, Jesse. Echt. Ich wollte rüberkommen. Wir hätten Spaß gehabt.“

NACH dem Unterricht saß ich an einem der Tische und machte meine Vorbereitung für den nächsten Tag. Bob streckte seinen Kopf herein, trat ein, schloss die Tür hinter sich und setzte sich zu mir.

„Ich habe eine gute Nachricht für dich“, sagte er. „Du bekommst eine neue Hilfskraft.“

Ich schaute ihn verblüfft an.

„Ich hatte eine lange Unterredung mit Julie“, erklärte er. „Dabei kam heraus, dass sie sich in ihrer Stelle hier unwohl fühlt. Sie sagte, dass du kalt und distanziert ihr gegenüber seist und dass das enge Verhältnis verloren gegangen sei, das ihr beide am Anfang gehabt hättet.“

„Ich war nicht kalt und distanziert“, erwiderte ich.

„Na ja, sie hat es so empfunden. Jedenfalls habe ich ein bisschen herumtelefoniert, und das ist dabei herausgekommen. Julie wechselt für den Rest dieses Schuljahrs an eine Grundschule und fängt dort im nächsten

Jahr in einem Vorschulprogramm für geistig Zurückgebliebene an. Und du bekommst deren bisherige Hilfskraft Rosa Gutierrez. Sie arbeitet schon lange in unserem Schulamtsbezirk, sie sollte also eine fähige Kraft sein. Sie wird, wie Julie bisher, morgens mit Casey Muldrow arbeiten und nachmittags in deiner Klasse sein."

Ich nickte. „Hör mal, es tut mir wirklich Leid wegen Julie", sagte ich, und das stimmte auch. „Es ist mir peinlich, dass wir unsere Meinungsverschiedenheiten nicht zwischen uns klären konnten. Und ich bedauere, dass du damit auch noch Ärger hattest."

„Ja, das kommt vor."

Ich nickte wieder. Ich fühlte mich schuldig, aber gleichzeitig auch sehr erleichtert.

AN DIESEM Abend hatte ich mich zu Hause gerade in meinem großen Sessel zum Entspannen ausgestreckt, als das Telefon klingelte. Ich stand auf und ging an den Apparat. Es war Bob. „Ich will dich nur informieren, dass die Polizei dich gleich anrufen wird", sagte er hörbar nervös.

„Was ist passiert?", fragte ich aufgeregt. „Was Schlimmes?"

„Ich kann nicht mehr sagen. Ich darf nicht, weil sie deine Aussage hören wollen. Es geht um Venus. Ich wollte dir nur Bescheid geben."

„Aber was ist denn passiert?"

„Sie werden mit dir reden. Bereite dich darauf vor. Es ist eine üble Sache." Er legte auf.

Wenige Minuten später läutete das Telefon wieder. Sergeant Jorgensen von der Polizei sagte, sie würden Hinweise auf Kindesmisshandlung im Fall von Venus Fox untersuchen und hätten dazu gern eine Aussage von mir. Sie würden zwei Beamte zu mir schicken.

Ich war geschockt und nervös, wie man es als Zeuge eines Verkehrsunfalls ist. Ich wusste, wenn man mir nichts weiter sagen durfte, dann deshalb, um meine Aussage nicht zu beeinflussen. Und das bedeutete, dass es ernst war.

Die beiden Beamten kamen kurz nach halb acht. Der eine war ein großer Blonder namens Millwall und etwa so alt wie ich. Seine Kollegin war etwa Ende dreißig, schlank und athletisch. Ihr Name war Patterson, aber sie sagte, ich solle sie Sam nennen. „Eine Abkürzung für Samantha", erklärte sie.

Ich schlug vor, ins Wohnzimmer zu gehen. Aber Sam sagte, sie müsse meine Aussage aufzeichnen und es sei besser, wenn sie den Rekorder auf einen Tisch stellen könne. Daher setzten wir uns an den Küchentisch.

„Venus Fox ist im Augenblick im Krankenhaus“, begann Sam. „Sie wurde heute früh eingeliefert. Soweit ich weiß, haben Sie Ihren Schulleiter letzte Woche über Ihren Verdacht auf Kindesmisshandlung informiert. Können Sie mir erzählen, was Sie genau gesagt –?“

„Zuerst“, unterbrach ich sie, „möchte ich gern wissen, wie's ihr geht.“

„Sie wurde ohnmächtig eingeliefert.“

Es fuhr mir kalt durch alle Glieder. „Was ist passiert?“

„Es scheint sich um Unterkühlung zu handeln. Aber wir warten noch auf einen genauen Bericht aus dem Krankenhaus.“

Unterkühlung? Ich war sprachlos.

„Jedenfalls, Miss Hayden, wäre ich Ihnen dankbar, wenn Sie uns jetzt Genaueres erzählen würden.“

Ich dachte lange nach und versuchte mich an alle Einzelheiten zu erinnern, die mich in den letzten Wochen dazu gebracht hatten, mit Bob über Venus zu reden.

„Es war mehr ein Gefühl als irgendetwas anderes“, sagte ich. „Ich habe keine blauen Flecken oder Narben gesehen. Keine Beweise von körperlicher Misshandlung. Venus sieht vernachlässigt aus. Aber sie trägt immer langärmlige T-Shirts und lange Hosen, da war weiter nichts zu sehen. Und sie spricht nicht viel. Sie reagiert kaum und ist praktisch stumm. Es ist schwer zu sagen, was mit ihr los ist, weil sie sich völlig in sich selbst zurückgezogen hat.“

Sam nickte. „Ja. Ich arbeite schon seit einiger Zeit an diesem Fall. Wir stehen wegen dieser Familie in Kontakt mit dem Jugendamt, und wir wissen, dass Venus große Verhaltensschwierigkeiten hat. Und dass sie praktisch nicht spricht. Das hat es fast unmöglich gemacht zu überwachen, was mit ihr geschieht.“

„Aber sie hat begonnen zu reagieren“, erklärte ich. „Seit Februar ungefähr. Ein großes Handicap für meine Arbeit war ihr häufiges Fehlen. Sie fehlte regelmäßig zwei bis drei Tage in der Woche. Wir haben das dem Jugendamt gemeldet. Dort sagte man uns, dass man mit Ihnen Kontakt aufnehmen werde. Es hieß, man habe eine Beamtin hingeschickt.“

Sam blätterte in ihrem Notizbuch zurück. „Ja, eine Beamtin wurde mehrfach zu dieser Familie geschickt. Wegen aller möglichen Dinge. Aber ich sehe nicht, dass das Schulschwänzen vermerkt worden wäre.“

„Das sollte es aber. Wir haben es gemeldet.“

„Ja, gut, sei's drum. Sie wollten ausführen, was Sie zu diesem Verdacht motiviert hat, über den Sie mit Ihrem Schulleiter gesprochen haben.“

Ich erzählte Sam und Sergeant Millwall, wie Venus geweint hatte und dass das sehr ungewöhnlich gewesen sei. Ich erwähnte, dass sie einmal überhaupt nicht richtig angezogen gewesen sei. Und ich versuchte zu erklären, dass, trotz ihrer Unfähigkeit, sich zu äußern, mir bei dieser Gelegenheit etwas signalisierte, dass sie in Not war und dass etwas Schlimmes passierte. Aber ich musste zugeben, dass dieser Eindruck mehr auf einem Gefühl basierte als auf konkreten Beweisen.

Sam wollte es genauer wissen. Ob ich sagen könne, warum ich gerade bei dieser Gelegenheit dieses Gefühl hatte? Das Gefühl, dass Venus in Not war?

„Ich weiß nicht“, antwortete ich. „Ich kann nicht mehr sagen. Es war eine Art Intuition.“

„Wir müssen so genau wie möglich sein. Ich denke, dass Sie das auch so sehen“, fuhr Sam fort. „Mit Intuition überführen wir den Täter nicht. Ich will nicht abwerten, was Sie sagen, aber die Sache ist sehr vertrackt. Da ist ein Kind, das nicht spricht und schwere Verhaltensstörungen hat. Jetzt kann es gar nichts sagen, auch wenn es wollte, denn es liegt bewusstlos im Krankenhaus. Ich frage also nicht, ob Sie eine gute Intuition haben oder nicht. Ich möchte damit sagen, wenn es einen Schuldigen gibt, dann will ich ihn finden und dafür sorgen, dass er nicht noch einmal etwas anstellen kann.“

Ich konnte im Augenblick nicht mehr dazu sagen. Ich machte immer Aufzeichnungen über alle meine Schüler, aber mein Notizbuch war in der Schule. Ich war nicht sicher, ob die Notizen über Venus für die Polizei von Interesse waren. Bob hatte natürlich alle Angaben über die Tage, an denen sie gefehlt hatte.

Sam und Sergeant Millwall standen auf und dankten mir für meine Mithilfe. Sie würden sich wieder melden. Wir schüttelten uns die Hand, und sie gingen.

Nach diesem Gespräch war ich immer noch schockiert von der Tatsache, dass Venus im Krankenhaus lag. Ich war aber auch verstimmt. Ihr Schulschwänzen war der Polizei gemeldet worden. Zumindest hatte man mich das glauben gemacht. Aber wenn es gemeldet worden war, warum wusste die mit dem Fall beauftragte Beamtin nichts davon? Diese Gedanken verfolgten mich, und ich rief Bob an.

Wir sprachen noch einmal alles durch. Nach allem, was er erfahren konnte, war Venus bewusstlos zu Hause gefunden worden. Ihre Mutter hatte sie in die Notaufnahme des Krankenhauses gebracht. Auch ihm war gesagt worden, dass das Kind an Unterkühlung litt. Aber er glaubte nicht, dass eine Unterkühlung eine lange Bewusstlosigkeit bewirken könne. Vor allem nicht, wenn die unterkühlte Person aufgewärmt werde, was im Krankenhaus ja wohl der Fall sei. Bob meinte, dass das eine seltsame Diagnose für Kindesmisshandlung sei.

In dieser Nacht konnte ich nicht schlafen. Ich wurde die Gedanken an Venus nicht los. Misshandlung. Wie lange schon? Ich ließ mir alle einzelnen Vorfälle, an die ich mich erinnern konnte, durch den Kopf gehen, um auszuprobieren, ob sie jetzt eine neue Bedeutung bekamen. Aber ich kam nur zu dem Schluss, dass wir nichts für Venus hatten tun können. Ich so wenig wie jeder andere. So viel war klar. Hätte ich etwas voraussehen können? Ich lag im Dunkel wach und suchte nach einer Antwort.

NEUIGKEITEN verbreiten sich schnell. Im Lehrerzimmer drehten sich am nächsten Tag alle Unterhaltungen um Venus. Ihre gewalttätigen Ausbrüche auf dem Schulhof und die Tatsache, dass fast jeder Lehrer einmal eines ihrer Geschwister in der Klasse hatte, trugen dazu bei, dass alle Kollegen sich persönlich betroffen fühlten. Aber auch die Gerüchteküche kam ins Brodeln. Jemand hatte gehört, dass Danny und Teri verhaftet und alle ihre Kinder in einem Heim untergebracht worden seien. Jemand anders hielt dagegen, dass Wanda immer noch durch die Gegend ziehe. In Wahrheit wusste niemand etwas Genaues. Und keiner von uns konnte die Wahrheit herausfinden.

Ich versuchte verzweifelt, das Gerede von meinen Schülern fern zu halten. Irgendwann würde man ihnen sagen müssen, dass Venus etwas passiert war. Aber ehe die Erwachsenen wirklich Bescheid wussten, schien es nicht angebracht, sie der Gerüchteküche auszusetzen. Falls das überhaupt möglich war.

Es erwies sich als unmöglich. Natürlich war es Billy, der seine Lauscher überall aufgesperrt hatte. Wir waren gerade aus der Nachmittagspause ins Klassenzimmer zurückgekommen, als er an meinen Schreibtisch trat. „Ich höre, dass viel geredet wird. Bei den Lehrern. Bei den großen Kids. Was is passiert?"

Jetzt kam noch Jesse dazu. „Wo ist wem was passiert?"

„Was hast du gehört, Billy?", fragte ich.

„Jemand hat gesagt, dass Venus tot is. Von einem Auto überfahrn."

„Nein", sagte ich. „Das ist Gerede. Es stimmt überhaupt nicht."

Ich erklärte den Jungen, dass ich selbst nicht viel wusste, dass wahrscheinlich niemand die Wahrheit kannte. „Mr Christianson und ich haben mit der Polizei geredet, und man hat uns gesagt, dass Venus im

Krankenhaus ist. Mehr weiß ich auch nicht. Wir müssen warten, bis man aus dem Krankenhaus Genaueres erfährt."

„Warum das?", fragte Jesse.

„Weil es im Augenblick nichts Offizielles gibt. Sie wissen noch nicht, was Venus' Verletzungen verursacht hat. Und ehe sie nicht mehr wissen, wollen sie nichts darüber sagen."

Eine Pause entstand. Billy wandte den Kopf und schaute zum Fenster. „Ich möchte wissen, wie das wär, wenn jemand in unsrer Klasse stirbt."

„Ich will nicht daran denken", sagte Jesse. Er zuckte stark.

„Kinder müssen nicht sterben", sagte Billy und schwieg eine Weile. „Ich hab sie nich gemocht. Erst mal hat sie mich dauernd angegriffen. Dann war sie eben schizo. Sie hat ja nie was gesagt. Saß da und starrte mich an. Aber wenn man wen nich mag, heißt das nich, dass man will, dass er tot is."

„Kids sterben aus allen möglichen Gründen", fügte Jesse hinzu. „Viele Kinder sterben, weißt du, ich kenn einen Jungen, der vom Auto überfahren wurde und starb. Er stieg gerade aus dem Schulbus aus. Sein Bruder war mit mir im Kindergarten."

„Echt?", sagte Billy ganz beeindruckt. Dann sah er mich an. „Was passiert, wenn man stirbt?"

Ich lächelte ihn freundlich an. „Das wüsste ich auch gern, Billy. Aber ich weiß es nicht."

„Solltest du aber. Du bist Lehrerin", sagte er. Es war kein spöttischer Unterton in seiner Stimme, wie ich erwartet hatte. Er sah mich ganz ernst an.

„Leider habe ich auch als Lehrerin nicht alle Antworten zu allen Fragen. Das hat niemand."

„Aber du könntest sie nachschlagen", erwiderte er. „Gibt es da nicht extra was für Lehrer, wo sie alles nachschlagen können?"

Ich lächelte wieder. „Nein, das sind die gleichen Dinge, die du auch benutzen kannst."

„Das sollt es aber geben. So was wie das Riesenantwortbuch mit allen Antworten der Welt drin." Er grinste kurz und wurde dann wieder ernst. „Weißt du, was ich überleg? Es is nicht das Totsein. Ich glaub nich, dass mir tot sein was ausmacht, das is wie lebendig sein, nur anders. Aber ich überleg mir halt, wie das Sterben is. Also, was das für ein Gefühl is. Glaubst du, dass es echt Angst macht?"

„Ja, mir macht Sterben Angst", sagte Jesse.

„Mir auch", sagte ich. „Aber ich denke, das ist von der Natur so eingerichtet, damit wir uns aufs Leben konzentrieren. Weil wir sonst vergessen könnten, gut auf uns aufzupassen. Aber ich denke nicht, dass das Sterben wirklich Angst macht. Es ist ja was, was wir alle tun werden. Also was Natürliches. Deshalb denke ich, wenn die Zeit gekommen ist, fühlen wir uns wahrscheinlich bereit dafür."

Ein erfreutes Lächeln erhellte Billys Gesicht. „He, das hab ich verstanden! Jaja, du hast wahrscheinlich Recht!"

Jesse war nicht so schnell zufrieden zu stellen. „Aber was ist mit kleinen Kindern, die sterben? Die können doch nicht bereit dafür sein."

Ich sah ihn an. „Da bin ich mir auch nicht sicher, Jesse."

Jesse schüttelte betrübt den Kopf. „Kleinen Kindern sollte es nicht passieren", sagte er. „Kids sollten einfach nicht sterben."

„Yeah", sagte Billy seufzend. „Viele Dinge sollten Kids nich passieren. Viele Dinge sollten überhaupt nich passieren. Punkt."

Kapitel 9

Das Wochenende kam. Alle wollten wissen, was mit Venus war, aber die Polizei hatte sozusagen eine Nachrichtensperre verhängt. Bob und ich erfuhren auch vom Jugendamt nichts. Wir warteten auf einen Anruf wie alle anderen auch.

Es fiel mir schwer, mich auf andere Dinge zu konzentrieren, ohne ständig durch Gedanken an Venus abgelenkt zu werden. Ich glaube nicht, dass ich je ein so geheimnisvolles Kind unter meinen Schülern gehabt hatte. Fast das ganze Schuljahr war vergangen, ohne dass ich viel mehr von ihr wusste als am Anfang. Trotzdem hatte ich nicht das Gefühl, bei ihr versagt zu haben. Bei manchen Kindern merkte ich, dass ich nicht weiterkommen würde oder vom Weg abgekommen war. Bei Venus hatte ich immer das Gefühl gehabt, dass sich eine Verbindung zwischen uns herstellen ließe. Aber was sollte jetzt werden?

Zu diesem Durcheinander kam noch hinzu, dass ich eine neue Schülerin bekam. Sie hieß Alice und war acht, sah aber viel jünger aus, weil sie klein wie ein Kindergartenkind war. Sie hatte lange blonde Haare, die sie mit einem Band aus der Stirn zurückhielt, wie Alice im Wunderland, für die sie im Übrigen ein gutes Double abgegeben hätte. Außer dass ihre Haare in wilden Locken endeten und sie sehr große braune, unruhig flackernde Augen hatte.

Sie war ungefähr zwei Monate zuvor in unsere Stadt gezogen. Alice hatte bis dahin eine Privatschule besucht, wo den Kindern die eigene

Lerngeschwindigkeit selbst überlassen wurde. Die Folge war, dass ihre Fähigkeiten und Kenntnisse weit hinter denen ihrer Altersgenossen zurücklagen. Sie wurde in die dritte Klasse einer Regelschule am anderen Ende der Stadt eingewiesen, wo ihre Familie lebte. Dort bekam sie zusätzlichen Förderunterricht, aber es wurde bald ersichtlich, dass sie nicht nur mit Wissenslücken zu kämpfen hatte. Alices Verhalten war nämlich recht eigenartig, das konnte man nicht übersehen. Zum einen sprach sie mit ihrer rechten Hand. Sie hielt sie vor sich hin, wendete nicht den Blick von ihr und begann zu ihr zu sprechen. Ihre Hand hatte sogar einen Namen und hieß „Mimi". Sie sprach mit ihr, wie es kleinere Kinder oft mit unsichtbaren Spielkameraden tun.

Alice hatte auch die Angewohnheit, seltsame Dinge zu sagen, die keinen Sinn ergaben, aber oft irgendwie poetisch klangen. Als ich ihr zum ersten Mal begegnete, sagte sie zum Beispiel: „Niemand weint. Mit Tränen. Niemand isst. Mit Schlucken. Niemand fragt. Mit Bitten."

„Möchtest du deine Jacke hier aufhängen?" Ich zeigte ihr unsere Garderobe, wo wir unsere Sachen für draußen aufhängen konnten.

„Sie feilten ihre Gürtelschnallen messerscharf", erwiderte sie.

Aber Alice konnte auch normal reden. Sie grüßte die Jungen, als diese ins Klassenzimmer kamen. Sie fragte Billy, wo er seine Adidas-Jacke gekauft habe. Und sie konnte lesen, schreiben und rechnen. Zwar erreichte sie nicht das durchschnittliche Leistungsniveau von Achtjährigen, aber sie erledigte die Aufgaben in ihrer Mappe mühelos. Und im Lesen konnte sie es gut mit Billy aufnehmen.

An diesem Nachmittag hatten wir noch einen Neuzugang – Rosa Gutierrez. Mittleren Alters, stabil gebaut, mit dunklen lockigen Haaren, die von einem bunten Tuch in einem wirren Knoten zusammengebunden waren, betrat Rosa den Raum, als ob sie schon immer hier gearbeitet hätte. Sie begrüßte mich auf ihre herzliche Art und gab Billy einen Klaps auf den Rücken. „He, du bist ein flotter Junge! Wie alt bist du?", fragte sie.

„Neun", antwortete er ein bisschen kleinlaut. Was mich sehr beeindruckte. Wer immer es erreichte, dass Billy ein bisschen kleinlaut wurde, hatte sofort meine Hochachtung.

„Und ich bin neu", sagte Alice. „Ich bin erst heute gekommen."

„Na, siehst du, mein Schatz, ich bin heute auch neu."

„Wo ist Julie?", fragte Shane.

„Erinnerst du dich?", sagte ich. „Wir haben neulich darüber geredet. Julie arbeitet in einer anderen Schule. Jetzt gehört Rosa zu uns."

Shane runzelte die Stirn. Offensichtlich erinnerte er sich nicht.

„Und warum?“, fragte Zane.

„Weil Mr Christianson es so entschieden hat“, antwortete ich. „Und jetzt wollen wir dafür sorgen, dass sich Rosa bei uns wohl fühlt.“

„Okay“, sagte Billy und wandte sich an Rosa. „Wie is es mit Singen?“

ROSA erwies sich als die Hilfe, die wir brauchten. Sie arbeitete schon seit Jahren in unserem Schulamtsbezirk, vor allem mit entwicklungsmäßig zurückgebliebenen Kindern. Sie brachte viel Erfahrung mit und konnte prima mit den Kindern umgehen. Sie war lebhaft und seriös und sagte ihre Meinung immer freiweg, aber stets freundlich und humorvoll. Und sie sang. Ein bisschen unmelodiös und entschieden zu laut, aber deswegen wurde sie umso schneller zu einem festen Mitglied unserer Gruppe.

„Ich hab noch keine Klasse gesehen und gehört, die einfach mit einem Lied so loslegt wie ihr“, sagte Rosa, als wir ein brausendes „High Hopes“ anstimmten, während sich alle für die Nachmittagspause anzogen.

„Gefällt es dir?“, fragte Jesse.

„Ich finde, das ist völlig gestört“, sagte Alice.

„Gott hat kleine Engel, die für ihn im Himmel singen“, erklärte Rosa. „Ich habe das Gefühl, ich habe kleine Engel, die hier auf der Erde singen. Das ist doch was Gutes, oder?“

„Ich find’s plemplem“, sagte Alice.

„Warum denn?“, fragte Rosa.

„Ich kenn den Text gar nicht.“

„Ich kenn den Text auch nicht“, sagte Rosa. „Deshalb sing ich eben la-la-la. Das ist doch okay. La-la-la reicht völlig.“

„Das stimmt“, sagte ich.

„Ich halte es trotzdem für gaga“, sagte Alice. „Und ich glaube, dass hier drinnen alle komplett verrückt sind.“

„Na, dann“, sagte Billy, „bist du hier ja genau richtig.“

ALS DIE Kinder nach dem Ende des Unterrichts gegangen waren, setzten sich Rosa und ich noch an einen Tisch, um ein wenig zu plaudern. Ich erfuhr, dass sie 48 war und aus Mexiko stammte. Sie war mit zehn als Gastarbeiterkind in die USA gekommen. Sie heiratete jung und bekam mit Joe, einem Kfz-Mechaniker, schnell hintereinander sechs Kinder. Als die Jüngste in den Kindergarten kam, begann sie als pädagogische Hilfskraft in unserem Schulamtsdistrikt zu arbeiten. Inzwischen waren alle ihre Kinder erwachsen und hatten eigene Familien, mit Ausnahme der Jüngsten, die im Herbst heiraten würde. „Sie ist Lehrerin“, erklärte

Rosa stolz. „Drei meiner Kinder sind Lehrer. Wir haben sozusagen Erziehung im Blut.“

Über Rosa wusste ich innerhalb von dreißig Minuten mehr, als ich in all den Monaten, die wir zusammen waren, je von Julie erfahren hatte. Wir schwatzten immer noch, als Bob hereinkam. „Torey? Wir haben eine Besprechung. Um fünf Uhr beim Jugendamt in der Stadt.“

Ich sah ihn fragend an, weil ich nichts von einem solchen Termin wusste.

„Wegen Venus“, sagte er. „Sie wollen zuerst mit uns sprechen, ehe sie mit den Medien reden.“

Bob und ich wurden in einen hellen, freundlichen Konferenzraum geführt. Ein riesiger ovaler Tisch nahm fast den gesamten Raum ein. Ich kannte einige der Anwesenden: den Leiter des Jugendamts, zwei Sozialarbeiter, die Venus’ Familie betreut hatten, Sergeant Millwall und Sam Patterson. Insgesamt nahmen 15 Personen an dem Tisch Platz, darunter auch Polizisten in Uniform.

„Ich möchte Ihnen einen offiziellen Bericht über den Fall Venus Fox geben“, begann der Jugendamtsleiter. „Und ich möchte mich bei allen bedanken, die an der Aufklärung dieses Falles beteiligt waren.“

Und dann folgte die ganze Geschichte.

Venus war am Morgen nach dem zweiten heftigen Schneesturm bewusstlos ins Krankenhaus gebracht worden. Sie litt an Unterkühlung und Erfrierungen. Ihre Mutter erzählte den Ärzten, dass Venus in der Nacht in das Unwetter hinausgelaufen sei. Als Venus untersucht werden sollte und ausgezogen wurde, entdeckte man, dass sie unterernährt war und zahlreiche Blutergüsse und Schürfwunden hatte, die auf Misshandlungen schließen ließen. Röntgenaufnahmen zeigten fünf Knochenbrüche in verschiedenen Stadien der Abheilung, sodass man davon ausgehen konnte, dass sie ihr über einen längeren Zeitraum beigebracht worden waren. Darüber hinaus konnten 22 bereits verheilte Brüche nachgewiesen werden.

Der Beamte sprach langsam und ruhig, als er über die Details aufklärte. Die schrecklichen kleinen Details, wo was gebrochen wurde, ob es verheilt war oder nicht, wo sich die kleinen Abschürfungen befanden, die darauf hinwiesen, dass sie gefesselt worden war, wie ihr Haar lichter wurde als Folge der Unterernährung.

Ich saß kalt und unbeweglich wie Granit da.

„Wie kam es zu der Unterkühlung?“, wollte jemand wissen.

Da erfuhr ich, dass aus „schlecht“ noch „schlimmer“ werden konnte.

„Darauf komme ich gleich zu sprechen“, erwiderte der Jugendamtsleiter geduldig.

Der Grund für Venus’ Unterkühlung war, dass sie gezwungen wurde, nackt in einem unbeheizten Badezimmer zu schlafen. All dieser Taten verdächtigt wurde Danny, der zu seiner Verteidigung vorbrachte, dass sie ins Bett genässt habe und dass das der einzig richtige Platz für sie gewesen sei. Der Jugendamtsleiter berichtete weiter, dass die Ermittlungen der Polizei ergeben hätten, dass Venus wahrscheinlich wochenlang in dem Badezimmer schlafen musste und dass sie dort auch die meiste Zeit eingesperrt war, wenn sie zu Hause war. Etwas zu essen erhielt sie nur, wenn Wanda daran dachte, ihr etwas zu geben. Wanda war anscheinend die einzige Person, die sich überhaupt um sie kümmerte. Danny verbot den anderen Kindern jeden Kontakt mit ihr.

Ich konnte nicht mehr aufnehmen, was der Beamte sonst noch erzählte. Ich saß nur noch da und starrte auf den Tisch.

Wie hatten wir die Anzeichen dieser schrecklichen Misshandlung übersehen können? Venus war mitten unter uns gewesen – geschlagen, gequält, halb verhungert. Wir sahen sie fast jeden Tag und hatten nichts bemerkt. In einem Badezimmer eingesperrt? Nackt auf dem kalten Boden? Mit Abfällen gefüttert? Wochenlang? Monatelang? Wo hatte uns die Verbindung gefehlt von der Feststellung, „mit diesem Mädchen stimmt was nicht“ bis zu diesem Horrorszenario?

Nach dem Bericht des Jugendamts fühlte ich mich wie ausgehöhlt, als wäre mir das Rückenmark abgesaugt worden. Ich war im Klassenzimmer in all den vertrauten Augenblicken mit Venus zusammen gewesen, als ich ihr vorgelesen und wir die Trickfilme angeschaut hatten, und es war trotzdem passiert. Von allen, die in dem Konferenzraum saßen, hatte ich die meiste Zeit mit Venus verbracht. Von diesen allen hatte ich die größte Chance gehabt, das Schreckliche zu erkennen. Von allen traf mich die größte Schuld, es nicht getan zu haben.

Ich wollte Venus im Krankenhaus besuchen, aber die beteiligten Rechtsanwälte rieten mir davon ab. Man wollte jede Möglichkeit der Beeinflussung vermeiden. Damit sie nicht etwas sagen oder ich ihr nicht eine Ansicht unterschieben konnte, was das Verfahren beeinträchtigen könnte. Die Situation war verworren. Es fiel schwer, sich ganz auf die Fakten zu beschränken, herauszufinden, was geschah, und zu klären, was ich tun konnte. Die Brüder und Schwestern von Venus waren natürlich sofort von staatlichen Stellen in Obhut genommen worden, was aber bedeutete, dass man sie über die ganze Stadt verteilte, weil es so viele waren. Alle, die an unserer Schule gewesen waren, wurden innerhalb weniger Tage woanders untergebracht. Wanda war in eine betreute Wohngruppe eines Pflegeheims in einer anderen Stadt gesteckt worden. Gegen Danny sollte Anklage in der Hauptsache erhoben, Teri sollte der Beihilfe angeklagt werden. Sie saßen beide in Untersuchungshaft.

Am besten konnte ich Kontakt mit Venus halten, wenn ich ihr Kleinigkeiten ins Krankenhaus schickte. In der Klasse stellten wir ein kleines Heft zusammen. Ich ließ alle Kinder ein Selbstporträt malen und aufschreiben, was gerade in der Schule passierte und was sie Venus wünschten. Dann banden wir alles mit einem Band zusammen, sodass man weitere Blätter einlegen konnte. Ich hatte vor, ihr jeden Tag eine Seite zu schicken, damit sie immer wusste, was gerade bei uns los war.

Shane und Zane zeichneten ihre Porträts und schrieben nur: *Werd gesund. Komm bald wieder.*

Tut mir Leit das du ihm Krankenhaus bist, schrieb Billy. *Ich hab dich imer „Schietzo" genant und das tut mir Leit. Ich will dich nicht beleidigen. Ich hoffe du komst zurück. Schöne Grühße. Billy.*

Jesse schrieb: *Liebe Venus, komm zurück. Wir vermissen dich. Ich wahr auch mahl im Krankenhaus. Wegen den Mandeln. Das hat im Hals weh getahn aber ich hab eine Menge Eis gekriegt. Viehleicht kriegst du auch Eis. Wir machen nix interessantes in der Schule. Du versäuhmst hier nix.*

Und Alices Beitrag lautete: *Du kenst mich nicht. Ich bin 8. Ich bin neu. Ich weiß nicht warum ich das tun muss weil du mich nicht kenst und ich dich nicht kene und es plemmplemm ist. Ich bin ein Mädchen dann sind wir zwei Mädchen wenn du entlich zurückkomst. Komm balt! Hier sint zu viele Jungs!!! Hoffentlich bist du balt gesunt. Alice.*

ES FOLGTEN zwei Wochen Warten, in denen uns kaum neue und fast keine verlässlichen Informationen erreichten. Ich hörte, dass Venus aus dem Krankenhaus entlassen und bei einer Pflegefamilie untergebracht sei. Aber ich wusste nicht, wo.

Zweimal besuchte Sam Patterson mich nach dem Unterricht im Klassenzimmer. Sie sah sich die wenigen Dinge an, die daran erinnerten, dass Venus in unserer Klasse gewesen war. Da Venus kaum mitgearbeitet hatte, gab es keine Arbeitsblätter wie von den Jungen. Ich konnte ihr nur Venus' Tisch und das She-Ra-Schwert zeigen.

Ich ging mit Bob zu einem Termin beim Staatsanwalt. Er sah sich mein Notizbuch aus dem Unterricht an, in dem ich das ständige Fehlen von Venus und meine Empörung darüber notiert hatte. Der Staatsanwalt bemerkte, wie frustrierend der Fall für ihn sei, weil Venus mit niemandem spreche. „Keine besonders angenehme Familie, nicht wahr?", murmelte er mit verdrossener Miene.

Bob nickte zustimmend.

Ich dachte, wie leicht es war, andere mit ein paar Worten abzuschreiben. Und wie verdammt hart es war, etwas zu erreichen, wenn man das Gegenteil versuchte.

Etwa zehn Tage später, es war Freitagmorgen, rumpelte es im Treppenhaus und dann im Flur vor unserem Klassenzimmer. Es war erst 8.20 Uhr, 15 Minuten bis zum Beginn des Unterrichts, wenn die Kinder hereinkommen würden.

Im Fenster der Tür erschien Bobs Gesicht. Er trug etwas. Dann rumpelte es gegen die Tür, und schließlich flog sie auf. Ein Rollstuhl kam herein und dahinter Bob. Er trug Venus auf den Armen.

„Hier hab ich jemand für dich", sagte er gut gelaunt.

„Ja, hallo!", rief ich.

Bob setzte sie in den Rollstuhl.

Sie war ein anderes Kind geworden. Ihr langes struppiges Haar war sauber und kurz geschnitten. Der Dreck auf ihrer Haut war ebenso verschwunden wie Bläschenausschlag und Flechten. Sie trug ein hübsches grünes Gingham-Top und eine grüne Hose. Ihre bandagierten Füße steckten in Pantoffeln, die wie kleine Hunde aussahen.

Wegen der Erfrierungen hatten an beiden Füßen Zehen amputiert werden müssen. Sie sollte eigentlich schon mit Krücken gehen können, aber bisher hatte sie es noch nicht versucht. Also war sie an den Rollstuhl gebunden.

Als Bob ging, kniete ich mich neben den Rollstuhl. „Ich freue mich, dass du wieder da bist."

Ich zögerte einen Augenblick. Was sollte ich ihr sagen? Ich wollte mich entschuldigen. Unbedingt. Damit sie wusste, dass es mir Leid tat, dass ich so blind gewesen war, und dass es mir vor allem Leid tat, dass ich durch meine Unaufmerksamkeit an ihrem Leiden mitschuldig war. Aber mit dieser meiner Schuld musste ich selbst klarkommen. „Es tut mir Leid", sagte ich stattdessen leise, „dass dir so schlimme Dinge passiert sind. Und ich hoffe, dass von jetzt an alles viel besser wird."

Sie starrte mich an, ohne zu reagieren.

„Tun deine Füße noch weh?", fragte ich.

Sie schaute auf ihre Pantoffeln und blickte dann wieder mich an. Aber sie antwortete nicht.

„Vielleicht geht es ihnen schon bald besser. Jetzt bring ich dich erst mal an deinen Tisch. Und zeige dir, was wir gerade machen."

DIE KINDER waren begeistert, dass sie wieder da war.

„He, du bist ja wieder!", rief Billy. „Oh, cool! Ein Rollstuhl! Darf ich auch mal fahrn?"

„Wozu brauchst du einen Rollstuhl?", wollte Jesse wissen. Er ging um ihren Tisch herum, beugte sich hinunter, sah sich alles genau an und fragte dann: „Was ist mit deinen Füßen passiert?"

Shane und Zane flitzten vorbei. „Ich hab ein Geschenk für dich!", rief Shane. Er rannte zu seinem Papierkorb und zog ein zusammengeknülltes Stück rosa Krepppapier heraus, das von unserer Papiertulpenherstellung im Kunstunterricht übrig geblieben war. Das hielt er Venus vor die Nase. „Das ist eine Papierblume. Die hab ich für dich gemacht." Er setzte sich auf ihren Tisch.

Alice schlenderte lässig herbei. „In Gedanken an vergangne Tage erleben Vergangenheit wir neu", sagte sie.

„Alice, möchtest du dich nicht vorstellen?", schlug ich vor.

„Schmerz und Schrecken über Unvollendetes währen ewiglich."

„Na gut, dann vielleicht später", sagte ich.

Ich musste ganz konsequent mit den grünen, gelben und roten Scheiben des Ampelsystems arbeiten, um alle auf ihre Plätze zu bekommen und gegen die Partyatmosphäre im Raum anzukämpfen. Es war weniger Venus, die die ganze Aufregung bewirkte, als der Rollstuhl, den alle am liebsten ausprobiert oder herumgeschoben hätten. Außerdem hatten wir draußen den ersten sonnigen und warmen Frühlingstag, an dem man schon den kommenden Sommer spürte.

Insgeheim hatte ich erwartet, dass Venus sich grundsätzlich verändert hatte. Dass in den letzten Wochen eine tief gehende Verwandlung in ihr vorgegangen sein musste, weil ihr Schicksal und meine Beteiligung daran mich selbst verändert hatten. Aber das war ein Irrtum. Sie blieb stumm und ohne Reaktion und wirkte höchstens unbeteiligter denn je. Sie ließ die Jungen um ihren Rollstuhl herumtoben, ohne dass es wie früher zu einem ihrer blindwütigen Ausbrüche kam. Sie saß wirklich völlig unbeweglich da, ihr Gesicht war starr wie eine Maske.

Neu und anders war jedoch die uns zeitweise aufgezwungene körperliche Nähe. Ich musste Venus die Treppe hinauf- und hinuntertragen, wenn wir auf die eher unbequemen Dienste des kleinen, ewig knarrenden Aufzugs am anderen Ende des Gebäudes verzichteten. Und ich musste sie auf die Toilette begleiten. Das bedeutete erst einmal, dass ich merken musste, wann sie ein Bedürfnis verspürte, denn sie sagte es natürlich nicht. Daher trug ich sie in jeder Pause in den Toilettenraum, half ihr beim Ausziehen, setzte sie auf die Schüssel und hob sie wieder hoch. Dass ich mich in so intime Verrichtungen einmischte, empfand ich einerseits als seltsam, ja als Anmaßung, andererseits als unvermeidlichen Zwang, Grenzen zu überschreiten. Ich bemühte mich daher, ihr durch meine Hilfestellung zu vermitteln, dass sich jemand in freundlicher Absicht um sie kümmerte, dass sie nicht grob angefasst, herumgestoßen und ausgezogen wurde oder den unangenehmen Druck einer vollen Blase aushalten musste.

Da ich sie so schnell wie möglich wieder in den normalen Schulalltag integrieren wollte, ging ich nach dem Essen gleich auf den Schulhof, um nach Venus zu sehen. Sie war auf den Hof geschoben worden, und eine der Pausenaufsichtspersonen stand bei ihr.

„Möchtest du mit hinaufkommen?“, fragte ich.

Venus richtete ihren Blick auf mich. Er war rätselhaft. Ihr Gesichtsausdruck war nicht zu deuten.

„Möchtest du mit hinaufkommen und dir einen Trickfilm anschauen?“, fragte ich.

Keine Reaktion.

„Ach, versuchen wir’s mal.“ Ich schob sie im Rollstuhl zum Aufzug. Er war sehr langsam. Bis er kam, wäre ich schon längst die Treppe zu Fuß hinaufgestiegen. „Das wird eine Erleichterung, wenn du wieder gehen kannst, hm?“, sagte ich, während ich vor unserem Klassenzimmer nach dem Türschlüssel in meiner Tasche suchte. „Dieser Aufzug ist eine Qual.“

Ich schloss auf und schob Venus in den Raum.

„Sollen wir ein Video anschauen? Ich hab ein neues.“ Ich holte die Kassette aus meiner Schreibtischschublade und hielt sie ihr hin.

Venus bewegte sich nicht. Ich legte sie auf ihren Schoß.

„Tut mir Leid“, sagte ich. Ich kniete mich neben ihren Stuhl. „Es tut mir Leid, dass ich nicht wusste, was mit dir geschah. Es tut mir Leid, dass ich nicht mehr Hilfe angeboten habe.“

Sie sah mich lange an. Ihr Blick war prüfend und ließ meinen nicht los.

„Ich wusste es nicht. Wirklich nicht. Ich wusste nicht, dass es dir so schlecht ging“, sagte ich. „Wenn ich es sicher gewusst hätte, hätte ich versucht, dir zu helfen. Es tut mir so Leid, dass ich das nicht konnte.“

Sie sah mich noch einen Augenblick länger an, dann senkte sie den Blick und fixierte ihre Hände in ihrem Schoß. Sie waren gefaltet. Jetzt schlang sie sie ineinander. Sie sah mich wieder an. „Hast du noch mein Schwert da?", fragte sie.

„Ja. Soll ich es dir holen?"

Sie nickte.

Ich hatte das Schwert auf den Schrank mit den Kunstmaterialien gelegt, weil ich befürchtete, dass die Jungen es in die Hände bekommen und womöglich beschädigen könnten. Ich holte es herunter. Es war ein wenig staubig.

„Einen Moment noch. Ich möchte es erst abwischen." Ich ging zum Waschbecken und nahm ein Tuch aus dem Unterschränkchen. Damit fuhr ich über die Plastikteilchen, bis sie wieder glänzten. „Hier." Ich reichte ihr das Schwert.

Venus nahm es in beide Hände und hielt es ganz langsam, wie in Zeitlupe empor. Während sie es mit der einen Hand am Griff hielt, fuhr sie mit der anderen über die verzierte „Klinge". Ihr Gesichtsausdruck war nicht zu deuten. Dann streckte sie es von sich weg, als ob sie es zum ersten Mal sähe und seine Größe messen würde.

„Grayskull zu Ehren", sagte ich ruhig und lächelte.

Da sah sie mich wieder an. Ohne mein Lächeln zu erwidern. Sie ließ den Blick sinken, dann das Schwert. „Es funktioniert nicht", sagte sie leise. „Es funktioniert wirklich nicht."

ROSA war auch sehr erfreut, dass Venus da war. „Schau an! Du siehst aber hübsch aus in deinen schönen grünen Kleidern! Wie eine kleine Blumenfee siehst du aus!"

Venus starrte sie an.

„Das ist Rosa", stellte ich vor. „Sie unterstützt uns am Nachmittag. Erinnerst du dich noch an Julie? Sie arbeitet jetzt in einer anderen Schule. Deshalb kommt Rosa jeden Tag zu uns."

„Und dir helfe ich auch, meine kleine Blume", sagte Rosa. „Wir nehmen uns heute ein hübsches Blatt mit Matheaufgaben vor. Ich habe gesehen, dass das in deiner Mappe liegt."

Keine Reaktion.

Alice machte sich nichts daraus, dass Venus auf keinen von ihnen reagierte. „Sie und ich werden richtige Freundinnen", sagte Alice, als sie von der Mittagspause zurückkam. „Können wir an einem Tisch zusammensitzen?"

„Bis jetzt hat es immer besser funktioniert, wenn jeder einen Tisch für sich selbst hatte", antwortete ich.

„Warum?", fragte Alice. „Ich hab das schon gemerkt, als ich hier zum ersten Mal reinkam. Fünf Kids und fünf Tische. Jetzt sechs Kids und sechs Tische. Warum sitzen wir Leute nicht alle zusammen? So könnten sie und ich zusammensitzen, weil wir Freundinnen sind. He, wie heißt du gleich? Du da?"

Venus wandte nicht einmal den Kopf.

„Macht jetzt eure Mappen auf", sagte ich.

„Aber was ist denn jetzt? Kann ich mit dem Mädchen an einem Tisch zusammensitzen?", fragte Alice und stand auf. „Kann ich?"

„Ja, können wir das nich mal bisschen umstellen hier drin?" Billy fing den Ball auf. „So war's ja schon immer!"

Mein Versuch, mit der Arbeit zu beginnen, war fehlgeschlagen. Ich wurde nun doch in eine Auseinandersetzung verwickelt. „Das letzte Mal, als ich probeweise mehr als einen Schüler an einem Tisch sitzen ließ, kam es dauernd zu Raufereien", verteidigte ich mich.

„*Yeah.* Und das letzte Mal, als probeweise mehr als ein Schüler an einem Tisch saß, ist eine Million Jahre her", sagte Billy. „In meiner Gastklasse sitzen wir, wo wir wollen. Da kann ich mir jedes Mal aussuchen, mit wem ich zusammensitzen will und mit wem nich."

„In deiner Gastklasse gibt's keine Schüler, die versuchen, sich gegenseitig umzubringen", konterte ich.

„Na, die gibt's hier drin auch nicht, oder?", bemerkte Alice.

Plötzlich dämmerte es mir, dass sie Recht hatte. Ich hatte nicht mehr die Bande vor mir, von der ich jeden Einzelnen an einen eigenen Tisch setzen musste.

„Ja, lass uns umsitzen. Bitte!", sagte Billy.

„Ja, ich will auch umsitzen", stimmte Jesse zu.

„*Yeah!* Ich und Jesse. Sie und sie. Und die Zwillinge zusammen. Das wär's", tönte Billy. „Biiiiitte schöööön!"

Ich lächelte. „Okay. Versuchen wir's. Jeder sucht sich den Platz, an dem er sitzen möchte."

Die Zwillinge, die während der Diskussion mit irgendwelchen Sachen herumgespielt hatten, wurden jetzt von den Ereignissen überrascht. Sie schauten unverständig hin und her, als plötzlich alle aufstanden.

„Shane, jeder sucht sich einen neuen Platz, an dem er sitzen möchte", erklärte ich. „Wenn du möchtest, kannst du auch woanders sitzen."

„Ich möchte bei Billy sitzen!", rief Shane.

„*Yeah,* ich auch!", krähte Zane. Und plötzlich saßen die vier Jungen am selben Tisch.

„Na, na, na. Ich glaube nicht, dass das gut geht", sagte ich und ging zu ihnen hinüber. „Ihr werdet bloß Unfug machen, wenn ihr alle zusammensitzt."

„Woher weißt du das?", fragte Billy. „Du gibst uns nie 'ne Chance. Du verdächtigst uns. Das is es."

„Ja, schon. Aber ich kenne euch ziemlich gut", sagte ich. „Also ist der Verdacht begründet."

Billy lehnte sich über den Tisch und fixierte die Zwillinge. „Hört zu, ihr beiden. Könnt ihr still sitzen und euch benehmen, wenn ihr sitzen bleiben dürft?"

Beide schauten ihn mit großen Augen an. *„Yeah",* sagte Shane.

„Ehrenwort?"

Shane und Zane nickten feierlich.

In der Zwischenzeit hatte sich Alice einen Platz an Venus' Tisch gesucht. Sie wählte den Platz rechts von Venus' Rollstuhl.

„Ich bin acht", sagte sie. „Wie alt bist du?"

Venus saß mit geneigtem Kopf da. Sie sah Alice nicht an.

„Ich hab Leuchtstifte", sagte Alice. Sie holte ihr Mäppchen hervor und nahm zwei raus. „Du kannst einen benutzen, wenn du willst." Sie legte ihn vor Venus auf den Tisch. „Hier, der ist für dich."

Keine Reaktion.

„Da gibt's eine Göttin, die heißt wie du. In der Sage. Hast du das gewusst?" Keine Reaktion. „Die Göttin der Schönheit. Du hast also einen berühmten Namen."

Keine Reaktion.

„Ich denk, dass du Glück hast. Mehr als ich. Jeder denkt an ‚Alice im Wunderland', wenn er meinen Namen hört. Dann sagen sie immer: ‚Hast du das weiße Kaninchen heute schon gesehn?', und ich hasse das."

Venus starrte weiter auf die Hände in ihrem Schoß.

Alice lehnte sich weit über den Tisch. „Warum sagst du nie was?"

„Alice", sagte ich, als ich das bemerkte, „Venus mag nicht, wenn man ihr zu nahe kommt."

„Ja, sie haut dir eins in die Fresse!", rief Billy. „Hat sie mir schon gemacht, stimmt's, Venus? Als sie am Anfang hier reinkam, ging sie los wie eine Atombombe. Boom!", schrie er.

„Billy, das reicht jetzt", sagte ich.

Die Zwillinge konnten sich nicht zurückhalten. „Boom!", rief Zane und sprang wie eine Rakete von seinem Stuhl auf. „Boom!“, echote Shane.

Billy sah mich mit einem entschuldigenden Dackelblick an und widmete dann allem Anschein nach seine volle Aufmerksamkeit seiner Arbeitsmappe.

Alice ließ einen tiefen Seufzer hören. „Eine Welt voller Gräber und Friedhöfe“, murmelte sie. „Eine Welt voller Tränen und Sehnen.“

Jesse lächelte selig. „Wisst ihr was? Ich find’s so toll in dieser Klasse.“

Es gab jetzt keinen Grund mehr, mit Venus in der Pause im Klassenzimmer zu bleiben. In ihrem Rollstuhl war sie für niemand mehr eine Gefahr. Ich beschloss jedoch, dieses Ritual der besonderen Zeit zu zweit fortzuführen. Ich ließ Rosa die anderen in die Nachmittagspause begleiten und blieb mit Venus im Klassenzimmer.

„Möchtest du auf die Toilette?“, fragte ich, weil ich diese Aufgabe, wenn nötig, lieber gleich erledigen wollte.

Venus sah mich an. Da wurde mir plötzlich klar, dass ich, wie so viele andere in ihrem Umfeld, gar nicht mehr erwartete, dass sie antwortete. Und das trotz meiner jahrelangen Erfahrung mit zeitweiliger Stummheit, aufgrund deren ich ein besseres Verständnis für Sprechverweigerung haben sollte. Ich hatte mich an ihr Stummsein gewöhnt. Dabei konnte sie erwiesenermaßen sprechen. Jetzt, dachte ich, war der richtige Augenblick, um ganz neu mit Venus anzufangen. Als sie mir auch diesmal nicht antwortete, wartete ich und ließ sie nicht aus den Augen.

Sie senkte den Blick.

„Venus, willst du jetzt auf die Toilette?“

Schweigen.

„Weißt du, es ist viel einfacher, wenn du redest. Ich weiß, dass du nicht ans Reden gewöhnt bist. Und ich verstehe, wenn es dich am Anfang unsicher macht. Aber es ist viel besser, wenn du redest. Also, willst du jetzt auf die Toilette?“

Keine Antwort.

Ich wartete. Schweigen ist ja etwas Komisches. Die meisten Leute fühlen sich unwohl, wenn ein Schweigen länger als etwa neunzig Sekunden andauert. Einer der Tricks, die meiner Erfahrung nach bei Sprechverweigerung helfen, ist es, sich an längere Schweigephasen zu gewöhnen und sich nicht von der „Unterhaltung“ ablenken zu lassen. Ich wartete also weiter.

Endlich nickte sie schwach.

Wenn ich mit Venus neu anfangen wollte, musste ich aufs Ganze gehen. Die Versuchung war groß, aus Mitgefühl die kleinsten Gesten als Fortschritt zu begrüßen und sie darin zu unterstützen, damit weiterzumachen. Aber zu ihrem eigenen Vorteil, ebenso wie zu meinem, musste Venus lernen, wirklich zu reagieren, und zwar vorzugsweise sprachlich. Und so sagte ich: „Wie bitte?"

Keine Antwort.

„Willst du jetzt auf die Toilette, Venus?"

Sie nickte ein bisschen stärker.

„Tut mir Leid. Ich hab dich nicht verstanden."

Sie nickte deutlich sichtbar.

„Bitte?"

Sie sah mich ganz verwundert an. Es war offensichtlich, dass sie nicht kapierte, warum ich sie nicht verstand.

Ich legte eine Hand an ein Ohr und drehte das Ohr ein bisschen in ihre Richtung. „Wie bitte? Ich habe nichts gehört."

Es entstand eine Pause. Sie sah weg, dann zurück zu mir, dann wieder auf ihren Schoß. Dann endlich sagte sie sehr leise: „Ja."

„Bitte, ein bisschen lauter", verlangte ich.

„Ja." Das klang noch nicht sehr kräftig, aber fast normal.

„Okay. Dann bring ich dich jetzt hin."

Aus meinen Erfahrungen mit Kindern, die sich weigerten zu sprechen, hatte ich gelernt, dass man ein Kind, das wieder damit begonnen hatte, unbedingt ständig fordern musste, bis das Sprechen wieder zur normalen Reaktionsweise geworden war. Als wir dann in der Toilette angekommen waren, sagte ich deshalb: „Denkst du, du kannst so lange stehen, bis wir die Hose heruntergezogen haben?"

Keine Reaktion. „Wie bitte?"

Keine Reaktion. Ich ging in die Hocke. „Tun deine Füße sehr weh?"

Keine Reaktion. Ich wartete.

Sie nickte langsam.

„Wie bitte?"

„Ja", sagte sie endlich leise.

Und so ging es voran. Frage um Frage. Antwort um Antwort. „Bist du fertig?" – „Kannst du deine Hose hochziehen, wenn ich dich stütze?" – „Kannst du den Wasserhahn selbst aufdrehen?" Am Ende beantwortete sie alles. Dafür dauerte es auch über die zwanzigminütige Pause hinaus. Die anderen Kinder waren schon seit zehn Minuten im Klassenzimmer, als ich mit Venus zurückkam, und Rosa hatte bereits mit dem Kunstunterricht begonnen.

„Schau mal, was ich mache!“, sagte Alice und zeigte auf den Ton, mit dem sie modellierte.

Ich schob Venus an ihren Platz am Tisch. „Soll ich dir auch Ton holen?“, fragte ich sie.

Keine Reaktion.

„Wie bitte?“

„Ja“, antwortete sie.

Da tat ich es.

Kapitel 10

Venus war bei Pflegeeltern untergebracht worden, die durch eine spezielle Schulung auf ihre besonderen Schwierigkeiten vorbereitet worden waren. Ich war positiv beeindruckt von Mrs Kivie, ihrer Pflegemutter, die am Ende der ersten Woche nach Venus’ Rückkehr bei mir in der Schule vorbeikam. Sie und ihr Mann hatten als Pflegeeltern bereits viel Erfahrung mit misshandelten Kindern. Obwohl darunter bisher keine waren, die so große psychische Schwierigkeiten hatten wie Venus, war sie zuversichtlich, dass sie ihre Aufgabe bewältigen würde. Noch wichtiger war allerdings, dass sie Venus mit einer echten Herzlichkeit begegnete, wenn sie mit ihr sprach und sich um sie kümmerte. Mit ihrem Lächeln, ihren Worten und ihren liebevollen Berührungen war sie ganz da für Venus.

Unter diesen ermutigenden Umständen erwarteten wir alle, dass Venus bald aufblühen würde. Mit der Fürsorge, der Unterstützung und der Ermutigung, die sie zum ersten Mal in ihrem Leben erfuhr, waren nun die Voraussetzungen dafür gegeben, dass sie die Fortschritte machte, die ihr in der früheren Misere zu Hause versagt geblieben waren. Nach den ersten Wochen im Mai zeigte es sich jedoch, dass dies nicht geschah.

Venus sprach praktisch nicht, jedes Wort musste ihr abgerungen werden. Ihre Reaktionen kamen erst nach langen Pausen, ob das im Unterricht war oder im persönlichen Kontakt mit mir. Sie sprach nie von sich aus. Sie reagierte nur, und selten sagte sie dabei mehr als ein einziges Wort. Das war der ganze Fortschritt, den wir erreichten. Venus blieb verschlossen, still und – ich kann es nicht anders sagen – depressiv.

Ja, depressiv. Sobald ich diesen Gedanken gefasst hatte, überlegte ich, dass es sich wirklich um eine Depression handeln musste. Das überraschte mich. Warum sollte sie jetzt depressiv sein, wo endlich alles ins

Lot gekommen war? Ihre Haltung war immer so verschlossen gewesen, dass man fälschlicherweise auf Depression hatte schließen können. Diesen Eindruck hatte ich früher aber nie gehabt. Trotz ihres oft starren Zustands in der Klasse spürte man ihre innere Lebendigkeit. Sei es bei ihren Wutausbrüchen gegenüber den Jungen oder bei unseren She-Ra-Rollenspielen. Jetzt war davon nichts mehr da.

Im Unterricht war Venus leichter zu haben, sie fügte sich ein, erledigte öfter eine Aufgabe, die ich ihr gestellt hatte, und zeigte kaum Anzeichen ihrer früheren „gefährlichen Art“, als sie andere willkürlich angegriffen hatte. Diese Verbesserungen hatte ich gewollt, aber nicht um den Preis der Depressivität.

Ich rief Ben Avery, den Schulpsychologen, an. Er sagte, dass man durchaus mit einer Depression rechnen müsse, wenn man sich die Katastrophen in Venus' Leben anschaue. Ich sagte, dass es aber doch seltsam sei, wenn der Wechsel aus einem katastrophalen Zuhause in eine warmherzige, liebevolle Familie ein Kind depressiv mache. Ben hielt dagegen, dass der menschliche Geist noch viel seltsamere Dinge zustande bringe.

Dann telefonierte ich mit Mrs Kivie und erzählte ihr, dass ich mir darüber Sorgen machte, wie angepasst und depressiv Venus geworden sei. Sie sagte, dass sie auch der Ansicht sei, dass Venus sehr still sei. Aber das entspreche ihrer Erfahrung mit missbrauchten Kindern. Es dauere eben seine Zeit, bis sie sich an all die Veränderungen gewöhnten. Sie erzählte mir auch, dass Venus von einem Psychiater betreut werde. Mehr könne man im Augenblick wohl nicht tun.

Auch ich konnte also im Augenblick nicht mehr tun als meine Unterstützung anbieten, Geduld aufbringen und Venus immer wieder stupsen, damit sie ein Stückchen vorankam.

Unerwarteterweise entwickelte sich Alice zu meiner besten Verbündeten. Sie ließ sich nämlich durch Venus' Verschlossenheit nicht abschrecken. Ich nehme an, dass es für jemand wie Alice, die es gewohnt war, zu ihrer Hand zu sprechen, schon ein gewisser Fortschritt war, wenn sie zu einer anderen Person sprach. Auch wenn diese sie meist völlig ignorierte. Alice schwatzte mit Venus und verhielt sich auch sonst so, als ob Venus bei alldem mitmachte und auf sie reagierte.

Alice war vor allem bei schriftlichen Aufgaben gut. Sie erledigte ihre eigenen im Nu und bemühte sich dann darum, dass Venus die ihren machte.

Sie fragte zum Beispiel: „Na, möchtest du das machen?“, öffnete dabei Venus' Mappe und nahm das oberste Arbeitsblatt heraus. „Schau mal, das ist Mathe. Addieren. Soll ich dir helfen?“ Alice rückte dann mit ihrem Stuhl neben Venus und legte Mimi, ihre Hand, vor sich auf den Tisch, mit der Handfläche nach oben. „Zwei und drei“, begann Alice. „Das geht so. Mimi zeigt uns drei. Hier, die drei Finger. Jetzt zählst du zwei dazu. Fünf. Hast du gesehen? Hast du kapiert, wie das geht?“

Alice war nicht nur die, die redete. Normalerweise löste sie auch alle Matheaufgaben von Venus. Doch immerhin schaffte sie es, dass Venus den schriftlichen Teil erledigte. „Du schreibst das jetzt hin“, sagte sie. Venus blieb reglos sitzen. „Mimi ist beschäftigt, weil sie das Zählen besorgt. Du schreibst jetzt.“ Schließlich ergriff dann Venus den Stift und schrieb die Zahl hin.

Venus schien Alice, wie gesagt, oft völlig zu ignorieren. Ich wusste aber, dass das nicht so war. Sie schreckte vor Alice nicht so zurück, wie sie es tat, wenn die Jungen ihrem Rollstuhl zu nahe kamen. Und wenn Alice mit ihren eigenen Dingen beschäftigt war, vor allem wenn sie lange Zwiegespräche mit Mimi führte, sah ich oft, wie Venus sie beobachtete.

AM ANFANG des Schuljahrs, als die Jungen noch so unbeherrscht und gewalttätig waren, hatten wir nie die Möglichkeit gehabt, eine morgendliche Gesprächsrunde einzuführen, wie ich sie mit jeder meiner früheren Klassen veranstaltet hatte. Sie fand traditionellerweise vor dem Unterricht statt. Wir setzten uns im Kreis hin und sprachen über verschiedene Dinge. Üblicherweise ging es dabei um Erklärungen und Problemlösungen. Die Kinder konnten Dinge ansprechen, die für sie wichtig waren, sie konnten Ärger loswerden oder vorher festgelegte Themen diskutieren, wie zum Beispiel, wie man sich in einer bestimmten Situation angemessen verhält. Das hatte immer gut funktioniert und war ein Eckpfeiler meiner Unterrichtsmethode. In dieser Klasse war es nicht möglich gewesen. Sooft ich es mit einer Morgenrunde versucht hatte, hatte es mit Chaos geendet.

Als das Ampelsystem Wirkung zu zeigen begann und die Jungen ein bisschen besser arbeiteten, gab sich jeder Mühe, seine Arbeit am Nachmittag früher als erwartet abzuschließen, sodass wir noch zehn bis fünfzehn Minuten Zeit hatten. Um Ruhe und Disziplin aufrechtzuerhalten, ließ ich jeden von ihnen eine positive und eine negative Erfahrung des vergangenen Schultages berichten. Das machte allen Spaß. Billy war natürlich derjenige, der nicht lockerließ und immer wieder fragte, ob wir das am nächsten Tag wiederholen könnten. Und so hatten wir bald eine feste Einrichtung geschaffen, in der regelmäßig am Ende des Unterrichts der „Tagesbericht“ erstattet werden konnte, wie wir es nannten.

Ich nutzte diese Einrichtung, um auch über Dinge zu diskutieren, die mir wichtig erschienen, wie „Umgang mit fremdem Eigentum“ und „sich in die Lage von anderen versetzen“. Wir sprachen auch über anstehende Feste, über Erfolge des einen oder anderen und die Änderung von bestehenden Regeln in der Klasse. Und wenn ich eine Anregung dazu mitbrachte, machten wir manchmal auch eine kleine „Denkübung“.

Eine dieser Denkübungen stellte die folgende Aufgabe: Wenn du irgendjemand auf der Welt eine Frage stellen könntest, der sie sicher beantworten würde, was würdest du fragen?

Billy drängte sich begeistert vor. „Allllsooo“, begann er theatralisch. „Ich würde Gott fragen: ‚Was passiert wirklich, wenn man stirbt?‘“

„Das ist eine gute Frage“, sagte ich.

„Ich würde Gott fragen, was in der Zukunft passiert“, sagte Jesse.

„*Yeah,* wie zum Beispiel, wenn man stirbt“, mischte sich Billy fröhlich ein. „Weil, das wär interessant zu wissen.“

„Sehr interessant“, bestätigte ich. „Aber wir sollten auch den anderen die Gelegenheit geben, ihre Frage zu stellen. Na, Alice?“

„Ich frag mal Mimi“, sagte sie und hielt ihre Hand vor sich hin.

„Ich würde Mickymaus fragen, ob sie gern in Disneyland lebt“, sagte Shane.

„Hast du eine Frage gefunden, Alice?“, fragte ich.

„Der Sterne Licht erstrahlt am Himmel. Der Wind ist fort, die Sorge auch.“

Ich hob die Augenbrauen. „Das ist eigentlich keine Frage.“

Zane meldete sich. „Ich würde Goofy fragen, ob er gern in Disneyland lebt.“

„Du und Shane, ihr werdet eine Menge über Disneyland erfahren, hm?“, sagte ich und lächelte.

Zane kicherte vor Vergnügen und nickte.

Ich wandte mich noch einmal an Alice. „Und was ist mit dir?“

Sie beredete sich wieder mit Mimi.

Venus hatte den Kopf gedreht und sah Alice zu, wie sie mit Mimi redete. Für gewöhnlich hätte ich nicht einmal daran gedacht, Venus in unser Gespräch mit einzubeziehen. Aber in diesem Augenblick hatte ich das Gefühl, dass sie sehr intensiv daran beteiligt war.

„Venus?“

Billy erfasste sofort, dass etwas Außergewöhnliches passierte, und schnellte nach vorn, weil er zweifelsohne wissen wollte, warum ich

Venus überhaupt fragte. Ich machte eine Geste mit der Hand, dass er still sein sollte, und er ließ sich auf seinem Stuhl zurückfallen.

Venus sah mich jetzt an.

„Wenn du irgendjemand auf der Welt eine Frage stellen könntest, wen würdest du fragen?"

Es folgte eine lange Pause. Ich sah, wie Venus' Blick von mir zu den anderen und schließlich zu Alice huschte. Dann starrte sie einen Augenblick in die Luft. Ich stellte die Frage nicht noch einmal. Ich wusste aber auch nicht, wie lange ich warten sollte. Ich war unsicher.

Dann schaute mich Venus wieder an. „Alice", sagte sie leise.

„Du würdest Alice fragen?"

Sie nickte. „Ich möchte wissen, warum sie so oft mit ihrer Hand spricht."

DIE DEPRESSION klebte an Venus wie eine Spinnwebe. Tag für Tag saß sie vornübergebeugt in ihrem Rollstuhl, als sei sie mit ihm verschmolzen. Anscheinend war sie immer müde, ihre Bewegungen waren langsam und schwerfällig.

Trotzdem machte sie Fortschritte. Sie reagierte auf andere. Sie redete gewissermaßen mit Alice. Das heißt, sie sagte Ja oder Nein, wenn man lange genug wartete. Und so, wie sie sich an unserer Denkübung beteiligt hatte, nahm sie ab und zu auch am Unterricht teil. Es waren noch keine spontanen Redebeiträge, aber es tat sich was.

Wogegen wir jedoch gar nichts ausrichten konnten, war ihre Weigerung, auf ihren Füßen zu stehen oder gar zu gehen. Sie blieb hartnäckig in ihrem Rollstuhl sitzen. Egal, wie viel Physiotherapie sie bekam oder wie sehr sie ermutigt wurde, dass sie wieder normale Bewegungen lernen könnte, Venus weigerte sich, es zu versuchen.

In der dritten Maiwoche kam es zu einem Erfahrungsaustausch über Venus mit dem Ziel, alle Fördermaßnahmen für sie zu koordinieren. Daran beteiligt waren zum ersten Mal alle Personen, die mit ihr zu tun hatten: Jugendamtmitarbeiter, Pflegemutter, Kinderpsychiater, Samantha Patterson und natürlich Bob, Rosa und ich. Alle Teilnehmer berichteten, welche Fortschritte Venus machte und was weiterhin angestrebt werden sollte. Ich erzählte, dass sie mir so depressiv vorkam. Und der Psychiater sagte, das sei normal in einem solchen Fall. Ich wollte wissen, warum. Er antwortete ziemlich ausweichend und sagte etwas über Trauer und Verlust. Da mischte sich jemand anders ein und sagte: „Wie? Trauer und Verlust? Dass sie nackt auf dem Boden im Badezimmer schlafen musste? Dass sie geschlagen wurde, bis ihre Knochen brachen? Soll sie darüber trauern, dass sie das alles jetzt nicht mehr hat?“

Der Psychiater zuckte die Schultern. „Ich nehme an, das war alles, was sie hatte.“

Die Physiotherapeuten unterhielten sich darüber, wie wichtig es sei, dass sie wieder ging, weil ihre Muskeln sonst verkümmern würden. Auch mit den Füßen würde sie Probleme bekommen, wenn sie sie nicht belastete. Denn die Stellen, an denen die Zehen amputiert worden waren, heilten, ohne dass der gesamte Fuß eine neue Belastungsstruktur ausbilden konnte. Daraus ergab sich eine lange Diskussion über die psychische Verarbeitung der Folgen einer Amputation.

Doch das ganze versammelte Wissen und Können von professionellen Helfern half uns nicht dabei, die Ursache der wirklichen Probleme von Venus zu finden und wirkliche Lösungen zu entwickeln.

DAS LEBEN in der Klasse ging weiter. Vier von uns – Jesse, die Zwillinge und ich – hatten Ende Mai, Anfang Juni Geburtstag, und wir beschlossen, gemeinsam zu feiern. Wir planten ein richtig großes Fest, an das man zu Halloween oder Weihnachten noch gar nicht denken konnte. Ich versprach, einen ganz besonderen Kuchen zu backen. Rosa würde Eis mitbringen. Und die Mutter der Zwillingsgeburtstagskinder Shane und Zane bot an, uns mit Keksen zu versorgen.

Am Morgen unserer Feier standen die Zwillinge im Anzug und mit Krawatte in der Tür. So feierlich hatte ich unsere Geburtstagsparty nicht geplant, und ich machte mir Sorgen, dass sie ihre guten Kleider ruinieren könnten, wenn die Sache aus dem Ruder lief, woran ich eigentlich nicht zweifelte. Doch die Jungen waren einfach darauf aus, mit ihren tollen Klamotten einmal so richtig protzen zu können.

Venus war auch besonders gut angezogen. Sie trug ein schickes, rüschenbesetztes pinkfarbenes Oberteil und eine passende Hose und sah wirklich sehr hübsch aus. Alice machte ihr gleich ein Kompliment, als sie Venus morgens kommen sah. Aber Rosa schoss den Vogel ab, als sie am Nachmittag in die Klasse kam.

„Schau dich mal an, kleine Herzblume! Bist du nicht die Hübscheste von allen?“ Sie beugte sich schwungvoll zu Venus hinunter und küsste sie auf die Backe. Ich hätte erwartet, dass Venus erschrocken zurückzucken würde, aber das war nicht der Fall. Vielmehr glaubte ich, dass vielleicht sogar der Anflug eines Lächelns auf ihren Lippen erschien.

Wir versuchten den Tag so weit wie möglich normal ablaufen zu lassen. Wir hatten die Party zwischen Nachmittagspause und Unterrichtsschluss geplant. Deshalb kam Shanes und Zanes Mutter erst in der Pause mit ihren Keksen, und dann brachte ich auch meinen Kuchen auf den Tisch. Ich hatte einen Schokoladekuchen in der Form eines kleinen Zuges gemacht. Für jedes Kind gab es einen Güterwaggon mit seinem Namen an der Seite, mein Name war auf der Lok und Rosas auf dem Dienstwaggon.

Ich hatte den Ablauf der Feier ziemlich durchgeplant: ein Spiel in den ersten 15 Minuten, dann Partymützen basteln bei Entspannungsmusik, schließlich Kuchen, Kekse und Eis essen in den letzten 15 Minuten. Wenn wir früher fertig waren, konnte ich mit Bobs Erlaubnis die Kinder schon vor Schulschluss auf den Hof entlassen. Ich ging einfach davon aus, dass meine Schüler kaum mehr Aufregung aushalten konnten, ohne sich gegenseitig an die Gurgel zu gehen.

Billy wollte Twister spielen und hatte das Spiel von zu Hause mitgebracht. Ich erlaubte ein Spiel, das aber überraschenderweise so gut lief und alle in beste Laune versetzte, dass ich noch ein zweites zugestand.

Venus machte natürlich nicht mit. Sie drehte ein paarmal den Kreisel für mich, aber sonst schaute sie nur zu. Rosa wollte sie nicht in dieser Außenseiterrolle lassen und ging zu ihr hin, während wir uns auf die zweite Runde vorbereiteten. „Du kannst mir helfen, die Sachen für unsere Mützen vorzubereiten, okay?“, sagte Rosa zu Venus. „Für dich kannst du eine schöne pinkfarbene machen, die zu deinen hübschen Kleidern passt. Sieht sie heute nicht großartig aus, Torey? Dieses Pink steht dir ausgezeichnet. Jetzt komm und hilf mir, Goldkind.“ Sie schob Venus an den Tisch, auf dem das Bastelmaterial lag.

Wir begannen mit der zweiten Runde Twister. Die Jungen und Alice waren begeistert und glücklich bei der Sache. Es gab ein wenig Stoßen und Drängen, aber das gehörte zum Spiel.

Als wir beinahe fertig waren, kam Rosa herüber und flüsterte mir ins Ohr: „Mit der kleinen Venus stimmt was nicht.“

Ich sah zu ihr hin, konnte aber nichts erkennen, weil sie mit dem Rücken zu mir in ihrem Rollstuhl saß.

„Sie weint“, erklärte Rosa. „Sie hat damit angefangen, als ich sie da rüberschob. Ich fragte, was los sei, aber sie will nichts sagen. Sie weint nur. Vielleicht ist es am besten, wenn du zu ihr gehst?“

Ich nickte. „Kannst du für mich fertig spielen?“, sagte ich, überließ ihr meinen Platz und ging zu Venus.

Sie weinte immer noch. Ihr Gesicht war verzerrt, ihre Wangen tränennass, aber sie gab fast keinen Laut von sich. Ich kniete mich neben ihren Rollstuhl. „Was ist los, mein Liebes?“

Sie weinte weiter.

Ich nahm ein Kleenex aus der Box auf dem Regal und wischte ihr damit die Tränen vom Gesicht. Das führte aber dazu, dass sie noch stärker weinte. Ich streichelte ihren Kopf. „Was ist denn los, Venus?“

Es war so ungewöhnlich, dass sie weinte. Das letzte Mal war das passiert, bevor der Missbrauch entdeckt worden war. Und ich kämpfte immer noch mit dem Gedanken, ich hätte ihr das schlimme Ereignis ersparen können, das ihren Krankenhausaufenthalt erforderlich gemacht hatte, wenn ich ihre Not genügend beachtet hätte.

Jetzt stand ich wieder unter dem gleichen Druck. Venus weigerte sich zu sprechen. Und dann war das Twister-Spiel beendet, und die anderen Kinder kamen herüber und verlangten lautstark meine Aufmerksamkeit.

Ich stand auf. „Kannst du dich um die Gruppe kümmern?“, fragte ich Rosa. Das war viel von ihr verlangt, aber ich wollte einfach Venus noch ein wenig Zeit allein widmen.

„Klar doch“, antwortete sie. „Du machst, was Gott von dir verlangt.“

Ich ergriff die Kleenex-Box und schob Venus auf den Gang hinaus, wo ich mich ihr ungestört widmen konnte. Ich kniete mich wieder neben ihren Rollstuhl und strich ihr übers Gesicht. Sie weinte noch immer leise und untröstlich.

So blieben wir einige Minuten, und meine Haltung wurde immer unbequemer. „Wir machen das jetzt anders“, sagte ich und arretierte die Bremsen des Rollstuhls. Dann hob ich sie hoch, setzte mich selbst in den Rollstuhl und sie auf meinen Schoß und schloss sie fest in die Arme. Sie drückte ihr Gesicht in meine Bluse und weinte.

Durch die geschlossene Tür hörte ich die anderen Kinder. Manchmal wurden die Stimmen vor Erregung lauter, aber es klang nicht sehr gefährlich und nicht nach Raufereien. Ich richtete stumm ein paar Dankesworte an die guten Mächte, die mir Rosa geschickt hatten.

Ich sah Venus ins Gesicht. „Kannst du mir jetzt sagen, was los ist?“, fragte ich noch einmal.

Sie schüttelte den Kopf.

„Du musst einfach weinen?“

Sie nickte.

„Das ist schon in Ordnung. Weine nur. Manchmal können wir nicht anders.“

Sie nickte wieder, nahm das Tuch aus meiner Hand und drückte es gegen ihre Nase. Minuten vergingen. Die Freudenschreie, die durch die Tür drangen, ließen darauf schließen, dass Rosa den Kuchen verteilte.

Ich strich Venus über die Stirn, wie man Haare zurückstreicht. Allerdings waren ihre zu kurz dazu. „Weißt du was?“, sagte ich. „Ich halte dich für ein ganz besonderes kleines Mädchen. Ehrlich. Ich glaube, ich hab’s dir noch gar nicht gesagt, aber manchmal vergisst man, etwas zu sagen. Vor allem, wenn es etwas Gutes ist. Du bist etwas Besonderes. Das habe ich immer gedacht, von Anfang an. Erinnerst du dich? Das erste Mal habe ich dich auf deiner Mauer gesehen. Und ich hab gedacht, die sieht aber schön aus.“

Das schien sie allerdings nicht zu beruhigen, sondern noch mehr aufzuwühlen. Sie brach erneut in Tränen aus. Ich nahm ein frisches Taschentuch und tupfte vorsichtig ihre Wangen damit ab. „Was ist los, Kleines?“

„Ich möchte heim“, sagte sie weinend.

„Warum denn? Fühlst du dich nicht gut hier?“

„Ich möchte nach Hause!“

„Sollen wir deine Pflegemama anrufen?“

„Nein!“, sagte sie und richtete sich auf meinem Schoß auf. Sie sah mir mitten ins Gesicht. „Nein, ich will zu mir nach Hause.“ Dann begann sie noch mal und noch lauter zu weinen. Sie ließ sich gegen mich sinken und weinte und schluchzte.

„Ach“, sagte ich. Endlich hatte ich verstanden.

Venus weinte und weinte. Ich hielt sie in meinen Armen, in diesem Rollstuhl, in diesem Gang und drückte sie ganz fest an mich.

Schließlich lag Venus erschöpft an meiner Brust. Ihr Gesicht glühte, sie war verschwitzt, und ich wischte ihr das Gesicht trocken, bis ein kleiner Berg Taschentücher im Rollstuhl lag.

„Ich möchte nach Hause“, murmelte Venus und hatte schon wieder Tränen in den Augen. „Ich will zu Wanda.“

„Ja.“

„Sie nennt mich Goldkind.“

„Ja. Und vorhin ist es passiert? Als Rosa dich Goldkind genannt hat, hast du an Wanda denken müssen?“

Venus nickte. „Ich will, dass sie hier ist.“

„Ja, das kann ich verstehen. Es ist sehr schwer für dich, stimmt’s?“

Venus nickte.

„Alles, was passiert ist, muss dir sehr viel Angst gemacht haben. Einschließlich deines neuen Zuhauses bei deiner neuen Familie.“

„Das wollte ich nicht“, sagte sie mit schwacher Stimme. „Ich wollte nur, dass es aufhört. Das ist alles. Ich wusste nicht, dass sie mich wegbringen würden."

Und plötzlich wurde auch mir bewusst, welches Ausmaß das ganze Geschehen für Venus hatte. Bis zu diesem Zeitpunkt hatte ich alles nur aus meiner Perspektive gesehen, und es war mir gar nicht in den Sinn gekommen, dass es auch eine andere geben könnte. Dieses Kind hatte in entsetzlichen Verhältnissen gelebt. Auch ohne die schrecklichen Misshandlungen waren die familiären Zustände mit der Armut, dem Kunterbunt von Halbgeschwistern und „Freunden von Mama", mit der fehlenden Aufsicht und Versorgung einfach furchtbar für das Kind. Die einzige Lösung, die uns Außenstehenden eingefallen war, war die „Rettung" des Mädchens aus dieser Umgebung gewesen, dadurch dass wir ihr ein neues Zuhause, eine neue Familie, neue Kleider und in der Folge auch eine neue Identität gegeben hatten. Das erschien nicht nur richtig für das Kind, es schien auch seinen Wünschen zu entsprechen. Natürlich würde sie es so wollen. Natürlich würde sie sich ab jetzt normal entwickeln, und alles würde gut sein.

Aber jetzt erst wurde mir klar, dass wir durch ihre „Rettung" auch alles zerstört hatten, was sie geliebt hatte. „Es tut mir wirklich Leid, Venus", sagte ich leise. „Du vermisst sicher deine Mama, deine Brüder und Schwestern sehr."

Sie nickte.

„Siehst du sie überhaupt manchmal?"

Sie schüttelte den Kopf.

„Na, das kann man ja vielleicht ändern", sagte ich. „Ich weiß nicht, welche Besuchsregelung das Jugendamt und die Polizei aufgestellt haben. Ich muss mich erkundigen. Aber soll ich das überhaupt? Soll ich fragen, ob du deine Brüder und Schwestern besuchen darfst?"

„Wanda?", fragte sie und sah zu mir auf.

„Ja, auch Wanda. Soll ich mich darum kümmern?"

Sie nickte. Ein paar Augenblicke herrschte Stille. Venus lag gegen meine Brust gelehnt. Sie weinte nicht mehr. „Ich wünschte, ich könnte zaubern mit meinem She-Ra-Schwert, alles zurückzaubern, wie es war, bevor alles passiert ist", sagte sie leise.

„Ja, das verstehe ich."

„Ich wünschte, alles wäre wieder da und ich könnte nach Hause gehen", sagte sie. „Und Mama wäre da und Wanda und alle, und es wäre wieder wie früher."

„Ja. Leider war das, was passiert ist, was Danny dir getan hat, böse.

Es war gegen das Gesetz. Und wenn die Eltern oder andere Erwachsene nicht richtig für die Kinder sorgen, müssen das andere Leute machen."

„Ich würde mein She-Ra-Schwert nehmen und ihn tot zaubern. Dann würde ich meine Mama zurückzaubern. Meine Mama hat mir nie was getan. Ich würde es so zaubern, wie's war, bevor Danny kam. Ich würde einen Zauber machen, dass keine schlechten Männer meine Mama mehr schlagen. Oder Wanda. Oder mich. Das alles würde ich mit meinem She-Ra-Schwert zaubern."

„Das wäre gut, hm?"

Venus nickte. Die Stille dauerte diesmal länger.

„Ich glaube, die anderen im Klassenzimmer sind jetzt bald fertig", sagte ich und lauschte auf die Geräusche hinter der Tür. „Sollen wir wieder reingehen?"

Venus antwortete nicht.

„Du könntest noch deinen Kuchen essen."

„Nein. Ich mag nicht."

„Warum nicht?"

„Ich mag keine Schokolade", sagte sie.

„Keine Schokolade?"

„Nein."

„Das hast du nie gesagt. Die ganze Zeit über!", sagte ich lachend. „Erinnerst du dich noch, als ich am Anfang versucht habe, dir Smarties anzubieten. Kein Wunder, dass du sie nicht nehmen wolltest. Aber ich hab sie dir in den Mund gestopft!"

Venus kicherte. Das waren ungewöhnliche Laute von ihr, leise und klirrend.

„Findest du das lustig?"

„Ja", antwortete sie. „Ich hab gedacht, sie schmecken zum Kotzen."

Ich lachte auch. „Also, gehen wir jetzt rein und trinken noch ein Glas Punsch? Und essen Kekse? Es sind Zuckerkekse mit einer rosa Glasur. Du magst doch hoffentlich Zucker, oder?"

Sie kicherte wieder. „Ja."

„Gut. Dann wollen wir uns mal über die Leckereien hermachen."

IN DER Nachmittagspause blieben Venus und ich jetzt wieder allein im Klassenzimmer zusammen. Ich hob Venus aus dem Stuhl und setzte sie auf den Boden vor dem Bücherregal, damit sie selbst ein Buch auswählen konnte. Dann machten wir es uns auf den Kissen bequem, und ich las vor. Das mochte sie sehr. Und ich denke, dass sie auch die Freiheit und das Wohlgefühl genoss, für eine Weile nicht im Rollstuhl sitzen zu müssen. Sie kuschelte sich an mich, wie sie es früher nie getan hätte.

Wir lasen alle möglichen Bücher: griechische Sagen, Bilderbücher und das ganze „Winnie-the-Pooh". Aber Venus' Lieblingsbuch war der Gedichtband „Father Fox's Pennyrhymes". Es war mit lustigen kleinen schwarz-weißen Federzeichnungen illustriert, auf denen Füchse in altmodischer Bauernkleidung immer wieder dumme Streiche anstellten. Venus studierte die sehr detaillierten Zeichnungen intensiv.

Bei dieser Gelegenheit begann sie von sich aus zu sprechen. „Schau mal, die kleinen Käfer", sagte sie zum Beispiel und fuhr mit dem Finger über vier winzige Käfer, die über einen Ast krabbelten. „Und guck nur, da sind noch mehr. Und hier sind Würmer."

„Wie viele Käfer sind es?", fragte ich.

„Eins, zwei, drei, vier", antwortete sie, nachdem sie sie mit der Fingerspitze genau abgezählt hatte. „Und da sind auch noch eins, zwei, drei, vier."

„Und wie viele sind es insgesamt?"

„Eins, zwei, drei, vier", zählte sie wieder und machte eine Pause, bis sie die anderen wieder gefunden hatte. „Fünf, sechs, sieben, acht. Acht."

„Und wie viele Würmer?"

„Zwei." Sie fuhr mit dem Finger über das Bild. „Auf dem Ast da sind viele Tiere. Die da, ich glaub, das sind Ameisen. Und dann gibt es einen Marienkäfer. Und Mäuse. Und Würmer. Und Vögel. Und –" Sie beugte sich noch mehr vor. „Ich weiß nicht, was das für welche sind. Was ist das da?"

„Eichhörnchen vielleicht?", schlug ich vor.

Venus nickte. „Eichhörnchen. Und noch mehr Mäuse. Und Käfer."

„Kannst du alle Tiere zusammenzählen?"

„Eins, zwei", begann sie und zählte korrekt bis 24. Und so erfuhr ich über die Schüttelreime von Gevatter Fuchs, dass Venus Zahlen gut beherrschte und auch einfache Additions- und Subtraktionsaufgaben meistern konnte.

NACH ihrem großen Weinanfall bei unserer Geburtstagsparty regte sich langsam wieder Leben in Venus. Es war kein dramatischer Wechsel, die Veränderung vollzog sich eher so, wie die Nacht im Morgengrauen in den Tag übergeht. Venus begann auf ihre Klassenkameraden zu reagieren, vor allem auf Alice.

Alice dachte sich immer neue Streiche aus. Am liebsten schrieb sie ihren eigenen Namen auf Venus' Arbeitsblätter und feierte es als großen Spaß, wenn diese dann in der Mappe von Venus landeten statt in ihrer eigenen. Mir kam das eher dumm als lustig vor, aber Alice fand es urkomisch. Und dann machte Venus den Scherz mit.

„Schau", sagte sie eines Nachmittags. „Ich bin Alice." Sie hatte Alices Namen oben auf ein Blatt in ihrer Mappe geschrieben.

„Oh, dann hab ich heute zwei Alices in der Klasse!", rief ich in gespielter Überraschung.

„Sag Alice zu mir", sagte Venus und lächelte.

„Sag Alice zu mir!", rief Alice. Beide bogen sich vor Lachen.

„Mann, ihr seid vielleicht plemplem", bemerkte Billy.

„Nein, wir sind Alice!", schrie Alice. Und wieder lachten sie und Venus scheppernd los. Das brachte wiederum Rosa und mich auch zum Lachen.

„Das darfst du nicht durchgehn lassen", mahnte mich Billy. „Ich dürfte nich so Brüller loslassen wie die. Du behandelst Jungs nich gleich wie Mädchen."

„Ich achte nicht darauf, ob Mädchen oder Jungen was machen. Wenn ich unterschiedlich reagiere, liegt das daran, dass ihr unterschiedliche Bedürfnisse habt."

„Die haben also das Bedürfnis zu lachen?"

„Jedenfalls tun sie keinem weh mit ihrem Lachen."

„Hm", grummelte Billy. „Mir waren sie lieber, als sie den Mund nicht aufgemacht haben."

DIE LETZTE Schulwoche war angebrochen. Ich begann mit den Aufräumarbeiten, damit ich am letzten Schultag nicht zu lange bleiben musste, um den Raum für die Übergabe vorzubereiten. Also nutzte ich in der letzten Woche jede freie Minute, in der mir die Kinder helfen konnten, Dinge auszusortieren oder in Schubladen und Schränken zu verstauen.

Die Aufräumarbeiten machten besonders Jesse Spaß. Er hatte ein richtiges Bedürfnis nach Ordnung und Sauberkeit. Der Dienstagmorgen war sehr trüb und regnerisch, sodass die Kinder in der Vormittagspause im Klassenzimmer blieben. Normalerweise organisierten die Pausenaufsichten in solchen Fällen Spiele in den Klassenzimmern. An diesem Morgen fragte Jesse, der das Bücherregal aufgeräumt hatte, ob er, statt zu einem Spiel zu gehen, mit dem Aufräumen weitermachen könne. Ich erlaubte es und ging zur Pause ins Lehrerzimmer hinunter.

Fünf Minuten später klopfte es laut an die Tür des Lehrerzimmers. Es war ein Junge aus der dritten Klasse, die neben meiner liegt. „Miss Hayden, kommen Sie schnell. Der eine Junge aus Ihrer Klasse rauft mit dem Mädchen im Rollstuhl."

Ich stürzte aus dem Lehrerzimmer, der Drittklässler rannte neben mir her. „Ich hätte die Aufsicht gerufen, aber ich konnte sie nicht finden", sagte er. „Und ich hatte Angst, dass er dem Mädchen was Schlimmes tut."

„Das ist in Ordnung. Danke, dass du gekommen bist."

„Sie hat sich angehört, als ob er sie umbringt."

Ich nahm zwei Stufen der Treppe auf einmal. Als ich ins Klassenzimmer kam, saß Venus nicht mehr in ihrem Rollstuhl, sondern auf dem Boden. Billy weinte. Jesse hatte eine blutige Nase. Alice hatte sich in eine Ecke gedrückt und ließ sich zur Beruhigung von Mimi sanft die Wange streicheln. Die Zwillinge rannten wie wild durch den Raum.

„Was ist hier los?", wollte ich wissen.

„Sie is schizo geworden!", jaulte Billy und zeigte auf Venus. „Sie hat versucht, Jesse zu killen! Ich hab nur versucht, sie zu beruhigen."

Der Drittklässler hatte die Situation wohl falsch eingeschätzt. Venus war allem Anschein nach unverletzt. Sie fixierte Jesse und Billy mit düsteren Blicken.

„Sie hat wirklich versucht, mich umzubringen", sagte Jesse. „Sie ist aus ihrem Stuhl aufgestanden, und ich wusste gar nicht, dass sie stehen kann, und dann hat sie mich gepackt." Er hielt eine Hand vor seine Nase, durch die Finger tropfte Blut.

„Komm mit, Jesse. Da, zum Waschbecken." Ich legte ihm eine Hand auf die Schulter und schob ihn in Richtung Wasserhahn.

Billy, der vor allem aus Wut heulte, trottete hinter uns her. „Sie hat mich geschlagen, und ich wollt doch nur ein guter Samariter sein und dem armen Jesse helfen, eh sie ihn abmurkst."

„Warum blutet deine Nase?", fragte ich Jesse. „Weil Venus dich geschlagen hat?"

„Nein. Ich knallte mit der Nase gegen Billys Kopf, als er zurückgesprungen ist. Er hat versucht, sie zu hindern, mich zu schlagen. Und dann hat er mir selbst eine verpasst."

„Aber nicht mit Absicht! Ich verdien jetzt wirklich keine Schelte", jammerte Billy.

„Ja, gut. Jetzt wollen wir erst mal Ordnung machen, und dann höre ich mir alle Beteiligten an."

Ich drehte mich um. Und da sah ich sie neben dem Bücherregal. Venus hatte sich auf die Füße hochgezogen. Jetzt streckte sie die Hand aus und griff nach ihrem She-Ra-Schwert, das oben auf dem Regal lag. Sie wiegte es einen Augenblick im Arm, dann sah sie zu ihrem Rollstuhl zurück. Sie drehte sich vorsichtig um und hielt ihr Pappkartonschwert immer noch fest. Es waren vielleicht drei bis vier Schritte, die sie von dem Rollstuhl trennten. Ich sah ihr an, dass sie überlegte, ob sie es zu Fuß schaffen würde. Sie hielt sich mit einer Hand am Regal fest und machte einen zaghaften Schritt. Sie strauchelte ein bisschen, hielt an, blieb aber aufrecht. Da sah sie sich um und merkte, dass ich ihr zusah.

„Möchtest du Hilfe?", fragte ich.

Sie antwortete nicht sofort. Dann nickte sie leicht.

Ich ging zu ihr hinüber und stützte sie unter dem Ellbogen und an der Schulter. Sie bewegte sich nicht, und ich spürte, dass sie erwartete, dass ich sie zu ihrem Stuhl zurücktragen würde.

„Geh einfach langsam. Ich halte dich schon. Du wirst nicht fallen."

„Du solltest sie zu Mr Christianson schicken!", rief Billy durch den Raum. „Sie hat versucht, mich und Jesse zu killen. Genau wie früher!"

Ich sah mich nach ihm um. Die Versuchung war groß, ihm zu sagen, dass er die Klappe halten solle. Stattdessen begann ich, „High Hopes" zu singen: „Große Hoffnung. Ich hab große Hoffnung. Ich hab himmlisch apfelkuchengroße Hoffnung. Alle Sorgen sind ein dicker Luftballon. Da platzt er schon. Er macht einfach päng! Und der nächste Sorgenballon, der macht kapäng!"

Es war absurd, wie ich dastand, Venus im Gleichgewicht hielt, Billy ansah und „High Hopes" sang, während Jesses Nase weiterblutete, die Zwillinge weiter durchs Klassenzimmer rasten und Alice weiter zu ihrer Hand redete.

Aber es wirkte. Venus humpelte langsam zu ihrem Rollstuhl zurück. Jesse drückte sich eine Hand voll Papiertücher auf die Nase und sang mit, weil er das Päng und Kapäng so mochte. Und natürlich auch Billy. Wir sangen das Lied noch mal von vorn und spielten Ameise und Schafbock, die im Text vorkamen. Da machten auch Shane und Zane mit, weil sie auch Ameise und Schafbock sein wollten. Jetzt blieb Alice noch allein übrig. Ich machte ihr vor, wie sie mitdirigieren konnte. Sie schaute Mimi fragend an. Die stimmte anscheinend zu, denn Alice sang und dirigierte plötzlich auch mit.

Wir sangen „High Hopes" zweimal ganz und den Refrain ein halbes Dutzend Mal, bis alle wieder einigermaßen normal wirkten. Ich brach das Lied ab. „Okay. Die Pause ist vorüber. Schaut auf die Uhr. Es ist zehn vor. Alle sitzen auf ihren Plätzen, bitte."

„Schickst du sie nich mal auf den Ruhestuhl?", meckerte Billy.

„Du machst dich an deine Arbeit. Wenn du keine Schuld hast, brauch ich nicht mit dir zu reden, oder? Also, zeig mir, dass ich keinen Grund habe zu denken, dass du ein Unruhestifter bist."

Billy zog ein Gesicht und setzte sich auf seinen Platz.

Als die Jungen ihre Mappen vor sich liegen hatten, ging ich zu Venus' Tisch und setzte mich auf einen Stuhl neben sie. „Ich kann niemand erlauben, hier drin andere zu verletzen", sagte ich. „Das ist eine Klassenregel." Venus sah mich groß an. „Kannst du mir erklären, warum du dich so aufgeregt hast?"

„Er hat mein She-Ra-Schwert weggenommen", murmelte sie. Sie hielt das Pappkartonschwert immer noch fest an sich gedrückt.

„Hab ich gar nicht!", rief Jesse von seinem Platz aus. „Ich hab ihr blödes Schwert nicht weggenommen. Ich hab aufgeräumt. Ich hab das Ding nur auf die Seite gelegt, um andre Sachen wegzuräumen."

„Danke, Jesse, ich werde das selbst klären. Du kümmerst dich um deine Arbeit."

Als ich Venus wieder ansah, hatte sie Tränen in den Augen.

„Dein She-Ra-Schwert ist sehr wichtig, hm?" Sie nickte. „Jesse hatte nichts Böses damit vor. Er hat nur aufgeräumt, um mir für die Klassenzimmerübergabe zu helfen."

„Er sagte: ‚Ich werf's weg'", murmelte sie.

Ich lächelte ihr zu und beugte mich vor, um ihre Wange zu streicheln. „Unsinn. Er würde es nie wegwerfen. Das würde ich nie erlauben. Er hat nur Unsinn geredet. Dein Schwert ist sicher."

Wir schwiegen.

„Und weißt du was?", sagte ich. „Ich hab gesehen, wie dein Schwert gezaubert hat."

Venus sah mich an.

Ich lächelte. „Es hat dir geholfen zu gehen."

UND DANN kam der letzte Schultag.

Es war nur ein halber Unterrichtstag. Ich wollte unser gemeinsames Schuljahr noch einmal feiern. Deshalb schlug ich vor, dass die Familienangehörigen die Kinder nicht erst am Mittag abholen, sondern früher in die Schule kommen und an unserem Pizzaessen teilnehmen sollten. Alle waren von dieser Idee begeistert. Die Mütter von Billy und Alice und von den Zwillingen kamen ebenso wie Jesses Großmutter und Venus' Pflegemutter.

Nach meinem Gespräch mit Venus während der Geburtstagsparty hatte ich dem Jugendamt mitgeteilt, wie sehr Venus ihre Geschwister vermisste. Man hatte sich darum bemüht, dass sie ihre Brüder hatte besuchen können, die nicht weit weg von ihr untergebracht waren. Aber Wanda hatte sie noch nicht wiedergesehen, vor allem weil diese in einer fünfzig Kilometer entfernten Stadt lebte.

Ich spürte, wie dringend ich Wanda und Venus zusammenbringen wollte. Wenn Wanda wirklich ihre leibliche Mutter war, dann wusste Venus nichts davon, denn sie bezeichnete Wanda immer als ihre Schwester. Doch die beiden hatten zweifellos eine besonders enge Beziehung. Meine Vermutung war, dass vor allem Wanda es geschafft hatte, Venus in der schrecklichen Misshandlungszeit am Leben zu erhalten. Es kam mir sehr unfair vor, dass man die beiden getrennt hatte. So wandte ich mich mit meinem Wunsch an die Verantwortlichen und erklärte, dass es sehr schön wäre, wenn Wanda auch an unserem Pizzaessen teilnehmen könnte.

Die Erfüllung dieses Wunsches glich einem Albtraum. Ich musste zehnmal mit dem Jugendamt telefonieren, um die Erlaubnis zu erhalten. Dann rief ich ein halbes Dutzend Mal in Wandas Pflegeheim an, um mit dem Personal zu klären, wann man Wanda holen und zurückbringen könne. Mrs Kivie, Venus' Pflegemutter, bot sich an, Wanda am Nachmittag zurückzufahren. Aber in ihrem Heim und beim Jugendamt war niemand bereit, hundert Kilometer zu fahren, um Wanda morgens in unsere Schule zu bringen. Endlich übernahm Rosa diese Aufgabe.

Die Kinder und ich verbrachten den Morgen damit, alle die kleinen Dinge zu erledigen, die am Schlusstag gemacht werden mussten. Papiere mussten verteilt, ausgefüllt und eingesammelt werden. Die letzten Stückchen Bürokratie eben. Die Kinder hatten auch große Papiertragetaschen mitgebracht, in die sie ihre persönlichen Sachen packen konnten.

Als die Jungen alle beschäftigt waren, ging ich an den Tisch von Alice und Venus. Ich ging neben Venus' Rollstuhl in die Hocke.

„Weißt du, was ich denke?", fragte ich. „Wanda kommt heute Mittag. Und ich hab mir überlegt, dass du etwas Besonderes für sie tun könntest."

Venus sah mich erwartungsvoll an, sagte aber nichts.

„Ich glaube nicht, dass Wanda weiß, dass du im Rollstuhl sitzt. Und ich könnte mir vorstellen, dass sie erschrickt, wenn sie dich so sieht. Also hab ich mir überlegt, dass du probieren könntest aufzustehen. Wie neulich, als du dein She-Ra-Schwert geholt hast. Vielleicht kannst du auch üben, ein paar Schritte zu gehen. Wenn Wanda da ist, kannst du ihr zeigen, wie gut du zurechtkommst. Dann hätte sie keine Angst wegen des Rollstuhls, weil sie sehen könnte, dass es dir schon besser geht. Was meinst du?"

Venus kaute auf ihrer Unterlippe und sah mich nur an.

„Ich könnte dir helfen", bot Alice an. „Ich könnte deine Hand halten, damit du nicht fällst."

„Das klingt doch prima", sagte ich. „Willst du's versuchen, Venus?"

Sie zögerte lange, musterte mich eingehend, senkte den Blick, sah kurz Alice an, und dann nickte sie endlich. „Ich versuch's."

Und das tat sie auch. Ich half ihr beim Aufstehen und stützte sie bei den ersten wackeligen Schritten. Dann übernahm Alice meine Stelle. Sie hielt Venus' Hand und führte sie vorsichtig. Venus kam nicht sehr weit. Nach weniger als zehn Minuten war sie bereits zu erschöpft, um weitermachen zu können. Aber immerhin hatte sie etwas geschafft. Sie war aufgestanden und mit Alices Hilfe gegangen. Noch wichtiger war, dass sie es selbst gewollt hatte.

DIE LETZTEN fünfzehn Minuten brachen an. Alles war aufgeräumt. Die Kinder saßen an leeren Tischen in einem kahlen Klassenzimmer.

Ich verteilte linierte Blätter. „Hört zu. In der restlichen Zeit machen wir Folgendes. Hat jeder einen Stift? Gut. Ich möchte, dass ihr an das vergangene Schuljahr denkt, an alles, was wir gemacht haben, und ich möchte, dass ihr dann aufschreibt, was euch am besten gefallen hat. Schreibt, was für euch das Beste an diesem Schuljahr war. Wenn ihr fertig seid, faltet ihr das Blatt zusammen und legt es in die Schachtel. Die nehme ich mit nach Hause und lese eure Blätter dort heute Abend. Und dann kann ich auch an alle schönen Dinge zurückdenken, die wir zusammen gemacht haben."

Alle sechs Kinder beugten sich eifrig über ihre Blätter und schrieben. Billy war als Erster fertig. Er faltete sein Blatt und legte es in die Schachtel.

„Wenn du willst, kannst du schon runter zur Eingangstür gehen und den Eltern, die kommen, sagen, wo's zum Speisesaal geht", sagte ich zu ihm.

Dann waren auch Jesse und Alice fertig.

„Ihr könnt schon in den Speisesaal gehen. Dort liegen die Pappteller und die anderen Sachen für unser Pizzaessen bereit. Damit könnt ihr den Tisch decken."

Zane und Shane und Venus schrieben nun fertig. Zane nahm auch Venus' Blatt und legte alle drei in die Schachtel.

„Zane und Shane, wollt ihr zu Billy gehen und am Eingang auf die Gäste warten und sie dann in den Speisesaal begleiten? Venus, du kommst mit mir. Wir rufen beim Pizzaservice an, damit wir sicher sind, dass unsere Pizzas jetzt ausgeliefert werden."

Wir beide waren im Sekretariat, als ich Rosa mit Wanda auf den Parkplatz fahren sah. Wanda sah ein wenig sauberer aus, aber kein bisschen gepflegter. Und ihre Pfunde hatte sie auch noch alle. Sie watschelte hinter Rosa her.

„Schau mal", sagte ich zu Venus. „Schau, wer da kommt."

Wir befanden uns hinter der Bürotheke, über die hinweg Venus nicht sehen konnte. Ich beugte mich zu ihr hinunter, um sie aus dem Rollstuhl zu heben. Aber sie stand auf, ehe ich ihr helfen konnte. Sie hielt sich an der Theke fest, um Wanda sehen zu können, wenn sie ins Büro kam.

„Goldkind!", rief Wanda, und ihre Stimme überschlug sich fast. „Goldkind!"

Venus hangelte sich an der Theke entlang und ließ sich dann in Wandas weich gepolsterte Umarmung sinken.

„Goldkind", sagte Wanda noch einmal und drückte sie an sich.

Mit geschlossenen Augen und zurückgelegtem Kopf lächelte Venus breit, glücklich, ungehemmt.

DAS SCHULJAHR war zu Ende. Die Pizza war gegessen. Zane und Shane rasten durch den Speisesaal, in dem niemand mehr war außer uns, bis ihre Mutter entschied, sie nach Hause zu bringen. Das war das Zeichen für den allgemeinen Aufbruch.

Ich umarmte alle Kinder, eins nach dem anderen.

Billy fing an zu heulen. „Ich komm nich zurück. Ich vermiss dich jetzt schon. Ich möchte nich gehen. Das war die beste Klasse der Welt, und ich komm nich in sie zurück."

„Ich werde dich auch vermissen. Aber wir sehen uns nächstes Jahr wieder."

„Wir auch", sagte Jesse. „Ich werde weg sein, aber nicht ganz. Wir sehen uns auch wieder."

Und weg waren sie.

„Und dich sehe ich wieder", sagte ich zu Venus. Ich beugte mich über ihren Rollstuhl und küsste sie auf die Stirn. „Schöne Sommerferien."

„Tschüs", sagte sie.

„Tschüs, Kleine. Tschüs, Wanda. Ich sehe dich auch nächstes Jahr. Bestimmt.“

Dann waren sie alle weg.

IM LEEREN Speisesaal räumten Rosa und ich das Durcheinander von Pizzaschachteln, Papptellern, Plastiktassen und Papierservietten weg. Dann wünschte ich ihr zum Abschied schöne Sommerferien und ging ins Klassenzimmer hinauf, um meine restlichen Sachen zu holen und abzuschließen.

Dort öffnete ich die Schachtel mit den Blättern der Kinder. Ich entfaltete sie und las eins nach dem anderen.

Shane schrieb: *Ich mag die reise nach afika.* Ich nahm an, dass er unsere vielen Fantasiereisen meinte, deren erste wir in den Wald gemacht hatten.

Jesse schrieb: *Ich mochte die Party. Mit dem Schokkolade Kuchen wie ein Zug und Cola und Kekse und Eis. Und das Eis war Erste Sane. Und ich mag dich.*

Dann faltete ich Billys Blatt auseinander. *Ich mag, wie du immer mit uns lachst, Miss Hayden. Du magkst uns. Du machst dass wir lachen. Du singkst mit uns. Ich mag dass du immer mein Lehrer bist für imer. Ich magk dich ser. Ich werd dich vermissen. Ales liebe, Guillermo Manuel Gomez Jr. (Billy)*

Bei Zane hieß es: *Ich mag dich wenn du uns hilfst.*

Alice schrieb: *Du hast uns geholfen wenn wir ein schweres proplem hatten. Und du hast uns lang lachen lassen, ja, das ist alles was ich sagen will und tschüs und danke für die Qual. “*. Ich musste lachen. „Danke für die Qual“, das fasste dieses Jahr gut zusammen.

Das letzte Blatt war von Venus. Darauf stand: *Ich bin glücklich.*

Epilog

Auch nachdem Billy unsere Klasse verlassen hatte, machte er kontinuierlich Fortschritte. Im folgenden Jahr wurde zwar offiziell bei ihm Legasthenie diagnostiziert, und er hatte weiter mit seiner Leseschwäche zu kämpfen. In allen anderen Bereichen erreichte er aber das Niveau seiner Altersgenossen, sodass er ganz in die sechste Klasse der Hochbegabten aufgenommen werden konnte. Er schloss die Schule erfolgreich ab und studiert jetzt an der Universität.

Jesse ging in die vierte Klasse unserer Schule und erhielt weiter Förderunterricht, bis er voll im Regelunterricht integriert war. Er machte einen guten Highschoolabschluss und strebt ein Fachhochschuldiplom in Wirtschaftswissenschaften an.

Shane und Zane, Alice und Venus blieben im folgenden Schuljahr in meiner Klasse. Shane und Zane besuchten bis zu ihrer Schulentlassung weiterhin Förderklassen. Auch danach sind sie in Förderprogrammen untergebracht worden.

Alice wechselte in der Mitte des Jahres aus meiner Klasse in die vierte Klasse unserer Regelschule. Sie kam dort gut zurecht. Seit sie mit ihrer Familie im fünften Schuljahr weggezogen ist, habe ich den Kontakt zu ihr verloren.

Auch Venus wechselte in der Mitte des Jahres aus meiner Klasse in unsere Regelschule. Da sie ein Jahr jünger als Alice ist, kam sie in die dritte Klasse. Sie erhielt zwei Stunden Förderunterricht täglich, bis sie regulär in die Highschool aufgenommen wurde. Sie arbeitet inzwischen als Angestellte in einem Ingenieurbüro.

Venus blieb ihre ganze Kindheit und Jugendzeit über in ihrer Pflegefamilie. Sie lebte nie mehr mit ihren Geschwistern zusammen, zu einigen von ihnen hatte sie jedoch regelmäßigen Kontakt. Danny wurde der Kindesmisshandlung für schuldig gesprochen und zu fünf Jahren Gefängnis verurteilt, Teri erhielt wegen Beihilfe vier Jahre. Wanda wohnte weiterhin in ihrem Pflegeheim. Sie starb mit dreißig Jahren an einer Erkrankung der Atmungsorgane.

TOREY HAYDEN

Foto: Ron Wheeler

Großes Engagement und außerordentliches Einfühlungsvermögen

Das erste Buch, in dem Torey Hayden über ihre Arbeit mit lernbehinderten Kindern berichtete, hieß *Meine Zeit mit Sheila* und wurde seit dem ersten Erscheinen im Jahr 1980 in zahlreichen Ländern immer wieder nachgedruckt. Seit diesem überwältigenden Anfangserfolg hat die amerikanische Pädagogin und Psychologin sieben weitere Berichte in Buchform über ihre Erfahrungen mit Kindern sowie zwei Romane und ein Kinderbuch veröffentlicht. Leser rund um die Welt sind stets aufs Neue berührt von Torey Haydens großem Engagement, ihrem außerordentlichen Einfühlungsvermögen und dem in der praktischen Arbeit mit Sonderschulklassen gesammelten Wissen. 1951 in Montana geboren, studierte Torey Hayden an der Universität von Minnesota und entwickelte eine wissenschaftlich anerkannte Methode zur Behandlung von Mutismus (Stummheit bei vorhandener Sprachfähigkeit). Als Therapeutin hat sie sich überdies auf die Beratung von Kindern spezialisiert, die zum Opfer von Mobbing oder sexuellem Missbrauch geworden sind.

Torey Hayden lebt mit ihrem Mann und ihrer im Jahr 1985 geborenen Tochter auf einer Farm in Wales, wo sie einem ihrer zahlreichen Hobbys, dem Züchten walisischer Bergschafe, nachkommen kann. Neben ihrer Arbeit als Autorin und Psychologin interessiert sich Torey Hayden in besonderem Maße für Oper, klassische Musik, Archäologie sowie Literatur. Als ihre Lieblingsautoren nennt sie Hermann Hesse, Thomas Mann, Toni Morrison und Gabriel García Márquez.

DIE
W

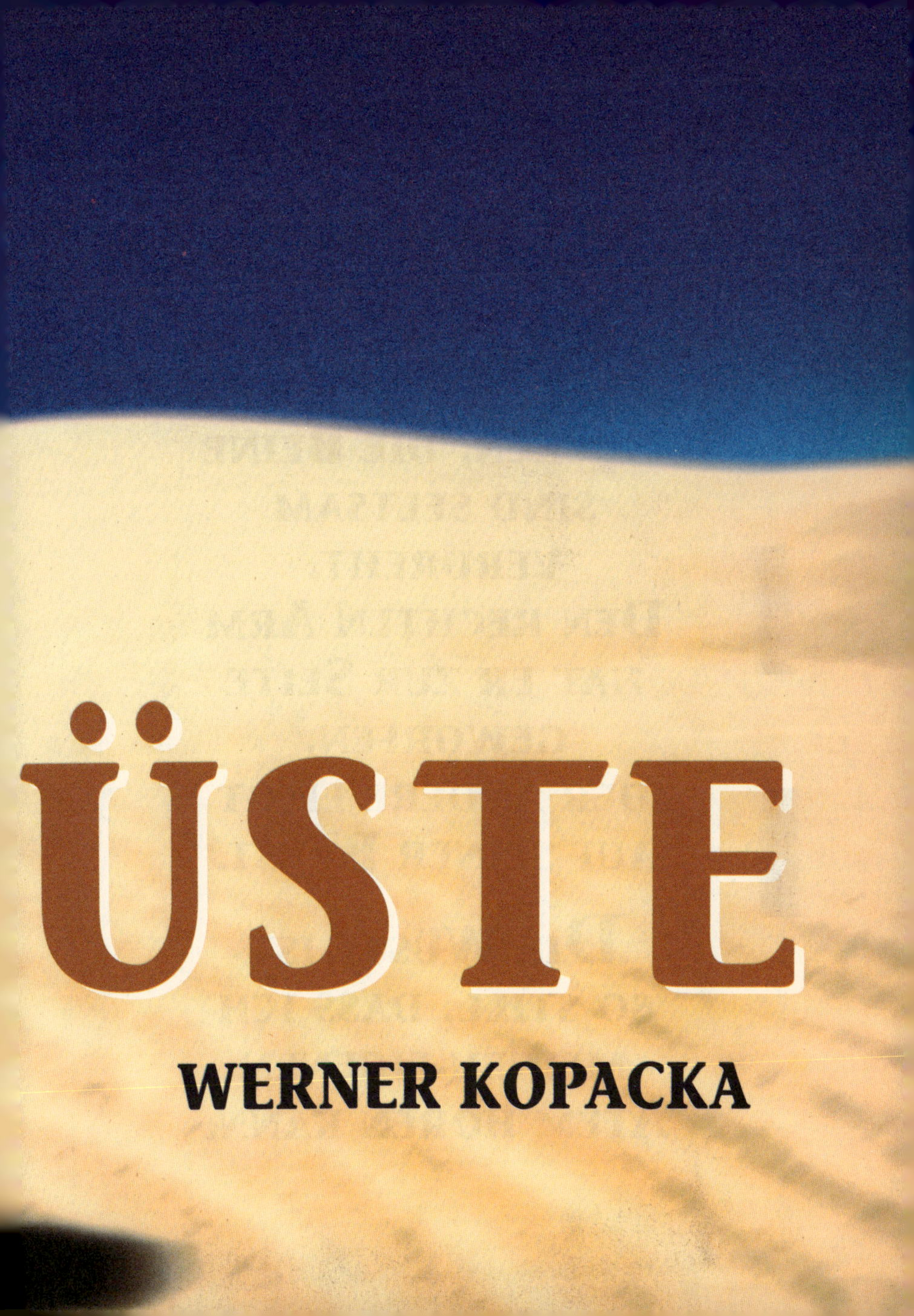

ÜSTE

WERNER KOPACKA

Bobbys Körper liegt auf dem Rücken, die Beine sind seltsam verdreht. Den rechten Arm hat er zur Seite geworfen, der andere liegt auf seiner Brust.

Die Wüste ist so still, dass ich meinen eigenen Atem hören kann.

Die Vision

Ich und ich und nur ich.
Max hat mich auf Visionssuche geschickt.

Ein blödes Wort. Auf diesem Trip hat es viele blöde Worte gegeben. Einige haben später Sinn gemacht. Eigentlich die meisten. Pardon, Max, da steckt schon was dahinter. Auch wenn ich mich anfangs dagegen gewehrt habe.

Vor zwei Wochen hätte ich das, was ich jetzt tat, noch als lächerlich empfunden. Kindisch. Absolut unnötig.

Ich bin ich, ich war immer ich, und ich weiß seit 45 Jahren ganz genau, wie ich funktioniere. Oder doch nicht?

Verdammt, Max, du hast mich tatsächlich verunsichert. Und jetzt schickst du mich in die Stille. Aus der Wüste in noch mehr Wüste. Auf den ultimativen Egotrip am Ende der großen Ich-Suche.

Der Rucksack ist leicht. So leicht wie nie zuvor während der vergangenen sieben Tage. Eine volle Wasserflasche, ein Stück Fladenbrot, eine Fackel samt Streichhölzern, das Notizbuch samt Kugelschreiber, Liegematte, Schlafsack. Ende.

Das Tal wird enger. Gelbbraune Sandsteinfelsen und Sand. Die Sonne gleißt von einem Himmel, der die Farbe einer tropischen Lagune hat.

Max und die Beduinen lagern eine Gehstunde hinter mir.

Vor dem Abmarsch habe ich in ihre Gesichter geblickt. Keine Häme, kein Spott. Eher Ratlosigkeit. Keiner von den Beduinen würde die Geborgenheit eines schattigen Tals, in dem es eine Wasserstelle und ausreichend Fressen für die Kamele gab, und die Sicherheit der Gruppe verlassen, um sich auf die unsinnige Suche nach einem Schlafplatz in die absolute Einsamkeit zu begeben.

Wahrscheinlich haben sie die Visionen, nach denen wir jetzt suchen sollen, schon gehabt. Oder sie brauchen sie nicht. Ich habe mich nachts zu ihnen ans Feuer gesetzt und Tee mit ihnen getrunken. Die harten Gesichter haben mich angeflackert, und Abid, ihr Führer, hat höflich, aber sehr knapp auf meine Fragen geantwortet. Er ist einer der wenigen, mit denen ich reden kann, weil er ein paar Brocken Englisch spricht.

Max unterhält sich mit ihnen auf Arabisch. Max lacht und scherzt mit ihnen. Max war auch schon mindestens dreißig Mal hier.

Alles, was ich über die Beduinen weiß, weiß ich von Max. Und aus dem Internet. Dort steht viel über ihre Geschichte, über ihre lausige soziale Stellung im heutigen Ägypten, über ihren Stolz, ihre Lebensart, die Blutrache, die innige Beziehung, die sie zu ihren Kamelen haben. Ich wollte zusätzlich zur Wüstenselbstfindungsgeschichte, die Max (der mir die Reise ja auch bezahlt) neue Kunden bringen soll, für den Feuilletonteil meiner Zeitung auch eine über das heutige Leben der Sinai-Beduinen mit nach Hause bringen. Geht offensichtlich nicht.

Die sechs anderen, die Max gleichzeitig mit mir auf Visionssuche geschickt hat, sind nicht zu sehen. Es gibt genug Wüste für jeden. Jede Menge Einsamkeit. Morgen früh um sieben sollen wir alle wieder im Lager sein.

Auf der linken Seite des Tals tut sich eine winzige Schlucht auf. Ein Riss in der Felswand, ein schmaler Sandstreifen, den die Winde von Jahrtausenden dorthin geblasen haben. Er führt steil nach oben, und dort, wo er für mein Auge endet, hat der Fels ein „V“ gebildet. Ich weiß, dass es mein Weg zur Einsamkeit ist. Dort hinten wartet meine Vision. Vielleicht hat den Weg noch nie ein Mensch begangen. Oder Moses war hier. Damals, als er sein Volk durch die Wüste Sinai geführt hat.

Max hat uns aufgetragen, geheime Orte für diesen allerletzten Ich-Trip zu suchen. Keiner soll wissen, wo der andere sucht. Keine Sichtweite, keine Rufweite. Schutzlos, hilflos. Ich, ich und nur ich allein. Nur so seien Visionen möglich, hat er gesagt. Ein Geschenk der Wüste, ein Geschenk des sich immer weiter öffnenden Ichs. Öffne dich, öffne dich! Vergiss das Denken, und gib dich deinen Gefühlen hin.

Klar. Ich werde den Sonnenuntergang beobachten, im Kopf die Story zusammenstellen, die ich in drei Tagen in den Computer hämmern werde, und dann friedlich einschlummern. Wahrscheinlich werde ich träumen. Ich habe in der Wüste immer geträumt. Irre Dinge, ungemein lebendig. Zum Teil von Menschen, die ich längst vergessen hatte. Gelten bunte Träume auch als Vision? Morgen werde ich Max fragen.

Der Sand, der die Talsohle bedeckt, ist tief und weich, und ich sinke mit meinen Trekkingschuhen bei jedem Schritt bis zu den Knöcheln ein. Fast wie am Strand. Morgen Abend, hat Max gesagt, sind wir in Dahab. Direkt am Meer. Wer schnorcheln will, wird eine atemberaubende Unterwasserwelt erleben können. Korallengärten, die buntesten Fische. Herrlicher Sandstrand. Ich werde schnorcheln wollen. Das steht fest.

Vorher muss ich jedoch noch meine Vision finden. Dort oben, am Ende der steilen Sandschlucht. Ich beginne zu klettern. Es dauert eine gute halbe Stunde, bis ich das Ende der Rinne erreicht habe.

Ich bin völlig geschafft, mein Kopf ist ein Kreisel, ich atme heftig fauchend. Trotzdem schaffe ich es, die kraftlosen Arme in die Höhe zu werfen und der Sonne ein jämmerliches Krächzen zuzuwerfen. Sie beantwortet es mit einem lupenreinen alpinen Jodler.

Gibt es nicht.

Ich lasse mich in den Sand fallen und warte, bis sich mein Atem so weit beruhigt hat, dass ich lachen kann.

Die Sonne jodelt noch einmal. Ist das bereits die Vision? Eine jodelnde Sonne? Mitten in der Wüste Sinai? Blödsinn.

Ich hebe mühsam den Kopf, wische mit dem Handrücken die Schweißperlen von der Stirn und den Augen. Da kommt noch ein dritter Jodler. Lauter als die beiden anderen. Ich erkenne eine winzige Gestalt, die am Grat der gegenüberliegenden Felswand steht.

Es ist sicher kein Beduine. Das Jodeln ist nicht ganz ihre Sache.

„Wer bist du?“, rufe ich, so laut ich kann. Wahrscheinlich ist es Bobby. Sicher bin ich mir nicht.

Er winkt, und ich winke zurück. Dann verschwindet er vom Grat, und ich sehe zum ersten Mal den Ort meiner Vision.

STEINE, Sand und der Himmel. Ein breites Sandmeer in einem kleinen Tal. Der Wind hat seine Oberfläche sogar mit sanften Wellen verziert. Dort, wo die Wellenkronen sein sollten, liegen schwarze Steine. Die Felsküste, die meinen Sandmeerbusen umgibt, besteht aus goldgelbem Sandstein.

Das Meer und die Wüste.

Seltsam, dass man sie immer wieder vergleicht. Beide werden für immer mächtiger sein als der Mensch. Wenn es unsere Zerstörungswut nicht schafft, Meere und Wüsten zu vernichten, dann werden diese bis in alle Ewigkeit Orte bleiben, an denen Homo sapiens zu einem unbedeutenden Winzling wird.

Meinem Sandmeer stellt sich trotzig eine Mauer in den Weg. Eine Mole. Sie ragt wie ein Finger aus dem rissigen Randgebirge. Zwei Meter hoch, vielleicht zehn Meter lang. Der Wind hat die Oberfläche glatt gescheuert, sie bildet mit dem Felsen einen perfekten rechten Winkel.

Ich stapfe langsam zum Schnittpunkt hinunter. Lasse mich treiben.

Der Sand wird mit jedem Schritt weicher. Ich nehme den Rucksack ab und stelle ihn in das rechtwinklige Schattendreieck am Ende der Felswand, am Beginn meiner Mole. Der Sand ist beinahe daunenweich. Hier werde ich die Nacht verbringen. Ich, nur ich. Ich allein.

Irgendwo dort draußen sind die anderen.

Eine ganze Woche lang hat sich Max bemüht, eine Gruppe aus uns zu formen. Gemeinsam haben wir den Schweinehund gesucht. In uns selbst und in den anderen.

Jetzt bin ich froh, dass sie weg sind. Alle. Auch Max.

Die scheinbar schwarzsteinigen Wellenkronen meines Meeres bestehen nicht nur aus schwarzen Steinen. Ich entdecke rund gescheuerte rosafarbene und weiße Quarze darunter und beginne, sie einzusammeln. Dabei rede ich mir ein, dass es sich um Glückssteine handelt. Wenn ich sie später daheim an Freunde verschenkte, würde ich ihnen auch einen Teil dieses unendlichen Gefühls von Frieden weitergeben. Den Frieden dieses Ortes.

Während ich die Steine in die Seitentasche meines Rucksacks stopfe, beginnt mich der Begriff Leichtigkeit zu beschäftigen. Die Leichtigkeit der Gedanken. Lege alles Belastende ab, und versuche, dich auf den unbeschwerten Teil deines Lebens zu konzentrieren. Was macht es schön, lebenswert, leicht, locker, heiter?

Die physische Leichtigkeit demonstriere ich, indem ich mich völlig entkleide. Ich stehe splitterfasernackt in meiner Wüstenbucht und lasse die Abendsonne auf meine Haut brennen.

Ich bin allein, niemand schaut mir zu. Ich kann tun und lassen, was ich will. Ich darf verrückt sein.

Ich schwinge mich auf die Mole und lege mich auf den Rücken. Der Stein ist heiß, und meine Haut brennt. Ich werde gebraten, und ich lasse es geschehen. Kein Schmerz. Die Hitze ist die Kraft des Steins, und ich spüre, wie sie langsam in mich hineinsickert. Ich schließe die Augen. Eine sanfte Brise streicht über die nackte Haut.

Habe ich geschlafen?

Ich richte mich auf und sehe, dass die Sonne bis an den Rand der gezackten Felsen, die meine Bucht umgeben, gesunken ist. Bizarre Schatten zeichnen Gesichter in die Wände. Ich sehe das eines alten, weisen Mannes, verwittert, mit unzähligen Runzeln. Es ist ein arabisches Gesicht. Ich suche nach einer Botschaft, doch da ist keine.

Es ist nicht mehr heiß, nur noch warm. Die Brise schubst mich sanft. Ich lächle. Ja, ja, ich komm ja schon!

Ich stehe auf, und die Brise schubst mich weiter. Ich gehe die Mole entlang bis zur Felswand, die bei meiner Ankunft so steil und unbezwingbar erschien. Jetzt, da ich unmittelbar vor ihr stehe, sehe ich plötzlich Stufen, und ich steige höher. Immer höher.

Ich vergesse, dass ich nackt bin, die scharfen Kanten schneiden in meine Fußsohlen, aber es tut nicht weh. Da ist ein Weg, und ich muss ihn gehen. Er ist nur für mich da, und ich spüre, dass ihn vor mir noch nie ein Mensch gegangen ist.

Die Brise wird stärker, drängender, und als ich auf dem Gipfel stehe, weht ein Wind, der meine Haare zerzaust und so stark gegen meinen Rücken drückt, dass ich mich mit sanfter Kraft dagegenstemmen muss, um nicht umgeblasen zu werden.

Vor mir tut sich ein Märchental auf. Ein braungoldenes Felsgebilde, aus Steinen gebaut, die teils wie von Menschen behauene Bauklötze aussehen. Links oben wacht ein mächtiges Wesen über das Tal. Es hat gewaltige Flügel und einen Menschenkopf.

Die Sonne, die gerade noch am Himmel steht, malt die letzten Schattenbilder.

Kein Lebewesen. Aber Größe, Erhabenheit, Schönheit.

Der Wind zeigt nur mir dieses Tal. Und ich bin ihm dankbar dafür.

Ich werfe mich zum Abschied in die Brust, strecke den nackten Körper und hebe die Hände in den Himmel. Ich will auch einen Schrei ausstoßen, finde jedoch keinen passenden.

Der Wind bläst jetzt so stark, dass ich diese Pose nur einen Augenblick lang halten kann und dann auf die Knie sinken muss, um nicht vom Gipfel geweht zu werden. Ich steige hinab, der Wind lässt nach. Auf der Mole ist er nur noch eine Brise, dann stirbt er.

Ich weiß, dass ich das Tal nie mehr wiedersehen werde. Vielleicht gibt es das Tal gar nicht. Vielleicht war es eine Illusion. Meine Vision? Ich habe noch nie eine Vision gehabt. Max wird mich morgen aufklären.

Es gibt keine Sonne mehr. Sie ist verschwunden und hat dabei den Himmel kurz zum Glühen gebracht.

Es wird kälter, und ich kleide mich wieder an. Dann lege ich im Molenwinkel meine Schlafmatte in den weichen Sand und rolle den Schlafsack aus.

Die Wände, die mich umgeben, sind schwarz. Die Gesichter und Festungen gibt es nicht mehr. Ich steige noch einmal auf die Mole und hocke mich hin. Eine Wolke am düster werdenden Himmel erinnert mich an ein Flugzeug. Dann verwandelt sie sich in einen Vogel.

Morgen früh muss ich Max und den anderen von meiner Vision erzählen. Alle werden von ihren Visionen erzählen. Auch wenn keiner eine gehabt hat.

Ich beschließe, die Sache mit dem Wind und dem Berg und dem Tal für mich zu behalten. Weil ich das Erlebnis nicht in Worte zerpflücken und anderen erklären, sondern es so, wie ich es empfunden hatte, bewahren und mitnehmen will. Schließlich ist es mein Erlebnis, es gehört mir. Ich spüre, dass es eines Tages für mich wichtig sein wird, habe allerdings keine Ahnung, weshalb.

Max. Vielleicht werde ich ihm davon erzählen. Eines Tages.

In der Wüste ist die Dämmerung nur kurz, dann kommt rasch die Nacht. Wenn sie klar ist, beschenkt sie einen mit der Unendlichkeit eines glitzernden Sternenhimmels.

Ich zünde meine Fackel an und klemme sie in eine Felsritze. Das Licht ist weich und heimelig und beflackert mein Nachtquartier. Ich schlüpfe in meinen Schlafsack und fühle mich geborgen.

Obwohl ich weder Hunger noch Durst habe, trinke ich ein paar Schlucke Wasser und beginne, an einem Stück Fladenbrot zu kauen.

Eine seltsame Reise. Eine seltsame Gruppe. Ein seltsamer Auftrag für einen Journalisten.

Der Journalist bin ich. Ich war auch der Zweifler. Bin ich es immer noch?

Da war etwas. Das gebe ich zu. Es war mehr als nur ein Marsch durch die Wüste. Es war die versprochene Suche, und jeder von uns hat auch tatsächlich etwas gefunden. Davon bin ich jetzt überzeugt.

Hast gute Arbeit geleistet, Max! Weil du die Wüste kennst und sie zu nutzen weißt. Wenn man Menschen behutsam mit ihr bekannt macht und sie am Ende so massiv in sie eintauchen lässt, dann kann sich ein Mensch tatsächlich zum Positiven verändern.

Ich bin längst wieder in die Realität eingetaucht. Denke bereits an meine Zeitungsstory. Und noch immer keine Vision, von der ich morgen früh berichten kann!

Wahrscheinlich ist es die Fackel. Sie raubt mir meine Einsamkeit! Ich ziehe sie aus der Felsritze und lösche sie im Sand aus.

Jetzt erst bin ich wirklich allein. Nur ich und die Nacht und der Sternenhimmel.

Ich schließe die Augen und bin plötzlich wieder auf meinem Berggipfel. Ich spüre den Wind und hebe mit ihm ab, werde schwerelos und schwebe in das Tal hinab. Der weiße Sand umhüllt mich, weich wie Watte.

Der steinerne Wächter breitet die Flügel aus und erhebt sich von seinem ewigen Wachposten hoch über dem Tal. Er umkreist mich, seine Augen starren mich an. Dann landet er neben mir. Ich habe Angst, fühle mich hilflos. Doch das Gesicht lächelt, die mächtigen Vogelfüße mit den gewaltigen Klauen tragen den steinernen Körper näher. Das Gesicht beugt sich über mich. Ich hebe zum Schutz meines Kopfes die Arme und schließe die Augen.

Die Stimme ist weich und einschmeichelnd. „Du befindest dich im Tal der Träume", sagt sie.

Ich senke die Arme und öffne die Augen.

Das Gesicht ist riesig. Über mir gewaltige Lippen und monströse Nasenlöcher. „Nenne mir deinen Traum, und er wird in Erfüllung gehen!" Aladin und seine Wunderlampe. Ein Wunsch, nur ein einziger Wunsch! Das ewig unerfüllte Märchen. Und ich habe keine Ahnung, was ich mir wünschen soll. Der Riesenmund lacht. Ich sehe Riesenzähne und rieche den Riesenatem. Er ist frisch und kalt wie ein Bergwind.

„Du hast fünf Sekunden Zeit", sagt die sanfte Stimme und beginnt zu zählen: „Fünf, vier …"

„Ich will einen Roman schreiben, meinen ersten, endlich!", schreie ich.

Der Kopf des Vogelmenschen nickt, er breitet die Flügel aus. „Der Wunsch sei dir gewährt", sagt er.

Ich fühle mich leicht und gelöst und schlafe, schlafe, schlafe. Irgendwann wache ich auf. Wind ist aufgekommen und bläst mir den Sand ins Gesicht. Er ist jetzt nicht mehr weich, er sticht wie Nadeln. Die Nacht ist schwarz. Ich drehe mich um und ziehe den Schlafsack über den Kopf. Nichts ist mehr mystisch und geheimnisvoll. Ich sehne mich plötzlich nach Menschen, mit denen ich reden könnte. Bobby, Jess, Ferdl, Marlene, Rhonda, Klaus. Oder Max. Oder die Beduinen.

Ein paar Regentropfen, dann Donnergrollen. Unmöglich. In der Wüste regnet es nicht. Es regnet doch. Ich weiß nicht, wie lange. Es sind große, schwere Tropfen, und sie prasseln auf den Schlafsack, in den ich mich vergraben habe.

Vielleicht regnet es in der Wüste öfter, als man glaubt. Irgendetwas muss ja die Brunnen in den Oasen füllen, die dürren Büsche tränken, die überall wuchern. Ich werde Max fragen.

Am Ende des Regens kommt die Stille. Kein Wind mehr. Nichts. Das totale Schweigen. Nur mein Atem. Und das Warten auf den Morgen.

Ich denke an den Roman, den ich schreiben werde. Schreiben muss.

Endlich. Jeder Journalist träumt von seinem Roman. Die meisten schreiben ihn nie.

Die Wüste Sinai. Mein Roman muss in der Wüste spielen. Eine Gruppe, wie wir es sind, völlig unterschiedliche Charaktere, bunt zusammengewürfelt. Das reicht aber nicht. Eine Liebesgeschichte, vielleicht sogar ein Mord. Große Gefühle. Und Spannung. Abenteuer.

Obwohl es mir nicht bewusst ist, muss ich während der Grübelei über den Roman, den ich schreiben werde, immer wieder eingenickt sein. Irgendwann schlage ich die Augen auf, und es ist nicht mehr Nacht. Der Himmel ist grau, und die Zacken der Berge heben sich scharf von ihm ab.

Ich besitze keine Uhr. Wie alle anderen habe ich sie bei Beginn der Reise abgegeben. Max hat alle Uhren in einem Leinensack verstaut und diesen im Hotelsafe eingeschlossen. Heute Abend werden wir sie wiederbekommen. Unsere Reise sollte nicht von den Minuten und Stunden geprägt sein, die unser normales Leben diktieren. Hier sollten wir unsere eigene Zeit finden. Uns selbst verlangsamen. Zitat Max.

Mein neues Zeitempfinden sagt mir, dass es etwa fünf Uhr früh sein muss. Um sieben sollten wir wieder im Lager sein.

Der Weg dorthin wird etwa eine Stunde dauern.

Das Sandmeer ist noch da, auch meine Bucht und die Mole. Ein einsamer, verlassener Ort. Der Morgen hat ihn nüchterner gemacht. Er beeindruckt mich nicht mehr. Und ich habe auch kein Verlangen mehr, meine Kleider abzulegen und noch einmal auf den Gipfel zu klettern, der noch im Schatten liegt und jetzt grau und kalt wirkt.

Eigentlich will ich nur noch weg. Zu Max und zu den Beduinen, zu heißem Tee und frisch gebackenem Fladenbrot. Und dann will ich hinaus aus der verdammten Wüste und hin zum Meer.

FERDL, der dicke Bauunternehmer aus Salzburg, hockt im Schatten einer Felswand und bläst immer wieder in den Dampf, der aus dem Plastikbecher quillt, den er mit beiden Händen umklammert.

„Zu heiß, zu heiß", stöhnt er. Er schenkt mir ein kurzes Lächeln und bläst weiter.

Max hockt mit den Beduinen am Feuer. Unsere drei Frauen sitzen neben ihm. Jess, Marlene, Rhonda. Fast alle da. Nur Klaus fehlt noch. Und Bobby.

Ich stelle den Rucksack in den Sand und setze mich dazu.

Saleh, der Große, Schweigsame, schaut mich wie an jedem vorangegangenen Morgen fragend an, und ich nicke. Wie immer. Er nickt zurück, füllt ein Glas mit dampfendem Tee und reicht es mir.

„Wie war's?", fragt Max, und unsere drei Frauen lächeln mich erwartungsvoll an.

„Extrem", sage ich und taste mich mit ausgestreckter Oberlippe vorsichtig an den dampfenden Tee heran.

Jess kichert. „Hast du eine Vision gehabt?"

Ich zucke mit den Schultern und versuche gleichzeitig vom Tee zu schlürfen.

„Ich habe alles versucht, aber ich habe keine gehabt", sagt Jess.

„Ich auch nicht", meint Rhonda.

„Pst", zischt Max und legt den Zeigefinger an die Lippen. Alle schauen Max an. Den Rauschebart. Das verwitterte Gesicht. Die stahlblauen Augen.

„Wir sind noch immer eine Gruppe", sagt er, „eine Einheit. Jeder soll sein Erlebnis schildern. Zu gegebener Zeit. Wenn alle da sind!" Max hebt sein bärtiges Haupt und blickt in den Himmel. Eine theatralische Geste. Dann greift er in seine Hosentasche, wirft einen raschen Blick auf seine Taschenuhr und starrt dann wieder suchend in den Himmel. „Es ist zehn nach sieben", sagt er.

Dann kommt Klaus. Ganz klein, am Rande des Tals. Wir beobachten sein Näherkommen. Schritt für Schritt. Klaus hält sich für einen schönen Menschen, wahrscheinlich ist er es auch. Als Politiker ist er es gewohnt, beobachtet zu werden. Er ruft uns schon von weitem etwas zu, was keiner versteht. Dann rudert er mit den Armen in der Luft herum und verdreht den Körper mit tanzartigen Bewegungen, die komisch sein sollen. Beim nächsten Mal verstehen wir ihn.

„Ich bin wieder da! Mein Gott, bin ich froh, dass ich wieder da bin!" Klaus beginnt zu laufen, am Ende sprintet er, dann lässt er sich keuchend neben uns in den Sand fallen. „Ende, Schluss, aus", sagt er hechelnd, „ich brauche Menschen, ein richtiges Bett, eine Dusche und sehr viele, viele eiskalte Drinks!"

Max klopft ihm auf die Schulter. „Tee?"

Saleh, der Große, füllt ein Glas und reicht es Max.

Der nimmt es und streckt es Klaus entgegen. Klaus greift dankbar danach.

„Beinahe komplett", sage ich.

„Bobby", sagt Jess, „wär ja ein Wunder, wenn er einmal pünktlich käme!"

Max schenkt uns sein weises Nicken. „Es ist der Zeitbegriff", sagt er und lächelt. „Mein letzter Test! Ich habe sieben Uhr gesagt, und es hat geklappt. Ganz ohne Uhr. Ferdl war der Erste, er ist als Einziger etwas zu früh da gewesen. Dann Jess, sie ist um 6.45 Uhr eingetroffen. Klaus ist um 7.15 Uhr angekommen. Das ist sehr gut. Ich habe auch schon Gruppen gehabt, bei denen der Letzte eine Stunde Verspätung hatte."

Wir warten auf Bobby.

Ferdl, der 120-Kilo-Mann, ist im Schatten geblieben. Nach einer Weile setzen wir uns zu ihm. Die Beduinen beginnen das Lager abzubauen und die Kamele zu beladen.

Um acht Uhr soll die letzte Gesprächsrunde beginnen, bei der jeder von seiner Vision erzählen soll. Spätestens um neun wollen wir aufbrechen. Max hat den Bus, der uns vom vereinbarten Treffpunkt am Rande der Wüste ins Hotel bringen soll, für 14 Uhr bestellt.

Es wird acht Uhr, und Bobby ist noch immer nicht im Lager.

Max wirkt beunruhigt. „Weiß irgendjemand, wohin er gegangen ist?", fragt er.

Ich nicke. „Ich habe ihn jodeln gehört!" Ich beschreibe den Ort.

Max palavert kurz mit Abid, unserem Beduinenführer, dieser nickt und deutet auf die Kamele. Sie sind bereits gesattelt und mit unseren Lasten beladen. Radwan, der Junge, der ein paar Brocken Englisch spricht und als Einziger der Beduinen von sich aus versucht hat, Kontakt mit uns aufzunehmen, lächelt uns zu und befreit vier Tiere von den schwersten Gepäckstücken.

Um 8.30 Uhr brechen wir auf. Max, Abid, Klaus und ich. Wir reiten durch das enge Tal, das ich zuvor zweimal durchquert hatte. Ich sehe nur die Fußstapfen, die ich bei meinem Rückweg hinterlassen habe. Der nächtliche Regen hat alle anderen weggewaschen. Auch jene, die Bobby beim Anmarsch auf seinen Visionspunkt hinterlassen haben muss. Wir halten kurz an der Stelle, an der ich das Tal, von meiner Bucht kommend, an diesem Morgen betreten hatte. Meine Fußstapfen sind klar erkennbar. Ich blicke nach oben und sehe das „V" am Ende der steilen Schlucht.

„Dort oben", deute ich darauf, „von dort ist der Jodler gekommen!"

Wir reiten weiter.

Bobby war der Fitteste von uns allen. 44 Jahre alt, Besitzer eines Fitnessstudios, Jessicas Lebensgefährte. Jeden kann's erwischen. Herzinfarkt, Schlaganfall.

Wir lassen die Kamele im Tal zurück und klettern die Wand hinauf. Es sind nur fünfzig Meter, ein Kinderspiel. Max steht als Erster am Grat und kann auf die andere Seite sehen. Ich bin als Zweiter fünf Meter hinter ihm. Max erstarrt, und ich bleibe stehen.

„Verdammt!“, ruft Max und verschwindet auf der anderen Seite.

Ich haste hinauf und sehe, wie Max auf dem Hosenboden durch eine Sandrinne zu einem kleinen Felsplateau rutscht, das etwa zehn Meter tiefer liegt.

Bobbys Visionsort. Schlafsack, Matte, Rucksack – und er selbst. Reglos neben dem Lager liegend.

Ich mache es Max nach und rutsche ebenfalls durch die Rinne nach unten.

Bobby ist tot.

MAX STEHT und starrt.

Irgendjemand schreit vor Schreck. Vielleicht bin ich es selbst. Vielleicht ist es Klaus. Dann stehe und starre auch ich.

Bobbys Körper liegt auf dem Rücken, die Beine sind seltsam verdreht. Den rechten Arm hat er zur Seite geworfen, der andere liegt auf seiner Brust. Die linke Hand umklammert den Hals.

Das Gesicht ist dunkel gefärbt, die Zunge, die aus dem halb geöffneten Mund hängt, hat annähernd dieselbe Farbe wie das Gesicht. Die toten Augen sind weit aufgerissen.

Die Wüste ist so still, dass ich meinen eigenen Atem hören kann. Noch ist nichts Wirklichkeit, erst dann, wenn es gesagt ist.

Abid bleibt neben Bobbys Kopf stehen und hockt sich daneben. Seine Hand greift langsam zum Hals des Toten und findet dort das Ende eines dünnen Hanfseils. Er hält es hoch und schaut Max an.

„Erdrosselt“, sagt Max.

Es ist gesagt, und meine Starre löst sich.

„Wahnsinn“, stammelt Klaus.

Ich will zum Toten gehen, doch Max hält mich zurück. „Bleibt, wo ihr seid“, sagt er, „wegen der Spuren!“

Es ist mein erster Mord, aber ich verstehe sofort. Wer immer es getan hat, ist durch den Sand hergekommen und durch den Sand weggegangen.

Spuren! Klar! Man braucht ihnen nur nachzugehen, und sie werden uns zum Täter führen. Max sucht, wir suchen, aber es gibt keine Spuren. Weder die von Bobby noch die eines anderen. Der Regen in der Nacht hat sie weggewaschen. Die einzigen Spuren, die wir finden, sind diejenigen, die wir selbst hinterlassen haben.

Abid hockt noch immer neben Bobbys Kopf. Er befingert das Seilende, beugt sich zu ihm hinab und schnuppert daran.

„Kamel“, sagt Max. Abid nickt.

Natürlich. Mit solchen Seilen zurren sie die Ladungen fest. Warum sollte ein Beduine Bobby erdrosseln? Unsere Beduinen wussten ganz genau, dass er nichts von Wert in die Wüste mitgenommen hatte. Andere Beduinen?

„Wer zum Teufel kann das getan haben?“, fragt Klaus.

„Es ist ein Beduinenseil“, sage ich.

Max durchsucht Bobbys Rucksack. Ich helfe ihm dabei. Die Wasserflasche ist halb leer, das Brot halb gegessen. Die halb verbrannte Fackel steckt neben dem Schlafsack verkehrt herum im Sand. Auch der Kugelschreiber ist da. Nur das Notizbuch fehlt. Auch Bobbys Taschen sind leer. Max findet nur eine halb leere Schachtel Streichhölzer.

„Kein Mensch kann mir einreden, dass Bobby von einem Beduinen erdrosselt worden ist, nur weil dieser sein Tagebuch wollte“, sagt Klaus.

„Wer sagt denn, dass es ein Beduine war?“, frage ich.

Max baut sich vor uns beiden auf. Er ist jetzt wieder unser Führer. „Hört auf mit der blöden Rederei!“, sagt er scharf. „Die Polizei wird kommen, und dann wäre es verdammt gut, wenn jeder von uns dieselbe Geschichte erzählen würde. Wart ihr schon einmal in einem ägyptischen Knast?“

Klaus blickt ihn verblüfft an, ich schüttle den Kopf.

„Es gibt keinen Mörder, aber viele Verdächtige. Vor allem uns. Die lochen uns gnadenlos ein, wenn einer von uns Mist erzählt. Kein Wort vom Notizbuch, klar? Draußen, bei den anderen, erzähle ich allen, was sie zu sagen haben. Unser Glück ist das Seil. Offensichtlich hat es irgendein herumstreunender Beduine getan, weil er gehofft hat, dass bei dem Fremden etwas zu holen sei.“

Klaus nickt. „Wahrscheinlich war's auch so!“

Max klopft ihm auf die Schulter. „Mit etwas Glück und viel Bakschisch werden sie's uns vielleicht glauben!“

WIR LASSEN Abid bei Bobby und reiten in das Lager zurück.

Unterwegs vereinbaren wir, was wir den anderen sagen werden, und wir einigen uns auch darauf, dass Max das Reden übernimmt.

Jess bricht weinend zusammen. Ich drücke sie an mich und fühle die Verzweiflung in ihrem Schluchzen.

Ferdl schüttelt immer wieder den Kopf und schnaubt dabei wie ein alter Hengst. Marlene und ihre Tochter Rhonda stehen eng umschlungen da, während Max redet. Die Beduinen hocken Tee trinkend um das Feuer und palavern. Dabei schauen sie immer wieder in unsere Richtung.

Max berichtet von dem, was wir gesehen haben. Nur die Sache mit dem verschwundenen Notizbuch erwähnt er nicht. Dafür scheint er sich nun ziemlich sicher zu sein, dass Bobby von einem oder mehreren herumziehenden Beduinen ermordet worden sein muss. In räuberischer Absicht. Das Seilstück weise ganz deutlich darauf hin. „Keiner von uns hatte auch nur den leisesten Grund, Bobby umzubringen", sagt er, und alle nicken. Nur Jess schluchzt weiter.

„Verdammte Kerle!", ruft Ferdl schnaubend und hebt die geballte Faust.

Fünf Minuten später reitet Radwan los, um die Polizei zu holen. Die Straße ist nicht mehr allzu weit entfernt, dort gibt es Häuser und auch ein Telefon. Max hat ausgerechnet, dass es maximal vier bis fünf Stunden dauern kann, bis die Polizei aus Dahab mit einem allradbetriebenen Geländewagen hier ist.

Einer der Beduinen marschiert los, um Abid, seinen Scheich, als Totenwächter abzulösen.

Wir hocken uns in den schmaler werdenden Schatten am Rande der Felswand und warten. Jess sitzt neben mir und klammert sich mit beiden Händen an meinem Arm fest. Sie schluchzt jetzt nicht mehr.

Jeder Tag war heiß, doch dieser scheint noch heißer zu sein. „Willst du Wasser?", frage ich Jess.

Sie schüttelt den Kopf und klammert sich noch fester an mich. „Manchmal war er ein Scheißkerl", sagt sie leise, sodass nur ich es hören kann, „aber ich habe ihn trotzdem geliebt."

Ich nicke.

„Wenn ich gewusst hätte, dass diese Sache so gefährlich ist, dann hätte ich in keinem Fall mitgemacht", meint Ferdl und schnaubt, „keiner hat uns gesagt, dass Mörder in dieser Wüste herumlaufen."

„Es ist meine dreiundzwanzigste Reise", sagt Max ruhig. „Ich habe hunderte wie euch hierher gebracht. Zwei Beinbrüche und ein paar Verstauchungen. Das war alles. So etwas wie letzte Nacht ist hier noch nie passiert."

„Wenn du Max für die Sache verantwortlich machen willst, dann tickst du nicht ganz richtig", meint Klaus.

„Wahrscheinlich will er nur sein Geld zurückhaben", stichelt Marlene.

Ferdl stellt sich mühsam auf die Beine. „Idioten!“, faucht er, stapft davon und verschwindet hinter einem gewaltigen rostig braunen Felsklotz.

„Und du glaubst tatsächlich, dass es irgendwelche Beduinen waren?“, fragt Rhonda.

„Es gibt keine andere Erklärung“, sagt Max.

„Es gibt noch eine Möglichkeit“, entgegnet Marlene.

„Einer von uns“, meint Klaus nickend.

„Blödsinn!“, schimpft Max und steht auf. Er geht ein paar Schritte in die Sonne hinaus und baut sich dort in Rednerpose auf. „Daran dürfen wir nicht einmal denken“, sagt er und hebt warnend den Zeigefinger. „Wenn die Polizei da ist, erzählt jeder seine Geschichte. Hieb- und stichfest. Jeder von euch war allein und hat nichts, absolut nichts von der Sache mit Bobby mitbekommen. Das stimmt doch auch, oder?“

Wir nicken.

„Keiner von uns wird einen aus unserer Gruppe verdächtigen oder anschwärzen. Erstens wäre es Rufmord, und zweitens könnte es dazu führen, dass man uns alle als Verdächtige einlocht. Ihr habt keine Ahnung, wozu die Behörden hier fähig sind. Ich hoffe, dass wir uns mit einem stattlichen Bakschisch aus dieser Situation befreien und übermorgen heimfliegen können.“

Klaus greift nach seinem Rucksack. „Brauchst du Geld?“

Max zuckt mit den Schultern. „Firmenrisiko! Ich hoffe, dass das, was ich noch habe, reicht. Wenn nicht, dann muss wohl jeder von euch mitzahlen.“

Jess lässt meinen Arm los, um ihre Hände vors Gesicht zu schlagen. „Aufhören!“, brüllt sie. „Bobby liegt dort draußen, und alles, woran ihr denken könnt, ist Geld!“ Sie springt auf. „Ich will ihn sehen, ich will ihn noch einmal sehen!“, kreischt sie und beginnt zu laufen.

Sie kommt allerdings nur ein paar Schritte weit, dann hat Max sie eingefangen. Sie beißt und kratzt und kreischt und hämmert wie wild mit den Fäusten auf Max ein, mit der Zeit werden ihre Bewegungen jedoch schwächer, und dann kommt endlich wieder das Schluchzen. Max nimmt sie sanft an der Hand und führt sie zu ihrem Platz im Schatten.

Dann sitzt sie wieder neben mir und knetet meinen Bizeps.

Nach einer Weile taucht Ferdl hinter dem Riesenkopf auf und gesellt sich wieder zu uns. „Überreaktion“, sagt er, „die Nerven! Tut mir Leid, Max!“

Max nickt. „Mach dir keine Sorgen, ich verstehe.“

Dann kehrt Abid ins Lager zurück.

Max hockt sich zu ihm und den anderen Beduinen ans Feuer. Ich sehe nur ihre Gesten, bin mir jedoch sicher, dass auch sie über das reden, was sie der Polizei sagen werden.

Es sind drei Männer, und sie kommen in einem klapprigen Landrover. Sie sind sichtlich verärgert, weil sie den Tatort nur zu Fuß erreichen können. Ein Polizist bleibt bei uns im Lager zurück, während sich der Kommandant mit dem zweiten in Begleitung von Max, Abid und zwei seiner Stammesbrüder auf den Weg in das Tal macht, in dem vor einem knappen Tag meine Visionssuche begonnen hatte. Sie nehmen auch ein Kamel mit und ein paar von den Beduinendecken.

Ich lehne mich in den Schatten zurück und schließe die Augen. Ich sehe mich wieder als einsamen Wanderer und höre den Jodler, der aus der Sonne gekommen war.

Es waren keine herumstreunenden Beduinen, davon bin ich überzeugt. Wenn schon Mord, dann hätte der Mörder den Rucksack genommen, den Schlafsack, die Trinkflasche, er hätte Bobby sein teures Abenteueroutfit ausgezogen. Der Mörder hat nur das Notizbuch mitgenommen. Weshalb? Weil ihn der Inhalt verraten hätte?

Wir alle haben am Beginn der Reise von Max die gleichen Büchlein bekommen. Sie sollten so etwas wie eine innere Schatulle sein, in der wir unsere ganz persönlichen Gedanken, Erlebnisse, Erfahrungen und Geheimnisse einschließen sollten. Etwas, was nur dem Besitzer gehört, das wertvollste Mitbringsel aus der Wüste. Ein solches kann es nur dann sein, wenn der Inhalt ein Dokument der bedingungslosen Ehrlichkeit zu sich selbst ist. Es gibt nur ganz wenige Menschen, denen ich erlauben würde, mein Notizbuch zu lesen.

Der Mörder hat Bobbys Wüstengeheimnis gestohlen.

Irgendjemandem aus unserer Runde war der Inhalt so wichtig, dass er dafür getötet hat. Nur eine Vermutung. Doch ich kann die Sache drehen und wenden und komme immer wieder zu demselben Schluss.

Jess ist eingeschlafen. Ich löse ihre Hände von meinem Arm. Sie wacht kurz auf, dann dreht sie sich zur Seite und schläft weiter.

Ich gehe hinüber zu den Kamelen. Man hat sie längst wieder abgesattelt, und sie haben es sich im heißen Sand bequem gemacht. Jeder, auch die Beduinen, bezeichnet sie als Kamele, in Wahrheit sind sie keine, dafür fehlt ihnen der zweite Höcker. Einige halten die langen Hälse hoch und glotzen hochnäsig ins Leere. Andere haben sie auf den Boden gelegt und die Köpfe in den Sand gebettet. Ich mag diese Tiere. Obwohl sie Dulder sind und vom Menschen versklavt werden, haben sie den stolzesten Blick aller Säugetiere.

Unser Gepäck, Reisetaschen und bunte Packsäcke, liegt, zu einem Haufen gestapelt, neben dem Schlafplatz der Dromedare. Ich finde sofort, was ich suche. Die Seile, mit denen die Ladungen festgezurrt werden, liegen daneben im Sand. Ich schaue gelangweilt in die Gegend, keiner der anderen beachtet mich. Dann bücke ich mich und schneide mit meinem Schweizer Offiziersmesser ein Stück von einem Seil ab.

Es sieht genauso aus wie jenes, das ich zuletzt an Bobbys Hals gesehen habe.

Ich stopfe es rasch in die Seitentasche meiner Trekkinghose, beschäftige mich noch eine Weile mit den Tieren und gehe dann zu den anderen zurück.

Bobby ist jetzt ein langes, zylinderförmiges Bündel, das, in der Mitte geknickt, auf dem Kamelsattel liegt. Sie haben ihn mit Decken umwickelt und mit ihren Seilen festgebunden.

Der Kommandant dirigiert das Lasttier zum Landrover.

Jess, die längst wieder wach geworden ist und seither dumpf vor sich hin gestarrt hat, steht langsam auf und geht in Richtung Auto. Ich gehe ihr nach. Auch die anderen lösen sich aus dem Schatten und bewegen sich auf das Kamel mit dem Bündel zu.

Max kommt uns entgegen und hält uns mit ausgestreckten Armen auf. „Das ist jetzt Polizeisache“, sagt er. „Der Kommandant will mit jedem von euch reden, aber nicht jetzt. Sie bringen Bobby nach Dahab. Der Polizeiarzt wird ihn untersuchen, vielleicht gibt es auch eine Obduktion.“

Jess runzelt die Stirn und stemmt die Arme in die Hüften. „Ich will ihn jetzt sehen“, sagt sie nicht sehr überzeugend.

Max schüttelt den Kopf und deutet mit dem Kinn in Richtung Landrover. „Die haben es verboten. Es wäre nicht klug, sie zu reizen. Ich habe mit dem Kommandanten geredet. Scheint ein vernünftiger Mann zu sein.“

„Ist doch mir egal“, sagt Jess etwas lauter.

Der Kommandant dreht sich in unsere Richtung und kommt nun langsam auf uns zu. Max geht ihm zwei, drei Schritte entgegen. Der Kommandant schreitet an ihm vorbei und bleibt vor Jess stehen. *„Are you the dead man's girlfriend?“,* fragt er.

Jess, die kaum Englisch versteht, dreht sich fragend zu mir um. „Er will wissen, ob du seine Freundin gewesen bist.“

„Das war ich“, zischt sie, „sag ihm, dass ich meinen *boyfriend* sehen will. Und zwar jetzt!“

Ich übersetze, und der Kommandant lächelt.

„Not possible“, sagt er, *„not now. But tell her, that she'll see him. Tonight, in Dahab. Then I'll also have a long talk with her.“*

„Jetzt nicht“, übersetze ich, „erst heute Abend in Dahab. Dann will er sich auch ausführlich mit dir unterhalten.“

Der Kommandant deutet eine Verbeugung an und geht zum Landrover zurück. Bobby ist bereits aufgeladen. Der Kommandant steigt ein, und sie fahren weg.

DIE LETZTE Runde. Max hat im Innenhof des Hotels einen Kreis aus acht Stühlen gebaut. So wie am Abend vor unserem Abmarsch in die Wüste. Damals hatte er jeden von uns gebeten, Uhren, Mobiltelefone, Kameras und alles, was uns sonst noch zu gehetzten Zivilisationssklaven macht, abzugeben. Er hatte alles in einen Leinensack gestopft und diesen im Hotelsafe deponiert.

Jetzt sind wir nur noch sieben. Statt Meer, Korallen und bunten Fischen hatte es in Dahab für jeden von uns ein kurzes Verhör auf der örtlichen Polizeistation gegeben. Der Kommandant war verständnisvoll und höflich gewesen und hatte uns jede Peinlichkeit erspart. Die Protokolle waren auf Englisch verfasst worden. Nachdem alle Protokolle unterschrieben waren, hatte man uns die Reisepässe zurückgegeben.

Das ist nun schon wieder ein paar Stunden her. Nun warten alle auf Max. Jeder hat während dieser acht Tage jeden besser kennen gelernt als die meisten Menschen, denen man zu Hause fast täglich begegnet. Gestern habe ich noch geglaubt, dass alle in dieser Gruppe, ebenso wie ich, ihr Lebensbuch aufgeschlagen und es jedem anderen bereitwillig zum Lesen hingehalten hatten. Totale Ehrlichkeit und Offenheit. Jeder hatte dem anderen geholfen, die Geheimnisse seines Ichs zu ergründen, jeder hatte den anderen schonungslos, aber ohne Häme, auf Fehler aufmerksam gemacht, die dieser von sich aus ein Leben lang nicht erkannt hatte.

Jetzt hocken wir da und sind plötzlich wieder Fremde.

Max kommt und hat den Sack dabei, in dem sich unsere „Zivilisationssymbole“ befinden. Er nimmt Platz. „Zuerst die gute Nachricht“, sagt er, „die Polizei ist zu dem Schluss gekommen, dass keiner von uns als Täter infrage kommen kann.“

„Scharfsinnige Kerle“, meint Ferdl schnaubend.

„Idiot!“, zischt Klaus.

Max hebt die Hand. „Das bedeutet, dass ihr morgen wie geplant mit Mohammed nach Eilat fahren und von dort nach Hause fliegen könnt."

„Und du?", frage ich.

Max hebt bedauernd beide Hände. „Es gibt noch Unmengen von Formalitäten zu erledigen. Vor allem muss ich mich darum kümmern, dass Bobbys Leiche so rasch wie möglich nach Hause überführt wird. Ich habe mit Jess gesprochen, und sie ist einverstanden, dass ich die Sache für sie übernehme."

Jess nickt. „Ich teile euch mit, wann das Begräbnis ist, Ehrenwort."

Natürlich. Wir werden alle da sein.

Ein halbes Dutzend elektrische Lampen machen den Innenhof zu einer Lichtinsel. Draußen ist die Nacht kohlrabenschwarz.

Wir hören das Meer, das weiter draußen, im Golf von Akaba, gegen das Land anrollt.

Kein Mensch hat nach Bobbys Notizbuch gefragt. Nicht einmal Jess. Wer hatte einen Grund gehabt, Bobby aus der Welt zu schaffen?

Rhonda? Zu schwach.

Ferdl? Zu faul.

Klaus? Zu prominent.

Marlene? Zu klug.

Jess? Seine Geliebte.

Max? Hat ein Alibi.

Ich? Habe ein Alibi.

Abid und die Beduinen? Absurd.

Das Finale einer bis heute Morgen erfolgreichen Psychoreise. Max enttäuscht mich nicht. Max ist ein Psychologe. Max ist ein Menschenfreund. Max ist Geschäftsmann.

„Ich habe mir diesen Abend natürlich ganz anders vorgestellt", sagt er und versucht sich an einem Lächeln. „Das Unvorstellbare ist geschehen, und wir können es nicht mehr ändern", fährt er fort. „Ich glaube, dass auch ihr meiner Meinung seid, wenn ich sage, dass unser Trip, abgesehen vom traurigen Finale, für alle ein unglaubliches Erlebnis war. Und ich muss euch ein Kompliment machen. Ich habe selten eine Gruppe geführt, die den Sinn dieser Reise besser verstanden hat. Und das meine ich, wie ich es sage! Dafür möchte ich mich jetzt und hier, am letzten gemeinsamen Abend, bei euch bedanken!"

Die Frauen sind tatsächlich gerührt. Jess wischt sich sogar eine Träne aus dem Augenwinkel. Ferdl klatscht zweimal in die fetten Hände und schnauft ein „Bravo!", Klaus hebt nachdenklich die Augenbrauen.

„Wir sollten die Gelegenheit nutzen und noch einmal miteinander reden", fährt Max fort. „Eigentlich stünden jetzt das Aufarbeiten der Visionssuche und die ganz persönlichen Zukunftspläne jedes Einzelnen auf dem Programm. Wenn ihr wollt, können wir das auch jetzt durchziehen."

Alle schütteln den Kopf.

Max nickt. „Ich bin auch eurer Meinung. Deshalb habe ich einen anderen Vorschlag für unsere allerletzte gemeinsame Aufgabe." Er deutet auf den leeren Stuhl. „Wir sollten uns von Bobby auf unsere Art verabschieden. Und zwar so, wie wir es während unserer gemeinsamen Wüstentage Tag für Tag praktiziert haben. Jeder von uns beschreibt Bobby so, wie er ihn gesehen und erlebt hat. Ehrlich, ohne Schnörkel, schonungslos. Ich glaube, das sind wir ihm schuldig, und ich glaube auch, dass es Bobby selbst so wollen würde."

MAX ÜBER Bobby: „Eigentlich mag ich Typen, wie er einer war, überhaupt nicht. Solariumbräune, künstlich hochgezüchtete Muskeln, wahrscheinlich bis oben hin mit Anabolika und anderem Gift voll gestopft. Ich hätte ihn und dich, Jess, wahrscheinlich nie auf diesen Trip mitgenommen, wenn nicht vier Manager im letzten Moment ausgefallen wären. Sechs Teilnehmer sind das absolute Minimum, sonst zahle ich drauf. Was diesmal sogar der Fall ist, weil unser Journalist auf Firmenkosten dabei ist!"

Max grinst in meine Richtung. „Aber", sagt er und erhebt Stimme und Zeigefinger, „Bobby hat mich beschämt, er hat mir so deutlich wie noch keiner bewiesen, dass man sich in Wahrheit nie auf erste Eindrücke verlassen soll. Er hat mich von Tag zu Tag mehr beeindruckt. Keine Arbeit war ihm zu schwer, kein Weg zu lang. Wenn alle anderen gemurrt haben, Bobby hat die Zähne zusammengebissen und es dabei noch immer geschafft, ein Lächeln herauszuquetschen. Und er war extrem hilfsbereit, immer für andere da." Max nickt in Richtung Ferdl. „Ohne seine Unterstützung hättest du dir beim Abstieg durch die Felsrinne wohl ein paar blaue Flecken mehr geholt, Ferdl. Habe ich Recht?"

Ferdl nickt zurück.

Max hebt die Hände. „Ich bin schon fertig. Für mich war Bobby ein patenter Kerl, einer, der nie seinen Humor verloren, nie quer geschossen oder intrigiert und der den Sinn dieser Reise richtig verstanden hat."

Einige nicken, einige schweigen. Ich hebe die Hände und applaudiere, doch keiner macht es mir nach.

Klaus über Bobby: „Bobby war eindeutig der Schönste von uns", sagt Klaus und lächelt dabei großzügig. So, als würde er damit etwas abgeben, was er eigentlich für sich selbst in Anspruch nimmt.

„Es bedarf harter Arbeit, um so einen Körper zu schaffen", fährt er fort, „und Disziplin. Bobby war ganz sicher diszipliniert. Er hat sich vor der Reise etwas in den Kopf gesetzt, und er hat es beinhart durchgezogen. Ich will damit nicht sagen, dass er über Leichen gegangen ist."

Klaus stoppt, ist über seine eigenen Worte erstaunt, presst eine Hand vor den Mund. „Pardon", sagt er, „ich wollte nicht …"

„Wir verstehen schon, rede weiter", sagt Ferdl.

Klaus hebt entschuldigend die Hände. „Ich will sagen, dass Bobby für mich nicht ganz der gute, verständnisvolle Samariter war, den Max in ihm gesehen hat. Wenn er etwas Gutes getan hat, dann hat er genau darauf geachtet, dass ihn alle dabei beobachten konnten. Für mich war Bobby ein guter Schauspieler, einer, der den Applaus gebraucht hat. Ein Mittelpunktmensch. Ihr alle wisst, dass sich bei unseren Sitzungen keiner mehr und genauere Notizen gemacht hat als Bobby. Er hat buchstäblich jedes gesagte Wort aufgeschrieben. Ich vermute, dass er später jeden unserer weisen Sprüche bei seinen Muskelbrüdern eingesetzt hätte, um damit Eindruck zu schinden."

Klaus schaut in die Runde. „Ehrlichkeit", fährt er fort, „Ehrlichkeit sich selbst und den anderen gegenüber, so soll es doch sein, nicht wahr? Verdammt, ihr alle habt es doch bemerkt: Er hat mich nicht ausstehen können und ich ihn auch nicht. Das ist die Wahrheit. Auch wenn wir es im Sinne der Harmonie, die dir, Max, so wichtig war, immer wieder verschleiert und versucht haben, einen anderen Eindruck zu erwecken, es war so. Wenn Bobby noch am Leben wäre, dann würde er es bestätigen."

Klaus starrt in betretenes Schweigen. „Oh nein, nein", ruft er hastig, „ich habe nichts mit seinem Tod zu tun!"

„Keiner von uns hat auch nur im Entferntesten daran gedacht", beruhigt ihn Max.

„Es ist schon in Ordnung", sage ich, „jeder hat gewusst, dass ihr beide nicht heiraten würdet."

„Ihr wart euch sehr ähnlich", sagt Marlene, „irgendwie …"

„Oh nein!", protestiert Klaus.

Marlene über Bobby: „Komisch", beginnt sie, „beide Bilder, die jetzt von Bobby gezeichnet wurden, decken sich kaum mit jenem, das ich von ihm habe. Für mich war er weder der heldenhafte Wohltäter noch der berechnende Egozentriker. Was stimmt, ist, dass er ein schöner Mann war. Und dass er es immer wieder geschafft hat, mich zum Lachen zu bringen. Und zwar genau dann, wenn mir überhaupt nicht zum Lachen zumute war. Ich glaube nicht, dass ich ihn als Frau interessiert habe, ich war ganz sicher nicht sein Typ und außerdem wohl zu alt für ihn. Geflirtet haben wir trotzdem. Irgendwie. Weil Bobby nur so mit Frauen umgehen konnte. Er war ein Eroberer. Alles, was er tat, war für ihn eine Herausforderung, ein Test. Ich habe seine Nähe nie als unangenehm empfunden, habe sie jedoch auch nie wirklich gesucht. Dazu war er mir zu oberflächlich. Bei den Einzelgesprächen, die wir ja alle geführt haben, ist mir bald klar geworden, dass sein Selbstvertrauen nur gespielt war. Er ist nie wirklich in die Tiefe gegangen, es waren stets erdachte, wahrscheinlich sogar erlogene Klischees, mit denen er sich mir präsentiert hat. Vielleicht, weil der wahre Bobby in Wirklichkeit schwach und unsicher war. Ich weiß es nicht. Ich denke es mir nur …"

FERDL über Bobby: „Bis jetzt ist viel Blödsinn geredet worden. Einige haben geglaubt, die Wüste habe sie so schlau gemacht, dass sie jetzt das Rad neu erfinden könnten. Oder sie glauben jetzt noch, den Stein der Weisen gefunden zu haben, der den inneren Dreck aus dem bisherigen Leben wäscht und uns alle zu strahlenden Erfolgsmenschen macht. Stimmt nicht, Freunde. Es war ein Ausflug, eine Wanderung. Es waren nette Gespräche, vielleicht war es sogar die angekündigte Sinnsuche. Wobei meine Betonung auf Suche liegt. Gefunden habe ich nicht viel. Nur die Erkenntnis, dass ich viel Geld bezahlt habe, um mich in Lebensgefahr zu begeben. Das hat damit begonnen, dass man mich mit 120 Kilo Lebendgewicht und null Bergerfahrung durch eine fast senkrecht abstürzende Felsrinne getrieben hat. Du hast Recht, Max. Ich wäre dabei fast draufgegangen. Erinnerst du dich noch? Ich habe in Todesangst nach dir gebrüllt, aber du bist nicht gekommen. Es war Bobby, der da war und mir wahrscheinlich das Leben gerettet hat!"

„Ho, ho, ho", unterbricht ihn Max, „ich war zehn Meter unter dir und habe mich um die Frauen gekümmert", sagt er und versucht sich an seinem unbeschwerten Grinsen, „ich habe schon hunderte durch diese Rinne gebracht, da waren schwerere Brocken dabei als du! Todesgefahr? Unsinn!"

„Ich", fährt Ferdl fort und klopft sich mit beiden Fäusten an die Brust, „ich habe geglaubt, mein letztes Stündchen hätte geschlagen. Zum Glück hat es Bobby gegeben. Ein echter Kumpel! Von mir werdet ihr kein schlechtes Wort über ihn hören. Und das nicht nur wegen der Felsrinne."

Ferdl richtet sich auf und streckt Marlene einen dicken Zeigefinger entgegen. „Ich habe auch mit ihm geredet. Sologespräch. Nur er und ich. Und dabei hat er mir einiges gesagt. Auch über dich, Marlene. Und das hat ganz anders geklungen als dein Gequatsche!"

Rhonda steht auf, stellt sich demonstrativ neben ihre Mutter und legt ihr beide Hände auf die Schultern. „Ich war fast immer mit meiner Mutter zusammen, das wisst ihr ganz genau", sagt sie ruhig, „es gibt überhaupt keinen Grund für diese blöden Behauptungen. Bobby hat sich nie für meine Mutter interessiert!"

RHONDA über Bobby: „Anfangs hat er mich wie ein Kind behandelt, nicht väterlich, aber irgendwie herablassend. Kleine, was weißt du denn schon vom Leben! Seine Macho-Art eben. Vielleicht hat er erwartet, dass ich dadurch zu ihm aufschaue, ihn bewundere. Bobby war einer, der bewundert werden wollte. Bei einem unserer letzten Sinngespräche habe ich ihn gefragt, was er gerne gewesen wäre, wenn er in einer anderen Zeit gelebt hätte. Er hat keine Sekunde gezögert und ‚Pirat' gesagt. Dann hat er mir von Henry Morgan erzählt, und ich habe gestaunt, wie viel er über den alten Freibeuter gewusst hat. Während der ersten Tage hat mich sein oberflächliches, pfauenhaftes Gehabe abgestoßen. Ich hasse eitle Männer, und ihn habe ich für einen der eitelsten gehalten. Passables Aussehen, guter Körper, aber ein Spatzenhirn. Bis zum Ende der Reise hatten wir es wenigstens geschafft, halbwegs zivilisiert miteinander umzugehen."

ICH ÜBER Bobby: „Ich bin ein Mann", beginne ich.

Ein paar lachen.

„Hätt ich nie gedacht", witzelt Ferdl.

„Tatsache", fahre ich fort. „Und es ist auch Tatsache, dass sich Bobby bei Männern ganz anders verhalten hat als bei Frauen. Max hat er als großen Führer betrachtet, Ferdl als einen, dem er sich überlegen fühlte und dem er helfen konnte, in Klaus hat er eine Art Rivalen gesehen, und ich war der Reporter, der eine Geschichte über diese Reise schreiben würde, in der er eine möglichst positive Rolle spielen wollte. Irgendwann hat er mich sogar gebeten, auch sein Fitnessstudio in meiner Reportage zu erwähnen. Klarerweise hat sich Bobby mir gegenüber nur von seiner besten Seite gezeigt. Er hat mir absolut keinen Grund gegeben, ihn nicht zu mögen. Natürlich habe ich auch beobachtet, wie er mit anderen umgegangen ist. Auch mit den Beduinen, klar. Jeder von euch hat seinen subjektiven Gefühlen freien Lauf gelassen, und ich bin überzeugt, dass es so ist, wie ihr gesagt habt. Tatsache ist, dass Bobby tot ist. Irgendjemand hat ihn aus irgendeinem Grund mit einem Stück Kamelseil erdrosselt. Es tut mir zutiefst Leid, dass es so gekommen ist. Es war eine großartige Reise, und sie hätte ein anderes Ende verdient."

MAX WIRFT mir einen dankbaren Blick zu, die anderen haben die Köpfe gesenkt und starren auf den Boden.

Bleibt Jess.

„Du musst nicht reden", sagt Max, „wir alle verstehen, was in dir vorgeht."

Jess reibt die verheulten Augen. „Ihr habt alle nicht Recht", sagt sie, „keiner von euch hat ihn wirklich gekannt. Bobby war …" Sie schlägt die Hände vors Gesicht und beginnt wieder zu weinen.

Max steht auf und geht zu ihr. Er hockt sich vor ihr hin und redet beruhigend auf sie ein. Wir ersparen Jess den letzten Auftritt vor der Gruppe.

Max

Vierundzwanzig Stunden später war ich wieder zu Hause. Beim Auspacken des Rucksacks rieselte Sinai-Sand auf den Boden. Meine Frau runzelte verärgert die Stirn.

Außer ein paar bunten Schmuckstücken aus Glasperlen, die mir unsere Beduinen angedreht hatten, den Steinen, die ich während meiner Visionssuche gesammelt hatte, einem Sack voll unentwickelter Filme, einem Haufen schmutziger Wäsche, meiner Campingausrüstung und meinem Wüstennotizbuch hatte ich nicht viel Greifbares herzuzeigen.

Der wahre Schatz, den ich mitgebracht hatte, war in meinem Kopf. Diesem hatte ich in jener seltsamen letzten Wüstennacht als Resultat meiner Visionssuche versprochen, endlich meinen ersten Roman zu schreiben. Die Wüste hatte mir damals nicht nur die Verpflichtung auferlegt, ihn endlich zu schreiben, sie hatte mir zugleich auch das Thema geliefert.

Beinahe zur selben Zeit, als sie mir die Romanvision gegeben hatte, zog jemand nicht weit von mir jenen Hals mit einem Seilende zu, der mir kurz zuvor noch seinen letzten Jodler geschenkt hatte. Zufall? Für mich war es ein Auftrag. Mir war völlig klar, dass der Mörder nur einer oder eine aus unserer Gruppe sein konnte.

UNSERE Ehe war in Ordnung. Na ja, zumindest einigermaßen. Ich war 45, Linda zwei Jahre jünger. Unsere Tochter Evelyn, seit einem halben Jahr Germanistikstudentin, war in eine Wohngemeinschaft gezogen.

Linda hatte vor einiger Zeit wieder mit dem Schreiben begonnen. Hauptsächlich Lyrik, manchmal auch Kurzgeschichten.

Wir hatten uns kennen gelernt, als ich noch Redakteur bei der Tageszeitung war. Sie war als Jungreporterin aufgetaucht, und ich war ihr Chef gewesen. Als Evelyn kam, hatten wir geheiratet, sie hatte den Job aufgegeben und war Hausfrau und Mutter geworden. Irgendwann, ich glaube, Evelyn war damals zehn oder elf Jahre alt gewesen, hatte ich mit dem Fotografieren begonnen und wirklich gute Bilder gemacht.

Die wenigen Reisereportagen, die ich für die Wochenendbeilage der Zeitung schreiben und selbst illustrieren durfte, erregten die Aufmerksamkeit eines Illustriertenherausgebers, und er heuerte mich vom Fleck weg an. Der Nachteil daran war, dass ich dafür nach Wien ziehen musste, Linda es jedoch vorzog, mit Evelyn in Graz zu bleiben. Ein paar Jahre lang führten wir eine Wochenendehe, für Evelyn war ich zum Wochenendvater geworden. Bevor ich bei meinen beiden Frauen endgültig zum Fremdkörper mutierte, gab ich meinem Berufsleben die bislang letzte Wende. Ich gründete eine Agentur und wurde zum selbstständigen Reisejournalisten und Fotografen.

Als Journalist stürzte mich Bobbys Tod anfangs in ein Dilemma. Max hatte mich natürlich nicht auf seine Kosten eingeladen, weil ich ihm so sympathisch war, sondern weil er sich durch meine Story Werbung für seine Firma erhoffte. Etwas Schlimmeres als die brutale Ermordung eines Klienten kann einem Abenteuerreisenveranstalter nicht passieren. Und der Schaden war längst angerichtet. Alle Medien hatten bereits einen Tag nach unserer Rückkehr lang und breit über den Mord in der Wüste berichtet. Einige hatten dabei auch die Frage aufgeworfen, ob eine Sinnsuche Sinn habe, wenn man die Teilnehmer allein und ungeschützt für eine Nacht in die Wüste schicke und sie skrupellosen Räuberbanden als leichte Beute quasi auf dem Silbertablett serviere.

Bei unserem letzten gemeinsamen Zusammensein auf dem Flugplatz von Tel Aviv hatte Max noch alle gebeten, nach der Heimkehr keine Interviews zu geben, und alle hatten sich bisher daran gehalten. Nach langem Überlegen fanden Max und ich schließlich die Lösung, wie wir die Story so verkaufen konnten, dass sein Lebenswerk doch nicht in die Brüche ging. Als ihn die heimische Reportermeute bestürmte, gab er nur eine einzige Auskunft: Er wies auf meine Story hin, die demnächst in einer Illustrierten erscheinen und die ganze Wahrheit aus seiner Sicht beinhalten würde.

So war es dann auch. Die Sinai-Reportage wurde zur meistgelesenen Geschichte meiner Journalistenlaufbahn. Herrliche Fotos, die ehrlich-positive Beschreibung unserer Sinnsuche, das unvorhersehbare, grausige Ende. Und Max. Hunderte zufriedene Kunden habe es gegeben, darunter Prominente, die jeder im Land kannte, jahrelange Erfahrung und nicht einmal ein Beinbruch. Was Bobby passiert war, habe nicht nur Max, sondern auch unsere Beduinen geschockt. Grundanständige, grundehrliche Burschen, die alles daransetzen würden, den oder die Mörder ausfindig zu machen. Schließlich ginge es ja auch um ihren Ruf und um ihr Geschäft. Klar, dass man in Zukunft diesen Teil der Sinnsuche weglassen und niemanden mehr allein in die Wüste schicken würde. Obwohl es sehr unwahrscheinlich sei, dass es jemals einen zweiten Fall Bobby geben könnte.

Die Wirkung war verblüffend. Statt Absagen gab es eine wahre Buchungsflut, und Max schob sogar einen Extratermin ein, um nicht allzu viele Interessenten abweisen zu müssen.

Es war Lindas Idee, für meine Sinai-Story aufgrund ihrer Aktualität und Brisanz wesentlich höhere Honorarforderungen zu stellen und sie nur jeweils einer Illustrierten exklusiv für Österreich, Deutschland und die Schweiz anzubieten. Später griffen auch ein französisches und ein italienisches Magazin zu. Wir hatten plötzlich ausreichend Geld, und ich war jetzt in der Branche beinahe so etwas wie ein gefragter Mann.

Linda übernahm eine Art Managerrolle und schaffte es dank meiner aktuellen Popularität, auch einige meiner Ladenhütergeschichten, die sich bisher kaum verkauft hatten, in gut zahlenden, auflagenstarken Zeitschriften unterzubringen.

„Man soll das Eisen schmieden, solange es heiß ist“, sagte sie. Und genau das tat ich auch bei meiner Mördersuche.

ALS ERSTEN knöpfte ich mir Max vor.

Es war das erste Mal, dass ich Max in seinem Haus besuchte. Vor der Reise hatte ich ihn ja kaum gekannt. Es hatte einen Anruf gegeben und dann ein Treffen bei mir zu Hause, bei dem er mir das Angebot unterbreitet hatte, etwas über seinen Wüstenknüller, die Sinnsuche für gestresste Managertypen, zu schreiben.

Der Mann mit dem schulterlangen ergrauenden Haar, dem Rauschebart, der lederig braunen Gesichtshaut und den eisblauen Augen hatte die sonst eher misstrauische Linda auf Anhieb begeistert. Auch bei mir war es Sympathie auf den ersten Blick gewesen. Genauso hatte ich mir einen menschlichen Wüstenfuchs immer vorgestellt.

Die Wüste Sinai war längst zu seiner Seelenheimat geworden. Wenn er von ihr erzählte, war es, als würde er ein Gedicht aufsagen. Die Wüste war sein Sinn. Und dieser Sinn war sein Kapital. Ich willigte bereits nach dem ersten Gespräch ein mitzumachen.

Jetzt suchte ich sein Haus. Ein altes Bauernhaus draußen im hintersten Winkel der Weststeiermark.

Ich hatte ihn angerufen, und er hatte mir den Weg beschrieben. Doch ich verirrte mich trotzdem. So viel Grün und so viel Natur und so wenige Menschen, die ich fragen konnte. Max, warum hast du dein verdammtes Mobiltelefon ausgeschaltet?

„Weil ich endlich einmal Ruhe haben will“, antwortete er grinsend. Doch gefunden. Nach zweistündiger Irrfahrt.

„Wie zum Teufel erreichen dich deine Kunden? Du hast doch eine Firma!“

„Fax oder Internet“, Max grinste wieder.

„Und das ist deine Insel“, sagte ich und deutete auf das alte Holzhaus, das sich an den Waldrand schmiegte.

„Die Insel des Seligen“, gab er mir Recht. Meine Illustriertenstory war sicherlich mit ein Grund für seine Seligkeit.

Max lebte allein. Die Frau, die jahrelang sein Einsiedlerleben geteilt und die Sekretärinnenarbeit für die Firma erledigt hatte, war erst vor kurzem ausgezogen. Die Einsamkeit hatte sie gequält, wenn er in der Wüste war und sie allein im Waldhaus auf ihn hatte warten müssen.

Im Haus war es düster. Ein altes Haus mit niedrigen Räumen und winzigen Fenstern. Überall Expeditionszeug. Schlafsäcke, Zelte, Kochgeschirr, Liegematten, Taschenlampen, Gaskocher. An den Wänden riesige Poster. Die Wüste Sinai.

„Bier, Wein, Schnaps, Kaffee?“, fragte Max, als wir uns in der Stube niedergelassen hatten.

Wir tranken Bier.

Der Max vom Wald war anders als der Max aus der Wüste. Leichter, heiterer. Wahrscheinlich, weil er hier keine Verantwortung tragen musste.

„Wann geht's wieder los?", erkundigte ich mich.

Er lächelte. „Nächste Woche, zehn Leute, zehn Tage, andere Gegend. Keine Sinnsuche. Die Leute wollen nur wandern, etwas bergsteigen. Gehören alle zu derselben Firma. Ein paar von ihnen waren im Vorjahr schon dabei."

„Freust du dich?"

Max zuckte mit den Schultern. „Mit Freude hat das nicht mehr viel zu tun. Vor allem nach der Geschichte mit Bobby. Ich freue mich erst, wenn ich alle heil wieder nach Hause gebracht habe. Und dann freue ich mich auf das Beduinenfest drüben im Schloss!"

Schloss Rauberg. Er hatte mir davon erzählt, ich hatte die Sache mit dem Fest jedoch völlig vergessen. Max veranstaltet es einmal im Jahr gemeinsam mit irgendeinem Kulturverein und dem Schlossherrn, einem alten, schrulligen Mann. Als völkerverbindende Brücke zwischen dem Abend- und dem Morgenland. Und natürlich, weil das Fest stets hunderte Besucher anlockt, in den Zeitungen erwähnt wird und beste Propaganda für die Firma ist.

„Ich bringe Abid und ein paar seiner Stammesbrüder mit", erklärte Max, „zum Kochen und für die Musik."

„Total authentisch", sagte ich, „fehlen nur noch der Wüstensand und die Kamele."

Max grinste. „Wenn ich den Leuten hier schon alles gebe, dann fährt ja keiner mehr mit mir mit. Du bekommst noch eine Einladung und die anderen aus der Gruppe auch. Familientreffen!"

„Ohne Bobby", ergänzte ich, weil ich endlich zur Sache kommen wollte.

„So etwas kann einem mit einem Schlag die ganze Karriere zusammenhauen", knurrte er.

„Nix passiert", sagte ich, „im Gegenteil. Max, der Wüstenfuchs, ist wie der Phönix aus der Asche gestiegen."

„Weil es dich gegeben hat", sagte er und nickte, „und Abid."

„Abid?"

Max zeigte mir sein schönstes Oberlehrerlächeln. „Warum, glaubst du, haben uns die Ägypter so schnell laufen lassen? Weil sie uns die Geschichte mit der Beduinenbande abgenommen haben? Blödsinn. Es gibt keine mordenden Beduinenbanden im Sinai. Wir waren Gäste in ihrem Land, und nirgendwo wird das Gastrecht mehr geschätzt als dort.

Außerdem interessiert sie das Zeug nicht, das wir mit uns herumschleppen. Diese Leute haben ganz andere Wertvorstellungen."

„Bakschisch", sagte ich.

Max nickte. „Ich habe eine gewisse Summe bezahlt, das ist richtig. Offiziell habe ich damit ihre Unkosten beglichen. Die Fahrt in die Wüste, den Transport der Leiche, die Lagerung der Leiche, bis sie ausgeflogen werden konnte. Es war nicht sehr viel, eher ein Anerkennungsbeitrag. Nein, das war es nicht. Abid ist ein Scheich und damit ein sehr hoch angesehener Mann in diesem Teil der Welt. Doch selbst das hätte uns nicht geholfen, wenn der Kommandant der Polizeitruppe nicht ein Stammesbruder von ihm gewesen wäre. Cousin dritten Grades oder so. Diese Bande sind stärker als der Staat und das Gesetz."

Ich sah Abid vor mir. Dunkel und verschlossen, wortkarg. „Wie lange kennst du ihn schon?", fragte ich.

Max zuckte mit den Schultern. „Zehn Jahre, zwölf Jahre, was weiß ich."

„Ihr seid Freunde?"

Max nickte. „Anfangs habe ich um eine Art Audienz bei ihm ansuchen müssen, wenn ich seine Leute für meine Touren anheuern wollte. Da war's nicht mehr als eine Geschäftspartnerschaft, eine gute Einnahmequelle für seinen Stamm. Irgendwann hat er mich dann eingeladen, bewirtet, und irgendwann hat er sich entschlossen, selbst mitzukommen. Ja, wir sind Freunde geworden."

Ich war beeindruckt. Max und der Scheich. „Hast du Bobby ermordet?", fragte ich.

Max starrte mich an. Ungläubig, so als habe er die Frage nicht verstanden.

„Die Beduinen waren es nicht", fuhr ich fort, „also muss es jemand aus der Gruppe gewesen sein. Warst du es?"

Er starrte mich weiter an und atmete dabei tief durch. „Nein", sagte er. Fest und bestimmt, es klang wie ein Schwur.

„Klar", meinte ich, „du hast ja als Einziger von uns ein hieb- und stichfestes Alibi. Und einen halben Beduinenstamm, der es bezeugen kann."

Max kratzte sich am Kopf. „Ich bin von der Grazer Polizei vorgeladen worden", sagte er, „kein Verhör, nur ein Gespräch. Die wollten bloß wissen, was die ägyptische Polizei getan hat. Ich habe ihnen gesagt, dass jeder von uns eingehend verhört worden sei und dass die Ägypter uns nicht hätten ausreisen lassen, wenn auch nur der geringste Verdacht gegen einen von uns bestanden hätte. Damit haben sie sich zufrieden gegeben, und dabei sollten auch wir es belassen."

Ich nickte. „Klar. Lassen wir die Polizei aus dem Spiel. Nennen wir es einfach Neugierde. Wenn du es nicht warst und ich es nicht war – wer hat dann Bobby ermordet? Uns bleiben fünf Möglichkeiten: Ferdl, Marlene, Rhonda, Klaus und Jess. Oder einer der Beduinen. Nennen wir es ein Spiel. Nur du und ich. Gehen wir die Reise von Anfang an durch, beobachten wir Bobby noch einmal genau. Was er wann getan hat, gesagt hat. Mit wem er wann beisammen war, versuchen wir, uns an Details zu erinnern, die uns damals als völlig unwichtig oder zusammenhanglos erschienen sind."

„Wem nützt es?", fragte Max.

„Der Wahrheit", sagte ich, „und unserer Sinnsuche. Hast du nicht dort draußen immer wieder Ehrlichkeit gepredigt und Geradlinigkeit? Sich selbst nichts vormachen, den anderen nichts vormachen, die Wurzeln suchen, den Dingen auf den Grund gehen? Das Verborgene in sich selbst suchen? Potenziale erkennen und lernen, sie zu seinem Vorteil zu nutzen?" Max nickte. „Du hast Recht. Fangen wir an!"

DAS ERSTE Treffen in Wien. Abflughalle.

Max war selbstverständlich als Erster dort gewesen. Bobby und Jessica, die beiden Wiener, hatten sich mit Ferdl, dem Salzburger, unterhalten, als ich in der Abflughalle zur Gruppe gestoßen war. Marlene und Rhonda, die aus München angeflogen waren, stießen wenig später dazu, Klaus kam als Letzter.

„Normalerweise", sagte Max, „versuche ich vor jeder Reise ein Treffen aller Teilnehmer zu organisieren. Meistens in Wien, manchmal sogar hier draußen bei mir, sozusagen als erstes Kennenlernen ..." Er schüttelte den Kopf. „War diesmal einfach nicht möglich. Wenn einer hätte kommen können, konnte der andere nicht. Magst du noch ein Bier?", fragte er. Ich nickte.

Max kam mit zwei vollen Flaschen zurück, setzte sich hin und füllte sein Glas. „Das wahre Gesicht eines Menschen erkennt man in den meisten Fällen erst draußen in der Wüste", fuhr er fort.

„Bobby?", fragte ich.

Max trank. Langsam, bedächtig. Dann stellte er das Glas ab und zuckte mit den Schultern. „Der war die Ausnahme, absolut unsympathisch. Das habe ich gleich am Flughafen gespürt, und er hat es später immer wieder bestätigt."

Ich staunte. „Am Ende in Dahab“, sagte ich, „da hast du doch ein Loblied auf ihn gesungen.“

Max lächelte. „Da ging’s vor allem darum, einen verwirrten, aufgescheuchten Haufen zu beruhigen. Noch ein Mal über Bobby reden und dann Schluss! Verstehst du?“ Er stöhnte. „Mir geht es sehr wohl um die Menschen, und ich habe es auch bestens geschafft, ihnen das zu geben, was sie gesucht haben. Nur bis jetzt ist noch keiner von meinen Leuten umgebracht worden. Ich habe euch anderen heil aus diesem Schlamassel gebracht, richtig? Dafür hätte ich noch viel größere Lügen verbreitet als das Loblied auf Bobby!“

Ich spürte, dass ich dabei war, den Boden unter den Füßen zu verlieren. Max war sensibler, als ich gedacht hatte. „Tut mir Leid“, winkte ich ab, „ich verstehe. Vergessen wir Bobby. Wie ist’s mit Klaus?“

Ich sah, dass er mit sich kämpfte. Er wollte nicht weitermachen, tat es aber trotzdem.

„Den habe ich ja zuvor gekannt. Ebenso wie du! Politiker, Schönling, aalglatt. Große Worte, große Gesten. Doch dann war da eine Ehrlichkeit, eine Aufrichtigkeit. Der Mann hat tatsächlich versucht, das Maximum aus der Reise herauszuholen. Wer ein so starkes Ego besitzt und bereit ist, es auf die Waagschale zu legen, um neue Werte zu finden, verdient meine Hochachtung. Klaus hat den Sinn der Reise von Anfang an verstanden. Er wollte davon profitieren, und ich bin überzeugt, dass er es auch getan hat.“

„Ferdl?“, fragte ich.

Max dachte nach. „Schwierig“, sagte er und schüttelte den Kopf. „Komplexler, stinkreich und daran gewöhnt, sich Freunde kaufen zu können. Er hat sich lange dagegen gewehrt, sich der Gruppe gegenüber zu öffnen, und hat sich damit zufrieden gegeben, dass Bobby ständig an seiner Seite war. Dann hat er mich aber doch überrascht. Es war während des Sandsturms in der Oase, als ihn die heilige Angst gepackt hat. Bobby war nicht da, nur ich. Der wahre Ferdl ist furchtsam, die Firma schlittert dem Konkurs entgegen, die Ehe ist nur noch Schein, er selbst ist fett und unattraktiv. Er will aus seiner Haut heraus, deshalb ist er mitgereist, doch er kann es nicht, weil er eben der dicke Ferdl ist.“

„Am Ende war er wieder der Ferdl vom Anfang“, sagte ich.

Max nickte. „Schade, die Sache mit Bobby hat ihn wohl am schwersten getroffen!“

Ich hob die Hand. „Du vergisst Jessica.“

Max seufzte. „Die schöne Jess, unser naives Dummchen!“

„Ist sie wirklich so dumm, wie wir alle glauben?“

Spontanes Nicken, rasch. Vielleicht zu rasch. „Ich hätte die beiden nicht mitnehmen sollen“, sagte Max und hob entschuldigend die Hände. „Aber alles ist so schnell gegangen. Die Leute, die im letzten Moment abgesagt haben, die Angst, dass die ganze Reise platzen würde, weil die Gruppe zu klein war und zu wenig Geld in der Kasse sein würde, und dann die zwei. Haben sich plötzlich per E-Mail gemeldet. Keine Chance mehr, sie zu treffen, den Hintergrund zu prüfen. Anmelden, Geld überweisen, das war's. Ich hätte auf meine innere Stimme hören und die Sache abblasen sollen. Dann wäre uns dieser ganze Ärger erspart geblieben.“

„Welche innere Stimme?“, fragte ich.

Max lehnte sich zurück, kratzte sich am Kopf. „Irgendetwas hat da nicht gestimmt. Keine persönliche Vorstellung, keine Fragen, nur eine trockene Anmeldung. Er und seine Lebensgefährtin seien bei meiner nächsten Sinnsuche in der Wüste Sinai dabei, ich solle die Buchung umgehend bestätigen, dann würde er die gesamte Summe sofort einzahlen.“

Ich schaute Max an und wartete.

Er schüttelte ungeduldig den Kopf. „Verstehst du nicht? Das war acht Tage vor der Abreise! Nicht nach Mallorca oder Antalya, sondern zu einer Wüstenexpedition. So etwas plant man, man stellt unzählige Fragen, man bereitet sich darauf vor, bevor man sich für die Teilnahme entscheidet. Man will wissen, wer der Mann ist, der einen führt, dem man in Extremsituationen vertrauen muss. Von diesen beiden kam keine einzige Frage. Wir sind dabei. Basta! Das ist nicht normal! Er sei Geschäftsmann und wie seine Lebensgefährtin in der Fitnessbranche tätig, und deshalb seien sie körperlich auch topfit. Mich und meinen Sinnsuchetrip hätte er im Internet entdeckt, beide wollten nur etwas ausspannen und dabei Interessantes erleben.“

„Klingt klar und vernünftig“, sagte ich.

„Das habe ich damals auch gedacht“, sagte er und nickte, „und trotzdem habe ich Bauchweh gehabt. Irgendetwas hat nicht gestimmt.“

„Glaubst du, dass sie es getan hat?“

Max antwortete mit meckerndem Lachen. „Nein, Jess hat es garantiert nicht getan. Der Killer war schlau, hat den Regen benutzt, um die Spuren zu verwischen. Hat es mit der Kamelschnur getan, um den Verdacht auf die Beduinen zu lenken. Und hat wahrscheinlich ziemlich viel Kraft gebraucht, um dem Bodybuilder die Luft abzudrehen.“ Er schüttelte den Kopf. „Jess fehlt es an allem. Hauptsächlich an der Intelligenz!“

„Sie ist nicht mitgegangen“, sagte ich.

Max verstand nicht, runzelte die Stirn. „Wohin?“, fragte er.

„Als klar war, dass irgendetwas mit Bobby passiert war.“

Max begann zu verstehen. „Als seine Freundin hätte sie …“

Ich nickte. „Wäre logisch gewesen. Man hockt nicht im Lager herum, wenn man sich um jemanden, dem man so nahe steht, Sorgen macht. Man will Gewissheit haben, so rasch wie möglich. Man geht mit, sucht.“

Max nickte.

„Rhonda und Marlene“, sagte ich.

Max lehnte sich zurück, verschränkte die Arme hinter dem Kopf, zeigte sein Wüstengesicht.

Selbstsicher, die blitzenden Augen, der Bart.

„Idealkunden“, sagte er genüsslich. „Vor allem die Mutter.“

Klar, Marlene war zum dritten Mal mit Max auf Tour gewesen. Immer in der Wüste Sinai, immer Sinnsuche.

„Die Frau ist zweiundvierzig, eine Powerfrau! Chefin einer bekannten PR-Agentur in München. Aber das weißt du ja. Bei mir lädt sie die Batterien auf, leert den Schädel vom Stress …“

„Es ist gut“, sagte ich, „ich habe es dir nie wirklich sagen können, weil ja dann das mit Bobby passiert ist, aber jetzt sage ich es: Das, was du verkaufst, ist gut.“

„Du hast es ja in deiner Story beschrieben!“

Jetzt grinste ich. „Schönschreiberei. Weil man ja eingeladen ist. Und als freischaffender Reiseschreiberling wieder eingeladen werden möchte. Aber ich lüge nicht, ich verschweige oft nur einen Großteil der Wahrheit. In deinem Fall habe ich auch nichts Negatives verschwiegen, der Sinai-Trip war für mich tatsächlich eine Sinnreise. Sie hat mir geholfen, manches klarer zu sehen.“

Max blies die Backen auf und hob erstaunt die Augenbrauen. *„Wow!“*, sagte er.

„Und Rhonda?“ Die Schüchterne, die Wortkarge. Noch Mädchen oder doch schon Frau?

Max zuckte mit den Schultern. „Erste Liebe, große Enttäuschung, Trauer und Tränen, aber das wissen wir ja alle. Mama hat sie mitgenommen, damit sie auf andere Gedanken kommen sollte. Nett, höflich, leicht verwirrt. Mit ihr habe ich mich am wenigsten von allen beschäftigt. Sie hat auch nie wirklich das Gespräch mit mir gesucht, auch die

Arbeit in der Gruppe schien sie kaum zu interessieren. Doch auch das weißt du wohl besser."

Rhonda!

An dieser Stelle meines Gespräches mit Max muss ich eine Beobachtung einfügen. Damals hatte ich ihr absolut keine Bedeutung beigemessen und sie auch längst vergessen. Erst jetzt erinnerte ich mich wieder daran.

Es war am dritten Tag gewesen. Das mühsame Dahinstapfen im weichen Sand. Gelb, bräunlich und irgendwie auch rot war er. Marlene, die Federleichte, schwebte scheinbar schwerelos dahin. Die gesamte Wüste Sinai und die Sonne gaben mir das Gefühl, ein Grillwürstchen zu sein. Kein Wasser mehr! Auch das Durstwegdenken funktionierte nicht mehr.

Ich verfluchte die leichtfüßige Marlene, die irgendwo, weit vor mir, dem Lagerplatz entgegenschwebte, ihn wahrscheinlich schon längst erreicht hatte und an einem Glas Tee nippte. Nur Ferdl war hinter mir. Noch schwerer als ich, noch untrainierter. Trotz ärgster Muskelqualen kam ich nur im Schneckentempo voran, dazu kam der Durst, der mit jedem Schritt schlimmer wurde. Und die Hitze.

Irgendwann traf ich auf Bobby und Rhonda. Die beiden hockten im Sand. Ich war so mit mir und meinen Qualen beschäftigt gewesen, dass ich sie bis zuletzt nicht wahrgenommen hatte und beinahe in sie hineingelaufen wäre.

Sie schienen mich ebenfalls nicht bemerkt zu haben und schreckten hoch, als ich unmittelbar vor ihnen auftauchte. Der Moment der gegenseitigen Überraschung dauerte nur einige Sekunden lang, dann standen beide neben mir, und wir lächelten einander an.

Bobby fragte nach Ferdl, und ich sagte ihm, dass er sich irgendwo hinter mir befinden musste.

„Der alte Kerl braucht wohl ein Zugpferd", hatte Bobby grinsend gesagt und war dorthin zurückgestapft, wo ich gerade hergekommen war.

Rhonda war bei mir geblieben, bis wir das Lager erreicht hatten. Ich weiß nicht mehr, was wir dabei geredet haben. Angesichts meiner Atemnot war es mit Sicherheit nicht viel und wohl nur belangloses Zeug.

Erst jetzt fiel mir auf, dass ich Bobby und Rhonda seit dieser Begegnung nie mehr gemeinsam gesehen hatte. Selbst in der Gruppe waren sie einander fortan aus dem Weg gegangen. Zugleich hatte damals die für alle sichtbare dicke Freundschaft zwischen Bobby und Ferdl begonnen.

Ende der Beobachtung.

Max brachte uns zwei neue Bierflaschen.

„Deine Psychospielchen", sagte ich, „die Sinnsuche. Du hast das ja schon öfter gemacht. Waren sie bei unserem Trip ähnlich wie bei den anderen? Waren sie anders?“

Max schüttelte den Kopf. „Es waren keine Spielchen, und das weißt du! Es geht um Gruppendynamik, um soziales Verhalten, um die Auseinandersetzung mit sich selbst und mit den anderen, das Erkennen und Erreichen von Zielen …“

Ich hatte längst die Arme in die Luft geworfen und winkte ab. „Max“, rief ich, „Max!“

Er hielt inne und atmete tief durch.

„Einverstanden, es gab keine Spielchen. Wie hast du uns gesehen? Was hast du aus unseren Aktionen und Reaktionen lesen können? War irgendetwas dabei, was uns auf der Suche nach Bobbys Mörder weiterhelfen könnte?“

„Okay“, sagte er. Es klang versöhnlich, und er reichte mir die Bierflasche. „Lass mich nachdenken.“

Er dachte nach, und ich schenkte ein.

„Das Labyrinth“, sagte er schließlich.

Das Labyrinth. Der vierte Tag. Max hatte uns über eine elendlange Geröllhalde steil bergauf geführt, dann waren wir zwischen bizarren Felsbrocken hindurchgewandert. Immer höher. Vor allem Ferdl hatte geflucht, geschwitzt, immer wieder mit dem Umkehren gedroht, es am Ende mit Bobbys Hilfe doch bis zum Plateau geschafft.

Schatten, Wasser, fast dunkelblauer Himmel, kristallklare Luft und ein unglaublich wuchtiges Panorama. Es war ein Blick in die Urururzeit. Die Zeit ohne Leben, die Zeit, die den Steinen und dem Sand gehört hatte. Die zeitlose Zeit. Ich weiß noch, dass ich eine unglaubliche Ruhe empfunden habe.

Dann hatte Max jedem von uns einen Zettel in die Hand gedrückt, auf dem ein Labyrinth zu sehen war. Und dann hatte er uns aufgetragen, ein solches zu schaffen. Dort, an diesem Ort.

„Siehst du“, sagte Max und hob belehrend den Zeigefinger, „diese Aufgabe habe ich noch keiner Gruppe zuvor gestellt. Weil ich diesen Platz erst bei einer Soloerkundungstour während meiner vorangegangenen Reise entdeckt hatte!“

Das hatte er uns auch damals gesagt. Und dass es sehr wahrscheinlich sei, dass außer ihm und uns noch nie ein Mensch dort oben gestanden habe. Das hatte unsere Ehrfurcht vor diesem mystischen Ort massiv verstärkt.

„Die Rollenverteilung“, sagte Max, „erinnerst du dich noch?“

Ich war der Einzige, der schon zuvor eingeweiht worden war. Max war während des Aufstiegs plötzlich neben mir gewesen und hatte mir vom Labyrinth erzählt. Dass wir es mit gesammelten Steinen am Boden auflegen sollten und dass wir vorher ohne sein Mitwirken bestimmen müssten, wer dabei welchen Part übernehmen sollte. Ich war völlig überrascht gewesen, als er mir gesagt hatte, dass ich eine der stärksten Persönlichkeiten in der Gruppe sei. Ich hatte das selbst nie so empfunden. Dann hatte er mich gebeten, mich bei dieser Übung zurückzuhalten und die Initiative den anderen zu überlassen.

„Dich haben alle respektiert, du warst der Herr Reporter und noch dazu so etwas wie mein Vertrauter", sagte Max jetzt. „Da du dich zurückgehalten und bei der Rollenverteilung hinten angestellt hast, hat sich für jeden eine völlig neue Situation ergeben. Arbeiter oder Chef, Gestalter oder Handlanger, Macht oder Gehorsam. Darum ist es plötzlich gegangen, und darin liegt für mich, als stillem Beobachter, auch der wirkliche Sinn dieser Aufgabe."

„Und was hast du gesehen?", fragte ich.

„Sie haben darauf gewartet, dass du das Wort ergreifst, und als das nicht geschehen ist, haben es zwei zugleich getan: Klaus, klar, der Politiker, und Ferdl, der Firmenboss. Auch klar. Und beide haben dafür plädiert, als Erstes einen Boss zu bestimmen. Den Baumeister, den Architekten. Keiner in der Gruppe hat sich dagegen gewehrt. Weil es draußen, im realen Leben, ja auch so ist. Jedes Schiff braucht einen Kapitän. Doch dann ist etwas ganz Sonderbares passiert."

Ich erinnerte mich. „Bobby hat sich selbst zum Boss gemacht!"

Max nickte. „Einfach so. Ist in die Mitte des Kreises getreten und hat gesagt: ‚Okay, ich mache es, ich hab ja schon als Kind gerne mit Bauklötzen gespielt!' Und keiner hat es verhindert. Klaus nicht, der angenommen hatte, Ferdl wäre sein größter Rivale, und Ferdl nicht, der Klaus für das einzige Hindernis auf dem Weg zur Führungsposition gehalten hatte. Ferdl wollte sich seinem hilfreichen Freund nicht in den Weg stellen und fand sich mit der neuen Situation ab. Klaus meinte zwar, man solle das Ganze demokratischer handhaben und vielleicht doch gemeinsam einen Chef wählen, dafür war jedoch keine Zeit mehr gewesen. Schließlich sollte das Labyrinth innerhalb einer Stunde fertig sein."

„Klaus war stinksauer", sagte ich.

„Es hat damals begonnen und sich später gesteigert", gab mir Max Recht, „bis zum Hass. Klaus hat kein Geheimnis daraus gemacht."

„Gekränkter Stolz", meinte ich, „reicht das, um jemanden zu ermorden?"

Max schüttelte den Kopf. „Kaum anzunehmen. Und wenn es so gewesen wäre, dann hätte Klaus am Ende anders reagiert. Keine wüste Totenbeschimpfung."

„Geschickte Tarnung", überlegte ich.

„Alles ist möglich", sagte Max, „aber dort oben, beim Labyrinth, geschah noch mehr. Bobby hat euch in zwei Gruppen eingeteilt. Klaus, du und Jess waren die Steinesammler, was zweifellos härter war als der Job der Steineverleger. Das haben Marlene, Rhonda und Ferdl erledigt."

Es war tatsächlich harte Arbeit gewesen. Während Bobby mit wichtiger Miene mit einem spitzen Stein den Verlauf des Labyrinths in den Boden geritzt hatte, hatten wir uns in der Gluthitze mit dem Steineschleppen abgeplagt. Die anderen drei hatten sie vom Depot, das wir am Rande des Labyrinths angelegt und ständig mit neuem Baumaterial beliefert hatten, geholt und gehorsam auf Bobbys Linien gelegt.

„Bobby hat ganz offensichtlich seinen neuen Kumpel Ferdl begünstigt und in die leichtere Gruppe eingeteilt. Anfangs habe ich mich gewundert, warum er das nicht auch mit Jess getan hatte, dann habe ich allerdings erkannt, dass auch hier System dahinter steckte. Bobby wollte Marlene und Rhonda in seiner Nähe haben. Er hat immer wieder das Gespräch mit Marlene gesucht, gelacht, gescherzt. Ich hatte den Eindruck, als wollte er seinen Charme testen. Oder Jess eifersüchtig machen. Das scheint ihm auch gelungen zu sein. Die beiden haben an diesem Tag kein Wort mehr miteinander geredet, und nachts im Camp hat Bobby seinen Schlafsack gepackt und sich damit hinter einen Felsen verzogen."

Ich dachte an die seltsame Begegnung mit Bobby und Rhonda vom Vortag. Dass Bobby beim Labyrinthbau mit Marlene geflirtet hatte, war mir nicht aufgefallen, auch von der Sache mit Jess hatte ich nichts bemerkt. „Wenn schon Machocharme, dann eher bei Rhonda", sagte ich.

Max nickte. „Hätte ich auch gedacht, aber da war nichts. Im Gegenteil. Er hat sie ignoriert, und sie ist ihm aus dem Weg gegangen."

Am Tag vor dem Labyrinth, in der Wüste, hatten sie noch gemeinsam gelacht. Ich weiß nicht, warum ich Max diese Begegnung verschwieg. Wahrscheinlich, weil ich sie selbst nicht werten konnte. Vielleicht, weil ich sie mir als Trumpf für mein Gespräch mit Rhonda aufbewahren wollte. „Und was ist die epochale Erkenntnis, die du beim Labyrinth gewonnen hast?"

„Ich habe einen grenzenlosen Egoisten gesehen, dem es Freude macht, Menschen zu quälen", sagte Max.

„Und keine Ahnung, wer der Mörder sein könnte?"

Max tippte sich mit dem Zeigefinger an die Stirn. „Ich habe eine Reihenfolge im Kopf. Von eins bis sechs. Jeder könnte es gewesen sein. Ganz sicher weiß ich nur, dass ich es nicht war, und einen unserer Beduinen zu verdächtigen wäre absurd."

„Und was ist mit mir?", fragte ich.

Max lächelte. „Ziemlich weit vorn, würde ich sagen. Schließlich warst du in der Mordnacht ganz in seiner Nähe, und du warst auch der Letzte, der ihn lebend gesehen hat."

Es war kein Scherz. Max lächelte nicht mehr. Die Erkenntnis traf mich wie ein Keulenschlag. Für die anderen kam ich als Mörder ebenso infrage wie der Rest der Gruppe. Mehr noch. Ich war tatsächlich der Letzte und der Nächste gewesen. Viele Stunden, eine ganze Nacht lang.

Max hatte meine Betroffenheit bemerkt. „Und wo stehe ich auf deiner Liste?", fragte er.

Er hatte Recht. Auch ich hatte eine Sechserliste, und sein Name war dabei.

Jetzt lächelte er wieder. Und nickte. „Deshalb das Labyrinth. Dort oben habe ich das Motiv gesehen, das jeden von uns zum Mörder gemacht haben könnte. Bobbys Menschenverachtung. Vielleicht hat er sie auch dich spüren lassen!"

Ich schüttelte den Kopf. Zu rasch, zu heftig?

Max beobachtete mich, studierte meine Reaktion.

„Da war nichts", sagte ich und sah, dass er mir nicht glaubte. Ich spürte, wie Wut in mir hochkam.

Max grinste.

„Alles okay", sagte ich und bemühte mich dabei, ruhig zu bleiben, „die Sache ist vorbei. Bobby tot, Täter unbekannt, Akte geschlossen! Richtig? Warum zum Teufel bin ich dann da? Und wärme die alte Sache wieder auf? Weil ich ein irrwitziger Trottel bin, der sich selbst als Mörder entlarven will? Nein, Max, ich will die Wahrheit wissen. Und wenn du es nicht getan hast, dann willst du das auch!"

„Bingo", sagte er, „ich streiche dich von meiner Liste, wenn du mich von deiner streichst!"

Das Grinsen. Sarkastisch, hämisch. Sicher. Zu sicher? Hast du es getan, Max? Dein Alibi heißt Abid, der treue Freund. Lügen ehrbare Wüstensöhne für einen Freund? Vielleicht war sogar Abid der Mörder. Oder einer aus seinem Stamm. Vielleicht ist Max das Alibi für Abid.

Ich streckte meine Hand aus, und Max schlug ein. Ich wusste jetzt mehr und doch noch gar nichts. Aber ich war ja erst am Anfang des Weges.

Marlene

Mein zweiter Interviewpartner hätte eigentlich Klaus sein sollen. Obwohl wir in derselben Stadt lebten, war es unmöglich, mit ihm für die nächsten Tage einen Termin auszumachen. Meetings, Konferenzen, eine EU-Delegation, um die er sich kümmern musste, die Eröffnung eines neuen Einkaufszentrums am Stadtrand. Er las mir am Telefon aus seinem Kalender vor. Geplagter Politiker, fürwahr! Es klang nicht, als wollte er mir aus dem Weg gehen.

Ich hatte also Zeit, auf Tournee zu gehen. Zuerst München, dann Salzburg, dann Wien. Klaus war auf den letzten Platz meiner Interviewliste zurückgerutscht.

Ein bisschen Wüste war noch immer in mir. Während der Fahrt nach München kam es zurück. Das Gefühl der Ruhe, der Gelassenheit.

Ich wusste genau, wann ich es zum ersten Mal gespürt hatte. Den halben ersten Tag lang waren wir durch weichen hellen Sand gestapft. Die Felsberge, die sich weit vor uns am Ende eines stahlblauen Himmels als dunkler Streifen auf den Horizont gelegt hatten, schienen unerreichbar zu sein.

Die Kamele, die schwer beladen zugleich mit uns aufgebrochen waren, zogen vorn immer weiter davon. Ich hatte erwartet, dass es die Hitze sein würde, die mich am meisten quälte. Oder der Durst. Doch es waren die Beine. Die Wadenmuskeln. Der verdammte, weiche Sand.

Die Gespräche verstummten bald, jeder war als Einzelkämpfer unterwegs. Ich war wütend, dass ich mich auf dieses Abenteuer eingelassen hatte.

Irgendwann wurde der schwarze Streifen am Horizont höher, ich konnte die Berge sehen, schroffe Felsen, nicht grau und nicht violett, die Farbe lag irgendwo dazwischen. Und auch der Sand nahm ein Ende. Mit dem fester werdenden Untergrund besserte sich meine Stimmung. Endlich wieder gehen können, ganz normal gehen! Damals wusste ich noch nicht, dass ich gerade eine jener kleinen Freuden erlebte, die Teil der Sinnsuche waren.

Wie die Erkenntnis, dass es nichts Köstlicheres gibt als lauwarmes, brackiges Wasser und dass nichts in der Welt angenehmer ist als ein

Fleck Schatten. Und dass es nur einen Ort gibt, an dem man das erfahren kann – die Wüste!

Die Berge, die von weitem wie ein unüberwindbarer Wall ausgesehen hatten, taten sich beim Näherkommen auf und gaben eine breite Passage frei. Ein Tal mit niedrigen Büschen und sogar einer Hand voll Bäume mit breitfächrigen Kronen, die graugrüne Blätter trugen.

Max führte uns mitten ins Gebirge hinein. Die Pfade wurden enger und steiler, und ich bemerkte mit leiser Schadenfreude, dass jetzt die Kamele mehr Mühe beim Gehen hatten als ich. Dann gab es keinen Pfad mehr, nur noch Geröll oder glatten Fels. Die Sonne stand schon sehr tief, und ich hatte keine Ahnung, wohin uns Max führen würde. Ich konnte mir nicht vorstellen, dass es in dieser schroffen Wildnis einen Nachtlagerplatz geben könnte. Bis wir ihn am Ende einer Felsgruppe sahen. Eine breite, flache Ebene, groß wie ein Fußballplatz. Eines jener Wunder, die sich später immer wieder völlig unvermutet ereignen sollten. Die Überraschungen der Wüste Sinai!

Das Fußballfeld war von einer gewaltigen Arena aus rötlichem Fels umgeben. Am hinteren Ende sah ich eine Höhle und daneben zwei prächtige saftig grüne Dattelpalmen. Der Ort heißt Ain Milaihis, Verrückte Quelle, und eine solche sprudelt im Inneren der Höhle.

Nachdem sich jeder einen Nachtlagerplatz gesucht hatte und die Liegematten und Schlafsäcke ausgerollt waren, berief Max eine Versammlung ein. Die Beduinen hatten längst ein Feuer gemacht und mit dem Kochen begonnen. Es gab auch schon heißen schwarzen, stark gezuckerten Tee.

Max deutete zum Himmel und meinte, dass uns mindestens noch eine halbe Stunde Tageslicht bliebe. Jeder von uns sollte sich allein in die Felsarena begeben, klettern, wandern und suchen. Nach einem Platz, an dem man sich wohl fühlen und die nötige Ruhe für ein paar Minuten der Besinnung finden würde. Und nach einem Symbol, das am besten die persönlichen Gefühle, Wünsche, Träume, Ziele ausdrücken könnte. Ein Stein, ein Stück Holz, irgendetwas, was wir ins Lager mitbringen und dessen Bedeutung wir später den anderen erklären sollten.

Auf den Ausflug freute ich mich, das mit dem Symbol fand ich lächerlich. Aber bitte! Man war ja Teil einer Gruppe und hatte die Spielregeln einzuhalten.

Es war unser erster Tag in der Wüste gewesen, und ich hatte doch schon einige ihrer Gesichter gesehen. Den Sand, die Felsen, die Pflanzen. Doch an diesem Abend fühlte ich sie zum ersten Mal.

Ich bin kein Kletterer, höchstens ein durchschnittlicher Wanderer. Doch irgendetwas zog mich in den Fels. Trittsicher erklomm ich die steile Wand bis zu einem Kapernbaum. Als ich den Grat erreicht hatte, ging gerade die Sonne unter. Vor mir tat sich eine bizarre Felsenwelt auf, mit Türmen und Schluchten, mit Klippen und Mulden, und der Himmel bepinselte sie mit warmen Farben und gezackten Schatten.

Der Anblick war umwerfend schön. So schön, dass er mir den Brustkorb zusammendrückte und ich Mühe mit dem Atmen hatte.

Ich ging ein paar Schritte, dann entdeckte ich eine Bank, die wie für mich aus dem Berg herausgemeißelt war.

Die Wüste nistet sich in der Gefühlswelt ein und verändert sie. Sie schafft klarere Gedanken, gaukelt einem zugleich jedoch eine Traumwelt vor, die man für real hält. Man muss nur allein mit ihr sein. An diesem Abend war sie erstmals bei mir. Es waren nur zehn Minuten, doch diese waren von einem ungemein intensiven, großen Gefühl beherrscht. Ich war ruhig und mächtig. Die Erde war mein Freund. Sie war es immer schon gewesen. Seit damals, als sie diese Felsbank für mich geschaffen hatte.

Und sie gab mir auch das Symbol. Neben mir lag eine verdorrte Kapernfrucht auf meiner Bank. Symbol des Lebens und des Todes zugleich. Der Wind musste sie heraufgetragen haben.

Der Abstieg war mühsam, weil es zu düster geworden war, um die Felstritte, die ich beim Aufstieg benutzt hatte, klar erkennen zu können. Ich tastete mich tiefer, verlor den Halt, rutschte ab, die Hände konnten den Körper nicht halten, ich stürzte. Zum Glück nur einen Meter tief, dann fing mich der Kapernbaum auf. Ich umklammerte seinen Stamm und wartete, bis sich mein Atem beruhigt hatte.

„Hast du dich verletzt?", rief Max. Er stand am Fuße der Wand, und ich konnte ihn in der Düsternis gerade noch sehen.

„Nein", schrie ich zurück, „aber sag mir verdammt noch mal, wie ich von diesem Berg wieder runterkomme!"

Er tat es, knipste seine Taschenlampe an und dirigierte von unten meine Bewegungen, bis ich seine Kopfhöhe erreicht hatte, mich fallen ließ und von ihm aufgefangen wurde.

Die anderen waren schon da, und ich hatte das Gefühl, dass ich mich lächerlich gemacht hatte. Aber niemand lachte.

Nach dem Essen zog sich Abid mit seinen Leuten zurück und überließ uns den Platz am Feuer. Max fragte nach unseren Symbolen. Alle anderen hatten Steine mitgebracht.

Ferdls Stein war kugelrund. „Ich möchte, dass mein Leben in Zukunft auch so glatt und rund verläuft", sagte er.

Max lobte ihn dafür.

Man brauchte viel Fantasie, um Marlenes Stein als das zu erkennen, was er für sie darstellte: „Es ist eine Fruchtschüssel", sagte sie, „noch ist sie leer, aber ich werde die Früchte des Lebens sammeln und sie damit füllen!"

Beeindrucktes Murmeln. Die Sinnsuche hatte begonnen.

Bobby präsentierte einen langen, flachen Stein. „Das ist ein Messer", sagte er, „damit kann ich mich durchs Leben kämpfen, ich kann aber auch Fesseln durchschneiden und mich freimachen!"

Jess drückte ihm dafür einen Kuss auf die Wange.

Rhondas Stein war gezackt. „Es ist ein Stern", erklärte sie, „und er sagt mir, dass ich mutiger werden und nach den Sternen greifen soll!"

Dort oben, auf meiner Bank, war mir noch so klar gewesen, was meine verdorrte Kapernfrucht für mich symbolisierte. Jetzt war sie nur noch klein und verdorrt und mickrig. Ich zog sie aus der Tasche und hielt sie ins Licht des Feuers.

„Das ist eine verdorrte Kapernfrucht", sagte ich, „sie zeigt mir, wie nahe Leben und Tod, Glück und Unglück beisammenliegen." Klang gut, war aber nicht genug. Die anderen schauten mich an, sie wollten Weisheit! Okay!

„Ohne den Baum, auf dem sie gewachsen ist, ist diese Kaper hilflos, zum Sterben verurteilt", fuhr ich fort, „wir alle brauchen einen Stamm, einen festen Halt im Leben. Was mir diese Kaper sagt, ist, dass ich mich in Zukunft mehr um meine Familie kümmern sollte."

Geschafft. Linda hätte sich gefreut. Marlene tat es auch. Sie beugte sich zu mir und klopfte mir anerkennend auf die Schulter.

Jessica hatte tatsächlich einen Stein gefunden, der wie ein kleines Herz aussah. Sie hielt ihn zwischen Zeigefinger und Daumen fest und zeigte ihn uns. „Ist wohl klar, was das ist", sagte sie. Einige nickten. „Ein Herz natürlich, und ein Herz steht für die Liebe. Jeder Mensch braucht Liebe, und ich brauche sie ganz besonders." Sie schlang einen Arm um Bobbys Schulter und drückte ihm einen dicken Kuss auf die Lippen. Bobby ließ es geschehen.

Klaus' Stein war groß und eckig, fast quadratisch. „Das ist ein Tresor", sagte er, „oder ein Geldkoffer, wenn ihr so wollt." Erstaunte Blicke, Klaus winkte ab. „Falsch verstanden! Es ist nicht mein Geld, sondern das Geld der anderen, das ich als Politiker zu verwalten und vernünftig einzusetzen habe. Mein Wunsch ist es, dass ich es auch in Zukunft schaffe, meinen

Auftrag als Volksvertreter zu erfüllen. Das ist nicht immer leicht, das könnt ihr mir glauben."

„Buh", rief Bobby, „keine Wahlreden!"

Klaus sprang auf und warf seinen Stein ins Feuer. Die Funken sprühten in die Nacht. Er baute sich vor Bobby auf und wollte etwas sagen, dann schüttelte er den Kopf und ging weg.

Bobby grinste und hob die Hände in einer Unschuldsgeste. „Hab ich etwas Falsches gesagt?"

„Du hast ihn beleidigt, das war nicht nötig", sagte Marlene. Die anderen sagten nichts.

NACHDEM ich eine halbe Stunde lang im Kreis gefahren war und keinen Parkplatz gefunden hatte, blieb mir nichts anderes übrig, als das Auto in einem Parkhaus in der Nähe des Hofbräuhauses abzustellen. Ich kannte München nur flüchtig. Marlenes Agentur hieß „Sensor" und befand sich im ersten Stock eines Bürogebäudes.

Ich hatte ihr am Telefon gesagt, dass ich geschäftlich in München sei, heute einen freien Abend hätte und sie gerne zum Essen einladen würde. Sie hatte erfreut zugesagt, und wir hatten vereinbart, dass ich gegen 18 Uhr in ihrem Büro auftauchen sollte. Ich war bereits um 17.45 Uhr dort.

„Sensor" war wesentlich größer, als ich es mir vorgestellt hatte. Marlene beschäftigte sogar eine Empfangsdame. Anfang vierzig, gepflegt, elegant. Ein Anruf, und eine Minute später führte sie mich einen langen Korridor entlang, dessen Wände nicht mit der üblichen Leistungsschau der Agentur und Plakaten von Großkunden protzten, sondern spärlich, aber eindrucksvoll mit den Originalen eines sehr guten und gar nicht billigen jungen Malers behängt waren.

Marlene freute sich, als sie mich sah. Sie sprang auf, eilte auf mich zu und umarmte mich. Ich war überrascht, dass sich die Stadt-Marlene von der Wüsten-Marlene kaum unterschied. Sie trug Jeans und eine hellblaue Bluse, deren Ärmel sie hochgekrempelt hatte. Das Lächeln war dasselbe, sie hatte keine Frisur, sondern kurz geschnittenes Haar, wie vom Wüstenwind zerzaust.

Das Büro war klein und karg eingerichtet. Ein Schreibtisch, ein Computer, ein Aktenschrank, zwei Stühle und nur ein Bild. Natürlich Wüste. Sinai-Berge im Sonnenuntergang. Unglaubliche Farben und Formen.

Sie bemerkte, dass ich es betrachtete, und lächelte. „Von Max. Eine andere Reise!"

Ich lächelte zurück. „Schön", sagte ich.

Eine halbe Stunde später saßen wir in einem Lokal. Es war weder urig noch vornehm oder versnobt, sondern einfach gemütlich. Marlene hatte mehrere Gäste begrüßt, war bei einigen kurz stehen geblieben. Es war offensichtlich eines ihrer Stammlokale. Und es passte zu ihr.

Ich hatte auch mit Rhonda telefoniert und wusste, dass sie eine Abendvorlesung hatte. Sie würde, wenn überhaupt, erst später zu uns stoßen können. Es war gut, dass ich mit Marlene für eine Weile allein sein konnte.

„Ich habe deine Geschichte gelesen", sagte sie.

Ich nickte. Schuldbewusst. „Offizielle Version", wehrte ich ab, „hat Max und uns geholfen, die Köpfe aus der Schlinge zu ziehen. Die Beduinen waren es. Basta!"

Marlene fragte erstaunt: „Aber so war es doch, oder?"

Ich wusste nicht, ob sie es ernst meinte oder mich auf den Arm nehmen wollte. Marlene war nicht naiv, Marlene hatte mit hellen Augen und wachem Geist an unserer Sinnsuche teilgenommen, Marlene hatte jeden von uns genau studiert. Ich schaute ihr in die Augen, und sie schaute zurück. Wir begannen zu lächeln.

„Die Sinnsuche", sagte ich, „ist für mich noch lange nicht zu Ende. Und ich glaube, so ist es auch bei dir."

„Natürlich", erwiderte sie.

Wir aßen und tranken und redeten.

„Das Wadi Disco", sagte ich, „die erste Rast. Erinnerst du dich noch?"

Sie nickte und kaute. Ich wartete.

„Natürlich", sagte sie und schluckte den zerkauten Bissen hinunter, „wie könnte ich das Wadi Disco vergessen? Der Name allein hat mich beinahe umgehauen. Der alte Moses hat hier wahrscheinlich ein paar Trommler und Pfeifer aufspielen und ein paar Wüstenschönheiten tanzen lassen."

Lachen. Ich hob das Glas, wir stießen an.

„Du warst die Erste von uns, die sich allein mit ihm unterhalten hat. Nach den Max-Regeln. Totale Ehrlichkeit und Aufrichtigkeit. Öffne dich! Was hat dir Bobby damals gesagt?"

Marlene dachte nach. „Er hat mich beeindruckt", meinte sie nach einer Weile und nickte, um ihre Worte zu bestätigen. „Hast du gewusst, dass der Mann studiert hat? Psychologie. Viele Semester, aber kein Abschluss."

Ich lächelte. „Das hat er dir damals gesagt? Und du hast es ihm geglaubt?"

„In keiner Branche gibt es mehr Blender als in meiner. Ich selbst verkaufe Lügen, um etwas besser verkaufen zu können. Deshalb zieht es mich ja immer wieder in die Wüste. Weil dort alles so klar ist, so simpel, so ehrlich, weil man sich geistig völlig entkleiden kann." Sie schüttelte den Kopf. „Es hätte keinen Sinn ergeben, wenn er mich angelogen hätte. Und wenn er es doch getan hat, dann war er der beste Lügner der Welt."

Psychologie, Bobbys Menschenspiele. Es passte irgendwie sogar zusammen, und doch stimmte dabei etwas nicht. Ich wusste nur nicht, was.

„Er war auch im Gefängnis", sagte sie.

Jetzt war ich überrascht. „Weshalb?"

Sie zog die Augenbrauen zusammen. „Ich weiß nicht, ob ich darüber reden soll. Er hat es mir im Vertrauen erzählt."

„Bobby ist tot. Nichts, was du über ihn sagst, kann ihn jetzt noch verletzen. Es kann nur dir und mir und den anderen vielleicht helfen, das, was in dieser Nacht wirklich geschehen ist, besser zu verstehen."

Marlene zögerte. Sie füllte die Weingläser, wir tranken. „Er hat als Student mit Bodybuilding begonnen. Sein Vater lebte nicht mehr, die Mutter war Fabrikarbeiterin. Das Training war ihm bald so wichtig, dass er die Jobs aufgab, mit denen er bis dahin seinen Lebensunterhalt verdient hatte. Das Krafttraining sei wie eine Sucht gewesen, hat er gesagt. Das Studio kostete Geld, die richtige Ernährung ebenso. Da hat er begonnen, mit illegalen Anabolika zu handeln. Billig in Ungarn eingekauft, nach Wien geschmuggelt. Irgendwann ist die Sache aufgeflogen, und er ist verurteilt worden. Achtzehn Monate Haft, glaube ich. Ende des Studiums. Doch er hat im Gefängnis weitertrainiert, später war er sogar Wiener Meister oder so etwas Ähnliches. Hat in einem Studio als Trainer begonnen und sich verbissen hochgearbeitet. Bis er sein eigenes Studio hatte. Ende der Geschichte."

„Schöne Geschichte", sagte ich und nickte, „beinahe rührend."

„Habe ich auch so empfunden", entgegnete sie.

Mein Essen war kalt geworden. Ich schob es zur Seite. „Max hat Bobby von Anfang an nicht leiden können. In einem hat er aber Recht. Bobby war nicht der Typ, der sich samt Freundin auf Sinnsuche in die Wüste begeben würde. Warum hat er wirklich mitgemacht? Hat er es dir erklärt?"

Marlene schaute mir lange in die Augen. „Ich bin keine Bobby-Expertin, und ich habe auch keine Erklärung für seinen Tod. Ich habe nur ein paarmal mit ihm geredet. Und ich habe dir gesagt, dass ich nach unserem ersten Gespräch beeindruckt war. Weil der Mensch, mit dem ich es zu tun hatte, ein ganz anderer war als der, den ich erwartet hatte. Im Wadi Disco war er beinahe kindlich zutraulich, einer, der aus der Kälte kommt und Wärme sucht. Geschäftlich würde er sich auf einem Scheideweg befinden und bald viel Kraft brauchen. Er wolle expandieren, dabei gäbe es jedoch Probleme. Ich habe ihn nicht näher danach gefragt. Ich habe eigentlich überhaupt kaum Fragen gestellt. Er hat geredet, und ich habe zugehört. Was ihn mit Jess verbinden würde, sei eigentlich gar keine echte Beziehung. Ein Zusammensein, guter Sex, manchmal ein gemeinsamer Urlaub wie jetzt, mehr nicht. In Wahrheit habe er ein Leben lang vergebens nach der richtigen Frau gesucht."

„Armer Teufel", ätzte ich.

Marlene nickte. „So, wie ich es jetzt erzählt habe, klingt es nach Klischee, nach der klassischen Aufreißermasche. So war es aber nicht. Er hat es ganz anders rübergebracht, glaubhaft, berührend."

„Hast du mit ihm geschlafen?", fragte ich.

Sie war nicht einmal überrascht. „Welche Antwort erwartest du?", fragte sie zurück.

„Die Wahrheit", sagte ich.

Sie lächelte. Nachdenklich. „Ich hätte es vielleicht getan, wenn wir bei diesem ersten Gespräch allein gewesen wären. Dort draußen, in der Wüste, im Schatten der Felswand, im weichen weißen Sand. Keine Kamele, keine Beduinen, kein Max. Ohne euch und vor allem ohne Rhonda."

„Hast du es getan, später?", fragte ich.

„Nein", sagte sie.

Ich glaubte ihr nicht. „Die Nächte", sagte ich, „unsere Lagerplätze, da hätte euch keiner gesehen."

Sie schüttelte den Kopf. „Ich war immer mit Rhonda zusammen."

Ich dachte an das Labyrinth. Marlene und Bobby. Nebeneinander. Reden, Lachen. Und Rhonda. Schweigsam, vor sich hin brütend. Jeden Kontakt mit Bobby vermeidend. Und Jess. Von Bobby zur Seite geschoben. Brutal. Marlene log. Ich wusste es, und sie wusste, dass ich es wusste. „Und Rhonda?", fragte ich.

Sie lachte. „Die war immer mit mir zusammen. Sie hatte Probleme, das weißt du ja. Große Liebe und dann der große Krach. Keine Männer mehr. Bobby war einer, der sie unter anderen Umständen interessiert hätte. Aber diese Reise war ein Männer-Tabu-Trip für sie. Das kannst du mir glauben. Ich kenne mein Mädchen."

Blitzlicht. Bobby, die Düne und Rhonda. Ich überlegte, ob ich es ihr sagen sollte. Dann tat ich es doch nicht, weil es ein Geheimnis war zwischen mir und Rhonda. „Sie hat bemerkt, dass er sich für dich interessierte“, sagte ich stattdessen, „und sie hat ihn deshalb gehasst.“

Marlene schüttelte den Kopf. Heftig. Etwas zu heftig. „Da war nichts, das hab ich dir doch schon gesagt. Es war mein Trip mit Rhonda. Bobby war nicht wichtig für uns.“ Sie lachte. Etwas zu laut. „Wir könnten dieses Spielchen noch stundenlang weiterspielen, aber da ist nichts. Kein Grund, kein Motiv.“

Ich winkte ab. „Missverständnis“, sagte ich rasch, „ich will nur Lücken füllen, meine Beobachtungen mit euren vergleichen, Antworten finden. Die Sinnsuche, erinnerst du dich noch? Wir waren doch alle so ehrlich dort draußen, haben keine Geheimnisse voreinander gehabt, uns alles ins Gesicht gesagt. Und dann ist etwas geschehen, für das es keine Erklärung gibt. Das bewegt mich, ich bekomm es nicht aus mir heraus. Und ich weiß, dass es euch nicht anders geht. Es ist etwas, was wir alle irgendwie bewältigen müssen.“

„Du warst der Letzte, der ihn lebend gesehen hat“, stellte sie trocken fest, „ist es das? Glaubst du, dass man dich deshalb beschuldigt, für den Mörder hält? Willst du alle überzeugen, dass du es nicht getan hast?“

Wie bei Max. „Ich war in seiner Nähe“, sagte ich, „er hat auf einem Hügel gestanden und gejodelt!“

„Gejodelt?“

„Ja, er hat gejodelt. Dann ist die Nacht gekommen und der Regen. Und am Morgen war Bobby tot. Keine Spuren. Hätte es den Regen nicht gegeben, dann wäre Bobby jetzt wohl noch am Leben. Wer immer es getan hat, der Mensch hat den Entschluss erst gefasst, als es zu regnen begonnen hatte. Sonst hätten ihn seine Spuren verraten.“

Sie schaute mich an und rieb mit Daumen und Zeigefinger an ihrem Nasenrücken. „Warum hat er gejodelt?“

Warum jodelt man? „Vielleicht war er glücklich, vielleicht wollte er mich damit grüßen, vielleicht war es das Alpenländische in ihm. Wer auf dem Gipfel steht, der jodelt, oder so. Ich habe keine Ahnung.“

Marlene schüttelte den Kopf. „Jeder sollte sich seinen persönlichen Platz suchen. Die Visionssuche. Mein Platz war mein geheimer, einsamer Treffpunkt mit der Wüste. Mit dem Jodler hat dir Bobby sein Geheimnis verraten. Warum?“

Ich hatte keine Ahnung, und ich hatte bisher auch nicht darüber nachgedacht. Es stimmte. Warum hatte Bobby wirklich gejodelt? Weil er wollte, dass irgendjemand seinen Platz kannte? Weil er diese Person dorthin locken wollte? Weil der Jodler ein vereinbartes Signal war? Weil er mich für einen anderen gehalten hatte? Oder einfach, weil ihm danach gewesen war? Ich zuckte mit den Schultern.

„Hast du ihn umgebracht?", fragte sie.

„Nein", sagte ich ruhig, obwohl ich es gerne laut hinausgeschrien hätte.

„Ich war es auch nicht", erwiderte sie lächelnd.

Rhonda

Rhonda wusste genau über meine Unterhaltung mit Marlene Bescheid.

Sie hatte mir eine Schwabinger Studentenkneipe als Treffpunkt genannt, und ich war etwas zu früh gekommen. Ich hatte mich in eine Ecke gesetzt, und sie entdeckte mich nicht gleich. Ich sah ihr zu, wie sie sich suchend umschaute, und hob die Hand zu einem lässigen Gruß, als sie mich bemerkte.

Rhonda war nett, würde allerdings nie eine so attraktive Frau werden, wie es ihre Mutter war. Nase und Mund waren etwas zu groß, dafür waren die Augen klein. Das Haar war kurz, struppig und pechschwarz gefärbt. In der Wüste war sie noch blond gewesen. Die Figur war allerdings makellos. Schlank, lange, gut geformte Beine, die in hautengen Jeans steckten, das T-Shirt war um eine Nummer zu klein.

Sie warf ihren Rucksack auf die abgesessene Holzbank, von der ich aufgestanden war, breitete die Arme aus, und ich gab ihr einen Kuss auf die Wange.

Wir setzten uns.

Sie lächelte. „Da wären wir also", stellte sie fest.

Draußen, in der Wüste, hatte sie schüchtern gewirkt, manchmal auch trotzig. Jetzt war sie eine junge Frau, fröhlich, locker und selbstbewusst.

„Schön, dass du Zeit hast", sagte ich.

„Klar", antwortete sie, „wie geht es den anderen?"

Ich erzählte ihr, was ich über Max wusste, was ich über Klaus in meiner Grazer Tageszeitung gelesen hatte und dass ich nach ihr Ferdl in Salzburg und dann Jess in Wien treffen wollte.

„Es lässt dir keine Ruhe", meinte sie und nickte, „Marlene hat mir von gestern Abend erzählt. Gegenseitiger Psychoterror und so. Ihr seid ja ziemlich in die Tiefe gegangen."

„Wieso Psychoterror?" Ich schüttelte den Kopf. „Für mich war es einfach ein ehrliches Gespräch. Die Wahrheit. Weißt du noch? Max und seine Sinnsuche? Mir fehlt ganz einfach das letzte Kapitel. Und danach suche ich."

Rhonda nickte. „Ich bin bereit", sagte sie, „schieß los!"

Ich zuckte mit den Schultern. „Also, reden wir", begann ich, „versuchen wir, uns gemeinsam an Dinge zu erinnern, die für uns damals vielleicht völlig banal und unbedeutend waren, die jetzt jedoch möglicherweise Erklärungen liefern könnten. Gehen wir ganz einfach die wichtigsten Stationen unserer Reise noch einmal durch."

Rhonda wirkte enttäuscht. Sie hatte Spannung erwartet, und ich schlug Langeweile vor. „Okay", sagte sie.

„Sinn der Reise laut Max: Woher komme ich, wo bin ich, wohin möchte ich gehen", fing ich an, „du wolltest das alles nicht, es hat dich anfangs überhaupt nicht interessiert, habe ich Recht?"

Sie lachte. „Dich doch auch nicht, richtig?"

„Ja", erwiderte ich nickend, „aber ich war dabei, weil ich darüber berichten sollte. Bei dir war es anders. Da ging es um mehr. Therapie, Problemlösung, Ablenkung, Erkennen, Vergessen, was auch immer. Du warst doch nur dabei, weil Marlene es wollte."

„Natürlich", meinte Rhonda, „sie hat es ja jedem erzählt. Das arme Kind, Opfer einer zerbrochenen Beziehung, ist verzweifelt, braucht Ablenkung, soll sich hier wieder selbst finden. Ich bin mir vorgekommen wie in einem Sanatorium, umgeben von einer Mitleidswolke und fremden Menschen, die Verständnis heucheln. Ich der Patient und ihr die Hobbytherapeuten. Das Ganze war furchtbar peinlich."

„Wie war das mit der zerbrochenen Beziehung?", fragte ich.

„Es ist vorbei und vergessen", sagte Rhonda schmunzelnd. „Marco war Marlenes Angestellter, aufstrebender Jungstar in der Firma. Wir haben unsere Beziehung geheim gehalten. Marlene ist eine Fanatikerin, wenn es darum geht, Job und Privates zu trennen. Es hat länger als ein Jahr gedauert, dann haben wir einen Fehler gemacht, und die Sache ist aufgeflogen. Kein Riesenstunk. Nein, Gespräche! Lange, ungemein vernünftige Unterhaltungen. Am Ende blieben zwei Wege: Marco verlässt die Firma, und wir bleiben zusammen. Oder: Marco bleibt in der Firma, und wir trennen uns. So einfach ist das bei Marlene. Es war auch für Marco ganz einfach – er hat die Firma gewählt und dafür sogar noch eine Gehaltserhöhung bekommen. Mir hat Marlene als Trost und zur neuen Selbstfindung diese blöde Sinnreise geschenkt." Rhonda schaute mich herausfordernd an. „Das war's", sagte sie, „nicht allzu aufregend."

„*Wow*", meinte ich, „das ist ja ein Hammer!"

Sie lächelte. „Sie hat mich allein großgezogen. Nicht wie eine Mutter, sie war immer meine beste Freundin, meine engste Vertraute. Natürlich habe ich sie damals gehasst. Doch dann habe ich, wie immer, wieder auf sie gehört, ihr vertraut. Und sie hat, wie immer, am Ende doch Recht gehabt. Heute bin ich heilfroh, dass ich den Typ los bin."

„In Dahab, im Wadi Disco, da warst du es noch nicht."

Rhonda nickte. „Es hat lange gedauert, bis ich wieder einigermaßen klar gedacht habe. Ich habe alle und alles gehasst. Nur die Wüste nicht. Sie hat mir die Chance gegeben, allein zu sein. Ich bin durch den Sand gestapft und habe den Kopf dabei ausschalten können. Von der Sonne gebraten, vom Durst gequält. Mit jedem Schritt bin ich freier geworden, erlöster. Klingt blöd, aber es war so. Es war nicht die Gemeinschaft, die mir geholfen hat, sondern die Einsamkeit."

„Später", sagte ich, „später sind auch die Menschen dazugekommen."

„Sehr viel später", antwortete sie und nickte, „das war in der Oase. Dort habe ich mich erstmals mit euch wohl gefühlt."

„Der Sandsturm", meinte ich.

„Der hatte viel damit zu tun", entgegnete sie.

Es war der sechste oder siebte Tag gewesen. Knapp vor dem Ende unserer Reise und der Visionssuche.

Max hatte uns schon lange darauf vorbereitet.

Ein einziges Mal während des gesamten Trips würden wir in einer echten Oase übernachten. Mit viel Wasser, schattigen Dattelpalmenhainen und sogar mit einem winzigen Laden. Als ultimativen Luxus würden wir in der Oase sogar die Gelegenheit haben, uns von Kopf bis Fuß zu waschen.

Es war am frühen Nachmittag, ich wühlte mich wie immer, wenn es um Sand ging, am Ende des Trosses dem erlösenden Nachtlager entgegen und traf dabei irgendwann auf Max, der auf mich gewartet hatte.

„Ain Khudra", sagte er. Er zeigte mit der ausgestreckten Hand auf einen schwarzen Fleck. Wir stapften langsam weiter. „Früher", meinte Max, „haben sie in der Oase nach Gold geschürft. Da haben hunderte hier gelebt und geschuftet. Heute sind es nur ein paar Dutzend: diejenigen, die daran verdienen, dass sie Durchreisende verköstigen, und diejenigen, die sich um die Dattelpalmen und die Gärten kümmern, die den

Nomadenstämmen gehören. Auch Abids Stamm besitzt hier Land. Du wirst es sehen, wir werden darauf lagern.“

Beim Näherkommen verwandelte sich das Schwarz zunächst in düsteres Dunkelgrün, dann in echtes Pflanzengrün. Es waren Palmen, Unmengen davon. Es gab auch Wege und Zäune und Hütten und sogar Steinhäuser. Und Menschen! Ein Junge und ein Mädchen mit großen Augen, aber ohne Schleier. Kinderlachen! Ein neues Geräusch in der Wüste. Der Ladenbesitzer wies stolz auf seine Sammlung von Cola- und Fantaflaschen, die in einem Bad aus lauwarmem Wasser dümpelten.

Das grüne Refugium von Abids Stamm war ein herrlicher Garten mit viel Schatten. Palmenpfosten mit Palmwedeldach, beinahe ein Haus. Abids Leute hatten mehrere alte, zerschlissene Teppiche auf den Boden gelegt.

Rast und Frieden. Verschnaufen, so viel Wasser trinken dürfen, wie der Magen fasst. Abid hatte ein Lamm aufgetrieben, seine Leute hatten es geschlachtet, es würde ein Festmahl werden.

Dann, ganz plötzlich, wie aus dem Nichts kam der Sandsturm. Der Himmel verlor seine Farbe, wurde weiß und dann grau, am Ende war er gelblich braun, weil er nur noch aus einem Wall wild gewordener Sandkörner bestand. Ein Wüstenabenteuer, wie von Max für uns bestellt.

Die Beduinen hatten längst das Feuer gelöscht und die Töpfe mit den halb zubereiteten Speisen abgedeckt. Die Männer selbst waren in Decken gehüllte Bündel, die zusammengerollt in geschützten Winkeln lagen. Der Sand erreichte sie trotzdem.

Der Wind, der nun wie eine blutrünstige Bestie heulte, blies den Sand in die allerkleinsten Ritzen, auch durch den Stoff meines Schlafsacks, in den ich mich verzogen hatte.

In solchen Situationen verliert man jeden Zeitbegriff. Ich habe keine Ahnung, wie lange ich so dagelegen, dem Sturm gelauscht und Sand gespuckt hatte.

Irgendwann spürte ich, dass mich jemand an der Schulter rüttelte. Ich schälte den Kopf aus seiner Umhüllung und blickte in ein vermummtes Gesicht. Es gehörte Max, und er hatte es mit einem T-Shirt umwickelt. Nur die Augen waren frei.

„Er hat nachgelassen“, sagte das vermummte Gesicht, „Zeit für einen Spaziergang!“

Das Heulen war noch immer da, und Millionen winziger Sandkörner stachen auf die Haut ein. Aber Max war der Experte, er musste wissen, was er tat.

Ich grub meinen Rucksack aus und verpasste mir den gleichen Gesichtsschutz. Dann kämpften wir uns durch den Palmenhain. Am Ende war ein schmales Tal. Der Sturm hatte jetzt tatsächlich viel von seiner anfänglichen Wut verloren. Er war zwar noch heftig, doch es schien, als ob er gnädig beschlossen hätte, uns doch am Leben zu lassen.

„Ideal!", jubelte Max und zog seine Kamera unter dem Hemd hervor, das sie bis jetzt geschützt hatte. Er schoss Bild um Bild, und ich war sein Fotomodell. Mann mit T-Shirt-Gesichtsschutz im Sandsturm. Gehend, sich gegen den Sturm stemmend, auf allen vieren kriechend.

Später erklärte er mir, dass er seit Jahren auf dieses Motiv gewartet hatte. Sandstürme seien in dieser Gegend selten, und einen so schönen wie unseren hätte er überhaupt noch nie erlebt. Die Fotos sind übrigens auf seiner Homepage zu finden. Max-Reisen bieten alles – sogar Sandstürme!

Der Sturm ebbte so rasch ab, wie er gekommen war. Insgesamt hatte er nicht länger als eine Stunde gewütet.

Das Lamm schmeckte köstlich. Die Beduinen hatten es in kleine Stücke zerhackt und es mit Kartoffeln und anderem Gemüse, scharf gewürzt, zu einer Art Eintopf verarbeitet. Der Sturm hatte alle so ausgehungert, dass es keinen störte, dass auch eine gehörige Portion Sand dabei war.

„Erinnerst du dich noch an den Lammeintopf?", fragte ich Rhonda.

„Den mit der Sandwürze?"

„Knirsch, knirsch", sagte ich. Wir lachten.

Ich hatte keine Ahnung, wie Rhonda den Sandsturm erlebt hatte, deshalb fragte ich sie jetzt.

„Es war unglaublich", sagte sie, „schrecklich, schaurig und doch auch schön. Ich hatte viel Zeit zum Nachdenken und kam dabei zu der Erkenntnis, dass der Sturm nur für mich da war. Die Wüste wollte mir zeigen, dass mein Weg falsch war. Der Friede, den sie mir gegeben hatte, war nur geliehen, eine Atempause für ein verwirrtes Kind, aber keine Lösung. Dafür waren die Menschen da. Nur sie konnten mir Schutz, die Geborgenheit, die Sicherheit, die ich verloren hatte, wieder zurückgeben. Ich durfte mich nicht länger verschließen, von den anderen zurückziehen." Sie schaute mich lächelnd an. Große Augen, die den Zweifel in meinem Gesicht suchten. „Verrückt, nicht wahr?"

Es war verrückt, doch dort draußen in der Wüste war vieles geschehen, was verrückt war. Sogar der Mord.

Ich nickte. „Ich versteh ganz genau, was du meinst, Rhonda."

Sie schenkte mir ein dankbares Lächeln. „Nach dem Sturm war alles wieder in Ordnung. Ich war Marlene dankbar, dass sie mich mitgenommen hatte. Und ich war euch dankbar, dass ihr da wart, mit mir geredet habt. Marco war nicht mehr wichtig. Der Sturm hat alles weggeblasen."

Es war Zeit, mein Trumpfass auszuspielen. „Die Düne", sagte ich, „erinnerst du dich noch, es war ..."

„Endlich", stoppte sie mich und streckte mir abwehrend beide Handflächen entgegen. „Warum hast du mich nicht gleich am Anfang danach gefragt?"

„Weil es so besser war", sagte ich.

Sie schüttelte den Kopf. „Die Düne ist nicht mehr wichtig."

„Doch", sagte ich, „es war Bobby. Und Bobby ist tot!"

Rhonda stöhnte und presste die Hände vor das Gesicht. Dann lösten sich die Finger langsam, und ich konnte ihre Augen wieder sehen. Sie baten mich aufzuhören.

Niemals. Es war ja mein Trumpfass. „Warum?", fragte ich.

Rhonda räusperte sich und legte die Hände auf den Tisch. „Okay", sagte sie, „ich habe vor dem Treffen mit dir lange darüber nachgedacht. Du hast es gesehen, und du bist nicht so naiv zu glauben, dass nichts war. Es ist etwas, was ich vergessen will. Weil ich mich heute dafür schäme."

„Du hast es getan", erwiderte ich, „einen Quickie im Wüstensand!"

„Ja!", schrie sie und hieb dabei mit der Faust auf den Tisch. Ein paar der anderen Gäste blickten in unsere Richtung. Rhonda senkte nicht einmal ihre Stimme. Ihre Augen funkelten mich an. „Ich wollte es ihr zeigen. Mich für den blöden Wüstentrip an ihr rächen, verstehst du? Mich für die Sache mit Marco an ihr rächen. Marlenes kleines Mädchen ist nicht mehr so klein, es tut, was es will, Mutter!"

Sie war leiser geworden, die letzten Worte waren nur noch ein Flüstern. Jetzt weinte sie.

Ich wartete. Sie hatte zum ersten Mal Mutter gesagt. „Du hast es ihr erzählt", meinte ich nach einer Weile.

Sie nickte, richtete sich auf und wischte sich mit dem Handrücken die Tränen aus dem Gesicht. „Darum ging es ja, sie sollte es wissen. Bobby hatte eigentlich überhaupt nichts damit zu tun. Er war da, und ich habe ihn benutzt, verstehst du?"

„Und sie?", fragte ich.

„Sie hat mich beschützt", sagte sie, „wie immer!"

„Sie hat dir Bobby weggenommen", stellte ich fest.

Rhonda nickte. „Ich bin mir noch nie so billig vorgekommen, so mies.

Zugleich war da allerdings auch ein Triumphgefühl, weil ich geglaubt hatte, es ihr gezeigt zu haben. Doch Marlene war cool, hat kaum darauf reagiert. Bobby war für mich nach der Düne tot. Mich hat es vor ihm geekelt, vor allem jedoch vor mir selbst. Das hat sie nicht gewusst."

„Bobby und Marlene", sagte ich, „woher weißt du davon?"

„Ist doch egal", sagte sie, „ich weiß es einfach!"

Ferdl

München–Salzburg. Zwischen Marlene, Rhonda und Ferdl lag eine knappe Stunde mit dem Auto – und eine ganze Welt. Der dicke Bauunternehmer und die beiden Frauen hatten es in all den Wüstentagen nie geschafft, eine Beziehung aufzubauen. Es hatte auch kein wirkliches Verständnis zwischen Ferdl und uns anderen gegeben. Bobby war die Ausnahme gewesen.

Warum hatte Ferdl überhaupt am Wüstentrip teilgenommen?

Eine der Übungen, mit denen Max uns während des Trips beschäftigt hatte, war die Erstellung des sozialen Kosmos gewesen. Max hatte die Paare bestimmt und mir Ferdl als Partner zugeteilt. Im Prinzip war es bei dieser Übung darum gegangen, sein Leben und die damit verbundenen Personen mittels Steinen und Stöcken auf dem Wüstensand für andere, also vor allem für sich selbst, transparent zu machen.

Klingt in der Theorie kompliziert, war jedoch eine simple Angelegenheit. Die Psyche war erst bei der darauf folgenden Deutung gefordert.

Ferdl, stöhnend, schwitzend, machte den Anfang. Ich war sein Helfer. Später sollten sich die Rollen umkehren. Das Zentrum des sozialen Kosmos ist in jedem Fall das Ich. Ferdl wählte dafür den größten aller Steine und wälzte den Brocken in die Mitte des dafür vorgesehenen Areals. Ferdl war für Ferdl die wichtigste Person in seinem Leben. Das hatte er damit klar und deutlich demonstriert.

Laut der Instruktionen, die Max uns zuvor für diese Übung gegeben hatte, sollte jeder Schritt erklärt werden. Ferdl hatte kein Problem damit. „Schau mich an", sagte er grinsend, „ich bin dick und fett, und alles, was ich aufgebaut habe, ist von mir ausgegangen. Ich beschäftige in guten Zeiten bis zu hundertzwanzig Leute. Die verlassen sich auf mich. Ich bin der Fels in der Brandung!"

Den zweitgrößten Stein hatte er ganz in seiner Nähe platziert. „Mein Sohn“, sagte er, „der ist gerade dabei, die Firma zu übernehmen.“

„Dein Sohn?“, fragte ich, „wie heißt er?“

„Ferdinand natürlich“, antwortete er und ließ sein Lachen dröhnen.

Die nächsten beiden Steine waren noch etwas kleiner. Er hielt sie lange in der Hand, ging dabei mehrmals um den großen Stein herum, dann legte er sie, scheinbar wohl überlegt, etwa einen halben Meter von seinem Ich-Stein entfernt in den Sand. Er trat einen Schritt zurück und betrachtete sein Werk. „Meine Eltern“, stellte Ferdl dann zufrieden fest.

„Und deine Frau?“, fragte ich.

„Kommt schon noch“, entgegnete er schnaubend. „Er ist vierundachtzig und sie zweiundachtzig. Er hat die Firma gegründet und mir in der Baubranche einen guten Namen hinterlassen, der alte Herr. Und sie war dabei immer an seiner Seite. Ideale Partnerschaft, würde ich sagen. Nicht so wie bei mir.“

Ich warf ihm einen fragenden Blick zu.

Ferdl zuckte mit den Schultern. „Die Resi war ein Fehler. Gute Köchin, Hausmütterchen, hervorragende Mutter, aber sonst nichts. Sie war nie stolz auf mich, hat sich nie über das gefreut, was ich erreicht habe. Nur Nörgeleien. Wo warst du schon wieder? Hättest anrufen können. Hast wieder mit deinen Kumpels gesoffen! Das tötet die Gefühle, verstehst du? Wenn der Ferdinand nicht gewesen wäre, hätte ich schon längst das Handtuch geworfen. Aber der Bub mag die Mutter. Wenn ich mich von ihr getrennt hätte, dann hätte ich auch ihn verloren. Das einzige Kind, den Erben. Jetzt übernimmt er die Firma.“

Mir war die Resi sympathischer als der Ferdl. Das sagte ich ihm nicht. Ich bückte mich und hob einen mittelgroßen Stein auf. „Passt der für sie?“, fragte ich.

Er nahm ihn mir ab und wog ihn prüfend in der Hand. „Zu groß“, sagte er und nahm einen kleineren.

Der Resi-Kiesel wurde zwei Meter von Ferdls Riesenstein entfernt abgelegt. Ein mittelgroßer Stein gehörte einem anderen, der in Ferdls Gunst zwischen seinen Eltern und seiner Gattin angesiedelt war. „Ein Freund und Geschäftspartner“, sagte der Dicke, als er ihn auf den Boden legte. Keine weitere Erklärung. Das war's. Ferdls sozialer Kosmos war komplett.

Wir verlegten noch die Äste und stellten Querverbindungen her. Zwischen ihm und Resi gab es keine, Resi und Ferdinand verband ein ebenso dicker Ast wie Ferdinand und Ferdl. Der Geschäftsfreund und

Ferdinand blieben unverbunden, was ich seltsam fand, schließlich sollte der Junior ja demnächst die Firma übernehmen.

Mein eigener Kosmos interessierte Ferdl nicht im Geringsten. Er stand gelangweilt herum, während ich meine Steine in den Sand drückte. Ich, gleich groß wie Linda und Evelyn. Sie lagen so nahe, dass wir uns berührten. Dann meine Mutter, auch ganz nahe. Mein Vater lebte nicht mehr. Die besten Freunde, die Schwester. Ein stinknormaler sozialer Kosmos. Nichts, was ich nicht ohnehin schon gewusst hätte, auch das Stäbchenlegen brachte keine neuen Erkenntnisse. Nutzlos, wie es auch Ferdl als Seelenberater war.

EIN PROTZIGES Gebäude am südlichen Stadtrand von Salzburg. Viel Glas, viel Stahl. SERIOSA BAU AG knallte es mir in Riesenlettern entgegen.

Ich parkte meinen mickrigen Mitsubishi Colt zwischen einem schwarzen Siebener-BMW und einem silbernen Volvo S 80. Seriosa, dachte ich und verneigte mich innerlich vor Ferdls Firmennamen. Ein Betrieb mit diesem Namen beschwindelt seine Kunden nicht. Würde man glauben.

Er war am Telefon nicht sehr freundlich gewesen. Den Termin hatte mir später eine Sekretärin mit rauchig erotischer Stimme gegeben. „Der Chef hat nicht viel Zeit. Versuchen Sie es am Mittwoch um 10.30 Uhr. Da sieht es noch relativ günstig aus."

Das Original wurde der Stimme beinahe gerecht. Etwa vierzig, gepflegt, dunkelrot gefärbtes Haar, zu viel Make-up. Ich war offenbar nicht ganz ihr Typ. Kein Lächeln, nur kühle Sachlichkeit. „10.30 Uhr, ich weiß. Tut mir Leid. Sie müssen sich noch etwas gedulden."

Ich geduldete mich mit der *Kronen-Zeitung* und las mich bis zum Sportteil durch, bis mir die rauchig erotische Stimme sagte, dass der Chef nun Zeit für mich hätte.

Der Chef-Ferdl hatte mit dem Wüsten-Ferdl wenig gemeinsam. Dunkler Anzug statt schweißnassem Kakihemd, Krawatte statt glänzender Schweinchenhaut, Lackschuhe statt staubiger Trekkingstiefel, kalter Geschäftsblick statt gequälter Wüstenaugen. Trotzdem ein Lächeln.

„Ja, wen haben wir denn da?", säuselte die Ferdlstimme und beantwortete die Frage gleich selbst: „Den Herrn Journalisten! Das ist aber eine Überraschung!"

Es war natürlich keine, weil er ja ganz genau wusste, dass ich kommen würde. Die Ferdls dieser Welt drücken sich offensichtlich so aus. Er streckte mir gönnerhaft die Rechte entgegen, und ich schüttelte sie dankbar. Fette Qualle, dachte ich. Aber schließlich war ich es ja, der etwas von ihm wollte.

Ferdl winkte der Sekretärin während des Schüttelns mit der freien Hand zu. „Keine Telefonate, verstanden? Und bringen Sie uns etwas zu trinken." Er ließ meine Hand los und legte den Arm um meine Schultern. „Was soll's sein, Kaffee, Wasser, Wein?" Endlich wieder das Ferdllachen. Ohne Wüste dröhnte es jedoch nicht.

„Mineralwasser", sagte ich, „ich bin mit dem Auto unterwegs!"

Der Arm ließ mich los, die fette Ferdlhand schob mich zur Seite. „Wasser ist für Kühe", polterte er und hob den Zeigefinger. „Bringen Sie uns eine Flasche von diesem Welschriesling, den südsteirischen. Der Herr ist nämlich aus Graz."

Das Ferdlbüro war noch wuchtiger als Ferdl selbst. Ein gewaltiger Schreibtisch vor einer gewaltigen Fensterfront. Die nicht verglasten Wände waren mit Fotos von gewaltigen Bauten aller Art behängt.

Er führte mich zu einer Sitzgarnitur aus weichem Leder und drückte mich auf ein beigefarbenes Sofa, das jenem gegenüberstand, in dem er sich selbst genüsslich versenkte.

„Schön hast du es hier", konnte ich gerade noch sagen, dann war die Sekretärin wieder da und stellte ein silbernes Tablett auf den blitzblanken Glastisch. Eine Flasche Welschriesling, tatsächlich ein Spitzenprodukt aus meiner Heimat. Sie schenkte ein und ging. Ferdl grinste glücklich und hielt mir sein Glas entgegen.

Ich grinste zurück und ließ die Gläser klingen. Der Wein war hervorragend und hatte natürlich exakt die richtige Temperatur. Mein Gott, Ferdl! Welch armer Wurm warst du doch dort draußen in der Wüste. Ein schwitzendes, schimpfendes, unbedeutendes Nichts.

„Was verschafft mir die Ehre?", fragte er jetzt.

Ich hatte ihm am Telefon nur gesagt, dass ich auf der Durchreise sei und es nett wäre, wenn wir uns treffen könnten, weil es da etwas gebe, was ich mit ihm zu besprechen hätte.

„Bobby", sagte ich.

Er warf mir einen ungläubigen Blick zu. „Bobby ist tot", erwiderte er, „da gibt's nichts mehr zu reden."

„Oh doch", antwortete ich lächelnd, „da gibt es noch eine ganze Menge zu reden. Ein großes schwarzes Loch. Wir alle stehen davor und schauen hinab. Es besteht aus Fragen, und wir suchen nach Antworten. Du tust es genauso wie ich und die anderen. Wenn du das Gegenteil behauptest, dann lügst du!"

Ferdls Augen weiteten sich. „Was soll der Blödsinn?“, fragte er. „Die Sache ist abgeschlossen, gegessen, ein für alle Mal. Er ist tot, und damit basta. Was willst du? Siehst du Gespenster?“

Er hatte unbewusst das richtige Wort benutzt.

Ich nickte. „Genau darum geht es. Um die Gespenster. Sie stecken in jedem von uns, und wir können sie nur vertreiben, wenn wir darüber reden. Ich hab’s mit Max getan, mit Marlene und mit Rhonda. Morgen treffe ich Jess und dann Klaus. Wir müssen reden! Es kommt wieder, immer wieder. Das weißt du genau. Bobby war dein Freund, der einzige, den du in der Gruppe gehabt hast. Du kannst mir nicht weismachen, dass dir sein Tod egal ist. Irgendeiner hat ihn umgebracht. Und es war vielleicht einer von uns.“

Ferdl griff nach dem Weinglas. Er trank es in einem Zug leer. „Wie kommst du darauf, dass er mein Freund war?“

Ich versuchte das Ferdllachen nachzumachen. Irgendwie gelang es mir sogar. „Mit dir hat er mehr Zeit verbracht als mit Jess. Er hat dir geholfen, hat dich auf die Berge und durch den Sand geschleppt. So etwas tut man entweder aus Freundschaft oder weil man dafür bezahlt wird. Und ich nehme nicht an, dass Bobby auf deiner Lohnliste stand.“

Der dicke Mann zögerte. Ich wusste, dass es ihm jetzt Leid tat, mich empfangen zu haben. Er griff nach der Flasche und füllte sein Glas. Er schloss die Augen und trank dann doch nicht daraus.

„Ich weiß, was ihr von mir gedacht habt“, sagte er, „und es war mir egal. Der ganze Psychokram war mir egal, ihr alle wart mir egal. Ich wollte es nur so schnell wie möglich hinter mich bringen. Überleben, verstehst du? Max hat mir etwas völlig anderes vorgegaukelt und ist dann nur mit seinen stupiden Motivationssprüchen gekommen. Der Mann ist ein Trottel.“

Bobby. Irgendetwas hatte die beiden verbunden, von dem ich noch keine Ahnung hatte. Ich wollte es wissen, spürte jedoch, dass es noch zu früh für die entscheidende Frage war. Deshalb stellte ich eine andere. „Du hast den Trip gehasst. Aber warum hast du dich dann mit uns durch die Wüste gequält?“

Das Ferdllachen. Und diesmal war sogar etwas vom alten Dröhnen dabei. „Ich kann mir vorstellen, dass ihr euch das Maul darüber zerrissen habt. Der fette Trottel hat hier nichts verloren! Doch der fette Ferdl hat durchgehalten bis zum Ende. Schritt für Schritt, Schweißtropfen für Schweißtropfen, Fluch für Fluch. Ich habe es euch allen gezeigt!“

„Warum?“, fragte ich nochmals.

Die dicke Hand griff nach dem vollen Weinglas, und diesmal trank er daraus. Genüsslich. „Mein Ferdinand hat mir die Reise zum Sechzigsten geschenkt. Wegen der Stressbewältigung. Schwierige Zeiten mit der Firma. Wir waren beinahe bankrott. Dann haben wir uns wieder mühsam hochgekämpft. Ich war überarbeitet, der Körper war fertig, der Kopf war leer. Er hat es gut gemeint!" Ein tiefer Ferdlseufzer. „So, jetzt weißt du es. Ich weiß nicht, warum ich es dir überhaupt erzählt habe."

„Weil es dich erleichtert", sagte ich, „weil ich mit deiner Branche nichts zu tun habe, dir geschäftlich in keiner Weise schaden kann. Weil ich mit dir in der Wüste war und dort mit dir etwas erlebt habe, was einzigartig war. Und weil wir beide daran interessiert sind, die Wahrheit über Bobbys Tod zu erfahren."

Ferdl ignorierte den letzten Teil. „Wenn ich gewusst hätte, was dieser verdammte Max tatsächlich mit uns vorhat, dann hätte ich den Wüstentrip nie mitgemacht", meinte er.

Ich schüttelte den Kopf. „Stimmt nicht, Ferdl. Gib doch zu, dass du heute stolz darauf bist, es geschafft zu haben. Dass es eine Leistung war, die sich mit deinen geschäftlichen Erfolgen nicht vergleichen lässt. Dass du einen inneren Schweinehund besiegt hast, der größer war als dein ganzes verdammtes Firmengebäude. Vielleicht war der Wüstentrip das Größte, was du jemals getan hast."

Er lächelte stolz. „Der dicke Ferdl hat's geschafft."

Hatte er. Der dicke Ferdl hatte es sogar bis auf den Gipfel des Berges geschafft, der alles andere überragte. Djebal Mama – der Berg der Mutter.

Der Aufstieg hatte alle außer Max und Bobby an die physische Grenze getrieben. Mein Atem ging schwer, der Schweiß troff mir in die Augen, alles an mir war klatschnass.

Der Himmel war unglaublich blau und die Luft so klar, dass man bis ans Ende der Ferne sehen konnte. Berge, Täler, Steine und Sand. Nur Goldgelb, alle Brauntöne, dazu Grau und Schwarz, und trotzdem war es ein gewaltiges Farbenspiel, das mich umgab. Ich stand vor dem größten Gemälde der Welt. Nein, ich schwebte über ihm und durfte es von oben betrachten. Eigentlich war ich ein Teil davon. Ich starrte und staunte.

Den anderen muss es wohl ähnlich ergangen sein, denn alle schwiegen wie ich. Selbst Ferdl gab nach dem anfänglichen Jubelgeschrei keinen Laut mehr von sich.

„Es war der härteste Tag", sagte ich, „aber für mich war's der schönste. Ich hätte nie gedacht, dass es jeder von uns bis auf den Gipfel schafft."

Er grinste. „Mit uns meinst du wohl mich. So ist es doch, oder?"

Ich schüttelte den Kopf. Zurück zum Thema. „Die Sache mit Bobby", begann ich, „jeder hat sich gefragt, wie es dazu gekommen ist, dass ihr beide euch gefunden habt. Dicke Kumpel. Ich behaupte jetzt einmal, dass du absolut nicht sein Typ warst. Er, der Sunnyboy, der Frauentyp, der Mann mit dem perfekten Körper, ein Blender, vielleicht sogar ein Hochstapler. Und du. Beinharter Geschäftsmann, keiner von den Sportlichen, Einzelgänger, meistens missmutig, nörgelnd, kein Interesse daran, von der Gruppe geliebt zu werden. So habe ich es jedenfalls empfunden. Und ich glaube, die meisten anderen auch. Wie Jess die Situation gesehen hat, weiß ich nicht. Aber ich werde sie noch fragen. Jedenfalls hat Bobby mehr Zeit mit dir verbracht als mit ihr."

Während ich sprach, hatte sich die Haut auf seiner Stirn zu Zornesfalten zusammengeschoben.

„Rede doch nicht so geschwollen um den Brei herum, du übergescheiter Besserwisser. Ich habe genau verstanden, was du sagen willst. Ich, der Ferdl, bin eine Schwuchtel, die sich Bobby für besondere Wüstenspiele gekauft hat. War es nicht das, was du sagen wolltest?"

Der Gedanke an einen schwulen Ferdl war mir bis jetzt nicht gekommen. Aber warum nicht weiterbohren? „Alles ist möglich", meinte ich und unterdrückte ein Grinsen.

Zu den Falten kam Zornesröte. Ferdls Stimme wurde noch lauter. Der dicke Zeigefinger stach über den Tisch bis knapp vor meine Herzgegend. „Ich habe dich von Anfang an nicht leiden können", sagte er schnaubend, „Hungerleider, die glauben, etwas Besseres zu sein, nur weil man ihre Schmierereien in den Zeitungen lesen kann, haben mich schon immer angekotzt. Eingebildetes, verlogenes Pack! Ich habe deine Geschichte gelesen. Und geglaubt, dass damit Schluss ist mit dem ganzen verdammten Wüstengequatsche. Und jetzt tauchst du bei mir auf, in meinem Büro und schimpfst mich eine Schwuchtel …"

„Halt!", rief ich und hob beide Hände. Ferdl starrte mich an, zögerte einen Augenblick. „Das mit der Schwuchtel hast du gesagt", sagte ich beschwichtigend. „Ich habe nur nach einer Erklärung für das innige Verhältnis zwischen dir und Bobby gesucht."

Die Falten glätteten sich, die Augen wurden wieder größer.

„Es ist okay, dass du mich nicht leiden kannst", sagte ich, „vielleicht habe ich mich draußen in der Wüste dir gegenüber auch mies benommen. Ich weiß es nicht. Ich habe meinen Job gemacht, und der hat darin bestanden, Material für eine Geschichte zu sammeln, die die Max-Reisen in ein möglichst positives Licht rückt. Doch jetzt suche ich, stellvertretend für alle anderen, Antworten auf Fragen, die jeden von uns bewegen. Es geht um die Wahrheit. Nicht unbedingt um so genannte Gerechtigkeit. Es geht um den innerlichen Schlussstrich. Wer, was, wie, warum. Und dabei musst du mir helfen. Mir, allen anderen und vor allem auch dir selbst. Damit du endlich wieder ruhig schlafen kannst."

Eine lange Rede. Ich hatte Ferdl beobachtet, seine anfängliche Ungeduld gesehen. Doch er hatte zugehört, ohne mich zu unterbrechen.

„Er wollte mit mir Geschäfte machen", sagte er schließlich.

Ich nickte. Er wartete. Ich wartete. Die Weinflasche war leer.

„Karin!", brüllte Ferdl, und Karin mit der rauchig erotischen Stimme erhielt den Befehl, für Nachschub zu sorgen.

Schweigen, bis Karin die neue Flasche brachte. Ferdl füllte die Gläser.

„Bobby", erinnerte ich ihn.

Er nickte. Wir tranken.

Ferdl blickte mich an. Die Augen waren klein. Listig. „Bobby war auch ein Geschäftsmann", sagte er, „mit einem erfolgreichen Fitnessstudio in Wien. Und er wollte mehr. Sein Konzept war genial. Viele Studios. In Salzburg, Linz, Innsbruck und Graz. Wir hätten Partner werden können."

„Ihr habt über Geschäfte geredet?", fragte ich. Ich hatte mir auf der Suche nach Gemeinsamkeiten zwischen den beiden den Kopf zermartert, dabei war die Antwort so simpel. Klar, das Geld war's! Geschäfte! Bobby hatte Ideen, Ferdl war der potenzielle Zahler.

Jetzt, wo ich begann, Ferdl etwas besser kennen zu lernen, ahnte ich, dass es gerade die Provokation war, die ihn zum Reden brachte. Beim ungewollten Schwulenthema hatte es bestens funktioniert. „Fitnessstudios gibt's inzwischen wie Sand am Meer", sagte ich. „Hast du dir schon überlegt, dass Bobby vielleicht bankrott war und nur ein williges Opfer gesucht hat?"

Ferdls Gesicht sagte mir sofort, dass ich ihn bei seiner Ehre als Geschäftsmann gepackt hatte. Die Röte schoss zurück, die Augen wurden wieder kleiner. „Ich bin doch kein Idiot", zischte er, „wenn ich von Geschäft rede, dann meine ich auch Geschäft. Und das mit Bobby wäre eines geworden, da kannst du Gift darauf nehmen."

Die Ruhe und Gelassenheit der Wüste. Ich besaß sie in diesem Augenblick wieder, und sie machte mich überlegen. Ich lächelte gelassen und schüttelte den Kopf. „Ein Fitnessstudio? Das große Geld? Du willst mich wohl auf den Arm nehmen!"

Die dicken Arme lagen vor ihm auf dem Tisch, und ich sah, wie sich die Fäuste ballten. „Frauen“, rief er, „in Bobbys Fitnessstudio ging es nicht nur um Muskeln, sondern vor allem um Frauen! Du trainierst, und danach gehst du in die Sauna, es gibt auch spezielle Massageräume und gemütliche Ruhezimmer.“

„Fitnesspuffs“, stellte ich fest.

„Genial“, sagte Ferdl und wirkte erlöst, weil ich die Sache offensichtlich auf Anhieb richtig verstanden hatte.

„Und du wolltest sein Partner werden?“

„Wir haben darüber geredet“, meinte er.

„Und dann hat ihn jemand erdrosselt“, stellte ich fest.

Ferdl nickte. Kein Bedauern. Nur ein Nicken.

„Wenn er jetzt noch leben würde“, fuhr ich gelassen fort, „dann wärt ihr jetzt Partner. Fitnesspuff & Co. oder so ähnlich.“

„Wenn, wenn, wenn“, sagte er aufbrausend, „wenn meine Oma ein Schwanzerl hätte, dann wäre sie mein Opa … Es ist nicht passiert, und damit Ende!“

Ich nickte.

Er schwieg. „Fitnessoase“, sagte er dann, „so hätte die Sache geheißen.“ Es klang irgendwie versöhnlich.

Ich stand auf. „Und das Gesetz?“, fragte ich. „Kann man in diesem Land einfach daherkommen und ein Fitnessstudio aufmachen, das in Wahrheit ein Puff ist?“

Ferdl zuckte mit den Schultern. „Bobby hat gemeint, dass es damit keine Probleme geben würde. Er hätte die nötigen Kontakte. Aber das ist jetzt ja auch egal.“

Klar. Bobbys Projekt war mit ihm gestorben.

Er begleitete mich zur Tür. Bevor er sie öffnete, stellte ich ihm eine letzte Frage. „Die Visionssuche“, sagte ich, „du erinnerst dich noch, die letzte Nacht in der Wüste, in der Bobby umgebracht worden ist …“ Er hatte die Hand an der Klinke, aber er drückte sie nicht nach unten. „Wo warst du da?“

„Der Visionskram hat mich überhaupt nicht interessiert. Ich bin nur so weit weg, dass mich keiner mehr gesehen hat. Max nicht und die Beduinen nicht und keiner von euch. Dort hab ich mich in meinen Schlafsack verkrochen. Dann hat's geregnet, ich habe meine Sachen zusammengepackt und bin ins Lager zurück. Unter den großen Felsen. Da war's etwas trockener. Max und die Beduinen haben nichts davon bemerkt. So war es. Okay, ich habe die Regeln nicht eingehalten. Was hat es euch gebracht? Nass seid ihr geworden.“ Ferdl lachte. „Und jeder von euch hat seine Vision gefunden! Dafür beneide ich euch wahrhaft. Werdet glücklich mit ihr!“

Jetzt drückte er die Klinke hinunter, und ich folgte ihm hinaus. Die rauchige Stimme verabschiedete sich höflich von mir. Ferdl nicht. Er nickte mir nur zufrieden zu, als ich sein protziges Haus verließ.

Jess

Im Auto von Salzburg nach Wien zog ich wieder einmal Bilanz. Mutter und Tochter. Marlene und Rhonda. Da war alles möglich – und gar nichts. Beide hatten Bobby benutzt, und beide waren von Bobby benutzt worden. Wenn Bobby, Marlene und Rhonda einander in einer Stadt begegnet wären, sagen wir einmal in Wien oder in München, dann hätten ihn die beiden Frauen wahrscheinlich keines Blickes gewürdigt. Es war die Wüste, die ihn für sie interessant gemacht hatte. Bei Bobby war es wohl ähnlich gewesen. Ein Motiv? Wohl kaum.

Und Ferdl? Fett, reich, unsympathisch, das ist mir erst wirklich klar geworden, als ich aus seinem Büro gegangen bin. In der Wüste war er trotz allem einer von uns. Jeder hilft jedem. Jeder ist für jeden da. Auch für solche, die am Sinn der Reise zweifeln. Gerade für solche. Eine Kette zerbricht am schwächsten Glied. Stärke es, und die Kette wird halten.

Ich dachte über Bobbys Geschäftsidee nach. Ferdl hatte ziemlich klar gesagt, dass es hauptsächlich die gemeinsamen Geschäftsinteressen gewesen waren, die ihn mit Bobby verbunden hatten. Zukünftige Partner! Und dann doch kein Geschäft.

Demnach war Ferdl ein Geschädigter. Kein Motiv.

Jess.

Jess besitzt den perfekten Frauenkörper. Und doch war sie nie mehr für mich gewesen als ein Bild zum Anschauen, vielleicht sogar zum Bewundern. Ich hatte Jess nie begehrt. Auch nicht damals, als Jess und ich zusammen während eines halben Marschtages auf einem Kamel reiten durften. Ein Bonus, den Max uns gewährt hatte.

Radwan, der fürsorglichste Beduine, hatte das stärkste Tier für mich ausgesucht.

Die Tiere lagen ahnungslos im Sand. Der plumpe Körper, der

schlanke Hals. Augen geschlossen, scheinbar schlafend. Wenn Kamele ruhen, dann gleichen sie Statuen, archaischen Monumenten, die ein Teil der Wüste sind, immer schon da waren.

Das ändert sich jedoch in jenem Moment, in dem der Mensch dem Tier signalisiert, dass die Zeit der Ruhe vorbei ist und die der Beladung beginnt.

Jetzt wird das Kamel zur leidenden Kreatur. Es beginnt zu stöhnen, zu ächzen, der Hals windet sich, der Kopf wehrt sich, in ihren Augen stehen Angst und Panik, die Lippen entblößen gelbe Zähne, schaumiger Speichel tropft in den Sand.

Der Unwissende, der dieses Schauspiel zum ersten Mal erlebt, empfindet unwillkürlich tiefes Mitleid mit dem gequälten Tier. Vielleicht auch Angst vor den mächtigen Beißwerkzeugen, die ihn anfletschen. Ich weigerte mich aufzusteigen. „Das Tier wird zusammenbrechen“, sagte ich. Radwan lächelte höflich. Er nahm mich an der Hand und zog mich zum Kamel. „Zu schwer“, sagte ich und klopfte mit der freien Hand auf meinen Bauch.

Radwan schüttelte den Kopf. Er hatte mein Englisch offensichtlich verstanden, nicht aber den Sinn meiner Worte. Kamele tragen Lasten, ich war eine Last, das Kamel würde mich tragen. Also rauf! „Es ist ein gutes Kamel“, sagte er, „das stärkste. Es hat schon dreihundert Kilo und mehr getragen.“

Ich kletterte in den Holzsattel. Er war hart und eng.

Max stand neben mir. Er grinste. „Ich hab’s acht Wochen lang durchgemacht, damals als ich die Salzkarawane durch Niger bis in den Tschad begleitet habe.“ Er trat einen Schritt zurück und schaute zu, wie Radwan mein Reittier auf die Beine brachte. Der Beduine zog am Strick, der mit dem Kamelkopf verbunden war.

Mit Grunzen, Stöhnen und Ächzen begann es die Hinterbeine zu strecken, das Heck meines Transportmittels schoss in die Höhe, ich wurde nach vorn in eine lächerlich hilflose Pose geschleudert, klammerte mich verzweifelt an allem Haltbaren am Kamelrücken fest, dann folgten die Vorderbeine, und ich wurde zurückgeworfen. Als ich meine Balance wieder gefunden hatte, hockte ich hoch über dem Wüstenboden, und das Kamel begann, sich mit langsamen, majestätisch ruhigen Schritten vorwärts zu bewegen.

Das Wüstenschiff. Und ich war sein Passagier. Es war kein unangenehmes Schaukeln, und mein Körper machte bald völlig ungezwungen die runden, sanften Bewegungen mit.

Jess und ich waren natürlich rascher am Ziel als die Geher. Während des Rittes hatten wir kaum geredet. Ihr Körper und seine wiegenden Bewegungen hatten mich fasziniert. Drahtig, sportlich, beinahe erotisch.

Im Lager hatten wir uns zuerst ein schattiges Plätzchen gesucht, uns dort niedergelassen, ordentlich Wasser getrunken und dann den Beduinen beim Abladen der Kamele zugeschaut. Auch dabei hatten wir kaum geredet.

Es war nach dem Tag gewesen, an dem ich Rhonda und Bobby hinter der Düne ertappt hatte. Ich erinnerte mich daran, dass mich dieser Vorfall gehemmt hatte. Ich hatte etwas gesehen, was ich ihr nicht erzählen konnte oder wollte.

Jess hatte mehrmals Filme erwähnt. „Lawrence von Arabien", aber auch andere, neuere, deren Titel ich vergessen habe. „Es war wie im Film", hatte sie mehrmals gesagt. Mit träumerischen Augen. Es war eine Euphorie, die ich nie zuvor bei ihr bemerkt hatte.

Ich grübelte. Worüber hatten wir noch geredet? Kein Wort über Bobby. Sie hatte über Filme gesprochen. Dass sie Schauspielerin werden wollte. Und dass ihr Bobby dabei helfen würde. Dass Bobby der Einzige war, der an sie und ihr Talent glaubte.

War's so? Bildete ich mir das ein? Und wenn es so war, spielte es eine Rolle in meiner Geschichte?

JESS hatte mir am Mobiltelefon gesagt, dass ich im Fitnessstudio, in dem sie jetzt als Trainerin arbeite, vorbeikommen könne. Sie sei dort von zwölf Uhr mittags bis abends um acht.

Ich fand die Adresse auf dem Stadtplan. Am Empfang wies man mich lächelnd zu einem Tisch neben der Fitnessbar. Es roch nach allen Duftkräutern der Welt und nach einem kaum wahrnehmbaren Hauch von menschlichem Schweiß. Sanfte Klänge lullten mich ein. Ein Wohlfühlort. Zum Glück gab es auch Bier, und ich trank ein Glas.

Dann kam Jess. Jeans, knappes T-Shirt, nasses Haar, blond, kurz und borstig. Es war nicht die Sinai-Jess, die ich erwartet hatte. Die Frau, die vor mir stand, wirkte größer, selbstbewusster. Jess lächelte. *„Long time no see"*, sagte sie und setzte sich.

Ein paar Männer warfen mir neidvolle Blicke zu. Jess war eine Wucht.

„Der Mann aus der Wüste", sagte ich.

Sie nickte. „Ich habe deine Geschichte gelesen."

Ich zuckte mit den Schultern. „Und?"

Sie presste die Lippen zusammen, schob nachdenklich den Unterkiefer vor und ließ mich ein paar Sekunden lang warten. „Okay", sagte sie dann und begann langsam zu nicken.

„Was okay?", fragte ich. „Das mit den Beduinen?"

Sie nickte weiter.

Ich schüttelte den Kopf. „Und wenn es nicht die Beduinen waren, sondern einer von uns?"

Jess zog die Augenbrauen zusammen.

Ich ahnte, dass ich zu weit gegangen war und Gefahr lief, in einer Sackgasse zu landen. Jess war anders.

Ich hob entschuldigend beide Hände. „Tut mir Leid! Die Sache ist für mich einfach noch nicht abgeschlossen. Sie spukt in meinem Kopf weiter herum."

Sie zögerte einen Augenblick lang, dann nickte sie. „In meinem auch!"

Bingo!

Wir verließen das Fitnessstudio und gingen in einen Heurigen, der einem Freund ihres Vaters gehörte. Der Wirt hieß August und drückte Jess zur Begrüßung zwei Küsse auf die Wangen.

Ein Akkordeonspieler bemühte sich, angemessene Stimmung in den verrauchten Raum zu bringen.

Sie bestellte. Selbstverständlich Wein. „Prost!", sagte sie lächelnd, und unsere Gläser trafen sich freundschaftlich.

„Gemütlich", sagte ich, doch es war nicht ganz ehrlich gemeint. Die Wiener Heurigenatmosphäre war mir immer schon zu gekünstelt gewesen. Das echte, ursprüngliche Wien war schon längst tot. Man hatte es an die Touristen verkauft. Für Jess war auch ich ein Tourist. Deshalb hatte sie mich wohl hierher gebracht.

„Denkst du noch oft an ihn?", fragte ich.

Sie nickte. Ihr Gesicht war ernst, ich sah jedoch keine Trauer. „Irgendwie arbeite ich sogar noch für ihn. Der Laden, in dem wir uns getroffen haben, war einer von seinen. Sein Partner führt das Geschäft jetzt weiter. Aber Bobby ist noch da. Ich weiß nicht, ob du das verstehst."

„Natürlich", sagte ich, „es ist ja nicht allzu lange her."

Sie freute sich und nickte eifrig. „Manchmal kommt es mir vor, als wäre das Ganze erst gestern geschehen. Er kann doch nicht tot sein, denke ich mir. Die Tür wird aufgehen, und er wird hereinkommen. Er war so irrsinnig stark, hatte so viele Pläne, hat alles um sich herum kontrolliert. Bobby war einer, der eigentlich unsterblich war. Verstehst du mich?" Sie kniff die Augen zusammen und blickte mich an.

Ich zögerte. Ich hatte den lebenden Bobby kaum gekannt. Seit er tot war, hatte ich viel mehr über ihn erfahren.

„Klar“, sagte ich, „du hast ihn geliebt. Und du vermisst ihn.“

Sie rollte die Augen, zuckte mit den Schultern. „Liebe? Was ist das schon? Ein Wort, nicht mehr. Ich liebe meinen Hund, ich liebe meinen Job, ich liebe Weißwein.“ Sie hob ihr Glas.

„Stimmt“, gab ich ihr Recht, „man treibt viel Schindluder mit diesem Begriff.“

Sie nickte. Der Akkordeonspieler bewegte sich auf unseren Tisch zu, ich winkte ihn weg. „Der heißt Arnold wie der Schwarzenegger“, sagte Jess kichernd und rief ein „Sorry, Arnie, komm später wieder!“ in seine Richtung. „Müssen wir so ernst sein?“, fragte sie mich.

Sie hatte sich offenbar ganz auf einen feuchtfröhlichen Heurigenabend mit ihrem Touristengast aus Graz eingestellt.

Ich nicht. „Natürlich nicht“, meinte ich grinsend und bestellte bei einem vorbeieilenden Kellner eine weitere Runde.

Jess funktionierte über den Alkohol. Nach ihrer siebten Weißweinschorle legte sie los. „Bobby war im Grunde genommen eine Ratte“, sagte sie mit schwerer werdender Zunge, „das weißt du ja selbst. Er war eine stinkende, selbstsüchtige, geldgierige Ratte!“

„Ich hab ihn kaum gekannt“, antwortete ich vorsichtig und mit einigermaßen klarem Kopf. Ich hatte zwei Weinschorlen ausgelassen.

„Er hat das gut versteckt. Immer der Sunnyboy! Und trotzdem … Er hat es dem eingebildeten Pack gezeigt. Wenn er etwas nicht ausstehen konnte, dann waren es hochnäsige Schnösel wie dieser Grazer Kleinstadtpolitiker. Klaus! Erinnerst du dich daran, wie er ihn oben beim Labyrinth bloßgestellt hat? Ganz klein ist der Kerl geworden. Und er hat vor Wut gekocht. Oder dieser Max?“ Sie kicherte. „Der große Herr Wüstenfuchs ist mit seiner ständigen Besserwisserei bei Bobby total abgeblitzt. Und dieser ach so würdige Scheich … Für Bobby waren diese arabischen Kittelträger faule Nichtstuer. Hochnäsige Bettler. Er hat sie verachtet.“

Ich schaffte es, geduldig zu bleiben. „Du hast doch selbst gesagt, er sei eine Ratte gewesen“, sagte ich.

Sie zog die Augenbrauen zusammen und hob abwehrend eine Hand. „Das ist etwas ganz anderes. Das war zwischen ihm und mir.“ Sie lächelte. „Er war mein Chef. Und manchmal bin ich auch in sein Bett gehüpft. Wir waren nie richtig liiert, wie man so schön sagt.“

„Und der Wüstentrip?“, fragte ich. „War ein Bonus für treue Dienste?“

Zu meiner Überraschung wurde sie nicht wütend, sie schmunzelte sogar. „Er wollte eben ein Häschen dabeihaben. Einer wie er braucht das."

Ich bestellte noch eine Runde. „Dann hat es dich auch nicht gestört, dass er in der Wüste unter jeden anderen weiblichen Kittel geschaut hat?"

Jess richtete sich auf. „Schau mich an! Da siehst du doch etwas. Eine Frau, richtig! Um Klassen schöner als die anderen Weiber, die dabei waren. Jeder von euch Männern hätte mich dort draußen gerne flachgelegt. Aber ich habe ja Bobby gehört. Er hat mich als Aufputz mitgenommen. Er wollte mit mir brillieren wie mit einer goldenen Rolex. Und ich habe gewusst, dass er eine Ratte ist …" Bei den letzten Worten hatte sie beinahe geschluchzt.

„Er hat dich gedemütigt", sagte ich, „das tut mir Leid!"

Schweigen. Dann schluchzte sie.

„Er hat dir etwas versprochen."

„Er hat mir viel versprochen", antwortete sie, „sehr viel!"

„Er hat versprochen, dir zu helfen, Schauspielerin zu werden", behauptete ich. Es war ein Schuss ins Blaue.

Jess erstarrte. „Woher weißt du davon?"

Ich lächelte. „Du hast es mir selbst gesagt. Nach unserem Kamelritt. Erinnerst du dich nicht mehr daran? Wir haben im Schatten gehockt. Nur wir beide. Und wir haben geredet."

Sie nickte.

„Und deshalb hast du ihn auch in die Wüste begleitet, habe ich Recht?"

Ich hatte Recht. Sie nickte wieder. In diesem Augenblick, inmitten des rauchigen Heurigenlärms, machte die Erinnerung an unser einziges längeres Wüstengespräch uns plötzlich wieder zu den Vertrauten von damals.

Jess begann zu reden. „Eigentlich müsste ich ihm dankbar sein", sagte sie leise, „es war wirklich eine außergewöhnliche Reise. Nie und nimmer hätte ich gedacht, dass die Wüste so cool sein kann. Aber am zweiten Tag hat er mir gesagt, dass es lediglich eine Geschäftsreise sei. Er wolle den dicken Ferdl als Partner gewinnen, ich solle mich um Klaus kümmern. Klaus sei in Graz als Politiker für die Genehmigungen zuständig, die Bobby für sein Geschäft brauchen würde. Das ginge nur, wenn Klaus ein Auge zudrückte. Dafür sollte ich sorgen. Wenn nötig, wollte Bobby etwas nachhelfen. Ein paar Fotos von Klaus und mir …"

„Du hast es nicht getan", stellte ich fest.

„Vielleicht hätte ich es sogar getan, wenn da nicht die anderen Weiber gewesen wären. Wenn er sich nicht ständig bei einer von ihnen angebiedert und mich in euren Augen zum Trottel gemacht hätte. Das hat echt wehgetan. Und irgendwann habe ich es Bobby gesagt. Ich bin mir fast sicher, dass es die Nacht nach jenem Tag war, an dem er Klaus zum ersten Mal öffentlich lächerlich zu machen versucht hatte. Weil er sich so sicher war, dass ich die Sache längst für ihn in der Hand hatte. Er war plötzlich da. Es war unglaublich schön, und er war beinahe zärtlich. Danach haben wir eng umschlungen dagelegen, und da habe ich es ihm gesagt. Dass er mein Mann sei und dass ich das mit Klaus nicht tun könne.“ Ihre Augen waren traurig. „Er ist einfach aufgestanden und weggegangen“, fuhr sie nach einer Weile fort. „Kein böses Wort, keine Ohrfeige, nichts. Natürlich ist er nachts nie mehr zu mir gekommen, tagsüber ist zwischen uns alles beim Alten geblieben. Bis auf die Blicke. Warte nur, abgerechnet wird zu Hause! Er hat es nie gesagt, doch ich habe es gespürt. Es war eine Drohung, und sie hat mir Angst gemacht.“

Ich beschloss, dass es Zeit war, wieder einmal die Schockfrage zu stellen. „Hast du Bobby umgebracht?“

Jess hob langsam den Kopf und starrte mich stirnrunzelnd an. „Blödsinn“, sagte sie ruhig, „ich war in der Visionsnacht meilenweit von Bobby weg und habe in dieser Nacht ganz sicher kein Interesse an einer Begegnung mit diesem Herrn gehabt. Warum?“, fragte sie.

Ich hob erklärend die Hände. „Weil es mir keine Ruhe lässt. Und weil ich ganz einfach die Wahrheit kennen will!“

Sie seufzte. Geduldig. „Aber die kennen wir doch“, sagte sie, „es waren die Beduinen. Das hast du doch selbst geschrieben. Und das glaubt auch die Polizei. Für die ist jeder von uns ein Millionär. Die haben Bobby umgebracht, weil sie sein Geld wollten. Dass er keines bei sich gehabt hat, war ihr Pech.“

Jess-Logik. Ich hätte es mir denken können. „Vielleicht war es so“, sagte ich, „vielleicht aber auch nicht.“

Sie lachte. „Warum sollte es einer von uns gewesen sein? Die zwei Tussis vielleicht? Die hat er doch bestens befriedigt. Max? Der kann es sich ja gar nicht leisten, dass ein Kunde von ihm ermordet wird. Schlecht fürs Geschäft. Oder der Politiker? Der hat ja gar nicht gewusst, was Bobby mit ihm vorhatte. Du? Wenn du es getan hättest, dann würdest du jetzt nicht so blöde Fragen stellen. Und ich?“ Sie schüttelte den Kopf. „Wahrscheinlich hätte er mir zu Hause eine geklebt, mich angeschrien. Vielleicht hätte er mich sogar gefeuert. Davor habe ich mich gefürchtet. Stimmt. Aber deshalb bringt man doch keinen Menschen um. Ich nicht. Das kannst du mir glauben."

Einer fehlte.

„Du hast den dicken Ferdl vergessen", sagte ich. Es klang wie ein Scherz. Sie lachte laut auf, und ich lachte mit.

„Bobbys dicker Kumpel. Die beiden würden heute doch fette Geschäfte machen, wenn Bobby noch da wäre. Ganz fette, das kannst du mir glauben, dickes Ehrenwort!" Sie fand ihre Wortspielerei so komisch, dass sie sich in einen Lachkrampf steigerte.

Ich lachte mit. Es war der Wein. Irgendwann war die Lacherei zu Ende.

„Mein Gott, ist das komisch!", stöhnte sie. „Den dicken Ferdl kannst du dir als Mörder aus dem Kopf schlagen", stellte sie fest, als sie sich wieder beruhigt hatte.

Ich nickte.

„Der Ferdl war wie Bobby", fuhr sie fort, „er hat genauso wenig von dem Wüstenpsychokram gehalten. Vor der Visionsnacht haben sie sogar vereinbart, sich zu treffen. Ferdl sollte Bobby nach einer Weile folgen, dann würde Bobby einen Jodler loslassen, um Ferdl den Ort anzuzeigen. Bobby konnte nämlich herrlich jodeln."

Der Jodler in der Wüste! Ich hatte mir über seinen Sinn den Kopf zermartert. Der Jodler hatte Ferdl gegolten. Er war eine Nachricht gewesen. Hier bin ich, komm her zu mir! Wahrscheinlich hatte mich Bobby gar nicht gesehen, oder er hatte nur mich gesehen und aus der Entfernung für Ferdl gehalten. Faktum war, dass mir Ferdl den Jodler und dessen Bedeutung verschwiegen hatte. Faktum war wohl auch, dass Ferdl der Letzte gewesen war, der Bobby lebend gesehen hatte.

Die beiden hatten sich verabredet. Wahrscheinlich wollten sie über ihre Geschäfte reden. Jess hatte es gehört. Und ich hatte keinen Grund, an ihren Worten zu zweifeln.

Jess hatte mir soeben die heißeste Spur auf der Suche nach dem Täter geliefert. Ferdl hatte mich und alle anderen belogen. Machte ihn das zum Mörder? Wo war das Motiv?

Und der Regen? Ferdl hatte zu mir gesagt, der Regen hätte ihn ins Lager zurückgetrieben. Der Regen hatte alle Spuren verwischt. Der Mord war vor oder während des Regens geschehen. Der Mörder hatte den Regen genutzt. Aber: Der Mörder hatte nicht ahnen können, dass der Regen kommen würde. Der Entschluss, Bobby zu ermorden, konnte erst gefasst worden sein, als es zu regnen begonnen hatte.

Noch hatte ich keine Ahnung, was ich mit meinem Wissen anfangen sollte. Es brachte mich im Grunde genommen keinen Schritt weiter. Es gab kein Motiv und keinen Beweis. Nur Ferdls Lüge.

Wir tranken noch zwei Weißweinschorlen und redeten über die Wüste. Ferdl kam nicht mehr vor. Auch Bobby nicht.

SEIT dem Abend mit Jess war Ferdl für mich in der Rangliste der Verdächtigen an die erste Stelle gerückt. Wirklich logisch begründbar war dies nicht. Wahrscheinlich war ich nur stolz darauf gewesen, eine vermeintlich detektivische Meisterleistung vollbracht zu haben und auf eine völlig neue Spur gestoßen zu sein. Ich wusste in Wahrheit nur, dass es vor dem Mord ein Treffen zwischen Bobby und Ferdl gegeben hatte. Ich wusste nicht, wie lange es gedauert hatte. Vielleicht hatte Ferdl Bobby schon verlassen, als der Regen gekommen war. Vielleicht war der Mörder erst danach gekommen.

Auf der Fahrt von Wien nach Graz hatte ich jedenfalls das Gefühl, einen großen Schritt weitergekommen zu sein. Vom Gespräch mit Klaus erwartete ich mir deshalb auch nicht mehr allzu viel. Aber der Termin war ausgemacht, und ich wollte es durchziehen. Der Vollständigkeit halber. Schließlich hatte ich ja die Absicht, dieses Buch zu schreiben. Der Leser sollte alles über unsere Wüstenreise und ihr fatales Ende erfahren.

Und Klaus war bisher nur am Rande vorgekommen. Dabei hatte er im ganzen Geschehen eine wichtige Rolle gespielt. Ich hatte ihn bis zu diesem Zeitpunkt sogar für einen potenziellen Täter gehalten.

Vor meinem Treffen mit Klaus war ich ziemlich fest davon überzeugt gewesen, dass ich mit Ferdl den Mörder gefunden hatte. Es fehlten mir nur noch das Motiv, Beweise und natürlich sein Geständnis. Darauf wollte ich von nun an hinarbeiten.

Aber der Mensch irrt. Und letztlich ist doch alles ganz anders gekommen.

LINDA wollte alles wissen, und ich erzählte es ihr. Chronologisch, so wie ich es in den letzten Tagen erlebt hatte. Zuerst von Marlene, dann Rhonda, dann Ferdl und schließlich von Jess.

„Ich glaube, du misst der Sache mit dem Jodler zu viel Bedeutung bei“, sagte sie, „wahrscheinlich, weil sie dich selbst irgendwie betrifft. Du hast ihn gehört, du hast Bobby gesehen, hast lange nichts damit anzufangen gewusst, dann kam plötzlich Jess mit ihrer Geschichte daher, und jetzt willst du etwas glauben, für das dir in Wahrheit alle Beweise fehlen. Sei vorsichtig, du könntest dich in eine Sackgasse verrennen.“ Linda. So war sie immer schon gewesen. Ausgesprochen logisch.

„Aber Ferdl war doch da, bei Bobby“, drängte ich, „vor dem Regen. Vielleicht auch während des Regens. Nur nicht mehr danach. Da war keiner mehr bei ihm, da war Bobby tot. Und weil es nun einmal kein Selbstmord war, muss ihn jemand umgebracht haben.“

Sie bewegte den Kopf. Es war kein Nicken, und es war kein Verneinen. „Und was ist, wenn Jess gelogen hat? Wenn der Jodler ihr gegolten hat? Sie hatte doch auch ein Motiv, richtig?“

Diskussionen mit Linda waren immer schon mühsam gewesen. Ich zog mich an meinen Computer zurück, um alles so niederzuschreiben, wie ich es erlebt hatte.

Irgendwie kam mir dabei Radwan in den Sinn. Radwan, der Fürsorgliche. Er war der Einzige gewesen, der mir zumindest ein kleines Fenster zur Welt unserer Beduinen aufgestoßen hatte. Wahrscheinlich weil er stolz darauf war, einige Brocken Englisch zu beherrschen und sie im Gegensatz zu seinen Stammesbrüdern auch anwenden wollte.

Während meines Kamelritts war dies nur sehr beschränkt möglich gewesen. Wenn Radwan beobachtet hatte, dass ich mit meinem Tier Probleme bekam, hatte er mir zugerufen oder bedeutet, dass ich kräftig an dem Strick in meiner Hand ziehen, dem Kamel brutal in die Flanken treten und mit der Zunge laute Schnalzlaute von mir geben sollte. Eine wirkliche Unterhaltung hatte es erst während unseres Marsches durch den White Canyon gegeben.

Es war der Tag nach der Oase und dem Sandsturm gewesen. Da die Schlucht, die wir bald nach dem morgendlichen Aufbruch erreicht hatten, viel zu eng für die Kamele war, hatte die Karawane einen anderen Weg nehmen müssen.

Obwohl Max das Gelände bestens kannte, hatte Abid darauf bestanden, dass Radwan als Führer mitkommen sollte.

Ich hatte zuvor schon beobachtet, dass zwischen Radwan und seinem Scheich ein besonderes Verhältnis zu herrschen schien. Obwohl Radwan der Jüngste in Abids Team war, schien es, als würde sich der mächtige Stammesoberste mit dem kleinen, schmächtigen jungen Mann im sandfarbenen Kittel sogar beraten. Ich hatte auch bemerkt, mit welcher Bewunderung und Hochachtung der Jüngere dem Älteren stets begegnete. Radwan war die nächste Generation, die zwar die Traditionen pflegte, den ausländischen Kunden gegenüber jedoch mit einer neuen Offenheit begegnete. Wahrscheinlich, so vermutete ich damals, würde Radwan einmal Abids Nachfolger als Touristenkarawanenführer werden. Jetzt sollte er die Gelegenheit erhalten, mehr über seine zukünftigen Schützlinge zu erfahren.

Das Tal, in das wir eindrangen, wurde immer enger. Links und rechts von uns türmten sich gewaltige Felswände auf. Wir kletterten über wuchtige Gesteinsquader oder zwängten uns mit angehaltenem Atem durch die Ritzen, die zwischen ihnen frei blieben. Und dann wieder Sand. Unendlich weich und tief und tatsächlich beinahe weiß. Die Sonne tauchte die Gesteinstürme in goldenes Licht.

Ich holte die Kamera aus dem Rucksack und eilte voraus. Radwan sah es und blieb an meiner Seite. Wir entfernten uns von der Gruppe, die hinter uns stapfte und staunte, und bald war nur noch Stille um uns. Kein Windhauch störte die archaische Einsamkeit, die uns umgab. Unsere Schritte und unser Atem. Sonst nichts. Die absolute Ruhe. Ich schoss Foto um Foto, und Radwan schaute mir dabei zu. Als ich ihn darum bat, stellte er sich sofort geduldig als Fotomodell zur Verfügung. Einsamer Beduine, ernster Blick, steinerne Unendlichkeit.

Es dauerte eine halbe Stunde lang, bis die anderen nachkamen. Wir redeten, und ich erfuhr, dass Abid sein Onkel war und dass sein Stamm einer der geachtetsten im Sinai ist. Max sei ein guter Mann, ein langjähriger Freund des Stammes. Er hätte fast immer gute Menschen hierher mitgebracht. Menschen, die die Gastfreundschaft der Beduinen respektieren würden. Denn darum ginge es ihm und den anderen in erster Linie. Nicht so sehr um das Geld, das würden sie zweifellos auch brauchen. Der Stamm besitze zwar viele Kamele und Ziegen, aber die Zeiten hätten sich geändert.

Auch ein Beduinenstamm würde heute ein Bankkonto benötigen. Ersparnisse für die harten Zeiten. Abid hätte das längst erkannt. Warum sollte er es Fremden nicht ermöglichen, sein Land kennen und schätzen zu lernen? Die Gastfreundschaft sei den Beduinen im Sinai immer schon heilig gewesen. Als Gegenleistung erwarte man allerdings Respekt.

Selbst ich hatte bis zu diesem Zeitpunkt das, was die Beduinen für uns während des Wüstenmarsches getan hatten, eher als Dienstleistung empfunden.

Radwan hatte mir eine andere Perspektive eröffnet. Es war Gastfreundschaft. Und das, was Max ihnen dafür bezahlte, war ein Geschenk. Wüstenvölker sind zu stolz, um Diener zu sein.

Ich fragte ihn nach unserer Gruppe, und er rümpfte die Nase. Dann ging ein breites Grinsen über sein Gesicht, und er klopfte mir auf die Schulter. „Du bist okay, ein guter Mann!“

Radwan hatte mir noch erzählt, dass er gerne studieren würde. In Kairo oder in Europa. Dafür würde dem Stamm jedoch das Geld fehlen. Und die Ägypter hätten wenig Interesse an gebildeten Sinai-Beduinen.

Radwan, der Fürsorgliche. Was eines Tages wohl aus ihm werden würde?

Klaus

Ich bin kein Literat, ich bin Journalist. Und deshalb fällt es mir auch nicht leicht, meine Emotionen zu Papier zu bringen. Mein berufliches Leben besteht darin, Fakten zu sammeln und Reiseerlebnisse zu dokumentieren. Mit dem Entschluss, mein erstes Buch zu schreiben, musste ich jedoch zumindest versuchen, diese Grenzen zu sprengen.

Max hatte die Notizbücher, die er am Beginn unserer Reise an jeden von uns verteilt hatte, mit einem Spruch versehen:

> Andere zu durchschauen ist Umsicht,
> sich selbst zu durchschauen ist Einsicht,
> andere zu lenken ist Können,
> sich selbst zu lenken ist Macht,
> beginnen können ist Stärke,
> vollenden können ist Kraft!

Keine Ahnung, woher Max diesen Spruch hat, ich habe ihn mir jedenfalls zur Maxime in meinem Bemühen gemacht, Licht in das Geschehen zu bringen, das unsere eigentlich so schöne und erfüllende Wüstenreise am Ende zum Desaster hatte werden lassen.

Bis auf einen einzigen Reiseteilnehmer hatte ich alle befragt.

Meine Reise war nicht die ihre gewesen. Jeder hatte sie anders erlebt, anders empfunden. Jeder hatte andere Ziele verfolgt. Ich wusste jetzt viel mehr, doch was wusste ich tatsächlich? Bobby war tot. Sein dicker Freund Ferdl hatte gelogen. Jess hatte vor Bobby Angst. Marlene und Rhonda hatten Bobby benutzt. Max hatte ihn aus verschiedenen Gründen verachtet, vielleicht sogar gefürchtet.

Was wollte ich eigentlich? Sherlock Holmes spielen? Agatha Christie? Einen Mörder entlarven? Einen Fall aufklären? Dazu fehlten mir Scharfsinn, Weitblick und auch sonst noch eine ganze Menge. Vor allem greifbare Informationen und Beweise.

Nein. Alles hatte damit begonnen, dass unsere Wüstenreise in einer so genannten Visionssuche geendet hatte. Meine Vision war es gewesen, endlich ein Buch zu schreiben, Bobby hatte keine Vision mehr haben können, weil man ihn ermordet hatte. Irgendwie waren diese beiden Geschichten zu einer verschmolzen, und ich hatte mich entschlossen, Bobbys Tod zu meiner Visionsgeschichte zu machen.

Da hockte ich nun vor meinem Computer und grübelte. Jede Geschichte sollte einen Schluss haben. Und das war mein Problem. Ich hatte nur die Geschichte einer erfolglosen Wahrheitssuche. Und drohte, wie Linda so schonungslos gesagt hatte, tatsächlich in einer Sackgasse zu landen.

Blieb Klaus. Der Politiker. Der Eitle. Der Gekränkte. Jener Mann, der Typen wie Bobby meiner ursprünglichen Einschätzung nach wohl am meisten gehasst haben musste.

Natürlich hatten wir einander vor der Wüste schon gekannt. Er war ein politisches Urgestein in dieser Stadt, und ich hatte einmal bei einer lokalen Tageszeitung gearbeitet. Da hatten sich unsere Wege zwangsläufig kreuzen müssen. Es war nicht so, dass ich ihn nicht mochte. Ich hatte nur seine Partei und damit auch ihn nie gewählt. Ich hatte andere politische Ideale als er. Die Grazer schätzten ihn. Er war freundlich, höflich, sachlich und wahrscheinlich auch kompetent. Sonst hätte er sich nicht so lange in seinem Amt gehalten. Jeder in der Stadt wusste um seine Eitelkeit. Klaus trug immer teuerste Markenanzüge, Klaus war garantiert stets dort, wo die Journalisten der diversen Zeitungen auch waren. Klaus stellte sich gerne Fotografen und Kameramännern.

Als Solariumdauergast trug Klaus stets eine gesunde Bräune mit sich herum. Er wirkte wesentlich jünger, als er tatsächlich war. Und zu seinem Image gehörte es auch, so ausgefallene Urlaube zu machen, dass die Gazetten darüber schrieben. Trekking in Nepal, Segeln in der Karibik, Tauchen in Australien. Und jetzt der Wüstentrip im Sinai.

Klaus hatte mich von Anfang an mit Respekt behandelt. Doch obwohl wir in demselben Sand schliefen, aus demselben Topf aßen und gemeinsam den Wert des Wassers und des Schattens erkennen gelernt hatten, entwickelte sich keine wirkliche Freundschaft zwischen uns. Er blieb für mich immer der Stadtrat und ich für ihn der Journalist.

Natürlich war mir der Machtkampf um die Gunst der anderen, vor allem der Frauen, der zwischen ihm und Bobby ausgefochten wurde, nicht entgangen. Klaus war von Anfang an der unbestrittene Popularitätskaiser gewesen. Das war die Rolle, die er daheim spielte, und das war auch die Rolle, die er hier spielen wollte. Aber auch Bobby wollte von den Frauen geliebt werden. Auf seine Art. Eine Konfliktsituation, die ich schon am Wiener Flughafen vorhergesehen hatte. Klaus und Bobby – das passte ganz einfach nicht zusammen.

WIR TRAFEN uns im „Brot & Spiele“, meinem Stammlokal. Es liegt nicht weit vom Rathaus entfernt, und er hatte gemeint, es sei ihm wesentlich lieber als sein Büro. In diesem würde er sich ohnehin Tag für Tag den Hintern wund sitzen, oft bis spät in die Nacht hinein. Der geplagte Politiker!

Ich war pünktlich, und zu meiner Überraschung war er schon da. Er hockte an der Theke und unterhielt sich mit Hugo, dem Lokalbesitzer.

Da Hugo mein Freund ist, weiß ich, dass er auch nicht zu denen gehört, die Klaus wählen. Ich war überzeugt davon, dass es Klaus auch wusste. Lang gediente Lokalpolitiker wie er kennen jedes halbwegs bedeutende Gesicht in der Stadt. Besitzer größerer Gaststätten wie Hugo gehören dazu. Auch Journalisten. Über solche Leute zieht man in seiner Position Erkundigungen ein, oder man wird über sie informiert.

Es zeichnet Klaus aus, dass er trotzdem zu jedem gleich freundlich ist und jeden wie einen potenziellen Wähler behandelt. Charaktersache oder politische Überzeugungsarbeit? Ich wusste es nicht. Es war mir auch egal.

Hugo hatte von Klaus bereits erfahren, dass dieser mich erwartete. Ich war noch nicht richtig eingetreten, als schon ein doppelter Tequila vor mir stand. Etwas, was ich mir sonst nur an Feiertagen leistete. Dazu ein Glas meines tschechischen Lieblingsbieres. Staro Brno. Klaus hatte sich bei Hugo zuvor offensichtlich über meine Trinkgewohnheiten erkundigt. Perfekte Recherche. Es sollte ein Abend zum Wohlfühlen werden.

Klaus umarmte mich wie seinen besten Kumpel, Hugo nickte mir grinsend zu.

„Wüstenbruder“, sagte Klaus etwas zu laut und zu fröhlich und drückte mich dabei an sich, als wäre ich der endlich wieder gefundene verlorene Sohn.

Hugo führte uns zum reservierten Tisch und ließ uns dann allein.

„Schönes Lokal“, sagte Klaus, „bin leider viel zu selten hier. Hab zu viele Verpflichtungen, kaum Zeit für ein vernünftiges Privatleben." Er zuckte mit den Schultern. „Aber ich habe es mir ja selbst ausgesucht."

Er erwartete ein zustimmendes Grinsen von mir, und ich schenkte es ihm. „Politikerschicksal", stellte ich fest.

„Du sagst es", antwortete er.

Armer, verlogener Hund, dachte ich.

„Auf die trockenen Zeiten in der Wüste Sinai", sagte er.

Wir tranken. Zuerst den Tequila, dann Bier.

Klaus stellte das Glas ab, wischte sich mit dem Handrücken über den Mund und schnaufte genüsslich. „Gute Story", sagte er, „von einem wie dir habe ich auch nichts anderes erwartet. Ich weiß ja, wie du schreibst."

Ich überlegte, wie ich bei Klaus anfangen sollte. Diesmal hatte ich keine Lust, mit mühsamem Smalltalk zu beginnen. Klaus war der Letzte in meiner Reihe. Irgendwie war ich müde geworden, um den heißen Brei herumzureden. „Es war einer von uns", sagte ich, „du weißt es, und ich weiß es, und die anderen wissen es auch! Wir alle suchen nach der Wahrheit – bis auf einen oder eine. Solange wir nicht wissen, wer Bobby umgebracht hat, werden wir nie wirklich zur Ruhe kommen. Ich jedenfalls nicht, und ich weiß von den anderen, dass sie ähnlich denken. Wie ist es bei dir?" Ich schaute ihm in die Augen und wartete.

Er hob erstaunt die Brauen, das dazu passende Grinsen gelang ihm nicht. Der Mann war tatsächlich geschockt. „Ich habe keine Ahnung", stammelte er, „wie meinst du das?"

Seine sichtliche Betroffenheit verblüffte mich. Von ihm, dem Politprofi, hatte ich eine andere Reaktion erwartet. Cool, gefasst, überlegt.

„Max und Abid haben das Märchen vom räuberischen Beduinen erfunden, und der Polizist hat es nur geglaubt, weil er Abids Stammesbruder war und Max dafür geblecht hat. Wenn es nicht geklappt hätte, dann säßen wir heute noch in einem ägyptischen Knast. Das ist die eine Wahrheit. Es gibt jedoch auch die andere. Nämlich die Tatsache, dass es einer aus unserer Gruppe gewesen ist. Darüber will ich mit dir reden."

Klaus war doch ein Profi. Sein Gesicht straffte sich, während ich redete, der Blick wurde wieder klar, er brachte sogar ein leises Lächeln zustande. „Da du es bist, der so eifrig nach einem möglichen Mörder sucht, nehme ich an, dass du als Täter auch als Einziger ausscheidest?", fragte er.

Er hatte seine Sicherheit wieder gefunden. Ich nickte nur. Er hatte ja keine Ahnung, was ich ihm an recherchiertem Wissen über unseren Wüstentrip entgegenzusetzen hatte.

„Alle anderen könnten es getan haben", fuhr er fort und hob dann theatralisch beide Hände: „Warum, sag mir nur, warum sollte es einer von uns gewesen sein?"

„Weil Bobby ein Riesenidiot war", entgegnete ich, „und weil er dich vor den anderen lächerlich gemacht und verspottet hat."

Klaus ließ seine Hände in der Luft stehen, seine Augen weiteten sich, dann lachte er laut. „Ich!", rief Klaus, und eine Hand wurde zur Faust und klopfte an seine Brust. „Du glaubst tatsächlich, dass ich es war? Du hältst mich für einen Mörder?"

„So habe ich es nicht gemeint", schwächte ich ab.

„So hast du es gesagt", meinte er. Für meinen Geschmack noch immer viel zu laut.

Er war eben doch der Politiker, und er war mir in diesem Augenblick überlegen.

„Ich halte dich natürlich nicht für den Mörder", sagte ich, beinahe flüsternd, „ich halte dich für einen intelligenten Menschen, der meine Überlegungen teilt. Und ich halte dich für jemanden, der wie ich ehrlich genug ist, Antworten auf Fragen zu suchen, die alle von uns bewegen. Ich bin nicht gekommen, um dich zu beschuldigen, ich bin gekommen, um dich um Hilfe zu bitten. Es geht um die Wahrheit, Klaus! Um die Klarheit, die wir dort draußen gesucht und zum Teil auch gefunden haben. Um das tatsächliche Ende unserer Reise!"

Er hatte mir zugehört, und das überlegene Grinsen war dabei aus seinem Gesicht verschwunden. Wahrscheinlich hatte er in diesen Augenblicken erkannt, dass es kein verbaler Machtkampf zwischen uns beiden war, sondern dass es mir um viel mehr ging. Nämlich um das, was wir aus der Wüste für uns selbst zurückgebracht hatten.

Die Erkenntnisse der Stille und des Alleinseins. Die Reisen im eigenen Kopf. Das wirklich Wertvolle. Und dazu gehörte auch die absolute Ehrlichkeit zu sich selbst.

Klaus musste dort draußen ähnlich empfunden haben. Der Alltag hatte es wohl auch weggewaschen, aber jetzt hatte er es wieder. Das Wüstengefühl.

Hugo kam und stellte eine neue Runde auf den Tisch. Tequila und Staro Brno. „Ich weiß, dass ihr das braucht", sagte er. Und ging wieder.

Klaus und ich hatten in der Wüste wenig miteinander zu tun gehabt. Doch ich erinnerte mich an die Quelle und die Ziegenherde. Es war ein elendlanger, ungemein heißer Vormittag gewesen. Wir waren über Sand und Steine gestapft, vor uns, scheinbar unerreichbar, die Karawane unserer Beduinen. Die Beine waren ebenso schwer wie die Zunge, nur war diese viel trockener.

Von Max wusste ich, dass wir zu Mittag eine der ganz raren Wasserstellen erreichen würden. Einen Brunnen in der Wüste. Mit diesem Wissen hatte ich auch schon sehr früh meinen Trinkvorrat aufgebraucht.

Auf Klaus traf ich irgendwo, irgendwann an diesem Tag in der Steinwüste. Er hatte sich in den Schatten eines dürren Baumes gesetzt und schien zu schlafen. Ich ließ mich neben ihn in den Schatten fallen. Mein Ächzen muss ihn geweckt haben.

Wir redeten nicht viel, ich fand jedoch bald heraus, dass Klaus noch eine beinahe volle Wasserflasche bei sich hatte. Ich wagte es nicht, ihn um einen Schluck zu bitten, aber er bot ihn mir vor unserem Aufbruch von sich aus an. Es war wahrscheinlich das köstlichste Nass, das ich während des gesamten Wüstentrips getrunken hatte. Wir gingen dann zusammen weiter, und er erzählte mir, dass er stets zwei Wasserflaschen mittragen würde. Jeder andere aus der Gruppe hatte sich an die Regel gehalten, die Max aufgestellt hatte – eine Wasserflasche pro Etappe!

Klaus hatte sie ignoriert und dabei eigentlich nur an sich gedacht. Damals hatte ich davon profitiert und seine Sicht der Dinge für klug gehalten. Doch eigentlich war es ein Schwindel gewesen, purer Eigennutz.

Zwei Stunden später waren wir an einem schwarzen Beduinenzelt vorbeimarschiert, sein Bewohner hatte gerade eine Ziegenherde zusammengetrieben. Der alte weißbärtige Mann und die ständig meckernden, stinkenden, drängenden Tiere hatten uns bis zu unserem Mittagsziel begleitet. Am Ende eines weiten, kahlen Tals stand eine kleine, mit rostendem Wellblech gedeckte Hütte, daneben war der Brunnen. Ein Loch, das mit Lehmmauern eingefasst war, kostbarer als jeder Palast in der Wüste. Hier war Wasser wertvoller als Gold.

Als ich mit Klaus dort anlangte, hatten wir seine zweite Flasche leer getrunken. Ich bewies ihm meine Dankbarkeit, indem ich neben meiner auch seine beiden Flaschen füllte. Ich weiß es noch genau: An dieser Quelle hatte ich einen persönlichen Trinkrekord aufgestellt, ich hatte eineinhalb Liter Wasser, das nach Erde und sonst noch einigem schmeckte, in einem Zug aus einer Plastikflasche gesaugt. Dann die Flasche erneut gefüllt und einen weiteren Liter geschluckt. Damals waren Klaus und ich für kurze Zeit tatsächlich so etwas wie Wüstenbrüder gewesen.

„Du hast mit allen anderen darüber geredet?“, fragte er mich jetzt.

Ich nickte. „Du bist der Letzte!“

Er gab sich einen Ruck. „Also gut“, sagte er, „dann reden wir über Bobby, die Ratte. Ich habe ihn von Anfang an nicht ausstehen können. Für mich war er nichts anderes als ein Halbkrimineller, ein eingebildeter Nichtsnutz!“ Er schaute mich an und lächelte. „Macht mich wieder zum Verdächtigen, nicht wahr?“

Ich lächelte zurück. „Wie fast jeden von uns. Die meisten haben ähnlich über ihn gedacht.“

Klaus nickte. „Einen Typen wie den mag wahrscheinlich nicht einmal die eigene Mutter.“

„Jess und Ferdl“, sagte ich.

Er schnaubte verächtlich. „Die Konkubine und der Macho mit Geld. Reine Zwecksympathie. Bei ihr war am Ende nicht einmal mehr das vorhanden. Das hast du doch auch bemerkt, oder? Sie hat ihn gehasst. Ich bin überzeugt davon, dass sie ihn am Ende gehasst hat!“ Klaus spielte den Überraschten. „Klar“, sagte er und schlug mit der flachen Hand auf den Tisch, „das ist es! Da hast du dein Motiv! Hass! Ein schwerwiegenderes Mordmotiv gibt es doch nicht, oder?“

„Vielleicht“, sagte ich, „aber wir reden von Jess, einem zarten Wesen. Und von Bobby, dem Muskelmann, dem Bodybuilder. Man hat ihn erdrosselt, mit einem Kamelstrick. Ihm den Strick zuerst um den Hals geschlungen und mit enormer Kraft zugezogen. Bobby hätte Jess wie ein lästiges Insekt abgeschüttelt und sich dann wahrscheinlich totgelacht.“

Klaus hob beide Hände. „War nur so eine Idee.“

Klaus, der Vorsichtige. Der heimlich zwei Wasserflaschen mitnahm, obwohl der Sinn der Übung darin bestanden hatte, mit einer auszukommen. Einer, der mit doppeltem Boden arbeitete, der vorsorgte, nichts dem Zufall überließ. Sich im Wahlkampf von einem halben Dutzend Beratern auf jede auch noch so unvermutet auftauchende Frage oder Situation vorbereiten ließ.

Ich landete trotzdem einen Volltreffer. „Du hast ihn gekannt“, sagte ich ruhig, „vor der Wüste. Er war irgendwann einmal in deinem Büro und hat von dir verlangt, ihm die Genehmigung für das Betreiben eines Fitnessbordells in Graz zu verschaffen.“

Klaus riss die Augen auf.

„Ich weiß es aus zuverlässiger Quelle. Es gibt Zeugen“, log ich.

Er blickte sich um. „Das hat nichts mit der Sache zu tun, über die wir jetzt reden“, sagte er leise, beinahe flüsternd.

Er hatte sich vorgebeugt, und sein Gesicht war ganz nahe vor meinem. „Ich weiß“, erwiderte ich, und dann erzählte ich ihm von Jess und dem, was Bobby von ihr verlangt hatte. Dass sie den Lockvogel spielen sollte, dass Klaus damit hätte erpresst werden sollen. Und dass sie es nicht getan hatte. Oder doch?

„Da war nichts“, wehrte er ab. Leise, geknickt. Fast bittend. Auf seiner Stirn glänzten Schweißperlen. Der Thron, auf dem der Politiker Klaus gerade noch gesessen hatte und von dem er mit seinem süffisant-souveränen Lächeln auf mich herabgeblickt hatte, war zertrümmert.

Ich wollte Genugtuung empfinden, doch es gelang mir nicht. Er hatte mir in der Wüste Wasser gegeben. Klar, er hatte ja genug davon gehabt. Aber er hatte es getan. Die Dankbarkeit von damals war wieder da, und sie war stärker als die Schadenfreude. Wüstenkumpel. Noch immer. „Ich weiß“, sagte ich. „Bobby hat es jedoch geglaubt. Sie hat ihn während der ersten Tage angelogen, dann hat sie ihm die Wahrheit erzählt. Dass nichts zwischen euch beiden läuft und dass auch nichts laufen wird. Es war am Abend vor dem Labyrinth. Dort hat er euch beide dann gedemütigt. Völlig kühl, berechnend. Jetzt, wo ich die Zusammenhänge kenne, sehe ich auch die Freude, die er dabei empfunden hat.“

„Gedemütigt?“ Klaus versuchte zu lachen, er schaffte jedoch nur ein heiseres Husten, das ihm die Tränen in die Augen trieb. Er wischte sie weg und hob entschuldigend die Augenbrauen. „Der Rauch“, sagte er.

„Er hat dich nicht mehr gebraucht“, fuhr ich fort, „der Zufall hat ihm den dicken Ferdl in die Arme getrieben. Einen prall gefüllten Geldsack, aus dem er sich bedienen konnte. Hoffte er. Dafür war er sogar bereit, für den Dicken den demütigen Wüstenhelfer zu spielen.“

Klaus hustete noch einmal. „Gedemütigt hat er mich nicht! Einer wie der kann einen wie mich nicht demütigen.“ Er holte tief Luft und fragte mich mit den Augen, ob ich verstanden hatte.

Ich schenkte ihm ein kurzes Nicken und ließ ihn weiterreden.

„Der Mann war ein Schwein, ist mit seinen aufgeblasenen Muskeln in meinem Büro aufgetaucht und hat um eine Unterredung unter vier Augen gebeten. Er hat nicht lange um den heißen Brei herumgeredet. Es sei ein ungewöhnliches Projekt, sehr Erfolg versprechend und so neu, dass es gesetzlich noch nicht einzuordnen sei. Die lukrative Verquickung von zwei Unternehmensbereichen, Fitness und Sex! VIPs hätten natürlich freien Zutritt, und eine großzügige Spende für karitative Zwecke sei auch drin.“ Klaus griff nach dem Bierglas und trank es in einem Zug leer. Er wartete auf meine Reaktion.

„Bestechung“, sagte ich.

Er nickte heftig. „Der unverschämteste Versuch, den ich je erlebt habe. Einfach widerlich! Ich bin aufgestanden und habe ihn hinausgeworfen. Und dann habe ich ihn wiedergesehen. In Wien, auf dem Flugplatz. Ein Horror. Ich wusste, dass es ein Horror werden würde!"

„Rache?", fragte ich. „Hast du geglaubt, er wäre mitgekommen, um sich an dir für den Hinausschmiss zu rächen? Oder war er deshalb da, um unter völlig anderen Umständen, in einer völlig anderen Umgebung mit dir neu verhandeln zu können? War es für ihn eine Geschäftsreise?"

Klaus hob die Schultern. „Keine Ahnung. Ich habe mich nur äußerst unwohl gefühlt und versucht, ihm so weit wie möglich aus dem Weg zu gehen. Ich habe trotzdem unter ständiger Spannung gelebt und auf den Augenblick gewartet, an dem er zuschlagen würde. Irgendwie. Doch da war nichts. Nur die Sache oben beim Labyrinth. Harmlos, lächerlich. Vielleicht eine erste Kriegserklärung. Eine Warnung. Leicht wäre es ihm nicht gefallen, mich irgendwo, irgendwie zu überraschen. Ich habe jeden Abend gewartet, bis er einen Lagerplatz gewählt hat, dann habe ich mir einen Ort gesucht, an dem ich ihn überwachen konnte."

„Marlene und Rhonda", sagte ich und sah Ekel in seinem Gesicht.

„Er hat sie begattet wie ein Gemeindestier. Zuerst die Alte, dann die Junge. Oder umgekehrt. Es war einfach widerlich."

Klaus, der Spion. Klaus wusste alles über Bobby. Und Klaus redete. „Unser Frauenheld war auch ein gewaltiger Rassist", fuhr er fort, „ist dir jemals aufgefallen, wie er unsere Beduinen behandelt hat?"

ABID und seine Stammesbrüder. Ich hätte gerne ihre Geschichten am Lagerfeuer gehört. Ich hätte gerne mehr über ihr Denken und Fühlen gewusst und über das, was sie von uns dachten. Waren wir nur seltsame Kreaturen aus einer seltsamen Welt für sie, die von Max zu ihrem Vergnügen und zu seinem und teils auch zu ihrem Lebensunterhalt in jene Welt geführt wurden, die Allah ihnen gegeben hatte? Unter allen Regeln und Prinzipien gibt es ein Gesetz, das zu den heiligsten gehört – jenes der Gastfreundschaft. Wir waren Gäste, auch wenn wir gutes Geld dafür bezahlten. Gäste werden mit Respekt behandelt, Gäste werden beschützt. Gäste ermordet man nicht! Und trotzdem hatte ich mich in Abids Runde nie wirklich so gefühlt. Ich hatte immer den Eindruck, ein Eindringling zu sein. Geduldet – aber nicht wirklich akzeptiert.

Am Abend nach dem Sandsturm in der Oase hatte ich versucht, in meinen Schlafsack eingerollt, zu schlafen. In einiger Entfernung von mir sah ich das Feuer der Beduinen. Sie hatten Hammelbrühe gekocht, die sie Augen rollend und Zunge schnalzend verzehrt hatten. Ich hatte gerade ein paar Löffel der Brühe geschafft, dann hatten die dicken Fettaugen und der Knochen mit den zähen, fettigen Fleischresten meinen Hunger vertrieben. Ich hatte eine Weile in meinem bis obenhin gefüllten Aluminiumteller herumgestochert, dabei mehrmals eine erfolgreiche Nahrungsaufnahme vorgetäuscht und den schmatzenden Beduinen glücklich zugegrinst, dann hatte ich einen unbemerkten Augenblick genutzt, um aufzustehen und den Tellerinhalt hinter eine Dattelpalme zu schütten. Natürlich mit schlechtem Gewissen, schließlich hatte ich als Wüstengourmet völlig versagt. Max hatte seinen Teller dreimal gefüllt, leer geschlürft und am Ende auch noch genüsslich ausgeschleckt. Vielleicht ist das der Weg, der ihm die Herzen von Abid & Co. geöffnet hat.

Ich starrte eine Weile in Richtung Feuer, dann gab ich mir einen Ruck, schälte mich aus dem Schlafsack und ging zum nächtlichen Versammlungsort. Max breitete die Arme aus, als er mich im Lichtschein auftauchen sah, rückte zur Seite und bot mir den Platz zwischen sich und Abid an. Abid und die anderen deuteten mit knappen Hand- oder Kopfbewegungen ebenfalls an, dass sie mich bemerkt hatten, palaverten dabei allerdings ungerührt weiter. Der Älteste aus der Gruppe, beinahe zahnlos, mit wachen Augen in einem weißbärtigen, lederhäutigen Gesicht, reichte mir eines jener winzigen Teegläser, aus denen es anfangs so heiß dampft, dass man nur heftig blasend daran nippen kann.

Ich verstand kein Wort, aber es war mir klar, dass Geschichten erzählt wurden. Hauptsächlich heitere, denn meine Feuerfreunde bogen sich immer wieder vor Lachen. Max, der das meiste davon verstand und sich manchmal sogar am Palaver beteiligte, lachte mit.

Während der Lachpausen versuchte ich mehrmals mit Abid ins Gespräch zu kommen. Ich stellte ihm auf Englisch ein paar Fragen. Er nahm sich die Zeit zuzuhören, beantwortete sie jedoch nur knapp mit Ja oder Nein. Er erfüllte seine Pflicht, indem er mir antwortete, es war allerdings klar, dass er kein Interesse daran hatte, sich näher mit mir zu beschäftigen. Radwan hockte mir gegenüber auf der anderen Seite des Feuers. Ich fragte Max, ob es unhöflich sei, den für mich unnützen Ehrenplatz an der Seite des Scheichs zu verlassen und mich zu einem seiner Untertanen zu setzen. Max lachte nur und bedeutete mir zu gehen. Abid nickte mir zu, als ich aufstand.

Radwan rückte sofort zur Seite und machte mir Platz. Am Lagerfeuer erzählte er mir nochmals, dass er seine Schulbildung in Dahab abgeschlossen hatte und dass es sein sehnlichster Wunsch sei, eine Universität zu besuchen. Wahrscheinlich würde es jene in Kairo werden, sein

Traum sei es jedoch, nach Europa zu gehen. London, Paris, aber vor allem Wien! Er kenne ja so viele Menschen aus Österreich, und Max habe ihm versprochen, sich um einen Studienplatz zu bemühen. Es könnte etwas Technisches sein. Maschinenbau zum Beispiel, auch die Landwirtschaft würde ihn reizen.

Dann könnte er zurückkommen und hier etwas Sinnvolles bewirken. Sein Volk hätte eine bessere Zukunft verdient. Der Stamm müsste für seine universitäre Bildung zahlen, Geld sei knapp, und es wäre ein großes Opfer für alle. Auf seinen Schultern würde dann eine gewaltige Verantwortung lasten, doch er hätte keine Angst davor. Abid sei weise und gerecht, ein großer Führer, kein Rebell gegen die Regierung in Kairo, die den Sinai wie ein lästiges Anhängsel und seine Menschen wie zurückgebliebene Wilde behandeln würde. Kriege hätte es hier genug gegeben, Abid wolle keinen, er sei kein Kämpfer, sondern ein kluger Verhandler. Einer, der sein Volk mit kleinen, kräftigen Schritten in eine bessere Zukunft führen würde.

Wie diese Zukunft aussehen würde, konnte mir Radwan nicht genau sagen. Vielleicht reichte dafür auch sein Englisch nicht ganz aus, vielleicht gibt es Pläne, die geheim sind, vielleicht gibt es auch gar keine Pläne. Nur die latente Unzufriedenheit, die quälende Zukunftsangst und – als einzige greifbare Wahrheit – das Festklammern an uralten Traditionen. So haben sie jahrtausendelang überlebt, so werden sie auch weiterhin überleben! Mit dem Geld von Touristen, wie wir es waren.

Radwan konnte oder wollte mir nicht genau sagen, was er von Menschen wie uns hielt. Er lächelte und legte eine Hand auf meine Schulter. „Es gibt Gute und weniger Gute“, sagte er, und ich spürte, wie er mit den Fingern sanft zudrückte. „Du bist ein guter Mann, das habe ich sofort gesehen!“ Er hatte es mir zuvor schon einmal gesagt, und ich freute mich auch jetzt darüber.

Ich nutzte das Lob und stellte ihm ein paar Fragen über seinen Stamm, die Menschen, wie sie lebten, woran sie glaubten.

„An Allah und an Abid“, meinte er lächelnd. Viel mehr war aus ihm nicht herauszubekommen. Wahrscheinlich war es der falsche Zeitpunkt. Es war schon spät, und die anderen nahmen ihn wieder in ihrem Palaver auf. Eine Ehre, die er als Jüngster nicht abschlagen konnte. Vielleicht wollten die Alten auch nicht, dass er mir zu viel von ihrer Welt erzählte. Ich weiß es nicht. Ich weiß nur, dass ich mit Sinai-Beduinen durch ihre Wüstenwelt gezogen war, sie mir die Faszination eines unglaublichen Landes geöffnet, mir jedoch ihre Seele verborgen hatten.

Mit einer einzigen, winzigen Ausnahme. Radwan machte am Ende der Feuernacht in der Oase eine Andeutung, die mir damals nicht wichtig erschienen war: „Wir sind stolze Menschen, und wir sind stolz auf unsere Freiheit. Wer uns respektiert, der wird auch von uns respektiert!"

„BOBBY hat geglaubt, er könne die Beduinen wie bezahlte Lakaien behandeln", sagte Klaus. „Doch er ist bald draufgekommen, dass diese nicht bereit waren, dabei mitzumachen. Im ersten Lager hat er versucht, einen, ich glaube, es war der Junge, per Pfiff zu sich zu beordern, weil er wollte, dass dieser ihm das Gepäck zu seinem Schlafplatz schleppte. Erinnerst du dich nicht daran?"

Ich schüttelte den Kopf. „Da muss ich wohl woanders gewesen sein."

Klaus grinste. „Der Bursche hat *ihm* was gepfiffen. Er hat Bobby so lange ignoriert, bis der zu ihm gestürmt ist und ihn angeschrien hat. Auf Wienerisch natürlich, der Beduine hat kein Wort verstanden. Faules Pack, hat dieser Idiot gebrüllt, dass er gutes Geld bezahlt habe und verdammt noch mal dafür verlangen könne, dass man seine Anordnungen befolge. Der Junge hat ihn brüllen lassen und ihn dabei lächelnd angeblickt. So, als würde er sich über den anderen amüsieren. Dann hat er den Kopf geschüttelt und sich umgedreht. Er hat ihn einfach stehen lassen und ist zu den anderen Beduinen gegangen. Dort hat es dann auch Kopfschütteln und Gelächter gegeben. Sie haben Bobby gedemütigt. Auf ihre Weise. Das hat er ihnen mit Sicherheit nie verziehen."

Bobby und die Beduinen. Ich konnte mich nicht erinnern, dass es außer dieser ersten Konfrontation, die ich verpasst hatte, jemals wieder etwas Ähnliches gegeben hatte. Das Ereignis, das Klaus gerade geschildert hatte, passte allerdings exakt zu meinem Bobbybild. Und auch zu dem, das ich mir von den Beduinen gemacht hatte. Stolz gegen Dummheit. Bobby war der Dumme gewesen.

Unser Gespräch war wieder abgeglitten, das Aufwärmen von bedeutungslosen Anekdoten brachte mich nicht weiter.

„Der Lagerplatz vor unserer Visionsnacht", sagte ich, „da hat doch jeder mit jedem geredet, jeder den anderen analysiert. Bobby und du. Nur ihr beide."

Klaus schüttelte den Kopf. „Da wurde nichts analysiert. Eigentlich war es unsere erste wirkliche Begegnung seit seinem Auftritt in meinem Büro. Allein, ohne Zeugen. Er hat gegrinst und mich gefragt, ob ich es mir in der Zwischenzeit anders überlegt hätte, und ich habe ihm gesagt, dass er mit seinen miesen Geschäften nie in Graz landen würde. Zumindest so lange nicht, wie ich darüber entscheiden würde. Er hat gemeint, dass ich mir mein Graz sonst wohin schieben sollte, es gebe andere, bessere Städte mit weiter blickenden Politikern, die ihn mit offenen Armen aufnehmen würden. Das war's eigentlich. Es war ein sehr kurzes Gespräch, und ich war froh, als ich es hinter mir hatte."

Ich dachte an mein damaliges Gespräch mit Bobby. Ich hatte den wahren Bobby erst nach seinem Tod kennen gelernt. Der Bobby, den ich damals kannte, war mir im Grunde genommen sogar sympathisch gewesen. Vor allem seine Fürsorge für den dicken Ferdl hatte ihm bei mir viele Pluspunkte eingebracht. Und auch sein lautes Imponiergehabe hatte mich nicht sonderlich gestört, weil ich selbst nie davon betroffen war. Mich hatte er stets höflich und mit Respekt behandelt. Natürlich hatte ich bemerkt, wie er mit Jess und Klaus umging, und ich hatte es ihm an jenem Tag auch gesagt. Er hatte genickt und gemeint, dass ich Recht hätte. Er sei manchmal viel zu emotional, und er wisse, dass dies ein Fehler sei. Dann hatte er gegrinst und gesagt, dass er ja noch jung und lernfähig sei. Und dass er das mit Jess schon in Ordnung bringen werde. Das mit Klaus sei eine andere Sache. Klaus sei ein typischer Politiker, er gehöre einem Menschenschlag an, der ihm zutiefst zuwider sei, und habe sich im Umgang mit ihm ohnehin sehr zurückgehalten.

Es war meine intensivste Begegnung mit Bobby gewesen, und sie hatte nur Stunden vor seinem Tod stattgefunden. Ich hatte mich später immer wieder daran zu erinnern versucht, hatte jedoch nichts gefunden, was von Bedeutung gewesen wäre. Die Wahrheit, die zwischen ihm und mir damals existiert hatte, war eine äußerst banale gewesen. Zwischen uns hatte es nur Oberflächliches gegeben, und dies hatten wir einander gesagt.

Wie alle anderen hatte er in mir hauptsächlich den Journalisten gesehen, der in der Wüste dabei war, um Informationen zu sammeln, aus denen er später seine Story basteln würde. Einem solchen Mann begegnet man nur mit seiner Sonnenseite. Weil man ja ein Teil dieser Story ist.

GEGEN Ende unseres Wüstentrips waren wir kurz vor Erreichen unseres Mittagsrastplatzes auf Geländewagenspuren gestoßen. Ich war froh darüber gewesen, weil sie den Sand zusammengedrückt und zu einer härteren Gehunterlage gemacht hatten. Wir folgten den Spuren eine Weile, dann trennten sich unsere Wege wieder. Am Rastplatz standen einige dürre Bäume. Ich hatte es mir gerade unter einem davon gemütlich gemacht, als Marlene und Rhonda aufgeregt gestikulierend auftauchten und mich aufforderten, meine Kamera aus dem Rucksack zu holen und mit ihnen mitzukommen.

Sie hatten ein ungestörtes Plätzchen gesucht und waren dabei wieder auf die Reifenspuren gestoßen. Die motorisierten Wüstentouristen hatten ganz in der Nähe gelagert. Und zwar für eine ganze Weile. Zumindest so lange, wie vier oder fünf Menschen brauchen, um mindestens fünfzig Dosen Heinekenbier zu leeren. Sie lagen alle vor uns im Sand. Marlene und Rhonda hatten gerade einen Wüstenumweltskandal aufgedeckt, und sie waren sofort zur Presse gelaufen. Die Presse war ich. Ich schoss ein paar Fotos und versprach allen, die Welt über diese ungeheure Sauerei zu informieren.

Max und die Beduinen blieben von unserem Umweltskandal beinahe unberührt.

„Solche Menschen gibt's überall", stellte Max fest, „und wer in die Wüste fährt, um sich zu besaufen, muss ein ganz besonderer Idiot sein." Er zuckte mit den Schultern. „Jeder, wie er will. Der nächste Sandsturm kommt bestimmt, dann ist die ganze Sauerei weg. Begraben."

Ich erinnerte mich daran, dass Klaus beim Anblick der Müllhalde besonders laut geschimpft hatte. Als Politiker lag ihm der Umweltschutz sichtlich am Herzen. Selbst hier draußen in der Wüste. Noch dazu war ein Journalist dabei.

Seltsamerweise war dies eine Tatsache, die bei Bobby zum gegenteiligen Effekt geführt hatte. Ich erinnerte mich jetzt daran, dass er als Einziger neben Max und den Beduinen von der ganzen Aufregung unberührt geblieben war und nur spöttisch gegrinst hatte. Er hatte die Angelegenheit ganz offensichtlich als lächerlich empfunden, und seine Sympathien hatten wahrscheinlich den Geländewagentouristen gehört. Es musste meine Anwesenheit gewesen sein, die ihn daran gehindert hatte, sich lautstark zu äußern.

An Klaus hatte ich nur noch eine einzige Frage. „Die Visionsnacht", sagte ich, „wo hast du sie verbracht?"

„Klar", sagte er lächelnd, „das Alibi!"

Ich zuckte mit den Schultern. „Beschreib mir deinen Weg! Vom Lager aus!", forderte ich ihn auf.

Er tat es. Wenn das stimmte, was er sagte, dann war er in die Gegenrichtung gegangen. Eine Stunde lang. Um zu Bobbys Platz zu gelangen, hätte er an die zwei Stunden benötigt. Es gab jedoch keinen Zeugen, der seine Angaben bestätigen konnte.

Keiner von uns hatte Zeugen.

Ich wusste jetzt vieles, und ich wusste doch noch immer nichts. Ich hatte eine Geschichte, doch sie hatte kein Ende. Brauchte sie überhaupt eines?

Ich hatte das getan, was ich mir vorgenommen hatte. Ich hatte mit jedem aus der Gruppe geredet und dabei nach der Wahrheit gesucht. Dabei war ich auf viele Wahrheiten gestoßen. Wahrscheinlich auch auf viele Lügen. Bobbys Mörder hatte ich nicht gefunden.

Hatte ich das tatsächlich erwartet?

Natürlich nicht.

Oder doch?

Ich unterhielt mich mit Linda darüber.

Sie ließ sich alle Einzelheiten aus meinen Gesprächen erzählen, bohrte manchmal nach, machte mich auf Lücken aufmerksam.

Wir legten über jeden aus der Gruppe eine Liste an und hielten darauf alle Gründe fest, die der Einzelne gehabt haben könnte, um Bobby zu ermorden. Dazu kamen andere Faktoren wie die physische Voraussetzung, die für das Erdrosseln erforderlich war, oder der Ort, an dem jeder nach seiner Darstellung die Visionsnacht verbracht hatte.

Es war nur ein Spiel, das Ergebnis war dennoch verblüffend. An erster Stelle der Verdächtigenliste befand sich Max! Dahinter kam Ferdl, den vor allem die Sache mit dem Jodler schwer belastete, dann folgten Marlene und Rhonda als Team und schließlich Klaus und Jess.

Der Scheich

Max und sein Wüstenfest. Es war beim Abschied am Wiener Flughafen gewesen, als alle von uns den beinahe feierlichen Eid geschworen hatten, auf Schloss Rauberg dabei zu sein.

Damals am Flughafen, beim Abschied, war das Gruppengefühl besonders stark gewesen. Wir waren noch Wüstenbrüder und -schwestern gewesen, und die Sache mit Bobby hatte uns zusätzlich zusammengeschweißt. Es war für uns beinahe undenkbar gewesen, dass wir uns in alle Windrichtungen zerstreuen und nie mehr treffen würden. Selbst Ferdl und Jess hatten an der teils tränenreichen Umarmungsorgie teilgenommen und in den Abschiedsschwur Wir-sehen-uns-auf-Rauberg-wieder eingestimmt.

Zwischen damals und Rauberg standen jedoch meine Besuche, meine Gespräche und meine Neugierde. Und eigentlich würden alle wohl nur deshalb nach Rauberg kommen, weil ich durch meine Fragen alle hatte glauben lassen, sie würden hier erfahren, wer Bobby ermordet hatte. Eine Erwartung, die natürlich blanker Unsinn war, meine Wüstenbrüder und -schwestern aber dennoch unter Druck setzte. Wer nicht erschien, würde sich verdächtig machen.

Max, gerade vom letzten Sinai-Trip zurück, bestätigte mir am Telefon zu meiner Befriedigung auch, dass alle aus der Gruppe ihr Kommen fix zugesagt hätten. Und noch etwas sagte er mir: „Abid war diesmal zwar nicht auf dieser Tour mit, ich habe ihn jedoch in Dahab getroffen, und er hat eingewilligt, zum Fest zu kommen. Er bringt auch eine Musikgruppe mit. Wird eine tolle Sache, kannst mir glauben!"

Wüstenfest mit Wüstenfreunden und mit Scheich. Rauberg hat mich letztlich doch noch ans Ziel meiner Wahrheitssuche geführt. Zum großen Finale.

Allerdings wusste ich das vorher noch nicht.

EIGENTLICH wollte ich allein zum Fest fahren, Linda bestand jedoch darauf mitzukommen. Sie hatte von mir so viel über die anderen gehört und ihre Gesichter auf meinen Fotos gesehen, dass sie darauf brannte, alle endlich persönlich zu treffen. Dazu kam natürlich die Geschichte mit Bobby und das, was sie das Detektivische nannte.

Das Fest sollte am Samstagmittag beginnen und würde wohl, wie Max uns versicherte, bis zum Sonntagmorgen andauern. Das Wüstentreffen unserer Gruppe war für Freitagabend angesetzt. Da gebe es noch keine anderen Gäste, und wir würden das Schloss für uns allein haben. Getafelt und gebechert sollte im Rittersaal werden.

Auf der Fahrt nach Rauberg versuchte ich, Linda zu einem Trip nach Dahab zu überreden. Linda ist eine, die es im Urlaub lieber gemütlich hat, für ausgefallene Ziele, Nervenkitzel oder physische Strapazen hat sie nie viel übrig gehabt. Vor allem hasst sie die Hitze.

Ich versuchte, ihr klar zu machen, dass ich keineswegs die Absicht hatte, sie in die Wüste zu schleppen, und schwärmte davon, was Dahab und den Golf von Akaba, an dem das Städtchen lag, für mich so reizvoll machte – die einzigartige Korallenwelt, die mir Max in den leuchtendsten Farben geschildert hatte. Ich wollte das nachholen, was Bobbys Tod verhindert hatte. Ins warme Meer eintauchen und durch diese Wunderwelt schnorcheln.

„Nur du und ich, eine Woche, nicht länger", bettelte ich. „Wenn alles vorbei und mein Buch geschrieben ist. Als Belohnung, zur Entspannung."

Sie versprach mir, sich die Sache zu überlegen. Eigentlich hätte sie eher an Schottland gedacht, sagte sie. Damit war klar, dass es Schottland werden würde.

Das Max-Domizil erfüllte Lindas Erwartung von Idylle und Romantik beinahe perfekt. Wie ich erwartet hatte, war Linda von der einsamen Waldhütte begeistert. Viel Schatten, viel Ruhe, keine lästigen Nachbarn.

Max hatte mir gesagt, dass er alle zuerst zu sich auf einen Drink einladen wolle. Wir kamen eine halbe Stunde vor dem vereinbarten Zeitpunkt bei ihm an, und Rhonda und Marlene waren bereits da.

„Herrliche Gegend", schwärmten sie nach den Begrüßungsumarmungen, „wir waren schon im Wald spazieren."

Zwei Großstadtfrauen, die vom urig Ländlichen begeistert waren. Und von Linda. Sie nahmen sie sofort mit offenen Armen auf, doch ich kannte meine Frau. Sie ließ die Sympathiebekundungen geduldig über sich ergehen, blieb dabei freundlich, ließ sich jedoch nicht in den Strudel der so spontan zur Schau gestellten Herzlichkeit ziehen. Linda brauchte Zeit, um Menschen mögen zu können.

Max lotste uns in seine Wohnstube. Irgendjemand hatte die Hütte zuvor gesäubert und in Ordnung gebracht. Das Expeditionszeug, das bei meinem ersten Besuch allgegenwärtig war, war verschwunden, die Fenster waren geputzt, der Boden war frisch gebohnert.

Max stellte uns die Person vor, die offensichtlich dafür verantwortlich war. „Das ist Jolante", sagte er, „achtes Semester Archäologie. Sie war beim letzten Trip dabei, und ich habe sie gleich zum Wüstenfest eingeladen!"

Jolante war hübsch, sehr blond, sehr blauäugig, Kärntner Akzent. Viel zu jung für Max, doch das war seine Sache. Und ihre.

Die Frauen machten es sich in der Stube gemütlich, und Max und ich gingen in die Küche, um die Getränke zu holen.

„Wie war deine Rundreise?", fragte er, als wir allein waren.

Ich erinnerte mich daran, dass wir ihn auf Platz eins der Verdächtigenliste gesetzt hatten. „Verwirrend", antwortete ich vorsichtig.

„Wie meinst du das?", fragte er und stellte zwei Weinflaschen auf den Tisch.

Ich zuckte mit den Schultern. „Zu viele verschiedene Wahrheiten, jeder hat seine eigene Geschichte."

Er öffnete eine Lade, nahm einen Korkenzieher heraus und drückte ihn mir in die Hand. „Mach die Flaschen auf!“, befahl er. Ich tat es, während er die Gläser aus dem Schrank holte. Er schaute mich dabei über die Schulter an.

„Du weißt also noch immer nicht, wer es getan hat“, stellte er fest.

Ich glaubte, dabei eine gewisse Zufriedenheit in seinem Gesicht zu sehen. „Nein“, sagte ich und schüttelte den Kopf. „Ich weiß jetzt nur, dass jeder einen Grund hatte, Bobby umzubringen.“

Er stellte die Gläser neben die Weinflaschen. „Du auch?“

Ich flüchtete mich in ein kurzes Auflachen. „Nein“, sagte ich, „mir fällt keiner ein.“

Er hob erstaunt die Augenbrauen, so als hätte er mich soeben bei einer Lüge ertappt. „Alle sollen einen Grund gehabt haben, nur du nicht?“

Ich hatte die mir zugeteilte Arbeit erledigt und legte den Korkenzieher zur Seite. Max irritierte mich. Wollte mich irritieren. „Ich kenne keinen“, sagte ich und bemühte mich, gefasst zu bleiben, „aber vielleicht weißt du mehr.“

Jetzt lachte er. „Jess“, sagte er, „die schöne Jess. Ich erinnere mich daran, dass du eine Zeit lang allein mit ihr warst. Vielleicht hat es da zwischen euch geklickt. Eifersucht. Wäre doch ein schönes Motiv, nicht wahr?“

Max spielte ein Spielchen mit mir. Ein plumpes Ablenkungsmanöver. Er wollte mich herausfordern. Von sich und seiner Schuld ablenken. In diesem Augenblick war ich überzeugt, Bobbys Mörder gegenüberzustehen.

„Das wissen nur Jess und ich“, sagte ich ruhig, „aber du kannst sie ja selbst fragen, sie wird bald hier sein.“

Er baute sich vor mir auf und rieb sich mit genüsslichem Grinsen die Hände. „Das spare ich mir für den Abend auf. Wenn wir alle im Rittersaal der alten Gruselburg sitzen. Bei Kerzenlicht. Jeder muss seine Karten auf den Tisch legen. Wahrheit oder Lüge? Das wird die Hauptfrage sein. Wie bei Agatha Christie. Viele Verdächtige – aber nur einer kann der Mörder sein. So hast du es dir vorgestellt. Habe ich Recht, Herr Poirot, Holmes, Marlowe? Oder Mister Marple?“

Max hatte Recht. Im Rittersaal bestand die letzte Chance, mit allen zu reden. Natürlich hatte ich geplant, das Thema Bobby auf den Tisch zu bringen. Das Finale meiner großen Wahrheitssuche. An eine große Inszenierung hatte ich allerdings nicht gedacht. Rauberg war nicht Hollywood. Und ich hatte mich nicht als großen Detektiv gesehen. Oder doch?

Max erwartete keine Antwort. Er drückte mir die beiden Weinflaschen in die Hand und nahm die Gläser. „Wird eine spannende Sache“, sagte er grinsend, als wir zu den Frauen in die Stube gingen.

ZWEI Stunden später war unsere Wüstenrunde komplett. Nach Klaus war Ferdl eingetroffen, Jess kam als Letzte. Sie hatte ihren neuen Freund mitgebracht, einen bebrillten Porschefahrer namens Oskar. Etwas jünger als sie, blass und rothaarig. Das exakte Gegenstück zu Bobby. Oskar sei Rechtsanwalt und werde bald die Kanzlei seines Vaters übernehmen, teilte uns Jess stolz mit. Der junge Mann lächelte verlegen.

Jess hatte vorgesorgt. Sie hatte ihren eigenen Anwalt dabei.

Der Name Bobby wurde in der Stube nicht erwähnt. Wir redeten zwar hauptsächlich über unseren Wüstentrip, es war ja das Einzige, was wir gemeinsam hatten, doch es ging nur um die angenehmen Seiten. Und die heiteren. Die Max'schen Psychospielchen wurden dabei zerpflückt und teilweise ins Lächerliche gezogen, irgendwann gab jedoch jeder zu, davon irgendwie profitiert zu haben.

Ferdl war meine größte Überraschung. Kein derbes Wort, kein peinlicher Witz. Der Dicke schien nur aus seiner Sonnenseite zu bestehen.

Irgendwann am späteren Nachmittag brachte uns Max zu unseren Quartieren. Jess und Oskar, Marlene und Rhonda und Linda und ich bezogen die einzigen drei Fremdenzimmer, die das örtliche Gasthaus zu bieten hatte, Klaus und Ferdl hatte Max in zwei benachbarten Privathäusern untergebracht, die je ein Fremdenzimmer zu vermieten hatten. Für Abid und seine Leute hatte er bei sich ein Matratzenlager errichtet. Wir legten unser Gepäck ab, duschten uns, zogen uns für den Abend um und fuhren bald wieder zurück zur Max'schen Waldhütte. Dort ging die Party weiter.

Als die Dämmerung hereinbrach, hatten wir bereits einige Flaschen Wein geleert und viel gelacht. Wir waren eine große Familie, die Wüstenfamilie. Und Max war unser Oberhaupt. Stets besonnen, immer den Überblick bewahrend. Ganz wie damals. Vor dem tragischen Finale.

Irgendwann drängte er zum Aufbruch. Max nannte es den Marsch der Wüstenritter, jeder von uns erhielt dafür von ihm eine Fackel. Der Weg zum Schloss dauerte kaum eine halbe Stunde, und er führte durch einen dichten Wald. Es war Romantik pur. Das Fackellicht flackerte in warmen Farben und warf bizarre Schatten auf die Bäume und die Gestalten der Wanderer, und der Wein steuerte die Heiterkeit bei.

Im Schloss teilte uns Max mit, dass ein Freund zum Flughafen nach Graz gefahren sei, um die Beduinen abzuholen. Sie würden wahrscheinlich gegen Mitternacht hier ankommen.

Der Schlossherr begrüßte uns höchstpersönlich. Ein würdiger alter Herr mit wallendem weißem Haar und einem ebensolchen Rauschebart.

Er sagte uns, dass er die meiste Zeit allein mit seinem treuen Gehilfen Johann im Schloss verbringe. Die Frau sei verstorben, und die Kinder seien längst ausgezogen.

Johann war noch älter als sein Herr und buckelig.

Als uns der Schlossherr über die Stufen in den ersten Stock geleitete, erzählte er uns, dass das Hauptgebäude, in dem wir uns befanden, aus dem 17. Jahrhundert stamme und den Habsburgern früher als Jagdschloss gedient habe. Maria Theresia sei einmal hier gewesen, auch Joseph der Zweite. Gegen Ende des 19. Jahrhunderts sei es in den Besitz seiner Familie übergegangen. Nein, kein Adel, seine Vorfahren hätten in Böhmen mehrere große Webereien besessen, dazu eine Bierbrauerei. Kurioserweise hätte sein Großvater dieses Schloss im Kasino von Monte Carlo gewonnen. Von einem spielsüchtigen Grafen, der es als letzten, verzweifelten Einsatz ins Spiel geworfen hatte. Nach dem Ersten Weltkrieg sei seine Familie völlig verarmt, das einzig Wertvolle, das ihr geblieben war, sei Rauberg gewesen.

„Wir haben die umliegenden Ländereien verpachtet, davon lebe ich auch heute noch ganz gut", sagte der alte Herr schmunzelnd.

Der Rittersaal war imposant. Mit Schwertern und Teilen von Rüstungen an den Wänden. Der Wirt hatte die Tafel bereits gedeckt. Das simple Gasthausgeschirr, die Papierservietten und das billige Besteck passten überhaupt nicht zum würdigen Ambiente. Das störte unsere festliche Stimmung allerdings nicht im Geringsten. Und der Wein hätte uns nicht besser schmecken können, wenn er in schweren Gläsern aus böhmischem Kristall serviert worden wäre.

Max hielt eine kurze Tischrede, hieß uns auf Rauberg willkommen und verkündete, dass die Bewirtung auf seine Kosten ginge. Wir applaudierten dankbar.

Das Mahl war eher rustikal. Fleischstrudelsuppe, dann Schweinebraten mit Sauerkraut und Semmelknödeln, am Ende Apfelstrudel mit Vanillesoße.

Als sich der Letzte von uns mit der Papierserviette den Mund abgewischt hatte, verteilte Max Zigarren, und der buckelige Johann stellte sich mit einer Flasche Schnaps und den dazugehörigen Gläsern ein. Der Schnaps stamme aus der herrschaftlichen Brennerei, und sein Herr, der sich bereits zu Bett begeben habe, wünsche uns damit noch einen erfüllten Abend. Max lud Johann ein, sich einen mit uns zu genehmigen, der alte Diener wehrte jedoch höflich ab und verschwand so leise, wie er gekommen war.

Selbst die Frauen, außer Linda, pafften genüsslich an den Zigarren und kippten mutig ihre Schnäpse. Das Gespräch verstummte für eine Weile, und in der Stille breitete sich erwartungsvolle Spannung aus. Jeder von uns wusste, dass nun das Thema auf den Tisch gebracht werden musste. Bobby!

Max gab den Anstoß und richtete seinen Blick auf mich. Die Blicke der anderen folgten ihm. Als alle Augen auf mir ruhten, spürte ich, wie mir Linda sanft den Ellbogen in die Seite stieß.

Ich sog noch einmal an meiner Zigarre und räusperte mich. „Okay", sagte ich, „da es wahrscheinlich das letzte Mal ist, dass wir alle versammelt sind, möchte ich auch zum letzten Mal mit euch über das reden, was mich und, wie ich seit unseren Gesprächen weiß, auch euch immer noch bewegt. Vielleicht werden wir auch nach diesem Abend mit der Ungewissheit weiterleben müssen. Ich glaube allerdings, dass es jedem von uns gut tut, sich alles noch einmal von der Seele reden zu können. Dann ist Schluss. Dann ist Bobby endgültig tot und das Thema begraben. Betrachten wir es als allerletztes Psychospielchen, als eine Art Reinigung, als letzten Versuch, die Wahrheit über das, was dort draußen geschehen ist, doch noch zu finden."

Max schob sich die Zigarre in den Mund, hielt sie mit den Zähnen fest und begann langsam zu applaudieren. Keiner tat es ihm gleich.

„Sinnlos", sagte Oskar, der Anwalt, „der Fall ist juristisch abgeschlossen. Geklärt!"

Klaus schüttelte den Kopf. „Darum geht es doch nicht. Keiner wird hier zum Schluss verhaftet. Es ist ein Spiel. Wir haben es begonnen, und ich glaube, wir sollten auch versuchen, es zu Ende zu spielen."

Marlene nickte. „Ich bin dafür. Jeder soll alles auf den Tisch legen, jede Verdächtigung muss offen ausgesprochen, alle Fragen müssen ehrlich beantwortet werden. Am Ende darf nichts Unklares zurückbleiben. Eine einzige Bedingung muss es dabei geben: Alles, was heute Nacht in diesem Saal gesprochen wird, bleibt auch in diesem Saal. Jeder muss sich dazu verpflichten, vielleicht sollten wir sogar einen Eid schwören, kein Wort hinauszutragen."

Die meisten nickten. Einige sogar, dem Anlass entsprechend, feierlich.

Oskar hob die Hand wie ein Schüler, der sich beim Lehrer bemerkbar machen will. „Was geschieht, wenn sich einer von euch dabei als Mörder outet?" Er hatte die Frage nicht ganz ernst gemeint und dabei gelächelt.

Max nickte. Langsam und bedächtig. „Dann bleibt es auch in diesem Raum, so wurde es ja vereinbart." Er nahm die Zigarre aus dem Mund und zeigte damit auf den Anwalt. Dann ließ er die Hand weiterwandern, bis die Zigarre auf Linda wies. „Bevor es losgeht, stelle ich noch einen Antrag. Ich fordere, dass sich nur jene Menschen im Saal befinden dürfen, die auch damals dabei waren. Oskar und Linda haben mit der ganzen Angelegenheit nichts zu tun. Es tut mir Leid, aber ich glaube, dass auch die anderen damit einverstanden sind, wenn ich euch auffordere, den Saal zu verlassen." Max lehnte sich zurück und lauschte dem Gemurmel, das um ihn herum aufkam.

Linda warf mir einen fragenden Blick zu, und ich nickte. Sie zuckte mit den Schultern und stand auf. Oskar, der trotzig sitzen geblieben war, zögerte noch. Linda trat hinter ihn und zog ihn an den Schultern hoch.

„Komm, wir gehen", sagte sie.

Ich war stolz auf meine Frau.

„Sorry", sagte Max, als beide an ihm vorbei zum Ausgang gingen.

„Ist schon in Ordnung, es ist ja eure Show", antwortete Linda.

Das Geräusch des Türeschließens blieb einige Augenblicke lang im Raum hängen. Dann folgte eine kurze Stille, während der sich unsere Blicke trafen. Ich schaute Max an und dann Rhonda. Große Augen, kein Lächeln mehr. Der Beginn des allerletzten Aktes unseres Wüstendramas.

Zu meiner Überraschung war es Rhonda, die zuerst das Wort ergriff. „Es ist eine lange Fahrt von München hierher", begann sie, „da hat man viel Zeit zum Reden." Sie lächelte verlegen. „Es war das erste Mal, dass meine Mutter und ich wirklich und ehrlich über das gesprochen haben, was in der Wüste geschehen ist." Dann erzählte sie uns leise, aber trotzdem für alle vernehmbar, was sie mir an jenem Abend in München auch erzählt hatte.

Ich beobachtete Jess, während Rhonda redete. Ihr Gesicht blieb teilnahmslos, beinahe gelangweilt.

„Da war nichts", sagte Rhonda, „keine großen Gefühle, nicht einmal Zuneigung. Ich habe ihn benutzt, und er hat sich von mir benutzen lassen. Vielleicht war's auch umgekehrt. Ich war damals zu verwirrt und habe mich einfach treiben lassen. Irgendwie hatte ich das Gefühl, meine Mutter verloren zu haben und mich allein durchs Leben schlagen zu müssen. Ich hab's getan, und es tut mir auch nicht Leid. Ich war ihm sogar dankbar dafür. Es ist ja nur einmal passiert. Dann waren wir wieder Fremde, sind einander aus dem Weg gegangen. Und ich war froh darüber. Auch das, was danach zwischen Bobby und meiner Mutter war, hat mich nicht berührt. Im Gegenteil, es hat mich sogar irgendwie befreit." Rhonda richtete sich auf. „Das war's, mehr gibt es nicht", sagte sie und strich sich eine Strähne des länger gewordenen Haares aus der Stirn.

ALLER Augen waren jetzt auf Jess gerichtet.

Doch Jess hob nur erstaunt die Brauen. „Was erwartet ihr jetzt von mir? Dass ich aufspringe, Rhonda eine Schlampe schimpfe und an ihrem Haar zu zerren beginne?" Sie lachte und schüttelte den Kopf. „Nein, meine Beziehung zu Bobby war eine ganz andere. Er war mein Chef und ich seine Reisebegleiterin. Natürlich habe ich mit ihm geschlafen, auch das hatte einen Sinn. Er hatte mir zuvor versprochen, sich um meine Karriere zu kümmern. Ich wollte damals noch Schauspielerin werden."

Das laute Lachen kam von Klaus. Und es machte Jess wütend.

Sie sprang auf und streckte Klaus den Zeigefinger entgegen. „Du", zischte sie, „ausgerechnet du lachst! Ich weiß ganz genau, wer und was du bist. Bobby hat mir von dir erzählt. Von eurem Gespräch und von seinem Angebot. Er hat mir auch gesagt, dass du käuflich und korrupt bist, dass er den Preis, den du von ihm verlangt hast, nicht zahlen konnte."

Das Gesicht von Klaus war zu Stein erstarrt. Weißer Marmor. Er wollte reden, aber Jess war schneller.

„Du weißt ganz genau, dass nur du der Grund dafür warst, dass Bobby mit mir diesen Trip gemacht hat. Er wollte mit seinem Geschäft unbedingt nach Graz, war beinahe besessen davon. Korrupte Politikersau hat er dich genannt. Du warst seine große Herausforderung, er hat dich gehasst, weil du versucht hast, ihn mit seinen eigenen Waffen zu schlagen. Natürlich hätte er versuchen können, noch mehr Geld aufzutreiben, um dich zu kaufen, doch er hat einen anderen Weg eingeschlagen. Er wollte dich besiegen und zugleich demütigen."

Jess tippte sich mit dem Zeigefinger an die Brust. „Mit mir. Er hat mich mitgenommen, um dich mit mir demütigen und erpressen zu können!"

Es war ein starker Auftritt, einer, den die meisten Jess nicht zugetraut hatten. Vielleicht war sie doch eine gute Schauspielerin.

KLAUS war ein mit allen Wassern gewaschener Politiker. Er bedeutete uns mit heiterem Augenzwinkern und einer beruhigenden Handbewegung, dass es keinen Grund zur Aufregung gebe und dass er alles im Griff habe. „Jess, Jess", sagte er milde mit verständnisvollem Kopfschütteln, „ich weiß ganz genau, was Bobby dir und mir antun wollte. Und ich bin dir dankbar dafür, dass du es nicht getan hast."

Klaus erhob sich und wandte sich an alle. „Bobby hat Jess mitgenommen und bezahlt, weil er wollte, dass sie mich verführt." Er lachte. „Jess ist eine sehr attraktive Frau, keine Frage. Ich wäre vielleicht sogar schwach geworden. Bobby hätte uns in diesem Fall heimlich fotografiert, und die Bilder hätten, wenn ich seinen Forderungen nicht nachgekommen wäre, mit Sicherheit meine Karriere zerstört. Doch du hast es nicht getan, Jess. Dafür danke ich dir!"

Jetzt wollte Jess etwas sagen, aber Klaus redete weiter. „Und weißt du, warum du es nicht getan hast? Weil dich seine Kaltblütigkeit und sein grausames Spiel mit Menschen angewidert haben. Du hast ihn ebenso verachtet wie ich. Bobby war eine Ratte, ein Krimineller. Er hat gelogen. Wie oft hat er dich angelogen? Glaubst du wirklich, dass er dir bei deiner Schauspielerkarriere geholfen hätte? Auch die Geschichten, die er dir über mich erzählt hat, waren Lügen. Er wollte dich damit gegen mich aufbringen. Dir eine moralische Rechtfertigung für das böse Spiel liefern, das zur Zerstörung der korrupten Politikersau führen sollte. Er hat dich benutzt, wie er alle benutzt hat. Auch unser Freund Ferdl kann ein Lied davon singen, habe ich Recht?"

Ferdl hatte bisher nur mit erstaunlicher Geduld zugehört. Jetzt richtete er sich auf. Wein und Schnaps hatten sein Gesicht gerötet, doch die Augen waren wach. Er kniff sie zusammen und starrte Klaus an. „Wie meinst du das?", fragte er langsam.

Klaus winkte ihm mit gespielter Heiterkeit zu. „Reden wir nicht lange um den heißen Brei herum, alter Kumpel. Er hat dir doch von Graz erzählt und von mir. Und er hat dir von seinen Projekten erzählt, dir vom großen Geschäft vorgeschwärmt und versucht, dich als Partner zu ködern. Das ist doch ganz klar. Einer wie Bobby plagt sich mit einem wie dir doch nicht ohne Hintergedanken ab. Es war dein Geld, an das er herankommen wollte. Du hast doch nicht wirklich geglaubt, er hätte sich aus reiner Menschenfreundlichkeit so rührend um dich gekümmert, Herr Partner!"

WIDER Erwarten behielt Ferdl die Fassung. Er versuchte noch einmal an der Zigarre zu ziehen, doch die war längst erloschen. Er hielt sie vors Gesicht, blickte sie vorwurfsvoll an und legte sie dann im Aschenbecher ab.

Wir warteten.

Der dicke Ferdl hatte sich seit unserer Unterhaltung in seinem Büro tatsächlich verändert. Kein Aufbrausen mehr, keine aggressiven Wortattacken. Ruhe und Abwarten. Selbst beim Wein hielt er sich zurück. Offenbar hatte er über alles, was zwischen uns gesagt worden war, gründlich nachgedacht. Und sich eine Strategie für dieses Treffen zurechtgelegt. Vieles, was er geheim halten wollte, war seit unserem Gespräch nicht mehr geheim. Ich wusste es, und wahrscheinlich würden es die anderen mittlerweile auch wissen. Von einem hatte Ferdl jedoch absolut keine Ahnung: dass ich wusste, warum Bobby vor der Visionsnacht gejodelt und welchen Sinn dieser Jodler gehabt hatte. Es war der Trumpf, der in meinem Ärmel steckte. Ich war gespannt auf seinen Auftritt.

Ferdl begann mit einem bedächtigen Nicken. „Es stimmt", sagte er, „Bobby hat von dir und dem, was zwischen euch war, geredet. Es waren fast dieselben Worte, die Jess von ihm gehört hat. Und er hat auch gesagt, dass Graz für sein Geschäft sehr wichtig sei. Großes Einzugsgebiet. Burgenland, Kärnten, vor allem auch Slowenien und Kroatien. Viele Kerle dort unten haben Geld. Im Grazer Kasino kann man sehen, wie sie es mit beiden Händen hinauswerfen. Genau das hat er auch dir erzählt. Sein Fehler. Weil er dadurch deine Gier geweckt hat. Und du mehr wolltest, als er dir geben konnte."

„Unglaublich", rief Klaus dazwischen, „das ist Rufmord! So etwas kann ich nicht auf mir sitzen lassen!"

Ferdl genoss seine neue Überlegenheit mit einem zufriedenen Grinsen. „Nicht meine Worte", sagte er, „es waren seine. Und er ist tot. Du kannst ihn ja verklagen, wenn du willst. Und Jess und mich gleich dazu!"

„Kann er nicht", sagte Max, „weil es nur in diesem Raum gesagt worden ist und weil nichts davon nach draußen getragen werden darf. Wir haben es geschworen."

„Ehrliche Worte", sagte Ferdl nickend, „ich habe nichts anderes ausgesprochen."

Klaus kämpfte noch immer um seine Beherrschung. Trotzdem gelang ihm ein spöttischer Unterton. „Dann tu's doch weiter. Erzähl den Leuten von den krummen Geschäften, die Bobby mit dir und deinem Geld aufziehen wollte. Du wolltest mitmachen, habe ich Recht? Sag es uns, sag uns alles. Du kennst ja die Spielregeln der Max-Reisen: Die Wahrheit, nichts als die Wahrheit!"

Ferdl ließ sein Grinsen wieder aufblitzen. „Ich habe nichts zu verbergen", sagte er. „Natürlich haben wir über Geschäfte geredet. Sein Konzept war genial, das weißt du so gut wie ich. Du wolltest ja auch kräftig mitkassieren."

Klaus hob die Hände, doch Marlene war schneller. „Bobbys Hilfsbereitschaft, seine rührende Fürsorge um dich. Wir alle haben uns darüber gewundert. Jetzt wissen wir mehr. Nicht du und deine Probleme in der Wüste haben ihn interessiert, sondern dein Geld. Irgendwann hat er dann seine Maske fallen lassen und übers Geschäft zu reden begonnen. Ich wäre enttäuscht gewesen, wenn er das mit mir gemacht hätte. Irgendwie hätte ich mich missbraucht gefühlt. Wie war es bei dir?"

Gute Frage, dachte ich und nickte Marlene anerkennend zu.

Ferdl machte eine abwehrende Handbewegung. „So war es nicht. Wir haben einfach viel Zeit miteinander verbracht und dabei auch viel geredet. Ich habe ihm von meinem Unternehmen erzählt und er mir von seinem. Die Sache mit der möglichen Partnerschaft bei seinen neuen Projekten hat sich langsam entwickelt. Natürlich war es Bobbys Lieblingsthema. Er ist dabei oft auch sehr emotional geworden. Vor allem dann, wenn es darum ging, Hindernisse wie starrköpfige Politiker zu überwinden. Wir hatten beide mit der Wüste nicht viel am Hut. Auch das hat uns vereint. Ich war dabei, weil es ein Geschenk war, das ich blödsinnigerweise angenommen hatte, bei ihm waren es Geschäftsgründe. Du, Klaus, warst einer davon. Du warst ein Problem, das er lösen wollte. Aber er hat mir auch von einem anderen Grund erzählt. Er wollte sich eine solche Psychowüstenreise genauer anschauen. Er hat deine gewählt, weil du bei uns der Platzhirsch bist, Max. Der angeblich Beste auf diesem Gebiet. Bobby war ein Mann mit vielen Ideen, und er wollte unbedingt ans große Geld kommen. Eine Einstellung, die mir imponiert hat. Er hat gemeint, man könne einen echten Boom schaffen, wenn man die Sache mit den Psychotrips besser aufziehen, professionell vermarkten und teurer verkaufen würde. Es gebe genügend Reiche mit Dachschaden, die sich jeden Luxus leisten könnten, nur die Sanierung des eigenen Kopfes nicht. Reise ins Ich, die Suche nach dem Sinn des Lebens. So ähnlich, wie du es verkaufst, Max. Nur viel größer. Nach der Bobbymethode eben."

Ferdl vermied es, Max anzuschauen, und griff nach dem toten Zigarrenstummel im Aschenbecher. Er klemmte ihn zwischen Zeige- und Mittelfinger und begann umständlich, ihn wieder anzuzünden.

Die Zigarre von Max brannte noch. Er hatte sich bequem in seinem Stuhl ausgestreckt und paffte an ihr. „Was ich mache", stellte er fest, „kann keiner imitieren. Es ist mein Produkt, und es setzt sich aus Faktoren zusammen, die ich mir erarbeitet habe. In Jahrzehnten!"

Er hob die Hand mit der Zigarre. „Da ist einmal meine eigene Wüstenerfahrung. Nicht nur jene in der Wüste Sinai. Ich war in der Sahara, der Gobi, der Lut, der Takla Makan. Ich kenne die Gesetze der Wüste, ich weiß, wie man ihr begegnen muss, und ich weiß auch, wie gefährlich sie sein kann. Für den Körper, vor allem jedoch für den Kopf. Die Wüste verändert Menschen. Ihre Gefühle, ihr Denken. Sie hat mich verändert. Und irgendwann hat sie mir auch einen Auftrag gegeben." Er hob den Kopf und schaute in die Runde. Alle wussten, dass nun Max'sches Pathos kommen würde, doch keiner grinste spöttisch. „Ich habe Bücher geschrieben und halb Europa mit meinen Diashows bereist. Davon könnte ich jetzt noch recht angenehm leben." Max legte seine Zigarre in den Aschenbecher und hatte nun beide Hände frei für eine große Geste. „Auch ich habe eine Vision gehabt. Und es war in der Wüste Sinai. Exakt an jenem Ort, an dem ich euch auch auf Visionssuche geschickt habe."

„Der Auftrag", drängte Marlene.

Max nickte ihr dankbar zu. „Es war eine unglaubliche Nacht. Vollmond. Und der mächtige Sternenhimmel, der einen in die Ewigkeit schauen lässt. Ich hatte nur einen Wunsch: dass es für immer so sein sollte. Dass die Euphorie und das Glücksgefühl, die mich in diesem Augenblick ausfüllten, nie mehr weggehen dürften. Plötzlich war jedoch dieses Negative da, die Schuld. Du nimmst nur, Max! Für dich! Du verkaufst deine Erlebnisse, bist jedoch nicht bereit, sie mit anderen zu teilen. Die Wüste ist ein gewaltiges Seelentherapiezentrum, eine Stätte ungeahnter Erkenntnisse. Du hast alles erlebt, jetzt geh verdammt noch mal hinaus, und öffne diese Tür auch für andere!"

Max-Pathos, ziemlich dick aufgetragen. Aber an diesem Abend waren wir davon beeindruckt. Weil wir durch seine Worte wieder zu dem Gefühl von damals zurückfanden. Vielleicht hatte auch der Wein mitgeholfen.

Max war mit der Wirkung seiner Worte zufrieden. „Aber", fuhr er fort und streckte uns dabei erneut die mittlerweile erloschene Zigarre entgegen, „ich hätte meine Vision nie realisieren können, wenn ich nicht das Glück gehabt hätte, von den Menschen der Wüste als Freund und Partner akzeptiert zu werden. Ohne das Einverständnis und die Hilfe der Beduinen geht nämlich gar nichts. Null! Sie sind die Seele des Landes und die Arme und Beine dazu, die man als Fremdling braucht, um sich in der Wüste sinnvoll fortbewegen zu können. Sie sind Teil des Ganzen, das es zu erleben und zu begreifen gilt."

Max schaute auf die Uhr. „Abid und seine Stammesbrüder sind wahrscheinlich schon auf dem Grazer Flugplatz gelandet. In spätestens eineinhalb Stunden müssten sie hier sein."

Ich fand, dass es Zeit war, zum ursprünglichen Thema zurückzukommen. „Bobby“, warf ich in den Raum, „Ferdl behauptet, er wollte dir deine Wüstenidee klauen.“

Max nickte tadelnd. „Darum ging es doch die ganze Zeit. Ich habe versucht, euch zu erklären, warum es für einen reinen Geschäftemacher wie ihn unmöglich gewesen wäre, so etwas zu organisieren. Kein Wüsten-Know-how, keine Beduinen! Wenn die Seele fehlt, bleibt nur das Oberflächliche. Und das funktioniert auf Dauer nicht.“

Ferdls Zigarre lag wieder im Aschenbecher, er selbst schüttelte den Kopf. „Du weißt genau, dass es anders war“, sagte er. „Bobby war dabei, weil er ganz genau wusste, dass das, was du anbietest, eine gute Sache ist. Es war die Tiefe, die du so erfolgreich verkaufst, die ihn interessiert hat, nicht das Oberflächliche. Die Tiefe deiner Wüstentrips wollte er studieren, und er hat auch genau verstanden, welche Rolle die Beduinen dabei spielen. Er hat versucht, mit ihnen ins Geschäft zu kommen, und eine ziemliche Summe geboten. Nur so, um die Käuflichkeit der Leute zu testen. Doch er ist damit bei deinen Wüstenfreunden mächtig abgeblitzt. Dein Busenfreund, der Scheich, hat dir sicher davon erzählt.“

Max nickte. „Abid hat mir von diesem Gespräch erzählt, und wir haben darüber gelacht. Bobby hat ihn schon zu Beginn des Trips darauf angesprochen. Er sei Reiseveranstalter, hätte viele reiche Kunden und würde für die Dienste des Stammes viel mehr zahlen als den Hungerlohn, den sie von mir bekämen.“

„Du wusstest also von Beginn an, dass Bobby ein Spion in eigener Sache war“, warf ich ein, „er wollte das Geheimnis deines Erfolges ergründen und dich dann mit deinen eigenen Waffen schlagen.“

Max schenkte mir ein mildes Lächeln. „Bobby war ein Idiot“, sagte er. „Er hat versucht, eine Reise in den Weltraum zu veranstalten, ohne ein Raumschiff zu besitzen.“ Er tippte sich an die Brust. „Ich habe das Raumschiff, und ich habe es mühsam in jahrelanger Arbeit gebaut!“

Wieder Ferdl. „Aber das, was er getan hat, hat dich geärgert, irritiert. Habe ich Recht? Und Abid ist nicht der einzige Scheich auf der Halbinsel Sinai. Da gibt es sicher auch andere, die Bobby mit seinem Geld hätte kaufen können?“

Max nickte. „Ich verstehe! Max als Hauptverdächtiger. Bobby wollte ihn geschäftlich killen, klar! Da hat er zurückgeschlagen. Natürlich haben ihn seine Freunde, die Beduinen, dabei gedeckt und nicht verraten. Und das alles, weil er panische Angst davor hatte, dass ihm ein unerfahrener Trottel in die geschäftliche Suppe spucken könnte.“ Max schüttelte den Kopf. „Ich habe Bobby nicht ausstehen können, das gebe ich ganz offen zu. Solche wie er haben bei meinen Reisen nichts verloren." Max deutete auf Jess. „Du bist mit ihm mitgeschwommen. Aber ich glaube, dass dir die Wüste am Ende etwas gegeben hat."

Jess nickte.

Max tippte sich an die Brust. „Ich habe daraus gelernt, dass ich meine Wüstengäste in Zukunft einer noch strengeren Prüfung unterziehen muss. Wer mit mir mitfährt, muss auch mit mir auskommen wollen! So ist es. Ganz simpel."

Max war unser Führer. Auch hier und jetzt. Weil wir nur physisch im Rauberger Rittersaal waren und uns gedanklich längst wieder in der Wüste befanden.

Und eigentlich, so fand ich plötzlich, sollten wir bei den schönen Erinnerungen bleiben. Ich hatte mich selbst irgendwann zum Gewissen der Gruppe ernannt. Warum? Weil mir die Max'sche Wüstenvision aufgetragen hatte, endlich einmal ein Buch zu schreiben? Oder weil ich einfach nur neugierig war? War ich wirklich so naiv zu glauben, dass hier, heute, in diesem alten Gemäuer, einer aus der Gruppe aufstehen und gestehen würde, der Mörder oder die Mörderin von Bobby zu sein? Verdiente Bobby diesen Aufwand überhaupt? Er war tot, und eine ganze Reihe von Menschen war froh darüber. Ende!

Ich war gerade dabei, über den Wortlaut meines klärenden Auftritts nachzudenken, als Marlene zu reden begann. Sie deutete auf mich.

„Du", sagte sie. „Du warst es, der uns alle verunsichert hat. Wenn das stimmt, was du mir gesagt hast, dann hast du mit jedem von uns geredet. Und ich weiß, dass ich seit unserer Unterhaltung ständig gegrübelt habe. Zurück zum Start, der ganze Trip von vorn. Was hat wer mit wem geredet, wann war wer mit wem zusammen? Da war nicht viel, was mir eingefallen ist. Schuldig? Vielleicht, aber nicht des Mordes."

Marlene schenkte Jess ein verlegenes Schulterzucken. „Ich habe mit ihm geschlafen, allerdings nur, weil es so leicht war. Und weil ich ihn von Rhonda weghaben wollte. Mit dir, Jess, hatte das überhaupt nichts zu tun."

Jess winkte ihr Verständnis in Marlenes Richtung.

Marlene lächelte zufrieden.

Sie hatten alle mit mir geredet, ich hatte sie zur gemeinsamen Wahrheitssuche aufgefordert, hatte ihre Zweifel geweckt und ihr Misstrauen geschürt. Es war das Finale unserer Wüstenreise. Ein Requiem für

Bobby. Nie mehr würden sich mehr Menschen mit ihm, einem eigentlich völlig unbedeutenden Menschen, und seinem Tod beschäftigen als jetzt und hier. Natürlich war ich nach wie vor davon überzeugt, dass sich Bobbys Mörder in diesem Raum befinden müsste, doch ich hatte den Weg verloren. Sie erwarteten von mir, dass ich aufstand und ihnen den Täter präsentierte. Aber ich wollte es nicht mehr. Linda. Was hätte sie mir geraten? Plötzlich war sie da, ich hörte sie ganz deutlich. „Attacke", drängte sie, „du hast ja noch einen Trumpf im Ärmel!"

Klar, den Jodler hätte ich beinahe vergessen. Ferdl – und der Jodler.

Ich klopfte mit einem Löffel gegen mein leeres Weinglas.

Paradoxerweise war es Ferdl, der meine Bemühungen bemerkte und einen lauten Ordnungsruf in den Raum schickte. „Hallo", rief er, „der Herr Journalist will reden!"

Dann erzählte ich die Geschichte vom Jodler. Dass ich ihn gehört und Bobby gesehen hatte. Und dass ich den Grund für den Jodler kannte.

Ferdl hörte wortlos zu. Als ich ausgeredet hatte, blieb er auf seinem Stuhl sitzen. Starr, unbeweglich. Alle Augen waren auf ihn gerichtet.

„Das ist ja eine Bombe", sagte Klaus, „eine echte Bombe! Unglaublich! Du hast ihn also gekillt. Mit dem Kamelstrick! Warum?"

Ferdls Kopf begann sich zu bewegen, dann bewegten sich auch die Arme. Er hob sie in einer abwehrenden Bewegung, die aber hilflos verkümmerte. „So ist es nicht", sagte er leise. Ferdl war bisher meistens laut gewesen. Jetzt hielten wir den Atem an, um ihn verstehen zu können.

„Er hat gejodelt, und du bist gekommen", bohrte Klaus, „daran gibt es doch nichts zu rütteln. Du warst bei ihm. Zwei Freunde auf Visionssuche. Pardon: Es ging doch wohl eher um einen Businessdeal, wie man das heutzutage nennt. Und du bist draufgekommen, dass er dich bescheißen und mit seinen miesen Sexstudios kräftig über den Tisch ziehen wollte. Klar, so war es. So hat er es doch mit jedem getan!"

Mit jedem Wort von Klaus war Ferdls Gesicht röter geworden. Sein Körper füllte sich mit Zorn und Wut. Er ließ seine fette Faust auf den Tisch krachen. „Es war ganz anders!", schrie er.

Max stand auf und stemmte beide Arme gegen die Tischplatte. „Nichts, aber auch gar nichts, was hier gesagt wurde, darf nach draußen dringen!", rief er.

„Mörder!", brüllte Klaus. Er war aufgestanden und zu Ferdl gegangen. Jetzt stand er vor ihm und blickte auf den Sitzenden hinab. Er legte ihm eine Hand auf die Schulter. „Warum?", fragte er.

Ferdl hob langsam den Kopf, eine Hand griff nach der Hand von

Klaus und riss sie von seiner Schulter. Dann schnellte der schwere Körper mit erstaunlicher Geschwindigkeit hoch, und die zur Faust geballte zweite Hand landete präzise am Kinn von Klaus. Der Schlag war mit solcher Gewalt erfolgt, dass der Körper des Politikers durch die Luft flog und bewegungslos in der Mitte des Rittersaales liegen blieb.

Ferdl streckte seine Finger aus, betrachtete sie kurz und wischte sie dann an seiner Brust ab, so als wollte er lästigen Schmutz beseitigen.

Ferdl hatte Bobby ermordet und Klaus soeben niedergeschlagen. Der Faustschlag war für uns das Geständnis gewesen.

Wir hatten ihn. Den Täter!

Zugleich waren wir jedoch auch mit einer Situation konfrontiert, mit der keiner von uns umgehen konnte. Wir hatten eine Vereinbarung getroffen. Sie war zu einem Zeitpunkt erfolgt, an dem niemand ernsthaft daran gedacht hatte, dass der Mordfall tatsächlich gelöst werden würde. Es war ein Spiel gewesen. Unter uns Wüstenbrüdern.

„Vielleicht sollten wir doch die Polizei rufen", sagte Marlene.

Max streckte ihr fuchtelnd beide Arme entgegen. „Nein", schrie er, „niemals! Wir haben es geschworen."

Jess begann zu reden, und es dauerte eine Weile, bis wir es im allgemeinen Lärm bemerkten.

„Ruhe!", brüllte Max.

Jess stand neben Ferdl. Ferdl hatte ein hochrotes Gesicht, er rang nach Atem, seine Hände waren zu Fäusten geballt, und er presste sie in der Herzgegend an die Brust.

„Er hat gesagt, dass alles ganz anders ist", sagte Jess. „Und ich glaube, wir sollten uns auch das anhören, was Ferdl dazu zu sagen hat!"

Stille.

„Es stimmt", schnaufte Ferdl nach einer Weile, „ich war in dieser Nacht bei Bobby, und er hat auch für mich gejodelt. Es war ein Signal, und ich habe es gehört, weil wir es zuvor so vereinbart hatten."

Rhonda kümmerte sich um Klaus. Er hatte das Bewusstsein wiedererlangt, und sie hatte seinen Kopf in ihren Schoß gelegt. Sie hatte eine Papierserviette mit Wein getränkt und presste sie nun gegen seine Stirn.

„Die Visionssuche", fuhr Ferdl fort und schickte einen entschuldigenden Blick in Richtung Max, „die hat uns beide völlig kalt gelassen. Wir haben über die Geschäfte geredet. Und dann ist der verdammte Regen gekommen. Er hat den Harten gespielt und gemeint, das bisschen Nass werde ihm nichts ausmachen, ich hab meine Sachen gepackt und mich aus dem Staub gemacht. In Richtung Lager. Das war's. Er hat mir noch nachgerufen, dass ich bleiben solle, in der Wüste werde es nur kurz regnen, dann sei wieder alles in Ordnung, ich bin trotzdem losgegangen." Ferdl wischte sich mit dem Handrücken eine Haarsträhne aus der Stirn. „Ich hab's natürlich keinem erzählt", fuhr er fort und zeigte mit einer Hand auf mich. „Dir schon gar nicht."

„Weil es eine unglaubwürdige Geschichte ist", sagte ich.

„Da ist noch etwas, was ich keinem erzählt habe", sagte er etwas zu laut. „Es hat leicht genieselt, und es war ziemlich dunkel. Als ich von Bobbys Platz zurück zum Lager gegangen bin, ist mir eine Gestalt begegnet. Ich hab sie nur kurz gesehen, weil sie sich vor mir in eine Felsnische geflüchtet hat."

„Der wahre Mörder", krächzte Klaus mühsam, aber doch spöttisch. Rhonda wischte ihm mit der Weinserviette über die Stirn.

„Da hast du wahrscheinlich Recht", sagte Ferdl, „ich bin dem Mörder begegnet. Die Lage ist allerdings so, dass er mir seine Rolle zugeschoben hat. Für euch bin ich es. Und ich kann nicht einmal das Gegenteil beweisen."

Max übertönte das Stimmengemurmel. „Eine neue Variante, hört, hört! Jetzt wird der Abend doch noch heiter. Wer von euch hat sich durch die Nacht geschlichen?"

Die Antwort war schallendes Gelächter.

Max deutete in Richtung Ferdl. „Keine Angst", sagte er, „es bleibt bei dem, was wir vereinbart haben. Niemand wird außerhalb dieses Raumes mehr über den Fall reden. Wir wollten nur die Wahrheit wissen, und das ist jetzt ja wohl der Fall."

„Die Wahrheit ist", schrie Ferdl, „die Gestalt, die ich gesehen habe, war klein und schmächtig! Und sie trug wahrscheinlich ein Kleid, da bin ich mir allerdings nicht ganz sicher."

Wieder lautes Lachen.

Marlene lachte mit, dann wischte sie sich mit dem Handrücken eine Träne von der Wange. „Dann muss ich es wohl gewesen sein", sagte sie.

Richtig. Rhonda und Jess hatten stets nur Hosen getragen. Marlene war an einigen Tagen als Einzige mit einem leichten Wickelrock unterwegs gewesen.

Es wurde immer absurder. Wir hatten einen Täter. Dass es kein Geständnis gab, war den anderen egal. Ich fand mich damit ab, dass ich aus diesem Thema nie und nimmer ein Buch machen konnte.

So wäre es auch gekommen, wenn die Ereignisse der nächsten Stunde die Lage nicht grundlegend verändert hätten.

Es begann damit, dass Abid, der Scheich, mit seinen Beduinen eintraf.

Plötzlich war der alte Johann im Raum. Im allgemeinen Lärm und bei all der Aufregung um Ferdl hatten wir ihn zunächst gar nicht bemerkt. Keine Ahnung, wie lange er schon an der Tür gestanden und uns zugehört hatte.

Irgendjemand aus der Runde, ich glaube, es war Klaus, machte uns irgendwann auf die Anwesenheit des Alten aufmerksam.

Johann trat mit einem Lächeln vor und blieb vor Max stehen. „Ihre Gäste sind eingetroffen“, sagte er mit einer knappen Verbeugung.

Max sprang auf und breitete die Arme aus. „Ruhe!“, schrie er.

Das Gemurmel wurde leiser, erstarb aber erst nach dem dritten Ordnungsruf.

„Das Thema ist jetzt abgeschlossen. Kein Wort mehr über die Sache mit Bobby. Abid und seine Beduinen sind gerade angekommen.“ Max setzte unseren Gehorsam voraus. Nachdem er uns seinen Befehl entgegengeschleudert hatte, drehte er sich um und eilte mit Johann hinaus.

„Maulkorb“, sagte Klaus.

„Kein Wort mehr über die Sache mit Bobby“, äffte Jess ihn nach.

Auch ich hätte die Emotionen gerne noch wallen gesehen. Wenn Ferdl tatsächlich der Mörder war, dann sollte er ruhig eine Weile leiden. Schließlich war es die einzige Strafe, die er nach dem Stand der Dinge zu erwarten hatte. Es sei denn, einer aus der Runde bräche das Übereinkommen. Mit dieser Ungewissheit würde er zu leben haben. Grausam. War Ferdl der Mörder, dann war er zum Leiden verdammt.

Ich für meinen Teil würde mich daran halten. Ich wollte nur nicht, dass mein Schweigen gerade jetzt, in dieser Minute, beginnen sollte. „Vielleicht bleiben sie nicht lange“, sagte ich, „die müssen ja hundemüde von der Reise sein. Ich schlage vor, dass wir das Thema während ihrer Anwesenheit fallen lassen, aber ich hoffe sehr, dass wir nach dem Abwandern der Beduinen noch Gelegenheit haben werden weiterzureden.“

„Das hoffe ich auch!“, schrie einer. Zu meiner Überraschung war es Ferdl.

Weiter kamen wir nicht.

Max riss die Tür auf und erschien wieder im Saal. Hinter ihm traten vier Männer ein. Sie hatten nur die Gesichter von Beduinen. Denn das, was sie draußen in der Wüste in meinen Augen dazu gemacht hatte, fehlte. Keine sandfarbenen oder weißen, wallenden Gewänder, sondern westliche Kleidung. Abid trug Jeans und dazu ein weißes Hemd und darüber ein blaues Leinensakko.

Wir standen auf, um sie zu begrüßen. Außer Abid war kein Beduine aus unserer Wüstentruppe dabei.

Als das allgemeine Händeschütteln vorbei war, nahmen wir wieder unsere Plätze ein. Für die Beduinen war an der langen Tafel Platz genug.

Da das Thema Nummer eins verboten war, wusste keiner von uns, was er reden sollte. Deshalb hockten wir anfangs in einem drückenden Schweigen da.

Max war der Gastgeber, und er wusste, dass es seine Aufgabe war, für Stimmung zu sorgen. Er erhob sich räuspernd. „Ich bitte euch, von nun an Englisch zu sprechen", sagte er. Einige von uns nickten. Dann hieß Max die Beduinen mit für meinen Geschmack etwas zu blumigen Worten willkommen. Wir applaudierten höflich.

Ich schaute in ihre Gesichter.

Abid hatte denselben Blick wie draußen in der Wüste. Gütig und streng zugleich. Die markante Nase und der von einem Dreitagebart umwucherte pechschwarze Schnurrbart. Die Haut war dunkel, fast schwarz. Die fiktive Regie der Veranstaltung forderte nun seinen Auftritt. Begrüßungs- und Dankesworte, Komplimente an den Gastgeber und die ehemaligen Kunden.

Wir warteten darauf.

Abid hob den Kopf und schaute in die Runde. Dann schenkte er uns ein Lächeln. Höflich, auf mich wirkte es so, als wollte er damit Zeit gewinnen. Wahrscheinlich suchte er nach den richtigen Worten. Sein Englisch war zwar gut, es reichte jedoch hauptsächlich für das, was er in der Wüste brauchte. Aber Abid redete nicht. Stattdessen griff er in die Innentasche seines blauen Leinensakkos und zog ein Büchlein hervor.

Wir alle kannten es. Es war eines jener Büchlein, die Max zu Beginn an jeden von uns verteilt hatte – das Buch der Ehrlichkeit, in dem wir den Weg zu uns selbst dokumentieren sollten. Das sichtbare Dokument des Sinnes unserer Sinnreise.

Max hatte auch Abid eines davon gegeben. Und jetzt zeigte es der Scheich symbolisch her, weil er damit sagen wollte, dass er das, was Max mit seinen Wüstentrips bezweckte, respektierte. Dachte ich.

Abid hielt es einige Sekunden lang gedankenverloren hoch, dann legte er es vor sich auf den Tisch. Er redete auf Englisch. Langsam und überlegt. „Dieses Buch", sagte er und starrte dabei über unsere Köpfe hinweg in den Saal, „gehörte dem Mann, der getötet wurde."

Gemurmel kam auf und erstarb wieder.

Und dann erzählte uns Abid eine Geschichte. In seinem Englisch. Ich kann sie nur sinngemäß niederschreiben, doch ich bleibe bei der direkten Rede, weil nur sie die Dramatik der folgenden Minuten realitätsnah wiedergeben kann.

„Der Mann ist mir gleich aufgefallen. Er war ein großer Mann und laut. Einer, der führen und nicht folgen will. Auf solche Leute müssen wir ganz besonders Acht geben. Weil sie eigene Wege gehen wollen. Und das kann in der Wüste gefährlich werden. Ich habe meine Männer darauf aufmerksam gemacht."

Er hatte den Namen Bobby nicht erwähnt, doch jeder von uns wusste, wen er meinte.

„Deshalb habe ich einem von uns aufgetragen", fuhr er fort, „sich ganz besonders um ihn zu kümmern. Ich habe Radwan dafür gewählt, weil er sich am besten mit Fremden verständigen kann. Gleich am Anfang unserer Reise kam der Mann zu mir und fragte mich, was es kosten würde, wenn ich in Zukunft für ihn arbeiten würde. Nur für ihn, nicht mehr für Max. Das hat meine Abneigung gegen ihn noch verstärkt. Er muss es gespürt haben, denn von diesem Tag an ist er mir und meinen Männern nur noch mit Verachtung begegnet. Radwan hat er wie einen Sklaven behandelt und nichts unversucht gelassen, um ihn zu demütigen. Aber Radwan hatte ja meinen Auftrag, deshalb musste er seine Wut im Zaum halten. Er blieb in der Nähe des Mannes. Er war auch in seiner letzten Nacht bei ihm. Ich hatte Radwan schon damals im Verdacht. Es gab jedoch keine Beweise. Bis ich das bei ihm gefunden habe." Der Scheich deutete auf das Büchlein, das vor ihm auf dem Tisch lag.

Aller Augen starrten dorthin. Alle hielten den Atem an.

„Ich erzähle es euch, weil ich glaube, dass ihr das Recht habt, es zu erfahren. Warum er das Buch nicht vernichtet hat, ist mir bis heute ein Rätsel. Auch Radwan hatte keine Erklärung dafür. Er habe es einfach nicht geschafft, es wegzuwerfen, hat er mir gesagt. Es ist der einzige Beweis für die Tat. Vielleicht war er stolz darauf, es getan zu haben, und bewahrte das Buch als eine Art Trophäe auf."

Abid schüttelte den Kopf. Die Augen waren nicht mehr streng, sondern traurig. „Er hat mir alles gestanden. Als der Regen kam, hat er sich, von uns anderen unbemerkt, sofort aufgemacht. Die Idee sei ihm gleich nach den ersten Tropfen gekommen. Er hatte schon lange nach einer Gelegenheit gesucht, es hatte sich jedoch keine ergeben. Auch in dieser letzten Nacht nicht. Die Spuren hätten ihn todsicher verraten. Bis der Regen kam. Für Radwan war es ein Zeichen von oben. Das Signal!" Abid nickte bedeutungsschwer.

„Dann hat er es getan. Der Mann hatte sich den Schlafsack über den Kopf gezogen, um sich vor dem Regen zu schützen. Und er hat geschlafen. Radwan hat sich angeschlichen, das Schlafsackende behutsam vom Kopf gestreift, dann hat er ihm den Strick um den Hals gelegt und zugezogen. Radwan ist ein kräftiger Junge, obwohl er nicht so aussieht."

„Die Frau", murmelte Ferdl neben mir, „es war keine Frau. Es war der Junge in seinem Kaftan."

„Warum?", fragte Max. „Bobby war ein Idiot, und ihr habt das gewusst. Ein solcher ist es nicht wert, dass man sich die Finger dreckig macht."

Abid schüttelte den Kopf. „Radwan ist ein stolzer junger Mann, Beleidigungen schmerzen ihn. Und der Mann hat ihn beleidigt. Jeden Tag aufs Neue. Doch es waren nicht die persönlichen Angriffe, die ihn zur Tat bewogen haben."

Abid machte eine Pause. Wir warteten. Absolute Stille.

Der Scheich hob den Kopf und tippte sich mit dem Zeigefinger an die Brust. „Der Mann hat mich beleidigt. Und unseren gesamten Stamm. Das war es, was in Radwan meinen Befehl, auf die Gesundheit des Mannes zu achten, aufgehoben hatte. Seinem Empfinden nach hatte er die Rechtfertigung, ja sogar die Pflicht, uns zu rächen. Und da gab es bei ihm nur diesen einen Weg."

„Was war es", drängte Max, „was hat er gesagt?"

Abid lächelte. Es war ein Lächeln, das uns sagte, dass wir das, was er nun sagen würde, doch nicht verstehen konnten.

„Er hat gesagt, ich sei ein Dieb und der Anführer einer hinterhältigen Zigeunerbande, die nur überleben könne, weil sie Touristen betrüge. Ihm selbst seien mehrere Dinge abhanden gekommen, und er wisse genau, dass wir sie ihm gestohlen hätten. Wir sind keine Zigeunerbande, und die Gastfreundschaft ist uns heilig. Von allen Beleidigungen, die es gibt, ist diese eine der schlimmsten. Radwan liebt mich, und er liebt seinen Stamm. Er glaubte, mich und meine Ehre und die Ehre des Stammes rächen zu müssen."

Ich schaute zu Ferdl. Eigentlich hätte er jetzt triumphieren müssen, doch er tat es nicht. In seinen Augen sah ich schiere Ungläubigkeit, dieselbe Fassungslosigkeit, die ich auch in den Augen der anderen bemerkte.

„Er hat den Mord gestanden", stellte ich fest.

Abid warf mir einen langen Blick zu und nickte.

„Ich nehme an, Radwan sitzt jetzt im Gefängnis von Dahab", fuhr ich fort.

Wieder dieser wissende Blick, der sagte, dass wir ihn nicht verstehen würden.

„Im Sinai gibt es ein eigenes Gericht. Das setzt sich aus weisen Männern mehrerer Stämme zusammen, die über unser Leben und das, was nötig ist, um es so zu erhalten, wie es immer war, genau Bescheid wissen. Und aus diesem Wissen heraus ihre Urteile fällen. Meistens geht es um Verletzungen der Ehre oder um Viehdiebstahl. Ehebruch gehört zu den schwerwiegendsten Fällen, Mord zu den seltensten. Wenn bei uns Menschen getötet werden, dann als Resultat einer Auseinandersetzung. Heimtückische Morde kamen bisher nicht vor. Wenn jemand um der Ehre willen sterben musste, dann glich das einer öffentlichen Hinrichtung. Radwan hat eine neue Kategorie geschaffen. Weil sein Opfer ein Tourist war und Touristen etwas Neues in unserem Leben sind. Ein solcher Mord hätte eigentlich der ägyptischen Gerichtsbarkeit übergeben werden müssen. Diese hat jedoch keine Ahnung von unserer Welt. Ein ägyptischer Richter hätte die Beweggründe Radwans nie verstehen können. Es gibt aber auch noch eine dritte Möglichkeit: wie in uralten Zeiten. Als der Scheich noch die einzige Gerichtsbarkeit war. Ich habe Radwan schuldig gesprochen und für fünf Jahre aus unserem Stamm verbannt!"

„Und wo ist er jetzt?", rief Jess. So laut und schrill, dass es mich in den Ohren schmerzte.

Abid hob die Augenbrauen. Seine Augen waren groß und schwarz, und in seinem Blick lag wieder die gewohnte Langeweile. „Radwan befindet sich in einer Schule. Viele tausend Kilometer weit weg. Und er wird erst zurückkommen, wenn seine Ausbildung beendet ist."

Jess sprang auf. „Dann habt ihr ihn ja nicht bestraft, sondern belohnt", sagte sie.

Ich schaute in die Runde und sah, dass Max zufrieden lächelte.

Abid sagte nichts mehr.

Epilog

Es wurde doch nicht Schottland.

Linda gab mir Recht, als ich meinte, ich müsse noch einmal zum Schauplatz der Ereignisse zurückkehren, bevor ich mit dem Schreiben dieses Buches beginnen könne. Ein Teil der Naturbeschreibungen, die darin vorkommen, resultiert aus dieser Reise, vor allem die genaue Beschreibung der Landschaft am Beginn des Buches. Der Ort meiner Visionssuche. Und die Schilderung jenes Platzes, an dem wir Bobbys Leiche gefunden hatten.

Linda und ich hatten in Dahab einen Jeep samt ortskundigem Fahrer gemietet. Ganz und gar nicht der Max'sche Stil. Wir hatten jedoch keine Bierdosen im Gepäck. Ehrenwort.

Dann standen wir an Bobbys Sterbeort.

Ringsherum die goldbraunen Felsskulpturen, über uns ein stahlblauer Himmel. Hinter uns die Spuren, die wir im Sand zurückgelassen hatten. Und vor uns die weiche Sandmulde.

Seltsamerweise dachte ich in diesem Moment an Ferdl. Der Dicke hatte also doch die Wahrheit gesagt. Er hatte hier mit Bobby zusammengesessen, man hatte über Geschäfte geredet, dann war der Regen gekommen, und Ferdl, der Weichling, hatte das Weite gesucht. Bobby, der harte Muskelmann, war geblieben. Hier, in dieser Mulde. Er hatte sich den Schlafsack über den Kopf gezogen, und dann war der Schlaf gekommen, aus dem er nie mehr aufwachen sollte.

Wie rasch man doch andere verurteilt, wenn man selbst nicht ganz frei von Schuld ist.

Das Wüstengefühl, das uns Max und Abid und die Männer seines Stammes damals geben konnten, konnte ich Linda während unserer sechs gemeinsamen Sinai-Tage nicht ganz vermitteln. Aber einen kleinen Teil davon.

Sie stand auf dem Sandhügel und starrte auf Bobbys Mulde. „Eigentlich", sagte sie langsam, „war es ein Selbstmord. Bobby hat die Gesetze der Wüste gebrochen. Und es war die Wüste, die ihn am Ende gerichtet hat!"

Meine Linda. Ich war stolz auf sie.

WERNER KOPACKA

Foto: Jürgen Radspieler

Das Abenteuer im Blut

Seinen Roman *Die Wüste* bezeichnet Werner Kopacka als „eine eigenartige Mischung aus Fiktion und realen Erlebnissen". Denn wie seine Protagonisten nahm auch der Autor an einer Wüstenreise der besonderen Art teil. Ein österreichischer Sinai-Experte und Veranstalter von Extremtouren hatte ihn eingeladen, für eine Zeitungsreportage bei dessen erster „Sinnsuche auf Sinai" dabei zu sein. Gemeinsam mit sieben anderen Reiseteilnehmern, großteils Managern, wanderte Werner Kopacka – begleitet von einer Gruppe von Beduinen – acht Tage lang durch den zentralen Teil der ägyptischen Halbinsel.

Was er hierbei erlebte, ließ er in seinen Roman einfließen: „Ursprünglich stand ich der ganzen Sache eher skeptisch gegenüber. Es hat aber nicht lange gedauert, bis mich die Wüste mit ihrer unvergleichlichen Atmosphäre in ihren Bann gezogen hat; ich habe mich bald auch den psychologischen Spielen der Veranstalter nicht entziehen können. Tatsächlich habe ich dabei einen neuen Zugang zu einem Teil von mir selbst gefunden, den ich zuvor nicht gekannt hatte."

In seiner letzten Nacht in der Wüste fasste Werner Kopacka wie seine Hauptfigur den Entschluss, aus seinem Abenteuer einen Roman zu machen. Selbstverständlich ersetzte er für seine Geschichte die realen Teilnehmer durch fiktive Personen und erfand den Mord hinzu.

Wenn er nicht unterwegs ist, arbeitet Werner Kopacka als Journalist und Autor in Graz mit den Spezialgebieten Reise und Abenteuer.

Übersetzer:
Die Tote im Regen: Peter Pfaffinger
Hörst du mich, Venus?: Manfred Kottmann

Illustrationen und Fotos:
Antonias Wille: S. 4 (links), S. 6/7/8: Porträt: David Seidner, *Elizabeth Moses*, 1994, Chromogenic print, Collection of the International Center of Photography, © International Center of Photography, David Seidner Archive; Hintergrund: Carsten Blind
Die Tote im Regen: S. 4 (rechts), 168/169/170: Getty Images/Stone; Photomontage: Curtis Cozier
Hörst du mich, Venus?: S. 5 (links), 320/321/322: Sean Justice/Image Bank
Die Wüste: S. 5 (rechts), 462/463/464: H. Sitton/zefa

Die ungekürzten Ausgaben von *Antonias Wille, Die Tote im Regen, Hörst du mich, Venus?* und *Die Wüste* sind im Buchhandel erhältlich.